U0112543

八閩文庫

要籍選刊

125

海天琴思録 續録

[清]林昌彝 著

王鎮遠 林虞生 點校

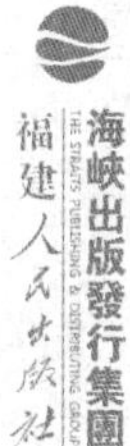

圖書在版編目（CIP）數據

海天琴思録：續録 /（清）林昌彝著；王鎮遠，林虞生點校. -- 福州：福建人民出版社，2023.7

（八閩文庫．要籍選刊）

ISBN 978-7-211-08797-6

Ⅰ．①海…　Ⅱ．①林…　②王…　③林…　Ⅲ．①詩話 - 中國 - 清代　Ⅳ．①I207.22

中國國家版本館 CIP 數據核字 (2023) 第 059322

海天琴思録　續録

作　　者：〔清〕林昌彝 著　王鎮遠 林虞生 點校
責任編輯：林　頂
責任校對：李雪瑩
裝幀設計：張志偉
美術編輯：陳培亮
出版發行：福建人民出版社
電　　話：0591-87533169（發行部）
網　　址：http://www.fjpph.com
電子郵箱：fjpph7221@126.com
地　　址：福建省福州市東水路 76 號
經　　銷：福建新華發行（集團）有限責任公司
印刷裝訂：雅昌文化（集團）有限公司
地　　址：深圳市南山區深雲路 19 號
電　　話：0755-86083235
開　　本：890 毫米 ×1240 毫米　1/32
印　　張：16
字　　數：291 千字
版　　次：2023 年 7 月第 1 版第 1 次印刷
書　　號：ISBN 978-7-211-08797-6
定　　價：72.00 元

二〇一九年八閩文庫出版工程領導小組

組　長
梁建勇

副組長
楊賢金

成　員
施宇輝　馮潮華　賴碧濤　陳熙滿
王建南　黄　誌　卓兆水　葉飛文
陳　强　林守欽　王秀麗　蔣達德

二〇二〇年八閩文庫出版工程領導小組

組　長
邢善萍

副組長
郭寧寧

成　員
施宇輝　馮潮華　賴碧濤　陳熙滿
肖貴新　王建南　黄　誌　卓兆水
葉飛文　陳　强　林守欽　王秀麗
林義良

二〇二二年八閩文庫出版工程領導小組

組　長　張　彦

副組長　鄭建閩

成　員　林端宇　鄭家紅　顔志煌　黄國劍

許守堯　肖貴新　林　生　黄　誌

卓兆水　吴宏武　陳　强　張立峰

鄭東育　林義良　林　彬

二〇二三年八閩文庫出版工程領導小組

組　長　張　彦

副組長　王金福

成　員　林端宇　鄭家紅　顔志煌　黄國劍

許守堯　肖貴新　黄　誌　陳熙滿

吴宏武　林　生　李　潔　張立峰

鄭東育　黄葦洲　林　彬

八閩文庫編纂委員會

八閩文庫編輯中心

八閩文庫總序

葛兆光 張 帆

一

在傳統中國的文化史上，福建算是後來居上的區域。經歷了東晉、中唐、南宋幾次大移民潮，浙、閩之間的仙霞嶺，早已不是分隔内外的屏障，而成了溝通南北的通道。歷史使得福建越來越融入華夏文明之中，唐宋兩代，特别是在「背海立國」的宋代，東南的經濟發達，海洋的地位凸顯，福建逐漸從被文明中心影響的邊緣地帶，成爲反向影響全國文明的重要區域。在七世紀的初唐，詩人駱賓王曾説「龍章徒表越，閩俗本殊華」（駱臨海集箋注卷二晚憩田家，陳熙晉箋注，上海古籍出版社一九八五年，第三六頁），前一句説的是華夏的衣冠對斷髮文身的越人没有用，後一句説的是閩地的風俗本來就與華夏不同，意思都是瞧不起東南。但是，到了十五世紀的明代中期，黄仲昭在弘治八閩通志序裏卻説，八閩雖爲東南僻壤，但自唐以來文化漸盛，「至宋，大儒君子接踵而出」，實際上它的文明程度，已經「可以不愧於鄒魯」（四庫全書存目叢書史部一七七册，齊魯書社一九九六年，第三六四頁）。

的確，自從福建在唐代出了第一個進士薛令之，而且晉江有歐陽詹，福清有王棨，莆田有徐夤、黄滔這些傑出人物之後，到了更加倚重南方的宋代，福建出現了蔡襄（一〇一二—一〇六七）、陳襄（一〇一七—一〇八〇）、游酢（一〇五三—一一二三）、楊時（一〇五三—一一三五）、鄭樵（一一〇四—一一六二）、林光朝（一一一四—一一七八）、朱熹（一一三〇—一二〇〇）、蔡元定（一一三五—一一九八）、陳淳（一一五九—一二二三）、真德秀（一一七八—一二三五）等一大批著名文人士大夫。這些出身福建或流寓福建的士人學者，大大繁榮和提升了這裏的文化，甚至使得整個中國的文化重心逐漸南移，也許，就像程頤説的那樣「吾道南矣」（宋史卷四二八道學楊時傳，中華書局一九七七年，第一二七三八頁）。也就是説宋代之後，原本偏在東南的福建，逐漸成了中國重要的文化區域。

不過，習慣於中原中心的學者，當時也許還有偏見。以來自中心的偏見視東南一隅的福建，那時福建似乎還是「邊緣」。雖然人們早已承認福建「歷宋逮今，風氣日開」

（黃虞稷閩小紀序，撰於康熙五年，續修四庫全書史部七三四册，上海古籍出版社二○○二年，第一二七頁）但有的中原士人還覺得福建「僻在邊地」。像北宋樂史的太平寰宇記，一面承認「此州（福州）之才子登科者甚衆」，一面仍沿襲秦漢舊説，稱閩地之人「皆蛇種」，並引十道志説福建「嗜欲、衣服，别是一方」（樂史太平寰宇記卷一○○江南東道一二，中華書局二○○七年，第一九九一頁）。所以，歷史上某些關於福建歷史、文化和風俗的著作，似乎還在以中原或者江南的眼光，特别留心福建地區與核心區域不同的特異之處，筆下一面凸顯異域風情，一面鄙夷南蠻鴃舌。但是從大的方面説，我們看到宋代以降，實際上福建與中原的精英文化越來越趨向同一，正如宋人祝穆方輿勝覽所説，「海濱幾及洙泗，百里三狀元」，前一句裏所謂「洙泗」即孔子故鄉，這是説福建沿海文風鼎盛，幾乎趕得上孔子故里；後一句裏「三狀元」是指南宋乾道年間福建登第的三個狀元，即乾道二年（一一六六）的蕭國梁、乾道五年的鄭僑和乾道八年的黄定，他們都是福建永福（今永泰）這個地方的人（祝穆新編方輿勝覽卷一○，施和金點校，中華書局二○○三年，第一六三頁）。

文化漸漸發達，書籍或者文獻也就越來越多，福建文獻的撰寫者中不僅有本地人，也有流寓或任職於閩中的外地人。日積月累，這些文獻記録了這個多山臨海區域千年的文化變遷史，而八閩文庫的編纂，正是把這些文獻精選並彙集起來，爲現代人留下唐宋以來有關福建的歷史記憶。

二

福建鄉邦文獻數量龐大，用一個常見的成語説，就是「汗牛充棟」。那麼多的文獻，任何歸類或叙述都不免挂一漏萬。不過，我們這裏試圖從區域文化史的角度，談一談福建文獻或書籍史的某些特徵。

毫無疑問，中國各個區域都有文獻與書籍，秦漢之後也都大體上呈現出華夏同一思想文化的底色，但各區域畢竟有其地方特色。如果我們回溯思想文化的歷史，那麼，唐宋之後福建似乎也有一些特點。恰恰因爲是後來居上的文化區域，所以福建積累的傳統包袱不重，常常會出現一些越出常軌的新思想、新精神和新知識。這使得不少代表新思想、新精神和新知識的人物與文獻，往往先誕生在福建。衆所周知的方面之一，就是宋代儒家思想的變遷。應當説，宋代的理學或者道學，最初乃是一種批判性的新思潮，一些儒家士大夫試圖以屬於文化的「道理」鉗制屬於政治的「權力」，所以，極力强調

「天理」的絶對崇高，人們往往稱之爲道學或理學，也根據學者的出身地叫作「濂洛關閩之學」。其中，「閩」雖然排在最後，卻應當説是宋代新儒學的高峰所在，以至於後人乾脆省去濂溪和關中，直接以「洛閩」稱之（如清代張夏雒閩源流録），以凸顯道學正宗，恰在洛陽的二程與福建的朱熹，而道學最終水到渠成，也正是在福建。因爲宋代道學集大成的代表人物朱熹，雖然祖籍婺源，卻出生在福建，而且相當長時間在福建生活。他的學術前輩或精神源頭，號稱「南劍三先生」的楊時、羅從彦（一〇七二—一一三五）、李侗（一〇九三—一一六三），也都是南劍州即今福建南平一帶人，他的提攜者之一陳俊卿（一一一三—一一八六），則是興化軍即今莆田人，而他的最重要的弟子黄榦（一一五二—一二二一）是閩縣（今福州）人、陳淳是龍溪（今龍海）人。

正是在這批大學者推動下，福建逐漸成爲圖書文獻之邦。慶元元年（一一九五），朱熹在福州州學經史閣記中曾經説，一個叫常濬孫的儒家學者，在福州地方軍政長官詹體仁、趙像之、許知新等資助下，修建了福州府學用來藏書的經史閣，即「開之以古人斆學之意，而後爲之儲書，以博其問辨之趣」（朱文公文集卷八〇，朱子全書第二四册，上海古籍出版社、安徽教育出版社二〇一〇年，第三八一四頁）。宋代之後，經由近千年的日積月累，我們看到福建歷史上出現了相當多的儒家論著，也陸續出現了有關儒家思想的普及讀物。大家可以從八閩文庫中看到，這裏收録的不僅有朱熹、真德秀、陳淳的著述，也有明清學者詮釋理學思想之作，像明人李廷機性理要選、清人雷鋐雷翠庭先生自恥録等等，應當説，這些論著構成了一個歷經宋元明清近千年的福建儒家文化史。

三

説到福建地區率先出現的新思想、新精神和新知識，當然不應僅限於儒家或理學一系。更應當記住的是，從宋代以來，中國政治、經濟和文化的重心，逐漸從西北轉向東南，一方面由於中原文化南下，被本地文化激蕩出此地異端的思想，另一方面海洋文明東來，同樣刺激出東南濱海的一些更新的知識。

我們注意到，在福建文獻或書籍史上，呈現了不少過去未曾有的新思想、新精神和新知識。比如唐宋之間，福建不僅出現過譚峭（生卒年不詳）化書這樣的道教著作，也出現過像百丈懷海（約七二〇—八一四）、潙山靈佑（七七一—八五三）、雪峰義存（八二二—九〇八）那樣充滿批判性的禪僧，還出現過禪宗史上撰於泉州的最重要禪史著作祖堂集。又如明代中後期，那個驚世駭俗而特立獨行的李贄（一五二七—一六〇二），有人説他的獨特思想，就是因爲他生在各種宗教交匯融合的泉州，傳説他曾受到伊斯蘭教之影響，當然更因爲有佛教與心學的刺激，使他成了晚明傳統思想世界的反叛者。而另一個莆田人林兆恩（一五一七—一五九八），則是乾脆開創了三一教，提倡「三教合一」，也同樣成爲正統的政治意識形態的挑戰者。再如明清時期，歐洲天主教傳教士「梯航九萬里」，也把天主教傳入福建，特别是明末著名傳教士艾儒略（一五八二—一六四九）應葉向高（一五五九—一六二七）之邀來閩傳教二十五年，從而福建才會有「三山論學」這樣的思想史事件，也産生了三山論學記這樣的文獻，無論是葉向高，還是謝肇淛，這些思想開明的福建士大夫，多多少少都受到外來思想的刺激。最後需要特别提及的是，由於宋元以來，福建成爲向東海與南海交通的起點，所以，各種有關海外的新知識，似乎都與福建相關，宋代趙汝适撰寫諸蕃志的機緣，是他在泉州市舶司任職；元代汪大淵撰寫島夷志略的原因，也是他從泉州兩度出海。由於此後福州成爲面向琉球的接待之地，泉州成爲南下西洋的航線起點，因而福建更出現了像張燮東西洋考、吴朴渡海方程、葉向高四夷考、王大海海島逸志等有關海外新知的文獻，這一有關海外新知的知識史，一直延續到著名的林則徐四洲志。老話説「草蛇灰線，伏脈千里」，歷史總有其連續處，由於近世福建成爲中國的海外貿易和海上交通的中心，所以，這裏會成爲有關海外新知識最重要的生産地，這才能讓我們深切理解，何以到了晚清，福建會率先出現沈葆楨開辦面向現代的船政學堂，出現嚴復通過翻譯引入的西方新思潮。

甚至還可以一提的是，近年來福建霞浦發現了轟動一時的摩尼教文書，這些深藏在道教科儀抄本中的摩尼教資料，説明唐宋元明清以來，福建思想、文化和宗教在構成與傳播方面的複雜性和多元性。所以，在八閩文庫中，不僅收録了譚峭化書，李贄焚書續焚書、藏書續藏書，林兆恩林子會編等富有挑戰性的文獻，也收録了張燮東西洋考、趙新續琉球國志略等關係海外知識的著作，讓我們看到唐宋以來，福建歷史上新思想、新精神和新知識的潮起潮落。

四

在八閩文庫收録的大量文獻中，除了福建的思想文化與宗教之外，也留存了有關福建政治、文學和藝術的歷史。如果我們看明人鄧原岳編閩中正聲、清人鄭杰編全閩詩録收録的福建歷代詩歌，看清人馮登府編閩中金石志、葉大莊編閩中石刻記、陳棨仁編閩中金石略中收録的福建各地石刻，看清人黄錫蕃編閩中書畫録中收録的唐宋以來福建書畫，那麼，我們完全可以同意歷史上福建的後來居上。這正如陳衍（一八五六—一九三七）在閩詩録的序文中所説「余維文教之開，吾閩最晚，至唐始有詩人，至唐末五代中土詩人時有流寓入閩者，詩教乃漸昌，至宋而日益盛」（續修四庫全書集部一六八七册，第四一一頁）。可見，宋史地理志五所説福建人「多向學，喜講誦，好爲文辭，登科第者尤多」，「今雖閭閻賤品處力役之際，吟詠不輟」（杜佑通典州郡十二），真是一點兒不假。

清代學者朱彝尊（一六二九—一七〇九）曾説「閩中多藏書家」（曝書亭集卷四四淳熙三山志跋，四部叢刊初編集部二七九册，上海書店一九八九年，第六〇一頁）。千年以來的人文日盛，使得現存的福建傳統鄉邦文獻，經史子集四部之書都很豐富，翻檢八閩文庫，就可以感覺到這一點，這裏不必一一叙説。需要特别指出的是，福建歷史上不僅有衆多的文獻留存，也是各種書籍刊刻與發售的中心之一。福建多山，林木葱蘢，具備造紙與刻書的有利條件，從宋元時代起，福建就成爲中國書籍出版的中心之一。宋元時代福建的所謂「建本」或「麻沙本」曾經「幾遍天下」（葉夢得石林燕語卷八，侯忠義點校，中華書局一九八四年，第一一六頁），更有所謂「麻沙、崇安兩坊産書，號稱『圖書之府』」的説法（新編方輿勝覽卷一一，第一八一頁）。版本學家也許將它與蜀本、浙本對比，覺得它並不精緻，但是，從書籍流通與文化貿易的角度看，正是這些廉價圖書，使得很多文化知識迅速傳向中國四方，也深入了社會下層。淳熙六年（一一七九），朱熹在建寧府建陽縣學藏書記中曾説到，「建陽版本書籍行四方，無遠不至」，可當時嘉禾縣學居然藏書很少，「學於縣之學者，乃以無書可讀爲恨」，於是一個叫姚耆寅的知縣，就「鬻書於市，上自六經，下及訓傳、史記、子、集，凡若干卷以充入之」。當地刊刻的書籍，豐富了當地學者的知識，也增加了當地文獻的積累，甚至扭轉了當地僅僅重視「世儒所誦科舉之業」的風氣（朱文公文集卷七八，朱子全書第二四册，第三七四五頁），這就是一例。到了清代，汀州府成爲又一個書籍刊刻基地，近年特別受到中外學者注意的四堡，就是一個圖書出版和發行中心，文獻記載這裏「以書版爲産業，刷就發販，幾半天下」（咸豐長汀縣志卷三一物産）。所以，美國學者包筠雅（Cynthia J. Brokaw）文化貿易：清代至民國時期四堡的書籍交易（劉永華、饒佳榮等譯，北京大學出版社二○一五年）就深入研究了這個位於汀州府長汀、清流、寧化、連城四縣交界地區的客家聚集區的書籍事業，繼承宋元時代建陽地區（如麻沙）刻書業，這裏再一次出現中國書籍出版史上佔據重要位置的福建書商群體。

可以順便提及的是，福建刻書業也傳至海外。福建莆田人俞良甫，元末到日本，由九州的博多上岸，寓居在京都附近的嵯峨，由他刻印的書籍被稱爲「博多版」。據説，俞氏一面協助京都五山之天龍寺雕印典籍，一面自己刻印各種圖書，由於所刊雕書籍在日本多爲精品，所以被日本學者稱爲「俞良甫版」。

從建陽到汀州，福建不僅刊刻了精英文化中的儒家九經三傳、諸子百家以及文選、文獻通考、賈誼新書、唐律疏議之類的典籍，也刊刻了很多大衆文化讀本，諸如西廂記、花鳥争奇和話本小説。特别在明清兩代書籍流行的趨勢和作爲商品的書籍市場的影響下，蒙學、文範、詩選等教育讀物，風水、星相、類書等實用讀物，小説、戲曲等文藝讀物，在福建大量刊刻。如果我們不是從版本學家的角度，而是從區域文化史的角度去看，這種「易成而速售」（石林燕語卷八，第一一六頁）的書籍生産方式，使得各種文獻從福建走向全國甚至海外，特别是這些既有精英的、經典的，也有普及的、實用的各種知識的傳播，是否正是使得華夏文明逐漸趨向各地同一，同時也日益滲透到上下日常生活世界的一個重要因素呢？

五

八閩文庫的編纂，當然是爲福建保存鄉邦文獻，前面我們説到，保存鄉邦文獻，就是爲了留住歷史記憶。

這次編纂的八閩文庫，擬分爲三個部分。第一部分是「文獻集成」，計劃選擇與收録唐宋以來直到晚清民初的閩人各種著述，以及有關福建的文獻，共一千餘種，這部分採取影印方式，以保存文獻原貌。這是八閩文庫的基礎部分，按傳統的經史子集四部分類，這是爲了便於呈現傳統時代福建書籍面貌，因而數量最多；第二部分是「要籍選刊」，精選一百三十餘種最具代表性的閩人著述及相關文獻，以深度整理的方式點校出版，不僅爲了呈現歷代福建文獻中的精華，也爲了便於一般讀者閱讀；第三部分則爲「專題彙編」，初步擬定若干類，除了文獻總目之外，還將包括書目提要、碑傳集、宗教碑銘、官員奏折、契約文書、科舉文獻、名人尺牘、古地圖等，我們認爲，這是以現代觀念重新彙集與整理歷史資料的一個新方式，它將無法納入傳統的四部分類，卻是對理解福建文化與歷史至關重要的文獻，進行整理彙集，必將爲研究與理解福建，提供更多更系統的資料。

經歷幾年討論與幾年籌備，八閩文庫即將從二〇二〇年起陸續出版，力争用十年時間，經過一番努力，打下一個比較完備的福建文獻的基礎。

當然，不能説八閩文庫編纂過後，對於福建文獻的發掘與整理就已完成。八閩文庫僅僅是我們這一兩代人的工作，還有更多或更深入的工作，在等待著未來的幾代人去努力。無論從舊材料中發現新問題，還是以新眼光發現新材料，都是建立在前人的基礎上，而又對前人的工作不斷修正完善的過程。還是朱熹寫給陸九齡的那句廣爲流傳的老話：「舊學商量加邃密，新知培養轉深沉。」用舊的傳統融會新的觀念，整理這些縱貫千年的歷史文獻，也就無論「人間有古今」了。

目録

海天琴思録

海天琴思續録

前言

海天琴思録八卷、海天琴思續録八卷，作者林昌彝，字蕙常，又字薌谿，别號有硃砚山人、茶叟、五虎山人等，福建侯官（今福州市）人。生於嘉慶八年（一八〇三），卒於光緒二年。道光十九年（一八三九）舉人。後因上所著三禮通釋獲建寧教授之職，晚年嘗客居廣州，一度掌教海門書院。

林昌彝以他的射鷹樓詩話表現了强烈的抗英愛國精神而聞名於後世，然而他的詩話著述實不止此，海天琴思録及海天琴思續録就是林氏續射鷹樓詩話之後所撰的另外兩種詩話。此外他還有敦舊集八十卷、詩人存知詩録三十卷兩部類似詩話的著作，均因卷帙浩瀚而未刊刻。

就海天琴思録及續録中所反映出來作者的思想而言，還是保持了射鷹樓詩話裏那種「射鷹（英）」的志向，如海天琴思録卷四中説：

余建射鷹樓，樓懸長幀射鷹驅狼圖，友人題咏甚夥。樓對烏石山，山爲英逆之窟穴。余於樓頭懸楹帖云：「樓對烏山，半獸蹄鳥跡；圖披虎旅，操毒矢强弓。」見者皆以爲真切。

又如卷三中答友人寓書問近況志事云：「『若使蒼天生有眼，應教白鬼死無皮』，此余之願望也。」可見他抗英之志至老不衰。故書中還偶爾録有記載和反映鴉片戰爭的詩作，如朱鑑成的海上及漢陽相公行就是如此。

當然，這兩種詩話都寫在同治年間，時第二次鴉片戰爭也已告結束，故書中較少直接反映抗英的作品。它的主要價值，在於記録了大量當時詩人的作品及其生平資料，如書中鈔録了陳壽祺、鮑桂星、魏源、張際亮、方濬師、林其年、桂馥、何紹基、長善、郭嵩燾等人的詩作，都可與他們的本集參校，而其中還輯録了一些不著名的詩人的作品，其人其詩端賴此書而得保存，因此這兩種詩話是考究當時詩壇的重要資料。

兩書中還鈔録了一些内容别致、題材新穎的作品，表現了隨着時代的發展，詩歌藝術突破傳統的寫法，如海天琴思續録卷六中寶鋆的奉使三音諾彦記程草一組詩，大量運用了蒙古語，堪稱獨出心裁。卷七中鈔録了斌椿同治五年（一八六六）遊歷歐洲時所寫的海國勝遊、天外歸帆兩集中的詩歌，可以説是早期國人對海外事物的記載，如其中至埃及國都初乘火輪車一首的小序，對火車作了詳細的介紹，在當時不無開闊眼界、引入先進的意義。

書中除了廣録當時人的詩作外，對前人詩的評騭考辨也有相當精審的意見，如海天琴思録卷一中駁正吴中野史載明高啓因作宫女圖絶句而罹禍的説法，以爲青丘之死，緣爲魏觀撰上梁文而起，對研究高啓的生平不無參考價值；又如評清初的詩人説：

> 樂有天籟、地籟、人籟，詩亦有天籟、地籟、人籟。近代國初諸老詩，吴野人，天籟也；屈翁山、顧亭林，地籟也；吴梅村、王阮亭、朱竹垞，人籟也。此中精微之境，難爲不知者言也。（海天琴思録卷六）

這種評價，確是頗有心得的見解。

這兩種詩話中的某些片段，較系統地闡明了林昌彝的文學思想，如海天琴思録裏開宗明義的第一段就説：「詩之要有三：曰格，曰意，曰趣而已。格以辨其體，意以達其情，趣以臻其妙也。」明白地揭示出意、格、趣爲詩之三要素。又如同書中解釋了「衣讔」之義，所謂「衣讔之義，即大喻譬之義也」。從而使人明白了他何以將自己的詩集取名爲衣讔山房詩集的道理，并表達了詩歌應重比興，講究含蓄藴藉之美的主張。

另外，書中的某些記事和掌故可作史料來讀，如海天琴思續録卷六中記丁杰製造開花砲的過程及此砲的大小尺寸與造法；卷八中引長善同官録序詳載總理各國事務衙門設置的時間、地點及其體制和人員的組成，都是研治近代歷史者值得重視的資料。林昌彝的著作中雖曾表達過强烈的愛國熱情和同情人民的願望，然其思想畢竟未能脱離封建文人的傳統觀念。如書中對太平天國和捻軍的污蔑之辭及卷四引張際亮食肉嘆自序中對兄弟民族的詆毁，都表現了他思想的局限。

海天琴思録與海天琴思續録分别於同治三年（一八六四）和同治八年（一八六九）在廣州刊板，此次整理就是依廣州刻本標點，并改正了一些明顯的錯字。由於我們識見所限，錯誤不當知所難免，尚希廣大讀者不吝指正。

王鎮遠　林虞生

海天琴思録

敍　言

詩旨，猶琴旨也，淺者得其聲，深者得其思。同年侯官林惠常徵君邃於經，精於禮，通於樂，而性於詩。前選射鷹樓詩話，力追正始，已渢渢逐人。兹游粤，出其篋中所藏平日訂定朋舊詩篇及詩教得失之旨，兼採粤中風雅，名曰海天琴思録。蓋以鼓琴者須得知音之人，聽琴者亦須得善鼓琴之人。徵君子論琴也，以清濁二均一十四調更絃之法，並某絃、某律吕、某聲字，詳爲解釋，以爲調琴之大規，實發周、秦以來未發之秘，本此以論詩，於此道思過半矣。故其所自爲詩，八音繁會，如張樂於洞庭之野，使人讀之忘倦。今歲把袂廣州，相得甚歡，出其所著詩録，屬爲之序。其論詩之精，一同論琴，請鋟諸版，以索知音。同治甲子季冬，定遠年愚弟方濬頤謹序。

弁語

家住西甌，游窮汗漫。盧敖若士，託興絲桐。九州茫茫，無爾無我。空青一髮，兀坐冥搜。太古之音，宛在吾指。扣之無語，琴聲低昂。天風海濤，神與心會。浮雲身世，逐輪轉蓬，萬里滄波，胸襟共闊。生平著録，已遇解人，舊識新知，晨星落落。抱琴人來，吾將隱焉。同治三年，歲在甲子仲秋，侯官硃砂山人林昌彝記於嶺南之海天琴舫。

海天琴思録 卷一

詩之要有三：曰格，曰意，曰趣而已。格以辨其體，意以達其情，趣以臻其妙也。體不辨則入於邪陋，而師古之義乖；情不達則墮於浮虛，而感人之實淺；妙不臻則流於凡近，而超俗之風微。三者既得，而後典雅、沖淡、豪俊、穠縟、幽婉、奇險之辭，變化不一，隨所宜而賦焉。如萬物之生，洪纖各具乎天；四序之行，榮慘各適其職。又能聲不違節，言必止義，如是而詩之道備矣。自漢、魏、晉而降，杜甫氏之外，諸作者各以所長名家，而不能相兼也。學者譽此詆彼，各師所嗜，譬猶行者埋輪一鄉，而欲觀九州之大，必無至矣。淵明之善曠，而不可以頌朝廷之光；長吉之工奇，而不足以詠丘園之致，皆未得爲全也。故必兼師衆長，隨事摹擬，待其時至心融，渾然自成，始可以明大方，而免夫偏軌之弊矣。

李東川五七古，俱卓然成家，滄溟獨取其七律，非作者知己也。

作邊柳詩，須切「邊」字，方不負題事。金華王西𨙸大令夢庚邊柳詩，聲調高壯，又復切題，不可移綴他柳。詩云：「入望依依積翠環，春風也復入邊關。青連苜蓿煙中壟，緑到燕支雪外山。苦送征鞍馳羽騎，喜隨羌笛唱刀環。戍樓遥認空濛處，畫出斜陽萬樹間。」

沖澹之詩，以柴桑翁爲最。唐人韋、儲諸人，學之而不到者，以其言有盡而意無窮也。順德梁遠文藹如有意學陶，稍能得其氣息，然非其至也。宿山家寄陳焕巖云：「薄暮過東莊，獨止溪澗曲。松根散古香，竹色延淨緑。主人進羹飯，蔬素意亦足。仰視河漢流，山月光入屋。對此思故人，自坐還自宿。」金山寺云：「巋然出層波，孤峯插天表。臺縈苔色淨，寺带鐘聲杳。仙蹤遠悠悠，法界近了了。微陽下前灣，數點漁舟小。」春曉云：「人間春夢覺，天清發晨光。庭前露氣滋，衆鳥爭飛翔。境靜心自愜，理得興乃長。幸無塵事擾，意外非所望。晴旭麗新緑，恬風披羣芳。出門望雲山，野色空青蒼。」

一家三世能詩，吾閩以許甌香友爲最著。甌香以諸生善書畫，詩尤孤曠高超，朱竹垞稱其「篇章字句，不屑蹈襲前人，如俊鶻生駒，未可施以鞲靮。」子不棄遇，一字真意，受詩於王阮亭，尤工絶句，爲黄莘田所私淑。孫伯調鼎、叔調均，詩均有矩法，不失風人遺旨。族兄天玉珌有鐵堂集，詩多雄健。王阮亭作慈仁寺雙松歌贈之，稱爲「閩海奇人」。許氏累世擅三絶，閨房亦嫻翰墨，風流文采，蔚映海濱。今其集藏于五世孫文璧家，未付手民，求之不得，難保其不湮没也。

宛平張積誠部曹，從余學詩，問潘四農論詩有三境，學詩亦有三境，何也？蓋詩有三境者，先取清通，次宜警鍊，終尚自然也。學詩亦有三境者，先求敏捷，次必艱苦，終歸大適也。夫鍊意、鍊氣、鍊格、鍊詞，皆鍊也。若專以鍊字爲詩，既落小乘，必入魔障；若不講鍊字，一味高論，遽希自然，彼自詡爲神來，識者譏其滑易耳。

張君問詩不苟作，是否？蓋名家集中，無題、遣興諸作，不可枚舉，然明璫、玉佩，實託喻夫君臣；燕雀、桑麻，仍自抒其藴蓄。脂粉媟褻，究非大雅之音；鄉里瑣言，何與風人之旨。此而不辨，觸處迷途。

詩務悦人，古來之通病，何論近今！西晉以降，如陸機、顔延年輩，鬬靡騁妍，渺無真氣，皆悦人之一念誤之也。

漢、魏詩似賦，晉詩似道德論，宋、齊以下似四六駢體，唐則詞賦駢體皆有之，北宋詩似策論，南宋詩似語録，元詩似詞，明詩似八股制藝，風氣所趨，實不能已。此潘彦輔之論，可謂深中情弊。余謂漢、魏之十九首，阮步兵之咏懷，不得謂之似賦；晉之陶柴桑，不得謂之似道德論；唐之陳、張、李、杜、高、岑、王、李、韋蘇州、元次山，不得謂之似詞賦駢體；南北宋之梅、楊、蘇、黄、陸、謝，不得謂之似策論語録；元之虞、揭及吳淵穎，不得謂之似詞；明之劉青田、高青丘、鄭少谷、曹石倉、陳卧子、顧亭林，不得謂之似八股制藝。有似有不似，須分别觀之，不可一概論之也。

五言絶句，最難著筆，昔人謂學之半生，無下手處也。

前人詠秋草詩，有一二聯渾脱，便傳誦人口；至四詩各自超詣，得不即不離之法，而復自見身分，是曰神品。鎮洋盛子履詩云：「西風吹老碧梧枝，河畔青非舊日姿。野色不堪殘霧裏，秋心况值夕陽時。邊城古驛行蹤少，旅館新寒客夢遲。憶得池塘水清淺，幾回吟瘦謝公詩。」「蒼莽郊原落葉辰，短榆衰柳並愁人。明妃塞北傷心淚，庾信江南老病身。鴻爪泥留溪影薄，馬蹄霜入燒痕新。孤燈夜雨他鄉客，檢點青袍一愴神。」「擬搴蘅杜贈靈修，落日平蕪滿眼愁。已恨江淹曾賦别，况逢王粲又登樓。長門瑶瑟停清弄，故苑銀箏憶樂遊。贏得美人遲暮感，楚天哀怨寄汀洲。」「去國王孫遠道邊，天涯回首獨凄然。舊時紫陌歌金縷，前度青驄控玉鞭。倦蝶翅低猶剩粉，暗螢影細不成煙。莫因晚序悲摇落，冷碧浮螺異俗妍。」如此詠物，方不愧離貌取神，釋氏所謂「無等等咒」也。

題封禪書詩，長樂劉次北七絶四首，合詠史之體，初讀之，謂極似薩檀河，以其用事典雅也。詩云：「七十二君事有無？軒皇遺蹟未全蕪。北巡已見橋山冢，更欲騎龍上鼎湖。」「牛腹朱書血未乾，將軍欒大又登壇。早知六印終胎禍，悔信文成食馬肝。」「爟火通霄夜降神，燭光髣髴見羣真。紛紛贊饗登符瑞，九葉靈芝一角麟。」「柏梁臺殿燕神君，甲帳靈旗卷夜雲。宛若嫁人巫蠱起，六宫妖祲杳難分。」

「枳籬茅舍掩蒼苔，折竹分花手自栽。不好詣人貪客過，慣遲作答喜書來。閒窗聽雨攤書卷，獨樹看雲上釣臺。桑落酒香薝蔔熟，畫船斜繫草堂開。」此吳梅村詩也。温柔敦厚，視平日雄麗，又變一格矣。

王龍標「大漠風塵日色昏，紅旗半捲出轅門。前軍夜戰洮河北，已報生擒吐谷渾。」人只愛其雄健。養一齋詩話謂其用意深至，殊不易測。蓋譏主將于日昏之時，始出轅門，而前鋒已夜戰而禽大敵也。較中唐人「死是征人死，功是將軍功」，渾成多矣。

古來一家能詩者蓋有，惟劉孝綽閨室七十餘人皆能詩，此亦千古佳話。

聲病之學，肇於齊、梁，以是相沿，遂成律體。南北朝迄隋諸詩人，率以儷偶諧調，可謂之律耳。趙益都談龍録謂聲病興而詩有町畦，然古今體之詩，成于沈、宋，開元、天寶間，或未之遵也；大曆以還，其途判然不復相入。由宋迄元，相承無改。勝國士大夫寖多不知者，不知者多，則知者貴矣。今則綽然不信，其不信也，由不明於分之之時也。見齊、梁體與古今體相亂，而不知其別爲一格。又常熟錢木菴良擇推本馮氏，著唐音審體一書，原委頗有可觀。

昔人謂往日所歷之境，今日思之，夢也；今日所歷之境，異日思之，亦夢也。塵寰擾擾，室家縈心，夢中之苦況也。蒙古白衣保詩云：「閒思往事還如夢，暫息勞生莫問家。」可謂先得我心。

少陵詩：「朱門酒肉臭，路有凍死骨。」歙王子槐侍郎秉心忠孝，抗節勵行，嘗有句云：「豪家萬錢如牛毛，貧家一錢如麟角。」讀者爲之惻然。屠緯真云：「朱門一夕之宴，白屋千日之糧。徵聲色則坐揮百萬，助貧乏則愛惜錙銖。貧而好施，功倍于富；富而好聚，苦倍於貧，爲其終身無饜心之境也。」屠君語可以醒世，彼爲富不仁者，直漚珠槿艷耳，一轉瞬而豪華安在哉？

粵東楊謙山大琛咏秦宮詩，用意深曲，詞旨婉約，王龍標之亞也。詩云：「五丈旗飄複道寬，曉粧人試緑雲盤。虛懸照膽秦宮鏡，不見長城白骨寒。」二十八字，足破鬼膽矣。

歙程春海侍郎在山左途中，有以姓名不見朝籍爲問者，侍郎作詩嘲之云：「露坐占星客有疑，異哉象罔竟何之？百官表上公亡是，八月槎頭某在斯。敢署玉皇香案吏，應吟賈客木棉詩。豈知僕僕羣僚底，寒暑都無休沐時。」此可謂善於解嘲。

詩從對面寫法，如唐人「巴山夜雨」「蘆荻花中」，皆有加倍一層境界。高青丘客中憶二女云：「每憶門前兩候歸，客中長夜夢魂飛。料應此際猶依母，燈下看縫寄我衣。」

華亭宋直方副憲徵輿，有「咸陽橋上三年夢，回樂峯前萬里愁」之句，久膾炙人口。王阮亭池北偶談謂其父幼清孝廉，精數學，直方生時，豫書一紙，緘付夫人曰：「是子中進士後，乃啓視之。」至順治丁亥，捷南宫，開前緘，有字云：「此兒三十年後，當事新朝，官至三品，壽止五十。」後果於康熙丙午遷副憲，至三品，明年卒官，年正五十也。副憲督學吾閩，嘗輯全閩詩選，又與臥子、舒章共選明詩。

「冰天破笠東林寺，雪夜孤燈左蠡船」及「偶然花月春江夜，共此蒹葭秋水心」，此華亭周宿來太守句也，具有韻致。閱筠廊偶筆，謂宿來官秋曹時，以恤刑駐節雪苑，有山人得罪別駕，欲加以刑，山人託言秋部執友，冀緩其責，實未嘗謀面也。別駕謁周，問之，答曰：「此余好友。」山人得無恙。一時推爲長者。松江詩話謂宿來守處州，開山路三百五十里，然火沃醋，巨石立碎，自括入甌，悉成康莊。則其人並有制作之才矣。

駱賓王詩「水勢急三巴」，陳元孝詩「漢朝終始在三巴」，王漁洋詩「三巴空有淚」。譙周三巴記聞：「白水環流，曲折三回如『巴』字。」華陽國志：「劉璋改永寧爲巴郡，以固陵爲巴東，安漢爲巴西，是爲三巴。」考李吉甫元和郡縣志：「項羽封高祖爲漢王，王巴蜀。天下既定，乃分巴蜀，置廣漢郡，武帝又置犍爲郡。劉璋爲益州牧，于是分自墊江已下，爲永寧郡。先主又以固陵爲巴東，於是巴郡分而爲三，號曰三巴。」此説三巴，與譙周曲折三回如「巴」字解異。

盛唐詩，各體俱妙，而王、孟之五言律尤最。二家詩多妙悟，王以高華精警勝，孟以自然奇逸勝。王詩有極雄渾者，如送劉司直赴安西云：「絶域陽關道，胡沙與塞塵。三春時有雁，萬里少行人。苜蓿隨天馬，蒲桃逐漢臣。當令外國懼，不敢覓和親。」他如「明月松間照，清泉石上流」「行到水窮處，坐看雲起時」「白雲迴望合，青靄入看無」「時倚檐前樹，遠看原上村」「江流天地外，山色有無中」「大漠孤煙直，長河落日圓」「草枯鷹眼疾，雪盡馬蹄輕」「古木無人徑，深山何處鐘」，此王詩以精警見也。孟詩有極澹宕者：「挂席幾千里，名山都未逢。泊舟潯陽郭，始見香鑪峰。嘗讀遠公傳，永懷塵外蹤。東林精舍近，日暮坐聞鐘。」他如「魚行潭樹下，蝯挂島藤間」「歇馬憑雲宿，揚帆截海行」「嶺蝯相叫嘯，潭影似空虛」「微雲澹河漢，疏雨滴梧桐」「氣蒸雲夢澤，波撼岳陽城」「卧聞海潮至，起視江月斜」「落日池上酌，清風松下來」，此孟詩以奇逸見也。若孟詩澹宕而兼奇氣者，如廣陵別薛八云：「士有不得志，棲棲吴楚間。廣陵相遇罷，彭蠡泛舟還。檣出江中樹，波連海上山。風帆明日遠，何處更追攀？」

作詩最忌少讀多作。蓋多讀少作，詩味往來胸中，遇題到手，觸處洞然，往往成爲天籟；若少讀多作，則胸無真趣，一舉筆，無不生吞活剥。余生平見以詩爲性命者數人，亡友家子萊孝廉，少作二千首，聞余論詩，盡棄去。日夕讀漢、魏、唐、宋諸大家，五年詩成，竟游道山。遺集即將付梓。

題畫絶句，最宜瀏脱，情韻不竭。文樹臣太守題畫詩云：「疎林一抹带斜暄，點點歸鴉淡墨痕。畫出江南秋色好，可憐黄葉已無村。」

余初到嶺南，象州鄭小谷比部獻甫兩招飲三元宫，並惠贈詩文集及鷄酒猪鴨。見余四兒慶荃詩卷，幾於撞破煙樓，遂題二詩云：「虎穴探虎子，鳳岡聞鳳雛。乃翁搔白髮，爲爾捋黄鬚。退學六詩義，進承三禮圖。前茅得後勁，吾道果非孤。」次云：「渥洼雖有種，機杼自成縑。大敵竟能勇，少年真不廉。以吾强弩末，勗子浮圖尖。家業堆連屋，徐將萬卷添。」二詩極見真趣，亦有真情。

余游嶺南，番禺潘鴻軒茂才恕，兩次招飲雙桐軒，花卉琴書，羅列雅澹。嗣君光瀛茂才，從余習舉子業。鴻軒詩才清麗，嘗記其春柳詩云：「四郊聞築亞夫營，嬝嬝春光寫不成。薊北久愁官驛阻，江南多傍戰場生。攀條擬賦從軍樂，染袂虚傳及第名。今日鶩潭西畔路，不堪重憶艷歌聲。」感時撫事，借題發揮，極見真切。

詩有借六書假借字，其義頗質而近古，如温庭筠詩「井底點燈深燭伊，共郎長行莫圍棋。玲瓏骰子安紅豆，入骨相思知不知？」借「燭」爲「屬」，借「圍棋」爲「違期」。「相思」爲紅豆之名，「長行」爲雙陸之名，借爲男之「行」、女之「思」。閩縣謝甸男在震詩：「池中蓮子堪求藕，天上弧聲只對狼。」此借「藕」爲「偶」，借「狼」爲「郎」。用假借字入詩，亦詩家之一體，深得周易、毛詩通假、譬喻之例。

盛唐五言律，王、孟而外，則有常建、劉昚虚、儲光羲諸人。常建詩「松際露微月，清光猶爲君」及「山光悦鳥性，潭影空人心」，劉昚虚詩「時有落花至，遠隨流水香」皆有沖澹超逸之氣。劉昚虚寄江滔求孟六遺文一首，則沈轉一氣，如「南望襄陽路，思君情轉親。偏知漢水廣，應與孟家鄰。在日貪爲善，昨來聞更貧。相如有遺草，一爲問家人。」此唐之古詩十九首也。姚姬傳謂：「漢水二句，亦所云兼復故實者也。」儲光羲詩「一夜苦風浪，自然增旅愁」，又「獨見海中月，照君池上樓」，皆與王、孟奇逸之氣不相高下。若祖詠之「南山當户牖，灃水在園林」，綦母季通之「塔影挂清漢，鐘聲扣白雲」；丘爲之「溝塍流水處，耒耜平蕪間」「春潮平島嶼，殘雨隔虹霓」，亦盛唐人之高妙也。

五言古詩，琴聲也，醇至澹泊，如空山之獨往；七言歌行，鼓聲也，屈蟠頓挫，若漁陽之摻撾；五言律詩，笙聲也，雲霞縹緲，疑鶴背之初傳；七言律詩，鐘聲也，震越渾鍠，似蒲牢之乍吼；五言絶句，磬聲也，清深促數，想羈館之朝擊；七言絶句，笛聲也，曲折繚亮，類羌城之暮吹。

前明桐城方密之以智，紛綸五經，融會百代，著通雅一書，可稱精確，附詩話二十餘則，極有契會。今採其數則，如謂「法嫻辭贍，無復懷抱使人興感，是平熟之土偶；仿唐泝漢，作相似語，是優孟之衣冠。」「古人奇懷突兀，躍而騎日月之上，憤而投潢汙之中，不可以莊語，故以奇語寫之。奇者多刱，刱刱於不自知，俗人效步邯鄲，則杜撰難免矣。」「周易爲大譬喻，盡古今皆譬喻也；盡古今皆比興也；盡古今皆詩也。」「存乎其人，乃爲妙叶，人不能反覆於三百、楚辭、漢魏樂府，烏有能藴藉溫雅者乎？」所論甚確。密之長歌詩云：「出門衹攜一卷書，豈可五侯七貴同馳驅？作詩不入時人眼，且與燕市丁東按檀板。三斗酒後燈放花，渾脱舞作漁陽撾，滿堂烈烈崩風沙。忽然住，得一句，手揮四座騎馬去。」

吴江郭頻伽麐與鎮洋盛子履論詩曰：「蘭茗蚤榮，柏栝晚茂，物性之不齊也。春敷其華，秋落其實，天運之自然也。骨騰肉飛，横馳捷出，旁魄萬有，牢籠百態，憚赫鬼神，驅走雷雹，此畸才絶足，壯盛智慧之所長也。原本雅故，根極理道，感時往來，寓物榮顇。銑貞㲉潔，淵瀞谷邃，如積穀粟，不易尺璧，如藏繒絮，不羨翠羽，此耆年宿學，浮華剥落之所爲也。天不能違序而成功，物不能易性而自奇。文章之道，實參天人，循究篇章，載繹微恉，渟涵演迤，一往而永。涉境而賞會必深，指事而悲愉自至。在人意中，出我腹内，皮毛解駮，歸乎一真，非菁華之既竭，何疲茶之足譏？與年少而背馳，豈光英之不若。僕雖乏十駕之勤，略識九變之貫，耄及則先，蓺成多媿，聊附荒言，比於農馬而已。」頻伽此節，頗有見地，於詩一道，似有究心，非等鄕壁虚造、正牆而立之流，徒成空話也。

鄭都官以詠鷓鴣「雨昏青草湖邊過，花落黄陵廟裏啼」句得名，二語何必的切鷓鴣，且咏物亦不見離即得神。不如其揚子江頭一絶，較見瀏脱。詩云：「花月樓臺近九衢，清歌一曲倒金壺。坐中亦有江南客，莫向春風唱鷓鴣。」都官若以此鷓鴣得名，較見身分。

宋徐仲車贈山谷詩云：「不見故人彌有情，一見故人心眼明。忘却問君船住處，夜來清夢繞西城。」此詩深厚之氣，爲絶句勝境。

吳縣袁永之衺與顧東橋書云：「立言之道，其難有六：學難乎淵該，事難乎綜覈，辭難乎雅健，氣難乎沖和，識難乎貫融，志難乎沈澹。兼是六能，而假以歲月，庶矣。」永之此節，論詩極精。故其自爲詩，聲既清會，辭亦藻拔，爲金風亭長所賞。其移居峴山精山精舍云：「山寺闕精廬，移居性所適。寧知賓客稀，漸與城市隔。岡巒何秀美，蒼翠還日夕。夏木密以陰，幽鳥來几席。開窗見漁舟，湖水清且碧。焚香日晏坐，遺興在篇籍。余本迂散人，禪林亦靜僻。茲焉遂吾好，已矣思屏跡。」

福州長樂劉次北大令永標詩，蒼秀而清健，五言律能繪難繪之景。句如「人煙當市密，邨勢去城長」「孤峰當落日，獨鳥下秋雲」「斷雲當面散，瘦樹入天高」「雲影走山背，鳥聲飛水邊」「薄雲晴過樹，斜月靜當門」「身世雙蓬鬢，乾坤一敝裘」「牛跡隨邨勢，人煙隔水光」「魚罾沙岸夕，松火野船分」「生理看詩卷，春愁起雨聲」「江流當郭合，城勢倚山高」「野碓灘聲暮，山園麥氣蒼」「山雲遮萬笏，燈火靜千門」「格格鳥聲瞑，昏昏山氣寒」「山園宜種麥，户口半規魚」「野人看雨至，江鳥帶雲飛」「亂峯爭落月，流水送飛星」「鄉夢閒逾戀，灘聲曉漸低」「天光連樹動，池影帶星閒」「野曠奇難盡，舟行景易移」「江晴煙羃樹，山迴月沈波」「江空人語迴，風定櫓聲柔」「人待隔江渡，橋通何處邨」「燈光連岸去，橋影跨天來」「霜風催旅食，雪月寫春晴」「河流聲到岸，睢水勢趨城」睢水在宿遷。「倦馬趨邨疾，歸雅擁樹啼」「叢樹遠愈碧，浮嵐薄未蒸」「旅懷輕白晝，醉眼厭青山」「雲凍不成雨，雪明何處山」「巖泉晴更落，山雪遠逾明」「風遲雲勢緩，雨密爨煙低」，皆可入主客圖。

本朝駢體文以胡天游爲最，蓋得於張説、蘇頲之氣魄爲多；外此孔廣森，得力於任彦昇、庾信二家；孫星衍、洪亮吉學六朝，多古節；楊芳燦、盛大士極爲幽豔；方彦聞全學選體；陳恭甫師亦學任彦昇，特古樸少遜。其餘自鄶以下，半邾、莒之國，無譏焉耳。

蘭谿布衣范遵甫路博通古今，抱貞履信，賣藥市門，行歌帶索，詩文多見道之言。昔人謂太丘道廣，廣則不周；仲舉性峻，峻則少納。竹垞謂遵甫廣不混俗，峻不汚物。所修孔氏之學，則儒者師之；所明釋氏之教，則淨行傳之；所著文集，則詞人録之。其詩不費鍛鍊而出，誦之妍雅和平。其遭亂賦詩云：「東去大海一千里，赤脚踏著珊瑚枝。」可謂精警。性孝友，且潛心性命之學，不闢釋氏。偶然作云：「青青江岸山，活活江流水。夫豈不高深，有象終必毁。」又云：「我嘗夜分坐，仰天見北斗。風吹百草頭，月出萬山口。」一丘山遠望句云「白浪秋高漁艇没，黄茅雲老野花空」，此布衣蹈海作也，語亦蒼秀可愛。

「資清以化，乘氣以霏，遇象能鮮，即潔成輝。」此羊孚之言也，馬仲良移以評高子業詩。子業，嘉靖癸未進士。朱竹垞謂其詩如食哀家梨止渴、水精鹽進酒者也。其五古五律，尤爲朗澈。元日同谷子廷云：「微陰原上明，片日雲中霧。青霞照深池，白雪停幽樹。共貪歲欲新，不厭日旋莫。」句如「天寒客路永，日暮衆山深」，益州王濆南謂其造語精綺，信然。

余教授建溪，欲訪一能詩者而不可得，有無名氏題野亭句云：「十里溪山如畫裏，閒來偶作口占詩。」余謂「占」字不作平聲，「口占」之「占」，入今二十豔，章豔切。謂凡作詩者，隱度其辭，口以授人，曰「口占」，謂不親起草也。訂譌雜録辨之頗詳。

前明七子，規模漢、魏、盛唐，未免太似，故轉授輕薄者以口實。然變而爲抱蘇守陸，斯取法愈卑矣。趙氏談龍録云：「攻何、李、王、李者，曰彼特唐人之優孟衣冠也。余見攻之者所自爲詩，蓋皆宋人之優孟衣冠也。均優也，則從唐者勝矣。」余謂趙氏之論，以何、李、王、李摹唐爲較勝，然學詩實不論漢、魏、六朝、唐、宋，皆可學，特詞與意之別耳。何、李、王、李，特詞多意少，貌似神離，故目爲優孟衣冠。近日學蘇、黄而不能變换者，則蘇、黄之優孟衣冠耳。李空同七古詩，有得高達夫、岑嘉州法度者，不得謂之優孟也。

高季迪宫女圖絶句：「女奴扶醉踏蒼苔，明月西園侍宴迴。小犬隔溪空吠影，夜深宫禁有誰來？」桐鄉金檀注引吳中野史載季迪因此詩得禍，因引昭示諸録及豫章罪狀爲證。此皆在後之事，難以牽引。惟詩綜云：注或有爲而作，亦未可知。按：此詩載青丘詩集，而青丘遺集又有紅蕉仕女絶句，後二句與此首略同，不知實何所指？詩云：「蕉花包露月中開，酒渴初尋出逕苔。憑仗小厖休吠影，深宮那得外人來？『外人』二字，見漢書。乃丁外人也。」按青丘之死難，蓋爲魏觀撰上梁文，魏觀因弗禮于武弁，武弁銜之，嗾御史張度廉其跡，株連青丘置法，是與賦詩賈禍無涉。魏觀以府署文武左右倒置，移于張士誠舊居。青丘爲撰上梁文。魏觀及禍，株連青丘，至于置法。

詩有雙聲疊韻，唐人皮、陸常有此體。按：韻語陽秋引陸龜蒙詩序曰：疊韻起自梁，武帝云：「后牖有朽柳。」當時侍從唱和，劉孝綽云：「梁王長康强。」沈休文云：「載戴每礙碌。」自後用此作小詩者多矣。戲諧之語，往往載於史策。按皮、陸雙聲疊韻之體，於詩轉拘。然少陵亦多用之，以其用字沈響也。南史謝莊傳：王玄謨問莊：「何者爲雙聲？何者爲疊韻？」答云：「互護爲雙聲，嗷嗃爲疊韻。」考學林新編，古人以四聲爲切韻，必以五音爲定。蓋東方喉聲爲木音，西方舌聲爲金音，南方齒聲爲火音，北方脣聲爲水音，中央牙聲爲土音。雙聲者，同音而不同韻也。疊韻者，同音而又同韻也。互、護同爲脣音，而不同韻，故謂之雙聲；嗷、嗃同爲牙音，而又同韻，故謂之疊韻。高青丘疊韻吳宮詞云：「筵前憚嬋娟，醉媚睡翠被。精兵驚升城，棄避愧墜淚。」自注云：

「皮、陸嘗有此作，因戲效之。」

少陵近體，五言律四十字中，包涵萬象，至數十韻、百韻，運掉變化，如龍蛇穿貫，往復如一綫。錢虞山杜詩箋，於杜詩長律轉折意緒，都不能了，所箋亦極多謬論。惟桐城姚姬傳五七言近體選，深知杜法。

駢體文宋、元以下，均失荏弱。漳浦黄石齋先生駢枝集，奇古盤鬱，沈博絶麗，爲勝國之弁冕。

鍾嶸詩品論詩，以骨氣奇高，爲詩品第一。余謂元代之藍山，近代之吴嘉紀，其庶幾乎？然藍明之雄處多，吴野人淡處多。

拜孔林詩，作者多以鋪張贊頌爲長，究竟下語雷同，未能免俗。余讀大興舒立人位缾水齋詩鈔曲阜拜聖人林下七言律三首，别開生面，以悲慨蒼涼之筆，寓身世遭逢之感，可謂前無古人，後無來者也。其一云：「也列門牆弟子行，百端交集思茫茫。生無煖席悲行路，死有深衣記閉房。四尺崇封雷雨避，兩楹殘夢地天荒。杏花壇上春歸去，腸斷東君一瓣香。」其二云：「少年嬉戲長遨遊，鐵絶三撾老未休。劫火紅燒秦月令，史才青削魯春秋。出家仙佛開生面，入彀英雄到白頭。十二萬年無大過，著書纔不負窮愁。」其三云：「讀書容易廢書難，初志蕭條晚節寒。半部功名輸吏牘，一堂歲月誤儒冠。身非兕虎琴三弄，道在蟲魚鋏再彈。爲是絶糧仍負米，飽嘗粗糲百年餐。」長洲宋思仁謂立人詩「超越變化，乘空凌行」，陽湖趙雲松謂立人詩「開徑如鑿山破，下語如鑄鐵成」，非溢語也。

少陵詩妙在比興多而賦少。管韞山謂摩詰爲正雅，少陵爲變雅，觀二櫻桃詩可見。不知少陵櫻桃詩，比興體也，言外有人在；摩詰櫻桃詩，特賦體耳。

作詩者須知博依之義。記曰：「不學博依，不能安詩。」依者何？廣譬喻也。依或爲衣，博依者，知比興也。深于比興，便知博依，蓋隱語也。説文：「衣，依也。」白虎通云：「衣者，隱也。」漢書藝文志詩賦家有隱書十八篇。師古引劉向别録云：「隱書者，疑其言以相問，對者以慮思之，可以無不諭。」韓非子難篇云：「人有設桓公隱者，曰一難、二難、三難。」吕氏春秋重言篇云：「荆莊王立三年，不聽而好讔。」高誘注云：「讔，謬言。」「成氏公賈之讔云：『有鳥止于南方之阜，三年不動不飛不鳴，是何鳥也？』王曰：『其三年不動，將以定志意也；其不飛，將以長羽翼也；其不鳴，將以覽民則也。是鳥雖無飛，飛將沖天；雖無鳴，鳴將駭人。賈出矣，不穀知之。』明日朝，所進者五人，所退者十人，羣臣大悦。」史記楚世家亦載此事，爲伍舉曰：「願有進隱。」裴駰集解云：「隱，謂隱藏其意。」時楚莊拒諫，故不直諫，而以鳥爲譬喻，使其君相悦以受。與詩人比興正同，故學詩必先學隱也。其後淳于髡、鍾離春、東方朔皆善隱，淳于髡事與成公賈同。司馬遷以爲滑稽，蓋未識古人之學矣。

嘉靖中倭亂起，侯官張半洲經即張都。總督浙直軍務，半洲行止未能決，質之召乩者，乩動，大書曰：「我關雲長也。」題詩云：「萬里縱横事已空，戰袍裂盡血猶紅。夜來空有思鄉夢，雨暗關河路不通。」經殊惡之。後遭讒棄市，死于趙文華之手。

安成彭氏築菴山中，命僕守之，暮有女子自稱小冰人，徑入卧室，僕固拒之。女云：「只見船泊岸，不見岸泊船，何無情乃爾。」尋登僕榻，僕懼，取佛經執之。女笑云：「經從佛出，佛豈在經耶？」天將旦，僕起擊菴鐘，女取髻上牙梳掠鬢，忽走入松林不見。壁上題詩六首，其一云：「妾住小水邊，君住青山下。青年不可再，白日坐成夜。」其二云：「只見船泊岸，不見岸泊船。豈能深谷裏，風雨誤芳年。」其三云：「薄情君抛棄，咫尺萬里遠。一夜月空明，芭蕉心不展。」其四云：「解下羅裙带，無情對有情。不知妾意重，只道妾心輕。」其五云：「經從佛口出，佛不在經裏。郎在妾心頭，郎心隔千里。」其六云：「月色照羅衣，永夜不得寐。莫打五更鐘，打得人心碎。」此鬼雖如毛遂之自荐，而僕則若魯男之閉門，感雉者似乎多情，而相鼠者近于無體矣。

山陽魯蘭岑孝廉一同，詩古文詞，皆有師法，其題下邳壁間二律，感時撫事，別有懷抱，慷慨悲歌。詩云：「趙北飛塵並馬來，江南小雨又迎梅。水聲易别荆卿驛，山勢仍回項羽臺。滄海有家難作客，乾坤何事復須才。長淮草閣宜高卧，莫漫閒愁對酒杯。」「大河西下水渾渾，歸取江南自有村。夢裏鶯花仍杜曲，望中煙雨已彭門。關河歷歷催華髮，禾黍油油入故園。便欲攜鋤去東海，那能無地飯王孫。」

人之處世，熱不如冷，濃不如淡，躁不如静，惟達人方知此味。金華于紫巖有見及此，其薄薄酒詩云：「薄薄酒，可盡歡；粗粗布，可禦寒，醜婦不與人爭妍。西園公卿百萬錢，何如江湖散人秋風一釣船？萬騎出塞銘燕然，何如驢背長吟灞橋風雪天？張燈夜宴，何如濯足早眠？高談雄辨，不如静坐忘言！八珍犀筯，不如一飽苜蓿盤；高車駟馬，不如杖屨行花邊。一身自適心乃安，人生誰能滿百年？富貴蟻穴一夢覺，名利蝸角兩觸蠻。得之何榮失何辱，萬物飄忽風中烟。不如眼前一杯酒，憑高舒嘯天地寬。」

燃脂續録曰：「閨秀吴絳雪，永康人，嵊縣訓導士騏女，著有六宜樓稿、緑華草。」予曾得其全集，清才麗句，目不暇賞。如憶外云「鄉書愆社燕，歸信失秋蓴」；送人北上云「雪高添嶽色，冰壯失河聲」；贈某云「秘書諧佶屈，古曲辨妃豨」；聽琵琶云「急管揮冰雹，遲聲媚落花」；春日即事云「曉理瑶琴弦尚澀，醉臨禊帖格差肥」；元夜云「笙歌地覺春如海，燈火人忘月在天」；寒食省墓云「滿澗啼鵑春雨暗，十年樹木緑煙多」；閑居云「荷花冉冉清宜晝，瓜蔓離離韻欲秋」；送外弟云「夕照桑麻新鷺堠，春風桃李舊鱣堂」；春日漫興云「寒食新煙官柳緑，飼蠶天近女桑穠」；清明憶外云「貧家蔬筍憐佳節，驛路風波阻遠人」；贈某世弟云「負笈曾稱高足第，閉門重著等身書」；上某年伯云「啼鳥落花山自韻，清泉蕞竹路深幽」；上某上舍云「詩人留跡稱丁卯，野客搜奇誌癸辛」；送外云「遠志記誰呼小草，荷花自昔號芙蓉」；寄外云「琴書作伴君非寂，井臼持家我慣貧」；病起書懷云「流水不爲緘恨去，春風空解入幃來」；抱姊子作嗣云「人誇似舅同無忌，我羨生兒讓莫愁」；暮春云「社燕將雛花漸落，晴鳩呼婦椹初紅」；感懷云「蟋蟀不知離別恨，夜深偏向短垣鳴」。此等數十聯，俱膾炙人口，豔極一時。或云絳雪姿容妍麗，更能曉音律，兼繪事，作花草翎毛極工，蓋所長不獨於詩也。

女史吳絳雪淑而多才，早寡，抱姊子爲繼，作詩云：「子易陰陽栢，榮分姊妹花。」案太平清話：「宋高宗時，高麗國進陰陽栢，一栢僅二尺許，每歲左華則右實，右華則左實。」以「陰陽栢」對「姊妹花」，工巧絶倫。又七律云：「人誇似舅同無忌，我羨生兒讓莫愁。」按莫愁有二，梁簡帝莫愁歌云：「盧家少婦字莫愁，十二採桑南陌頭。十五嫁作盧家婦，十六生男似阿侯。」此莫愁與妓名莫愁者迥別。以之對宋書何無忌，典巧不纖。晚唐詩「西園公子名無忌，南國佳人字莫愁」，推爲千秋巧對。而此亦以「無忌」「莫愁」作對，而另有二人，真天造地設也。

吳絳雪詩，原本性情，憲章風雅，五七絶尤超異，七律亦擺脱凡俗。題畫云：「淡日横翠微，泉聲相斷續。空山静無人，深林出黄犢。」題晴湖春泛圖云：「畫橈縹緲欲凌空，兩岸花開映水紅。三十里湖晴一色，春來都在曉鶯中。」題李夫人禮佛樓云：「炎埃夏日遍塵寰，羡殺高樓晝日閒。誦罷法華時眺望，開窗無數夕陽山。」寄翠香二姊云：「迢迢銀漏轉深更，風雨聲多夢不成。記得前年樓上飲，玉蘭花外共聽鶯。」春日雜詠云：「數里平蕪遠眺明，倚樓人怯杏衫輕。芳郊雨後春如繡，無數風鳶出曉晴。」「宿雨迷離霧未消，黄鸝聲遠路迢遥。垂楊兩岸溪流緩，一带春陰緑過橋。」「牡丹一樹燦瑶臺，爭對東風瀲豔開。春到人間工點染，等閒都到此花來。」「幾番雨細更風斜，池面初聞出水蛙。小圃無人春自到，柔藤開遍忍冬花。」别剡邑云：「林間落月映人低，縹緲輕輿出剡溪。秋色留人無限好，水禽山鳥百般啼。」舟泊蘭江云：「久客歸心急遠旌，黄昏喜見故鄉城。帆檣繞郭人音雜，燈火臨江夜市明。斜月女牆寒擊柝，秋風官渡遠鳴鉦。歸家剛值黄花節，促換輕舟趁水程。舟人到岸則鳴鉦。從蘭江再上，大船難行，因换小舟。」贈隣女云：「綺檻輕風作曉寒，喃喃絮語忘朝餐。談兵未必深閨事，偏挽鄰娃説木蘭。」寄外弟時在台州。云：「貧賤驅人少勝籌，天台境好任淹留。尋仙不是韶年事，好遇桃花便轉頭。」聞琵琶有感舊曲云：「低唱清樽無限情，四絃何處韻淒清。分明暮雨春江上，十二年前倚舫聽。」王昭君紙鳶云：「佳麗千秋得最難，高飄偏許萬人看。碧空深處東風冷，可似西宮獨處寒。」「自悔無金與畫工，紫臺一去類翩鴻。人情大抵多翻覆，只合高寒傍月宫。」

崇禎時，侯官水西一百二十四歲翁林煦齋先生名春瀚，有句云：「濛濛斜照人煙澹，渺渺輕帆遠浦遥。」翁年五十一無子，五十二舉一子，目見五代同堂。年六十方登鄉榜，年六十六登會榜，至一百二十歲重赴鹿鳴嘉宴，時以爲人瑞。有楹帖云：「六十登科，甲子還登甲子榜；五旬生子，長孫還抱長孫兒。」此古今之稀有者矣。

白樂天哭皇甫七郎中詩云：「涉江文一首，便可敵公卿。」注云：「持正奇文甚多，涉江一篇尤佳。」案：皇甫持正集十卷，刊於吾閩。其集中無涉江文，知爲亡逸。錢曾云：「孫可之得文章真訣于來無擇，無擇得之于皇甫持正，持正得之于韓吏部退之。斯文自有真傳，非同俗學之冥行擿埴，自以剽耳傭目爲能事也。」

靜春居三國志疑年録，謂曹操最感橋太尉之恩，引爲生平知己。赤壁之戰，二喬年皆三十以外，操豈有鎖二喬之心？杜牧之詩，是爲失言。儀徵阮文達公赤壁詩云：「千古大江流，想見周郎火。草草下江陵，匆匆讓江左。縱使不東風，『二橋』亦豈鎖。」此詩見解，與疑年録同。

瞿宗吉説詩引張光弼春日云：「一陣春風一陣寒，芭蕉長過石闌干。只消幾個懵騰醉，看得春光到牡丹。」宗吉謂其詩隱刺淮張而作，詞婉情深，有風人之遐思。案：淮張用事，諸人宴安逸豫，不以烽警爲虞，光弼詩隱刺之，得風人之旨。今檢張光弼詩集二卷，不載此首，何耶？

陽湖洪稚存太史亮吉所著北江詩話，始刊於廣州，誤謬繁多。如引呂星垣題博狼椎，「狼」誤作「浪」，「狼」見漢書，呂詩誤而洪氏不能正之，疎矣。又以李太白爲山東人，殊不知杜詩「汝與東山李白好」，「東山」乃隴西之東山，作山東誤。又引宋朱巖以第三人及第，王禹偁贈詩曰「榜眼科名釋褐初」，是宋亦以第三人爲榜眼，稚存以此爲異聞，不知唐、宋、元以下，並有以狀元爲榜眼，榜眼爲探花，或以探花爲狀元者，或三名均爲榜眼者，不勝枚舉，稚存特舉一人以爲異，陋矣。又謂鵲巢避太歲，此襲博物志及陸師農埤雅之説，强分太一、太歲爲二也，書傳無謂太歲之衝爲太一者。又謂陸務觀之妻唐氏失節於後，案務觀因母悍，婆媳不相容出妻，不能責其失節。又引莊子「每下愈況」誤作「每況愈下」，此乃爲方文輈時文而誤者，「每下愈況」見莊子，謂屠猪者，每至腿以下愈肥也。又謂朱學士筠自福建學使任滿歸，案笥河督學吾閩祇半任，無任滿也，其半任乃其弟石君代之也。又謂趙秋谷宫贊罷官南遊，過吴門，宋綿津以與漁洋合刻詩貽趙，趙以柬復宋云：「謹登漁洋詩鈔，綿津詩謹璧。」此大誤，詩集璧謝，乃黄六鴻行取北上，以詩及土儀送趙事，趙謹領土儀，詩集璧謝，黄銜之刺骨，後黄爲御史，趙以國服未除演長生殿劇，黄劾之，趙於此時落宫贊職，非落職後游吴門，又有璧謝綿津詩集之事也。當時有詩嘲之云：「自家也有三分錯，莫把彈章怨老黄」是也。稚存詩話僅一册，分六卷，徵引事實如是疏忽，殊不可解。

昌黎南山百韻詩，殊少意理，可作可不作，若張亨甫太弋山步韻韓昌黎百韻，直可不作矣。

鎮洋盛子履學博大士，稟瑰異之質，好深湛之思，修學好古，發爲駢四麗六文，鑱刻隱隟，揚摧麗藻，東南壇坫，卓然雄師。計偕春官，與長安士大夫掎裳聯襼，傳觴授簡，縞紵之交，敦盤之會，文盟定霸，衆賓翕然。其爲詩盤薄鬱積，蝹蜦萎蕤，連犿譎詭，縱恣自喜，出入于昌黎、昌谷，而時委迤於歐、梅、范、陸間。其題畫絶句云：「粉本迂癡下筆初，可能煙火氣先除。許多石髮千絲亂，略似周秦篆籀書。」「遠岫雲連遠水青，空中花雨散冥冥。無端分出人天界，只隔山腰一角亭。」子履畫入神品，故言之有味如此。又邗上春社詞云：「幾日春陰雨未成，蘆茅初放草初生。酒香村店花如雪，一路鞭絲帽影行。」「春林薄雪草堂開，別後庭陰護蘚苔。我似穿簾新燕子，剛逢社日故飛來。」「放牐春流引短篷，爲移農具訪鄰翁。治聾酒味清於水，漫祝篝車惱社公。」可謂深婉。齋居詩句云「林煙影直風初息，簷雨聲微雪欲成」；姑孰懷古云「地多戰士埋金甲，山愛詩人作墓田」；烏江云「名姬駿馬英雄淚，野渡扁舟父老情」，亦豪健可誦。

山左歷城毛寄雲尚書鴻賓，戊戌翰林。總督兩廣，駐節粵東。粵東自英夷反側而後，人心士氣，幾不可問。尚書莅粵，凡夫民生國計之所關，務持大體，至誠惻怛，鼓舞人心，振作士氣，奮其精神，百廢俱舉。常論善用威者不輕怒，善用恩者不妄施。與巡撫湘陰郭筠仙中丞同舟共濟，拯粵民於水火之中，士民德之。尚書性雅淡，好山水。咸豐三年春，家居，以御史臺奉命團練至裘家莊，莊在歷城迤東六十里，相其谿山秀麗，風俗淳古，乃築别墅居焉。嘗有詩云：「杖藜緩步當輕車，風景田家畫不如。休怪豚蹄工祝語，廿年前已讀農書。」尚書詩出天籟，娟秀澹逸，不假雕飾，在陶、謝、王、孟之間，其性情之恬，會心之遠，素所樹立然也。嘗讀其詠懷詩云：「翛然思遠游，抗志超常倫。無端嬰世網，性天幸未湮。朗抱澄皎月，幽懷鑒貞珉。所安唯義命，窮達匪由人。曠觀數千載，默證半百身。炎涼閲世局，華膴同埃塵。千駟富安在，首陽遺蹟新。齊物未爲達，矯性亦失真。敢希松喬侣，願作懷葛民。吾將尋吾樂，豈曰學隱淪。」出東郭云：「攬轡出東郭，逝將歸敝廬。遠矚南山側，石流清且紆。生意滿林薄，當春仍發舒。好鳥鳴高枝，晴暉涵太虚。及時勤東作，耕稼樂有餘。物性自安適，嗟予獨踟躕。」其二云：「昔年未筮仕，心如白雲閒。今兹抗塵俗，依舊戀故山。簪纓豈不羨，富貴何大慳。莫如安吾素，學道常閉關。」南山行云：「崎嶇南山路，捫蘚陟翠微。時有好風至，飄然吹我衣。黄犢循坂轉，白鳥穿雲飛。下視南東畝，叠石周四圍。宿麥含雨膏，遠林藹春暉。農家自有樂，征人胡不歸？豈爲戀升斗，羽書紛交馳。何時鼓鼙歇？衡門詠樂飢。」山中栢云：「濯濯堤上柳，鬱鬱山中栢。含芳值良辰，一色洞青碧。眄彼嫵媚姿，見者心悦懌。歲序忽經寒，憔悴無顔色。虬枝何偃蹇，拔地驚奇特。盤錯幾千霜，柯葉不改易。空谷寄遐心，孤幹標風格。堅貞性固殊，冷落情彌適。知音世所希，巖阿自愛惜。」尚書弘奬風流，愛才如命，當代王阮亭、畢秋帆二老，于今再見矣。

作詩須有真趣，隨意賦物，能使人意往。太倉唐實君孫華題畫磻谿云：「尚父精神老更遒，一竿唾手取神州。諸侯八百皆貪餌，只有夷齊不上鈎。」語有趣味。

詠豆腐詩，尠能雅切。嘗見唐實君和座主楊公咏豆腐云：「傳聞菽乳出劉安，好爲先生補食單。菘韭正宜銀縷細，虀鹽雅稱玉堂寒。燃萁未苦相煎急，試手初成小轉丹。世傳腐出淮南王，以點丹法成之。異日應教添俊味，瓠盧爛煮更堆盤。」

咏雪詩，禁體難於着筆。柴桑陳東浦奉茲敦拙堂詩集有雪詩，能傳出雪之精神，不易得也。詩云：「續雨久不聞，映窗忽爲色。登樓縱觀動，江城轉靜極。對酒無小户，温經遇新得。天下幾寒儒？共此忘歎息。」

眇目山人論詩有三等，語頗妙切，有堂上語、堂下語、階下語，知此三者，可以言詩矣。凡上官臨下官，動有昂然氣象，開口自別，若李太白「黄鶴樓中吹玉笛，江城五月落梅花」，此堂上語也；凡下官見上官，所言殊有條理，終不免有局促之狀，若劉禹錫「舊時王謝堂前燕，飛入尋常百姓家」，此堂下語也；凡訟者説得顛末詳盡，猶恐不能勝人，若王介甫「茅簷長掃淨無苔，花木成蹊手自栽」，此階下語也。可謂能近取譬。

前明黎城僧懶雲能詩，其題山水箑一絶，體格自淨，頗有唐音。詩曰：「攜笻小步踏蒼苔，遥指青山雲正開。澗水松風聽不絶，又教童子抱琴來。」僧皎然見之，定當把臂禪林也。

番禺張南山太守黄鶴樓詩，意境空闊，爲集中之冠。詩云：「仙人去後詞人去，但見長江日夜流。江上白雲應萬變，樓前黄鶴自千秋。滄桑易使乾坤老，風月難消今古愁。惟有多情是春草，年年新緑滿芳洲。」

南山懷仙詩四首，蓋爲未娶而斷絃作也。句有「浪説蘭香嫁張碩，不知仙子憶劉晨」，上句用杜蘭香，下句用仙子，似落空。考同原録有載劉晨遇二女事，二女一曰麗英，一曰霄貞，麗英一作麗質，霄貞一作霄袗，仙子改爲名字，較貼切。

金華王蘭汀鹺尹家齊云：「詩教所施，至廣且博，自郊廟朝會，祭祀燕饗，使臣之諮詢，軍旅之勞旋，以及友朋交遊贈答，近而室家昆弟，歡好和樂，遠之羇旅行役，怨恨愁苦，其大者若政治之得失，民俗之臧否，古人靡不發爲吟咏以見志。故詩之爲用至宏，君人者將觀覽而興革政教，因之化民成俗。學詩者用以感發志意，而治其性情，考鑒得失，識所趨向，學術正而人材奮興，胥於是乎賴。故聖人立教，於詩尤諄諄焉。後人去聖久遠，代有作者，體製迴殊，源遠而流多歧。其能者，識足以探學術，辨沿習，奮迅思力，以求合於古人立言之旨；昧者不察，所見既蔽於淺近，所造復安於固陋庸猥；又其甚，爭名之念勝，奮其私智，倡爲新説，舍正雅而趨詭異，流失遂不可究極。則詩教之弊也。豈古今性情學術有殊異哉！」蘭汀論詩，此節可爲近日淫哇之戒。

蘭汀五言律詩，在浣花、右丞之間，有直接浣花者。港口曉發云：「樹樹朝含霧，村村曉出雲。春流低岸没，霽景亂峰分。瀑布懸崖落，漁歌遠浦聞。忘機偕海客，行入野鷗羣。」

作詩有身分，則詩不虚作。蘭汀詠白鷺云：「聯翩看振鷺，浩蕩比馴鷗。信爾清江上，蕭疎何所求？側身蘆荻宿，隨分稻粱謀。斯意伊誰識？吾生亦自浮。」讀此可覘品概。

柴桑即德化縣。陳東浦奉玆著敦拙堂詩集十三卷，其於孺慕之誠、師友之誼，以及學問、志節、經濟、事功，一一皆流露于詩，非漫然作也。蓋陶柴桑後，復見此君。桐城姚姬傳謂其詩才力沈毅，其發也騫以閎；功用刻深，其出也慎以肆：以其善學杜子美，世人蔑有逮焉。大興朱文正公贈詩有「功高匹翁孫，吟苦宗山谷」，無愧色焉。余最愛其五言古、五言律，雅淡似陶，雄瘦似杜，五律直擣少陵之室。句如「極感鳥饑意，深愁花後時」「朔風新陋巷，春夢舊長亭」「寒蟬兼鳥暮，遠水帶雲秋」「牽船移北斗，看火過前村」「岸色馳寒草，江聲捲霽雲」「暗磯縈浪轉，寒日映雲團」「官舍躋青石，人煙覆白沙」「日霽石田水，風香春柏林」「細路盤霏雨，高岡會勁風」「遠村籠月色，新穀蘊蟲聲」「池漲蓮趺側，田肥稻本長」「青崖横石出，黄葉晚風斜」「溪水仍浮色，蟲聲似有懷」「春水涵桃萼，晴風長豆花」「釣船波上定，酒旆寺前斜」「水田春鴨喚，麥地老農看」「青苔光破水，翠麥秀延坡」「叢蘭抽細葉，春鳥噪空林」「清水隨楊柳，微風入李花」「江曠籬邊月，山涼寺下鷗」「天光掣林木，池影倒行人」「寄情從遠得，答問入忙能」「竹色深園爨，烏聲大入風」「園蔬立沙鳥，村火混江煙」「碧蘿垂洞合，白鳥拂碑過」「急流車底過，疎雨炬邊明」「黄花鋪野闊，烏鳥立巢高」「春水深觀活，江雲卧視新」「江痕添夜雨，田色待良苗」「雀窺倉隙語，蟲近坐隅吟」「煙村開僻遠，水石媚清寒」「拓几瓶花落，巡檐瓦雀窺」「土竈薪皆櫪，煙篷網得魴」「雲遠一聲鴈，風沈何處春」「濕雲低戀竹，新漲亂穿林」「晚桂香逾馥，秋蟲網更多」「風輪收岫雨，雲碓轉灘雷」「林雨垂桐子，田泥養稻孫」「空船堆網罟，遠寺簇蜩螗」「野風聞酒熟，秋水見荷餘」「帆開孟津闊，岸擁太行多」「岸垂高柳色，波泛白鵝羣」「蟬嘶雲日動，雞上屋山重」「川引孤城曉，雲凝數岫秋」「危橋措落石，孤笮駕驚淵」「驚江波盡白，遠柳氣初青」「雲氣夕無限，庭階秋已生」「遠泉入塞急，野鳥狎人低」「碧稻兼葵淨，清渠帯鴨流」「古廟欹泥馬，晴空定紙鳶」，語語經鍛鍊而出。

青蓮絶句，純乎天籟，非人力之所能爲；龍標則字字百鍊出之，兩家蹊徑各别，猶畫家之有南北二宗也。龍標詩，絶句百鍊中多以神運，不落迹象，如：「烽火城西百尺樓，黄昏獨坐海風秋。更吹羌笛關山月，無那金閨萬里愁。」潘四農謂：「此詩前二句，便全是笛聲之神，不至更吹羌笛矣。」四農可謂識曲而得其真。

鄭嵎津陽門歌，爲全唐詩第一長篇，中言羅公幻術，頗爲怪異，然至逢繯上之山鬼，不能爲官家指發六軍，其幻術亦不足重矣。

懷古詩宜包括醖釀，一邦沿革，瞭如指掌，非泛作通共懷古也。金華王蘭汀䃥尹懷古諸詩，均能舉其大要。吴中懷古云：「虚廊屧響碧山陬，風起梧宫動客愁。傅粉冶容懷越女，採蓮遺調聽吴謳。城闉積圮紛麋町，劍氣銷沈黯虎丘。卻上靈巖更憑弔，胥濤怒捲海門秋。」燕臺懷古云：「變徵聲悽慘不懽，故人幾輩白衣冠。督亢地迥黄雲暗，易水風迴落日寒。劍術畢生輸蓋聶，烏頭終古怨燕丹。狂歌結客荆高市，望眼金臺爾許寬。」楚中懷古云：「九辨悲憂繼九歌，靈均哀怨奈愁何？囊搴香草芬芳積，淚染班筠點滴多。北渚憑捐湘浦佩，西風初起洞庭波。傷心年少長沙傅，手製鴻文弔汨羅。」咸陽懷古云：「上林邐迤接甘泉，卅六離宫夾道懸。太壹初聞陳寶鼎，昆明幾見肆樓船。褒斜西望連雙華，涇渭東流匯八川。函谷丸泥成底事？論都愁賦二京篇。」沛中懷古云：

「高臺一賦大風歌，三尺親擕古太阿。社禱枌榆偕父老，雲飛芒碭接關河。故人道舊懽愉極，遊子懷鄉感慨多。咫尺斬蛇溝畔路，宵聞嫗泣淚滂沱。」洛中懷古云：「鼎徙咸陽定洛陽，漢家飛伏故靈長。全羅郡國成鈎黨，盡聚金錢作室堂。鳥篆奇文矜小技，石經妙迹勒中郎。平津愁絶螢飛夜，萬乘無端向北邙。」蜀中懷古云：「蛇鳥猶懸八陣圖，永安宮闕久荒蕪。漢家火德憑闚井，丞相軍聲記渡瀘。玉壘銅梁號天險，巴歌渝舞豔名都。閟宮一體長祠祀，魚水君臣曠代無。」鄴中懷古云：「萬瓦飄零付刼灰，猶傳遺址古三臺。纔看寶鼎當塗徙，旋見銅仙洛浦來。形勝千秋河朔地，文章一代建安才。西陵寂寞聞歌吹，繐帳風生劇可哀。」金陵懷古云：「江山龍虎自縈蟠，王氣銷沈足浩歎。雙闕觚稜峰影峭，六朝羅綺浪花寒。水犀浩蕩明玄武，金粟飄零黯瓦官。照影降幡餘劫火，石頭城尚倚巑岏。」隋宮懷古云：「大隄風絮亂斜暉，殿脚三千往事非。盈斛曉催螺黛入，漫山宵見野螢飛。玉鈎埋骨悲黃土，錦段裁帆豔繡幃。消歇迷樓舊歌舞，雷塘春草故芳菲。」渚宮懷古云：「風烟漠漠渚宮秋，往事繁華逝水流。無復旃旗趨藪澤，徒餘臺榭圮山丘。荒唐雲雨詞人賦，參錯宮商下里謳。千古三閭遺恨地，不堪王粲賦登樓。」越臺懷古云：「蠻夷嶺海恣崎嶇，竟據南禺作霸圖。逐鹿雄心徒屈强，抱孫晚節自嬉娱。閉關書被任都尉，愛客裝貽陸大夫。一自戈船爭下瀨，朝臺惆悵聽啼烏。」

□□□亦有懷古詩十七首，閩中懷古項聯云「甌縣壺天閩縣石，考亭書室幔亭雲」，吾閩謂之西甌，並無甌縣，西甌對浙之東甌也，「甌縣」二字無來歷。頸聯云「巖中物産茶爲業，海底神通醋是文」，吾閩崇安武彝山多茶樹，崇安去省垣約八百里，惟在地鄉民有採茶者；閩中十府二州，實無以此爲業者，此咏古者尚嫌掛漏。

山房隨筆四禽言，録其鵓鴣鴣一首，音節悲愴：「鵓鴣鴣，鵓鴣鴣，帳房遍野相喧呼。阿姊含羞對阿妹，大嫂揮涕看小姑。一家不幸俱被擄，猶得同處爲妻孥。願言相憐莫相妬，這箇不是親丈夫。」此等詩入樂府，試問誰可敵手？

前明劉才甫曰：「魏武短歌，意多不貫，當作七解可也。」「謗我何嘗非賞識，欺人畢竟不英雄」，此楊果勇侯芳句也。横戈荷戟之中，有此羽扇綸巾之度，亦爲罕覯。

長洲顧幼耕茂才，爲耕石太史嗣君，有西山梅花句云：「擬伐重輪桂樹叢，移將僊骨廣寒宫。」有味乎其言之。

湘潭羅仰山咏春柳詞云：「長隄摇曳自年年，爲愛風流思渺然。一半春情描不就，東風催起雨催眠。」語有趣味。

崔灝黄鶴樓詩「昔人已乘黄鶴去」，昔人，謂費文禕也。文禕昇仙，駕鶴過此，因以名樓。

詩出六經，流爲聲律之工，詩教衰矣。蓋詩本無達旨，多託比興，真意所發，其詞最耐咀嚼。今蒲城太華山人王仲山司馬益謙，勤政愛民，在吾閩人耳目。司馬宦吾閩，多善政，詳象州鄭小谷比部所撰别傳。而詩句留傳，遍於寰宇，是政事能兼文學者也。其詩之有係于官箴民瘼，尤勤勤致意，性情之流露，其素所樹立然也。余讀其宦署自箴云：「吾身未仕時，家居本一民。入官治百姓，所治即吾身。」下語痛癢，其殫心瘡痍可想也。又讀其「父從山左歸，曳杖娱林藪。母兮素矍鑠，近亦成白首」云云，及「不如白華詩，真樂尚可久。解組歸南陔，繞膝祈壽耇」云云，則依親爲命，孺慕不衰可想也。他如綣懷骨肉，篤念諸友諸作，天真懇摯，至性過人，見於篇什。其生平之學問志節，經濟事功，使千載之下，誦其詩固可知其人也。同胞弟靜山都轉增謙，擅古文詞，得歐、蘇氣息，世稱爲二難云。

朱竹垞閩中海物雜詠七首，詠蟳云：「緑蒲包海蟳，味勝蟹胥滑。一笑過江人，嘔心爲蟛蚏。」案事文類聚後集介蟲云：「吕亢守台州，命工作蟹圖，凡十二種：一曰蝤蛑，二曰撥掉，三曰擁劍，四曰彭蜎，五曰蝎朴，六曰沙狗，七曰望潮，八曰倚望，九曰石蜠，十曰蜂江，十一曰蘆虎，十二曰蟚蜞。」容齋四筆云：「吕亢作蟹圖，一曰蝤蛑，乃蟹之巨者。」案「蝤蛑」即蟳也，有大者，亦有小者，兩螯有毛者爲蟚蜞，兩螯無毛者爲蟳也。十二種統名曰蟹，故蟳亦曰蟹也。其實吾閩只呼爲「蟳」，不曰「蟹」也，蓋蟹小而蟳大也。案十二種中，惟蟳之性最補太陰脾土，有毛之蟹則最寒脾胃，故與柿同食者，輕則下利，重則嘔利並作。埤雅云：「蝤蛑大者長尺餘，隨潮退殼，一退一長，兩螯能與虎鬬。有斑文如虎，曰『虎蟳』，亦名『鬬公蟹』。又有石蟳差小，而殼堅如石，春冬時有之。」案：虎蟳之性，雖不及蟳之補脾，亦不若蟹之犯中，故蟹之有毛者，有毒也。若小蟹之性冷，吾閩均以薑鹽醃而食之。閩小記：「蟳，一名蝤蛑。」即謂無毛之蟳也。閩省志：「蟳似蟹而大。」所云長尺餘者，據埤雅爲説也。余初到粵東，鄧蔭泉中翰、潘鴻軒茂才各招飲，席間均有蟳，余曰：「此蟳也。」粵客某愕然曰：「此蟹也，何以呼曰蟳？」在座者又誤蟳爲蜃，不獨誤物，並誤音矣。余謂昔人讀爾雅不熟，嘔心而死；粵客辨埤雅不真，至死亦不識蟳之味，可爲捧腹。

昔和友人漁梁懷古云：「四州保障稱張觷，萬户安全仗李綱。」案范汝爲據福建建州爲亂，人但知韓世忠統兵勦之，殊不知乃張觷之力也。觷，福州閩縣人。建炎三年攝郡事，郡卒丘虞、童歡等結黨爲變，觷得其籍凡六十人，捕而殺之，無漏網者。紹興初爲守，會范汝爲叛謀福唐，賴觷堅守，骾其咽喉，瀕海四郡，不罹其禍，觷之力也。至韓蘄王兵到，欲屠建州，李忠定星夜飛馹至仙霞，乞止之，時汝爲已被執。

崇安藍靜之先生諱誠，著藍山集，性明敏，善屬文，百家子史，莫不究竟底藴。在元爲武彝山長，遷邵武尉，謝去，結廬於武彝南山之陽。偕其友張雲松、雲壑及諸弟，吟咏以終其身。弟智，字明之，號澗，先生之同母弟也。詩文與兄齊名，人以二蘇、二范目之。靜之卒年七十一。明興，訪遺賢，澗以經明行修舉任廣西僉憲，有善政，卒於官。藍山靜之詩得山水之音，其次穆之暮春述懷云：「鏡中短髮已蒼蒼，卧病經旬笑剥床。風雨暗催春事老，山川遥接暮愁長。一犁新緑農耕少，萬石陳紅海運忙。偶爾趨晴扶杖出，鶯啼谷口藥園荒。」題六朝遺秀圖云：「登臨長意鳳凰臺，六代興亡入壯懷。山色只知今日好，水聲如訴舊時哀。天低白日浮雲合，地勝黄金與土埋。王謝諸公吟未了，雅歌留待後人來。」

藍智之藍澗集，五言律深得杜骨。秋日遊石堂奉呈盧僉憲五首云：「萬壑分雲樹，雙崖共石門。乾坤山寺改，風雨草堂存。野水通樵逕，林花覆酒尊。幽禽自來往，清景似桃源。」「名山餘石室，勝地得高人。門掩千峯暮，茶分五馬春。傅巖淹日月，嚴瀨動星辰。爲報青雲侶，如何白髮新。」「明時驄馬客，高興寄林巒。萬里曾持節，三峯早挂冠。水涵仙掌動，天入幔亭寒。浩蕩風雲際，蒼生憶謝安。」「荒郊通逕僻，落野閉門深。

白日羲皇世，青山綺皓心。潛蛟多在壑，宿鳥獨歸林。知爾荷鋤倦，時爲梁甫吟。」「萬古神仙宅，清秋御史家。玉壺開緑酒，金鼎出丹砂。巢許名終隱，松喬跡未賒。卜鄰如有地，小築傍烟霞。」

智之七言律詩，風骨高騫，氣魄雄偉，非吾閩十子之派。客舍雨中云：「鳳皇臺北御河東，客舍孤烟四壁空。江上蒹葭連暮雨，天涯絺綌動秋風。五湖波浪迷歸雁，兩鬢塵沙感斷蓬。回首故山松桂晚，夢魂猶在白雲中。」九月八日巴河阻風答孟原僉憲云：「江湖萬里喜同遊，漫向巴河滯客舟。茆屋誰家還白酒，菊花明日又黄州。故園風雨生秋夢，上國雲山入暮愁。賴有故人相慰藉，燈前談笑亦風流。」姑蘇懷古云：「故國城池豈闔廬，西風臺榭尚姑蘇。歌催越女酣春宴，兵散吴江失伯圖。輦路草生空走鹿，女牆月落更啼烏。可憐猶自矜紅粉，十里荷花遶太湖。」金州上湘原作寄張觀復李子上云：「喬木蒼蒼覆古城，人家鷄犬似昇平。清湘一水涵秋色，黄葉千峯送晚晴。地接東溟瞻日近，天空南斗覺星明。軺車奏詔觀風俗，石壁題詩紀政成。」風雨上馬峽寄孟原僉憲云：「沙頭又報驛船開，江上溟溟細雨來。馬峽濤聲驅灩澦，龍門雲氣接蓬萊。天高已覺雙星轉，槎近何須八月回。後夜桂林相憶處，鳳簫明月步丹臺。」入義寧山中云：「疎篁古木抱雲吟，野店山橋入桂林。青草江山春瘴重，落花風雨夜寒深。一官便擬歸田計，萬里長懷戀闕心。却憶故人霄漢上，霜臺翠栢曉森森。」鄂渚泊舟云：「鄂渚風高木葉零，扁舟日暮泊漁汀。人煙橘柚連山郭，秋水蒹葭帶洞庭。江色遠分雙鳥白，天光倒影一峯青。夜涼直欲窺河漢，祇恐旁人訝客星。」

靈洲詩録，番禺徐子遠國子生灝著。國子生以説經兼通韻語，詩筆清雄娟秀。三十六江樓晚眺懷胡伯薊云：「秋色陰晴催晚涼，菰蒲淺碧蒹葭蒼。斜風瑟瑟捲殘雨，初月微微窺夕陽。樹底鳴蟬斷還咽，園邊浴鳥飛成行。離騷有客竟安在？三十六灣天一方。湘南有三十六灣，許渾詩云：『縹緲臨風思美人，荻花楓葉帶離聲。夜深吹笛移船去，三十六灣秋月明。』」吴都督六奇墓云：「英雄出處瘴江濱，遺墓蕭蕭碧草新。誰表無雙天下士，曾傳一曲雪中人。淮陰進食飄零日，吴市吹簫落拓身。自昔窮途多感遇，封侯骨相本殊倫。」寄篴雲從叔閩中云：「匹馬征衫落木秋，蠶叢西去此咽喉。千盤棧道人如織，三折巴江水自遒。葛相軍營多廢壘，滕王臺榭總荒丘。知君得遂平生願，歷井捫參紀壯遊。」

金學士王庭筠能詩，工行草書法，其黄花山一絶，聲調髣髴太白。詩曰：「掛鏡臺西掛玉龍，半山飛雪舞天風。寒雲直上三千尺，人道高歡避暑宫。」邊華泉、謝茂秦謂詩與行草俱入化矣。

碧雞漫志曰：「斛律金敕勒歌曰：『敕勒川，陰山下，天似穹廬蓋四野。天蒼蒼，野茫茫，風吹草低見牛羊。』」眇目山人謂金不知書，同於劉、項，能發自然之妙。韓昌黎琴操雖古，涉於摹擬，未若金出性情爾。

長洲汪鈍翁農部琬納涼絶句云：「衡門兩版掩松風，葵扇桃笙偃仰中。就與孫劉相闊絶，不過令我不三公。」論者謂此老倔强，而詩之風趣，極見灑然。

康熙己未，乾隆丙辰，皆有鴻博科，以羅天下賢俊瑰琦之士。嘉慶己未，雖未試鴻博，然是科進士人才之盛，論者謂不在康熙、乾隆兩大科下。其中卓犖兼賅衆長者，如德清許周生邃於經學，詩亦雅淡。嘗讀其鑑止齋集和黄山谷情人怨云：「喚起遼西夢，殘妝印枕紅。含情窺鏡檻，無語倚簾櫳。卻下玉階立，殷勤祝塞鴻。緘書何日到？看取首如蓬。」落葉云：「青雲爭意氣，夢不到衡廬。落葉西風滿，空庭流水如。易逢天上雁，難得故人書。牢落江楓外，新知有老漁。」柳枝詞贈歌者云：「春人弱帶自依依，媚煞迴波不肯歸。羌笛千枝吹夜月，柔情化作夢雲飛。」「瀉影流波去不迴，汀蘅洲芷共徘徊。題詩合問韓東老，别後情襟可得開？」即景云：「急雨才收爽便天，水天澄鏡拓新奩。山腰雲氣連山頂，碧落風高露一尖。」又作二十字云：「濕雲擁山隈，落日照山㟷。雲日兩無心，山容自明滅。」沂州道中云：「茅屋依林住水東，遥山青入白雲中。馬蹄似戀秋光淨，緩踏平沙步更工。」

余游嶺南，癸亥課徒無量寺，有詩僧夢湖，喜余詩，嘗以小楷鈔余詩入金剛篋中。余嘗記夢湖秋夜寄譚逸之聖光云：「竹聲疑有雨，蟲聲苦幽寂。虚室夜無人，孤懷誰與適？忽悟無生法，缺月掛素壁。自顧形影忘，目送秋山夕。」宿西巖寺云：「午夜襟寒眠不成，空山牢落旅魂驚。松聲花影移昏眼，斗見芭蕉月一亭。」遊三仙巖句云「雲水翱翔天地闊，河沙宿業古今留」，寄梁芾亭慧海云「銅鉼咒罷烏啼月，藥鼎丹成鶴在煙」，均可與「歸儒歸不歸和尚」比肩接踵。甲子春，余移席節署，夢湖寄余橄欖雙函詩一卷，余記以詩云：「夢湖和尚稱風雅，橄欖雙函一卷詩。」此僧亦復不俗。

吾閩荔枝最佳者，爲泉州之「陳家紫」，大如茶鍾，無核，味美，于回竟日不退，勝於楓亭之品。楓亭之荔，又勝於福州；福州神光寺之荔，又勝於西禪寺，故西禪之荔，乃吾閩之最下者也。朱竹垞游閩，只食西禪寺荔，故詩文集中論荔，均重粵而薄閩。曝書亭集題名云：「品荔者，或謂閩爲上，蜀次之，粵又次之；或謂粵次於閩，蜀最下。以余論之，粵中『挂緑』，斯爲最矣。福州佳者，尚未敵嶺南『黑葉』。而蔡君乃云『廣南精好者，僅比閩中之下等』，亦鄉曲之論也。」竹垞啖福州荔七言古末四語云：「端明譜中三十有二品，大槩綃衣雪作衽。粵人誇粵閩誇閩，次第胸中我能審。」竹垞詩文，於閩荔均有微詞，不知味者不可與言味，粵荔「挂緑」已酸澀不堪食，況「黑葉」乎？大江南北人品荔者，已有公論，非閩、粤人口舌所能爭也。

廣州花縣，爲本朝郃陽王給事又旦建。按給事典廣東鄉試還，以花縣接峒人壤，土寇結連，出没劫商旅，請建縣治，設官吏。廣州四縣，交賴以安。朱竹垞嶺外歸舟雜詩十六首之九云：「新開花縣壓層巒，羣盜停探赤白丸。不是郃陽王給事又旦，湞陽行旅至今難。」

余生平作詩，雅不喜先得句而後安題，是以集中有篇法而少句法。近檢兒子慶荃雜録，嘗記余舊句，湖口云「煙散千舟集，花深獨燕歸」；塘棲舟中云「山禽啼水裏，寺犬吠雲中」；江北蕪園云「嬾雲如有恨，衰草亦多愁」；江行句云「村遠人如獺，山深雲作家」；舟中句云「水色摇殘葦，蛙聲鬨夕陽」；月夜舟中云「波聲過峽壯，月色上舟明」；坐月云「夜静聽山瀑，燈昏鳴砌蟲」；寓館感懷口占云「蛟龍失勢如蚯蚓，鸞鳳孤棲比鶩鷗」，均爲家范亭所擊賞。

海東青，鷙鳥也，宋徽宗喜畫之，瞬即身覊五國。長沙此鳥，能亡人國，好之實無趣味。嘉應温伊初海東青歌，歷言其不祥。今英逆之入中華，其「鷹」「英」同音之先兆乎？其詩云：「海青汝來自海濱，汝産自五國黄沙岩石間，汝有白爪鋒稜稜。當時遼人打女真，歲羅汝輩貢中京。高秋寒空風氣鷩，金睛閃爍如雷霆，搏狐攫兔捷若星，毛血四洒平蕪藾。延禧小子尤狂顛，歲歲鷹房遣子千，長罿密網逾白山。女真不勝其苦辛。混同釣魚啓禍萌，阿骨昂昂氣騰騫。一朝瀋陽動鼓聲，土崩瓦解無堅城。夾山之奔何顛傾，卒也不得免其身。噫嘻乎！延禧汝不聞昔日穆天子，造父執轡駕龍驤，西征犬戎得白狼，當時若不早歸來，中國已屬徐偃王。曾不思王者之道不貴異物國用昌，胡爲乎金眸玉爪之是臧？坐令宫闕成丘荒。青兮青兮！只道爾能擒天鵝于青蒼，誰知爾能亡人國如孫疆。」

尤西堂所著雜俎中有「臨去秋波那一轉」時文一首，乃鈔襲前明楚南湘中黄九煙文集中七篇之一篇也。袁簡齋咏床、咏錢諸七律，乃鈔襲雍正朝其同鄉崔邠詩集也。崔集藏於侯官學訓導南屏陳廣文處。

德清許周生詩，有情致纏綿，隸事典雅者，如豫章舊事戲咏云：「仙山渴鳳最無聊，冤魄天牢鎖寂寥。易耐雪霜難耐寡，却來塵世伴文簫。」「射鶴巖前控步軿，雀屏消息竟全乖。仙人應是憐無匹，轉妒人間好事諧。事見徐鉉稽神録。」「屬對天然才思多，劇憐少寡似姮娥。深宫一去添惆悵，牛背重教憶阿婆。清江范氏少寡，嘗屬對云：『墨落杯中，一片黑雲浮琥珀；梳横枕上，半輪殘月照玻璃。』爲楊東里所賞，以薦入禁中爲女學師。一日，題老婦牧牛圖曰：『貴妃空死馬嵬坡，出塞昭君怨恨多。爭似阿婆牛背隱，笛中吹出太平歌。』宣廟見之，曰：

『彼不樂居此矣。』封夫人，遣歸。」「白日昇天本渺茫，先春結子太荒唐。先祠冷落巫雲杳，封股空憐定二娘。事見甘露園集。」四詩置之徐釚本事詩選中，居然妙品。

葛立方詩話：蘭亭修禊，羲之、謝安、孫綽、孫統、王彬之、凝之、肅之、徽之、徐豐之、袁嶠之、謝萬十有一人，賦四言、五言各一首；王豐之、元之、蘊之、渙之、郗曇、華茂、庾友、虞悦、魏滂、謝繹、庾蘊、孫嗣、曹茂之、華平、亘偉十有五人，或四言，或五言，各一首；王獻之、謝瑰、卞迪、卓髦、羊模、孔熾、劉密、虞谷、勞夷、后緜、華耆、謝藤、王儗、吕系、吕本、曹禮十有六人，詩各不成，罰酒三觥。

畫品：明宣廟時，戴文進進呈秋江獨釣圖，畫一紅衣人垂釣水次。畫家紅色最難著，文進獨得古法，待詔謝廷循等妒之，奏曰：「此畫甚好，但大紅是朝廷品官服色，却穿去釣魚，甚失大體。」宣廟頷之，遂揮去，其餘幅不復觀。曝書亭集題畫云：「數株枯柳倚苔磯，話別沙頭客未歸。多事錢唐戴文進，釣師渲染著紅衣。」

曝書亭集洞霄宮題壁云：「天柱峯高倚晚晴，琳宮消歇斷碑横。砂牀竹下搜難得，卧聽山禽擣藥聲。」案：洞霄宮在餘杭九鏁山三十里而近，又十里至大滌洞天，洞有紹興中諸人題名。路轉，皆礨石，爲歸雲洞，徑絶無路，洞前即洞霄宮。嘗有虎卧宮前松樹下，爲仙人郭文騎以買藥，不咥人者。地有擣藥鳥啼灌木。黄石齋先生書院在焉。鄧牧心所撰大滌洞天志，南渡以後提舉宮觀諸大臣，概未之載，誠爲闕典。朱竹翁嘗考舊史以補鄧志之闕。案臨安志：「洞霄宮在餘杭縣西南十八里，漢武元封三年創宮壇于大滌洞前，爲投龍祈福之所；唐高宗時，遷于前谷，爲天柱觀；光化二年，前王更建；國朝大中祥符五年，漕臣陳文惠公堯佐以三異奏，賜額爲洞霄宮，仍賜田十五頃，復其賦。」又案臨安志：「大滌山洞天中峯之上，有許遠遊昇天壇，丹竈瓦甓尚存；天柱山在洞西南隅，乃五十七福地，地仙王伯元主之。」

朱竹垞水碓聯句，用職韻，中忽雜以「急」字，入緝韻；既用「徑隘流轉急」，又用「藤竹需孔急」，且犯重複。考查夏重敬業堂集附此詩，改「轉急」爲「亟」，又改「孔急」爲「棘」，歸於職韻，慎於竹垞矣。

壬子，余應禮部試，吾家范亭觀察廷禧招飲龍爪槐，席間有優人侑酒。范亭以曹阿瞞分咏，主客四人，限「青天難欺」，余拈「欺」字，詩先成，范亭爲之贊賞。詩云：「一家詞賦共驚奇，横槊當年壯咏詩。腹痛也知思舊友，頭惛終悔殺神醫。奸雄留話王髦劍，妒忌休猜孝女碑。真塚陝河今代毀，莫將朽骨向人欺。真塚在陝河，康熙時爲某寡婦所毀。」范亭又以咏庾子山絶句命題，以「金烏奔飛」爲分韻，余拈「奔」字，詩云：「烽火連天晻斷魂，東宮避寇又西奔。郢州忽喜蕭韶在，怎奈羌忘割袖恩。」以子山與蕭韶少相狎也。適優人爲蕭姓，范亭爲之拍案叫絶。

百花墳在廣州城北，一名梅坳，爲明妓張喬葬所，後人多題詠者。南海譚玉生梅坳訪張喬墓云：「縱補寒梅析作薪，百花當日自成春。勝朝丘壟留存少，詞客精魂去住頻。豈必嬋娟皆薄命，未經離亂殆前因。斷碑蕪没何從讀？太息蓮鬚閣主人。」

黄山谷水仙詩「山礬是弟梅是兄」，朱竹垞石丈詩「山礬以爲兄，海棠以爲友」。案都卬三餘贅筆：「宋曾瑞伯以十花爲十友，各爲之詞。荼蘼韻友，茉莉雅友，瑞香殊友，荷花淨友，巖桂仙友，海棠名友，菊花佳友，芍藥豔友，梅花清友，梔子禪友。所定之名，甚見雅切。」

海天琴思録　卷三

竹莊詩話二十四卷，遍蒐古今詩評雜録，列其説於前，而以全首附於後，爲詩話之佳品也。竹莊居士，不知何代人。

同里吳蓬山茂才，名文海，余嫂氏之兄也。能詩、古文，好默記史事，與余友善，生平好輯前人成語。一夕連床夜話，問朱竹垞有對古人名，凡數十人，今於竹垞對外試對之。余問其名，茂才曰「張惡子」，余對「鄭善夫」；又如「控鶴監」對「陸龜蒙」；「李百藥」對「鮑四絃」；「王鎮惡」對「張齊賢」；「李北海」對「真西山」；「韓擒虎」對「李攀龍」；「張三畏」對「王九思」；「李落落」對「張無無」；「蔡伯喈」對「黄叔度」；「梁無垢」對「段去塵」；「楊大眼」對「范長頭」；「王炎午」對「葛長庚」；「沈冠山」對「錢若水」；「文與可」對「揭奚斯」；「韓麒麟」對「鄧鷴鴞」；「柳七七」對「李千千」；「西門豹」對「南宫牛」；「謝顯道」對「顧存仁」；「張三影」對「杜七歌」；「王保保」對「馮存存」；「甄長伯」對「蓋次公」；「鄭夢周」對「王在晉」；「郭芍藥」對「鄭櫻桃」；「賈似道」對「温體仁」。茂才爲之忻忭。

余癸丑九月出京，家范亭觀察廷禧以詩贈别，執手泫然，至今讀之，不勝山陽聞笛之感。觀察詩善學東坡，此篇則情文並摯。詩云：「君年未五十，雙鬢半已霜。駿足走萬里，葵心傾太陽。治經三十年，言禮尤專長。尋源鄭高密，帶草寡餘芳。漢唐訖近代，擇精語彌詳。網羅備文獻，師説沿門牆。書成上禮官，過夏羈槐忙。二百八十卷，見者驚琳瑯。禮官獻天子，素秋節微涼。大著三禮通釋，四月上禮部，七月由禮部進呈御覽。絲綸獎實學，八月蒙上諭褒獎：『留心載籍，不爲浮靡之學。』槃帶躋周行。九月十八日，蒙諭『該舉人留心經訓，徵引詳明，賜官教授，以爲窮經者勸。』吾鄉陳太常，禮學開南荒。稽古嗣前哲，萬卷淹撐腸。令名既樹立，益感恩膏滂。君今去京邑，惓惓望天閶。美人未遲暮，郎署多馮唐。故居山海麓，天遠風琅琅。槃阿足嘯傲，著作名山藏。佳兒解訓詁，亦足吾軍張。哲嗣亦通經學。獨予悵離索，再會知何方？南來有鴻雁，尺書毋相忘。」

三百篇詩，國風多設喻之辭，此衣讔之義也。正言之不足，故反言之，齊、魯、韓、毛四家詩，惟韓詩最明此義，衣讔之義，即大喻譬之義也。湘陰郭志城太守題舒參軍古眉峽殺賊圖，能得衣讔之旨矣。詩云：「腥風動地雲沙黑，千軍萬軍呼殺賊。賊耳不聞鋌而走，縱横踏破江南北。可憐灘江一尺波，掀天拔地騰蛟鼉。楚山斷竹作强弩，天狼倒射懸天河。舒君早歲勒兵法，一旅親提古眉峽。颯颯寒林夜唱籌，滚滚黄巾朝棄甲。手提髑髏血模糊，幾人得似參軍無？營門笑擲拂衣去，戎馬平生付此圖。」此詩實得設喻之旨。

于紫巖生挽徐子觀詩，爲達人之言。詩云：「一片清虚太極心，浮雲流水世情輕。有生已作無生計，未死先求不死名。墓必預銘唐杜牧，詩能自輓晉淵明。巋然貌不隨年老，留與斯文主夏盟。」

遂安余椒閣女史淑芳，有槐窗詠物詩，風趣紆徐，無取乎質實；骨格高華，無取乎纖仄；寄興於象外，實傳神於物中。聽鶯云「喚此春風來舍北，驚回閨夢向遼西」；催鳩云「多情幾度頻呼婦，著意連朝爲勸耕」；虹橋云「漫纏綵線成烏鵲，好種星榆作緑楊」；月鏡云「照影關山千里迴，開簾風露十分清」；槿花云「默觀頓悟浮生理，坐對端宜習靜時」；蓼花云「暗香荏苒來漁舍，涼意蕭森上釣舟」；雞冠云「風高亂葉忽爭舞，露重五更如欲啼」；秋海棠云「嬌極未容持燭照，瘦來常是帶妝啼」；蓮蓬人云「官職鑑湖除博士，滄洲太乙認仙翁」：皆有繪影繪聲之妙。

自秀水朱竹垞風懷詩二百韻出，李義山錦瑟詩不得專美於前矣，但詩中重複一韻，閲者不覺耳。

東漢學者，多以七言爲疊韻，互相譽揚。桂未谷譏其標榜釀成黨禍，余不謂然。好名雖爲學者病，實爲不學者藥，且爲好利者之鍼砭，況東漢經師接踵，誠非純盜虚聲，則標榜者尚多實學。如云「問事不休賈長頭」，賈逵也，「休」與「頭」韻；「五經紛綸井大春」，井丹也，「綸」與「春」韻；「五經縱横周宣光」，周舉也，「横」與「光」韻；「五經無雙許叔重」，許慎也，「雙」與「重」韻，重平聲；「厥德仁明郭喬卿」，郭賀也，「明」與「卿」韻；「關東觥觥郭子横」，郭憲也，「觥」與「横」韻；「關中大豪戴子高」，戴良也，「豪」與「高」韻；「難經伉伉劉太常」，劉愷也，「伉」與「常」韻；「解經不窮戴侍中」，戴馮也，「窮」與「中」韻；「殿中無雙丁老公」，丁鴻也，「雙」與「公」韻；「德行恂恂邵伯春」，邵訓也，「恂」與「春」韻；「五經復興魯叔陵」，魯平也，「興」與「陵」韻；「道德彬彬馮仲文」，馮豹也，「彬」與「文」韻；「天下中庸有胡公」，胡廣也，「庸」與「公」韻；「桴鼓不鳴董少平」，董宣也，「鳴」與「平」韻；「釜中生魚范萊蕪」，范丹也，「魚」與「蕪」韻；「九卿直言有陳蕃」，「言」與「蕃」韻；「天下模楷李元禮」，李膺也，「楷」與「禮」韻；「關西夫子楊伯起」，楊震也，「子」與「起」韻；「説經鏗鏗楊子行」，楊正也，「鏗」與「行」韻；「素車白馬繆文雅」，繆斐也，「馬」與「雅」韻；「洛中雅雅有三嘏」，劉粹字純嘏，劉宏字終嘏，劉演字沖嘏，「雅」與「嘏」韻；「洛中英英荀道明」，荀闓也，「英」與「明」韻；「殿上成羣許偉君」，許宴也，「羣」與「君」韻；「天下清苦羊興祖」，羊續也，「苦」與「祖」韻；「仕宦不已執虎子」，蘇則也，「已」與「子」韻；「多伎多能祖孝徵」，祖珽也，「能」與「徵」韻；「能賦能詩裴讓之」，謂裴士禮也，「詩」與「之」韻；「天下規矩房伯武」，房植也，「矩」與「武」韻；「因師獲印周仲進」，周福也，「印」與「進」韻；「天下俊秀王叔茂」，王暢也，「秀」與「茂」韻；「以官易富鄧元茂」，鄧颺也，「富」與「茂」韻；「德行堂堂邢子昂」，邢顒也，「堂」與「昂」韻；「關東説詩陳君期」，陳囂也，「詩」與「期」韻，此舉其梗概。又有三君、八俊、八顧、八及、八廚諸名目，實至名歸，宦迹經術，各有可傳，申屠嘉比之處士横議，得毋過刻之論。

蘇文忠公詩注，近代集大成於仁和王見大，見大名文誥。其書涉歷諸家，精校博考，發人之所未發。大旨蓋謂變法、改法之不明，則由於史諱；紀時、紀事之不當，則由於注誣；改編、補編之不確，則由於注淆。王注創立總案以統各詩，復訂正誌傳以統各案。北宋注蘇詩者四十七家，南宋注蘇詩者三十一家，王注旁搜遠紹，氣類源流，通感分合，本末明晰，泰然大同。儀徵阮文達公謂王注確有所據，足補前注之未達。俾海内讀是書者，由是而擴蘇公詩之意，洵爲盛事。

富順朱眉君署正鑑成，胸懷灑落，目擊海氛，作海上詩云：「海上風雷晝夜聞，南交旌節倚紅雲。天王地本無中外，上相威原越幅隕。豈信神州麐鳳絶，坐看諸夏犬羊紛。河東激贊梁丘據，顙泚難成譽鬼文。」

朱錫鬯風懷詩：「消食餉檳榔。」案檳榔事見南史。南史：劉穆之少貧，往妻兄江氏乞食，求檳榔。江兄弟戲之曰：「檳榔消食，君何須此？」後爲丹陽尹，以銀盤貯檳榔一斛餉之。夫欺貧凌賤，古今同軌，勢利之見，戚屬尤甚，此時動心忍性之功，爲敓命藥石。

光澤何願船正郎秋濤，咏宋賈鈐轄云：「七場死戰軍聲壯，屈指交南第一功。」按：志稱賈伯英任俠，喜節義，不治生産，日以談兵騎射爲事，卒致功業以大其門。蓋不特材武過人，其忠義奮發，亦天性然也。誌歷敍其功凡七，而以從狄武襄征交南功爲第一。

樂平石芸齋觀察嘗遍考諸史傳，凡三疑而三信之。史稱青討智高，辟孫節隸麾下；而誌乃云狄公南征，表公偕行。史稱軍至歸仁鋪，節爲前鋒，直前搏戰；誌乃云公領涇原騎卒，充前鋒左陣。史稱賊列三鋭陣，以逆官軍，張玉率右廂突騎横貫賊壘，賊大潰；誌乃云我軍小却，公以騎卒承之，賊陣中斷，俘殺殆盡。以三者觀之，不能無疑，因博取傳紀，反複縱觀，前疑頓釋，然後信誌言不余欺也。史稱青在延州，與孫節數攻破敵砦有功，故辟節隸麾下。然夏賊寇渭州，青時爲涇原路副總管，公嘗與帥臣王沿決策，立戰功。賊寇隴干，亦開城破賊，青之表公偕行，不亦宜乎？且青之入對也，願得蕃落數百騎，益以禁兵，羈賊首至闕下。詔鄜延、環慶、涇原路擇蕃落廣鋭軍各五十人，赴廣南行營，是涇陽騎卒，實有征南之行，表公領之，此其可信者一也；史稱節爲前鋒，亦稱右將，是節乃右陣之前鋒，公乃左陣之前鋒，所云青微服與先鋒度關，趣諸將會食關外，先鋒即公與節也，此其可信者二也；史稱智高悉衆來拒，執大盾標槍，衣絳衣，望之如火。青陣小却，先鋒孫節死之，青執白旗，麾蕃落騎兵張左右翼交擊，左者右，右者左，已而左者復左，右者復右，其衆不知所爲，大敗走，得屍五千三百四十一，築爲京觀，所掠生口萬餘人，收馬、牛、金帛鉅萬計，是此戰決勝，全賴蕃落騎兵左右縱横，衝斷賊陣，得鄭人祝聃衷戎師以敗戎之法。是時公父子實在行，首領涇原蕃落騎卒，可知率突騎衝貫賊壘者，必非張玉一將，玉領右騎馳而左，公領左騎馳而右，乃與左右翼交擊之説合，此其可信者三也。然則是誌也，直與史傳相表裏，互有詳略，可以補史傳之不及。獨惜賈公以忠義材武，豐功偉績，有畢萬七戰皆獲，死於牖下之福，志乘不紀，文獻無徵，郡人無由知之，賈氏子孫，亦無有能識舊典而述祖德者，自宋元豐庚申至我朝道光乙巳，凡七百七十六年，埋没於荒烟蔓草之中。不幸墓爲水漂，而誌石始出，又不幸毁棄不顧，幾於殘失，久而僅存，卒物色得之，而後賈公之功始著，而名始傳，天下志士聞之宜何如感？又豈特余與郡人之流連歎息，悲喜交集也。誌文爲劉秘書所作，其言久而益信，今郡人知賈鈐轄之功者，秘書之力也。然則劉秘書所以顯公之功者，亦其所以自顯也夫！

作詩最忌摹擬形似，爲優孟衣冠，唐初四傑七言長篇，隊仗工麗，然易流於浮靡。前明何大復謂此屬風人之旨，而以少陵爲歌詩之變體，因作明月詩以擬之。新城王阮亭論詩云：「接跡風人明月篇，何郎妙悟本從天。王楊盧駱當時體，莫逐刀圭誤後賢。」則似有不滿之意。案明月篇，蓋以鄭聲而亂雅樂也。有詞無意，有肉無骨，摹古之弊，大復倡之。此詩品所以日下，詩教所以日衰，而去古益遠矣！

贈友詩，須將其人之性情、學術、交誼一一寫出，方非酬應之作。近見世人贈答詩，全是酬應，標榜滿紙，果何取乎？湘潭畫工瀟湘子贈王蘭汀詩，實能傳出蘭汀性情，視東阿王贈白馬王彪，無多讓也。詩云：「世人重聲譽，猜疑固難析。高詞詎諧俗，相示情乃適。氣味在淡遠，皮膚那可得？知音古所難，吟咏空千百。」其二云：「讀書見底奥，力學培其根。冥心絶羣動，妙理歸醇真。乾坤育清氣，萬象涵精神。稟之獨善用，醞釀成千春。」其三云：「讀書非不達，危機昧其源。性情與學術，氣會一以分。世態逼險絶，人海茫無根。遥遥太古風，於今不可聞。」

雲谿居士温成武，名纘緒，嘉應長樂人。居雲村之口，門臨雲谿，谿流汩汩，秋時紅葉蔽其門，望之若圖畫然。所居與游龍澗密邇，澗奇絶，懸流十丈，居士嘗赤足獨游焉。好苦吟，作苦吟詩云：「偶吟身大瘦，倚馬屬誰優？剛抹纔添註，疑然復苦搜。數莖撚欲斷，七步倒難酬。如此肝腸澀，愁應到白頭。」

詩讖之説實有之，亡友漢陽劉茮雲學正傳瑩同年，道光乙巳與余訂交於京師，見余所著三禮通釋，歡忻誠悦，幾於五體投地。贈余詩云：「著書博過草木子，論事達於大小蘇。愧我才如十駕馬，他生追逐此生孤。」至丁未，再見京師，茮雲以治經過勞，病篤；戊申卒於家。所著天文、輿地、樂律均未成書，藁已遺失，「他生」句竟成詩讖矣。

詩人押韻用姓，始於唐之錢起。陸放翁老學菴筆記：韓子蒼答和錢遜叔詩云：「叩門忽送銅山句，知是賦詩人姓錢。」朱竹垞詩「可是曉行人姓劉」，陳恭甫先生寄俞太守詩云「使君坐嘯壺樓晚，可憶山人巷姓黄」，以姓爲韻，悉有所本。

古詩「美人贈我錦繡段」，「段」當爲「緞」。説文：「緞，履後帖也。或從糸。」徐鍇繫傳云：「帖，後跟也。」急就篇「履舄鞜裒絨緞紃」顔注：「緞，履跟之帖也。」絨緞，以絨爲緞也。

左太沖詩「嬌語若連瑣」，又吴都賦「畢罕瑣結」顔注：「漢書：青瑣者，刻爲連瑣文。」韻會：「凡物刻鏤，罥結交加爲連瑣文者，皆曰『瑣』。」案左詩連瑣，猶言語如貫珠也。

謝惠連秋懷詩「雖好相如達，不同長卿慢。頗悦鄭生偃，無取白衣宦。」皆一人複見。劉越石贈盧諶詩：「宣尼悲獲麟，西狩涕孔丘。」亦然。潘安仁河陽縣詩「修芒鬱岧嶢」，後一首又云「崇芒鬱嵯峨」，皆不以重見爲嫌。陸倕石闕銘：「縣書有附，委篋知歸。」李善云：「縣書，則縣法也；委篋，則藏書也。重用之，故變文耳。」案此體漢已有之，易林：「中公顛倒，巫臣亂國。」

作詩須無倚傍，不肯一字拾人牙慧，則品貴矣。連城楊翠巖大令維屏所爲詩，各體均有真趣，余尤愛其山村雜興七絶詩，能自别開生面。詩云：「山南山北兩村分，山寺鳴鐘兩處聞。曉向山頭南北望，炊煙併作一山雲。」「貪看人家修竹園，隨牛不覺過前村。

村西記有詩僧在，覓逕來敲竹裏門。」「野老留談忘俗機，前峯忽見黑雲飛。家中晒藥須料理，破繖遮頭冒雨歸。」「三更月落行人稀，田頭流螢相照歸。家中稚子眠已熟，驚起開門披雨衣。」「松杉一逕竄鼯鼪，拖着長鑱覓茯苓。脚力盡時思小憩，山腰露出小茅亭。」「落月銜山天半明，霜扉靜掩四無聲。前林一道芒鞋迹，知有樵人破曉行。」「村塾友人過我廬，種花來借鶴頭鋤。挽留小飲不肯住，苦説蒙童要背書。」「石壁千重黛色濃，茅庵卻在最高峰。尋僧不遇空歸去，行到半山聞打鐘。」「翠壁丹崖拔地新，青鞋布韤樹邊身。下方矯首看如畫，尺許長松寸許人。」

沈詹事古意云「誰知含愁獨不見」，唐詩品彙改作「誰謂」。案柳惲有獨不見一篇，末二句云：「奉帚長信宫，誰知獨不見。」沈詩正用其語。

李太白詩「脱君帽，爲君笑」，初不解其義，通鑑元魏城陽王徽脱爾朱榮帽，歡舞盤旋，注引李詩爲證云：「脱帽歡舞，蓋夷禮也。」或問太白「朝辭白帝」詩，桂未谷曰：「但言舟行快極耳，初無深意，而妙在第三句，能使通首精神飛越；若無此句，將不得爲才人之作矣。」晉王廙嘗從南下，旦自尋陽，迅風飛帆，暮至都，廙倚舫樓長嘯，神氣俊逸。李詩即此種風概。

杜子美馬詩「竹批雙耳峻」，説者解「批」爲「削」。案：周禮夏官庾人「散馬耳」注云「以竹括押其耳，頭動摇，則括中物，後遂串習不復驚」。案杜詩出此。又鷹詩「側目似愁胡」，案傅玄鷹賦「左看若側，右視如傾」；魏彦深賦「立如植木，望似愁胡」；孫楚賦「深目蛾眉，狀似愁胡」。

仇滄柱謂杜詩題中，凡稱月日者，皆指節候言。如七月一日題終明府水樓詩，乃立秋之日，故曰「秋風此日洒衣裳」。後有一題大曆二年九月三十日，而詩云「悲秋向夕終」，則恰好秋盡矣。桂未谷云：正月三日云：「蟻浮仍臘味，鷗泛已春聲。」又十二月一日云：「今朝臘月春意動。」皆立春日也。七月三日云：「今茲商用事。」立秋日也。九月一日云：「藜杖侵寒露黄鶴。」謂是大曆二年寒露日也。十月一日云：「爲冬亦不難。」又云：「茲辰南國重。」立冬日也。

杜禹廟詩「古屋畫龍蛇」，又云「雲氣生虚壁」，嫌其意複。文苑英華本乃是「雲氣嘘青壁」。嵇叔夜琴賦「丹崖嶮巇，青壁萬尋」；馬岌石壁銘「丹崖百丈，青壁萬尋」。杜以雲氣青壁賦山，江聲白沙賦水，皆廟外景物，與廟壁無涉，結句「疏鑿」二字，雙承山水。

杜詩「顔氏之子才孤標」，案北史胡叟傳「叟孤飄坎壈，未有仕路」，杜詩本此，後人改爲標耳。謝靈運稱應瑒「流離世故，頗有飄薄之歎」。

樂天楊柳枝詞云：「永豐西角荒園裏，盡日無人屬阿誰？」此爲樊素作也。素善歌楊柳枝，人以「楊柳」呼之，時樂天老病，故託興於楊柳，又有不能忘情吟咏，蓋欲遣素而未能也。又有別柳枝絶句，是樊素終去也。又有春盡日詩云「春隨樊素一時歸」，又云「思逐楊花觸處飛」，此素初去而猶繫念也。又有答夢得詩云：「柳老春深日又斜，任他飛向別人家。誰能更作孩童戲，尋逐春風捉柳花？」又有咏懷詩云：「院靜留僧宿，樓空放妓歸。衰殘强歡宴，此事久知非。」去後不得已之決絶也。漢武秋風詞云：「歡樂極兮哀情多，少壯幾時兮奈老何？」樂天蓋有感於此。

近代聯句，人各一二句，意或不暢。謝家詠雪，雖秖一句，而妙在「何所似」「差堪擬」「未若」諸虚字相承。昔人謂兩句一聯，四句一絶，人各四句，則意了詞達。宋書謝晦傳：晦與兄子世基並伏誅。世基臨死，爲聯句詩曰：「偉哉横海鱗，壯矣垂天翼。一旦失風水，翻爲螻蟻食。」晦續之曰：「功遂侔昔人，保退無智力。既涉太行險，斯路信難陟。」此格最善。案三人共賦，亦有不用虚字連貫者，桓玄、顧愷之、殷仲堪共作了語，顧云：「火燒平原無遺燎。」桓云：「白布纏棺樹旒旐。」殷云：「投魚深淵放飛鳥。」

唐人詩題有遥同之作。案魏書：裴伯茂死，友人常景、李渾、王元景、盧元明、魏季景、李騫等十許人，於墓旁置酒設祭，乃賦詩一篇，寄以示魏收。收時在晉陽，乃同其作，論叙伯茂。此即遥同之作也。

宋書索虜傳：太祖詔曰：「感慨之來，遂成短韻。」今案其詩十三韻，「短韻」云者，猶唐人稱「短引」耳。南齊書武陵昭王傳：「與諸王共作短句詩以呈，上報曰：『見汝二十字，諸兒作中，最爲優者。』」然則二韻乃爲短句。

古人用韻，於每段之末，即豫轉下韻。如説文敍稱頌漢德，本五韻乃了，上四明、中、滂、方相叶，末即轉爲傳，與下段年字合韻。又自述本三韻乃了，上二門、山相叶，末即轉爲才，與下段疑字合韻。又如陶淵明詩：「天集有漢，眷於愍侯。」下轉云：「於赫愍侯，運當攀龍。」又「在我中晉，業融長沙。」下轉云「桓桓長沙，伊勳伊德」。此皆古法也。

隋孫萬壽贈京邑知友詩，本比偶體，惟轉韻處皆散起。初轉云：「飄飄如木偶，棄置同芻狗。」次轉云：「牛斗盛妖氛，梟獍已成羣。」又轉云：「羈游歳月久，歸思嘗搔首。」又轉云：「心絮亂如絲，空懷疇昔時。」又轉云：「昔時游帝里，弱歳逢知己。」又轉云：「勝地盛賓僚，麗景相攜招。」又轉云：「登高視衿帶，鄉關白雲外。」又轉云：「回首望孤城，愁人益不平。」馥謂此即偶體轉韻舊格，近代忽忽不講矣。

南齊書樂志云：「尋漢世歌篇，多少無定，皆稱事立文，並多八句，然後轉韻。時有兩三韻而轉，其例甚寡。張華、夏侯湛亦同前式。傅玄改韻頗數，更傷簡節之美。近世王韶之、顔延之並四韻乃轉，得賒促之中。」竊案此爲樂章言之，尋常詩歌，不在此例，若必八句轉韻，則無舒緩煩急之變矣。

周禮春官：「太師教六詩，曰風、曰賦、曰比、曰興、曰雅、曰頌，以六德爲之本，以六律爲之音。」六德爲本，所以成其性；六律爲音，所以和其聲。今人以詩爲酬應之具，失其性矣；浮囂庸劣，滿紙陳言，失其聲矣。失其性，失其聲，而六詩之義亡矣。

近體以情韻婉約爲上。嘉應長樂徐玉甫煥麟清明出遊云：「淡煙踈雨緑楊城，布穀呼晴處處聲。十里平原人上塚，紙錢風裏度清明。」程江竹枝詞云：「清明三月景繁華，姊妹同行去采茶。采多采少無計較，夕陽散後要還家。」還家云：「乍入鄉村路，濃煙起晚炊。小兒逢我至，趨步説娘知。」蓬辣灘云：「險惡真難狀，懸厓夾遠津。舟人無懼色，坐客竟傷神。噴浪溼篷頂，撐篙鬭石鱗。此灘合惶恐，陡絶苦無垠。」登山北寺句云「梵語穿雲出，鐘聲帶霧來」；江行云「沙際羨鷗立，江天見雁征」；泊舟云「魚罾空照月，橋板暗浮霜」；九日登高云「江遠帆揚小，山空雁唳愁」；度甘銮嶂云「懸崖盤窄路，曲澗鎖危橋」：皆非活剥生吞者比。

萍鄉文宜亭太守晟所撰嘉應州志，體裁詳要，余嘗採其急救諸方入硯畦緒録矣。咸豐戊午，粤匪逼嘉應州城，太守授孑傳餐，嬰城孤守，援兵不至，城陷，巷戰死。生平忠毅之氣，已寄於詩，嘗記其句云：「豈爲一身謀禄仕，要知百姓有饑寒。」則生平愛民如子之心可想矣。女參將歌并序云：「詹氏，東安人，爲李漆妻。明末，漆集兵勤王，以總兵官戰殁。詹氏代領其衆，攻復瀧東西州縣，以功得參將，未幾病卒。」詩云：「瘴雲飄忽狼煙起，慷慨從軍佐夫子。夜半欃星落帳中，李將軍赴沙場死。散兵無主心倉皇，娘子揮涕收散亡。錦帶權教虎符佩，鑾花亂逐馬蹄香。旗旛風動軍聲振，身先士卒摧堅陣。一戰再戰復三城，瀧水東西從底定。荒郊何處尋遺骸？笳鼓哀哀奏凱回。錫命新開參將府，傷心怕上望夫臺。夫仇身已復，婦死心已足。君不見石龍冼夫人，生爲良將没爲神；又不見秦良玉，南扼雄關西捍蜀。古稱巾幗勝鬚眉，詹氏功勳堪擬之。惜哉大材翻小用，不到中原擁義旗。」

吴梅村咏朱買臣詩云：「是非難免三長史，富貴徒誇一婦人。」案漢書朱買臣傳，敍次最爲舛謬。傳云：「拜會稽太守，居歲餘，受詔將兵，與横海將軍韓説俱擊破東越有功，徵入爲主爵都尉。」案説擊破東越，事在元封元年，見武紀。而買臣主爵都尉之徵，乃在元狩元年，見百官表。下距元封元年凡十三年。傳又云：「爲丞相長史，張湯爲御史大夫，行丞相事，知買臣素貴，故淩折之，買臣深怨。後告湯陰事，湯自殺，上亦誅買臣。」此事雖與張湯傳合，然湯之死在元鼎二年，武紀及百官表並同。若以買臣元封元年擊東越以後方爲主爵都尉，數年失官，方爲丞相長史計之，亦下距十餘年。班史他傳雖多牴牾，然未有如是之尤甚者，殊不可解。

吴仁傑兩漢刊誤補遺卷三：「杜詩『國馬竭粟豆』自註：『漢有太常三輔粟豆。』」案今本無此自註字。

杜詩「避人焚諫草，騎馬欲雞棲」，日知録引後漢書此語作釋。浦起龍讀杜心解駁之，非是。至謂此語單超自言，非謂朱伯厚，尤誤。

昔人議東坡用盧橘事，不知唐人已有作枇杷用者。樊珣全唐詩五函六册。狀江南仲夏：「盧橘垂金彈，甘蕉吐白蓮。」

李長吉新筍詩：「無情有恨何人見？露壓煙啼千萬枝。」陸魯望咏白蓮襲其語云：「無情有恨何人見？月曉風清欲墮時。」

昔人謂東坡詩「天外黑風吹海立，浙東飛雨過江來」，「海立」二字本杜子美「四海之水皆立」句，見其具有來歷。其實「浙東」句全用殷堯藩詩，注蘇詩者，皆未之及。殷喜雨詩：「山上亂雲隨手變，浙東飛雨過江來。」

以七言律作懷古詩，自杜少陵、劉長卿、李義山後，屈指可數。近代陳元孝、吴梅村、朱竹垞均長此體，蓋語能包括也。王蘭汀大使亦擅此體，其過蘇州寄懷云：「愁聞代馬逝蕭蕭，又向金閶駐畫橈。綺恨難憑并翦斷，離愁思藉楚詞招。曲終湘瑟人難見，夢繞燕臺路正遥。悵望孤吟吳苑客，暮煙疎雨過楓橋。」

友人寓書問余近況志事，余答曰：「閉户厭來忘姓客，談心雅喜素心人」，此余之狷介也。「四海願交習鑿齒，萬編博綜賈長頭」，此余之志事也；「砭我難尋直諒友，勸人須熟孔顔方」，此余之襟期也；「八百孤寒歸廣厦，萬家煙火覆長裘」，此余之懷抱也；「若使蒼天生有眼，應教白鬼死無皮」，此余之願望也；「無邊巨海看魚躍，不盡長天任鳥飛」，此余之胸次也；「願留餘巧還天地，學積陰功遺子孫」，此余之隱行也；「幽暗崖巖消鬼魅，清平郊野見鸞凰」，此余之心地也；「垂老九經爲性命，靜觀萬物悟天人」，此余之見道也。

迷離慘澹之詩，唐之李長吉、宋之謝皋羽、明之高青丘，最爲擅長。定遠方子箴都轉同年亦擅此體。秋燐怨云：「海天八月燐火飛，似聞鬼哭聲歔欷。陰光慘淡聚寒碧，幽壑照見鯨鯢肥。夜深白骨忽人立，啾啾競向鮫宫泣。怨氣衝霄牛斗驚，野老聞之獨於邑。死者何怨怨生者，萬腔熱血沙場灑。不見刀鐶得意人，秋風快上桃花馬。吁嗟乎！將軍帷幄懶運籌，貌似女子非留侯。豺狼吐氣猿鶴羞，樓蘭誰斬單于頭。澶淵議和豈善謀？黃金如土濁水投，魂魄爲厲恨不休。義士捐軀良得所，耿耿丹心耀千古。歎彼偷生瞬息間，不若早登點鬼簿。南去滄溟咽逝波，淒涼爲鸛更爲鵝。可憐今夜花田月，猶似當年無定河。」

蘭汀雄縣懷古二首，極似梅村。詩云：「易京樓圮陣雲寒，往迹公孫戰壘殘。壯氣一朝驅白馬，威聲幾載懾烏桓。燕南趙北謠終驗，墨守輸攻力竟殫。千古田疇真義士，侯封棄等沐猴冠。」「瓦橋關外漫塵氛，周帝英風草木聞。遠略五朝高晉漢，雄圖首計復燕雲。龍沙期奏犂庭績，天策終成上將勳。轉瞬興亡疇省識，黃袍遽變殿前軍。」

唐以後學太白，神似者惟高季迪一人。近代黃仲則得其肉，未得其骨。定遠方子箴都轉江中望山歌，學太白幾於化矣。詩云：「我聞桐陽浮山山若浮，上有三十六岩七十二峯，爭奇競秀，環以滾滾之江流。又聞池山亦峭絶，蓮花九朶清且幽。去江百餘里，名勝傳六州。東南士女胥來遊。攀蘿捫葛無春秋。何圖今日拓眼界，皖江山色歷歷都向篷窗收。大龍小龍尚培塿，千巖萬壑平地凸起儼如水上漚。斯時碧空掃纖翳，嵐光淨極雲不留。宛將一幅蔚藍作畫本，四圍潑墨純以淡筆鉤。布帆無恙恣憑眺，左顧右盼凝雙眸。奈何可望不可即，四體局促乃在江上舟。當年謫仙人，酒酣踏屐不肯休。桃花苦竹足跡徧，奇氣橫逸誰與儔？我今展卷輒低首，此行先訪太白樓。友麋鹿兮盟鷺鷗，凌風徑到東海頭。去時著單衫，歸來披羊裘。一年三百六十日，登山臨水興至揚清謳。管城子，銷吾愁；萬石君，解吾憂。江天曠覽動豪想，高歌那顧驚潛虬。」

比興詩，少陵、太白外，作者寥寥，蓋作喻體者，詩外有詩，人鮮能之。方子箴都轉見岸上羣馬感作云：「紛紛可是不羈才？霧鬣風鬉顧盼來。道路幾人知驥子，羽書近日困龍媒。霜橫蜀地羊腸阪，秋老燕山駿骨臺。白草荒煙寒不斷，郵程千里一鞭催。」「按圖未必盡空羣，神駿當前豈易分。已爲羈栖消歲月，終須蹴踏上風雲。的盧瘦質猶登廄，驃騎英名本冠軍。更有黄芝太白馬名。能得主，詞壇控縱策奇勳。」

富順朱眉君過馬嵬詩，風韻不減玉谿生。詩云：「爲欠阿環謁墓詩，馬嵬坡下上車遲。今朝一試華清水，憐殺春寒浴起時。」

朱眉君木棉菴詩，短章論古，明快絶倫。詩云：「平章不肯投江水，甘向木棉花下死。難償襄郡三年砲，未殉蘭亭八千紙。千秋快士鄭虎臣，乘時力過施將軍。空山蟋蟀秋來有，燈火西湖隔暮雲。」

咏岳墓詩，多以五律、或五長排、或七言律，少有用絶句者。富順朱眉君署正岳墓七絶七首，悲渾淒愴，古調獨彈。詩云：「葬骨青山七百秋，黄龍泥馬恨難休！九州一錯銷何處？餘鐵猶堪鑄衆囚。」「蒼蒼松柏黯征雲，化作靈旗閃夜分。一作南枝長不改，也如難撼背嵬軍。」「極目永昌陵上草，詩人白髮感猶多。忠魂肯戀湖山美？定犯風波夜渡河。」「惺惺難説惜惺惺，四帥當時愧並稱。祇有清涼老居士，月明垂淚翠微亭。」「金牌傳詔太倉皇，猛虎如斯縛不妨。太息兩河豪傑輩，五人千載讓金閶。」「驅廉容易倒戈行，君側羣奸惜未清。跅跎功名終不敢，有人爭尚議公横。」「誰把金陀野史脩，文孫忠孝迥無儔。師王究屬名臣裔，還解春秋大復仇。」

余交海内士，見夫好學不倦，以詩書爲性命，且有萬殊之勇者凡三人。一則湘潭鄒尗績孝廉漢勳；一則漢陽劉茮雲學正同年傳瑩；一則吾閩光澤何願船比部秋濤。三人中，願船讀書過目成誦，記誦最爲諧洽；而精耑勇猛之功，三人一也。惜天不假年。願船所著王會圖疏證外，尚有地理書極富而且精，槀佚。尗績著讀書雜録，未刊；尚有古韻考，未成書。茮雲天文、輿地、樂律諸書已失傳。昔人詩云：「我家有敝帚，生前且享之。」知言哉！

「春水兩三雙畫鴨，夕陽四五十人家。」此順德陳朗川太學熙昌游武彝山下赤石街句也。實境寫得，詩中有畫。朗川游閩，從余學詩。余璧其脩脯，朗川以武彝名茶二十簏爲贄，並刻「茶侯」二字印章相贈，蓋知余茶量不在盧子真下也。

善説經者，以詁訓定文字，復以文字定詁訓。今人乃以詁訓亂文字，又以文字亂詁訓。昔人云：「讀書不到鄭康成，切莫高談説九經。」旨哉言乎！

鎮海姚復莊孝廉燮同年，善畫梅，極屈曲離奇之致。詩亦雄秀有奇氣，楊鑄謂其詩如「仙人嘯樹，奇花亂飛」。南轅雜詠，正復不俗。其一云：「崇封昔將相，今爲居者田。子孫已皁隸，表字猶如椽。樵斧及松栝，涼蔭愁夜鵑。其下禾芃芃，風色故相妍。松栝無根株，禾葉過人肩。盛衰視氣化，安問愚與賢。」其二云：「同行一莊叟，年已七十强。老眼熟狐鬼，寸腑鬱雨霜。一年兩南北，鴻燕偕迴翔。謂無賢子孫，朽骨在異鄉。相憐一杯酒，醉嘯聲激昂。北斗在檐頭，照見鬚眉蒼。」其三云：「二鼓黄壘堡，三鼓香城村。旋風颭輪角，沙葉爲蔽昏。大河莽東注，石牐西營屯。奔蹏不受役，縱性投澐渾。巡卒互譏盜，擊柝催閉門。巷火漸稀滅，防肅及犬豚。居常慎動止，一息堪自捫。麟虎各山藪，於我何仇恩？」其四云：「仰面月如水，一瀉千里明。照君樓上頭，照我沙中行。樓高一眼望，莽莽山川横。不愁阻汝目，但愁阻汝情。汝夢儻能來，吾夢兹伶仃。北爲樂陵縣，南爲交河城。」其五云：「朔風逐征馬，飄瞥來鄆州。攬衣愜朝爽，縱目城南樓。白雲在梁父，零亂不可收。海煙動雲隙，岳上青浮浮。汴京屼西控，誰云風馬牛。天門劃徐泗，指顧通南鄆。梁唐割其險，乃弱東諸侯。悲歌弔台輔，利病今誰籌？」

廬江江龍門大令開，詩磊落有奇氣，性慷慨任俠，有吏才，髯鬚如戟，聲若洪鐘。甲辰、乙巳，余兩遇京師，至壬子，三見京師，始訂交焉。龍門喜余文，謂能合東西京而一之，此愛之而忘其醜也。余嘗讀其漢水曲并序云：「襄陽徐氏女，行四，美且才。邑有蠹役，瞰其貧，欲購爲媵，女兄啐之，役率其徒，羣毆入漢水死。女自狀其情，訟三年餘，不得直。會言臣以其事上聞，己亥四月，廷寄交東阿制府理其獄，且令擇慎密者往偵之。予時在節署，囑微服趨襄陽，至，悉得其隱情報制府，先據予言入告，治役，抵於法。四女遣其弟謝余於漢口，請以終身許之，不許，願爲婢，又不許，力卻之，使歸襄陽。是冬，又再三至，往返數千里，且述女志之決。予以書遺女，其略曰：『排難解紛，魯連高蹈，不欲食人之報，況敢貪天之功。今者朝廷德章，制府威靈，啓爾覆盆，誅彼漏網。謂我爲德，乞以身酬，汝意良佳，人言可畏。與其以夫事我，何如以父事我，權依閨闥，代擇門楣，恩義兩全，神人共鑒。』書去，不報。後聞落髮爲尼，不自易其初志。噫！亦奇女子哉。以其居臨漢水，爲曲以哀之。」其詞曰：『蓬門不合生殊品，桃李容顔冰雪冷。生薄淩波解佩人，當門漢水流清影。滔滔漢水起波瀾，蠹役淫兇虎戴冠。開口欲迎桃葉去，老拳先送棣華殘。寃沈海底三年暗，夢逐濤聲六月寒。兄讐不雪誓不嫁，仰天焚香祝夜夜。有力誰能解覆盆，一身只當千金謝。噥噥細語鬼神知，不料雷霆天上下。軍門夜靜鼓鼙，樞廷飛到紫泥封。頻催上客脱朱履，破帽扁舟過郢中。爲尋虎子探虎穴，菜傭酒保從頭説。説到含寃義憤時，强者銜冠弱嗚咽。奇情那得外人知，繞床中夜思幽絶。捫心自信篤何如，瓜李微嫌何足別。寒更三點月在天，叩門直入燈熒然。阿母垂垂弟蹜蹜，語言顛倒涕綿漣。阿女隔扉呼阿母，此客非常兒自前。跪拜從容殊有禮，神色慘淡劇可憐。貫珠律是簪花字，訴盡連年不平事。燈昏屋角鬼嗚嗚，骨肉無聲皆掩淚。出門心比月光明，清夜四知何獨異。草草書纔報節堂，州司星火縛豺狼。誰通關節閻羅殿，魑魅甘心伏憲章。愁腸一晌生冰霰，忽化九天霞片片。漏網終烹釜底魚，啣環願作梁間燕。報德非關兒女私，託身況入神仙眷。百轉千回青鳥來，飄然直上魯連臺。可憐紅拂原知己，錯認黄衫肯自媒。降心不敢諸姬齒，甘作康成階下婢。煮茗鈔書過一生，此恩不報如江水。到此難爲鐵石腸，車輪輾轉中宵起。中宵自起自吟哦，一失人其謂我何！不把黄金留鑄錯，非將采筆報填河。一紙迢迢雙鯉去，青天白日開誠布。聖朝勅法蘇寃民，大府明刑鋤巨蠹。赤手何功敢自貪，多多莫作黏泥絮。春蠶畢竟死糾纏，夫我何如父我賢。代抉銀河通婿水，酬恩止義兩完全。魚書一去無消息，只道文鴛逢比翼。今春有客武昌回，傳語淒涼情慘惻。太山石爛滄海枯，弱女真能志不渝。此心已許事君子，家貧亦是千金軀。三生石上無緣分，大士臺前懺罪辜。蓮臺日夜添香獸，還祝郎君千萬壽。莫憶襄陽薄命人，澈清清水今依舊。漢水東南去不還，幾時流到皖公山？何人江上思黄鶴，無限煙波獨倚欄。』」

江龍門古文詞，汪洋恣肆，近代不在侯、魏二家之下。詩有別趣，古別離云：「我亦見明月，君亦見明月。從此各天涯，兩照人離別。我亦望明月，君亦望明月。君到斷腸時，應知腸斷絶。」此詩置之秦、漢樂府，詎能分別？

泰州吳野人詩，純是天籟，隨手拈來，都成妙諦。偶記其夜發云：「田家夜收稻，吾亦適江關。燈火遠相映，去留俱不聞。水喧仙女廟，月上謝公灣。一路饒風景，扁舟任往還。」次韻答黃鳴六見懷云：「城西水氣未生塵，白鷺紅橋是比鄰。籊籊竹竿期不至，荷花惱殺釣魚人。」贈歌者云：「低聲緩轉小絃柔，冷雨淒風送暮秋。蕩子不知緣底事？酒醒燈下只搔頭。」

才人畸士身世之感，往往借倡妓、優人自寫身分，悲歌慷慨，情見乎詞。邵武張亨甫孝廉，壯歲縱情聲色，雖作春婆之夢，實能抒秋士之愁。其王郎曲一篇，傳誦萬口，亦風人所不棄也。詩云：「天下三分月，二分在揚州。一分乃在王郎之眉頭，彎彎抱月含春愁。春愁多種揚州土，付與歌兒更倡女。王郎生小住新城，瓊華照影春無主。瀟湘雲曉秋始波，盈盈一帶如銀河。雙眸剪水清怨多，臨風不語天奈何？偶然一笑天爲和，紅潮上頰生微渦。團圞寶鏡汝何物？常照懽愁顔半酡。我見王郎日，王郎已二十，婀娜身輕鎖子骨，衣香曉著花露濕。人言前時結束乍登場，能使坐者忽起成癡立。哀絲豪竹歌臺清，王郎按歌嬌娉婷。裊如語燕將啼鶯，高下不斷傳春情。春情且如此，春愁復餘幾？十年奔走豪家子，五侯七貴皆歡喜。驄馬並頭油壁車，門前日夜馳流水。門中曲室交綺疏，堂上七尺紅珊瑚。後堂塵掩百琲珠，妖姬美妾絶世無。御史中丞老尚書，手題紈扇爲汝娱。不數吳桐仙，誰言夏秋芙？往年王紫稼，見汝恐不如。使我慷慨萬感俱，使我一歎三長吁。君不見長安歌兒好顔色，王郎一出誇傾國。如何文采風流映八荒，飄零京洛無人惜？鬱輪袍，歌不得，琴久碎，器且滌。但傳王粲賦登樓，那比子雲官執戟？龍虎風雲夢未醒，語向王郎涕霑臆。或言揚州兒，不如揚州女。吟詩作畫態楚楚，千金宛轉通乙語。邇來鹽筴疲，粉黛亦苦饑。青樓晝閉蝴蝶飛，杜秋紅淚盈羅衣。乃知豔色同爲天下重，貴賤苦樂猶有時。王郎王郎汝當勸我一杯酒，富貴回頭幾是非？人生冉冉行易衰！」

連城楊翠巖，詩有別趣，落筆無俗調。吳江舟中云：「風吹浮雲忽南北，蹤跡人生誰料得？一船雙艣鵝鸛鳴，送君已到吳江側。菜花黄黄小麥青，棹歌摇曳皆春聲。前船後船笑相語，風便杭州無一程。」

余三登泰山，兩登嶧山，嶧山秦碑爲北魏主所毀，今人詩集均言秦碑，鑿然如見，此皆讀杜少陵詩「孤嶂秦碑在」誤之也，其實少陵亦是耳食之語。儀徵阮芸臺先生登嶧山詩云：「絡繹羣山勢，兹山定一尊。元謂蒙嶧二山，皆以占象得名，尚書所謂『曰蒙』『曰繹』也，爾雅曰『屬者繹』，説文作『圛』。排天雲作嶂，入地石連根。魯柝郲相近，秦碑魏不存。祇今遊攬處，不必到書門。嶧山秦刻石處名『書門』。」

芸臺先生韻語多本色，無作爲習氣，昔人所謂「文章本天成」者也。其鄒縣謁孟廟晚宿孟博士第中云：「霸王代謝百年間，夫子風塵又轍環。若使靈臺開晉國，豈能秦石上鄒山？遺書賴有邠卿校，古廟惟餘博士閒。今夜斷機堂外住，主人燈火照松關。」

夕陽與返照不同，今人作夕陽詩，多用返照，大錯，紀曉嵐先生譏之矣。暝比返照又遲數息矣，少陵暝詩云：「牛羊歸徑險，鳥雀聚枝深。」「險」字「深」字，皆能傳出「暝」字之神。

「白下嵐光入眼中，濕雲千縷壓江東。鱸魚紅葉今安在？不見青簑一釣翁。」「柳岸離披萬葉黄，當年仙掌路茫茫。范廉泉云：『前宰真州訪柳屯田墓，已不可得。』多情尚有紅牙拍，殘月曉風何處鄉？」此方子箴都轉鑾江閒詠二絶句也。詩中有無限感慨，詩外有無限纏綿，風格如蕉花垂露，竹葉含煙，令讀者如見唐人神韻也。

江右新城楊臥雲拔貢生希閔，學詩從漁洋三昧集入手，所以質地清楚，無庸俗之氣，亦無堆垛之弊。其題李香君小像云：「詞客多情喚奈何？蘼蕪春影映横波。南朝俠骨鍾兒女，雪苑騷懷在綺羅。扇底桃花成小劫，畫中眉黛怨清歌。金陵此日還蕭瑟，不見才人訪翠蛾。」「半壁江山事讌游，翩翩公子盛推侯。春風忍短桃花命，夜雨誰登燕子樓？一代紅顔終故國，百年黄土戀商丘。披圖玉貌殊娟秀，誰識當年濺血流？」「對酒當歌我亦常，高詞合讓孔東塘。春鐙燕子皆塵土，錦扇桃花自羽觴。也補美人身後福，絶憐公子醒中狂。紅妝季布無傳唱，悵觸金陵馬四孃。『紅妝季布，翠袖朱家』，當時某翁贈馬湘蘭語，獨無人爲院本傳唱馬事者，抑有之未見也？」

高青丘多題畫詩，七言長短古，無篇不妙，無語不俊。嘗記其題劉松年畫云：「樵青刺篙勝摇槳，船頭分流水聲響。青山渺渺波漾漾，白鷗飛過時一兩。載書百卷酒十壺，日斜出遊女兒湖。鄰舟買得巨口鱸，醉拍銅斗歌嗚嗚，此樂除却江南無。」

作秋聲詩，須將聲字寫得深透，方不負題。温伊初孝廉秋聲詩，可稱傑作。詩云：「萬壑蕭蕭晚景幽，捲簾獨坐碧雲樓。無端天地初騰響，極目山河又變秋。風雨乍驚環户急，弓刀忽動有聲流。最憐迴野千層樹，月色如煙静夜浮。」

詩三百篇，頌，賦體也；雅，興體也；國風，比體也。有時興而兼比，故小序最爲可貴。棄小序而别自爲序，則以文害辭，以辭害意矣。

唐王、孟詩品清警，然不離唐調，惟韋蘇州純乎陶、謝氣息。

韋蘇州學陶，似矣；而不知元次山亦出於陶也。蘇州有意學陶，而得陶之氣息；次山無意學陶，而得陶之志節。

元遺山七言古詩，氣韻雄秀，明人謂其五古不能學陶之平淡，所論是矣。然使陶作七言古詩，未知能如李、杜、韓、蘇否？能如遺山否？人各有能有不能，毋相强也，毋苛求也。

「鑮」「鎛」，二字也，亦二器也。説文：「鑮，大鍾。淳于之屬，所以應鍾磬也。堵以二金，樂則鼓鑮應之，從金，薄聲。」「鎛，鎛鱗也，鐘上横木上金革也，一曰田器，從金，尃聲。詩曰：『庤乃錢鎛。』」是「鑮」乃大射南陳之鑮鐘；「鎛」乃大横木上金革，又爲田器之名。是「鑮」「鎛」爲二器，則「鑮」「鎛」爲二字明矣。近見來雲館詩鈔咏無射鐘歌，於二字亦混。

長洲沈歸愚宗伯箋詩多誤，如施愚山哭宋荔裳廉訪落句云：「張堪妻子愁難託，巢卵長抛虎豹叢。」歸愚注云：「張堪卒於官，無託妻子事，係借用願託妻子者。」按：託妻子事見後漢書朱暉傳，何以謂張堪無託妻子事耶？又箋龔芝麓咏吳宫用「木柹」字，歸愚謂「木柹係隋伐陳事，此處不切」。歸愚豈未見三國志「木柹蔽江而下」耶？唐王維詩：「知禰不能薦，羞爲獻納臣。」蓋用孔融薦禰事，舊説「薦於禰廟」之解，歸愚知闢其鑿；別本作「知爾」，非是，歸愚乃亦改「禰」從「爾」，何耶？歸愚又有臆改他人詩句者，如王漁洋文潞公詩「天遣不同韓富没，姓名留冠黨人碑」，歸愚以潞公名列司馬光之次，易「冠」爲「重」，不知黨籍碑初以文潞公爲首，後乃改司馬温公爲首也；改「冠」爲「重」，則第三句爲無著語。崔不雕詩「丹楓江冷人初去，黄葉聲多酒不辭」，句自渾成，歸愚病其合掌，易「丹楓」爲「白蘋」，便無天趣矣。

詩有名句耐人涵詠者，雖一二聯，便可膾炙人口。如「大江殘夜生新水，微雨扁舟夢故人」，此山陰邵夢餘句也。「自笑此身渾似寄，不知於世復何求」，此侯官張超然句也。「十里煙深因近水，一年秋早爲多山」，此江都程午橋句也。「交廣緣添離別恨，學荒翻得性靈詩」，此歙方子雲句也。「恩怨盡時公論定，封疆危日見才難」，此昔人題張江陵故宅句也。「四面青山三面水，兩湖明月一湖秋」，此粤東宋芷灣句也。「幾點夕陽鴉影瘦，一聲離笛馬蹄遥」，此南海梁柳衢句也。「春濃轉怕形人老，官冷真宜伴佛眠」，此秀水王穀原句也。「山沈雲氣涼生榻，樹擁濤聲緑到門」，此順德吴樸園句也。「斜陽在水愁孤燕，弱柳當門怨六朝」，此鉛山蔣苕生句也。「才非用世生何補？老不歸田夢亦慙」，此東鄉吴蘭雪句也。「一生那有真閒日？百歲仍多未了緣」，此徐靈胎句也。「有徑皆穿紅樹去，無人不在白雲中」，此張蕭亭句也。「好友每於貧賤得，新詩都屬别離多」「春如過客常輕别，愁似無家不肯歸」，此古岡彭五嶺句也。「四塞河山千鳥外，萬家風雨一秋聲」，此益陽楊海秋句也。「拙宦坐看同輩少，清貧漸使故人踈」，此歸安沈小如句也。「名心未了難遺世，晚景無多怕受恩」，此商寶意句也。「天下不妨知己少，古來惟有受恩難」，此閻峴亭句也。「重關亦復能羈恨，古榷從來不税愁」，此烏程董楚望句也。「暑隨大火西流去，秋比黄河北地來」，此宜川劉石生句也。「何草不黄秋以後，伊人宛在水之湄」，此會稽胡西垞咏蓼花句也。「一夢炊粱誰富貴？百年畫餅此功名」，雲伯孤寺懷齊君房句也。「人爲忠臣憐孝子，天留遺塚傍名山」，雲伯稽留峯訪許玫許現墓句也。「六井謳歌先李泌，兩朝經濟並姚崇」，雲伯沙河懷宋廣平句也。「馬角無靈悲雪窖，龍髯有淚灑冰天」，雲伯葛嶺弔洪宣公祠句也。「仁義之中見經濟，科名以外有文章」，雲伯方家峪懷張宣公句也。「雪後人家如北苑，晚來煙景似南湖」，雲伯懷毛稚黄句也。「故國蘅蕪公子佩，空山蘿薜客兒亭」，雲伯懷惲南田句也。「澤周四境江湖漢，政比三賢李白蘇」，雲伯懷趙申水中丞句也。「花天月地張三影，翠舞珠歌鮑四絃」，雲伯弔李笠翁句也。「桃葉春流亡國恨，槐花秋踏故宫煙」「煙月揚州如夢寐，江山建業又清明」，頤道堂書無名氏句也。「文章金馬霜前淚，故國銅駝劫後人」，亦無名氏句也。「鶯歌緑樹聲侵院，人立紅橋影在池」，此龍溪嚴太乙句也。「雁因風緊歸偏早，月爲雲多出故遲」，此文水武蘭圃句也。「櫓摇細緑過芳渚，簾捲遥青入畫樓」，此平湖張鐵珊咏春草句也。「花月即今猶似夢，江山從古不宜秋」，此黄仲則金陵雜感句也。「人間別是銷魂事，客裏春非望遠天」，仲則春日客感句也。「三春無樹非垂柳，五月不風猶落梅」，仲則武昌雜詩句也。「漬雨舊苔隨處緑，飽霜老樹可憐紅」，此覺羅文敏公句也。「危厓斗削人難立，鳥道雲侵馬不前」「楓葉平林依矮屋，塞鴻幾點破寒煙」，此覺羅恆慶句也。「騷客興隨秋水遠，故人書報菊花開」，此明滿洲忠烈公瑞句也。「得時便占行人路，托足難當富貴門」，此畢秋帆咏春草句也。「世間難得惟知己，天下傷心是别離」，此滿洲舒雲亭句也。「山氣欲吞將落日，樹聲爭報未深秋」，此南海梁禹廷句也。「詩外更無餘事業，酒邊時作小淹留」，此高文良公句也。「垂老餘功惟補過，多生結習賸憐才」，此鄂文端公句也。「短長道路供離别，少壯交遊半死生」，此順德黎二樵句也。「隔水雲如詩思懶，遇風船學酒人顛」，此新會鍾鳳石句也。「蔓草慣拖行客屐，斷林微露老農家」，此順德楊覺亭荒徑句也。「奔流萬里河之曲，上下千年漢以來」，此大興翁覃溪贈錢籜石句也。「雪意濃於三月雨，梅花高似六朝僧」，此長洲陳玉函句也。「立國應憐螳後雀，浮江共識馬中龍」，此順德女史沈蕙孫句也。學詩者得此新警之句，必傳無疑。

四川富順朱眉君署正鑑成詩，雄深雅淡，語不襲古而真，氣不直趨而鬱。其送劉炯甫大令之官甘肅絶句，發人遠想，語有含蓄。詩云：「使君高唱玉關秋，大略深沈撫字柔。試向五泉山上望，承平時節好蘭州。」「叩户每來難記客，他鄉偏住所思人」，此黄莘田老人句也。余遇旅館寂寥，往往誦之。

粵東總督漢陽相公葉名琛，爲英夷所擄，傳觀外國各島，曰「中華宰相」也，玷辱已甚，死歸其櫬，我國免其戮尸，此本朝寬大之典也。富順朱眉君作漢陽相公行云：「漢陽相公望龍虎，帝命天南咨固圉。盧頭十載建旌麾，黄宣五等頒茅土。雍容軍政矜裘帶，沈毅神機陋干羽。百吏難參杜德機，遠夷默戢渠丘莒。巨艦周城三十六，先聲一砲摧公府。萬雷入夜火轟雲，人肉填城血爲雨。豈無老羆卧當道，勢可憤豚公不許。兵有虚聲責有專，諸卿高閣何關汝。十月十四事當戢，鎮海樓中備尊俎，彝樂喧闐擂大鼓。九十三鄉勇遺歸，龜從筮從時可數。粵秀山頭紅旆舉，諸營飛翰安如堵。無人之地索相公，百鬼挾趨公首俯。回紇今真見大人，匈奴故自嗔夷甫。奮身不並蛟龍遊，縶項甘遭犬羊侮。土風誰聽鍾儀音，廷評或許蘇卿伍。相公一身何足惜？中朝體制天王土。嗚呼！相公之志非不堅，半生功烈知由天。東洛舊齊籌海望，南交新就富華篇。散金自學陳平誤，如意猶思昭遠賢。李陵得當還歸漢，千里云亡定怨仙。君王面下歐刀赦，故舊情深動顔色。幸不生還累素交，且爲易棺安反側。文淵馬革換鮫絲，慷慨幽憂那得知。老父悲涼撫題奏，聖朝寬大免陳尸。相公介弟東華客，文采璆玗品圭璧。著書薄海有高名，下客長安曾接席。可憐痛哭爲余説，國憂方亟非家院。我時無語祇沈吟，事有難言忘弔惜。願能奮發攘夷功，一洗垢瘢同氣責。粵游偶讀粵中詩，廣東人誤誠有之。見陳蘭甫詩。敢道是非無信史，欲明功罪仗微詞。屢乖事會寧關命，撞壞家居更付誰？征南幕府新傳箭，笳鼓喧喧歸善縣。官紳踴躍檄輪將，王師靜鎮終無戰。故事無須感漢陽，天津北去火輪忙。東風入律夔龍績，捍海金堤白霫王。」此詩可歌可泣，不愧詩史。

「梨花欲暝初疑雪，燕子如人亦病寒。」此梁溪杜季英春日感懷句也。「幾處林梢疑有雪，滿天花氣欲爲雲。」此番禺吴石華詠梅花句也。皆超脱無凡響。

山陰汪芙生山人瑔，胸次高曠，詩才清越。廣州弔謝靈運七言律，感慨激昂，言之有物。詩云：「屐齒南交偶一來，羅浮雲氣至今開。不多文字留荒徼，轉爲江山惜異才。陳迹難同楊子宅，苦心莫問魯連臺。酌泉運甓流風近，竟讓前人亦可哀。」病起詩亦情致纏綿：「藥裏經旬病起遲，今年真負菊花期。勝情消減辭游侶，才思闌珊愛小詩。旅客秋心黄葉似，江鄉霜信緑橙知。新寒可是相思得，漸覺清愁泥酒卮。」古宫詞云：「銅鋪深鎖晚秋時，瘦盡雲腰繡帶知。尚有君恩忘未得，一階紅葉不題詩。」「玉鏡慵開暗緑塵，歌成團扇一傷神。紅羅亭畔承恩澤，別有提鞵剗韤人。」二絶亦情韻不匱。

本朝善學太白詩者，吾閩則有張亨甫孝廉，楚南則有楊紫卿太學。紫卿寧遠人，名季鸞，生長於瀟湘九嶷之間，得其靈秀之氣，佩芷襲蓀，地靈人傑，而又北游吴、越、齊、魯，徘徊雲樹，嘯傲煙霞，故所作與太白爲近。九嶷道中望三峯歌云：「忽風忽雨離合間，非煙非霧千疊山。九疑靈異不可狀，誰能振策窮躋攀。奇花怪石亦無數，苔深不辨溪頭路。我來況值春未闌，往往陰晴變朝暮。籃輿導出千林松，煙光晃蕩青芙蓉。空中素練忽飛下，乃有秀插天半之三峯。傳聞萼緑華，駐景餐流霞。往來倏忽無定所，峯頭時見乘雲車。或言上有銅碑不識何年字，傳是古帝陟方之所誌。我聞一笑且置之，休論四千年來事。東風吹兮四山緑，蘭蕙披離滿幽谷。臨崖箕踞聽禽語，坐對啼煙數竿竹。白雲黯黯兮横三湘，屈平憔悴兮天一方。千巖萬壑咫尺耳，可以恣容與，可以供徜徉，曷不掇拾千年不死之靈草，乘彼龍螭旋帝鄉。而乃坐令悲秋揺落之弟子，徒招魂於雲水之蒼茫。司馬子長差解事，獨尋勝境來遐荒。李白能吟不能到，神隨越鳥空飛揚。何如徑從此去朝玉皇，翩然揮手凌蒼蒼。仙之人兮約同駕，且復冕旒看少華。遥聞玉琯吹參差，疑是雲中鳳皇下。」晴川閣觴月云：「對酒頓覺神飛越，惟有青天萬古之明月。況復江山樓觀兩迢曠，忽見水晶之盤浮玉闕。我從郎官湖上來，還尋岝㟧凌崔嵬。大别小别一揮手，高閣俯視何雄哉！兩兩侲僮攜美酒，劍在匣中杯在手。錦袍人去一千年，但解吟詩皆吾友。是時風露浩已盈，冷然萬象生空明。山川城郭悄無語，鐵笛欲裂潭龍驚。眼底蒼蒼漢陽渡，黄鶴樓高對煙樹。人生行樂即是仙，何必翩然竟飛去。」

周減齋讀畫録四卷，共七十四人，多載其題畫之詩。余極喜李君實太僕日華絶句，神似倪高士，其爲王章甫畫並題詩云：「霜落蒹葭水國寒，浪花雲影上漁竿。畫成未擬將人去，茶熟香温且自看。」寒江待别圖云：「黄葉陂深隱釣舟，蓼花瑟瑟水悠悠。鸕鷀熟睡漁翁醉，偷取瀟湘一片秋。」題畫小卷云：「黄石堆牆竹掃雲，澗流花落去紛紛。讀書聲到樵人耳，樹擁峯迴又不聞。」爲曹允大題畫云：「雲去蘭亭雁影孤，凍痕淅淅上蘼蕪。嘘呵滴得梅梢雪，爲寫江干待别圖。」題陸問田扇云：「卜築新開水竹扉，日斜煙樹望成圍。數聲柔櫓蒼茫外，多是尋僧訪鶴歸。」

嶺南順德梁青厓中翰藹如，少無宦情，修潔自好。假歸後，僑居佛山松桂里，一畝之宫，藥欄花塢，曲折幽翳，插架萬軸，掩户著書，不肯通刺鈴下，名挂朝籍，類於遯世離俗、巖棲谷處者之所爲。其詩孤情逸韻，與世殊絶，五言古、五言律多沖澹之作。五律水邊云：「松根倚江岸，野色晚來多。流水碧如此，客心清若何。長天下獨鳥，落葉起微波。時見捕漁者，臨風發棹歌。」白鵝潭遇雨云：「雲氣極天黑，鵝潭風雨聲。風排萬樹響，雨掃一江平。溪艇罷垂釣，山花間落英。飄飄塵境外，誰與白鷗盟？」

益都趙秋谷執信談龍録序云：「幼竊慕爲詩，弱冠入京師，得常熟馮定遠先生遺書，心愛慕之，學之不復至於他人。新城王阮亭司寇，余妻黨舅氏也，方以詩震動天下，天下士莫不趨風，余獨不執弟子之禮」云云。考秋谷娶王士禛之甥女，初相契重，相傳以求作觀海集序，士禛屢失其期，遂相詬厲，讐隙終身。秋谷於近代文章家，多所訾謷，獨折服馮定遠鈍吟雜録，歎爲至論，至具朝服下拜，常謁定遠墓，以私淑門人焚刺於冢前。按定遠名班，江南常熟人，有馮定遠集及鈍吟雜録。其説詩力排嚴羽，尤不取江西宗派，此有卓識。惟定遠詩雖具情思，而風格未高，集中知名句如「燕去漫爲朱户客，鵲飛應識絳河人」「千樹穠華千樹雨，一番晴暖一番風」「如畫仙山不能住，始知劉阮是粗才」「不知一夜前村雨，多少春泥上燕巢」，數詩風格平弱，若較之阮亭集中名句，似不足爲衙官門吏，不知秋谷何以傾倒如是，殊不可解？

趙秋谷詩「馬足蹙時疑地盡，谿雲多處覺天低」，此襲岑嘉州詩「尋河愁地盡，過磧覺天低」，居然點金成鐵矣。「馬足蹙時」，豈成句法耶？以此才訾謷當代人物，直謂「蚍蜉撼大樹，可笑不自量」也。

粤東詩自三家後，多質少文。番禺張南山以清麗之才，别開生面，一時附其門下者甚衆。有一二不善學者，變而爲庸爲俗，爲冗爲長，爲廓爲泛，爲雜爲鄙，甚而以詩釣名，又甚而以詩鑽利，一石米爲丁儀作傳，三鎰金爲鍾惺刊詩，借崔鴛鴦而結達官，似魏蛺蝶之譏穢史，詩教壞矣！或曰：「此市井小民之行，非詩人也，何足與辨！」

南海倪秋槎進士濟遠詩，幽峭頑豔，風骨堅凝，嶺南四大家後，僅見此奇筆也。熊笛生謂其詩如「天半朱霞，可望而不可即」，實非溢語。余讀其味辛堂詩存，爲之三復，因題五言詩於其集。秋槎仰屋詩云：「叱咤曾經萬馬喑，年華彈指去駸駸。庸才例好談經濟，大局誰當鑄古今。墮地生天來世劫，賣漿屠狗少時心。簪裾可是磨人物，磨到微塵一樣沈。」落葉詩云：「摵摵銀牀一夕陰，廊檐風勁紙窗深。空山是處尋行迹，秋士無端抱苦心。艇外寒波湘水篴，鐙前老淚雍門琴。死灰試撥應重熱，好向瓶笙證去今。」「滿耳商聲到地銷，離情長繫昔時條。打扉有鬼吟眢井，縛帚何人拾墮樵。粟起山肩詩更瘦，菭鐫石骨夢難招。推襟一奏哀蟬曲，淒絶寒林舊板橋。」「賦罷蕪城墨瀋涼，六朝金粉滿園蟄。鐵衾中酒疑疎雨，蠟屐煎茶問夕陽。搖落更無茵溷感，蕭條忍見水雲鄉。杪欏悟得他生旨，不爲飛蓬説斷腸。」「垂鞭如雨打衫輕，落日河干送別情。未必朱門諳此味，可堪殘鐸伴渠聲。風沙歷歷長安道，笳角蕭蕭廣武城。忍凍疲驢拌躅遍，鹿隍深處暝煙生。」寓齋七夕云：「借得匡牀賦倦遊，千峯涼色到門收。銷魂天亦惟傷別，望遠人禁更感秋。冰玉華年輸洗馬，風沙塵夜問牽牛。山程水驛尋常換，未信勞臣漸白頭。」明霞墓在壺山側，與酒人墓相近。云：「黄閃零塼久劫塵，小名鐫與子霞親。樓空燕子啼山鬼，墓繞桃花伴酒人。錦瑟詩亡箋嬾補，相傳爲巡撫某簉室，然無可據。石蒲齋遠事誰真？峴山亦有明霞墓，碑刻石蒲齋侍兒字。遂良頭白今羈旅，苦爲清娛一愴神。」秋柳六首，繪聲繪影，風格悲渾。詩云：「東風花絮舊憑闌，觸手疎條欲折難。别夢記垂煙艇碧，斜陽偏近水郵寒。兔園賦罷傷詞客，螽館秋荒憩冷官。一種婆娑生意盡，它鄉重與細盤桓。」「平生慣繫轉蓬身，懶盡風懷到此晨。迴顧劇憐青眼日，相逢多感白頭人。玉關羌笛那須怨？板渚隋堤不屬春。三疊歌殘俱老大，忍提朝雨浥輕塵。」「深深埋玉柳屯田，仙掌人行大道邊。可但桓公悲此樹，不宜張緒説當年。白門木落啼烏路，紫塞霜濃去馬天。依舊揚州城郭好，二分明月已凄然。」「武昌新種近成圍，自送鈿車撲面稀。何處吹花經壓酒，娩曾彈汁偶霑衣。蕭蕭高曳蟬聲澀，瑟瑟涼迴雁影微。早晚柴桑決歸計，門前風景恐全非。」「年時步屧謝尋幽，蕉萃江頭更陌頭。愁似風煙三月暮，畫殘金碧一天秋。祇餘鍛石高人宅，孤負凝粧少婦樓。拍遍楊家珠絡鼓，松陰交映亞黄牛。」「垂老秋孃瘦舞腰，踏啼悽婉白花謡。燕臺詩向誰人乞，楚些魂應竟日招。髡處儘成今昔感，攀來休問短長條。先零我亦朱顔换，卧聽空堂咽玉簫。」

今人好爲韻語，動輒盈尺，不能驚人，焉能泣鬼。秋槎詩云「句不驚人詩懶作」，此自道得力也。其讀盂蘭會詩及陳龍川集，不獨驚人，直可泣鬼矣。詩云：「瘴鄉多鬼媚鬼節，普門焰口中元設。羊鐙影碧竹枝低，妖蝶飛廊拜秋月。模糊山背開瑜伽，盍磬嗅作優曇花。支郎圓眼定不語，側毘靈響鈴杵。二更鬼欲出，三更反魏顥逼，風酸鼻涕長一尺，撲地紅沙旋無迹。我聞目連救母赴獄門，火炭入口不得吞。當時痛泣告世尊，下供九幽上諸天，甘露徧受盂蘭盆。世人豈識佛教孝，血枯魂餒丁蘭貌。轉結尸陀有漏因，一飯公然希鬼報。人生衣食日可憐，安能艸艸償終年。衆鬼俱肥羯肌喜，功德錢收僧散矣。打林土雨半天明，黄雀山頭啄香米。」讀陳龍川集云：「南宋不報金源讐，湖山歌舞耽杭州。中興五論著作古，永康崛起陳同甫。錢唐衰耗不可都，環視目已無西湖。阜陵震動衆交沮，待命十日徒區區。奇才禍觸深文網，拜妓殺人疑獄上。大臣又欲斬陳東，天子終然愛种放。文中之虎人中龍，覽觀遺集開心胸。談兵纚纚霸王略，惜哉身殞時初逢。狀元南渡亦有數，龍川經濟文山忠。一月四朝節稍貶，處人骨肉辭從容。當時及身自論定，陳法堂堂旗正正。要期雪恥罷金繒，豈在鑿空談性命。慶元黨禁不久出，故相銜寃倏撰絀。道山歸去更全名，推倒千秋餘健筆。文人迍邅少遇時，後來尚有劉改之。」

處世須退一步，作詩當透一層。秀水李武曾徵君良年憶方虎客宛溫云：「牂牁秋緑晚萋萋，五十郵亭到越溪。不敢更嗟鄉國遠，有人還在萬峯西。」此作詩爲透一層，於處世爲退一步，可謂兩得其美。

昔人謂風亭水榭，本以怡情，即或家少園林，亦何處不堪寓目。張船山絶句云：「稻香吹過水聲來，野樹無行遠近栽。不費一錢風景足，萬金何苦築樓臺？」惜世人不足與語。

詩出六經，言必成節。所謂節者，天地自然之節，得其節則詩貴矣。然其中有全乎天者焉，有因乎人而造乎天者焉，故有時出於田野、閨闥，偶有微妙，後世能詩之士莫能逮焉，非天爲之乎？湘陰郭筠仙中丞嵩燾，天賦本高，詩有音外之音，得作詩之節矣。其秉節粵東，剔弊釐奸，進賢退不肖，並得治民之節矣。其爲詩騫閎慎肆，深造自得，蘊抱凝穆，不可以皮相求之。讀其文宗顯皇帝輓辭，極爲沈痛。其一云：「一稅崆峒駕，濡河即鼎湖。翠華天北極，黄屋海東隅。寂寞含章殿，倉皇負扆圖。兵端登阼始，虛望補桑榆。」其二云：「海外條支國，招延總禍胎。深謀無魏相，詐敵有王恢。荒服覊縻意，先皇駕御才。道光朝，虎門、定海、寧波之變，言者皆主用兵。成皇帝深謀遠識，獨力持之二十年。在事諸公，無能知其節要者。乃使兩朝廟略，永以不明於天下，可爲浩歎。徒傷玄圃狩，誰挽六龍回。」其三云：「異讖軒轅紀，旄頭彗紫微。早憂侵帝座，是夏，彗星犯帝座。猶望轉戎機。今日謳思永，前星物望歸。紛紜齊趙勢，時怡邸、鄭邸秉政。咫尺盡天威。」其四云：「宿昔袁安淚，攀號阻澗阿。壯心消鐵騎，老眼泣銅駝。道路人逢少，江淮鬼哭多。吞聲仍引望，重整舊山河。」

昔襄陽孟六，杜子美稱其「清詩句句盡堪傳」，而王士源爲作傳，獨賞其「微雲澹河漢，疎雨滴梧桐」一聯；任華傾倒李白，則愛其「海風吹不斷，江月照還空」兩句。是詩之絕唱，正不在多，惟賞音者舉其一二，而全集之堪傳，作者可無怍矣。近代名句可傳者，如江南興化李鏡月之「遠火分帆影，疎鐘雜艣聲」；萊陽宋玉叔之「漁舟霜後聚，樵路雨中深」；宣城施愚山之「微雨洗山月，白雲生客衣」；嘉興王邁人之「一艇獨歸雨，千山相對雲」；句容笪在辛之「人家依岸轉，河水抱城流」；順德陳元孝之「積雨江漢綠，歸心楊柳初」；華亭沈彦澈之「獨客難爲夜，孤心易感秋」；常熟陸秋玉之「細雨天如夢，孤禽聲帶秋」；吳縣徐元歎之「野水斷村路，孤煙生竹籬」；崐山葉子吉之「偶隨落花入，忽見羣峯迎」；歸安吳迪前之「舟向猿邊下，人於鳥上行」；德州田綸霞之「驛路秦川雨，春風蜀道花」；秀水朱竹垞之「明霞飛不落，獨鳥去還歸」；蒲州吳天章之「潮來全楚白，雲上半江陰」；武進邵子湘之「松徑落殘雪，石橋橫古梅」；番禺梁南樵之「猿啼白雲上，一路入梅花」；嘉興張博山之「老樹得秋色，空庭留夕陽」；南海梁芝五之「客路初臨水，鄉心已到家」；嘉定孫愷似之「江潮晴湧月，山火夜燒雲」；海寧查聲山之「林影清邊屋，鐘聲雲外山」；海寧查夏重之「天闊星如墜，江空月最先」；長洲蔣樹存之「人度危灘月，猿啼獨夜舟」：皆渾成出於天籟。

筠仙中丞山行雜詠，實能刻劃風雲，雕鐫日月，空青丹砂，莫喻其妙。詩云：「歷歷山川景，平生實飽諳。五峯猶夢裏，一舸落天南。嶺石斑斕滴，巖泉淨碧涵。林鴉能喚客，幽處試躋探。」「勝地黃庭觀，昇仙萬古壇。松杉晴似雨，巖壑晝常寒。宿藥留風竈，飛泉挂石欄。高臺紛落葉，斜日白漫漫。」「臺觀參差過，林園取次分。寒巖煙吐日，古壁石生雲。歲晚餘花見，天晴細草薰。盤陀空谷曉，竟欲絶塵氛。」「三百棲禪寺，雲山勝業開。樓臺天影過，橘柚雨聲來。吸水泉鳴澗，烹茶雪滿罍。叢林無半畝，欹側坐莓苔。」「頗愛雲居谷，平分水竹清。羣峰當一角，石壁似孤城。嶺樹籠雲小，谿沙漾日明。還登高阜望，原海盡東傾。」「陰洞風雷轉，奔湍日夜號。巖深天隱閟，雨急樹刁騷。江漢頻年溢，魚龍八月高。終防滄海去，增長作波濤。」「聞道秦時樹，多生巖石間。我來尋檜栢，遺憾滿雲山。寂歷疎林晚，盤陀積石頑。終存太古意，白日照蒼顔。」「到處題名石，唅呀似斷碑。登臨前代蹟，寥落幾人知。霧雨蒼巖冷，林泉皓首期。遺文傳峋嶁，指點到今疑。」「鑿石能開屋，依巖好種田。桑麻圍碧岫，雞犬上青天。晚稻秋風熟，高歌白日眠。人間渾未識，莫遣此詩傳。」又山行雜詩云：「兵氣關河外，秋聲水石間。客程天浩蕩，異俗地盤環。井臼家家杵，雲煙處處山。寒鴉戀蓼薄，日晚亦飛還。」「晴久看山色，昏沈半帶煙。澗禽偎岸小，巖石聚苔圓。暄日林嵐氣，冷風檜柏天。奇温差慰我，衣薄欲無綿。」「南荒羣壑水，曲折赴寒江。宿鴨翻雲碓，潛魚守石矼。生平希禮樂，夢寐到旌幢。老向雲山裏，逢人問酒缸。」「鼓角殘秋淚，風雲壯士懷。山川連粵嶲，消息斷江淮。礙石通微徑，披林得小齋。九州皆禹跡，歲晚積陰霾。」「流涕憂王室，憑高望眼灰。呂蒙樓艣密，陶侃米船迴。江遠還移幕，天清數舉杯。捷音頻及我，昨日尺書來。」「嶺瘴朝昏色，山郵遠近程。石楠欹谷影，風栝散灘聲。小屋荒寒暮，孤邨黯澹晴。巖花無意緒，惓惓道旁情。」

泰州吳嘉紀，字賓賢，號野人，居泰州安豐場，地濱海，斥鹵煑鹽爲業，家貧，豐年亦乏食。穎異好讀書，以歌詩自娛，所爲詩老辣嚴畏，有薑桂之氣，然出於天籟，不待作爲。近代詩家，境界如紅爐點雪者，吾於野人見之。讀其受侮詞，可爲窮士吐盡鬱濇之氣。詩曰：「此揶揄，彼睚眦，水上風來波浪生，鸞鷟無端集於枳。時俗計較苦不休，赤丸白刃爭報讎。江海納水千萬里，就下那擇清濁流。山麋擁大角，隴羫擁小角，長者襟懷自坦夷，異類相逢任抵觸。」又送公調歸白門云：「斷岸蘆花下，是君明日舟。清溪秋水前，是予明日愁。明日果愁別，無計暫淹留。憶昔麗媛篇，酬唱兩不休。半榻雨風聚，一月性情謀。詎意海風惡，令君懷故樓。故樓淮水上，秋色正清幽。江長風槭槭，月冷雁啾啾。兩槳掉其中，歸人復何求？獨有同懷友，寂寥海上洲。」此詩非天籟乎？待王大丹云：「夜坐天寂然，無數啼鴻過。眎聽豈不幽，益覺孤我坐。風燈滅一半，草牖寒將大。遠夢不復尋，展榻期君卧。」此詩肯著一字乎？相卿移居云：「楊子愛友聲，佳客不去席。興至忽移家，移家兼移客。深深几席間，談言宜古昔。茶嫩杯有香，窗新月愈白。感君待我詩，預掃寒宵壁。」此詩極見渾成，無斧鑿跡。又同鴻賓季康南梁重訪柴丈云：「三客放魚船，七星訪柴丈。雨裏復煙裏，溪上兼舟上。白禽入水啼，嫩草帶風長。景色新酒杯，繫棹長歌往。」秋懷云：「凶年雜寒至，殘秋貧愈悽。嬌兒中夜冷，抱我肩臂啼。老妻愛癡卧，晏起常日低。至此亦不眠，坐牀至鳴雞。滿屋風泠泠，孤燈蟲淒淒。世上寒與饑，茲夜到已齊。汲泉清盥濯，開門向前蹊。營營衣食途，從未知東西。」

粵東風雅，自四家後，多詩人。鎮平黃穀生釗，亦粵産也。詩筆鮮芳幽蒨，劌琢性靈，亦多瀏脱宏麗。板橋春望云：「幾曲青溪長板橋，江南能使客魂銷。酒旗隱隱低紅檻，歌板輕輕蕩畫橈。楊柳棲鴉三尺水，海棠乳燕一枝簫。御河房畔黄昏月，兩岸銀鐙照落潮。」秦淮云：「盈盈一水擬星河，午柱丁簾映緑波。桃葉春煙名士槳，楊花香雪叛兒歌。烏衣影落憐門巷，紅鬼聲銷怨綺羅。怕向高樓聞玉笛，莫愁無奈客愁何！」蓬轉云：「馬狗衣鶉去住違，卅年蓬轉此栖遲。鴻泥舊跡看詩本，楊柳春光感鬢絲。見事每當殘局後，懷人多在獨醒時。簾中燕將傳新緑，惆悵樽前杜牧之。」鄂渚云：「煙火帆檣夕照餘，東川門戸限南徐。月華新樹棲烏鵲，風信傳冰上鯽魚。千古英雄爭此地，一時名士讀何書？樓頭吹下梅花箋，醉到洲前老捕魚。」

建寧張亨甫孝廉，以詩雄海内，然頗留心時事。其食肉嘆詩自序云：「余從潞河泝衛河，遣僕市豚，恒得牛。問之土人，蓋以諸處回民，十居七八，彼教禁屠豚故耳。國家撫有四海垂二百年，版圖之廣，前古未有。從前内地之民，雖偶以白蓮習教猖獗，然諸愚賤編氓，皆知其爲邪匪，故人心不集，或僅在一隅，或不過數州，亦旋易撲滅。今回民則徧滿天下，父老相習，子女相結，良賤皆不以爲異。然其人多寡情，實好淫鬭，儻一夫奮臂，則千人目動；一方疾呼，則九州響應。前年張格爾之擾，内地回民聞之，皆歡欣鼓舞；及獻俘京師，回民閉關，不出於塗。磔尸柴市，回民相戒不至其處。而保定回民，則有僞爲張逆未俘之先與將軍書者，傳徧一時，其言尤獷悍，而京師不知也。夫浩罕、俄羅斯，並皆回回强部，密邇新疆；而張逆三世皆膏國家斧鑕。聞張逆尚有孽子未獲，西藩之備，固一日不可怠。而内地回民，觀其於張逆諸情，陰賊亦可概見，宜如何豫防也。昔漢、魏失計，西晉之禍，流及數代，觀於往者，可惕將來。今年四月，余在鄭州，聞閩之泉、永賈人，言漳、泉民貧苦者，即轉習回回教；蓋回回每歲遣人航海至漳、泉諸屬邑，一邑以一回回爲之首，願入其教者，授以經咒，籍其姓名，每人月予數金；其富者亦願爲弟子，謂可卻病。爲首之回至，則數日前習教者，各飾其女以待，而回首擇其尤美者淫之，其餘並挾之航海去，或即留於其父母之家，俟其再至，不敢嫁人也。其來去蹤跡倏忽，每淹留一邑，不過數十日，計二十年，内地之民，變爲回類者且萬家矣。漳州之長泰一邑數千家。竊思鴉片來自西洋，始於閩、粤，徧於天下，其所以疲敝内地者爲已甚，今漳泉此事，尤爲可慮。子女航海，何以毫無覺察，豈傳言之誤邪？然土著之人，言其所見，當不謬妄，毋亦小吏因循，不知遠慮，故使之傳習以廣邪？余空言無補，然心有所慨，聊復述之，安知他日不有人起而治者邪！因題曰食肉嘆，系之以詩云：我聞魏漢全盛時，塞内誤置降羌氏。自從晉世恣跋扈，豈獨行酒悲青衣？時來空復憶鄧艾，郭欽江統言誰賴？獨令父老似金仙，淚流鉛水悲涼最。聖朝景祚如生商，二萬里置匈奴王。將軍馬前吐蕃拜，嗟汝回鶻徒披猖。昨者陳俘獻太廟，中原醜類羣相弔。承平何敢逞戎心，散處終須防聚嘯。秋風七月屯氏河，食豚胛少牛蹄多。怪哉天一翻生豕，無父母如君相何？短髭碧眼掩白帽，腰刀出入氣雄暴。年年煽誘海濱人，貧富聞之走相告。紅粧二八顔如花，可嘆爭贅爲壻家。相隨旦暮去無跡，飄零藩溷向天涯。烏虖民愚乃至此，方今上有聖天子。旱潦蠲賑歲頻仍，仰食甘從若輩使。粤閩鴉片館日開，十户九破形死灰。文石更充白玉貴，羽毛都易黄金回。鬼子番人總易叛，邊洋市易宜長算。榷彼征輸利已微，竭吾泉貨貧斯亂。何況子女陰挾持，此意何爲尤所悲。遠謀未能媿肉食，倚檝看天空涕洟。」詩有不作怨語而怨自深者，如劉文成基長門怨云：「白露下玉除，風清月如練。坐看池上螢，飛入昭陽殿。」此詩得三百篇「怨而不怒」之旨矣。

道州何東洲師，書法遒勁，是蓋得力於北魏人筆法者，於唐人喜李北海、顔魯公二家，常教人學書，先從和尚碑、道因碑二家入手，而後歸宿於顔，或歸宿於李。師作書用懸腕，懸腕則臂有力，他人不能懸腕，所以不能用筆，而轉爲筆用也。師自號猨叟，蓋取乎李廣猨臂之意。作猨臂翁歌云：「書律本與射理同，貴在懸臂能圓空。以簡御繁靜制動，四面滿足吾居中。李將軍射本天授，猨臂豈止兩臂通。氣自踵息極指頂，屈申進退皆玲瓏。平生習書頗悟此，幾四十載無成功。吾書不就廣不侯，雖曰人事疑天窮。同心忽遇二三子，隸分篆楷皆求工。謂馬星泗、師小山、彭夢九諸君。皆用我法勝我巧，巧不可傳法可公。惟當努力躡前古，莫嗤小技如雕蟲。嗚呼書本六藝一，薪進於道養務充。閲理萬端讀萬卷，消長得失惟反躬。外緣既輕内自重，志氣不一非英雄。笑予慣持五寸管，無力能挽三石弓。時方用兵何處使，聊復自呼猨臂翁。」

張亨甫虎丘詩云：「人間金粟報中秋，水榭風船結綺周。歌舞曾銷亡國恨，江山似待少年游。千花横笛燈如海，半夜薰衣月滿樓。惆悵東南鴻雁在，稻粱盈地汝何求？」

此亭甫降格之詩，要人人賞音也。詩格自華，詩品稍降矣。又滸墅云：「纔到蘇臺便聽歌，誰家畫閣月明多？煙蟬唱後沙蛩唱，一夜秋風水又波。」此詩情韻，尤見懇摯。

河内袁午橋欽使甲三，過梁山泊詩云：「此地昔爲姦盜區，叔夜掃平惟一鼓。」考宋施耐菴作水滸傳，雖是描寫宋江奸惡，口裏忠義，心裏强盜，愈形其大奸大惡，故世人目爲姦淫邪盜之書。申和孟先生謂作是書者三世啞，蓋以世之閲是書者，未得其深曲之意，徒啓其奸盜之心，故爲賢者所不取。至羅貫中又撰後水滸，後傳竟謂宋江是真忠義，則其識解又耐菴之不若矣。近山陰俞仲華，名萬春，號忽來道人，爲邑諸生，著蕩寇志，力駁羅貫中；書名結水滸，接水滸傳，從七十一回起至一百四十回止，又結子一回，大旨謂宋江並無受招安、平方臘事，只有被張叔夜擒拏正法一句，力破貫中僞言，使天下後世，深明盜賊忠義之辨，絲毫不容假借。此書雖係小説，頗有關於人心世道。華樵雲太守廷傑爲之刊行，真有係於人心世道哉！

固始蔣子瀟孝廉湘南，博學工詩，留心經世之務，詩筆奇情壯采，咄咄逼人。嘗見其望河有作云：「登山遠望日西向，仰看黄河在天上。立馬函關陣雲起，俯看黄河落地底。火敦腦兒蟠一龍，萬里來壯秦關雄。直下龍門勃然怒，中州土性失堅固。下流更被淮河攻，復生神禹難爲功。書生慷慨思復古，河北當衝棄數府。載之高地何用隄，順軌應同關以西。君不見轉般倉置漕亦辨，治河治淮兩無患。」

歙羅兩峯聘，善畫鬼，其所繪鬼趣圖，題者遍大江南北。南海譚玉生外翰瑩七言律八首，雖曰寓言，可爲世戒。詩云：「分明相對倏迷離，苦霧冥冥月黑時。豈有英靈偏自晦，竟無形影究安之？本來面目誰曾識，似此行藏事可疑。獨怪幾人天日下，往還專奉汝爲師。」第一幅。「僕僕長途了一生，殘衫破帽恨誰平？死猶有路仍奔走，寒爲無襏任使令。襏，鬼衣也，見說文。骨朽尚甘如僕隸，足胝曾否謁公卿？多應名紙毛生偏，翦作衣裳總不成。」第二幅。「生前眷屬死前因，話到徵蘭假亦真。色色空空仍不信，生生世世果相親。情濃未覺香魂慘，事去難回朽骨春。願語寰中桑濮者，追隨也有白衣人。」第三幅。「陁移久別事茫茫，拄杖泉臺覓醉鄉。笑汝兩頭相去遠，依人一勺可分嘗。半生長技能低首，此藥何名作腐腸。或者昔年真飽死，侏儒福本勝東方。」第四幅。「僑如脛骨插江中，膚髮淋漓碧血融。草木昂藏團慘緑，雲霞閃爍噴妖紅。降魔或遲煩天帝，住劫應難恕鬼雄。未必他人能再見，花之行者萬緣空。」花之，寺名。兩峰嘗自署花之行者。第五幅。「存日同饑相不侯，傲人偏恃戴山丘。頭顱太重終蹉跌，心膽先摧敢逗遛。邂逅自然先引避，崔巍何以恣遨游。夜臺一例相欺壓，除是騫騰得自由。」第六幅。「紙衣三寸溼模糊，紙繖遮頭避得無？入夜何勞同冒雨，稍晴恐有與爭途。西牕況味生前共，廣廈心情爾輩殊。月淡風恬渾未似，本來蹤跡近穿窬。」第七幅。「藁葬荒山歲月深，遺骸竟此理難尋。如人立更如人語，具獸形兼具獸心。妖氣豈甘長掩覆，生機宜令兩銷沈。便投水火風原古，却使爲魔直至今。」第八幅。

漁丘渡在和州古江岸，相傳伍子胥入吳，渡於此。镇洋盛子履外翰大士漁丘渡詩，如奔猱墜鳶，鐵鳴金動，感弔今昔，飄飄然其超舉也。詩云：「悲風千斧津，落月漁丘渡。嗟哉蘆中人，途遠日已暮。何處一聲簫？吹入蘆花去。江山舊怨修，功名此身誤。破楚新築門，樹檟已盈墓。蘇臺走麋鹿，梧宫起煙霧。海門匹練青，東去濤聲怒。欲尋鴟夷子，一舸杳何處？」

子履玉笥方塘歌，弔故明尚書張公國維七言古詩，如陸離長鋏，崔巍切雲，玉泣金啼，悲風號嗷。詩云：「方塘流水鳴潺潺，子規啼月愁空山。孤臣願爲袁粲死，血濺方塘塘上水。朝辭天台行，暮宿方塘口，長星隕地大如斗，玉笥高歌詩數首。河山破碎朝廷小，半壁東南嘆誰保？舟中天子，海上國公，閩東頒詔來越東，逐鹿乃在蕭牆中。君不見爝火螢光細如線，燼後寒灰勢難煽。徵兵助餉徒勞勞，議守不足遑議戰？斷頭恥作降將軍，汗青照得丹心見。桃巖峯，暮色殷；勒馬峯，苔花斑。忠魂一去不復還。至今子規啼月愁空山，惟聞方塘之水流潺潺。」

余建射鷹樓，樓懸長幀射鷹驅狼圖，友人題咏甚夥。樓對烏石山，山爲英逆之窟穴。余於樓頭懸楹帖云：「樓對烏山，半獸蹄鳥跡；圖披虎旅，操毒矢强弓。」見者皆以爲真切。

海天琴思録　卷五

定遠方子箴都轉同年濬頤官南韶道時，從其季弟子聽大令處見余詩，乃寄詩二章相贈，情辭懇摯，詩骨亦復鏗鏘，余成七言長古答之。都轉詩有「朅來夢雨愁春夜，快讀摐金戛玉篇」之句，所謂愛之深者，誘之以至於是也。

作詩者在多讀書，詩之工又在乎多讀詩，然作詩者，實關乎天籟也。南海韓曙樓太守純禧，泛覽羣籍，記誦該博，及其下筆爲詩，純是天籟，非時流所能窺及。臺江竹枝詞云：「大橋流水日滔滔，橋上行人自逸勞。立定脚根橋上看，落橋人矮上橋高。」此詩非天籟乎？聞笛云：「何處飄來折柳聲，淹流湖海客初驚。淒淒故國魂俱斷，隱隱江村夢不成。倚月韻隨流水去，望雲心向落梅傾。幾人聞曲思鄉切，一曲悲涼一愴情。」

梅花道人題墨竹句云「我亦有亭深竹裏，也思歸去聽秋聲」，此詩之極有神韻者。朱竹垞返照詩云「是處聞吹角，高樓尚曝衣」，十字可稱妙斲。汪祭酒霦詩云「記得年時重九日，全家登閣看秋山」，此詩之妙，又在絃外之音者。

金華王西躔大令夢庚宦蜀，有善政，工於詩，爲政之暇，恆多製作，軍旅道途，不廢吟咏。冰壺山館詩一百三十三卷，至多且工，詩筆如仙露明珠，清華亦復朗潤，如曉日夫容，濯濯可愛。其嗣君蘭汀，示余選本，讀之佳篇歷歷。陳倉古道口云：「古道陳倉近若何，横空萬仞列嵯峨。猿聲隱約揺青嶂，人語蒼茫墮碧蘿。烏笠紅氊唐院畫，天梯石棧謫仙歌。昇平共喜遵王路，無復貔貅夜枕戈。」録别志懷云：「春風迢遞促驪歌，春水沖融泛緑波。遊子身隨飛鳥遠，故人情比好山多。及時雨露滋桃李，回首煙霞護薜蘿。記取臨歧交慰勉，湛然心迹肯消磨。」青化道中苦雨次壁間韻云：「柳陌晨征露未乾，那堪竟日雨中看。遨遊每愛山川壯，險阻方知跋涉難。作客更誰辭力瘁，困人多半怯春寒。悲吟失路吾知免，愧乏清詞繼子安。」

南宋張浚喪師誤國，以其子南軒故，有議其失者，輒指爲邪黨，人皆噤不敢言。符離之敗，浚夜酣寢，鼻息如雷，儒者猶謂此是魏公心學，此所謂風痺不知痛癢之論，可爲千古笑端也。明廷臣條其劣蹟二十四事，上於朝，請其主退出功臣廟，此實録也，見野獲編。太倉唐實君讀張浚傳云：「攘臂爭先擊李綱，又聞推轂頌咸陽。秦檜之當國，人不敢斥言，目爲「咸陽」。空談久已同殷浩，誤史猶誇似武鄉。猛將西邊膏鐵鑕，神州北望失金湯。那將十萬符離血，博取齁齁睡一場。」

人遇亂離，干戈滿地，身家莫保，安計年時？番禺馮子良七夕感懷云：「偏於七夕倍傷神，處處秋風處處身。天上星辰家國事，軍興以來，異星屢見。眼前婚嫁亂離人。安知此恨非由巧，不得成仙亦有因。轉徙十年吾憊甚，可能乞雨洗車塵。」此詩有身世之感。子良望月詩，用意深曲，絶句之勝境也。詩云：「水驛山程處處圓，圓時便覺别愁牽。故鄉久已無明月，與我追隨二十年。」

崔顥黄鶴樓，以古體入律也；少陵白帝城，以古調入律也。

咏物詩大處落墨，而言外之訓刺自見。儀徵阮相國題金帶圍花開宴圖云：「老圃秋容儘自誇，春風何事弄繁華？誰知誤殺蒼生處，即是四花中一花。」可謂辭尚體要。

唐人絶句，以李青蓮、王龍標爲最，蓋能不着一字，儘得風流也。邵武張亨甫孝廉，詩才曠逸，絶句尤神韻不匱。閏六月二十四偕梅友炯甫集小西湖宛在堂云：「來時慣愛寺門前，嵐靄分峯水獨煙。松氣自明將夕景，荷花最好欲風天。」「艇子沈沙對短垣，故人雲散況招魂。水天閒話風鷗迹，已似揚塵劫後痕。」「花事如人奈老何？小堂取次得秋多。醉歸人散青天月，一夜紅衣冷素波。」七月二十七日登天開圖畫樓慨然作詩云：「海天風色入新秋，鬢短心長感倦遊。似有涼蟬解相惜，數聲先傍夕陽樓。」「天際微紅一角霞，碧山西更有人家。月殘風曉催秋早，不見湖陰白藕花。」「石瘦松蒼對寸心，夜蛩何意學孤吟。蕭蕭一片風吹竹，始覺秋來爾許深。」將至山陽寄四農云：「四海今爲不繫舟，幾人相見慰離憂？故應痛飲淮陰市，醉看黄河落日流。」「姚侯意氣自雄豪，燕市徐廉峯黄樹齋亦我曹。長恐此生翻寂寂，詩人題碣墓門高。」

余初至粤寓，河南倪容癯少尹鴻渡江來訪，出其詩藁爲贄。余記其蒼梧旅次詩，聲調蒼涼，亦見合律。詩云：「廿年重到感滄桑，虞帝祠前草樹荒。城郭四門全剥落，人家十室九逃亡。火山日澹招魂遠，冰井波寒照影涼。留得舊時雙槳艇，是誰深夜尚飛觴？」

蘄水陳秋航殿撰沆，詩品真樸沖澹，姚君學塽謂「在蘇州、道州之間」，魏默深謂其詩「如空山無人，沈思獨往」，非虚譽也。其憶李毅云：「李生不羈才，飢走萬里外。一身大布衣，昂首天地隘。千金去弗顧，送酒乃下拜。悲歌浩無方，舉世稱曰怪。長安風雪中，誰與償酒債。」寒谿寺云：「靈泉秋在朝，寒谿秋在暮。寺門開夕陽，落葉閉斜路。卻聽流水聲，寒色上衣屨。霸圖歇千載，亭館化丘墓。獨憐僧與佛，終日坐深樹。空山一鐘響，曳杖吾亦去。」題藏詩鴎圖云：「臙脂山上藏詩鴎，一半種花半種樹，半是詩人下榻處。入門見竹不見山，落葉時露斜陽殷，老屋卻在山中間。疏林缺處開朱牖，一人低頭筆在手，知是哦詩劍峯叟。復有一人行碧苔，貪看遠山立徘徊，是我曳杖尋詩來。黄公作圖翠欲滴，公亦三年鴎中客，胸有煙雲非筆墨。世間何處無青山，草木不靈花不仙，勝地還要詩人傳。左揖鳳皇右招鶴，秋月秋風勸華酌，七百年來無此樂。主人愛客輕黄金，客更愛才無古今，後世有人知此心。」

七言古詩，學太白神似者，古今惟高青丘一人。五言長律，學少陵神似者，古今惟顧亭林、朱竹垞二人。他人不足多也。

詩有弔古常話，説來異樣出色者，厲太鴻鶚自石湖至横塘詩云：「楞伽山頂濕雲堆，噤瘁桃花出廢臺。萬頃吳波摇積翠，春寒來似越兵來。」可謂七絶高唱。

莊子：「支離叔與滑介叔觀於冥泊之丘，崑崙之墟，黄帝之所休，俄而柳生其左肘，其意蹶蹶然惡之。」注：「柳，瘍瘤也。」王右丞老將行詩「昔時飛箭無全目，今日垂楊生左肘」，右丞改「柳」爲「垂楊」，誤矣。

潁州趙雪江澄，工繪事，常自題畫云：「漠漠江天雪霽時，曙光雲影半參差。柴門初啓寒鴉噪，已有漁人理釣絲。」絶句中之神品也。

王阮亭精華録，箋注者爲金林始，名榮。其凡例云：「近體注兼採徐龍友名夔。」是金注以前，尚有徐注。嗣東吴惠定宇棟又爲補注。今刊行繙刻之本，脱去「林」字，閲者以爲「金榮始」箋注，殊爲笑柄。

陳恭甫先生截句，風神婉約，在劉賓客、李庶子之間，視阮亭無多讓也。東薌吴蘭雪謂「其詩得五音之旨。」其題畫云：「琅玕無數緑池臺，魚唼紅蕖鳥啄苔。剛欲抱琴彈石上，斜陽樵唱隔花來。」又題渡口斜陽畫册云：「菱谿柳漵下輕鷗，落日人喧古渡頭。看盡晚霞江樹暗，不知天際幾歸舟？」水西雨泊畫册云：「横塘細雨鷺斜飛，釣舫無多泊渚磯。隔岸人家溪市晚，緑蓑新買鱖魚歸。」荻岸漁舟畫册云：「三月桃花水滿篙，蘆中笭箵載輕舠。歸來沽酒斜陽岸，回首前江風雨高。」杏花春社畫册云：「春風吹散綺綃霞，香到青帘白板斜。妒煞看人社前燕，夕陽紅樹話山家。」粤東梁福草謂吴蘭雪揄揚其詩不實，豈其然乎？

宋張淏雲谷雜記云：「古者字未有反切，故訓釋者但曰讀如某字而已。至魏孫炎始作反切，其實本出於西域梵學也。自後聲韻日盛，宋周顒作四聲切韻行於時，梁沈約又撰四聲譜，以爲在昔詞人累千載而不悟，而獨得於胸襟，窮其妙旨，自謂入神之作。繼是夏侯該四聲韻略之類，紛然各自名家矣。至唐孫愐始集爲唐韻，諸書遂爲之廢。本朝真宗時，陳彭年與晁迥、戚綸條貢舉事，取字林、韻集略，字統及三蒼、爾雅爲禮部韻，凡科場儀範，悉著爲格。又景祐四年，詔國子監以翰林學士丁度修禮部韻略頒行。初，崇政殿説書賈昌朝言舊韻略多無訓解，又疑渾聲與重疊字不顯義理，致舉人詩賦或誤用之。遂詔度等以唐諸家韻本刊定。其韻窄者凡十三處，許令附近通用；疑渾聲及叠出字，皆於字下注解之，此蓋今所行禮部韻略也。吳曾漫録嘗論景祐修韻略事，既不得其始，徒屑屑於張希文、鄭天休修書先後之辨爾。予因歎近時小學幾至於廢絶，遂摭聲韻之本末，備論於此，庶覽者得有所考。」余案：今許氏説文之切音，皆徐鉉所加，非許氏所有也。古有諧聲，無反切也。

江右樂平石芸齋觀察景芬，識於廣州節署。觀察出古文詞，屬爲商訂；文二百篇，擇其尤者一百七十餘篇，爲之弁言。觀察由翰林御史，出守浙中；嗣以秦中巡道領兵擊賊，爲何桂清所忌，罣部議落職。尋江南北節帥交章薦之，復原職，年近古稀，不復出矣。觀察博覽羣書，老而不倦，嘗爲余題先母一燈課讀圖序云：「侯官林薌谿先生，少受教於母吳太安人，出課讀圖命題。披圖則瓦屋數間，一鐙熒熒，據案而坐者，太安人也。案前童子侍坐，咿唔作聲者，先生也。門外一井，深不可測，仰而思之，索解不得。取家傳讀之，則知林之宗老爲先生畫策，煮字不療饑，將改賈業，謀於乃兄，既成言矣。吳母爭之不獲，躍入井中，以救得甦，議中輟。先生奮志窮經，獲爲名儒，此圖之所以作也。圖中人坐，披圖人却立而拱揖，而拜伏。圖中人讀，披圖人飲泣而失聲，而眴仆。侍者不喻，亟卷圖登之高閣。因系之以詩曰：「鐙火青，見古人之心；井水白，表賢母之節。時俗常苦貧，賢者不可測。性命胥可捐，此志誰能奪。且酌井中水，精神爲澡雪。且剔案前鐙，光華爭日月。先生捧三禮，翺翔雙鳳闕。立談重經師，瞻雲書五色。窮簷讀書聲，上與王音答。人言陶母賢，林母賢十倍。我見八州督，不如縫掖貴。家貧仰母慈，夜鐙書有味。」

閩縣龔海峯太守景瀚，留心政治，具經世之才，凡古今因革損益，無不窮源竟委。以名進士出宰甘肅平涼時，邑東北七十里，有地曰淺淺子，夏秋間每起雲霧，發冰雹，傷田禾人畜，民以爲苦。太守齋三日，移牒城隍神，期以翊日驅之。及期率兵役往，中途民走告曰：「昨夜半，其地忽風雷如戰鬬聲。晨視，則水減大半矣。」大守至，果如所言。發鉏水涸，自是平涼無冰雹災。太守淺淺子記事詩云：「平涼府之北，距城七十里，兩山夾一溝，地名淺淺子。周迴百頃餘，其中皆積水。傳聞廿年前，峽口山初圮，壅水滙深潭，幽暗不見底。是夕潭有聲，一夜吼不止，從兹長怪物，聚族居於是，每當夏雷鳴，輒有妖雲起。白氣布空中，散漫及遠邇，大雹如盤盂，小雹如桃李，高禾皆摧折，弱植亦披靡，可憐終歲勞，徒灑一日涕。租税既無出，衣食更何以。去年害尤烈，人畜或傷死，至今東北鄉，十室九如洗。始余聞是言，頗疑非常理。風雷各有司，降禍豈在彼。休咎驗庶徵，感召惟人耳。今也實不德，勿徒罪神鬼。及兹訪輿論，兼復考書史，歷歷皆有徵，衆説如一軌。曰余忝民牧，此事深足恥，德化既未能，力驅安可已。作文告城隍，縷縷陳原委：首言困民窮，此日宜安救；中言天子聖，法不容奸宄；終言神聰明，捍禦民所恃。猶恐隔幽明，或未達意旨，三日齋沐浴，六往勤拜跪。五月日初八，告祠薦牲醴。屬屬如有聞，彷彿具鞭弭。凌晨集吏民，移檄調兵士。大砲間長鎗，强弓兼毒矢，成敗逆不計，殃咎甘如醴。誓將活萬民，義不顧一己。行行至途中，父老環跪俟。請官且回車，怪物已他徙。昨宵潭有聲，聲與前相似，狂風忽大作，眯目不容視，滾滾向東南，陰若有驅使。聞言不敢信，輕騎至涯涘。四山氣若喪，一水清如沚。因令具畚鍤，聊復開山觜。十年鑿不通，頃刻流若駛。始信神有靈，民言或不詭。歸來已數月，寸衷交懼喜。聞雷心一動，望祲步屢跂。今兹麥豆收，野積如櫛比。秋成知可期，微神不及此。妖患庶永除，明神長降祉。識此告吾民，毋忘春秋祀。」此詩可與昌黎鱷魚文，爲千古二妙。

金華王蘭汀鱃尹家齊，博聞廣志，尤深史學，著有補漢書百官表、後漢書補注、唐書方鎮表、讀經雜録、金華金石志諸種。詩筆温醇醲懿。其題譚山人珠江夜月圖，則神似太白。詩云：「吁嗟乎！我生縱未能俯瞰滄瀛凌貝闕，手撫扶桑晞緑髮；尚思把臂吳剛登蟾窟，直上青天攬明月。孤生襟抱空自奇，驅山走海徒等夷。探珠驪頷漫摇筆，掣鯨碧海狂題詩。世無長康，誰能貌我？俗手寫真，付之瑣瑣。譚侯哦詩筆有神，搴蘭佩芷呼騷人。昨溯三湘踰五嶺，朅來珠海窺冰輪。珠海銀濤十萬頃，海月照人心骨冷。圓靈水鏡偏空明，大地山河照人影。一笑南越餘脂膏，愛客誰解傾錢刀。炊珠然桂困旅食，獨餘此卷差堪豪！獅洋月夜水天接，我行掉槳曾沿牒。撫事而今感昔遊，輸爾畫圖壯行笈。南溟快作逍遥遊，何當挹袂偕浮丘。孤槎貫月行浩淼，會當天漢淩斗牛。酒酣擲杯向濛汜，下視月如彈丸海杯水。我坐投竿釣巨鰲，君行赤脚騎仙鯉。」

亡友嘉應長樂温伊初孝廉，未刊梧谿石屋詩，佳篇林立，音節均入古。逆旅行云：「騎馬下高原，白日忽西去。歸鳥林際呼，呼客入逆旅。逆旅主人青樓家，美人十五顔如花。殷勤勸客屠蘇酒，宛轉懷中雲髻斜。綉被錦帳爲君開，君今不樂胡爲哉？明朝又作征途人，弱水西流去不回。」古田家詩云：「朝陽散墟曲，農家飯既畢。驅犢出門前，荷鋤復帶笠。相攜及隴畔，南阡與北陌。插秧背似鳧，行行如木直。日午作粉餌，稚子爭嘗食。老婦持饁來，偏戒且勿亟。主伯與亞旅，各思展其力。有鵲從林至，飛飛立人側。良久不能去，似愛緑疇色。感兹微物意，日暮乃休息。」暮煙詩云：「春月到柴門，空村煙如積。金波所委處，蒼茫不可極。南村隔一水，不辨誰家宅。依稀老樹根，寒火出窗隙。黝黑南山陰，月光猶未弔。溟涬紫翠間，空青了無跡。蒼松一萬株，一一插天碧。須臾輪在空，滿山如懸帛。乃知煙所至，因月而始白。有若混沌初，陰陽如開闢。此身在虛明，徘徊空山夕。」

伊初登梧山放歌，亦太白之流亞也，非襲其貌也。詩云：「我攜筇竹杖，來上梧陽山。山精蝮蛇盡遁伏，雙蝶宛宛導我前。邈層巒之無極兮，靜若太古蕭蕭而無人。千岩隱霧，萬木參天；懸厓絶壁，倒瀉流泉。奏空山之鈞韶兮，嘈仙樂之嗔嗔。羲和不到，星辰掛樹如列錢。雲青青兮欲雨，蘿冥冥兮生煙。但聞猿猱倚石而悲嘯兮，叫幽林之杜鵑。驚魂慄魄，落貌摧顔。掃落葉與青苔兮，攀厓附葛而陟山巔。羣峯合沓而星拱兮，極目青蒼而無邊。手執紫玉笛，四顧何渺茫！我欲乘元氣而飛騰，驂赤螭兮白雲鄉。裂雲霞以爲衣，餐沆瀣以爲糧。與仙人而爲友兮，歷閶闔兮眺八荒。忽惝怳而無端兮，倏置身于何方？斜陽一片天際來，千峯萬峯暮色開。幾縷殘霞飛不極，蓬萊宮闕安在哉？始知身世如浮雲，登高望遠兮，搔首而徘徊！」

班孟堅燕然山銘，久膾炙人口，詞人學之，詩人擬之，詞氣入古而體製殊非。亡友温伊初擬班固燕然山銘，可謂雄樸稱題。序云：「漢竇憲破匈奴，班固作燕然銘，詞氣古茂，後世稱焉。然余竊有所議。昌黎作淮西碑，歸重廟謨，莊嚴宏碩，論者以爲得江漢、常武之體。今固此銘，開首稱『有漢元舅，曰車騎將軍竇憲』，則專擅無君之罪既見，便非命將出師之體；且固以附憲得罪，君子惜焉。暇日聊擬此篇，雖詞氣不逮古人，其義則竊有取焉。孟堅有知，定當以余言爲不謬也。」銘云：「惟大漢永元元年秋七月，南單于上言：北匈奴大舉入寇。天子赫然震怒，爰命車騎將軍竇憲與執金吾耿秉統領六師，徂征厥罪。行至朔方，治兵於廣漢，朱旗彗雲，金戈耀日，熊羆之臣，虎豹之士，暨南單于、烏桓、氐、羌侯王之衆萬有三千餘乘，雷掣電擊，摇蕩乾坤，遂乃掃甌脱，入龍沙，碎轒轀，破窮廬，取祭天之金人，燒北庭之熉蠡，拉然如疾風之捲秋籜，披離解散，莫敢支吾，斯誠聖武遠揚，邁古鑠今者也。昔高皇以三十萬衆困于平城，孝文時匈奴入寇，烽火逼甘泉，京師震駭，兹者天兵一臨，犬戎破敗，誠足以上洩先人之宿憤，而下爲萬世久安之謀者也。遂乃銘功勒勳，刻石燕然。其詞曰：『王赫怒兮整貔虎，命將帥兮征北虜。威桓桓兮堪禦武，礫屬國兮繫其主。慴四夷兮讋率土，紛干羽兮兩階舞，刻巨石兮配峋嶁。』」

道州何子貞師於癸亥仲春，相遇於廣州省垣。師寓長壽禪林，時余在廣州府署校童試卷，約五日一謁師於禪寺。仲夏，師將歸長沙，余繪海天琴思行看子以志墨緣聚首。番禺陳蘭甫孝廉澧詩真切有味，湘陰羅伯宜刺史萱詩亦感均頑豔，蘭甫詩云：「人間師弟尋常有，難得同時負盛名。況復老來重聚首，喜從客裏話平生。茫茫大海乘桴意，脈脈春風鼓瑟情。我亦有琴彈不得，成連去後變秋聲。灃爲程春海先生鄉試門生，先生化去二十餘年矣，故觀此圖而有感也。」伯宜詩云：「林君抱材老絶壑，肌理蒼堅身瘦削。偶逢斤斧聲入琴，七絃調撥來愔愔。尋聲識曲渺千載，一遇成連今不再。蒼天高高滄海深，調高絃絶傷人心。冷絲枯木蛛作網，忍向天涯覓孤賞。君不見中郎爨桐天下奇，碎身竈下無人知。又不見彭澤無絃寫心曲，盡日壁間看不足。古來許與一寸心，相賞豈在絃與音。黄金爲徽白玉柱，寶匣縹囊自終古。感君此意繫我思，海月静照天風吹。」

順德張逃虛錦芳與黎二樵同時齊詩名，二人詩格不同，二樵好作拗折老辣之句，逃虛則一味清空。嘗記其三水夜泊云：「扁舟曾泊此苔磯，溟宿歸帆䵍樹微。野岸無人潮欲上，碧天如水雁初飛。涓涓冷露侵漁火，瑟瑟涼風捲客衣。翹首家園無信宿，羈心翻被兩鄉違。」湖心亭云：「湖光如雪淨無波，緑酒紅亭倚醉歌。三面青山四圍水，藕花香處笛船多。」此詩風味，於中、晚爲近。

人處寂寞之境，多羡炎熱；至處炎熱之境，又羡寂寞。儒者惟能不視寂寞爲寂寞，亦不視炎熱爲炎熱，一行吾素，則孔子之爲委吏，乘田之前事也。讀連城華少京太守定祁同年壬戌上元日白廟紀事詩，寂寞中之炎熱，實炎熱中之寂寞也。而詩情之低徊往復，則陸放翁、蘇髯翁之亞也。詩曰：「大府秉鉞來虞城，紛紛官吏爭前迎。我偕二子破曉去，泝流而上天微明。時同行者爲馮都戎、方𩯳尹。湄江口外停橈望，招招舟子探前程。旌旆縹渺無消息，三椆茅店聊班荆。坐聽野語倦無賴，曲肱假寐凝雙睛。同儕睡起日過午，空空枵腹如雷鳴。下船澆米蒸晚餉，饑者易食如大烹。忽聞大纛連檣下，指點紅日已西傾。倉皇盪舟上手版，下官知府通姓名。轉帆趕下廣陵寺，寺門已閉小舟横。俄頃樓船齊泊岸，傳呼相見忙振纓。大府與我本相識，慇懃道故殊多情。夷務軍務談未了，僧樓聽鼓撞初更。燭花見跋乃請退，燈光摇水潛魚驚。沙門復啓笑相問，問道公等何營營？盍到禪房再煑茗，一洗塵垢萬緣輕。我羨山僧真不俗，此語彷佛晨鐘聲。襝衽謝僧扣船返，上元鐙事觀無成。呼童洗盞邀明月，伴我醉入破愁城。」

大興舒立人孝廉位，著有缾水齋詩集，其典裘詩四首，貧士讀之，爲之眉舞。詩云：「點檢青箱記昨宵，易衣而出太蕭條。吾家舊物誰能遣？此地寒威尚未消。曾有鴛鴦雙翥落，何來楊柳一旗飄。輸他走馬蘭臺去，雪滿宫門夜賜貂。」其二云：「王恭鶴氅晏嬰裘，紫鳳天吳不記秋。羞澀忽成垂老别，輕肥虚憶少年游。蛾眉絶塞金誰贖？狐腋重關客未偷。比似春衣杜陵醉，兩般滋味一般愁。」其三云：「别去分明抵故人，年時冷暖記來真。青山策蹇圍天曉，紅蠟鈔書耐漏頻。得句漸知衣帶緩，看花惟有帽簷新。爲誰中道恩情絶，抛卻長安十丈塵。」其四云：「紅袖青袍兩不知，淒涼質庫且題詩。直愁一入深如海，空計三年遠作期。鍼線跡銷無處覓，風塵緣盡有時離。些些紕縵酸寒甚，等到冰綃霧縠時。」

永嘉周菊薌女史，善詩文，尤妙解音律，所結詩社，唱和甚衆，皆閨中傑也。因摘其佳句：詠蓮居寺竹云「春苞和露坼，秋影帶雲浮」；山行云「野燒留樵路，村樓隔爨煙」；山花云「紅墜無人處，青成有脚春」；野望云「斷雁續殘影，孤雲界遠山」；霜閨云「冰凍有時敲玉筯，虀寒無計下金釵」；村居云「山花無語隨春去，明月多情照客眠」；靜香齋閒詠云「紈扇因風輕蛺蝶，疎簾有月淡梅花」。詩思雋永，真不減班香薛豔矣。

元人虞伯生、范德機皆有岳陽樓詩，惟丹鉛總録載元人張雄飛翔岳陽樓一首，最見渾雄。詩云：「樓上元龍氣不除，湖中范蠡意何如？西風萬里一黄鵠，秋水半江雙白魚。鼓瑟至今悲二女，沉沙何處弔三閭？朗吟仙子無人識，騎鶴吹簫上碧虚。」

友人吳蓬山茂才文海觀心詩云：「希夷心相分明在，曷不觀心自相心。」此爲名論。案陳希夷心相編曰：「心氣和平，可卜身榮兼子貴；才偏性執，不遭大禍即奇窮。與物難堪，不特亡身還害子；待人有地，無端得福更延年。處事遲而不急，大器晚成；見機決而能藏，高才早發。春行冬令，三十前準赴冥途；冬若春生，八十後猶存人世。忮求念勝，求名利到底遜人；惻隱心多，遇艱難中途獲救。不分德怨，應難别於庸夫；較量錙銖，定難期乎大受。莫謂深情厚貌難交，其中多極貴之品；勿笑柔弱不振無用，有時顯旋轉之功。處家孝弟無虧，簪纓奕世；與世吉凶同患，血食千年。甘受人欺，有子忽然大貴；常思退步，一身終得安閒。舉止不失其常，非貴必須大富，壽可知矣；喜怒不形於色，成名還立大功，奸亦有之。無事失措倉皇，光如閃電；有難怡然不動，安若泰山。積功累仁，百年必報；大出小入，數世其昌。何知端揆首輔？常懷濟物之心。何知拜相封侯？獨挾蓋世之氣。」是觀心相不必驗外相，希夷之説爲不虛耳。

七步八叉，詩才敏捷，有妙絶者。慈谿桂德稱彦良，洪武初，以白衣賜宴，除太子正字。吴江史明吉爲作傳，稱孝陵嘗咏科斗云：「池上看科斗，分明古篆文。」命長史續之，應聲曰：「惟因藏水底，秦火不能焚。」朱錫鬯稱其敏絶。

朱韋齋先生爲政和尉，有善政，暇則賦詩，亦多風雅。其和龐幾叟秋日南浦絶句云：「兩翁相對語更闌，想見風生石席間。詩就南枝三囀鵲，樽前秋月半銜山。」先生爲文公父。

五言律首推王、孟者，以其渾成無雕鑿痕也。王仲房謂歙方定之宏靜詩，祖法盛唐，而于王、孟尤近。若「流水不知處，幽禽相與飛」「不知春色減，忽見林花飛」「永日空山寂，幽然時一吟」，宛然二君遺響也。

癸丑仲冬，余南歸過曲阜，李荔臣太守挺芳招飲，時任曲阜縣，蜀中人。氣意勤懇，嘗記其席間誦舊句云「山隱蔽寒燒，江清聞夜漁」；又「松聲時到耳，雲影忽當門」；又「江空一去鳥，日落未歸人」；又「天遠青山小，田閒白鷺飛」等聯，均佳句也。

同里侯官陳梅皋大令，宦北直，卒後不能殯斂。其友吴柯山樵罄行囊爲庀後事，並撫遺孤，送柩歸里。今其道遺孤官山右縣令，皆柯山之力也，可謂古之君子。余得柯山詩藁數首，嘗記其咏菊句云「幽真不俗花能豔，淡到無言葉自香」；又句云「也知骨帶三分傲，籬下如何寄一生」，可想其風骨。

左太沖詩「嬌語若連瑣」，物之罥結，交加如貫珠也。

杜工部律詩，起承之法，宋、元以來均不講矣。曲阜桂未谷始爲發明，余亦别爲增補，學詩者不可不知。今其詩之例，有三句承首句、四句承二句者：如武衛將軍輓詞云：「舞劍過人絶，鳴弓射獸能。銛鋒行愜順，猛噬失蹻騰。」鋒利則所向如意，承「舞劍」；箭中則猛獸失威，承「鳴弓」。遊何將軍山林云：「憶過楊柳渚，走馬定昆池。醉把青荷葉，狂遺白接䍦。」「荷葉」承「渚」，「接䍦」承「走馬」，用山簡傳「時時能騎馬，倒著白接䍦」事也。又：「牀上書連屋，階前樹拂雲。將軍不好武，稚子總能文。」「不好武」承「書」，「子能文」承「樹」，用世説謝車騎語：「子弟如玉樹，欲使其生於階庭。」秦州雜詩云：「山頭南郭寺，水號北流泉。老樹空庭得，清渠一邑傳。」「空庭」「老樹」承「寺」，「一邑」「清渠」承「泉」。又：「鳳林戈未息，魚海路常難。候火雲峯變，縣軍幕井乾。」「候火」承「戈」，「縣軍」承「路」。恨別云：「洛城一別四千里，胡騎長驅五六年。草木變衰行劍外，兵戈阻絶老江邊。」「行劍外」承「四千里」，「老江邊」承「五六年」。遣意云：「囀枝黄鳥近，泛渚白鷗輕。一徑野花落，孤村春水生。」「花落」承「枝」，「水生」承「渚」。水檻遣心云：「蜀天常夜雨，江檻已朝晴。葉潤林塘密，衣乾枕席清。」「葉潤」承「雨」，「衣乾」承「晴」。簡王明府云：「葉縣郎官宰，周南太史公。神仙才有數，流落意無窮。」按後漢書：湖陽公主爲子求郎，明帝曰：「郎官上應列宿，出宰百里。」此指王明府也。漢書司馬遷傳：「天子始建漢家之封，而太史公留滯周南，不得與從事。」古之周南，今之洛陽。杜公曾居洛，借以自謂也。後漢方術傳：「王喬爲葉令，有神術。」詩中「神仙」承「葉縣」，「流落」承「周南」。范員外吳侍御特枉駕闕展待云：「暫往比鄰去，空聞二妙歸。幽棲誠簡略，衰白已光輝。」「簡略」，「闕展待」也，承「往比鄰去」；「光輝」，「特枉駕」也，承「二妙歸」。酬嚴公寄題草堂云：「拾遺曾奏數行書，嬾性從來水竹居。奉引濫騎沙苑馬，幽棲真釣錦江魚。」「奉引」承「拾遺」，「幽棲」承「水竹居」，拾遺掌供奉，故騎馬奉引也。嚴中丞枉駕見過云：「元戎小隊出郊坰，問柳尋花到野亭。川合東西瞻使節，地分南北任流萍。」「西川使節」承「元戎」，「南北流萍」承「野亭」，公自長安至蜀乃自北而南也。九日寄嚴大夫云：「九日應愁思，經時冒險艱。不眠持漢節，何路出巴山？」「不眠」承「愁思」，「何路」承「險艱」。泛江送客云：「二月頻送客，東津江欲平。煙花山際重，舟楫浪前輕。」「煙花」承「二月」，「舟楫」承「東津」。望兜率寺云：「樹密當山徑，江深隔寺門。霏霏雲氣動，閃閃浪花翻。」「雲氣」承「樹密」，「浪花」承「江深」。倚杖云：「看花雖郭内，倚杖即溪邊。山縣早休市，江橋春聚船。」「市」承「郭」，「船」承「溪」。送元二適江左云：「亂後今相見，秋深復遠行。風塵爲客日，江海送君情。」「風塵」承「亂後」，「江海」承「遠行」。暮寒云：「霧隱平郊樹，風含廣岸波。沈沈春色靜，慘慘暮寒多。」「沈沈」承「霧」，「慘慘」承「風」。寄別李劍州云：「使君高義驅今古，寥落三年坐劍州。但見文翁能化俗，焉知李廣未封侯。」「能化俗」承「使君高義」，「未封侯」承「寥落三年」。院中晚晴懷西郭茅舍云：「幕府秋風日夜清，澹雲疎雨過高城。葉心朱實看時落，階面青苔老更生。」「朱實落」承「秋風」，「青苔生」承「疎雨」。摩訶池泛舟云：「湍駛風醒酒，船回霧起隄。高城秋自落，雜樹晚相迷。」「秋落」承「風」，「晚迷」承「霧」。春日江郵云：「羣盜哀王粲，中年召賈生。登樓初有作，前席竟爲榮。」「登樓」承「王粲」，「前席」承「賈生」。晚晴云：「返照斜初徹，浮雲薄未歸。江虹明遠飲，峽雨落餘飛。」夕陽倒映，虹若垂飲，承「返照」；雨止雲行，餘點飛落，承「雲薄」。宿江邊閣云：「暝色延山徑，高齋次水門。薄雲巖際宿，孤月浪中翻。」「巖」承「山」，「浪」承「水」。月云：「四更山吐月，殘夜水明樓。塵匣原開鏡，風簾自上鈎。」「匣開鏡」承「吐月」，「簾上鈎」承「明樓」。峽口云：「時清關失險，世亂戟如林。去矣英雄事，荒哉割據心。」「英雄」承「時清」，「割據」承「世亂」。喜觀即到云：「待爾填烏鵲，抛書示鶺鴒。枝間喜不去，原上急曾經。」「枝間」承「烏鵲」，「原上」承「鶺鴒」。園云：「仲夏流多水，清晨向小園。碧溪摇艇闊，朱果爛枝繁。」「溪」承「水」，「果」承「園」。樹間云：「岑寂雙柑樹，婆娑一院香。交柯低几杖，垂實礙衣裳。」「交柯」承「雙柑」，「垂實」承「婆娑」。有歎云：「壯心久零落，白首寄人間。天下兵常鬭，江東客未還。」「兵」承「壯心」，「客」承「白首」。黄鶴注：江東客，公自謂。朱長孺引元日詩「不見江東客」，謂弟豐在江左未還，非是。冬深云：「花葉惟天意，江溪共石根。早霞隨類影，寒水各依痕。」「早霞類影」承「花葉天意」，「寒水依痕」承「江溪石根」。仇滄柱云：「初疑寒水與石根緊承，早霞與花葉似不相貫，後見杜臆，方悟霞狀變化，如花如葉耳。」南征云：「春岸桃花水，雲帆楓樹林。偷生長避地，適遠更霑襟。」楊升庵云：「『桃花水』用秦人桃源事；『楓樹林』用楚詞招魂事。」「避地」承「桃花」，「適遠」承「楓樹」。今案：歸夢詩云：「雨急青楓暮，雲深黑水遥。夢魂歸未得，不用楚詞招。」蔡氏編此詩在湖南諸詩中，與南征一篇先後作，然則升庵之説，信而有徵矣。潭州送韋員外牧韶州云：「炎海韶州牧，風流漢署郎。分符先令望，同舍有輝光。」「分符」承「州牧」，「同舍」承「署郎」。江漢云：「江漢思歸客，乾坤一腐儒。片雲天共遠，永夜月同孤。」「天共遠」承「江漢客」，「月同孤」承「一腐儒」。小寒食舟中作云：「佳辰强飲食猶寒，隱几蕭條戴鶡冠。春水船如天上坐，老年花似霧中看。」朱瀚謂：「時逢寒食，故春水盈江；老境蕭條，故看花目暗。此頷聯分承上二句，須於了無蹊徑處，尋其草蛇灰線之妙。」暮秋將歸秦留别湖南幕府諸友云：「水闊蒼梧野，天高白帝秋。途窮那免哭，身老不禁愁。」黄生謂：「途窮在水闊之處，身老如暮秋之景，二句暗承。」今案游何將軍山林云：「風磴吹陰雪，雲門吼瀑泉。酒醒思卧簟，衣冷欲裝綿。」「酒醒」「衣冷」，皆因「陰雪」「瀑泉」，此亦暗承也。有三句承二句，四句承首句者：如游何將軍山林云：「棟樹寒雲色，因陳春藕香。脆添生菜美，陰益食單涼。」「脆」承

「因陳」，「陰」承「棟樹」。贈田九判官云：「崆峒使節上青霄，河隴降王款聖朝。宛馬總肥秦苜蓿，將軍只數漢嫖姚。」「馬肥苜蓿」承「降王」，「將數嫖姚」承「使節」。憶幼子云：「驥子春猶隔，鶯歌暖正繁。別離驚節換，聰慧與誰論？」「節換」承「鶯歌」，「聰慧」承「驥子」。有客云：「患氣經時久，臨江卜宅新。喧卑方避俗，疎快頗宜人。」「避俗」承「卜宅」，「疎快」承「患氣」。雲山云：「京洛雲山外，音書靜不來。神交作賦客，力盡望鄉臺。」「神交」承「音書」，「望鄉」承「京洛」。「作賦客」即不寄「音書」之人，或謂指班固、司馬相如，非是。酬李都督早春作云：「力疾坐清曉，來詩悲早春。轉添愁伴客，更覺老隨人。」「愁」承「悲春」，「老」承「力疾」。秋盡云：「秋盡東行且未回，茅齋寄在少城隈。籬邊老却陶潛菊，江上徒逢袁紹杯。」「陶潛菊」承「茅齋」，指成都草堂；「袁紹杯」承「東行」，謂李梓州爲主，時由綿入梓也。有感云：「將帥蒙恩澤，兵戈有歲年。至今勞聖主，何以報皇天？」「勞聖主」承「兵戈」，「報皇天」承「恩澤」，皇天比君也。將赴成都草堂途中有作先寄嚴鄭公云：「得歸茅屋赴成都，直爲文翁再剖符。但使閭閻還揖讓，敢論松竹久荒蕪。」「揖讓」承「文翁」，「松竹」承「茅屋」。能畫云：「能畫毛延壽，投壺郭舍人。每蒙天一笑，復似物皆春。」「天一笑」承「投壺」，「物皆春」承「能畫」。「天笑」用神異經東王公與玉女投壺事。瞿唐懷古云：「西南萬壑注，勍敵兩崖開。地與山根裂，江從月窟來。」「山裂」承「崖開」，「江來」承「壑注」。入宅云：「宋玉歸州宅，雲通白帝城。吾人淹老病，旅食豈才名？」「淹老病」言久留白帝，「豈才名」言不如宋玉。題終明府水樓云：「虙子彈琴邑宰日，終軍棄繻英妙時。承家節操尚不泯，爲政風流今在兹。」「承家」承「終軍」，「爲政」承「虙子」。秋野云：「秋野日疏蕪，寒江動碧虛。繫舟蠻井絡，卜宅楚村墟。」「繫舟」承「江」，「卜宅」承「野」。八月十五夜月云：「滿目飛明鏡，歸心折大刀。轉蓬行地遠，攀桂仰天高。」「轉蓬」承「歸心」，「攀桂」承「明鏡」。舍弟觀赴藍田取妻子到江陵云：「汝迎妻子達荆州，消息真傳解我憂。鴻雁影來連峽内，鶺鴒飛急到沙頭。」「鴻雁影來」承「消息真傳」，「鶺鴒飛急」承「弟達荆州」。宴胡侍御書堂云：「江湖春欲暮，牆宇日猶微。闇闇書籍滿，輕輕花絮飛。」「書籍闇闇」承「日微」，「花絮輕輕」承「春暮」。過洞庭湖云：「蛟室圍青草，龍堆隱白沙。護隄盤古木，迎櫂舞神鴉。」吴齊賢云：「青草湖、白沙驛，皆地名。」「護隄」承「沙」，「迎櫂」承「湖」。有三四承首句，五六承二句者：如重過何氏云：「頗怪朝參懶，應耽野趣長。雨抛金鎖甲，苔卧緑沈槍。手自移蒲柳，家才足稻粱。」「抛甲」「卧槍」承「朝參懶」，「移蒲柳」「足稻粱」承「野趣長」。山寺云：「野寺殘僧少，山園細路高。麝香眠石竹，鸚鵡啄金桃。亂水通人渡，懸崖置屋牢。」「麝眠石竹」「鳥啄金桃」承「僧少」，「亂水通人」「懸崖置屋」承「路高」。城西陂泛舟云：「青蛾皓齒在樓船，橫笛短簫悲遠天。春風自信牙檣動，遲日徐看錦纜牽。魚吹細浪摇歌扇，燕蹴飛花落舞筵。」「牙檣錦纜」承「樓船」，「歌舞」承「笛簫」。擣衣云：「亦知戍不返，秋至拭清砧。已近苦寒月，況經長別心。寧辭擣衣倦，一寄塞垣深。」「苦寒」「長別」承「戍不返」，「擣衣」「寄塞」承「拭清砧」。散愁云：「久客宜旋旆，興王未息戈。蜀星陰見少，江雨夜聞多。百萬傳深入，寰區望匪他。」「蜀星」「江雨」，謂異地淒涼，承「久客」；「百萬」「寰區」，望河北休兵，承「息戈」。寄杜位云：「近聞寬法離新州，想見歸懷尚百憂。逐客雖皆萬里去，悲君已是十年流。干戈沉復塵隨眼，鬢髮還應雪滿頭。」「萬里」「十年」，言流竄久遠，承「新州」；「眼塵」「頭雪」，言離亂堪傷，承「百憂」。遣悶云：「異俗吁可怪，斯人難並居。家家養烏鬼，頓頓食黄魚。舊識能爲態，新知已暗疎。」「烏鬼」「黄魚」承「異俗」，「舊識」「新知」承「難居」。江邊星月云：「驟雨清秋夜，金波耿玉繩。天河元自白，江浦向來澄。映物連珠斷，緣空一鏡升。」雨後氣清，故「河白」「浦澄」，承「秋夜」；星月皎潔，故「珠連」「鏡升」，承「玉繩」。自閬州領妻子卻赴蜀山行云：「行色遞隱見，人煙時有無。僕夫穿竹語，稚子入雲呼。轉石驚魑魅，抨弓落狖鼯。」「穿竹」「入雲」承「行色隱見」，「魑魅」「狖鼯」承「人煙有無」。移居夔州云：「伏枕雲安縣，遷居白帝城。春知催柳别，江與放船清。農事聞人説，山光見鳥情。」「催别」「放船」，言臨去時，承「雲安」；「農事」「山光」，言移居時，承「白帝」。吹笛云：「吹笛秋山風月清，誰家巧作斷腸聲？風飄律吕相和切，月傍關山幾處明？胡騎中宵堪北走，武陵一曲想南征。」「風飄律吕」「月傍關山」，承「風月」，「北走」「南征」承「斷腸」。有三四承二句，五六承首句者：如游何將軍山林云：「百頃風潭上，千章夏木清。卑枝低結子，接葉暗巢鶯。鮮鯽銀絲鱠，香芹碧澗羹。」「卑枝」「接葉」承「夏木」，「鮮鯽」「香芹」承「風潭」。贈畢曜云：「才大今詩伯，家貧苦宦卑。飢寒奴僕賤，顔狀老翁爲。同調嗟誰惜，論文笑自知。」「飢寒」「顔狀」，言窮而且老，承「家貧宦卑」；「同調誰惜」「論文自知」，言調高和寡，承「才大詩伯」。宿贊公房云：「杖錫何來此？秋風已颯然。雨荒深院菊，霜倒半池蓮。放逐寧違性，虚空不離禪。」「菊荒」「蓮倒」承「秋風」，「放逐」「虚空」承「杖錫」。秋野云：「易識浮生理，難教一物違。水深魚極樂，林茂鳥知歸。衰老甘貧賤，榮華有是非。」魚樂深水，鳥歸茂林，則物性不違矣；貧病自甘，榮華不羨，則生理易識矣。雨云：「冥冥甲子雨，已度立春時。輕箑煩相向，纖絺恐自疑。煙添才有色，風引更如絲。」「輕篁」「纖絺」，怪其乍暖，承「立春」；「添色」「引絲」，形其細微，承「雨」。有三四單承二句者：如酬郭十五判官云：「才微歲晚尚虛名，臥病江湖春總生。藥裹關心詩復廢，花枝照眼句還成。」「藥裹」承「臥病」，「花枝」承「春生」。有中四分承二句者：如小至云：「天時人事日相催，冬至陽生春又來。刺繡五紋添弱線，吹葭六琯動飛灰。岸容待臘將舒柳，山意衝寒欲放梅。」「添線」「動灰」承「冬至」，「舒柳」「放梅」承「春來」。西閣雨望云：「樓雨霑雲幔，山寒著水城。徑添沙面出，湍減石稜生。菊蕊淒初放，松林駐遠情。」「沙面」「石稜」承「水」，「菊蕊」「松林」承「山」。有三四承首句，後四承二句者：如秋野云：「禮樂攻吾短，山林引興長。掉頭紗帽側，曝背竹書光。風落收松子，天寒割蜜房。稀疏小紅翠，駐屐近微香。」「掉頭」「曝背」言撿身之疏，承「禮樂」；「風落」四句，言野處之樂，承「山林」。雨云：「物色歲將宴，天隅人未歸。朔風鳴淅淅，寒雨下霏霏。多病久加飯，衰容新授衣。時危覺凋喪，故舊短書稀。」「朔風」「寒雨」承「物色將晏」，「多病」四句，承「天隅未歸」。有三四承二句，後四承首句者：如雨云：「微雨不滑道，斷雲疏復行。紫崖奔處黑，白鳥去邊明。秋日新霑影，寒江舊落聲。柴扉臨野碓，半溼擣香杭。」「崖黑」「鳥明」承「斷雲」，「秋日」四句承「微雨」。有五句承三句，六句承二句者：如陪李梓州泛江云：「江清歌扇底，野曠舞衣前。玉袖淩風並，金壺引浪偏。」「淩風」承「野曠」，「引浪」承「江清」。樓上云：「皇輿三極北，身事五湖南。戀闕勞肝肺，掄材媿杞柟。」「戀闕」承「皇輿」，「掄材」承「身事」。送裴二尉永嘉云：「故人官就此，絶境興誰同？隱吏逢梅福，游山憶謝公。」「隱吏」承「官」，「游山」承「興」。俗本「興」誤作「與」，不但「游山」無指，且不對「官」字矣。登樓云：「錦江春色來天地，玉壘浮雲變古今。北極朝廷終不改，西山寇盜莫相侵。」「朝廷不改」承「天地春來」，「寇盜相侵」承「古今雲變」。王嗣奭解云：「錦江二句，止作過脈語耳。言北極朝廷，如錦江春色，萬古常新；西山寇盜，如玉壘浮雲，倏起倏滅也。」有五句承四句，六句承三句者：如早起云：「貼石防隤岸，開林出遠山。一丘藏曲折，緩步有躋攀。」「丘藏曲折」承「開林」，「步有躋攀」承「貼石」。送裴五赴東川云：「何日通燕塞，相看老蜀門。東行應暫別，北望苦銷魂。」「東行」承「蜀」，「北望」承「燕」。寄章侍御云：「指揮能事迴天地，訓練强兵動鬼神。湘西不得歸關羽，河内猶宜借寇恂。」「能事」言吏才，「强兵」言將略，「關羽」承「强兵」，「寇恂」承「能事」。峽中覽物云：「巫峽忽如瞻華岳，蜀江猶似見黄河。舟中得病移衾枕，洞口經春長薜蘿。」「舟」承「江」，「洞」承「峽」。有五六承首聯，七八承頷聯者：如題柏學士茅屋云：「碧山學士焚銀魚，白馬却走身巖居。古人已用三冬足，年少今開萬卷餘。晴雲滿户團傾蓋，秋水浮階溜決渠。富貴必從勤苦得，男兒須讀五車書。」「晴雲」「秋水」承「巖居」，「五車」承「萬卷」。有後四承前四者：如陪王侍御宴通泉東山野亭云：「江水東流去，清尊日復斜。異方同宴賞，何處是京華？亭景臨山水，邨煙對浦沙。狂歌遇形勝，得醉即爲家。」「亭臨山水」承「江流」，「煙對浦沙」承「日斜」，「狂歌形勝」承「晏賞」，「醉即爲家」承「京華」，言醉鄉可留，不問舊京矣。

吾家子羽先生鴻，詩爲前明閩中十子之冠。朱竹垞賞其整練，王弇州呵爲小乘，錢虞山斥爲林派；然雖摹倣唐音，少龍翔虎視之概，而規行矩步，亦詩家之正軌也。胡元瑞賞其七言「珠林霽雪明山殿，玉澗飛流帶苑牆」爲氣色高華，風骨遒爽。紀文達公閲微草堂述鄭慎人太守論子羽詩，多不滿人意，夜間書「檄雨古潭暝，禮星寒殿開」二句於几上，即子羽之詩也。太守爲之驚異。

武進汪叔明孝廉昉，精繪事，得三王筆法。性狷介，壬子相遇京師，爲余繪一燈課讀圖，見者皆目爲三王復生。一日，見余射鷹樓詩話，忽謂余曰：「君本色人也，何以作此設色之事，甘爲人役也？」余曰：「吾所爲詩話，爲世戒，不爲人役也。況詩者韻語，設色本於賡歌風雅；詩話者，設色中之設色也。」因援山陰汪禹九先生之言曰：「理者，本色也；韻者，設色也。譬如日月光明，星辰昭列，天本色也；五色雲霓，九霞燦爛，天設色也。澄江如練，煙翠成嵐，地本色也；緑楊城郭，紅樹山林，地設色也。淡掃蛾眉，其人如玉，人本色也；粉白黛緑，翠繞珠圍，人設色也。黄龍白馬，青鳥玄龜，物本色也；君君臣臣，父父子子，儒教正色也；成佛作祖，學道修仙，異端設色也。嬰執嫡室，嘒彼小星，色之本色也；舞女歌童，名優光妓，色之設色也。衢歌巷舞，下里巴人，曲之本色也；落葉哀蟬，移情蕩魄，曲之設色也。竹籬茅舍，土室泥垣，屋宇本色也；朱甍碧瓦，複道迷樓，屋宇設色也。太羹玄酒，薄粥菜根，飲食本色也；海錯山珍，駝峯象白，飲食設色也。黄冠草履，裙布荆釵，衣服本色也；藻火山龍，錦繡纂組，衣服設色也。鳥跡蟲書，象形會意，字之本色也；鐵畫銀鈎，龍飛鳳舞，字之設色也。白描人物，水墨煙雲，畫之本色也；丹鉛金碧，秘戲春圖，畫之設色也。正有奇，經有權，本有末，質有文。經史本色，文章設色也，詩賦詞曲設色也。」詩話，本色中之設色者也，何譏焉！

明人錢塘張祖望綱孫詩，輪囷結轖，怨誹不亂，其南北行旅諸篇，尤爲奇崛；余尤愛其交河詩，能寫出山東道上旅人境況，儼然一幅關山行旅圖，可謂悲涼沈遠，矯然不羣。詩云：「昨暮宿商陰，野雞鳴不止。僕人提煖湯，推户喚我起。寒色不可禁，下坑燒蘆葦。乾口嚼麥飯，輿夫插鞭弭。乘月渡交河，蟾影照清洗。不聞騎足響，但聽流水駛。遥見東方白，日光初帖水。不覺衣上霜，細細吹波綺。」

袁景文以白燕詩得名，然如「月明湘水初無影，雪滿梁園尚未歸」，朱竹垞以爲不若琴川時大本之「珠簾十二中間卷，玉翦一雙高下飛」。顧光遠以白雁詩得名，然如「錦瑟夜調冰作柱，玉關曉度雪侵衣」，朱竹垞以爲不若王安中之「夜雨蘆花看不定，夕陽楓樹見初飛」。

李仲蒙曰：「叙物以言情，謂之賦，情物盡也；索物以托情，謂之比，情附物也；觸物以起情，謂之興，物動情也。」

錢塘李宗表助教，名曄，洪武時人。其爲詩一氣孤行，獨開生面，朱竹垞謂其詩如「囊沙拔幟，辟易千人」。當時四傑、十友、二肅、二玄，各有標榜，如此逸氣高格，顧詩家月旦不及焉，信夫知音之難也。按宗表詩，尤長七言古，可與高青丘互相旗鼓，他人實不能及。其紅梅七絶，從對面寫法，極見餘韻。詩云：「滿林紅雪影毵毵，夜靜和春浸碧潭。却憶騎驢二三月，杏花紅雨看江南。」

直隸永平申和孟先生涵光，有「屐響住鳴蟲」五字，體物入細。

隴西金在衡鑾五律多警策，登滄州城云：「渤海高人去，仙台古蹟存。風沙吹不斷，天地與同昏。野水添新緑，空煙集暮村。故園桑柘里，悵望一銷魂。」濮州蘇允吉祐詩，沈雄雅鍊，五律爲在衡瑜、亮，七律尤勝。聞警云：「榆塞傳刁斗，經年未罷兵。遂令青海箭，復度白登城。四野空多壘，三軍孰請纓？轅門有頗牧，萬一早留情。」入倒馬關長句云：「南風吹雨傍關來，關上千峯畫角哀。老去尚憐金甲在，生還重見玉門開。鵾絃謾引思歸調，虎節空慚上將才。聖主恩深何以報，車前部曲重徘徊。」二人皆明人也，何、李、王、李，有此蒼莽境界否？

昔人謂生前富貴，死後埋没，反不若文人學士令人欽仰不已，此爲有道之言。順德何不偕西湖曲云：「試上山頭奠桂漿，朝雲豔骨有餘香。宋朝陵墓皆零落，嫁得文人勝帝王。」此爲至言，殊非調侃。

徐五，名英，侯官人。居常豐倉，以擔米爲業，有時爲賣菜傭，折節讀書，喜擊劍。曹石倉曾訪之，不見，遇諸塗，旁人指曰：「此短衣敝履，高視闊步者，即徐五也。」攜手與歸。石倉於十二月十二日與徐五聯吟，即限「十二月十二」爲七言偶對，五字不得連用。徐得句云「十里樓臺十里月，二陵風雨二陵秋」，石倉驚羨。及石倉殉節，徐五伏尸哀慟，自嚼其舌，噴血數升而絶。閩縣蔣少陶司馬鎔作徐五歌云：「有一摩尼珠，沈在潢汙窟。不逢識寶人，誰知此中有明月。珠埋潢汙尚如此，況於風塵別奇士。短衣敝履氣獨雄，拔劍欲爲知己死。石倉多少詩名人，一生死友出負米。」

千古之知人交友，以鮑叔爲最，杜少陵詠鮑叔牙詩，久膾炙人口。近讀前明陸伯承副郎錫承詠鮑叔牙故里，足以風世。詩云：「落景滿齊郊，雲横暮山紫。綬轡問遺封？云是鮑叔里。三北識奇才，一匡酬夙恥。古人在信心，今人多貴耳。士苟未遇時，畢生行蓬累。長風不我借，羽翼安得起。所以管大夫，没齒感知己。」讀此詩，爲之慨然近世之交道者。

漁有編竹牌以網魚者，其人率蓄馴鸕三數翼，鏁項，縱以任噙捕，鸕雖饑，弗食亦弗去。嘗見一鸕獲魚，上牌嘔而出之，以奉主人，復張喙鼓翅向主人作求食狀，其主終不顧，輒哀其廉且勞而得食之薄也。夫漁人不鎖鸕項，彼將自飽，不恤其主，得魚下咽，又卒不得食，此則世事難兩全矣。觀魏武帝、唐太宗每取「饑鷹飽颺」語以譬用人，彼鸕之受令於漁，其毋乃師此意乎！家碩甫茂才夢郊有鸕鷀牌詩云：「自憐牛馬走，不及鸕鷀牌。好鳥相將去，生魚滿載回。江湖空寄食，鳧鴨笑凡才。我亦何爲者？勞勞叩櫂來。」此詩語有寄托。

沈四山人，元和人，名謹學，字詩華。少穎異，讀書務得領要，不喜舉子章句之學，獨爲歌詩以陶冶風物，發抒襟抱，著有沈四山人詩鈔，機動籟鳴，不煩雕刻。子規云：「東風吹破楊柳煙，子規鳥啼聲可憐。安得一鳥化百百化千，一一啼向遊子前。」春思云：「芳草日以緑，相思日以深。東風一江水，蕩漾入春心。夢魂不用楫，夜夜渡江潯。」對月懷芝田云：「暮雲四卷晴無煙，風吹月輪行上天。行到中天忽不動，一鏡掛我茅檐前。昨夜故人同笑語，天邊明月圓如許。道月如能夜夜圓，人生會得時時聚。明月將無笑殺人，今夜月圓仍獨處。低徊起向中庭行，心傷離别愁思生。離别以之悟圓缺，明月亦覺難爲情。」山人與江弢叔茂才爲詩友，弢叔以其詩示余云。

王阮亭題查夏重蘆塘放鴨圖，末首云：「鴨頭丸帖種魚經，盡日蘆碕泛渺冥。何似漁陽隨突騎，天風齊放海東青。」薩檀河詩「大遼不索海東青」，按王偁東都事略附録云：「女真有俊禽曰『海東青』，次曰『玉爪駿』。俊異絶倫，一飛千里。延禧喜此二禽善捕天鵝，命女真國人搜取以獻。」舜民使遼録云：「二月、三月放鶻，號海東青打鴈。」按「鶻」當即「鷹」也。

崔魯華清宫詩，精練奇麗，遠出李義山、杜牧之之上，而散見於漁隱叢話、長安古志及唐音暨品彙中，各載其一，備採於楊升菴丹鉛總録。其一云：「門横金鎖闃無人，落日秋聲渭水濱。紅葉下山寒寂寂，濕雲如夢雨如塵。」又其一云：「銀河漾漾月輝輝，樓外星邊織女機。横玉吹雲天似水，滿空霜霰不停飛。」又其一云：「障掩金雞蓄禍機，皇華西拂蜀雲飛。珠簾一閉朝元閣，不見人歸見燕歸。」又其一云：「草遮回磴絶鳴鑾，雲樹深深碧殿寒。明月自來還自去，更無人倚玉欄干。」

浙金華東州佳山，蓋南條朝源山也，而靈洞又金華垂盡處。韓昌黎謂凡清淑之氣盛而不過者，則蜿蜒扶輿，磅礴鬱積。必有魁奇才德之民生其間。夫南條自岷山之陽至於衡山，而衡之南又自連延東趨者爲括蒼，由衢嶺歷大庾，至昭武而北趨爲漁梁，以北趨者爲括嶺，由衢婺望之，南山也。自括嶺轉而北趨，捲東陽江諸源，又轉而西峙，是爲金華之山。陰陽者流所謂「朝源顧祖」者。清淑之氣鍾爲三洞，古今多賢輩出於其陽。其山西界瀫江而止，將止未止之間，而爲洞者有三焉，所謂靈洞之石，玲瓏清瑩，深不可測。山榮而林秀，石竇雲根之奇，不可爲數；清淑之氣可掬也，是爲神仙窟宅。鬱之久，其發之必宏，于紫巖先生石生於元代，其爲詩澹遠似陶，温雅似韋，其所以泄山川之藏者，不信然耶？山中詩云：「我家萬山中，日日采樵去，捫蘿上層巔，苔滑不留履。落日負樵歸，雲深失歸路。誰家犬吠聲，聲在雲深處。」晚步云：「徑狹不容車，溪淺不容釣。平蕪淡雲煙，獨鳥下殘照。見山了無言，倚樹忽長嘯。徘徊澹忘歸，空林明遠燒。」和淵明詩云：「林屋本深寂，而多禽鳥喧。一静制羣動，何必更幽偏。西風掃脱葉，見此林杪山。朝看孤雲出，暮看孤雲還。雲飛亦何心？相對兩忘言。」宿棲真院分韻得獨字云：

「空翠冷滴衣，石蘚滑吾足。偶隨白雲去，棲此林下屋。樓影挂斜陽，鐘聲出深竹。山僧老面壁，誰與伴幽獨？分我雲半間，欹枕聽飛瀑。」

山陰汪禹九先生鼎游仁化丹霞山詩云：「猨爭供佛果，鵲報到山人。」二句雅有實跡。案：粵東仁化縣丹霞山，勝地也。淩竹坡大令權邑篆時，甫抵山下，僧衆已在半山亭伺接，初意必有胥役先往報知，偶詢之僧，僧云：「山中有報喜鳥一種，似鵲，不知其的名，每鳴於簷際，必有遠客遊山；鳴於佛殿階前，則本邑官長至矣；鳴於佛座前，學使者郡守至矣。適聞鳥鳴，僧知而伺接，無俟人報也。」寺在山之半，寺後絶壁陡甚，鐵鍊綿亘山石間，攀鍊盤磴而上，有仙橋，天成獨石。度橋，良田桑竹，茅舍清泉，境絶幽僻，如入武陵桃源深處。山之四面皆深谷，無他歧徑，由原路而回，下視險峻非常，無不股慄。轉身向内，援鍊倒行而下。山間果木極多，果未供佛，野猿無敢竊食者。僧俟果熟，先供佛，次即採取之；樹巔餘果，不逾時猿爭採食無遺。

昔有女校書欲嫁所歡，咏夾竹桃以見志，極見清切。詩云：「湘浦天台隔水雲，紅顔難入歲寒羣。誰知薄命花如此，却許終身托此君。」

雨韭盦筆記載胡晝堂落葉詩云：「寒林一徑蔽苔痕，策策何人夜打門。怕染污泥猶戀樹，不忘故土總歸根。路經河北初三驛，家在江南第幾村？老鶴未還煙欲暝，最難消遺是黃昏。」又句：「日銜秋色翻鴉背，風捲殘聲入馬蹄。」此詩能寫出落葉之神，極見超脱。

汪禹九詩多雅鍊，尤工絶句。見鐵幹海棠絶豔，作二十八字云：「海棠未放我先癡，得意春三二月時。醉去不知身入夢，和花私語怕人知。」

甘泉焦里堂孝廉循，著有雕菰樓集，抒寫性情，多發忠孝節烈之事。其集中姑惡惡詩，哀枉不申，讀者爲之髮指。其自叙云：「伶人妻淫，畏婦見，迫污之，婦拒不從，以翦刀殺於雪中。伶人故伺候巨室，不知妻淫，且衛妻，托巨室屬邑令，又以錢賂婦家，遂不理也。」詩云：「姑惡惡，不敢言姑惡；姑惡惡，不敢隨姑惡。此身既許夫，此身不許姑；姑心不念子，妾心不念死。妾死化作東門榆，東門榆落稱無姑；妾死不化姑惡鳥，不言姑惡言姑好。兩親不訟官不追，妾陰容之爲姑保。」

「城闕」非淫詩，晉書左貴嬪離思賦：「彼城闕之作詩兮，亦以日而喻月。」此明「青衿」非淫詩，如果褻狎之什，豈椒壁之寵而寫詩彤管乎？

錢塘布衣丁鈍丁，名敬，雍正間人，有龍泓山館詩鈔。句如「微月破春暝，疎梅耿寒意」及「拄腹經書如水瀉，熏天富貴等雲浮」，語皆警鍊。見詩人徵略。大興布衣尚無尚，名學孔，康熙間遊洛，豪於詩，不拾前人唾餘。破屋三間，采藿自給，無妻子。汪舟次太守贈以金，不受。嘗以詩集付其友曰：「死葬北邙，此吾嗣也。」孫扶蒼題曰「尚無尚墓」。張紫峴以詩弔之，有「窀穸歸天地，詩篇作子孫」之句。按「尚無尚」可對「丁鈍丁」。

詩本天籟，三百篇之韻，豈常有本？二百六十部之分，一何多事！昔人謂沈約韻書爲濫得名，非無所見而云矣。粤東曾鯨堂喜種菊，彭大令過訪，留題七律，韻用一東，中間錯用二冬，鯨堂因次其韻，戲成一律云：「丁冬花喚作丁東，試問東冬若箇濃？四矢果應分縱送，一狐何據别戎茸。唐風鑿鑿原通沃，周雅雍雍本叶豐。自是詩人吟不錯，秋英落豈異春紅。」

近代劉克猷子壯、熊次侯伯龍，皆楚産也，劉黄岡，熊漢陽。又同順治六年榜，劉一甲一名，熊一甲二名，二人以制藝齊名，然皆能詩。劉詩「萬事險惟官」五字，中有千百言。又句「有書不會讀，讀者苦無書」，及「大道宜適用，孤絶非衆賞」；熊詩「時事諸賢在，詩情一壑寬」，又「身後自然傳李白，眼前誰肯荐揚雄」，皆名句也。劉以孝行聞，熊以敦品著，皆非專工制藝，他無所短長者比。

宋人詩話，以歲寒堂爲較勝，以其辭尚體要也。

常熟陳亦韓司業祖范詩，直抒胸臆，不煩繩削。嘗有句云「今人未嘗生，古人未嘗死」，讀之令人顔愧。張子樹謂：「後生有志者，宜早求不死方矣。」又有句云「道在官無小，風清宦易成」「雲端雙澗落，雨外一峯晴」，皆佳句也。

松心日録論：「侯朝宗文以氣勝，魏叔子文以力勝，汪鈍翁文以法勝，朱竹垞文以學勝。四先生而外，求足以方駕者，其姜西溟、邵青門乎？青門論學、論文、論詩之語，有實獲我心者。」以上松心日録。余謂朝宗文才露，失之盡；叔子文似國策，然失之矗，亦多空話；鈍翁格正，失之薄；西溟局小，失之仄；邵青門體正，失之腐。才、學、識兼長者，其惟朱竹垞乎？

吾儒身世之感，往往借題發揮，設大譬喻，此風詩之義也。樂平石芸齋先生，爲庸吏所劾去官，胸次灑然，日讀書不倦。嘗食鮒，詩云：「飢腸出奇策，肉食少宏謨。誰能烹小鮮，宰割逞良圖。我方爲刀俎，肯漏吞舟魚。金印未懸肘，已掛銅虎符。參軍擁材傑，蠻語賦陬隅。驕鹵游釜中，喘息聊須臾。所願膾長鯨，會食羅千夫。手提魚腸劍，髑髏血模糊。妖腰與亂領，貫柳共駢誅。功成拂衣去，一官輕蓴鱸。老瞞不曉事，夢想沿東吳。何如鵝溪絹，松江手自摹。拍肩呼左仙，釣竿拂珊瑚。翦刀容易得，銅盤何處無？」

張子樹云：「國朝古文，論者多推望溪方氏苞。前乎方氏者，有侯方域、魏禧、汪琬、姜宸英、朱彝尊、邵長蘅諸家；後乎方氏者，有劉大櫆、袁枚、朱仕琇、魯九皐、彭紹升、姚鼐、惲敬諸家。而數十年以來，則袁、姚兩家爲尤著。子才之文，爽健近於肆矣，然未足以言古人之肆也。且好爲可喜、可愕以動人，其弊入於小説家。姬傳之文，謹嚴近於醇矣，然未足以言古人之醇也。且拘守繩尺，不敢馳驟，其流弊將如病弱之夫，㦃㦃不振。」案：子樹所論，尚有未切者。叔子外骨奇而内骨弱，望溪失之拘謹，惲子居學子多蹈空，余謂一代正宗，當以朱竹垞爲最。

宛平張葦菴部曹，名積誠。在京從余學詩，嘗咏塞上雜詩云：「手折一枝長十八，帽簷爭插女兒花。」今人不知「長十八」爲何物。按西河詩話：「近臣扈蹕塞外，有以道傍紫花獻者，不得其名，然蓓蕾蕤纚可愛，詢之土人，曰：『此長十八也。』」高侍講松亭行紀載元葛邏禄迺賢塞上曲云：『雙鬟小女玉娟娟，自捲氈簾出帳前。忽見一枝長十八，折來簪在帽簷邊。』」則知其名舊矣，但女飾簪帽，不審簪者自簪也耶？抑人簪也耶？此俟解者辨之。

詩人有因咏物而得名者，如鄭鷓鴣、崔鴛鴦、謝蝴蝶、袁白燕之類，不勝枚舉。順德梁福草十二石山齋詩話，多所枚舉。如江南崔不雕孝廉華舟中送别諸子云：「丹楓江冷人初去，黄葉聲多酒不辭。」時目爲崔黄葉。歷城王秋史進士苹有句云：「亂泉聲裏纔通屐，黄葉林間自著書。」漁洋亦目爲王黄葉。錢塘梁午樓大令夢善秋草云：「馬散玉關肥苜蓿，月明青塚冷琵琶。」時目爲梁秋草。滿洲祥藥圃觀察祥鼐酒帘云：「送客船停楓葉岸，尋春人指杏花樓。」李雨村呼爲祥酒帘。東莞祁珊洲部曹文友出郭云：「一夜東風吹雨過，滿江新水長魚蝦。」漁洋呼爲祁魚蝦。順德張玉洲孝廉錦麟湖心亭云：「三面青山四圍水，藕花香處笛船多。」時目爲張藕花。管水初一清春日即事云：「兩三點雨逢寒食，廿四番風到杏花。」史文靖公呼爲管杏花。平湖張鐵珊雲錦咏春草：「櫓摇細緑過芳渚，簾捲遥青入畫樓。」方文輈呼爲張春草。山陰吳修齡有句云：「鴈將秋色去，帆帶好山移。」人因呼爲吳好山。揚州張哲士咏胭脂云：「南朝有井君王入，北地無山婦女愁。」人呼爲張胭脂。何竹溪漱珠橋題酒家壁云：「半夜渡江齊打槳，一船明月一船人。」人呼爲何一船。余謂詩人因咏物而得名，或得一篇，或因一語，即能名世；而人即呼其名，殊傷風雅。如祁部曹因咏魚蝦，呼爲祁魚蝦。倘咏狗馬詩，亦呼爲某狗馬乎？倘咏豺狼詩，亦呼爲某豺狼乎？是詩人咏物，反以畜類得名字，殊屬不雅。

同里家詠荃廣文彦芬，陳恭甫先生宅相也，敦古誼，質厚醇實，待友以直諒聞。司鐸臺郡，懷余詩云：「吾宗績學有薌谿，淹洽宏通孰與齊？欲問近來新著述，歸心已逐片帆西。」廣文詩筆雄偉，甲寅從臺郡歸，其卒之前數月，以詩稿付余藏之。集中有秋興詩，浣花翁之亞也。詩云：「秋燕辭巢一度還，誰家吹笛月明間？登樓縱不師王粲，作賦何當學子山。窮島寇氛飛海水，萑苻盜艇阻鄉關。憂思更比風霜苦，兩鬢無端已自斑。」其二云：「木葉蕭蕭玉露乾，芙蓉冷落逼清寒。天邊鴈影終難遇，海上琴聲孰與彈？共説鷄籠今洗瘴，何期鷺島尚翻瀾。捷書未報平夷虜，獨寐秋宵只永歎。」其三云：「越王臺下冶山邊，孤負黄花又一年。恨少柴桑栽柳地，難求陽羨退耕田。浥陵苜蓿成前夢，臺海紅泥記遠天。壯志銷磨渾欲盡，忘機鷗鳥亦悠然。」

伊初詩有極悲渾者，其靖康北狩歌，讀之令人髮指。詩云：「巖巖九鼎象九州，北方一鼎水下流。君臣泄泄如幕燕，達者已識於幾先。宫中方築萬歲山，鳥獸哀鳴曠野間。妖狐升榻縱遊戲，黑眚如黿灑血殷。赫赫童太師，薰腐何能爲？無端忽搆釁，犬羊蒙旌旗。十萬横磨今安在？胡虜已渡南河湄。尼瑪小豎子，斡里亦何知，可憐茫茫中原土，一旦陸沈走螻蜞。昨夜彗星掃北辰，今朝昏霧霾青城。乾坤黯慘無顔色，白晝晦冥日暗晶。豺狼何太迫？二帝哭吞聲。青笠騎牛向北去，黄河汩汩翻蛟鯨。橋上日斜時，呼天搶地淚縱横。吁嗟乎！黄龍府古往今來只如此，胡爲乎再辱中原之天子。」

人當具風骨，詩亦具風骨，風骨峻深，則詩自無平庸、敷淺、滑率之病。余見樂平石芸齋觀察過潼關抵華鎮云：「地軸龍蛇盤絶谷，天閶虎豹瞰危城。西來嶽色連天暗，東去河流一線明。出處夢難迴楚國，入關詩易變秦聲。金天王寺殘碑碣，最重蒲州刺史名。」過六盤山云：「一峯高出衆峯顛，突兀空青落眼前。馬踏行雲穿亂峽，風迴殘雪挂吟鞭。泉流交鎖全無路，鳥道盤空直到天。過客不須愁日暮，西來月向隴頭圓。」

梅州有詩人曰李秋田，詩多幽香古峭之致，蓋能浸淫風雅，吐納騷選，故作者如霜葭玉樹，照耀一時。其感時傷事之作，如孤鶴唳空，哀猿嘯月。其論詩絶句云：「鸞鳳歸昌不易聞，聒人無奈衆蟬喧。英雄自有欺人語，倚馬何曾得萬言？」「鳳在青霄花在春，金車寶馬走紅塵。囊中焦尾無絃寄，只許羲皇以上人。」大意以嚴氏詩非關學，及水月鏡花之喻，恐學者以空疎借口也。秋田嘗言：「詩法郊、島，然從劖怵入，不從寒瘦出。」又云：「昌谷、昌黎，實爲吾師。」可想見其心得云。

嘉定張南華詹事鵬翀，詩才敏捷，叉手擊鉢，頃刻即成。嘗在朝房和湯圓詩云：「甘白俱能受，升沉總不驚。」張文敏曰：「不料倉卒，先生猶能自見身分。」見雨村詩話及茶餘客話。

晉江丁鴈水煒，刻意爲詩。其論詩云：「鍾譚詩歸之選，明季操觚家奉爲津符。雖去文存質，將以力排飛揚蹈厲之失；然天地菁華，刊削濩落，風氣之衰，亦遂中於運祚。」又曰：「清而不已，間入於薄；真而不已，或至於率。率與薄相乘，漸且爲俚、爲野。」又曰：「詩貴合法，然法勝則離；詩貴近情，然情勝則俚。」又曰：「天下莫不爲詩，連篇累牘，雲馳泉湧，可謂大盛。顧唐家音律，與晉室清談，士大夫靡然成俗。至於曠職廢業，以求一二字語之工，又余之所懼矣。」

詩有游戲爲之，亦見新穎，此體亦不可廢。寧化李元仲世熊涼夜觀亭梅雜劇詩云：「吾有百千萬億之遐思，欲令王嬙彈絲，采蘋傳刺，蔡琰鳴笳，卓女行觶，紅線司閽，瑶英守廁，班姑掌牋，崇嘏治吏，木蘭領兵，趙娟鼓枻。」王偉甫孝廉謂此明是一班女雜劇。然白香山亦有小庭月詩云：「菱角執笙簧，谷兒抹琵琶，紅綃信手舞，紫綃隨意歌。」則白氏家中女清唱也。武帝内傳云：「王母命諸侍女，王子登彈八琅之璈，董雙成吹雲和之笙，石公子擊昆吾之金，許飛瓊鼓震靈之簧，婉淩華拊五靈之石，范成君擊湘陰之磬，段安香作九天之鈞，於是衆聲澈朗，靈音駭空。」此則一家女仙樂，非人間世所得聞也。

德清梁楚生恭人德繩，許周生駕部宗彦配也。才德兩全，揚州阮文達公所撰梁恭人傳甚悉。恭人既歸許氏，庀家事心勞，故詩多愁苦悲愴之音；又復哭夫、哭子，紛心家政。生平無世俗之好，唯耽吟詠，自幼隨宦，身行萬里半天下，且得江山之助，著有古春軒詩鈔。夜坐云：「淚忽涔涔下，無言衹自哀。濃霜遮滿月，微雪掩疏梅。舊恨腸千轉，新愁意百回。心如博山火，漸漸欲成灰。」「病骨支離久，傷心已慣經。愁隨寒漏咽，身共晚花零。食少難勝事，情深欲蛻形。可憐方寸内，耿耿似横扃。」楊花云：「薄綰春愁未肯消，芳魂無定倩誰招？珊珊愛向虚簷墮，點點多依暮館飄。檻外鶯稀芳信杳，酒邊人去暮雲遥。輸他夾岸桃花落，猶有殘紅傍舊條。」落葉云：「秋風蕭瑟渡寒林，揺落關河警客心。立馬祇愁斜照闊，聽鶯猶記曉煙深。亂吹野外蓬蓬去，獨舞池陰得得沈。望斷金徽霜月白，可堪急響問流碪。」蝮蛇行云：「南有二木枝相樛，蝮蛇忽來枝上頭。拔劍欲斬行復止，血濺恐污虚亭幽。草驚蛇竄遠無跡，腥風颯颯迴林丘。交柯匝葉黯無色，冬日慘淡神魂愁。嗚呼！此虵之毒至於此，我願避蛇如避仇。何當一旦豁陰翳，風平樹靜無所憂。」此詩語有寄託。烏夜啼云：「燈暗紅樓著意啼，唤他好夢返遼西。如何潭府深深樹，不揀高枝穩自棲。」夏閨云：「月華如水浸中庭，兒女盈階卧半醒。忽見飛星天外度，急呼阿母捉流螢。」

古春軒詩鈔，記王孺人「五更霜月欺燈影，一樹風鴉續鴈聲」句，因成閨怨一闋云：「永夜繡屏孤，香爐金猊冷。薄帷寒透五更風，霜月欺燈影。落葉斷魂驚，短夢仍無定。窗外鴉聲續鴈聲，不管愁人聽。」

吳梅村鹿樵紀聞，多記勝朝亡國佚事，乾坤板蕩，神州陸沈，忠藎云亡，庸臣誤國，讀者爲之鼻酸。太倉唐實君先生孫華先生爲陸巢雲侍御師之師。讀梅村先生鹿樵紀聞有感云：「蕉園遺藁久沈淪，野史叢殘紀甲申。曹社謀成真有鬼，秦庭哭後更無人。銅駝堙没宮門草，金狄摩挲海上塵。遺老白頭還載筆，百年餘恨説黄巾。」「大厦難將蒿柱支，問誰黄髮寄安危？相麻數入聲比更番卒，廟算頻翻不定棊。閫外逍遥多老將，家居撞壞總纖兒。金甌社稷非容易，一夕秋風變黍離。」「宫闈水火日侵尋，誰道神州便陸沈？地下忠魂憐北寺，穴中苦鬭爲東林。六州鑄錯空銷鐵，九品論材只採金。頭上進賢成底用？褚公齒冷笑如今。」「一旅誰知扼紫荆，蜩螗聒耳正紛爭。腹書競伏狐鳴火，手蔗頻驚鶴唳兵。直待臨危思翦牧，何緣先事戮韓彭。石頭袁粲真堪惜，自壞邊關萬里城。指東莞督帥袁公崇煥。」「運終三百合褰裳，誰謂憂勤致覆亡。倚瑟歌殘聲慘戚，投籤烽緊夜徬徨。鼎湖浩氣歸天地，椒寢貞風邁漢唐。英魄若還逢宋帝，也應流汗愧牽羊。」「非無正氣立乾坤，義感忠驅砥柱存。東市朱衣多裹血，西臺紅淚與招魂。疾風板蕩孤臣節，璧水橋門養士恩。却訝翻城多厚禄，紛紛玉馬競先奔。」

近代作詩，不下數千人，而成爲名家、大家者，不出百餘人。此百餘人中，工爲七言絶句者，不過數人而已。絶句妙在含蓄不盡，是以工絶句者，未到末二句，而消息已伏於首二句；讀首二句，而末二句之神已栩栩然動。長此體者，均推漁洋山人，余謂朱竹垞、許月谿、黄莘田、厲樊榭、吳蘭雪均長此體，他人佳者，偶見一二，非耑工於此也。邵武張亨甫孝廉，詩才曠逸，諸體皆工，而絶句尤具太白、龍標風趣。其閲燕蘭小譜有慨近事綴以絶句云：「露葉風條態可憐，天涯淪落感桐仙。丁香老屋何人見？四十年前舊楚煙。」「海棠詩卷久飄零，巫字山頭句尚馨。狂殺吾鄉危學博，清歌半隔畫牆聽。」「邗溝皖口兩迢迢，秋水丁沽送畫橈。昨夜月明簾下淚，暗風吹上海棠梢。」「倦遊司馬更長安，誰與千金買賦看。欲繪王郎前度影，桃花落雪點蒼寒。」「碧桃無語向東風，那似撩人躑躅紅。處處亂煙繁雨在，春聲消盡落花中。」「扇底誰逢感鬢霜，十年猶聽按伊涼。漫天吹盡酴醾雪，何處尊前白二郎？」「密雲含雨鎖眉尖，曾見王郎出畫簾。白首黄門共飄泊，天涯愁我獨懨懨。」「漫聽梨園坐部歌，當筵相見總施羅。蓉初蕭瑟花農老，北地胭脂黯奈何？」「瓜時已覺減嬌憨，却是盈盈十四三。開到桃花春色盡，東風二月斷江南。」「桑乾秋早北風涼，木葉蕭蕭欲變黄。彈出四絃如急雨，一時關塞盡斜陽。」「人間都説魏三官，豪舉於今見亦難。多少孝廉歸不得，北風珠市淚花寒。」「梨花如雪雨如絲，吹上王郎一寸眉。同是情根消不盡，江南人去又多時。」「十年五度醉金閶，吳語呢呢總不忘。慣向歌臺感春夢，鶯兒燕子話山塘。」「小金山曉放舟遲，水似柔綿雨似絲。不向雙修菴下醉，怕看眉嫵似伊時。」「玉笛淒涼更洞簫，集芳散盡保和遥。當時亦似張郎少，明月相思廿四橋。」「破楚門前顧曲遲，秋三夏五去年思。經師飄泊空都養，煙月江南擫笛悲。」「桃花那得不關心，眼底相逢語太深。生死天涯餘涕淚，落紅吹滿舊啼襟。」

「百蝶風裙正小開，雙蓮金地故低徊。淩波滿目生塵路，洛水神妃錦水來。」「誰將活色寫靈雛，明月梅花照影無。水繪園荒空歲晚，陳郎風雪獨江湖。」

北鋌乃舞歌名。岑參美人舞如蓮花北鋌歌云：「迴袖轉裾若飛雪，左鋌右鋌生旋風。」朱竹垞白紵詞：「左鋌右鋌何娑盤。」今本岑參詩「鋌」誤「鋋」。

朱竹垞明顯皇帝大閱圖五言長排中句云「孫通明禮樂」，案：當作「叔孫」，作「孫通」欠解。下句「方叔莅師干」，又「元老謀猷壯」，「元老」即「方叔」，此爲重複。

茶經：「一曰茶，二曰檟，三曰蔎，四曰茗，五曰荈。郭璞云：『早取爲茶，晚取爲茗。』餅茶者，乃斫乃熬，乃煬乃舂，貯於瓶缶之中，以湯沃焉，謂之『痷茶』。或用葱、薑、棗、橘皮、茱萸、薄荷之等，煮之百沸，或揚令滑，或煮取沫，須溝間棄水。」案：古人以茶餅爲藥尚可，若製茶之法，殊屬可笑。金風亭長御茶園歌譏之云：「古人試茶昧方法，椎鈐羅磨何其勞？誤疑爽味碾乃出，真氣已耗若醴餔其糟。沙溪松黄建蠟面，楚蜀投以薑鹽熬。雜之沈腦尤可憾，陸羽見之笑且咷。」

盧陵宋詩人劉改之，名過，墓在崑山。朱錫鬯謁劉處士墓詩「馬後焦桐一輛隨」，楊謙注：「未詳所出。」案詞苑叢談：「劉改之淳熙甲午，預秋薦，赴省試，到建昌。二更後，有美人執拍來唱曲侑酒云：『别酒未斟心已醉，忍聽陽關辭故里。揚鞭勒馬到皇都，三題盡，當際會，穩跳龍門三級水。天意令吾先送喜，不審君侯知得未？」蔡邕博識爨桐聲，君抱負，却如是，酒滿金盃來勸你。』劉與偕至臨安，果擢第。道士熊若水謂之曰：『隨車娘子，非人也。今夕並寢，吾於門外作法，君當緊抱之，勿令竄逸。』劉如所戒，乃擁一琴耳。」

江蘇陽湖蔣幼儒大令廷鈞，舉道光壬辰順天鄉榜。同治癸亥春，同余襄校南海文卷，意氣款洽，出示家傳，悉其五世書香。高祖□□先生炳，舉雍正丙午鄉榜，考授中書，入直軍機，擢御史；乾隆元年，以言事稱旨，擢太常卿，旋尹順天府。嘗讀其和御製秋闈詩云：「自有淚痕啼桂落，豈無笑口對花開。」語意精切。巡撫河南、開府湖南及倉場事載國史列傳。其曾祖陽湖大史麟昌，年十九，乾隆己未翰林。詩才清越，其和御製消夏十咏，援筆立就。和扇詩云：「擎來如月魄，拂去即天風。」警策異常，辯才無碍，錫予便蕃，有葛紗荷囊之賜，史館榮之。以纂修三禮，積勞卒，年二十二。著有菱谿遺草。其祖□□孝廉純裕，乾隆甲午鄉榜，以北堂奉養，不赴計偕吏。迎母無爲州學署，膝下承歡。嘗有句云：「塵纓雖未縛，亦有北山文。」著有樹萱堂稿。父孝廉名調，乾隆壬子鄉榜，官邛州學正，性於詩。嘗於夢中得句云：「一編古人書，惆悵雲山青。」境界恍似太白、青丘。著有竹塘詩文鈔。蔣氏一門五代科甲，亦我朝盛事也。幼儒權開平縣令，嘗記其詠滕文公廟云：「荒祠屹立蘚碑豐，勝蹟猶留古上宮。能問井田高世主，即論劍馬亦英雄。難支齊楚爭强勢，早振陵原愛士風。鄒嶧山青相去近，靈旗雄捲昔時同。」詩律婉約。其見當頭月作句云：「待看芒寒兼色正，果然皎潔到天心。」幼儒工韻語，兼長古文駢麗，文淵雅，能紹其家學云。

高青丘詩，瀏脱曠逸似太白者，以神不以貌也。其於秦郵呂彥行題所寓室曰「明月舟」，蓋取「甓社湖中有明月」之句。詩云：「明月非月舟非舟，問君乘之何所遊？風多浪高何處有？日暮欲渡令人愁。此鄉偶以淮南住，醉客每來歌白苧。夜深天黑夢神光，幾箇驚烏落高樹。君才照國不照車，何用高隱江湖居。嗟余未識青藜杖，願借舟中卧讀書。」

邵武張亭甫七言律，超心鍊冶，亦復清華。其用字有非庸手所能及者，嘗記其泊彭澤阻雨有作云：「江漢西來積水長，布帆葉葉下斜陽。青山影盡天初暝，白雁聲多夜正涼。寒火依人憐獨客，驚湍滿地總他鄉。朝來卧聽蕭蕭雨，苦憶陶家漉酒香。」「雨雪春光十日過，江天悵望意如何？風迴彭澤濛濛晦，水暗孤山渺渺波。仙鯉不來鄉信遠，棲烏自語晚檣多。終朝未見明霞影，誰話當筵定子歌。」寄小東方一太守云：「薊門別後歲如流，聞領高州更廣州。當代詩人多過嶺，古來才子幾鳴騶。大荒氣白神山碧，南海天春漢月秋。曾到龍眠聽風水，相思難倚桂爲舟。」

樂有天籟、地籟、人籟，詩亦有天籟、地籟、人籟。近代國初諸老詩，吴野人，天籟也；屈翁山、顧亭林，地籟也；吴梅村、王阮亭、朱竹垞，人籟也。此中精微之境，難爲不知者言也。

太倉唐實君孫華捕鼠詩云：「有皮不成革，無牙能自嚼。」案：陸佃埤雅：「鼠有牙無齒。」又云：「爾輩勿横行，會須同穴硊。」案儀禮注「玉棘硊鼠」，「同穴硊」三字本此。

客有問「黄雞白日」四字何所本？案：白居易醉歌示妓人云：「誰道使君不解歌，聽唱黄雞與白日。黄雞催曉丑時鳴，白日催年酉時没。」四字本此。

陳東浦奉玆有五丁峽詩，甚奇險，以篇長未録。錢籜石宗伯襟懷豁達，蜀中五丁峽最險，或謂道難行。宗伯曰：「行棧道如游大名園，道難爲輿夫之事，何關人意也。」可覘膽識。

詩經南陔、白華、華黍、由庚、崇丘、由儀六章，皆有聲無辭，人但知束晳爲之補亡，不知束晳以前補亡者有夏侯湛，束晳以後補亡者有鄭世子載堉昭皇帝次子。鄭世子詩隱括古訓，勝夏、束二家遠矣。今録其南陔章三首，以覘梗概，讀者可以興孝。首篇云：「南陔有風，吹彼苞棘。厥景婆娑，欲靜弗得。孝子事親，當竭其力。父母之恩，昊天罔極。」二篇云：「南陔有風，吹彼桑梓。慕我父母，終身敬止。勖哉伯仲，以及娣姒。恪爾晨昏，絜爾甘旨。」三篇云：「景薄桑榆，日亦云暮。父母俱存，兄弟無故。雖有至樂，寧不深慮。一則以喜，一則以懼。」

「深院涼月，偏亭微波；茶煙小結，墨花紛吐。梧葉蕭蕭，與千秋俱往。」此徐巨源世溥與友人書也。可爲讀書樂趣。「風露淒清，星河錯落；月在林杪，泉鳴石間。薰鑪前引，茶鼎後殿；方池爲鑑，回谿爲佩。冰玉明瑩，霜雪騰耀，則噴玉新亭，真蓬壺、瀛洲也。」此陸象山與張伯信小簡也。信意翰墨，而造語精俊如此。内外齊物，即鳶飛魚躍之妙矣。

詩有無意爲之，却有天趣。亭甫寺中夜坐詩，着墨無多，澹然有味。詩云：「來者不可知，已往復何慕？寒宵萬慮息，所得乃吾趣。東巖素月上，藹然見煙樹。頗覺來空香，久之了無遇。但聞壁上泉，瀰瀰自流注。」

七律對結，七古複收，此是明人學杜最可厭處；七古好用疊排到底，此粵東近時惡派最可厭處。

格物之理，有最難解者，紀文達閱微草堂筆記謂某將軍往西藏，見懸巖千仞，削壁上大書大悲咒全篇，字大如盤，此果誰書耶？西域記云：「伊犂有冰山，爲適葉爾羌要道，夜行者每聞絲竹聲，又聞有唱子夜歌者。」洪稚存太史詩云：「達板偷從宵半過，箏琶絲竹響偏多。不知百丈冰山底，誰製齊梁子夜歌？」博物者將何解耶？萬鳥啼春集載嘉靖中福清諸生韓夢雲過石湖山，見遺骸，哀而掩之。是夜，宿藍山書舍，一麗人斂衽拜燈下，曰：「妾王秋英，字澹容，楚人也。父德育，元至正間以兵曹郎參軍入閩。妾從父之官，遇寇投崖死，荷君子厚德，惠及骼胔，是亦夙世緣也。」遂定情焉。生一子，曰鶴算。萬曆癸巳揮淚而别。此奇事也。夫精氣爲物，游魂爲變，以游魂配精氣，於理已不可解；況以游魂而能生精氣，即問之韓夢雲、王秋英，彼亦不能解。

詩有極沈痛者，讀富順朱眉君過龐靖侯墓詩，可謂沈痛極矣。詩云：「採桑樹下驚奇童，驥子遠過龐德公。當時名士比諸葛，我疑才智鄰孔融。滿月光騰將星没，遊人過此悲殘碣。世間大力祇青山，沈埋萬古英雄骨。河山靜對黯生憐，殺㲰東南欲上天。丈夫局促何如死？去歲吾生卅六年。」「世間大力」二語，豈人力所能至耶？

盧忠烈公幼時，就外傅讀書，蓄蟻二匣，能排陣勢，可戰可守，以黑旗招之即進，以白旗招之即退，以紅旗揮之則兩軍相望，均藏於筴中。館師偵知，扣其匣中之物，則曰：「蟻戰也。」館師曰：「試爲之。」黑旗一招，若兩軍對壘；白旗一揮，盡入於匣。館師以黑旗招之，不動；使招之，又如前。館師以白旗揮之，又不動，使揮，又盡入匣。館師異之。見巖居隨筆。後果掌兵柄，用兵如有神助，擊李自成兵，自成已被獲，爲奸諜放逸。身經百戰，竟死於樞璫之手，可哀也！西江艾至堂大令暢書盧忠烈象昇傳後云：「將才蓋世一書生，勦賊東南立大名。社稷方資持破局，樞璫何意壞長城？清江抗疏言徒憤，鉅鹿骿屍節甚明。一死陷公旋陷國，英雄遺恨幾時平？」此詩不愧詩史。

金陵失守，老弱流離。有秦淮女校書，避亂城東。六合徐彝舟太守鼒感贈四律，感慨悲歌，亦以自寫身世云：「江南金粉墮紛紛，江北名花賸幾分？鐵馬琱戈驚枕夢，舞裙歌扇付塵氛。青衫淚早新亭濕，紅板詞曾舊院聞。煙雨樓臺無恙否？丁簾閣字隔愁雲。」「尋花蠟屐過東園，大捨門楣舊姓袁。阿姊能歌桃葉渡，芳鄰同傍苧蘿村。雲生冰簟知秋到，月上珠簾近曉昏。憔悴冬郎今日恨，冷吟閒醉總銷魂。」「城頭昨夜望烽塵，倉卒桃源欲避秦。釵卜乍辭鴛帳冷，巢居初葺燕泥新。蟬琴幽調悲齊女，鳶紙歌聲泣楚人。一晌貪歡驚夢覺，潺潺簾雨劇酸辛。」「曾畫旗亭壁上詩，年來雙鬢漸成絲。爲憐飄泊同桃梗，更遣玲瓏唱柳枝。涕淚初乾翻欲笑，亂離何處不相思？步兵此日窮途恨，一盞醇醪醉餅師。」

長洲江弢叔茂才湜，游幕閩中，值大江南北粵匪擾亂，弢叔於福州幕署席上成二十八字云：「自訝烽煙隙處身，論文樽酒此何因？便須爛醉華筵上，不念江南人食人。」

廣州珠江之南，沿谿而入，有邨濱水，曰杏林莊，香山長眉老人鄧蔭泉中翰大林之所闢也。地不過十弓，不設垣墉。莊外有谿有橋，有煙村雲木，居人蒔花爲業，遊者如蜂如蝶，呼吸衆香，沁人如醉。莊内有池有亭，有紙窗竹屋，環植嘉卉，中安藥竈，老人逍遥其間，花晨月夕，朋輩相與過從，傳簡題詩，人間世之賞心樂事也。番禺陳蘭甫孝廉澧觀杏林莊圖云：「昔人論東坡『花竹秀而野』之句，佳處正在『野』；長眉道人謂杏林莊即村落，深得此意矣。世有廣厦重階，宜達官公讌；雕甍華榱，宜豪家飲博；歌臺舞榭，宜貴遊跌蕩；曲房祕室，宜羣雌酣嬉。若乃選佳日，集勝流，茗盌香爐，畫叉琴薦，則杏林莊爲宜。豈不以其有秀野之趣歟？蓋野則雅，不野則俗耳。」蘭甫之論，先得我心。余到粤，游其地，長眉老人招飲者屢，余嘗有詩以記之，主人刊入杏林莊五集矣。

弢叔貧而狷，席上有作云：「老饑相抗此生中，忽有杯盤速寓公。七萬二千終喫滿，隨緣且在泖之東。」案「明日與老饑相抗」爲辛敬之語，見中州集。「百年七萬二千飯」，爲宋人饒德操句也。又歲除日戲作二詩，劇有趣味。詩云：「庭角無梅座不春，門扉雖闔豈遮貧。晚來雪屐鳴深巷，半是吾家索債人。」「有人來算屋租錢，小住三間月二千。使屋如船撑得動，避喧應到太湖邊。」

作詩有妨舉子業，舉子業亦妨作詩。平湖楊二酉以裝潢爲業，爲小詩往往可誦，欲舍業爲舉子之學，弢叔懼其害於詩也，作詩示之云：「眼前佳句盡人知，心會天機偶得之。使汝胸羅舉子業，早應梗斷五言詩。」却有妙處。

侯官吳壽仙山人鍾嶽能詩，困童子試。嘗賦落葉七言律詩三十章，記其數聯云：「烟消古戍通樵徑，風緊寒塘露酒旗」「慘澹空林餘繫馬，荒寒野廟盡啼烏」「白髮不堪風雨夕，青樓爲憶管絃人」「到底有花空似雪，祇今無片不如雲」「橫斜疎影臨波澹，淅瀝繁聲掃地乾」「不數黃堆雲外寺，無邊翠下雨中關」「偶着蛛絲頻掛網，兼隨棊子細敲枰」「危枝巢鶴秋無蓋，遠浦叉魚樹有燈」，皆不着跡象。

余幼讀朱晦翁齋居感興詩二十首，三復尋繹，蓋詩家之有道氣者也。此等詩極似阮步兵，境界最不易到。昔朱晦翁喜讀陳子昂感遇詩，謂其詞旨深邃，音節豪宕，如丹砂空青，金膏水碧，雖近乏世用，實物外難得自然之奇寶。潘四農薄子昂，兼薄其詩，是一偏之見也。

湘陰郭□□□□□□□中丞之介弟也。蘊抱不凡，其爲詩，七言古似蘇長君，七言律似李玉谿。讀其辭岳陽局務南旋留别諸同事詩，可覘其胸次。詩云：「少歲負奇特，奮欲乘九霄。世人昂首笑，睨之如寒蜩。廿年策駑馬，四顧形寥寥。傅粉百戲場，豪氣從冰消。洞庭五秋雨，朋輩羅瓊瑶。謬許鰂生才，半雜東方嘲。飛花隨茵溷，予情復何要？穆然孺子歌，宛轉回清飆。」其二云：「至尊布寬詔，稅薄德恩厚。羽書昨日來，軍士饑八九。吾儕信微賤，對茲意沮忸。茫茫天步艱，强顏博升斗。書生抒高論，安能資芻糗。括搜勘遺籌，無以答我后。所貴抱忠信，硜硜小節守。清冰納玉壺，皎雪映月牖。山翁松石癖，歸就田家缶。努力珍令名，勗哉吾良友。」其三云：「迢迢海南客，殷勤貽我書。上言遠相憶，下言毋棄予。遠窮信異趣，性道無乖殊。關堠阻且修，欲往復躊躕。嗟予氣禀薄，摇落秋江蒲。身居材不材，馬牛任人呼。朋儔二三輩，少小相歡愉。騰霄作長虹，光明耀八隅。榮名天所畀，俗耳區賢愚。東家有傑士，人嗤山澤臞。巨眼納乾坤，短衣不盈軀。才豐命苟嗇，陸舟而水車。至人貴達觀，安屑爭錙銖。掉頭勿復戀，久恥抱關夫。」其四云：「江上開別筵，與君同一笑。越秦有歧趨，箏琶無別調。弱齡嗜翰墨，寸管攬衆妙。忽墮會計場，頗類江湖剽。雀鼠費羅掘，駿驥阢騰趠。儒冠而市行，我尤君亦懊。軒軒籌筆譽，東陵士商以「籌筆風情堂」額見贈。雷同阿所好。名歸樂不存，南山有隱豹。諸君蓄偉略，電掣月華耀。誰能手牙籌，坐待老夫耄。棹歌水上發，別思苦縈繞。吞聲謝故人，勤事神所勞。」

閩縣劉烔甫刺史存仁姻家，於秦中刊篤舊集八十餘家，余與焉。甲子夏，自秦中寄到粤東，余與烔甫相隔十載，如見故人。記烔甫幼與余訂交詩四首，真氣絡繹，直追陳子昂、元道州，讀之極見情致。詩云：「良覯恒恨晚，感君多古心。抗志希往哲，懷抱無凡襟。成連寄海上，山水悽以深。結佩交黽勉，感此成長吟。」「十日不相見，悄然意不歡。造廬遲恐後，倒屣迎盤桓。縱譚忘日入，麤糲陳盤餐。疑問相質證，樸真良獨難。」「良工守太璞，造輅始椎輪。明珠投路隅，終遭按劍嗔。奇才蘊懷抱，稜稜率性真。歡見既如故，胸臆爲君陳。知白而守黑，志士多苦辛。」「雪案書没肘，窮討忘晨昏。元氣泣真宰，理窟探天根。譬諸導積石，搜穴求河源。及其下筆時，灝灝文瀾奔。精專沮金石，永佩同心言。」

揚州江鄭堂藩通經學，詩不多見，常有句云：「是處樓臺先得月，誰家楊柳不勝鴉？」亦見超脱。

東坡烹茶句「短瓢貯月歸春甕，小杓分江入夜瓶」，句特雅鍊，然却是宋人詩派。甌寧許秋史茂才賡皡，詩筆如晴霓掛樹，秋花倚雲，建邵詩人自張亨甫後，詩之清麗者，以秋史爲最。屺雲樓詩話：「秋史以『人在子規聲裏瘦』詞句得名，人稱許子規。」逾年以所刻詞一卷郵贈，詩學大進。秋史丰姿韶秀，妙解音律，一門風雅相師友，閨閣亦能詩，可稱佳話。性愛佳山水，遊輒經旬不返。歲壬寅三月，遊武夷，偕二客渡虹橋板，失足墜崖死。其詩靈氣往來，清瑩見骨。夕陽寺云：「石房生晝陰，松篁合煙靄。鐘磬俱無聲，厓壑自成籟。風泉遞餘響，霞峯絢晴黛。萬古游子色，寒入夕陽内。衆山陰晴殊，動静見物態。一笑歸鳥前，白雲皓如帶。」春日憶伯兄云：「池塘風雨一尊孤，遥想歸心滯五湖。況是他鄉三月暮，如何遠道尺書無？年荒梁苑多鴻雁，春老閩山有鷓鴣。莫道雙親腰脚健，看花近亦倩孫扶。」登臨江樓云：「憑虚突兀插飛流，欄外星躔接女牛。明月幾人同載酒？青山無主自當樓。風高鷹隼排雲下，日暖鼋鼍蹴浪游。有客揚舲歌水調，那堪芳草滿汀洲。」「六律難調三寸舌，九州别覆一隅天」，此□□□□□□□粤游句也。語有寄托，所謂天下傷心人，别有懷抱也。

作詩者須有我在，便有身分，則詩品愈高。金匱楊蓉裳芳燦咏柑云：「儒生風味是耶非？一點寒香沁齒微。黄綬淹遲吾惜汝，可知江橘已緋衣。」此以處晦見身分者。閩縣陳恭甫先生題畫蝶云：「宫額明粧照綺霞，仙裙來往玉皇家。一從高舞披香殿，肯向紅樓逐賣花？」此以處顯見身分者。

江寧蔡芷衫云：「五絶不絶而絶，下手不得太重；七絶絶而不絶，下手不得太輕。」四語發盡絶句之妙。

前明吴縣張夢晉，名靈，故酒狂，所畫山水，與唐六如相伯仲。其對酒一絶，朱竹垞稱爲絶唱，蓋其詩能曲折嘹亮也。詩云：「隱隱江城玉漏催，勸君須盡掌中杯。高樓明月清歌夜，知是人生第幾回？」以視唐人李庶子、劉賓客，何多讓邪？

司空圖詩，在唐不能名家，其所撰二十四詩品，貌是而大旨則非。詩之品何止二十四？况二十四品中，相似者甚多。試以古人之詩定之，每首中前後有數品者，每聯中兩句有濃澹者，司空詩品之作，以視鍾嶸之論詩，又瞠乎遠矣。

歙王子槐侍郎茂蔭，忠藎立朝，奏議多陳時事，委曲婉導，直聲震天下。詩亦風雅，少所示人。嘗見其江北舟中句云「馳馬淮南江，孤篷倚遠天」，又山東道上云「驚舠道遠踏沙忙」，讀者均未解。案：此乃名實相反者，孫權之快舫曰「馳馬」，曹洪之駿馬曰「驚舠」，一以船名馬，一以馬名船耳。侍郎詩用之，殊見典雅。

余游嶺南三載，察其風土民情，欲製嶺南樂府未就，及讀定遠方子箴都轉同年濬頤嶺南樂府三十章，有關世道人心，煌煌鉅製，可以遠樹白樂天新樂府之幟，近奪朱蓮甫新鐃歌之席矣。三十章：曰大醮壇，戒諂黷也；曰紅黑旗，憫械鬥也；曰四營將，勸講武也；曰三合會，憂亂民也；曰綹紗帶，懲散勇也；曰爬龍艇，責巡邏也；曰打單錢，念商旅也；曰速弔放，惡擄贖也；曰買輸服，痛被誣也；曰畫紙虎，嫉訟棍也；曰宰白鴨，哀頂兇也；曰標長紅，慮罷市也；曰爭沙坦，弭侵越也；曰充馬孖，虞外附也；曰新聞紙，通華夷也；曰斯文崽，端士習也；曰阿官崽，諷遊冶也；曰阿爛崽，禁土棍也；曰琵琶崽，歎鬻女也；曰拐豬崽，患掠賣也；曰白鴿標，儆賭博也；曰燒金豬，杜奢侈也；曰八音班，悲失禮也；曰拜七娘，嗤乞巧也；曰金蘭會，刺女子也；曰釣魚臺，嘲鉤淫也；曰檢妝會，譏男色也；曰上高樓，譏徵逐也；曰跳茅山，好巫覡也；曰四大寇，傷流丐也。

大醮壇戒諂黷也。云：「大醮壇，鐘鼓鳴，十里五里錦繡棚，千枝萬枝琉璃燈。填街塞巷夜達旦，烹羊炮羔偕獻誠。吁嗟乎！男女雜沓，舉國若狂。赤帝與黑帝，祀典崇蠻方。禾穀夫人古未有，飛來之神殊荒唐。二司馬脚愚民惑，三界迎蛇判曲直。香囊私向先鋒禱，紙人可代病如失。翁山神語洵有諸，以上皆見廣東新語。顆粒化作旃檀枯。禳祈終歲走祠廟，醵錢不問官家租。」紅黑旗憫械鬥也。云：「紅黑旗，起惠州，一城内外民相仇。睚眦小忿興戈矛，豈待攘雞與奪牛。忘生捨死逞血氣，豪强視官同綴旒。率土皆王臣，奈何分土客？始也客爲土所役，繼也土與客尋隙，土不能容客安適？蔓延縱横十餘縣，逢屯蟻聚互搆煽，那龍地名。既迴使者車，廣海寨名。竟與王師戰。安得一掃笳鼓喧，山中爲築桃源村。」四營將勸講武也。云：「四營將，將勁旅，五羊城，萃貔虎。自從博塞風盛行，頓廢韜鈐愛阿堵。弓衣權當護身符，白叟黄童充部伍。水陸之兵六萬餘，兵外募勇何取乎？玉帳摩抄賸空籍，雨抛金甲沙沈戟。須知倉卒選鄉團，未若平時足軍額。嗚呼！兵餉日以缺，勇腹日以枵。願告我元戎，下令肅銅鐎。營中自有鴛鴦陣，奚庸别向田家招。」三合會憂亂民也。云：「三合會，會何人？拜五祖，宗少林。上者持扇白如銀，次則紅棍長竟身，下之草鞋亦可踏。無貴無賤無富貧，不爲秀民爲莠民。抛詩書，棄耒耜，一唱百和，横行鄉里。老官吏胥也。老總隸卒也。寄心腹，誅之不能禁不止。有時事急懸花紅，粵人名賞曰「花紅」。渠魁倖獲稱奇功，黨羽未散甘朦朧。不然招撫用下策，養虎自謂能牢籠。遂令紛紛豎旗者，同心頂禮香燈下。」縐紗帶懲散勇也。云：「縐紗帶，腰間圍，紅紫線，頂上披，不農不工遨以嬉，如鷹脱鞲馬脱羈。彼何人？氣甚驕，厥惟東莞嘉應潮。聚時列陣排鸛鵝，散時滿野鳴鴟鴞。昔年防夷廣招募，無端留此蒼生蠹。勇多害民官弗顧，縻餉勞師寇如故。今之寇，昔之勇，弭亂召亂，烏乎不恐。迴看六鎮兩軍門，大纛高牙方坐擁。」爬龍艇責巡邏也。云：「爬龍艇，利攻剽，緝私反走私，捕盜轉縱盜。錢神勾通到官府，丁壯口糧嗟坐耗。但貪財，遑畏法，死者囊首掛高竿，生者摇船出三峽。嗚呼！爬龍之艇非不多，唯見送迎來往如織梭。巡而不巡將奈何？欲矯其弊，責在守土。禁爪牙，毋攫取；申號令，莫安處。終日揚帆還打鼓，掃盪萑苻消伏莽，南北通津永無阻。」打單錢念商旅也。云：「打單錢，費幾何？攔江駕艇至，大艑不得過。泉刀靳勿與，白刃怒相加。廠抽釐，關榷税，所取乃在税釐外。長年三老久矣諳此例，收帆停橈且留滯。舟行怕遇打單人，裹巾百十紛成羣。汛兵退避不敢問，荒涼斥堠無人巡。朝打單，暮打單，那管估客愁，偏欣法網寬。訴牒投來東高閣，催科小吏去村落，鷙鳥亂飛何處捉？」速弔放惡擄贖也。云：「速弔放，籲縣官，官是民父母，焉忍袖手觀。望官不來，貸錢不至，一雙木鵞，置之死地。擄人者，以堅木鑿兩穴鉗其足，名曰『木鵞』。哀哉兇頑徒，傷殘我同類。有銀即贖還，無銀求弔放。吏胥婪索遲遲行，竟爾葫蘆畫依樣。以人爲貨狠且貪，盜跖見此猶生慙。炎荒徧地虎狼穴，太息澆風幾時絶。」買輸服痛被誣也。云：「買輸服，恃多貲，弱肉强食真堪悲！桃僵李代明明知，偏以朽骨爲居奇。東鄰殺人西鄰愁，金錢不了控不休。劇憐一紙公門入，賴有孔方頻緩頰。筆下刀可畏，胸中鏡難明。縲絏雖免囊橐傾，富而賈禍誰使令？不聞反坐論如律，但云天道忌滿盈。」畫紙虎嫉訟棍也。云：「畫紙虎，虚恐喝，憑空結撰聳聽聞，有頭無尾枝節脱。紙上描摹假當真，吁嗟刀筆能殺人。愚懦無端遭毒噬，猛虎爪牙半奴隸。倚託錢神暗助威，狼狽爲奸誇得計。欲無訟，清訟源，嚴拏訟棍，折以片言。曲直是非胥立判，畫虎不成空狴犴。」辛白鴨哀頂兇也。云：「辛白鴨，鴨不言，延頸伏地忘其寃，只圖得錢竟誣服，耐可結案休平反。鴨兮鴨兮，法如牛毛細，命比鴻毛輕。慈烏反哺已無及，金雞下詔難得生。爲愛鬼頭恨，甘作籠中鳥；不慮操刀誤，翻誇獲犯早。如此判牘真模糊，以鴨抵罪鴨無罪，明刑慎罰有是夫！」標長紅慮罷市也。云：「標長紅，普傳籤，連甍比屋倖鰈鶼。錙銖計較詢謀僉，大府下令無其嚴。盈廷聚訟終游移，那及市井人心齊。弦高卜式古來少，絶流而漁患非小。軍儲挹注幾時足？風氣因之愈悍慓。長紅雖長官莫驚，未有商賈敢弄兵。何以治之唯公平，蠹奸剔弊衆口塞，環顧六街多頌聲。」爭沙坦弭侵越也。云：「爭沙坦，海之壖，去歲一畝今五畝，滄桑倏忽盡成田，本無爾疆及我界，競拋錢鏄持戈鋋。弱與强，爭即止；强與强，爭不已。爭不已，訟不歇，谿壑縱能滿，脂膏旋亦竭，悔不埋頭事耕佺。爭可息，憑丈量。有曲有直，何弱何强？徐徐議升科，納我天家糧。宰官清正，勿蠹勿蝕，沙坦之爭自永息。」充馬孖虞外附也。云：「充馬孖，裁洋行，利之所在趨若騖，東奔西走弛禁防。唐回圖使或相類，畢竟外夷勞控制。不施鞭撻自帖伏，有馬借乘今豈異。須知萬物一馬也，驊騮頫首如喑啞。敬告司牧宏招徠，長駕遠馭漢道恢。無邪一語貫三百，要仗空羣雄駿材。」新聞紙通華夷也。云：「新聞紙，聞所聞，孰是孰非，人云亦云。上而王言下私議，旁搜博採刊唐文。晶瑩兩面白於雪，細字蠅頭密羅列。可以驅睡魔，可以助談屑。歐羅巴人一片紙，紛然傳播中原裏。誰其印者孖剌番人名。館，雞林之賈難專美。君不見宣武門内天主堂，雕闌畫棟重輝光。」斯文崽端士習也。云：「斯文崽，腹内空，縱帶清華氣，未除佻達風。身在賢關聖域中，自誇頭腦異冬烘。嬾讀綫裝書，輒懈焚膏志，一任人譏碑没字。青簾白舫閒游戲，若輩斯文真掃地。學海堂，浩無垠，典刑豈乏老成人？轉移士習勤陶甄。躁妄者退，厚重者升，美哉文質咸彬彬。藏修寶此席上珍，不愧山留越秀名。」阿官崽諷遊冶也。云：「阿官崽，富家子，擁膏腴，曳羅綺。朝朝打水圍，夜夜宴沙沽，艇名。藏嬌到處覓金屋，留髠隨地安行廚。俾晝作夜，樂以忘憂，興發忽向京華遊，思拓眼界揩雙眸。黃金獻豪門，朱提付酒樓。貲郎遊倦便歸去，逍遥仍在花間住。直待紅巾賊入門，始悔今生著紈絝。」阿爛崽禁土棍也。云：「阿爛崽，結死黨，三三五五慣打降，握拳努目形骯髒。恃强梁，欺恇怯；居無家，出無業。情理置度外，威力相恐脅。嗚呼！蠻天戾氣之所鍾，善良孰敢攖其鋒？四民不齒，一方虎視。憑藉游俠兒，依附輕薄子。是猶莠稗亂禾苗，別無他法耘且蓐，任他桀驁不馴者，總畏朝廷三尺條。」琵琶崽歎鬻女也。云：「琵琶崽，貌如花。問胡墮風塵？怨娘復怨耶。杉皮閣上三絃響，粵東琵琶多三絃者。紫洞艇内半面遮。抱琵琶，將進酒，不是珠娘產蜑家，怪底韶顏依鴇母。唱罷摸魚歌解心，即粵謳。鵝潭潮退月西沉。有人亦下青衫淚，淪落天涯感不禁。感不禁，愁無奈，早登彼岸渡慈航，莫被花田鶯燕罵。」拐豬崽患掠賣也。云：「拐豬崽，貨番舶，封豕於今方薦食，放豚不追空樹柵。牽之入笠招涉波，我兵一發中五豝。還用子矛刺子盾，視人猶畜孰敢訶？異狗黑角切。怒頰，見昌黎文。如豩音彬。亂羣，可憐伏地性卑率。埤雅：『豬性卑而率。』豜豵一例同占豶。豭强牝弱勢忽反，歸艾興歌嗟已晚，咄咄渡河終不返。」白鴿標儆賭博也。云：「白鴿標，仿射覆，中十利百倍，窶者可立富。閨閣不出門，求神暗中佑。貪餌游魚盡上鉤，大小扳罾白鴿標名目。樂奔湊。一人手挈鷹錢回，千人皆思青蚨飛。青蚨飛去復飛來，負多勝少冥不悟，猶曰雌果乘雄哉。白鴿標以此取義。番攤館，花會廠，鼎足而三布羅網。近時圍姓更脱俗，風雅預占龍虎榜。鴿兮鴿兮，不脛而走，以逸代勞，轉笑咸陽客舍裏，呼盧喝雉太麤豪。」燒金豬杜奢侈也。云：「燒金豬，具大餐。用番語。魯津伯殿八珍備，糟糠氏進六禮完。萬户千家貪口腹，市上燔炮猶不足。卻笑老饕未解饞，坡公五日一見肉。古人只重特豚饋，盈几堆槃太無謂。價奪輝煌龍鳳餅，京師婚禮率用之。嶺南應較遼東貴。吁嗟乎！漿酒霍肉珠海濱，漫數石家蠟代薪。」八音班悲失禮也。云：「八音班，昧吉凶，送喪送葬大合樂，南越陋俗從同同。歌于斯，哭于斯，或云古人本有薤露蒿里辭，今則彈絲吹竹聲啞咿。充其涼薄心，若於食稻衣錦罔不宜。此邦之民，當憂而樂。試問家居讀禮人，清夜能無生愧怍。」拜七娘嗤乞巧也。云：「拜七娘，陳瓜果，麵絲作碗米作盃，明朝幾見金梭墮。典釵環，倒奩盎，天上聘錢猶未償，人間又費珠十斛。弄巧翻成拙，鬬富卻終貧。穿鍼翦綵有時盡，那如犢鼻長隨身。似聞黄姑增歎息，癡情兒女聰明塞。妝閣經營吉慶花，都爲天孫罷蠶織。」金蘭會刺女子也。云：「金蘭會，訂同心，羣陰邂逅利盍簪，小婢亦學孤鶴吟。婢女曰『孤鶴會』。金取其堅，蘭取其潔。唯願偕開姊妹花，守貞互綰丁香結。始信嶺南別有天，不因緣處説因緣。合歡催入芙蓉帳，薄命齊將荇帶牽。君不見李明府，名雲。歸過父兄寬責女。嗚金塗朱令非虐，太和元氣春風鼓，雛鳳嬌鸞皆得所。」釣魚臺嘲鉤淫也。云：「釣魚臺，無定處，如鰈如鰜比目遊，情絲十丈勾留住。勾留住，樂洋洋，水邊拚作野鴛鴦，可憐不是温柔鄉。吞鉤銜餌禍胎伏，焉能自適其適同濠梁。迷津日以深，愛河日以淺，池魚之殃恐不免。於虖！但道纏綿易，渾忘解脱難。無邊孽海生波瀾，及早回頭休上竿！」檢妝會譏男色也。云：「檢妝會，風斯下，呼孃呼妹不自慙，只覺陰陽堪假藉。孌童崽子矜奇衺，邁越籍鄧超董瑕。儼然武都身化女，櫻桃妬煞青棠花。搔頭傅粉多情甚，貌似紅兒腰似沈。豈獨何綏學婦人，魂入羅浮還共枕。異哉海國人中妖，舉舉相見思避寮。妓女所居名曰『寮』。丈夫巾幗漫足恃，棄甲愁聽于思謡。」上高樓譏徵逐也。云：「上高樓，客長滿，琥珀杯，琉璃盌，淺斟低唱度深宵，魚藻門邊嫌漏短。閒散哦松吏，逍遥入幕賓。楚庭山下踏青人，登樓共醉天南春。那知高涼戰士多苦辛，烽煙又起陽江濱。暮暮朝朝，往來徵逐，試看金錢浪擲酒家壚，何如風雨獨酌青燈屋。」跳茅山好巫覡也。云：「跳茅山，醫勿用；召鬼神，驚愚惷。紅燈閃閃夜吹角，病魔潛逃懼捉搦。除卻緑郎驅弗去，禳祈亦擅專門學。昔年訪道上清宮，詢以五雷正法，法官皆罕通。但見玉印潔白無點瑕，道是卞和之璞彫琢工。茅山正一本殊派，能爲羣蠻起尫瘵。執戈揚盾禮近儺，以刀斫臂顯靈怪。神通設教古有之，不須更向耶穌拜。」四大寇傷流丐也。云：「四大寇，負重名，寇而丐兮，學寇不成。乃是搢紳衣冠之後人，手無寸鐵偏錚錚，未受一廛難爲氓。吁嗟乎！胠篋探囊，寇曰非我。沿門托鉢，寇曰不可。乞憐仍向仕宦途，翻謂析薪克負荷。此寇雖小，孰階之厲？若祖若父，懵懂弗爲子孫計。昔時裘馬今蒙袂，梁上君子非一例。喚作大寇殊可傷，貪泉幾滴流餘芳。緑林豪傑紛無數，公等努力當自强，莫令蠻民笑外江。粵東呼他省人曰『外江老』。」

余甲辰計偕北行山東道上，輿夫日在車頭吟誦唐詩。問其姓，曰「姓吞」。遂吟曰：「世皆笑我吟詩憃，不識人間打虎吞。」自謂「先世善打虎，今一家均能打虎，名曰打虎吞」。余曰：「此可對屠牛吐。」屠牛吐，戰國時人，見韓詩外傳。至濟南，輿夫借來韓詩外傳，得屠牛吐事，喜甚，晚餉酒一瓶，余以不善飲却之。

盱黎喻少伯别駕福基，爲西江老壇坫。余客歲讀其海天樓詩集，見其佳篇琳瑯，不勝枚舉。常記其坐車云：「行行未覺路漫漫，客具無多膝易安。擁被詩情宜薄醉，下帷書味有餘歡。偶張飆席如漁艇，閒拂鞭絲作釣竿。多少蒼生盼霖雨，登車容易下車難。」過采石磯太白亭云：「一江春水緑於醅，好趁東風再舉杯。飲果成仙真快事，人皆欲殺始奇才。思公輒有屠鯨想，愛客能無化鶴回。我欲酒星伴詩月，等閒可否下天來。」

岳鄂王有滿江紅調，讀之如見忠烈之氣。其詞云：「怒髮衝冠，憑闌處、瀟瀟雨歇。擡望眼，仰天長嘯，壯懷激烈。三十功名塵與土，八千里路雲和月。莫等閑、白了少年頭，空悲切！靖康恥，猶未雪；臣子恨，何時滅。駕長車踏破、賀蘭山缺。壯志飢飱胡虜肉，笑談渴飲匈奴血。待從頭、收拾舊山河，朝天闕。」又送張紫巖北伐詩云：「號令風霆迅，天聲動北陬。長驅渡河洛，直擣向燕幽。馬蹀閼氏血，刀梟克汗頭。歸來報明主，恢復舊神州。」題池州翠微亭云：「經年塵土滿征衣，得得尋芳上翠微。好水好山看不足，馬蹄催趁月明歸。」讀數詩，可想其忠烈之氣，宜江南人犯邪怪者，誦之退去。

遯齋閒覽云：「中流失船，一壺千金，乃今所謂浮環者。凡渡江海，必預備浮環，以虞風濤覆溺之患。其形如環而空中，以帛爲帶，挂之頸上，出兩手以按之，則浮而不溺，可以待救。至今浙人呼爲壺，又名水帶子。」朱竹垞水帶子歌云：「水帶子，環外虚其中。九州以内制器不及此，得非來自日本東？刳磨者一，近鬆者工，惟智創物變乃通。置之兩腋下，絡頸雙青縷，中流踏浪如御風。遇涉不愁滅頂凶。勝壺千金樽五石，溺人一笑可以生我躬。喬生手攜是物訪我梅會里，自言來自射陂水。黄梅時雨水稽天，甓社湖流人罷市。無朝無暮慮覆舟，且喜今朝得到此。挂之駝鈎壁上懸，與論往事增淒然。初聞淮南減水壩開設，天子謂是一壩一口決。俄而僉謀滋異同，爾考直前奏事真剴切。迄今黄流泛濫軫帝情，雁户豈得安其生？桃花春水縱不發，河隄使者毋遽誇平成。吁嗟乎！河伯不仁亦無害，準備家家蓄水帶。」

唐實君咏物詩，善於形容，又復典雅。如同查夏重門神戲作云：「文武衣冠色正殷，居然鵠立似朝班。將軍本自名當户，李廣子名當户。丞相於今亦抱關。蕭望之嘗爲門候，王仲翁嘲之曰：『不肯碌碌，反抱關爲？』閫外未聞持玉鑰，簷頭惟見倚銅鐶。送迎故舊君休嘆，免受推排旦暮間。」

閩縣家石甫茂才夢郊，詩才廉悍，家貧無以養母，嘗作自悼詩，讀者爲之心傷。詩云：「名教有餘樂，我生何數奇？讀書一萬卷，進退憂窮饑。饑驅迫之去，去去將何之？我家有老母，入口無餔糜。生子不得飽，有子終奚裨？秋風颯以起，衣薄寒侵肌。有子不得暖，生子復何爲？念此欲感涕，涕下不可揮。長跽謝吾母，兒罪安可追？母在弗敢死，弗死羞男兒。」

余書宋史太宗傳後云：「燭影斧聲原囈語，莫聽委巷野僧言。」案宋李燾作續通鑑長編，據釋文瑩續湘山野録載太祖臨崩，燭影斧聲事，遂啓後人遺議。論者謂巽巖生當南宋時，孝宗爲太祖後人。故敢録斯語入長編。或謂文瑩所記，語本無疵，巽巖録之不詳，致啓後人訾議耳。予按：採小説以證史，本溫公作通鑑舊例，不得以是爲巽巖病。惟野録此條所紀，怪誕荒謬，幾如齊東野人之語，不值一噱。李氏不察，遽引以爲説，誠爲無識。野録記祖、宗潛耀日與一道士遊，其詞已極怪妄，至叙燭影拄斧事，下復云：「帝解帶就寢，鼻息如雷。是夕太宗留宿禁内，五鼓，周廬者寂無所聞，帝已崩矣。太宗受遺，於柩前即位。」考温公涑水紀聞卷一所載，太祖初晏駕，時已四鼓。考章宋后使内侍都知王繼隆召秦王德芳，繼隆徑趣開封府召晉王，遂與王雪中步行至宫門，呼而入，遂俱至寢殿。宋后聞繼隆至，問曰：「德芳來耶？」繼隆曰：「晉王至矣。」后見王，愕然遽呼官家曰：「吾母子之命，皆託官家。」王泣曰：「共保富貴，無憂也。」據此，是太祖晏駕之夕，太宗本在開封府，微特燭影斧聲事都屬子虚，即太宗留宿禁内語亦非實事。温公身爲名德，熟精史事，於祖宗禪代之際，縱紀異聞，必無妄語。巽巖何以不採取其文，而輒就一野僧所記委巷不經之語，録入長編，令後世别生異議，謂之無識，不其信耶！

亡友林子萊孝廉仰東，冬日游山詩末二句云：「白雲知我游山冷，先向巖頭豫製衣。」語有妙趣。

余題清明上河圖長古句云：「可笑畫師張擇端，千秋賈此丹青禍。」「上河」者，上河縣也。清明爲祭冢之日，張擇端繪此圖，竟留禍後世。案清明上河手卷，爲宋張擇端畫。在前明相國王文恪冑君家。自蘇人黄彪摹真本，外間多有摹本。秀水沈景倩名德符。野獲編亦記此事。當嚴分宜勢熾時，以諸珍寶盈溢，遂及書畫骨董雅事。時鄢懋卿以總鹾使江淮，胡宗憲、趙文華以督兵使吳越，各承奉意旨，蒐取古玩，不遺餘力。時傳聞有清明上河圖手卷，宋張擇端畫，在故相國王文恪胄君家。其家鉅萬，難以阿堵動，乃託蘇人湯臣者往圖之。湯以善裝潢知名，客嚴門下，亦與婁江王思質中丞忬往還，乃説王購之。王時鎮薊門，即命湯善價求市。既不可得，遂屬蘇人黄彪摹真本應命。黄亦畫家高手也。嚴氏既得此卷，珍爲異寶，用以爲諸畫壓卷，置酒會諸貴人賞玩之。有妒王中丞者，知其事，直發爲贋本。嚴世蕃大慚怒，頓恨中丞紿之，禍自此起。或云即湯姓怨弇州伯仲，自露始末，未知孰是？夫以文房清玩，竟興大獄，嚴氏之罪，固所當誅。但張擇端者，南渡畫苑中人，與蕭照、劉松年輩比肩，何以聲價陡重，且爲祟如此？今上河圖臨本最多，沈景倩所見亦有數卷，其真蹟不知落於誰氏。當高宗南渡，追憶汴京繁盛，命諸工各想像舊游爲圖，不止擇端一人。即如瑞應圖繪高宗出使河北，脱難中興諸景，亦非止一人，今所傳者，惟蕭照耳。然照筆亦數卷，景倩亦皆見之。

閩縣劉烱甫孝廉姻家存仁，幼有神童之目，九歲所爲文如成人，屢冠童子軍，文名籍盛。官甘肅同知，著有屺雲樓詩集。近潛心性理之學，著有勸學芻言，曾爲家文忠公記室，從文忠公總師粤西。過海陽即事云：「鼓角森嚴夜未央，又從幕府事戎行。書生感遇心如水，元老憂時鬢已霜。宮保憂勞特至。旭日初開消瘴癘，天河力挽洗欃槍。西南角大星光芒甚露。駪駪千騎雷霆動，時檄撥潮兵一千名隨行。旌旆飛揚出海陽。」「旁午軍書火速催，時艱端賴出羣才。節麾再至羊城日，父老遮迎馬首來。范相胸懷在憂樂，溫公姓氏滿輿臺。班師擬奏平淮曲，笑看弓刀一舉盃。」數詩均有唐人風骨。

曝書亭集古文詞，得六經之膏腴，史漢之氣息。其上史館七書，博洽淹通，尤徵史識。惟多方爲成祖諱其劣蹟，有失史裁。其最爲迂拙者，以孔門弟子考入於集中，爲有識者所儗議。又以錢塘爲曲江，此鄉曲之見。若汪中述學，譏其考剡圭不精，此乃責備賢者之論，無關大要也。

連城楊翠巖大令維屏，詩如倩女臨池，疎花獨笑。劉炯甫刺史屺雲樓詩話謂其詩「取格在義山、山谷之間，不肯一語拾人牙慧。」篤舊集存其詩若干首，吉光片羽，彌可寶貴。余讀其讀山谷古風與玉溪生異貌同妍因書所見云：「龍門百尺枯桐枝，徽以金玉弦朱絲，元音赴指超希夷。旃檀逆風鼻始受，橄欖回味舌微知。舊嗜義山集，今讀涪翁詩，句律精深意矜妙，乃與義山同一規。纖穠肥瘦雖異態，骨相要是傾城姿。西河諸公不解事，强在詩中作山賊。『山賊』，見晉書山濤傳。世人聞之定大笑，掉頭不顧從吾測。形容指畫本多事，心印相傳守以默。精微酣放彀率間，手挽黃河苦無力。願鈔萬卷誦萬遍，庶造籬藩瞰閫閾。」偶感云：「蝴蝶成團鶯亂飛，酒懷詩思兩依依。忽驚照眼桃千樹，不覺攀條柳十圍。殘笛將愁吹夢斷，孤花留影送春歸。風光流轉原如此，休覓羅浮蜕後衣。」秋雲云：「細蕩輕舒淡淡拖，漸高漸與碧空摩。連霄霜氣難遮卻，一抹山痕奈瘦何？已讓落霞伴孤鶩，偶攜疏雨到枯荷。人情未必如渠薄，莫信蕭郎道似羅。」

閩縣林柯亭孝廉筠英，問：「鉛山蔣苕生士銓謂竹垞早修皮、陸詞，晚入昌黎派，然否？」余謂：「皮、陸詩多蔬筍氣，焉比竹垞。」又問：「苕生題闈中號舍詩『合向瓊樓高處去，此中明月讓人看』，語覺新穎。」余曰：「此正偷襲竹垞古藤書屋移寓槐市斜街詩末二語『不道衰翁無倚著，藤花又讓別人看』之意。」

許秋史胞弟海樵茂才，名賡年，善繪事，性亦風雅，詩學香山、渭南，不事穿鑿，而真切有味。嘗記其題四兒慶荃詩卷云：「詩酒笙歌廣廈開，主人愛客最憐才。謂韓曙樓觀察。庭前百尺梧桐樹，引得丹山雛鳳來。」其二云：「寧馨早歲實芳馨，詩禮傳家鯉過庭。壇社輪君真敏捷，君與予數集曙樓觀察梧桐吟社聯句。果然才似玉瓏玲。」其三云：「山館藤蘿月半明，廿年閉户斷吟聲。詩情已似經霜草，却被春風吹又生。」其四云：「行吟坐嘆老無成，鄉里何人道姓名？滄海若逢相識問，莫言世有許宣平。」余教授建州，恨未見海樵，嗣四兒爲曙樓觀察記室，始識海樵。海樵以其兄秋史詩稿付四兒，屬予爲序。

四兒慶荃性恬悟，可與言詩。其「不雨月生夜，有梅香滿衣」「木落鳥無語，雪深門不開」「松聲涼到枕，人影淡于秋」「犬吠知村近，舟行似岸移」「黑雲儼如人，一片立在水」，及「得句常恐古人有，讀書當爲天下無」「鐘梵半天詩思遠，江城五月荔支肥」「半江煙暝飛雙棹，八月秋高唱亂蟬」等句，極爲鄭小谷比部、沈幼丹中丞所贊賞。

朱子詩集庚辰題西林院壁云：「巾屨翛然一鉢囊，何妨且住贊公房。卻嫌宴坐觀心處，不奈簷花抵死香。」是用李延平「靜坐看未發氣象如何」之説。

崇安藍山靜之名誠，詩姿稟超絶，古體似魏、晉，近體似盛唐，立言溫雅，用筆豪健，兼備衆體。與其弟藍澗明之名智，學詩法於杜清碧先生。天姿學問，二人不相高下；所爲詩，風格各不偏厚，無後來十子摹唐習氣。錢虞山見之，定當流汗駭走，決不敢以閩派目之矣。其題藍原野牧圖爲兒子作云：「吾家舊號多牛翁，藍原水清春草豐。行鳴卧食各有趣，三三五五西復東。生兒十歲在空谷，未學詩書先學牧。鞭繩不廢亦不拘，小笛能吹太平曲。浮雲千變世態殊，平坡遠近一牛無。官窺筋角盜窺肉，豈有風景如此圖。

昨日買牛作耕計，一寸山田入租税。農家漸少兵漸多，農兮牛兮竭爾力。既耕且種體蹉跎，蘆峯絶頂阻雪書。」寄雲松云：「昨日籃輿不得上，今日籃輿不得下。天花萬點散長空，白雲一片包青野。山空雨霽日色微，風前猶作落梅飛。閬風玄圃在人世，夜景如畫騰光輝。茅屋閉門愁出入，履破衣穿寒轉襲。揮毫三復白雲吟，手足凍僵才思澀。張老屏山賞又新，應披鶴氅對嶙峋。長篇短幅述清語，定有瓊瑶報故人。」

詩筆各隨所賦之稟，而學問不求淵博，賦稟雖高，不能鍊成洪爐元氣。崇安藍明之澗，詩與其兄靜之同出一源。凡山川之奇崛，城郭之壯麗，今昔之興廢，時事之推遷，及可喜、可歎、可驚、可愕之事，一寄之於詩，由讀書之博也。其五言古河池縣險路云：「連峯入河地，險路傜人村。喬木盡參天，白日爲之昏。上有高石崖，下有清水源。肅肅篁竹叢，落日聞哀猿。職當觀民風，載驅隰與原。瘦馬嘶不行，童僕走如奔。山川秋氣高，鷹隼飛高騫。俯念遠人思，仰慚父母恩。東郊有茅屋，禾稼繞衡門。攬轡倦行役，回首思故園。」宿橋山田家懷蔣先生云：「蒼峯落日微，白鶴秋風遠。客路入疎鐘，田家背山坂。孤煙桑柘寒，歸鳥茅簷晚。欲訪紫芝翁，山深白雲滿。」其爲七言律詩，雄深開闊，力追盛唐。福州道山亭云：「江國涼風白雁初，道山秋色野亭虚。天連海水蓬萊近，霜落汀洲橘柚疎。北望每懷王粲賦，南遊空上賈生書。四郊但望休戎馬，獨客何妨老釣魚。」送王共之歸永嘉云：「仲宣爲客倦登樓，季子還家只敝裘。南極青山連雁蕩，北風黄葉下漁舟。江湖淪落才名晚，鄉井淒涼戰伐秋。莫向時人論出處，英雄投筆便封侯。」寄余員外從善云：「嫋嫋秋風江水波，碧雲千里奈愁何。空山落葉黄昏雨，深谷幽人白石歌。舉目漸驚豪傑少，論心偏恨别離多。官船不得聞清便，采采金花滿澗阿。」上御奉天門選注儒士時膺廣西之命云：「金門詔下選英髦，側席深知聖主勞。奎壁圖書雲漢近，蓬萊宫殿日華高。黄麻曉露濡宸翰，玉節秋風照海濤。自顧草茅承聖澤，愧無賦頌擬王褒。」九月八日巴河阻風答孟原云：「江湖萬里喜同遊，漫向巴河滯客舟。茅屋誰家還白酒，菊花明日又黄州。故園風雨生秋夢，上國雲山入暮愁。賴有故人相慰藉，高歌動酌亦風流。」姑蘇懷古云：「故國城池豈闔廬，西風臺榭尚姑蘇。歌催越女酣春宴，兵散吴江失伯圖。輦路草生空走鹿，女牆月落更啼烏。可憐猶自矜紅粉，十里荷花遶太湖。」謝賈參政薦儒職云：「内府黄金鑄虎符，彤廷湛露錫宫壺。詩書禮樂三軍帥，天地風雲八陣圖。蓋世才名稱耿賈，經邦事業輔唐虞。鷹揚更待驅羣盜，鶚薦何煩記腐儒。」夜泊武昌城下云：「蒼山斜枕漢江流，自古東南重上游。巫峽秋聲連戍角，洞庭月色在漁舟。白雲黄鶴悠悠思，落木啼烏渺渺愁。獨夜悲歌形勝地，燈前呼酒看吴鈎。」暮春江上循白髮云：「啼鵑江上落花初，倦客春深白髮疎。每嘆乘桴懷鳳鳥，獨慚把釣掣鯨魚。孤舟風雨三更夢，一羽雲霄萬里書。何日山陰尋賀老，清溪歸覓舊田廬。」潯洲道中寄葉王二僉憲云：「鬱林南去盡蠻村，柳葉蕉花鳥語聞。日出清江山似玉，白石洞天。天垂平野草如雲。地無高山。虹船夜泛黿鼉窟，霜節晨驅虎豹羣。潯卒殺虎於城門。每羨經行詩句好，高情還許故人同。」麻原歸隱圖爲程伯崇提學賦：「清名奕世荷君恩，白髮他鄉卧掩門。故國江山愁杜宇，孤村風雨憶麻原。紅泉釀酒分松腋，翠石題詩雜蘚痕。歸去茅齋第三谷，玉田清露長蘭蓀。」

明之詩，有名句可入摘句圖者，五言如「鶴巢秋樹小，漁艇夕陽孤」；「風雨啼鶯外，江湖去鳥前」「小徑看花入，孤雲共鳥還」「松風生晝静，竹露下秋初」「古寺愁春雨，疎鐘送落暉」「遠火明依谷，疎鐘暗度溪」「宿鶴林中静，歸雲川上遲」「水涵仙掌動，天入幔亭寒」「殘雪孤村樹，歸雲何處山」「涼風動疎竹，明月在高樓」「花原隨水入，茅屋共雲歸」「遠鐘何處寺，殘月獨行人」「暝色催歸鳥，春愁對落花」「雁帶還家夢，雲留戀闕情」「天連一水白，山入兩淮青」「澄江晴吐月，獨樹晚生秋」「江吞淮樹小，城壓楚雲低」「江雲晴自遠，水月夜還多」「江聲連鼓角，海氣雜雲霞」「湖冷三秋雁，山寒半夜雞」「桂林冬少雪，茅屋夜多風」「客愁當落日，詩思入寒雲」「落葉渾疑雨，孤雲不在山」「秋聲一葉下，暝色數峯連」「晚山歸鳥盡，秋草閉門深」「看雲行自

「燈影依青遠，臥雪起常遲」「殘花宜對酒，明月暫隨人」「猿垂深澗飲，馬入白雲嶂，雞聲入白雲」「殘月低清渚，疎鐘隔翠微」「野迴千峯出，天空一鳥低」「秋山黄葉雨，古寺白頭僧」「孤雲晴自遠，獨鳥晚多疑」「空館殘燈小，長江落月孤」「花送微風過，鷗銜細雨來」「樹幽啼鳥近，風細落花稀」「落葉他鄉夢，啼鳥何處棲」「落花晴傍馬，野鳥冷窺人」「烽火蒼茫外，江山感慨中」。七言名句如「青天萬里飛雲盡，黄葉千峯獨鳥歸」「紅葉閉門山寺静，白雲留客野亭幽」「乾坤千古知音少，風雨孤村得句遲」「荒山宿雨蘭苕静，老屋秋風蟋蟀悲」「南極風霜清嶺海，中天日月照蓬萊」「天旋北極星辰近，春入南山雨露多」「玉瓚曉分仙掌露，石門晴散御爐煙」奉旨祠文公墓，加封齊國文公。「海門曉見三山日，江閣秋聞半夜潮」「風行瀚海鯨波静，雲壓秋城鳥陣高」「日出鹵花當户白，天寒榕樹入簾青」「金盤曉露葡萄酒，玉女秋風薜荔衣」「西風秔稻雲連屋，秋水蒹葭月在船」「秋高島嶼潮聲壯，日落江湖雁影疎」「潮落魚龍三島近，月明烏鵲一枝寒」「清湘一水涵秋色，黄葉千峯送晚晴」「地連百粤千峯出，天入三江萬里流」「江上流鶯疎雨歇，天涯芳草落花多」「五嶺雲山連象郡，一天風雨下龍川」「馬峽濤聲驅灩澦，龍門雲氣接蓬萊」「溪雲送雨涼隨蓋，石乳流霞暖泛杯」「八陣龍蛇隨部曲，四郊狐鼠避旌旗」。

不善學白香山詩，多失之平滑，七律尤甚，以無真趣以絡之也。漢軍黄石卿孝廉恩貴，善學香山，都無俗韻。見其紅花埠阻雨詩云：「峒峿行後又紅花，絶豔嘉名兩字誇。眯目依然茅屋漏，癡心還想帽簷斜。逢迎且聽千聲佛，濡滯非關十丈沙。風雨五更行不得，好尋殘夢到天涯。」

射鷹樓詩話所採象州鄭小谷比部詩，從京師朱蓮甫侍御處見之。壬戌游嶺南，遇小谷，相見甚歡，招飲三元宮，出補學軒詩集見惠，中有讀射鷹樓詩話拈三絶志余詩云：「初文上書萬曆年，薌谿射鷹閩海邊。俠骨仙心作詩伯，林家兩箇孝廉船。」「少日談經最著聲，中年歸隱不知名。子衡少谷多佳話，不覺前賢畏後生。」「雕刻揚雄悔不文，流傳陽五竟相聞。應尼詩比湘蘭畫，恨少當年白練裙。詩話中稱余詩如馬守貞畫蘭，靈襟秀氣，溢於楮墨之外。」

小谷比部詩，不漢不魏，不唐不宋，自成爲小谷之詩。於唐頗喜李長吉，於宋頗喜謝臯羽，於明頗喜高青丘，近代頗喜張船山，然均不學其格。嘗讀其觀伎人舞刀戲詩，則磊落嶔崎，筆筆生動，獨往獨來，不拘拘於風格也。詩云：「閒庭廣院風蕭騷，鳴鉦擊鼓聲嗷嘈。解衣辮髮拊兩尻，伎人躍出舞雙刀。刀聲鏗爾手中拍，刀勢翩然目前擲。兩手在下目在高，雨覆雲翻兼電激。一刀左出雀避羅，一刀右出魚躍波。兩刀未落一刀起，非經非緯爭拋梭。旁人驚視默不語，伎人笑説遽如許。局外游言局内應，舉刀更散梨花雨。有時故學美人粧，且梳且篦雲鬟旁。有時突作壯士怒，乍剸乍刺風枝舞。刀光似有千萬口，伎人只有一雙手。刀忘其手手忘刀，神鬼都疑未曾有。一手支出一足拳，足所不給承以肩。由肩而口便入手，空中但見迴風旋。人步未停刀勿止，莊劍僚丸兒戲耳。收鋒斂鍔寂無言，三瓣芙蓉插秋水。公孫大娘也不惡，杜陵老子今不作。安得我筆如爾刀，瀏灕爲爾傳其略。」

余喜高青丘七言古詩，以爲善學太白。一日，門士黄生裳吉茂才，持醉中歌七古詩示余曰：「此詩似太白否？」余曰：「此似青丘，學太白得其神矣。」詰之，知爲四兒慶銓所作。嗣是王偉甫、楊陶逕二孝廉，鄭小谷比部，張金秀茂才，均爲余誦之。余喜其尚可學詩，因併録其篇云：「銀漏沈沈夜未央，西風瑟瑟生夜涼。蟲聲柝聲相交迫，我兄把酒勸我嘗。一觴不知醉，一舉累十觴。十觴亦不醉，醉後生佯狂。眼中忽忽小天地，把酒欲上雲中翔。低頭俯視身何在？但見海山雲月飛茫茫。海如杯兮山如石，月爲鏡兮雲爲裳。天門淡蕩皓無際，仙之人兮相徬徨。歌未已，徹酒漿；林上月，沈西方。忽聞雞聲唱東壁，拔劍起舞天蒼蒼。」

謝皋羽晞髮集，詩皆精緻奇峭，有唐人風骨，未可例以宋視之也。楊升菴先生愛其鴻門讌篇：「天雲屬地汗流宇，杯影龍蛇分漢楚。楚人起舞本爲楚，中有楚人爲漢舞。鸊鵜淬光雌不語，楚國孤臣泣俘虜。君看楚舞如楚何？楚舞未終聞楚歌。」此詩雖使李賀爲之亦如是。然李賀集中亦有鴻門讌一篇，不及也。元楊廉夫樂府力追李賀，亦有此篇，愈不及矣。其他如短歌行：「秦淮没日如没鶻，白波摇空濕弦月。舟人倚棹商聲發，洞庭脱木如脱髮。」建業水云：「太白八月魚腦減，武昌城頭鼓紞紞。」海上曲云：「水花生雲起似葑，神龍下宿藕絲孔。」明河篇云：「牽牛夜入明河道，淚滴相思作秋草。婺女城頭玩月華，星君冢上無啼鳥。」俠客吴歌云：「潮動西風吹杜荆，離歌入夜斗西傾。佽飛廟下蛇含草，青拭吴鈎入匣鳴。」效孟郊體云：「牽牛秋正中，海白夜疑曙。野風吹空巢，波濤在孤樹。」律詩如「驛花殘楚水，烽火到交州」「夜氣浮秋井，陰花冷碧田」「山鬼下茅屋，野雞啼苧蘿」、「戍近風鳴柝，江空雨送船」「隣浦燈下索，鄉夢戍邊回」「柴關當太白，藥氣近樵青」「暗光珠母徙，秋影石花消」「下方聞夕磬，南斗掛秋河」，諸詩與李長吉、孟東野比肩接踵，可無愧色。

方彦聞大令履籛，陽湖人，而著籍大興，嘉慶二十三年鄉榜。家故貧，橐筆走燕、趙、兖、豫、淮、楚間，道光六年大挑一等，來閩，署永定知縣，調閩縣，一載暴卒。大令博學於文，自天文、地理、氏族、金石、錢幣及六書九章之法，梵筴之典，靡不綜貫，尤酷嗜金石文字。少壯行萬里，所至深山古刹，必攜氈椎與俱，遇殘碑斷碣，隱隱有字，必手自捫拓以歸。所積幾萬種，多王氏金石萃編、孫氏訪碑録所未載。遊伊闕，居山中彌月，徧搜石刻，得唐以前造像、題名八百餘種。尤工駢儷文，匯漢、魏、晉、宋作者之風骨、神韻，纚纚焉御風而行；而陽開陰闔，雲譎波詭，神明矩矱，動與古會，趙宋以來迄明，一人而已。詩亦追步唐音，偶學六朝，余所不喜。其佳篇可誦者，如登黄鶴樓作云：「未到鄂州三百里，飛檐隱隱目中來。登樓裙屐驚濤起，愛客軒窗帶雨開。獨柱倚天爭遠勢，孤岑拔地亦奇才。東流斜瞰蛟鼉拜，一片江形小似杯。」漫書二首，極有身分，詩云：「勝日難拋苟令香，醉中閒著舞衣裳。儂家亦有新雲髻，寂寞空洲濕翠鈿。」「越女青溪水暈鮮，五湖歲月自年年。桐花自抱丹霞宿，不與芙蓉鬭晚粧。」潯江道中云：「獨上帆樓怯曉寒，海天潮氣正漫漫。一川鯨走中流石，三里猿鳴下水灘。沙鳥狎聞漁子調，江魚充作粤人餐。春深來作煙波長，日日花飛行路難。」馬伏波祠二首云：「烏蠻灘上伏波祠，落日靈風捲畫旗。犵鳥銜花開獵社，奇鯨噀石拜江蘺。神棲水國消戈甲，客渡征帆聽鼓鼙。猶憶武溪深一曲，秋濤嗚咽有餘悲。」「功闢九真路博德，戰歸七郡馬文淵。伏波前後勳同紀，銅柱威靈祭獨虔。壯魄唅唅成大蟒，傷心跕跕仰飛鳶。平生馬革酬恩易，來謁荒祠願執鞭。」行至趙北見小竹壁間題句即用其韻寄懷翰風曾容小竹諸君云：「鐸夢分明渡遠沙，燕雲離緒正無涯。塞鴻已去難爲客，樽酒初寒苦憶家。游子遠隨天外櫂，故人好泛日邊艖。此行欲寄南征賦，三十潘郎鬢已華。」

廣州所見番雀，色微黄，無燕翦，非白燕也。嘗聞燕不到廣州，未解何理。袁凱白燕詩離多即少，已爲朱竹垞所議。近見南海譚玉生外翰樂志堂詩集白燕和袁海叟五首，均雅飭，其第四首尤典韻。詩云：「毛衣換却轉清華，齊捲珠簾見影斜。新寡宜逢王整姊，休祥偏稱馬樞家。見陳書。啄泥屑啖銀苗菜，帶月留棲玉茗花。海島由來非族類，莫沿名字錯相加。近有鳥來自番舶，淡黄色，粵人亦以『白燕』呼之。」

馬平王少鶴農部錫振，有龍壁山房詩集，多撫時感事之作，音節悽愴，如哀笳曉角。嘗記其抵都詩云：「四月青棉作雪飛，東風吹上舊戎衣。劇憐影事匆匆過，猶得花時緩緩歸。半壁河山孤掌在，二東杼柚昔年非。横腰秋水成何事？解向風前惜帶圍。」「練影樓中罷洗粧，永平高館亦斜陽。宫中從古蛾眉妬，海上於今戰骨荒。耽病相如仍寂寞，登樓王粲總悲涼。尊前欲奏南飛曲，鶗鴂聲聲已斷腸。」

錢塘袁簡齋隨園詩話，譏孔穎達五經疏爲鄭康成之應聲蟲，簡齋於是乎失言。簡齋喜詞章，不喜經學，故作此讕語，況所譏未能的切耶！五經疏易經用王弼注，當曰王弼之應聲蟲；尚書用僞孔安國注，當曰孔安國之應聲蟲；左氏傳用杜預注，當曰杜預之應聲蟲；何以獨舉鄭注詩、禮記二經乎？且賈公彥亦疏儀禮、周禮，亦是鄭康成之應聲蟲耶？邢昺亦疏爾雅，亦郭璞之應聲蟲耶？十三經均有疏，均是應聲蟲耶？簡齋不識經學，頗以詩文自負，其爲詩藉口遠法香山，近法初白，則亦可曰香山、初白之應聲蟲也。

桃源尹杏農侍御耕雲，有學求有用齋詩藁。侍御蘊抱當世時務，思遠憂深，其爲詩英姿颯爽，空無倚傍。哀獨流詩及前後詠史諸作，視元次山春陵行無多讓也。其送通甫南旋云：「多士青雲運會開，故人頭白尚塵埃。大風無力扶鵬翼，靜女何心怨鳩媒。河患軍書方孔亟，石田老屋又歸來。科名一介何加損，我爲朝廷惜此才。」

江寧何青耜侍御兆瀛萬柳堂詩云：「紅牆曲處野雲多，舊蹟金源一刹那。安得鷗波亭上客，玉簫重按打新荷。」自注：「廉野雲宴趙松雪於萬柳堂，命家姬歌驟雨打新荷曲。今阮文達公所題萬柳堂，乃拈花寺也。」侍御詩多哀豔，然語必輕倩。其與許海秋夏伯音同遊天寧寺復過龍樹院云：「萬樹擁深寺，蒼然秋色來。夕陽欲西下，人影在樓臺。塵海此閒土，吾生本散材。杞憂家國事，懷抱幾時開？」「朝來絲管歇，洗耳聽秋蟬。塵鬢憐今日，西風又一年。客談鍾阜月，人老薊門煙。鹿鹿不歸去，鄉心落雁邊。」十月十七日祀陸放翁生日云：「第一才名丞相嗔，蹉跎從此有詩人。生同杜老飄零感，歸結嚴光寂寞隣。馬首看殘河渭月，鵑聲啼冷建康春。爭知異代江南客，團扇梅花拜喜神。自注：『是日以余近樵小象爲供。』」約同人爲消寒集云：「眼前小聚江南客，海水天風互賞音。同調文章豪士氣，殘年鐙火故鄉心。雲山漸老啼烏夢，身世猶歌猛虎吟。多少成虧消長事，一時都付酒盃深。」

閨秀詩集，始於顔峻、殷淳，爰有徐陵、李康成玉臺之編，蔡省風瑶池之詠；代加甄綜，韋縠才調集輯閨秀一卷，宋、元以降，選家類不見遺。明則酈琥之彤管遺編，張之象之彤管新編，田藝蘅之詩女史，劉之汾之翠樓集，俞憲之淑秀集，周履靖之宫閨詩選，鄭琰之名媛彙編，梅鼎祚之女士集、青泥蓮花記，姚旅之露書，潘之恒之亘史，趙問奇之古今女史，無名子池上客之名瑶璣囊，竹浦蘇氏之臙脂璣，蘭陵鄒氏之紅蕉集，江邦申之玉堂文苑，方維儀之宫閨詩史，沈宜修之伊人思，季嫻之閨秀集，其文亦云富矣。近代王士禄則有臙脂璣之選，徐釚則有本事詩之刻，朱竹垞明詩綜，亦列閨秀詩七十餘家。吾閩閨秀能詩者，若許素心、何玉瑛、洪蘭士，皆閨中之傑者也。佳篇名句，均採入射鷹樓詩話矣。

五絶句二十字最難於工，近見嘉應吳石華學博題竹航大令畫册云：「十畝原上田，一雨足春水。古木下寒鴉，人耕夕陽裏。」「春樹起寒煙，春潮添尺許。湖上打漁人，濛濛一簑雨。」

「妻子易爲寒士累，名山多負少年心。」此南海顔君猷孝廉斯聰句也，爲陸劍南之流亞。番禺劉寅甫孝廉廣禮詩，有名句可採者，如「書任我觀難盡讀，花如人病亦須扶」「客況不忘驢背上，詩心多在雁聲中」，此性情之具風格者。

漢儒説詩，有齊、魯、韓、毛四家。而有關於心身性命者，莫妙於韓詩。韓詩外傳所記，今略採數節於此：如解旄丘詩云：「水濁則魚喁，令苛則民亂。城峭則崩，岸峭則陂。故吴起峭刑而車裂，商鞅峻法而支解。治國者，譬若乎張琴然，大絃急則小絃絶矣。故急轡銜者，非千里之御也。有聲之聲，不過百里；無聲之聲，延及四海。故禄過其功者削，名過其實者損，情行合名，禍福不虚至矣。詩云：『何其處也，必有與也；何其久也，必有以也。』」如解有狐詩云：「昔人不出户而知天下，不窺牖而見天道，非目能視乎千里之前，非耳能聞乎千里之外，以己之情量之也。己惡饑寒焉，則知天下之欲衣食也；己惡勞苦焉，則知天下之欲安佚也；己惡衰乏焉，則知天下之欲富足也。知此三者，聖王之所以不降席而匡天下。故君子之道，忠恕而已矣。夫處饑渴、苦血氣、困寒暑、動肌膚，此四者，民之大害也。害不除，未可教御也。四體不掩，則鮮仁人；五藏空虚，則無立士。故先王之法，天子親耕，后妃親蠶，先天下憂衣與食也。詩曰：『父母何嘗，心之憂矣！之子無裳。』」如解羔裘詩云：「楚昭王有士曰石奢，其爲人也，公正而好直。王使爲理，於是道有殺人者，石奢追之，則其父也。還返於廷，曰：『殺人者，臣之父也。以父成政，非孝也；不行君法，非忠也。弛罪廢法，而伏其辜，臣之所守也。』遂伏斧鑕曰：『命在君。』君曰：『追而不及，庸有罪乎？子其治事矣。』石奢曰：『不然，不私其父，非孝也；不行君法，非忠也；以死罪生，不廉也。君欲赦之，上之惠也；臣不能失法，下之義也。』遂不去鈇鑕，刎頸而死乎廷。君子聞之，曰：『貞夫法哉，石先生乎！』孔子曰：『子爲父隱，父爲子隱，直在其中矣。』詩曰：『彼己之子，邦之司直。』石先生之謂也。」如解鳲鳩詩云：「夫治氣養心之術，血氣剛强，則務之以調和；智慮潛深，則一之以易諒；勇毅强果，則輔之以道術；齊給便捷，則安之以靜退；卑懾貪利，則抗之以高志；容衆好散，則劫之以師友；怠慢摽棄，則惕之以禍災；愿婉端慤，則合之以禮樂。凡治氣養心之術，莫徑由禮，莫優得師，莫慎一好。好一則博，博則精，精則神，神則化，是以君子務結心乎一也。詩曰：『淑人君子，其儀一兮；其儀一兮，心如結兮。』」如解思無邪詩云：「公儀休相魯，而嗜魚，一國人獻魚而不受。其弟諫曰：『嗜魚，不受何也？』曰：『夫欲嗜魚，故不受也。受魚而免於相，則不能自給魚；無受而不免於相，長自給於魚。』此明於爲己者也。故老子曰：『後其身而身先，外其身而身存。』非以其無私乎？故能成其私。詩曰：『思無邪。』此之謂也。」

門士沈幼丹中丞葆楨，巡撫江西，愛民勤政，察吏鋤奸，有「萬家生佛」之譽。有毀之者，謂徒收虛名，而少實效。余游嶺南三載，與江右隔四千餘里。幼丹之經濟不得詳悉，惟聞禁夷人入江西城一節，凡夷館教堂，均被撤毀，似此尤可徵其膽識，「生佛」之譽，有以也！定遠方子箴都轉贈余詩：「齊年弟子作疆臣。」江右華樵雲太守贈余詩：「負笈都搴上將旗。」休寧朱柳谿大令贈余詩：「君似河汾勤著録，自甘雌伏弟雄飛。」以河汾門下多將相也。

同治三年甲子，舉行大比。吾閩重宴鹿鳴者凡二人，他省無之，壽列九五福之首，可謂難矣！一則楊雪蕉方伯慶琛，年八十二；一則廖玉夫尚書，年八十四。方伯加二品銜，尚書加太子少保銜。見邸鈔。近粵匪竄入漳州，暫停福建甲子科鄉試。尚書無著述；方伯有詩鈔傳世，詩學晚唐，風格如初日芙蕖，晚風楊柳，生平好讀書，端品節，老而不倦。其雨後登岳陽樓詩，雅有唐音，非貌襲者比。詩云：「不辨雲鄉與水鄉，茫茫巨浸接江長。胸中清氣吞雲夢，天下奇觀到岳陽。萬派波濤瀉霄漢，九峯煙雨繪衡湘。頻年結願今矗了，百尺樓頭放眼狂。」「翠螺數點貼波平，一片君山分外青。秋到湖天羣雁覺，詩成風雨老龍聽。更誰憂樂關先後，如此煙波入渺冥。共濟我思舟楫利，長空萬頃看揚舲。」「跨鶴乘雲鄂渚東，朗吟又度洞庭風。神仙蹤跡三山外，日月沉浮一鏡中。還客騷人情各異，落霞秋水句同工。岳陽樓與滕王閣，都爲文章借鉅公。」

四山烽火，旅況仳離。自粤匪不靖以來，揚州失守，江南錦繡江山，非復昔比。經其地者，能勿神傷？嘗記王雨菴觀察澍過維揚有感云：「烽火南方迫，飄零逐轉蓬。星沈牛女次，人老亂離中。風雨歸舟急，鶯花廢苑空。歌筵一回首，衰柳滿江東。」此詩感喟遥深，居然浣花之遺。

駢散之文，古無定體。謂散體尊，駢體卑，駢體易，散體難者，下士之讆言也。蹈庸熟，習浮夸，俳優侏儒，風斯下矣！若欲追漢京之風規，馳建安之氣質，則必託興高遠，游心玄穆。澄之欲其清，積之欲其厚，浥之欲其澹，揚之欲其華，縱之欲其往，操之欲其留。駢乎散乎？作者何所區分，讀者何所軒輊乎？有唐之文，莫盛于元和，然韓集進學解、盤谷序諸作，散而駢者也；碑銘諸作，鉤章棘句，駢而散者也。柳集碑文，規仿六代，既深既博，亦駢亦散。世之論者，謂韓、柳薄駢體不爲，陋矣。駢文至宋，古義寖亡；明三百年，一蹶不振。近代迦陵、林蕙諸家，各自矜奮，踔厲風發，覈之于古，去以千里。自胡氏稚威振起衰弱，嗣是洪稚存、孫淵如、孔顨軒、楊荔裳、陳恭甫師、李申耆、盛子履、方彦聞諸君，皆並世宏材，從而和之，厥道昌矣。若吴穀人、曾賓谷輩，則滕薛小侯無譏焉。

咏史詩，唐人以杜工部、劉長卿、李義山爲最。近代則推陳恭尹、吴梅村。四明汪芟湖國亦長於咏史，縱横瀏亮，劉舍人所謂「慷慨以任氣，磊落以使才」者也。其讀明季諸公列傳有感各系以詩云：「經撫披倡敗局陳，孤軍誰復扼風塵。棄關遼左猶全日，曲法朝端欲殺身。威柄一時尊内豎，頭顱萬里惜勞臣。悲君不作封疆死，但使衣冠搆禍頻。熊襄愍廷弼。」「百戰神州掃賊塵，長城壞後竟誰振？擁兵宦豎終何濟，假手中朝自有人。鉅鹿寒風催篳篥，盧龍殺氣薄星辰。青燐碧血千年夜，誰弔沙場白網巾。盧忠烈象昇。」「一旅黔陽制醜徒，陝川漫起握兵符。抗顏國步危時棄，討賊人間死後孤。汪公喬年曰：『傅公死，討賊無人矣。』中夜悲歌愁悍將，百年朝事痛中樞。賺門恥作偷生活，嚼齒穿齦未絶呼。傅忠壯宗龍。」「汪公師出搗襄城，指顧長驅盡敵營。豈謂諸軍先潰北，翻教賊騎得横行。孟莊戰後愁雲慘，郟縣魂歸憤血盈。快意功成應不恨，金牛新鏟夙氛平。汪侍郎喬年。」「潼關天險拱秦京，荷戟應容十萬爭。誰遣開關師一蹶，竟令破竹勢隨成。催軍朝議無長策，覆轍松山有敗兵。父老到今多洒泪，雁門司馬恨難平。孫督師傳廷。」「柳林鏖戰立奇勳，抗節三關此日聞。力竭尚餘紅粉健，謂公夫人劉氏。身亡猶懾黑山羣。納降一日悲諸鎮，犯闕千秋痛賊軍。宣府大同天下險，可知兵力慎輕分。周忠武遇吉。」「猿鶴沙蟲事已經，當時四鎮尚難寧。本收臂指分形勢，豈意干戈起户庭。江上軍營吹畫角，宮中杯酒勸長星。愁憑板子磯頭望，落日鍾山黯淡青。黄忠烈得功。」

「哭廟悲風凜墨縗，春秋大法此時裁。徒憐狎客傳觴日，祇有元臣杖鉞來。嶺暗梅花衰草長，園空斑竹夜烏哀。傷心除夕思先帝，泪洒轅門曉未開。史忠正可法。」「出入間關屢播遷，山河破碎獨巍然。捐軀自殿羣忠後，養士曾從列聖年。列傳以公殿後。八桂霜風淒碧血，空城雷電闇晴天。侍郎却喜文忠裔，張公同敞，江陵曾孫，與公同死難者。遺事還光世表篇。瞿文忠式耜。」其虎丘二姜先生祠云：「拜杖忠誠海内聞，橐饘難弟最殷勤。鼎湖舊恨雙心共，吴市高風兩席分。一代文章追軾轍，千秋節義薄機雲。山塘花發魂歸處，杜宇聲中日又曛。」

咸豐癸丑進呈三禮通釋二百八十卷，建首三十卷爲余門士沈幼丹中丞妻林夫人所書。夫人名敬紉，爲家文忠公次女，書法娟秀，得歐、柳之骨。乙覽稱羨，可稱佳話。儀部粤東吴君世驥，時掌禮曹篆，記以詩，末二句云：「腕底銀鈎飛舞處，拈毫不讓衛夫人。」詩意極見端重。

各體詩以七言律爲最難，蓋必有挽弓挽强手段，方能爲之，工此體者，代無幾人。邵武張亨甫孝廉亦工此體，射鷹詩話收入頗多。又記其贈上官二懋誠云：「銜石空勞海自波，身如靈鳥欲如何？嵇康幽憤家難問，阮籍佯狂淚總多。夕照川原悲落葉，秋風樓閣望明河。別來天地皆蕭瑟，酒後相看一醉歌。」宿龍江云：「海水東趨路更西，白雲何處望龍溪？一車會葬慙張范，千里相思憶阮嵇。衰草映空斜照滿，老榕壓屋夕煙低。劇憐風雪寒宵意，豈爲茲行送馬蹄。寒宵話别圖，往歲辛卯爲鄭都轉作也。」

弘奬風流，人才亦藉此薦剡，當代汪鈍翁之隘，不若王阮亭之寬，朱竹君、程魚門皆愛才好士者也。昔京師語云：「竹君先生死，士無談處；魚門先生死，士無走處。」余謂畢秋帆先生死，士無悦處。

仁和宋茗香先生大樽，詩善學太白，不襲其貌。靈芬館詩話記其寄山塘酒家云：「美人安在哉？猶在姑蘇臺。一片五湖月，香魂獨自回。春風忽吹散，化作桃花開。笑勸當壚女，如何不舉杯。」

四明汪茭湖先生國平陵東樂府詩，哀方望而作，方望，平陵人也。其詩發前人之所未發，方望千年後得此詩，則英靈可以不泯矣。詩中將翟文仲配説，更爲痛切，讀者爲之感泣。詩云：「炎精十世厄陽九，紫色王郎擁威斗。漸臺兵集鼓騰騰，義師遠自關東興。公然擁立到更始，汗流割席羞欲死。諸君但圖推戴勳，誰記當年有孺子。扶風處士人中英，欲回天步趨臨涇。忠心未嘘灰燼煖，恨血已濺煙塵腥。真人白水叱咤起，郭上威靈光青史。子輿文伯顧盼平，肯遺褒崇及蒿里。英民烈烈翟文仲，俠骨留香泣幽隴。門生黄犢賣歸來，平陵歌罷寄餘痛。平陵之東兩鬼雄，翟也方也先後同。堂堂一死殉漢室，萬古詎讓雲臺功。惜哉誰弔方也忠，嗚呼平陵東，獨聞哀義公！」

明人七言古詩，以高青丘爲最，蓋其詩發于天籟，神似太白，非摹擬也。亡友張亨甫燕文貴谿山雪霽圖及平遠臺詩，均似青丘，亦非摹擬，一似青丘之生動，一似青丘之排宕也。燕文貴谿山雪霽圖陳恭甫夫子所藏。云：「人間瑶華無處著，寫向紙上痕俱消。金烏欲破凍禽夢，似有晴煙一抹生單椒。山家掃雪在山腹，不見蹇驢行客愁溪橋。層巒鳥道嶄絶際，一篷老漁擁影如蒼鵰。當其興發使腕騁奇險，尺幅上下複水重山交。山氣水氣雪氣隱莫辨，筆氣所到寒不驕。昔游天台向東越，扁舟歲晏遲江潮。永嘉大雪五日夜，黿鼉凍立蒼天高。天高如墨下壓海，海風捲雁聲蕭蕭。敝裘貰酒踏孤嶼，醉呼日出排雲濤。雪花爛白日爛赤，千山積素疑火燒。數峯忽作眉嫵緑，惡溪送我催歸橈。不知蒼茫慘澹意，乃於燕君筆底重相遭。六年往事付流水，光景依舊留縑綃。我生少年輕萬里，小視五嶽真秋毫。每思陰山青海十月後，雪片鵶大横朔臯。黄麞生擊飲其血，僵卧豈屑袁安曹。即今閩南更無一寸雪，師門立謝游楊勞。偶談金石及圖畫，披圖却助詩情豪。墨寶摩挲八百載，雖少剥落神理超。安得東絹手爲燕君操，更寫大峨小峨六月雪，岷江下繞流滔滔。」平遠臺明太監梁著建。云：「海城秋色無今古，漢唐故闕俱塵土。水晶宮寒鬼夜泣，釣龍臺寂烏啼雨。九仙騎鯉去不還，至今但有嵯峨磈礧之高山。巍然巨石架榱桷，平遠俯瞰千螺鬟。何人建者明梁著，南來坐鎮開牙署。破費官家十萬錢，内臣留得登臨處。我思勝國乾綱夷，太阿倒付刑餘持。歷朝聽命一宦寺，前劉後魏謀傾危。可憐干戈裂天地，視師猶恃司閽智。羅織爭傳東廠威，君王終向西山縊。此臺壯麗高倚天，一焚再震消如煙。安能手驅萬雷斧，盡削名姓巉巖顛。九仙山有元、明太監題名數處。閹人好事堪嘆息，石門雁宕遭鑱刻。豈知汝使碧血滿乾坤，到處題名汚山色。予舊游浙之石門、雁岩，亦有劉瑾題名。此臺又聞戚繼光，平倭奏凱歸稱觴。六軍一醉海天月，山中草木皆軒昂。英雄事往風流在，不與金粟同荒廢。金粟臺亦在九仙山。悲哉鼇頂之亭亦刼灰，金鼇峰頂有狀元亭，舊在平遠臺側，明季爲義民所焚。旗鼓斜陽慘愁黛。作詩豈獨滄桑哀，要使萬世皆知北寺爲禍媒。驚風吹落百蠻雁，莽莽寒雲天外來。」

朱竹垞絶句，神韻不匱，而又出以媕雅，并世罕有其匹。其給事中弟雲宅席上觀倒刺四首云：「雪後風燈燄燄寒，雲韶舊部走伶官。一雙手技從容入，勝舞銀貂小契丹。」「洞庭橘酒注雙缾，老去繁絃不厭聽。爲語參軍休打鶻，衝筵喚出李青青。」「杯槃暢舞踏紅綃，高下冰瓷燭一條。不是羊家張靜婉，如何貼地轉纖腰。」「琵琶鐵撥自西涼，十四箏絃三足牀。街鼓鼕鼕催不去，更翻一曲玉娥郎。手技，見淥水亭雜記：『遼曲：酒三行，手技入。』玉娥郎見金鼇退食筆記。」

庚子山謝趙王示新詩啓中云：「落落詞高，飄飄意遠，文異水而湧泉，筆非秋而垂露。」而華希閔廣事類賦引「文異水」二句爲陸士衡文賦，殊爲笑柄。余舉以告坐客，有不信者，尚力爭焉。檢文賦遂無是語，乃不敢辨，學人之不虛心，乃至此乎。

象州鄭小谷比部句「事久忘懷偏有夢」，語有真趣，爲陳蘭甫孝廉所賞。

長洲顧俠君庶常嗣立，博學工詩，所居秀野草堂，嘗集四方知名士，觴詠無虛日，風流文雅，照映一時。嘗編元詩選，網羅浩博。注溫飛卿、韓昌黎詩，源委精確。家有古酒器三，大者受十三觔，餘各遞殺。秀野署門曰：「凡酒客過門，延入與三雅，詰朝相見決雌雄。」蓋終其身無與抗者，故一時有「酒帝」之目。詩亦秀潔，嘗記其二十字云：「積雨濕江雲，林深白一片。春風急吹開，青峯遞隱見。」

臨潼周星公太守燦，順治間官南康知府，嘗出使安南，歸有詩一卷，言安南風土頗詳。嘗有句云：「一水隨人千百折，中宵勒馬問安州。」語見風味。

仁和汪漢郊家禧、王木齋述曾，均通經學，漢郊有東里生燼餘集，木齋有王木齋遺文，二君皆精詩經，詩不常見。余從浙人西湖游泳録中，見木齋詩句云「湖光如出水，雲氣欲無山」，漢郊有博羅烈女詩云「白刃儼可蹈，幽光終難埋」之句，均非鈍漢語。

周林於上舍篁夜過朱錫鬯寓齋，錫鬯詩有「萊雞蒸栗黄」之句，楊謙注不知所出。

案曹丕與鍾繇書云：「竊見玉書，稱美玉白如截肪，黑譬純漆，赤擬雞冠，黄侔蒸栗。」又李義山詩「蒸雞殊減膳」，錫鬯詩本此。

陸龜蒙漁具詩序：「天隨子漁于海山之濱，矢魚之具，莫不窮極其趣。凡結繩持網者，總謂之網罟。網罟之流，曰罛，曰罾，曰罺，圓而縱捨者曰罩，挾而升降者曰罠，緡而竿者總謂之筌。筌之流，曰筒、曰車，横川曰梁，承虚曰笱，編而承之曰箄，矛而卓之曰矠，棘而中之曰叉，鏃而綸之曰射，扣而駭之曰根，置而守之曰梈，列竹於海澨曰滬，錯薪於水曰槮。所載之舟曰舴艋，所貯之器曰笭箵。」皮日休補漁具詩五首曰漁菴、曰釣磯、曰簑衣、曰箬笠、曰篷背。朱錫鬯緯蕭草堂詩云：「草堂何所營？志蟹譜漁具。夜分汀火紅，點點出深樹。」着墨無多，實能寫出漁家風景。

滿洲藴篠泉刺史璘，象州鄭小谷比部高足弟子也，爲刊小谷詩文集，好學能詩。嘗記其觀海句云「餘波能盪嶺，遠影欲吞天」，奇筆也。

南海倪秋槎省元濟遠，爲嶺南後起之傑，詩有金石氣。余尤愛其七言律及絶句，如得羊城諸友書感事卻寄云：「水枕雲窗驟減歡，仙城書札到江干。年來白屋親朋老，秋入荒畦雁鶩寒。誰繪流亡希鄭俠，擬論鹽鐵仗桓寬。霜天袖手蕭條極，摘得園蔬不忍餐。」仰屋云：「叱咤曾經萬馬喑，年華彈指去駸駸。庸才例好談經濟，大局誰當鑄古今。墮地生天來浩劫，賣漿屠狗少時心。簪裾可是磨人物，磨到微塵一樣沉。」寓齋七夕云：「借得匡牀賦倦遊，千峯涼色到門收。銷魂天亦惟傷別，望遠人禁更感秋。冰玉華年輸洗馬，風沙塵夜問牽牛。山程水驛尋常換，未信勞臣漸白頭。」煤濼水宿秋江暮寒身世斷蓬故人鬼録不知涕之何從也謳音酸楚貽記室諸君云：「庫篷梭急水滔滔，出網嘉魚縹玉醪。十載交遊聞笛少，三更風露枕舷高。寢門磨鏡齎殘具，歸路郵書折大刀。峽上謡成淒更唱，桃人土偶夢魂勞。」舟中閱近代五家詩各賦一絶句云：「賦罷殘棋意惘然，時危鄭五漫憂天。河東豔婦松圓友，悔不山莊伴種田。牧齋。」「白衣宣至誤平生，雞犬淮南故國情。誰奏通天臺下表，玉魚腸斷沈初明。梅邨。」「火迫黃巾僞鄭侯，龍門異代作荆州。眉樓轉羨横波俠，能守尚書到白頭。芝麓。」「身後綿津有道碑，生前秋谷苦詆諆。開元盛事旗亭唱，論定黃河遠上辭。漁洋。」「彈鋏哀歌少避兵，中年陳壘頓縱横。彦回老作中書死，已覺心粗輟渭城。竹垞。」題居石颿二尹劍仙圖便面云：「七尺吳鉤劃有神，茫茫海内報恩身。黃昏風雨如磐黑，讀罷陰符拜美人。」「西望停雲萬里長，彈丸抛下返仙鄉。街頭我亦工磨鏡，零落天涯聶隱孃。」

紹興莫蘊菴山人春暉，宦遊嶺表，好爲詩。咏明妃云：「此事何須怨畫師，漢宮老死有誰知？不如留得青青塚，千載騷人尚咏詩。」此作較「宮中多少如花女，不嫁單于君不知」之句，更深一層。

番禺陳奎垣起榮，詩筆典麗，尤工駢體，爲張南山、譚玉生二公門下。陳蘭甫曰：「奎垣品端學邃，爲後起之秀，他日繼其師而壇坫粵東，當于奎垣屈一指矣。」

支更以鼓聲窮窮然，記點以雲板聲當當然。楊萬里詩：「寒聲更漏當當裏，雨點梅花蔌蔌邊。」「當當」「蔌蔌」，均用得入妙。

作漁父詞者，多未能跳脱。近讀太倉唐實君先生孫華東江詩集，有漁父詞三首，讀其末首云：「湖上鴛鴦亦並頭，鰥鰥魚目夜長愁。近來娶得鄰船女，柔腕輕腰解蕩舟。」語有風趣。

咸豐癸丑，粵匪陷揚州，擄婦女一萬五千餘人；又陷鎮江，擄婦女三千餘人，擇姿色佳者二十七人，別載一舟，至黄天蕩，二十七人均投水死。余嘗有二十七烈婦行云：「二十七婦真英雄，一萬八千人愧死。」

廬江吳春帆太守贊誠，爲羅椒生尚書門下士。太守詩筆清越，不輕示人。余曾索其藁不得，昔人所謂「寤寐記佳句，醒時輒忘之」。余識太守于廣州郡署，太守風雅宜人，書法亦極整秀。

四明汪芝湖戒食河豚詩，讔語訓世，得風人設喻之旨，可爲世戒。詩云：「坡公佞江瑶，談及輒頤朶。强將茘枝齊，品題迄靡可。豈若此腹中，白肪深包裹。滑極膩不留，鮮甚腥非墮。居然林下風，宛轉嬌無那。酥胸呈皓潔，粉色絶堆垛。疑藏菽發姿，不羨丁香顆。咀嚼快未曾，盤肴謝繁夥。比諸十八娘，擬議得應頗。詢之土人言，其名較貼妥。此爲西施乳，餘品俱瑣瑣。吴王有夫差，慆淫忘曆火。東隣牆正嘗，南國鬢競嚲。別殿貯夷光，妙舞逞婑媠。玉體夜長偎，宫門晚猶鎖。遂令傾城嬌，竟釀亡國禍。古稱河豚毒，欲測蓋誠叵。烹瀹一不謹，爲害非么麽。正如西施顔，巧笑固甚傞。惑溺因一朝，亂本從此坐。垂戒寓芳名，此理定非左。當筵一莞然，爾欲吴王我。都官有新詩，筆力窮軒簸。即事懲老饕，細續不敢惰。春江可下罾，風光正澹沲。魚蝦有兹味，吾腹豈不果。」咏食物詩寫得如許闊大，「爾欲吴王我」一句，尤語妙天下。

海天琴思續録

題詞

聚天下才作友朋，綜天下詩羅心胸。愛才爲寶，吐氣如虹。下及韋布上王公。長鎗大戟屹相向，瓊琚玉佩聲錚鏦。一鱗一爪都在搜羅中。持此一枝筆，洗淨雙青瞳。掃除靡曼闢境界，三唐兩宋文章升降憑折衷。錢仲文，陳仲弓，我非貢諛人，比君將毋同。自來詞章經術判門户，譏訶鄭孔但書蠹，輕薄盧駱徒雕蟲。君於二者鎔之一，精金百鍊陶鉛銅。造化萬類真天工。發言往往本至理，不肯偏執輕排攻。是詞章伯，是經術宗。循環目圍苞心府，五絃在手驚飛鴻。傳之書林藝圃爭不朽，足與金壺石鼓文字垂無窮。

定遠年愚弟方濬師。

海天琴思續録　卷一

高宗純皇帝書詞林典故序畢，賜大學士張廷玉，兼成四絶句云：「儘有研京并鍊都，導言何用但吹竽。便將翰苑登瀛譜，喚作卿家世系圖。」「日影花磚鈴索静，春風芸署牓題雙。寶山自古稱佳話，事業何人繼曲江？」「韻集燕公四十賢，劉昭禹云：『五言律如四十箇賢人。』晨星數罷一淒然。朕幸翰苑，賡吟甯如大學士鄂爾泰、尚書張照輩，不數年皆物故。即看壁府裒成集，重憶柯亭劉井邊。」「見説房公獨善謀，皤皤長領鳳池頭。更兼兩世桓榮席，誰不云然勝一籌。」按：桐城張文端、文和兩代相國，四世經筵，張太史萬年有「張氏第十八翰林」圖印，海内第一家也。

乾隆甲辰高宗六巡江浙，定遠方鴻甫先生玉逵偕叔父珠泉翁熊迎鑾獻賦，已入選矣，閲卷大臣和珅意别有屬，抑之，珠泉翁得二等，而先生竟報罷。中年淡於進取，築園治溪之側，讀書課子，暇惟詩酒自娱，晉陶柴桑、唐陳嵩伯之亞也。有感懷一律柬吴瓊巖潘鑑唐云：「笑我蹉跎五十春，青氊雖破淨無塵。公明卦裏誰知命？苕霅溪頭自在身。却爲煙霞成痼癖，好栽花草見精神。延陵才思黄門俊，載酒尋芳數夕晨。」可想見高人之致。

熟讀杜詩五律及長排，作賦得八韻詩勢如破竹。

定遠方有堂方伯積，乾隆己酉科拔貢，歷官四川布政使，兩署四川總督。嘉慶初，蜀中官以「青天」名者，惟公與劉松齋總戎清兩人而已。令梁山時，適賊至，公坐城頭，指揮禦賊，三晝夜僅食黄瓜一握，以千餘兵破數萬狂寇，事平，名由此顯。張船山太守贈公詩所謂「當時蜀犬正縱横，都怕梁山訓練兵」，是也。著有敬恕堂詩集。録其夜登城樓云：「夜色何蒼莽，登樓正悄然。大星明傍月，清漢迥欹天。戰鼓河山外，農歌煙水邊。耕耘雜戎馬，悵望過三年。」夜赴横山截賊云：「春歸百蟄驚，不雨亦蛙鳴。閣閣亂遥聽，淒淒增遠情。關山方皓月，戎馬到書生。那及閒鄉里，卧聽空外聲。」軍中曲云：「征人獨卧鐵衣涼，征婦空閨秋夜長。勸君切莫思鄉土，若個封侯在故鄉？」「刀疑秋水月疑霜，刀月團成一片光。夜半磨刀刀不響，回頭看月月生芒。」雄健高渾，卓然名家。又蘆花一絶云：「自生自植滿江干，不畏秋風長養難。若使木棉花似此，九州何士更知寒？」真名臣抱負矣。

咏史詩須有議論，須有特識，不泛泛將本人本傳平鋪直叙，則不虚咏。記陳恭甫師咏淮陰侯云：「假王尚恨圖齊急，良史終明背漢誣。」語意何等包括，爲咏淮陰侯者所未見。薩檀河先生咏禰正平云：「孔融不薦真知己，黄祖能容豈俊才？」亦有見地。林菊潭明經咏岳忠武王云：「宰相若逢于少保，功名豈讓郭汾陽。」亦辯言無礙。

陳萸坪太守俊千，幼負雋才，爲諸生時試程材效技詩，以「到門方立雪，築屋更偕雲」一聯受知學使者，舉拔萃科。嘉慶乙丑成進士，入館選，改官農曹，分校丙子順天鄉闈。出守端州，題官齋楹帖云：「莫使貪泉流境地，好留端硯與兒孫。」清切有味。聯久不存，方子嚴同年之母太夫人爲太守胞姪女，子嚴分巡肇羅，其太夫人命補書，懸晚香堂中，亦一段佳話也。

「江左風流第一人，東山歌舞日紛紜。當時不爲蒼生起，司馬山河總白雲。」此崑山顧阿瑛題東山圖詩也。元人虞、楊、范、揭詩，未見有此老辣也。

汪小米中翰遠孫，家藏祁忠敏石硯，旁鐫七言絶六首，僧悔詩居前，祁李孫、釋明盂詩次之，寓山樵詩又次之，消一詩無殿。僧悔爲陳老蓮洪綬别號。按：李孫，忠敏公子，明詩綜作理孫，當據以改正。此硯係李孫所贈陶生者，惟寓山樵不知何人，竹垞寓山詩「山頭白鶴遥相待，知有仙人射的居」，蓋寓山乃公之别墅也。小米有詩云：「端州片石佛面圓，其色黝漆其質堅。硯背形摹米家顛，四圍詩句深雕鐫。知是山陰忠孝之家傳。北都淪没南都偏，廟堂歌舞民倒懸。謡諑衆嫉蛾眉妍，公遂移疾還林泉。夷度家世富簡編，維公性尤樂丹鉛。一生心事歸硯田，劉樊夫婦真神仙。謝家季女工吟牋，公夫人商景蘭、女德茝皆能詩。隃糜一丸纖手研。紅羊劫换國步遷，湘纍哀怨沈清淵。公子奕廳殊翩翩，亂山殘雪涕淚漣。此硯侍公翰墨筵，胡不世世永寶旃？持以贈友盟山川。僧悔跋中語。陶生自是當世賢，名同嫖姚氣無前。陶生名去病。僧悔之名幻老蓮，雲門老衲文字禪。寓山之園屋數椽，樵子與公爲後先。湝也姓氏惜就湮。公之忠義誠炳然，大星光芒常在天。硯乎硯乎流傳二百年，滄桑閲盡過雲煙。試數石交誰比肩？惟玉帶生可以相周旋，鷗波辟雍奚數焉？嗚呼鷗波辟雍奚數焉！」

番禺丁仲文觀察杰，與余論陽湖孫淵如詩句爲全集中之冠而不愧傳作者，無過於「白日催人年少去，碧山回首昔游非」二語，余以爲然。昨爲方子嚴觀察誦之，觀察舉袁簡齋詩中名句，並言簡齋先無子，育弟之子以爲子，得句云：「妻妾無功兄弟補，園林有主水雲安。」可謂語妙天下。簡齋論詩薄阮亭，論文薄望溪，嘗爲詩曰：「一代正宗才力薄，望溪文集阮亭詩。」而方蓮舫先生有書隨園詩文集後七絶四首，中有「望溪文字漁洋句，果否先生勝一籌？」婉而多風，似於言外諷之。

「陌上採桑桑葉稀，家中看蠶怕蠶飢。大姑要織迴文錦，小姑要織嫁時衣。」顧玉山西湖竹枝詞也，駸駸入古。

定遠方蓮舫先生士淦，少負重名，受知督學山陽汪文端公。嘉慶戊辰，獻賦行在，以賦雨過潮平江海碧詩稱旨，拔置一等，賞給舉人，由内閣中書歷官浙江湖州府知府。德清案起，公不爲謡諑所惑，持論甚堅，竟罷職，謫戍伊江，賜環後杜門讀書，絶不以宦途得失累其心。精臨池，悟香光執筆法，大小行楷皆懸腕書，得顔清臣神髓，近代書家罕有其匹。詩宗杜、韓，晚乃出入坡、谷。兵燹後全稿頗多遺失，兹就傳播人口者擇録數聯。登崆峒山云：「瑶琪曲澗能通馬，風雨懸巖自挾龍。絶頂直堪長劍倚，下山依舊白雲封。」題宫庶侯從軍圖云：「峨峯雪霽連天碧，滇海波清帶月涼。」謝姚生蓉裳畫山水巨幅自粤中見寄云：「攜將清遠湖山筆，寫出羅浮海國秋。」鐵君弟招遊揚州未果云：「鄉夢尚縈黄海月，壯心空負廣陵潮。」東黄琴士云：「訪我劇憐衰朽病，對君重話别離情。」皆深入浣花閫奥。公哲嗣子箴同年在翰林時輪班召對，蒙宣廟垂詢祖父出身，奉有「汝父實係公罪」之諭，故公繪近光圖，作詩云：「天語煌煌秉大公，敢將微眚達宸衷？身如老馬甘遲鈍，心有靈犀自感通。」蓋紀實也。公卒時自製輓聯云：「時至即行，再休戀身外浮雲，天邊朗月；知足不辱，問誰似殿前作賦，塞上從軍。」壽州孫小雲廣文長和哭公詩有「此後永無相見日，從前論定是傳人」，識者謂非虛譽。

方芸圃茂才爵燾讀書記曰：「淵明處禪代際，引身肥遯，當時多之，究以五斗米辭官，總染晉人矯情之習。昔介子推云：『身將隱，焉用文？』觀歸去來辭、桃花源記及五柳先生傳，實有以文傳世之迹；若林處士臨終口吟，封禪遂寢，所匡救者大矣。林少穆先生題孤山有『篋無遺草斯真隱，山有名花轉不孤』，誠傑作云。」

合肥王謙齋茂才尚辰，性疏放，目空一世，年三十餘，所爲詩近萬首。湯雨生都督、潘少白先生、方蓮舫太守均以奇才賞之。著有拳石山房詩集，惜亂後燬於兵。記其遊龍興寺一律云：「第一山頭選佛場，當年託跡禮空王。即今殿角生秋草，依舊鐘聲冷夕陽。天起真人成大業，地無王氣繞淮鄉。袈裟敕牒殊多事，傳世高僧有讓皇。」灝氣流行，逼真杜老。孫筱楚太守家穀題其集云：「有縱横氣即豪俠，以痛哭聲當嘯歌。」洵不誣也。

賓霽堂國華詠麋夫人詩：「雖非己子關情重，能答夫君寄託多。」語有特識。世人知常山救後主之功，而不知麋夫人逃難於亂兵中提攜保護，藉以安全。後主爲甘夫人出，麋夫人視若己出，卒之託孤得命之語，放心就義，誠女中之丈夫。霽堂詩又有「半世所存餘血脈」之句，可稱詩史。

懷遠方迺亭載賡，以名諸生中道光乙酉科副榜，工詩，精篆隸，尤善醫學，年八十餘卒。名句可採者，偶吟云：「酒香扳醉易，花好擬詩難。」天津首夏即景云：「煙輕縈絮重，石瘦倩花肥。」感事云：「危機千弩箭，大劫一枰棋。」偶興云：「花影圍三徑，書聲滿一齋。」京邸書感云：「歲月勞人成白髮，功名賺我入黃粱。」五十自嘲寄家調臣芝山昆仲云：「兩字情深爲麯友，一生緣淺是方兄。」舟中寄興云：「絮語鳥如知惜別，阻行風亦解留人。」雪後云：「雨莎醮碧鋪新罽，風柳搓黃發舊枝。」題楊妃出浴圖云：「牡丹風韻海棠姿，浴罷新承雨露私。無限春情描不出，長生殿裏夜深時。」

凡贈答、招飲、送行諸體詩，總以切題爲上，嘗記先師陳恭甫先生典試河南，贈其門生第二人韓醴泉句云：「願留頭地居和仲，會奏卿雲屬穉圭。」妙切第二人及姓也。余年十八，從外舅廣文周蒼士先生讀書政和學署，同硯及戚好送余游學詩者約數十人，惟吳步瀛茂才有「便便腹笥即歸裝」，推爲驚座之句。

金陵侯青甫學博雲松，書畫雙妙，名重一時，嘗以畫屏贈方調臣先生士鼐，先生謂之曰：「此君門下士所作贋本也。」青翁大笑，面繪荷花一幅，并題一絕句云：「涉筆何曾有異同，虛名傳播愧衰翁。請君不用求真迹，此本何如贋本工。」

昔李肇謂開元以後位不顯而名最著者，李北海、王江寧、李館陶、鄭廣文、元魯山、蕭功𨵗、張長史、獨孤常州、崔比部、梁補闕、韋蘇州諸公。就中鄭廣文獨擅「三絶」之譽。今道光間定遠方調臣先生士鼐亦以廣文馳聲江淮南北，楷書直入晉人室，寸縑尺楮，人爭寶之。著有四持軒集，詩律極細，無一句不鍊，無一韻不響，余嘗序之矣。集中古體詩若菊江學署後山古樹歌、若宿白石閣、若登菊江亭、若井溢、若題王謙齋拳石山房詩，清幽處如檣燕受風，巢鶴唳月；雄厚處如天樞坤軸，雲在水流。至其流麗宕逸，則如老樹著花，清泉漱石，飄飄乎怡我心志也；纏綿悱惻，則如孤簫穿雲，哀笳入夜，寥寥乎動人肝魄也。兹録其和黄琴士移館文昌宫詩原韻云：「平生讀書期自立，冷官不卑但長揖。十年宦況頗深知，不爲山川不輕出。好山對門門雙扃，平湖浸天天摇星。清溪環舍樹繞屋，蕭然一室芝蘭馨。室中半是能詩客，濡染大筆浮大白。酒兵詩敵互相攻，醉罷春風弄秋月。可憐菊江三里城，淵明死後無淵明。五斗辭官不可及，愧我與爾爭詞盟。卅載名場恣奔走，青天笑問空搔首。我生材與不材間，例合吟詩飲美酒。不然縱步蓬萊宫，仙漿醉倒頳顔紅。遨遊九洲十三島，南山之南東海東。冷氊一坐三百日，講鼓懸鳴敢自逸。峨冠博帶來者誰？與子吟哦費紙筆。爲君進一巵，請歌勵志詩。後生可畏多英姿。嗟我老大真無用，悔不攻書年少時。」題孫希甫延春館圖册云：「在山泉清出山濁，出山何如在山樂。山居不與城市近，小隱未成成中隱。君昔散髮弄扁舟，吟風翫月逍遥遊。竭來四壁紛墨妙，能爲山川圖小照。燕南趙北君故鄉，西吳東皖走徜徉。尋幽選勝多清迥，扶筇直度太行嶺。手攜圖册來江濱，有如琴鶴長依身。令我披覽清俗慮，問君何日天台去？詩成對月獨徘徊，轉憶陶潛歸去來。」荻港懷黄琴士兄兼柬其次郎仲訪云：「君年五十三，求名淡於我。願侍萱幃春，不縱金陵舵。功名唾手得非難，菽水稍缺心何安？萊衣璀璨舞東閣，彩毫一擲輕文壇。仲子乘舟來白下，翩翩依我何温雅。春花秋月感别離，詩情畫意臨風寫。臨風寫罷氣昂藏，左攜孫筱楚張瑾山右王謙齋楊小坡。低頭向我拜牀下，請我一試狂士狂。我卻摇頭閉雙目，諸生文字心慴伏。名場老困不知羞，又提筆硯蹲矮屋。不到矮屋中，高曠惟尊翁。翁稱孝子子狂士，敢學尊翁背公子。少年意氣自豪傑，老不知名心不死。君不見自古龍頭屬老成，請將斯語寄先生。」保湖道中云：「大水發黄溢，瀰漫入此湖。湖田盡淹没，窮民如饑烏。水退喜久晴，補麥勤耕夫。耕夫苦摇頭，補種非良圖。淤泥猶可爲，淤沙尤可虞。我來查汝災，善策費躊躇。浮户固侵冒，漏户亦防疏。清心戒書吏，焚香笑腐儒。每查一保，焚香告神。無浮亦無漏，惠澤乃沾濡。詩成天欲曙，寒霜滿髭鬚。」窮民歎云：「哀哉張寡婦，未語淚沾裳。子死孫又弱，有媳守空房。改適鄰家子，願言奉姑嫜。相居僅半載，夫妻遠逃颺。八十苦無依，聞之心悽愴。又有胡老者，孤獨亦可傷。媳已適他人，悲慘值水荒。媳賢憐翁苦，邀翁住其旁。腹饑與之食，衣垢爲之漿。兩人境同苦，兩媳有否臧。我獨謂不然，二女均無良。背姑遠逃走，人類而犬羊。借人養其翁，似孝而節亡。何如誓柏舟，針黹奉高堂。」

自許氏説文誤訓「瑟兮僩兮」之「僩」爲「武毅」，二千年來凡注疏及唐、宋、元、明至近代之注家，解釋「僩」字，無不作「武毅貌」。段氏説文注及桂氏説文義證亦誤。不知「僩」乃訓寬綽，非武毅也。寬綽與固陋相反，荀卿子之書可明證也。吴縣惠定宇先生棟云：「『僩』字俗訓武毅，後人所加，非許書本有也。考荀子『塞者俄且通也，陋者俄且僩也，愚者俄且知也。』通、塞，知、愚，僩、陋，皆相反，則僩爲不陋可知。」案：此説極精，則「僩」字明爲寬廣、寬容、寬大、寬綽之的解，二千年之蒙蔽，一旦撥雲霧而見青天矣。

明閩縣陳昭人先生衎中槎上老舌云：「揚雄規模周易，王通效顰論語，王介甫非春秋，歐陽文忠毀繫辭，朱子不用子夏詩序，柳州厭國語，東坡詆史記，皆不可曉也。」余謂張霸上僞古文尚書，王充刺孟子，王肅僞撰尚書孔傳，劉炫僞撰連山易，豐坊僞撰子貢詩傳，亦不可曉。

「腰纏十萬貫，騎鶴上揚州。」此二語熟人口頰，殊不知出唐商芸小説。

長白長樂初將軍長善，爲莊毅公裕東巖制軍哲嗣，由部曹改官侍衛，歇歷中外，不愧世家。工於詩，五言如潞河留别云：「青燈思有味，白日去無情。」雪夜湧上人禪房坐話云：「安問輪老衲，奔走愧峨冠。」宿褒城云：「石磴野花秀，雲崖異鳥啼。」感事云：「火雲烘棧道，瘴雨入邊城。」七言如送龍白皋大令之山西云：「秋色淡從涼雨覺，離情深爲故人含。」春草云：「帘影遠低沽酒市，屐香時過踏青人。」漫興云：「花陰寂歷詩留影，竹韻蕭疎夜似秋。」三閭大夫祠云：「湘娥有淚蒼梧遠，山鬼無情木葉深。」書懷和方子嚴侍讀韻云：「樓船夜雨横波急，汗馬秋風戰血塗。」次賈運生方伯見贈云：「神仙何處求靈藥？得失憑人説塞翁。」贈孫筱楚太守云：「干將百鍊才逾顯，功業千秋事未閒。」其截句題畫梅扇云：「冷淡繁華莫細論，歲寒風景最銷魂。何當畫箇騎驢客，來往孤山處士村。」皆超拔可誦。

林子隅太守直，五古清微淡遠，深得陶、謝之遺。夏夜西園即事云：「涼風動四野，林氣清以幽。浮雲從東來，河漢西北流。夜深圓影匿，疾雨忽翻溝。蛙聲聚方塘，螢火曜朱樓。嘉賓眷高會，良夜侈歡遊。曠懷宇宙間，淑景不可留。矧兹名園勝，相逢嵇阮儔。浩歌且終夕，星散方足憂。」别離曲云：「别離復别離，與君長相思。相思在遠道，秋風令人悲。朱顔不可保，苦衷不可道。君看木槿花，朝榮夕已槁。願君鑑明月，月缺旋復圓。送君自今日，見君定何年？君行日以北，妾心日以惻。莫學秋胡妻，相逢不相識。」遊雪竇寺云：「萬山抱頹雲，一峯聳奇傑。倚天削芙蓉，層巖飛鳥絶。我來叩竇刹，十步腰九折。偶探幽竇深，中有千年雪。殘碑道旁卧，欲讀苔蘚纈。芝泉渴當飲，松花饑可掇。黄昏造寺門，蝙蝠出如瞥。登堂禮梵王，佛火半明滅。夜階露華重，老鶴向人咽。坐兹清淨境，筋骨忘疲茶。何當覓良侶，茆菴此留結。雲水兩忘機，勿爲塵網紲。」

方子嚴觀察濬師蕉軒隨録曰：「古今詩句下字之妙，有不可移易者，如杜少陵『苦遭白髮不相放』，『放』字妙；劉文房『欲買雲中若箇峰』，『買』字妙；錢仲文『已覺輕寒讓太陽』，『讓』字妙，戎昱『蟲聲竟夜引鄉淚』，『引』字妙；李長吉『魚擁香鈎近石磯』，『擁』字妙；李文饒『月中清露點朝衣』，『點』字妙；楊萬里『荒荒瘦日作秋暉』，『作』字妙；陸放翁『丁丁殘漏伴斜河』，『伴』字妙；蔡端明『陌頭霏霰與風俱』，『俱』字妙；王禹偁『海門山色滴吟牕』，『滴』字妙；宋子京『簫聲催暖賣餳天』，『催』字妙；劉公茂『棲雅不動寒偎樹』，『偎』字妙；雷希顔『雪壓池塘慘不波』，『慘』字妙；元遺山『千首新詩工作祟』，『祟』字妙；又『楊柳攙春出新意』，『攙』字妙；黄溍卿『百蟲專夜故秋聲』，『專』字妙；倪雲林『簾鈎半怯杏花風』，『怯』字妙；李笠翁『往日盡遭文字哄』，『哄』字妙。予曾有句云：『漫把蟚蜞比司馬，恐教饞煞卓文君。』未知於古人何如也？」「芍藥花開菩薩面，棕櫚葉戰夜叉頭」，語頗惡劣，其實仍襲王建「素奈花開西子面，緑楊枝散沈郎錢」耳。

壽州孫引恬比部家泰，咸豐癸丑呂文節所薦剡。回籍辦理團練，周文忠時撫皖，亟賞之，爲奸人所忌，奏參罷職。袁午橋漕帥再起督皖師，邀之出，屢立勛績，賞還原官。當苗賊沛霖勢張，比部決其必反，大憲均不聽，未幾果圍壽城，以比部殺其前導奸細，逼令皖撫翁公上章參劾，下比部於獄。維時官與紳仇，紳與練仇，官畏練，復助練與紳仇，練即苗沛霖勇。比部憤極，仰藥死。僧忠親王既平苗亂，録其功，上聞，加四品卿，建立專祠，其父瑶軒封公贈祖，子某皆殉難。方子嚴觀察輓詩二首，鈎魂攝魄，沈痛切題，詩云：「昔來京國記分手，今望家山空斷腸。按劍可憐效周處，飲章終不怨程璜。朝廷有詔寃能雪，將帥無謀氣莫揚。如此書生偏枉死，好留史策姓名香。」「底用巫咸叩帝閽，燕臺翦紙爲招魂。是非三字官紳練，忠孝一門祖父孫。難挽狂瀾傷劫運，且留正氣壯乾坤。風前更觸思鄉淚，灑向南天不忍言。」

「我欲悲歌，誰當和者？四顧無人，縈縈曠野。」此錫鬯先生悲歌詩也，胎息深厚，氣韻亦復悲渾矣。

方女史名某，爲廼亭副車妹，能詩善畫，惜不永年，有寄兄詩一律云：「南北山川徧歷觀，胸懷瀟灑氣如蘭。知兄博學成名易，愧我才疎下筆難。美酒自宜名士飲，好花多在異鄉看。漫誇桃李春榮早，還是青松耐歲寒。」妥帖工整，得之閨閣爲難。

陳梅岑司馬有句云：「誤鋤野草傷新筍，偶檢殘書得舊詩。」名句也。行篋中見銓兒記近代詩句十數聯，均可采。如「霏霏花氣偏隨酒，嫋嫋鶯歌解和人」，金聽濤句也。「客況不忘驢背上，詩心多在雁聲中」，周孟陽句也。「曉煙貼地鷗盈浦，空水沿籬韭一畦」，王兆鸞句也。「鳥飛天外山如鏡，人到雲中海似梧」，徐立齋句也。「萑葦人稀雙雁下，茱萸節近一谿晴」，吳賓賢句也。「積雪有情留嶺罅，斷雲無力宿檐端」，盛子履句也。「無言便是別時淚，小坐强於去後書」，任子田句也。「江頭客卧魚龍背，篙上人耕蜃蛤田」，方彦聞句也。「騎月雨從春後積，出山雲在樹頭濃」，陳益軒句也。「隔水光摇漁艇火，半天聲動寺樓鐘」，孫福田句也。「海氣荒涼門有燕，谿光摇蕩屋如舟」，某氏句也。「亡息肯矜紅粉豔，避秦祇覺白衣尊」，蔣和寧咏白桃花句也。「攤卷如逢無數友，閉門即住最深山」，鄒蓉垞句也。「詩愁遥帶春城色，别恨多生上巳前」，江根齋句也。凡此皆可入主客圖。

曲江在揚州東門外，朱竹垞謂即錢塘江，誤矣。

宋、金、元、明及近代，詩學太白七言古詩，入其堂奥且得神似者，明則高青丘，近代則楊紫卿、魏默深。紫卿得太白之飄逸，而默深則得太白之高奇者也。鍾嶸詩品論詩以高奇爲上上品，余讀默深華岳、太室等篇，爲之擊節深賞。華岳吟上云：「烏乎！華山之高，吾不知其尚在青天之下，其色直出青天上。削成四萬五千仞，非有羽翼徒空仰。雍州積高神明壤，蓐收金氣何森爽。猿鳥到此神不旺，煙雲草木皆淒愴。劃然中裂流泉飛，人從山縫緣山上。不知絶頂有何奇，從石骨節周腑臟。左山抱右右山環，一重水石一重關。三步攀，十步坐，碧垂東，青避左。嵐如醉，樹如寐，壑日傾，澗霞蔽。一線青天萬丈長，太古不曾嵌斜陽。中道改趨青柯坪，遥望水簾氣，不聞水簾聲。自此以上更無蟬鳥音，但有億萬松濤鳴。自此以上舍杖手代足，青冥壁立但有猱挂而蟻行。忽大斷，忽大盡，一吭聯，蒼龍嶺。萬仞壑，兩面井，生死關，仙凡境。徑路絶，風雲綆。失一天地，得一天地。一放萬丈青，蓮花滿空際。一峯首出萬峯侍，俎豆鈞天享羣帝。三峯汲汲欲上天，羣峯簇簇相牽連。雲立雲垂狀萬千，金仙聳坐蓮臺巔。絶頂一上太身尊，九州各自判陰曛。涇渭似毛河似綫，岱霍豆點青螺痕。誰言青氣滿關内，其氣直接萬里以上蒼蒼元。大地盤旋伏復起，天風震撼蓮花根。行到雲端未造極，直窮空際始無垠。吟成散入天風去，欻唾下土雷硠奔。俯悲塵世何汍瀾！雲氣如龍起下界，徑欲騎之冉冉而上騫。天人古今咫尺耳，溟涬芥蔕何足吞。從今便可遺世而獨立，始知此山以外無乾坤。人言岱頂觀日聞天雞，誰知華頂觀月更清奇。世界不動如定水，星辰出入青琉璃。吁嗟乎！自有宇宙即有此山月，何人不愧太華峯頭客。」華岳吟下云：「左太行，右終南，胡得華岳稱雄巉。終南右，太行左，胡獨華峯推岌砢。峩峩氣象地中央，鬱鬱蓮華天半墮。芒鞋踏盡禹中原，惟餘恒北未回轅。日觀祝融峯二室，更有灊霍翀天門。盡空依傍插元氣，幾見千里蟠蚖蜒，幾見萬岫蠶叢攢。掃盡陂陀迤邐勢，乃與天地參雄尊。不然五嶺亘南服，胡不稱岳雄荆蠻？四面離立無敢近，衆山羅列皆屏藩。其中包孕卻萬彙，又非峭壁孤峯騫。譬若千門萬户內，止護至尊垂冕蕃。寶殿龍樓孰儔匹，千屯萬騎皆薇垣。大哉聖作萬物覩，豈侈勛業材繽繙。登太華，俯太室，黄河九曲來胸臆。排閶闔，通呼吸，夢揖岳神朝太乙。謂我窮搜天地根，未覽坤輿悉天蹕。葱嶺昆侖萬山祖，秩祀宜先元氣母。其餘更有大四岳，西幹天山聳千阜，北幹金山峙霄漢，東則長白鍾靈藪。惟有南岳僻荒服，滇南點蒼巨靈手。內四岳鎮禹九疆，外四岳環天八荒。豈惟雲雨徧四岳，直與鴻濛分后倉。兒孫不脱祖宗氣，岳形必與昆侖頏。帝王功德有優劣，孰全版籍惟馨香。聞言怵惕心悖慞，頓覺隱然大物撐胸腸。從茲法象悟天地，誓删枝葉歸宏綱。

如覲堯舜無紼張，如悟周孔無文章。始知觀岳小天下，亦如觀海百谷王。被髮騎麟瞰大荒，我與元氣誰久長！」

李恢垣吏部光廷，辛酉乞假，路出河南，維時烽火正熾，有過朱仙鎮七古一首，悲涼感喟，讀之令人長歎。詩云：「黑雲沈日飛黄塵，鵂鶹叫屋居無人。居人逃賊各奔走，賊來如狼兵如狗。兵聞賊鋒先遁藏，賊來乃假官兵裝。云是兵至忽賊至，烈炬燎天血灑地。搜括倉廩驅牛羊，老弱爲虜壯裹瘡。歸來不敢高聲哭，恐兵聞之當賊捉。哀哉我民誠何辜？一年幾番遭賊屠。賊來飽掠去原易，讓與官軍樹旗幟。我願居人自爲兵，精修火器高築營。我願居人自擊賊，憤來十一當千百。君不見背嵬五百破朱仙，精忠廟貌今赫然。」吏部詩不拘一格，予游端州，得盡讀之。五言佳句如八里橋云：「雞豚初返宅，草木尚疑兵。」衛輝云：「途衝車轉貨，舟集水通糧。」開封云：「孤城盤大野，全局控中州。」高橋云：「人家環緑柳，村路亞紅橋。」搾屋林云：「岸移江面闊，漲滿草痕平。」後湖云：「遠勢涵星斗，餘波帶荇蒲。」長湖云：「四圍天在水，一葉艇乘風。」泉溪寺晚泊云：「船火照灘溼，鐘聲摇水寒。」觀音厓云：「擘山開洞府，湧地起樓臺。」七言佳句如通州云：「鐵甲詎愁胡突騎，金戈終憶漢樓船。」乞假留别云：「江上鰣肥初入釣，雲中鳥倦早知還。」鄴中懷古云：「狗脚朕猶遲揖讓，豺聲臣竟亂綱常。」渡黄河云：「萬古波濤趁巨鼇，百年身世感扁舟。」蘭芷湖云：「天地低昂濤盡立，魚龍歎欲氣全腥。」韓文公廟云：「李杜并生思鼎足，齊梁掃盡返元音。」送方都轉調任兩淮云：「畫船珠海開雙槳，明月揚州占二分。」吏部少年不事吟詠，通籍後始專意爲之，乃能各體皆妙，高常侍不得擅美於前矣！

「道之不行謂之病，財之不給謂之貧。賜也能言心未識，虛勞結駟踏青塵。」此金粟道人題趙松雪甕牖圖詩也，言外訓刺，字挾風霜。

勒少仲觀察方錡，書名擅一時，詩亦琴瑟鏗爾，雅有古音，惜見一斑，未窺全豹。其爲子嚴觀察書箑樂府四章，音節清婉，置之唐賢集中，幾無以辨。其擬千里思云：「邊城道路賒，征客未還家。門前楊柳樹，三度飛雛雅。妾貌如芙蓉，秋來難作花。妾心如芳草，撩亂到天涯。」擬團扇吟云：「團扇復團扇，錦緣垂花纈。素紈尚新好，情愛忽已歇。楚江斑竹枝，裁作相思骨。淚點在中心，含悲不能泄。」擬擣衣篇云：「淒淒復切切，清砧響明月。良人事征戍，孤妾長離別。離別在天涯，年年增妾懷。去年送邊使，今年書未來。聞説榆關道，冰花壓秋草。古塞多風霜，寄衣須及早。夜閒庭院涼，展轉拂流黃。辛苦妾何惜，思君真斷腸。手中萬千杵，意中千萬緒。酸嘶旅雁聲，幽咽寒蟲語。不愁袍袖單，但愁腰帶寬。恐君還憶妾，持此報平安。」擬江南曲云：「明湖春，煙草新，東風來，動香塵。木蘭艇子載美人。美人家住橫溪口，門外清波蘸楊柳。踏青歸去花滿頭，山黛壓眉疑遠愁。愁春深，惜春早。悲歡多，儂心老。」又醉花陰詞云：「湖上長隄煙壓樹，暝色催津鼓。水闊雁聲寒，喚起離人，夢落荒洲渡。秋來已是添愁緒，更向天涯去。爭得不淒涼，一陣西風，一陣蘆花雨。」鵲橋仙詞云：「銅街踏月，金船呼酒，人似江南杜牧。墜歡殘夢了無痕，怕重賦、香綃夜玉。紅巾泪黯，紫簫聲□，離恨苦縈心曲。橫山向我學愁蛾，恰臨著、新波皺緑。」

人要人鑄，顏子爲孔子所鑄，楊子法言所謂「孔鑄顏」是也。余之知做人者，先母吳太安人之所鑄也；余之知讀書者，陳恭甫師之所鑄也。

鄒縣董梓亭吏部作模，己巳三游嶺南，訪余於海天琴舫，出其冰山策騎圖屬題，余採其入關四詩入琴思續録矣。一日又來，突謂余曰：「今日見李星衢中丞，論君著書等身，近世罕覯，見之乎？」吾曰：「見之矣，蓋所著書長一身有半矣。」鼓掌而去。

「家在夢中何日到」，唐盧綸句也，何等包括，下句不及也。

周芸皋觀察凱，畫法極工，曾繪苕溪小景册十二幀贈其同年方蓮舫先生，今爲先生猶子子嚴同年所藏。長樂初將軍既分韻十二景，又題七古一章，沈博蒼老，特録於此，詩云：「苕溪風物足千古，名賢幾輩湖山主。曾誇盛事到先生，詔許一麾守兹土。芸皋，湖州人，時蓮舫先生方守湖州。何山之下有高人，同聯選佛場中身。偶拂生綃寫離思，聊將罨畫留勝因。人間劫火紛無數，何獨此圖復如故。合浦珠還信有之，豈煩神鬼重呵護。兵燹後圖已失去，子嚴復得之平阿市中。區區一畫何足論，流芬餘韻終當存。想見風流太守賢，故教手澤遺子孫。嗚乎！先生往矣歲月遷，天公作合非偶然。披圖俯仰發長歎，江山大笑空雲煙。」

予作詩玉尺二卷，番禺丁仲文觀察爲校對刊行。首論詩序之不可廢，次辨大小雅篇次，辨齊、魯、韓、毛四家詩師承之自，以定今文古文，末乃申明鄭康成箋毛詩改字多本六經，俾學者讀之不致歧惑。兹録詩大小序一則云：「沈重據鄭譜謂詩大序是子夏作，小序是子夏、毛公合作，不可援范氏後漢書衛宏作毛詩序一語爲左證。廢序言詩，自雪山王質詩總聞二十卷始。既而朱傳出，盡芟詩序，而鄭衛之風皆指爲淫奔之作。自是魯齋作詩疑二卷，遂芟去三十二篇，且於二南芟野有死麕，而退何彼穠矣、甘棠於王風。朱檢討彝尊謂孔子之所不敢變易者，魯齋毅然削之、移之，噫，亦甚矣！世儒以其淵源出於朱子而不敢議，亦無是非之心也。近世戴震説詩，亦全棄詩序，而獨創詩序，見解亦與魯齋同。不知齊、魯、韓、毛四家，毛詩最後出，學者舍齊、魯、韓三家而從毛者，正以其有子夏之序，不同乎三家也。子夏授高行子，此絲衣序故有高子之言，又授魯申，申授李克，克授孟仲子，此維天之命注故有孟仲子之言，皆補師説之未及，毛公因存之不廢，而説者謂作於衛宏。朱檢討彝尊謂『毛詩雖後出，亦在漢武世，必有序而後可授受，豈直至東漢之世，俟宏以爲序乎？』大哉朱檢討之言也！魯齋之見陋矣。」

正統間李隆，萬曆間孫隆，均鑄鐵人跪岳墓，見張待軒集。

長樂初將軍與方子嚴觀察在京時，有「羣」「奴」韻倡和數十首，詩多不具録，孫稼生郎中家穀有二律云：「蠻觸蝸爭孰解紛，故園鸞鶴久離羣。王郎斫地劍三尺，阮氏看囊錢一文。海市滄桑觀變化，春暉寸草念恩勤。時慈親居沇上。浮沈粉署馮唐老，羞向牀頭對細君。」「平生自恨識之無，碌碌因人牧豕奴。門第蕭條雙戟換，硯田荒廢一犂扶。登場傀儡空泥塑，絕世容顏尚粉塗。有酒且拚今日醉，好隨仙侶到蓬壺。」稼生丙辰進士，官儀曹，詩筆韶秀，不染俗塵，今加二品冠服，出使西洋，爲辦理中外事務大臣。其從兄翰卿太守家良，余甲午同年也。

黄薌泉士恂題宋槧寶祐四年登科録詩云：「人生豈以科第重，重此科第人焉憑？有宋寶祐四年開蘂榜，信國一舉榜首登。一篇策問媲賈董，願君不息期久徵。扶衰救弊論反覆，放膽言事非模棱。檢點試卷到伯厚，激賞定知先服膺。覆考檢點試卷官爲王應麟。謝陸兩公列二甲，天使夾輔成股肱。日星河嶽聚正氣，皋陶契稷聯一朋，所嗟末運遭陽九，蝦蟆更化白雁騰。趙家但留一塊肉，天子去國爲胡僧。契闊虎豺凡四載，德祐景炎終祥興。一市一海一絶粒，凛凛大節明霜冰。想見大廷唱第日，何止日下五色占雲升。四甲齊年六百一人細尋繹，就中慈溪黄氏名尤稱。日抄四部揭精要，手劬栗尾書溪藤。四甲第一百五人黄震。通鑑今傳胡氏注，海陵、龍爪兩本能糾繩。蠖居梅磵積歲月，借讀一過嗤王勝。五甲第一百二十一人胡三省。文章自與氣節並，不朽盛業殊風燈。他如閬風先生四甲第一百十七人舒岳祥，學者稱『閬風先生』。櫟林隱，四甲第四十一人柴隨亨，與其兄弟隱於櫟林九磜之間，人稱『柴氏四隱』。雙峯高弟羅廬陵。二甲第三人羅椅，廬陵人，饒雙峯高弟。本堂雲泉兩有集，五甲第一百七十人陳著，有本堂集；五甲第三十八人薛嵎，有雲泉集。烏衣集傳太府丞。四甲第八十一人陸夢發，官太府寺丞，有烏衣集。碎金往往在人世，搜輯尚供人寫謄。此皆足爲科第重，如驂有靳咸宜乘。其餘姓氏不概見，縱附驥尾猶青蠅。其先紹興戊辰得一子，朱子同年小録爭夸矜。此録三公鼎足峙，藏之什襲誰肯遲繒綾。我當披卷敢游手，太息宏道惟人能。不然劉蕡下第稜等登，名以千佛數比河沙恒。小録輩出亦何有？鼠搬蟲蝕加霉蒸。安得異代寶之上天禄，紹興、寶祐二録皆鈔入四庫。枉費當年一千七百貫文天錢增。録首載六月一日准敕依格賜進士期集錢一千二百貫文，小録錢五百貫文；七月一日准省劄爲期集所支用不敷，再給降題名小録錢一千七百貫文。」按：是録爲莊芝階仲方所藏，詩亦典核。

晉書羊祜傳引吳下童謡曰：「阿童復阿童，銜刀浮渡江。不畏岸上獸，子巖觀察檢五行志『獸』作『虎』。但畏水中龍。」祜聞之曰：「此必水軍有功，但當思應其名耳。」會益州刺史王濬徵爲大司農，祜知其可任，濬又小字阿童，因表留濬監益州諸軍事，加龍驤將軍，密令修舟檝爲順流之計。案：孫皓天紀中篇亦引「阿童復阿童」謡語。武進胡繩崖文英吳下方言考案云：「『阿童』，槳擊水聲，『阿』音鴨，吳中形槳擊水聲曰『阿童』。」據此，是王濬之小字阿童，適應其讖耳，非直指王濬小字使爲監軍也。

門士沈幼丹中丞葆楨，弱冠從余受業，性狷介而多褊，喜責善而不能容物，愛余者雖從善如流，而惡人者每疾惡如風。余撰貶箴戒之，幼丹銘諸座右，以爲戒。余又授以朱文公小學，使之熟讀，不半載而氣質稍變，一年幾於化矣。夫古來賢哲德量之大，如賈長沙能容周勃，婁師德能容狄仁傑，趙槩能容歐陽修，若大海之納江河，善養量哉。若禰衡之於曹阿瞞，李邕之於李林甫，許啓衷之於劉瑾，則以謾駡而啓殺身之禍矣；至當建言之地，爲大節所關，又當別論。昔人詩云「海闊看魚躍，天高任鳥飛」，此言可味。

崑山顧亭林先生謂「大江以北，儒者飽食終日，無所用心；大江以南，儒者羣居終日，言不及義。」論者以爲切中大江南北學者之弊。顏修來書顧氏日知録後云：「亭林仁者流，立語掞天口。」蓋非虚譽之言也。

嫏環福地，人知之；嫏環福地在吾閩建安縣，則人不知之。張茂先游嫏環福地，見元人小説，人知之；嫏環福地在建安八十八重溪之外，見元人雜記，則人不知之。且陳恭甫師爲武彛第五曲山神，見師左海詩鈔，人知之；吾師兼司嫏環典籍，見王偉甫孝廉醉經巢雜記，則人不知之。「嫏」，俗作「瑯」，誤。

「故侯應更老，楚客莫頻搔。」此桂冬卉瓜田詩也。「搔」字有趣味，似非漫用，後考劉向説苑有楚人夜搔吳人瓜事，方見用字之有來歷。

查初白以「笠簷蓑袂平生志，臣本煙波一釣徒」詩稱旨，得名號曰「煙波釣徒」。案：「笠簷蓑袂」，本陸龜蒙晚渡詩「各樣蓮船返郙去，笠簷蓑袂有殘聲」。

「詩妖」二字，見洪範五行傳，邵武吳厚園淳詩「野狐禪本是詩妖」，據此。

順治七年庚寅，太倉吳偉業於嘉興南湖立十郡大社，萃十郡名士賦詩，連舟數百艘，與會者山陰駱君復旦也，會稽姜君承烈也，蕭山毛君甡也，即奇齡。長洲宋君德宜也，宋君實穎也，吳縣沈君世英也，彭君瓏也，尤君侗也，華亭徐君致遠也，吳江計君東也，宜興黄君永也，鄒君衹謨也，無錫顧君宸也，崑山徐君乾學也，嘉興朱君茂晭也，朱君彛尊也，嘉善曹君爾堪也，德清章君金牧，章君金范也，杭州陸君圻也，此見西河集。而尤悔菴及朱竹垞年譜又有宛平金君鋐來尋盟，而盟者更有繆君慧遠、章君在兹、吳君愉、汪君琬、宋君德宏諸人，三日乃定交去。

合肥李玉泉比部文安，原名文玕。今宫太保少荃節相之父，余甲午科同歲生。比部偕定遠方益之明府錫朋同舉江南鄉榜，明府之兄萱亭贈公錫常與比部交最久，比部居合肥鄉間，萱亭亦買田於此，頗有白元結鄰意。萱亭之卒也，比部自京輓以聯云：「社酒記同斟，數里閈交遊，十載春明勞夢想；榜花曾共擢，感君家伯仲，一燈秋雨動哀吟。」酸楚動人，蓋益之同年亦已早歸道山。比部篤於交誼，少荃昆仲皆秉其教云，惜未見其詩集。

肇慶陳六吉白桃花詩「體態是春魂是月，情懷宜水笑宜風」，不如蔣和寧「亡息肯矜紅粉黶，避秦祇覺素衣尊」之妙。

默深太守金陵懷古八首，隱括史事，感慨蒼涼，視厲樊榭作尤覺雄偉。詩云：「一桁青山六代宫，滄桑都在水聲中。只今雨雪千帆北，自昔雲濤萬馬東。千古江山風月我，百年身世去來鴻。陸機別有興亡辨，不與過秦監夏同。」「照殘今古秦淮水，磨滅英雄晉石頭。地氣輒隨王氣盡，前人留與後人愁。春秋吳越燈前壘，臺榭齊梁霧裏謳。淒絶多情天上月，千年長戀冶城秋。」「絲竹新亭晉永嘉；梧桐南内玉鈎斜。如何袞藻山龍客，不許春江夜月花。萬里漢淮重鎖鑰，千年陵谷幾官家。東南不是宸居地，底事秦皇枉翠華。」「黯黯青青畫不成，山如晏坐水如行。千年山色南都恨，五夜江濤北府兵。故國潮來秋不老，六朝人去雪無聲。關河太好詩難稱，漁唱何曾識戰征？」「南都勝國駐旌旗，宮闕郊壇尚有基。一自六飛歸北燕，未曾五馬化南螭。臺城更遜鷄鳴埭，祭竈空傳龍脈辭。千古興亡無限恨，寒鴉夕照又多時。今之滿城，即明之故宫也。視梁武臺城舊址，更出其下。朱國楨湧幢小品載明太祖晚年知禁城窪下，悔卜都之誤。曾於除夕作光禄寺祭竈文，言『改築勞民，求地脈龍神護佑』云云。宜乎成祖決計北遷，而福王南渡亦不永也。」「但見茭蘆不見江，如何形勝亦滄桑。荻洲沙失黄天蕩，柳岸雲迷朱雀航。破浪煙青南去舫，隔江雲黑北來岡。可憐一片樓船地，輸與漁家占夕陽。」「一夜秦淮水半篙，畫船直並畫樓高。青溪小艇橋頭過，樂府雞聲樹上號。不信六朝金粉地，但聞中夜澤鴻嗷。月華如水秋如海，弗照遊艘照賑艘。」「天塹從來愁飲馬，金焦幾見忽橫鯨。高飛燕子城猶昨，徙族爰居海不平。夜月暈江樊若水，秋風枯樹庾蘭成。小舟犯浪如平地，誰道東南欠水兵？」

余讀方子嚴觀察詩，喜其家學淵源深於庭訓，近復閲其舅氏陳小坪廉訪鼎雯詩，竊嘆何無忌又酷似其舅也。廉訪近體清婉恬淡，毫無劍拔弩張之氣，中晚唐風格於兹再見。絶句云：「偶然觸目悟心生，叉手迴廊自在行。閒看兒童種山石，脚根立處總宜平。」「丁丁小鼓紙窗聽，一個遊蜂觸翠櫺。何事問渠飛到此，尋香誤入落花廳。」「隨風柳絮上春旗，占得繁華有幾時。若個粘泥飛不得，看他已在最高枝。」「笑看小婢捉迷藏，跌下苔階尚自强。心欲得人方歇手，一頭撞著杏花牆。」「拈花在手兩三枝，蝴蝶隨來喜不支。丢下花枝捉蝴蝶，蝴蝶飛去折花枝。」「兒童得意飼雛雞，編個花籃手自提。牀下貍奴勤打起，那知屋上餓鷹啼。」「尋巢燕子亦飄萍，一處雕梁一處停。怪爾上林飛不到，呢喃訴語倩誰聽？」「寂寥官署太無情，三月春深鳥未鳴。賴有雕籠棲百舌，一聲化作萬千聲。」

顧玉山自題摘阮小像云：「自家面目晉衣冠，寫入林泉又一般。手摘阮琴秋寂寞，斷鴻飛處水漫漫。」玉山與倪雲林爲好友，此詩何以絶似雲林耶？

四兒慶銓從余游嶺南，好吟咏，偶有心得，敝帚享之。方子嚴觀察同年抵廣州時，余命銓兒拜謁堂階，以詩爲贄，觀察見其詩，深加獎賞，尋觀察秉節端州，銓兒成詩四章以頌名德，而觀察愛才如命，謂「小子可教，可與言詩」。其書銓兒詩卷弁語一篇，文質相宣，情緒懇摯，昔人所謂誘之以至於是，今録其弁語云：「蘅甫世兄，名父之子，隨侍粤東，負米分勞，兼躭吟咏。頃出其詩集見示，浩浩落落，暢所欲言，集中大有關係之作如風災行，則『正月繁霜』之遺意也；讀史偶書，則『我思古人』之繼音也；石鼓歌一首，精理名言，不以考據累韻語，翁覃溪、朱竹君諸公未見如此完璧也；擬樂府四章，直登白傅之堂而截其肉；『聖心天下日一周，聖心直到秋毫秋』，賈長沙治安策所未能道者。他如『鴻鵠不同羣，鶡鶴非其匹。扶摇九萬里，青雲爲之梯』，感慨激昂，與昌黎二鳥吟同一真摯。近體如『萬里煙濤滄海暮，千家砧杵塞垣幽』『閒思往事神孤往，欲問青天首自搔』『貧能安命愁何有，少不讀書悔已遲』『秦淮戰壘悲人骨，蘇李蠻鄉感旅情』『千古哀音開變雅，一燈秋雨誦離騷』『照人肝膽清於月，入世襟期朗若秋』『千秋友誼菊同淡，萬里歸心琴不眠』『航海若忘閩粤隔，側身翻覺地天寬』，均自出機杼，別饒神韻，不屑片語拾人牙後慧，其才如此，誠古人所謂衙官屈宋矣，乃竟屈屈宋爲衙官耶？夫瞻山識璞，臨川知珠，璞與珠初不知有識之知之也，山川之精華適發越於璞與珠耳。蘅甫之詩璞耶，珠耶？吾願瞻山臨川者有以鑒别之。雖然，璞與珠常有，瞻山臨川者不常有，蘅甫尚其抱璞懷珠以俟識之知之者，斯可矣。聊書數語歸之，請質諸尊甫惠常徵君以爲何如。」

順德羅苿生尚書同年，辛亥典試閩中，撤棘後訪余於射鷹樓，招余飲於行館。余出先母一鐙課讀圖屬題，尚書題二詩云：「人師猶見古儒風，漢宋兼資得會通。七略高名今籍甚，當年辛苦記丸熊。」「賢智昔曾傳絡秀，盧江封鮓識同深。長沙功業垂青史，運甓須珍過隙陰。」注云：「薌谿同年留心經濟，常有終子雲請纓之志，故以致力中原勉之。」尚書詠史詩極多，未見全稿，兹於方爾民世講處閲其詠武侯云：「南陽龍見定三分，名士真推諸葛君。兩表蜀天開日月，六師漢地起風雲。史無禮樂書生惜，陣有威靈敵國聞。正統於今留正議，歐公辨論太斷斷。」張志和云：「太虚無障共周旋，四海諸公在目前。泛宅浮家苕霅路，斜風細雨笠蓑天。橋邊砌碧花成浪，竹裏樵青茗試泉。詔下煙波圖釣叟，江湖漁唱送餘年。」李長源云：「少日神仙志業殊，功成身退此良圖。蔓憐瓜摘儲君定，葉寄桐分叛將誅。八歲賦棋矜慧悟，十年當軸濟蓍虞。莫因傅會疑家乘，新史譏評總近誣。」

本朝宰執以文章名，强識博聞，嫻肄掌故，措諸政事，紓餘剴亮，則京口張文貞公其人也。公繇詞苑陟卿貳，正台衡，侍直扈從，昕夕靡遑。其爲文璞玉渾金，莫名其寶，賜游熱河後苑記云：「六月二日駕至熱河行宫，十一日有旨命同滿大臣等遊觀後苑，由正門入，向東北行至山崖，有殿三楹，額曰『萬壑松風』，聯云：『雲卷千峯色，泉和萬籟吟。』歷石磴數十層，紆折而下，右有八角亭可垂釣，過橋循長隄行，時上在亭中，顧謂臣等曰：『此隄形勢有類靈芝。』蓋長堤綿亘蜿蜒，至中道別出一支，分爲三沱，各踞勝境，實與芝相類也。其東則雲山罨畫，西則皇子讀書之所，直行里許，至駐蹕之地，正門額曰『澄波疊翠』，門外居中設御榻，眺覽曠遠，千巖萬壑，都在指顧間。入門少西，爲延薰山館，聯云：『雲移溪樹侵書幌，風送巖泉潤墨池。』館後有佛堂，額曰『水芳巖秀』，聯云：『自有山川開北極，天然風景勝西湖。』傍有樓額曰『雲帆月舫』，聯云：『疑乘畫棹來天上，欲挂輕帆入鏡中。』轉至御座正殿前，羣花列植，極多異種，繡毬五本分五色，目中所未見也，對面有臺曰『一片雲』。於是臺上設音樂，滿諸臣坐於東廊，臣偕翰林諸臣坐西廊，小榭内設木榻，既宴賜食數器，又特賜御膳野雞羹一器，及午宴罷，羣起謝恩出，遂登舟泛湖。湖之極空曠處與西湖彷彿，其清幽澄潔之勝，則西湖不及也。岸有喬木數株，近侍云：『此皆奉上命所留。』隨樹築堤，蒼翠交映，而古幹更具屈蟠之勢。舟中遥望，勝概不可殫述，有遠岸縈流，極其浩淼者；有巖迴川抱，極其明秀者。萬樹攢緑，丹樓如霞，謂之畫境可，謂之詩境亦可，而詩與畫遜真境遠矣。湖東岸一閘，温泉水從此入，登岸則有荷池數畝，池上有涼殿，殿右有亭，爲曲水流觴之地，額曰『蘋香沜』，聯曰：『雙澗常流月，千峯自合雲。』遠近泉聲皆隨地勢曲折，疏導而得之，循湖水數折，復至初乘舟處，登岸渡橋，由舊道而出，此苑中東北一路勝概也。至二十八日復奉命再遊，則尋西北之勝，從東掖門北行，仍經『萬壑松風』，由長堤至『澄波疊翠』，時從正門行，直過『雲帆月舫』，循廊下行至『一片雲』處，仍坐西廊房，賜食觀樂，復特賜御案羹湯，食畢而起，傳諭荷花盛開，可同觀之。登舟過藏舟塢，對望隔一隄，湖光空明無際，所謂『雙湖夾鏡』者，於此地見之。湖西蓮甚盛，内有一種色至鮮麗者，從敖漢部落得其種，花與葉俱浮水面，倒影湖中，最稱奇麗。其他或遠，或近，或數叢，或散布，清芬環匝，真巨觀也。登岸，地勢平衍，有田疇，有林木，過小橋，數折，沿山趾而行，山巔蒼藤古薛，不知幾百年物。此至關口，關以外爲獅子峪，關踞嶺上，是爲西嶺關，下一軒，額曰『濠濮間想』，有二聯，一曰：『窗間樹色連山淨，户外嵐光帶水明。』一曰：『野靜山氣斂，林疎風露長。』坐憩數刻，真覺別有天地非人間也。其山後榛子峪，不及往而返。南行則爲龍王廟，又南則迤邐石徑，雜以叢卉，春月梨花甚繁，稱一時之勝。山行約十數里，坡陀委折，時斷時續，異境天成，回至長橋石磯，而西北一路之勝，皆彷彿得其梗概矣。復乘舟詣西掖門，登岸，偕於岸傍謝恩。所謂十六景者，一曰『澄波疊翠』，則御座正門也；一曰『芝逕雲堤』，則長堤也；一曰『長虹飲練』，則長橋也；一曰『暖溜暄波』，則温泉所從入也；一曰『雙湖夾鏡』，則兩湖隔堤處也；一曰『萬壑松風』，則入門山崖之殿也；一曰『曲水荷香』，則流觴處也；一曰『西嶺晨霞』，則關口西嶺也；一曰『錘峯落照』，則遠望苑西一峯也；一曰『芳渚臨流』，即石磴旁之小亭也；一曰『南山積雪』，則苑南一帶山也；一曰『金蓮映日』，則西岸所見金蓮數畝是也；一曰『梨花伴月』，則春月梨花極盛處也；一曰『鶯囀喬木』，則堤畔所有喬木數株是也；一曰

『石磯觀魚』，則石磯隨處可垂釣者也；一曰『甫田叢樾』，則田疇林木極茂處也。宇內山林無此奇麗，宇內亭園無此宏曠，先後布置，皆由聖心指點而成。未成之時，人不知其絶勝，既成之後，則皆以爲不可易矣。太抵順其自然，行所無事，因地之勢，度土之宜，而以人事區畫於其間，經理天下，無異道也。」

張仲雅雲璈飛來峯訪清涼居士翠微亭題名詩，奇氣鬱勃，讀之令人感奮，詩曰：「寧跨驢，不卧虎。寧尋山，不言武。英雄之氣亦已沮，英雄之心毋乃苦。醴泉觀使韓蘄王，力脱煩熱尋清涼。岳王既没王亦退，趙氏江山終破碎。不如飛來峯半一翠亭，憑高下瞰湖山青。可憐將軍大小雙眼瞑，不及同看四十八字長留銘。王心隱痛三字獄，詩感池州亭上讀。題名兼憶題詩人，一片貞珉照山緑。非關新建待遊觀，直爲沈冤表芳躅。酒琖難澆橘樹墳，淚痕空灑雲林麓。我思南朝國計方苦貧，主和之説非無因。長城莫壞且休甲，沿邊之鎮煩重臣。養精蓄鋭一朝舉，韓岳具在皆天人。欲教南北各疆域，莫使文武分畦畛。朝廷不知此，中丞彈章更御史。宰相不知此，大將吞聲書一紙。將軍亦復不知此，塵土經年行不止。幸有韓王早見機，豈是武臣真惜死。翠微獨上幽興多，逍遥歲月空蹉跎。靈鷲山前寄感慨，格天閣上饒風波。君不見遊人不識諸陵杳，一角孤亭指雲表。」

熊文端公孝感先生。云：「天下無可忽之人，世間無可忽之事，此生無可忽之言。」案此三節，即謹言勵行之端也。聖賢之學，實由此入手。此三節不講，所行之事無不背逆矣。夏君之蓉嘗作三不可忽詩以記之，學者用其目，自作三不可忽詩，或四言，或五言，懸諸座右，時時檢點，則於爲學之道庶幾矣。

天津沈某，在金陵得楊忠愍公石印一方，鐫「椒山」二字，石旁署款曰「近浦」，章法蒼勁。沈以贈賈運生方伯，適方伯起病赴都，遂付松筠庵僧守之，廣徵題詠，子嚴觀察長古一篇，末句云：「請看天水冰山録，至竟能留片石無？」深得詩人諷刺之旨。夏伯音奉常家鎬亦賦短歌云：「龍逢比干諫死骨，千載英靈化奇石。椒山得之琢成印，隱隱肌紋含血碧。初伐仇鸞貶狄道，此印駝裝伴潦倒。三遷駕部官曹郎，此印藺錡同光芒。感激君恩誓死報，十罪五奸書疏告。此時此印庋几旁，硃泥血淚霎紅膏。紅膏模糊三百年，篆文尚作龍蜿蜒。開函如見松筠老，書畫臨池押尾鮮。吁嗟乎！耿耿精忠貫金石，歷劫由來磨不滅。君不見魯公名印世更遥，猶許延陵歌一曲。」有正味齋集中有顔魯公名印歌，想穀人祭酒當時猶親見此印也。

武平林子壽其年，咸豐癸丑進士，官農部，癸亥主講漳州書院，甲子九月十四日賊陷漳州，被擄，賊聞其名，欲加以僞相，農部罵賊不輟，作絶命詞藏衣褶中，遂仰藥殉節。絶命詞極爲愴楚，讀之淚下。著有存悔齋詩集，愷惻纏綿，有中唐風格。同里華少京太守爲徵題詠，家子隅太守詩云：「黑雲壓城叫鵂鶹，十萬紅巾勢奔突。一門大節出吾宗，肯惜餘生草間活？武平農部天人才，少年氣壓黄金臺。吟成秋柳阮亭匹，餘子碌碌空凡材。人海歸來歲甲子，三尺妖星落漳水。孤城一陷不可支，罵賊甘爲君父死。前年烽火照鄉園，老父先已悲忠魂。前年賊陷武平，尊甫封公赴難。靈椿摧霜烏夜語，天道至此將何論。少京太守古遺直，袖出遺詩珍拱璧。蘭苕翡翠曾不如，滿紙淚痕血凝碧。秋鐙慘澹存悔齋，靈風黯黯生陰霾。終篇痛讀絶命句，竟以天地爲心懷。前石齋，後子壽，姓字遥遥輝宇宙。父書能讀起孫曾，廟食千年馨俎豆。我題君詩意興揚，里巴那足闡幽光。聊將低首宣城意，默爇南豐一瓣香。」

漳浦何元子先生楷云：「論語：『詩三百，一言以蔽之，曰思無邪。』『詩三百』者，全詩之數也；『思無邪』者，殿卷之語也。夫子以己爲殷人，復録商頌五篇綴於後，合之始有三百五篇。」元子先生此説甚精，爲向來説詩者所未及。

咸豐壬戌，余游嶺南，癸亥課徒無量寺，僧夢湖日以麥飯一盂、豆芽菜一豆供奉，余口占分咏二絶句云：「斷齏畫粥宿僧寮，憂樂關心志未消。分得阿難禪鉢飯，大千世界一簞瓢。」「求益休披種菜經，萌芽淺水撒星星。不霑塵土餘清白，豈似窮人面色青。」

周南卿明經藏唐鏡一枚，背有銘云：「照日菱花出，臨池滿月生。官看巾帽整，妾映點妝成。」河東君物也。戴醇士先生熙詩云：「綺羅叢裏一團秋，閲盡興亡不解愁。曾映點妝人幾許，等閒飛入絳雲樓。」「寫翠傳紅手自擘，青衫烏帽作書生。世間休説無佳偶，第一流人本是卿。」「窗前紅豆笑春風，睡起珠釵綴玉蟲。琴角詩邊須記取，一雙人影在當中。」「擊碎金甌翠黛顰，勤王有志總成塵。妾心鏡面郎心背，文字蟠胸不照人。」「褫衣入道鬢慵梳，從此妝臺夜月虚。鏡若有知當早破，不教巾帽换尚書。」「舊物摩挲憶樂昌，曇華開落亦滄桑。汪倫莫寶無情物，殉葬應歸拂水莊。」

莫斫銅雀研圖，爲沈石田作，一人持劍將碎硯，石田止之。桂未谷進士題莫斫銅雀研圖，語有妙趣，詩云：「勸君莫斫銅雀研，留在人間一二片。老瞞之惡不勝書，即摩此研作其傳。美人畫眉猶未了，子桓已受漢家禪。西陵松柏鬱鬱青，子桓臺上日開宴。銅雀飛去當塗高，千秋破瓦美人面。」

黄六如以荔枝圖求題，圖爲珠江妓女之物，余題一絶云：「海上仙妃薦玉盤，肌膚絳雪見中單。羅繻何事投空谷？祇爲兒家不耐寒。」某侍御游珠江見之，爲之拍案叫絶。

帝女花傳奇，海鹽黄韻珊憲清撰。汪又村适孫有詩云：「天荒地老日月昏，傾巢之下遺天孫。我朝盛德比覆載，重圓破鏡邀殊恩。有明帝女長平主，周皇后生年十五。掌珠孕彩自驪源，懷玉分輝出瑶圃。雲髻新更扒角鬟，九翬盤帊上笄冠。賜封已受嘉名策，選尚旋催司禮官。周家壤子朱幡族，玉帶銀鞍齊屬目。百疋紅羅爲繫親，甲門外館如期築。五雲佇降金根車，鳳管鸞絃禮孔嘉。拂臉待調天母粉，插頭預賜日兒花。忽傳烽火神京偪，兒女江山同一擲。九扇看飛貴戚灰，六宫不染朝臣血。此時良玉盡成煙，此際貞蕤盡化鵑。豈意芳魂離倩女，翻因臂斷得生全。天戈指處妖氛掃，清時留得殘生保。落彩甘爲鍊行尼，披丹特上陳情表。滄桑歷盡斷塵蹤，宴坐端宜聽佛鐘。望鄉笑築平城館，示履嗤留太華峯。九重動色垂隆眷，一時翔泳仁風扇。豈有金枝玉葉身，淪歸紙襖田衣件。詔下同時禁臠求，國家禮數曲從優。當年平地生公府，應詔依然號粉侯。

賜錢大啓同昌宅，輦致還教富金麥。桃李穠開故國華，粉脂豔沐新朝澤。撫膺聞樂感何如？不御臨觴坐向隅。卷施拔盡柔心早，杜宇嗁殘血淚枯。回思國破家何在，不分良緣留一載。蓮子雖含得藕心，銜寃敢忘填東海。了卻前生未了因，歸從地下見君親。更賜一抔乾淨土，可憐生死感皇仁。無雙才子生花筆，天花法借瞿曇說。寵遇非彈蜀國絃，悲涼爲鼓湘靈瑟。銅琶鐵撥按當筵，媧石終難補恨天。卻有留都巢幕者，閒將燕子擘吟箋。」

竹枝詞者，所以紀風土，述人情，以俗語入詩詞，蓋以文言道俗情也。長此體者，以唐劉隨州爲最，故能妙絶一代。近見吉林寶佩蘅尚書鋆塞上吟詩竹枝詞三十首，妙語解頤，可與劉隨州比肩接踵，詩云：「氈廬得火煖烘烘，力可回天第一功。鳳炭麝煤全擱起，馬通牛矢一齊紅。」「黄衣冠著奉金容，達賚班禪大法宗。成佛生天誰管得？祇將肉食學庸庸。」「笑我馳驅輿未降，閒將牛乳試雞缸。從知調燮仍無補，贏得星星白鬢雙。出塞以来，日食酪漿，鬢乃添白。」「語言文字總無知，雅善摸棱我欲師。豈是汾陽傳別派，看來純是學聾癡。臺上人間通漢語，家丁等每相呼應，佯爲不解。」「丁香叱撥逐風飛，淺草平原雪打圍。文豹玄熊均未見，爭誇狡兔得霜肥。」「冰天雪地食無魚，烹得肥羊味有餘。羶行人人追大舜，須知木石本同居。衣多油膩，習尚如此。」「百八牟尼一串珠，口中禪誦半模糊。偶逢琳剎齊摩頂，云勝伊蘇九數也。默勒孤。叩頭也，以首摩門窗，據云禮節大於九叩。」「蕎坡注澗任霜蹄，直使蒼鷹望眼迷。生鐵鑄成渾一樣，不知人世有高低。人與馬如生成者然。」「巨鑊油油味孔佳，炒成卜達米也。著酥乳也。釵。生平不解何曾飽，漫比堯羹進土階。炒米奶茶，比户皆然。」「傳聞曠野有遺骸，妙義南華誰解來？螻蟻烏鳶無判別，許多莊子在龍堆。與南荒鳥葬相等。」「五月披裘詡負薪，爭如斯地古風醇。子陵若解居沙漠，光武何從識故人。冬夏衣裘，隨在皆是。」「牛羊駝馬一羣羣，幾許名王部落分？可惜貪風難振刷，誰知富貴等浮雲。」「棍卜丹津姓字存，沓來紛至護行轅。朔風天馬歌如昨，不見當年綽克渾。綽克渾，超勇親王部將，善偵探，功最多，能爲朔風天馬之歌。」「牝牡驪黄一例看，虚生駿骨老烏桓。我來也自成皮相，問馬惟求諾穆歡。諾穆歡，譯言馴良，清語亦蒙古語。」「鄂博高堆大小山，神靈陟降有無間。盛稱六月真嘉會，萬仞峰頭福胙頒。六月六日致祭鄂博，牛羊等祭品甚盛。」「乘軺恰值暮秋天，衰草離離拂野煙。左右不知興廢事，教人何處問祁連？」「西風作冷馬蕭蕭，不慮征途太寂寥。章蓋偶然能漢語，侈談額勒德尼昭。昭，譯爲廟，在定邊界内，云規模極宏敞。」「山後山前蒙古包，行人盡日走山坳。喜聞到處皆堪住，不數多年杵臼交。」「北地雄風振古豪，小兒衣上亦容刀。虎頭燕頷封侯相，食肉原來盡老饕。」「臙脂山下美人多，狐帽披風珠練拖。怪底容光殊號國，不施鉛粉抹煙螺。」「豐貂壓鬢髻盤鴉，撲鼻酥香解喚茶。聽得小名尤旖旎，雲端霖沁更丹巴。」「白白紅紅衆草芳，金桃柯幹淺深黃。低叢扎噶渾無用，那有奇材可棟梁？杭靄以南，除二株神樹外絶無大木。」「雷劍鋒銛紫氣橫，曾誅木魅走山精。如何贋作時相混，蕩穢除邪浪得名。雷劍形模不一，亦有贋作。」「奔巴圖界産空青，滌目功深藥有靈。底事無人多採取？想因妍醜怕分形。」「秔香茶熟氣蒸蒸，珍重天山一片冰。不謂風霜磨礪久，愛渠猶有玉壺稱。他楚推臺均鎔冰而飲食之。」「黍谷回春比例求，願將朔漠變中州。蘑菇更望穹廬大，稻長清腸歲有秋。」「漢宮窮袴到如今，生死難回嫉妬心。羨煞龍城人曠達，祇愁風颺綉羅襟。聞多不著袴者。」「漠北蒼茫接漠南，元家王氣此淵涵。未詳起輦墳何在？野草衰黃天蔚藍。元太祖墳於起輦谷。」「一聲嘯起野風尖，馬足何人敢或淹？簇擁星軺如箭疾，此中號令尚森嚴。每蹙口作哨，馬即飛走。」「塞上風雲氣不凡，偶資諧笑輔占咸。異時更有沃臣使，好贈新詩伴枕函。」

雲間許女史蕙薌，宣城主簿曾笏之女，幼嫻吟詠，縹囊粧檠間皆書史，才思浩瀚，是巾幗而有鬚眉氣者。録其舟行晚眺云：「返照絢青空，江光滉金碧。千帆失斜影，没入鼉黿窟。精華既銷鑠，餘麗猶奇絶。風定樹茫茫，霞開山歷歷。我服子由論，奇觀壯氣魄。超拔雖天才，沉雄亦學力。男兒貴壯遊，才思出空闊。謝公多好句，往往探奇得。所以閨閣中，詞藻多粉飾。我生苦局束，暢觀幸今夕。胸懷拓詩境，江山奇氣入。乘興起浩歌，高風天籟發。舟師話行程，衆語不可寂。心空景亦静，羣動意自息。萬物我不知，獨待東山月。」欲雨云：「雲光靉靆出蒼冥，恍惚遥空走百靈。鷹隼摩天寒羽健，魚龍動窟水風腥。日華匿影餘虚白，雨氣沉山失斷青。多少征途誇景物，奇觀畢竟在無形。」

定遠陳小坪廉訪鼎雯，道光壬辰進士，由中書選庶常，改官知縣，洊升河南糧儲道，加按察使銜。令山西洪洞時，以實心行實政，士民德之，有俗不可挽吟四章，跡涉諧謔，語則規箴，洵風詩之旨也。詩曰：「小杖受，大杖走，反乎其道，兒先動手。堂上一官怒如吼，堂下百隸忙如帚。大索鋃鐺縶彘狗，鞭之三百血盈斗。乃翁且泣且抖擻，道兒博弈鬻其婦，道兒飲酒侮其母。今不得已來自首，尚乞一命延吾後。吁嗟乃翁貌不醜，語言呐呐真田叟。此兒竟是汝生否？」其二云：「四座且莫嘆，聽我説賣妻。不因閨中時反目，不因堂上聞勃谿。豐年有饘兼有粥，妻坐煖室夫扶犂。凶年無衣復無食，夫未號寒妻啼飢。有田且自種，有宅且自栖。夫兮婦兮願分手，輕如賣棗與販梨。憶昔來嫁時，問年十二奇。彨彨髮覆額，兩小無猜疑。十三始上頭，十五便生兒。至今男女已成隊，忽然伯勞飛燕各分離。驅車出門頭弗掉，牽衣又聽小兒叫。故人頎長美少年，新郎白髮老夫耄。但求温飽一身閒，那管鄉鄰千口笑。噫嘻！婦人無情至此極，四座聞之長太息。中有一人笑吃吃，道是東鄰有翁八十一，新娶小妻七十七。」其三云：「三間窑屋二畝田，兄弟爭訟三十年。兄弟爭訟老且死，以子以孫訟不止。我昔汾州決此獄，舌敝脣焦痛心目。洪厓舊是詩禮鄉，何爲不改此風俗？阿兄何頭銜？五品告身捐。阿弟何職業？博士弟子員。爲言田氏樹，泣涕共漣漣。爲言姜家被，慙愧意拳拳。長官堂上啞然笑，如此解紛古之教。老夫自喜和事能，小吏點頭互相告。那知延壽化不行，明朝依舊訟牒呈。」其四云：「十萬神通富，七十古來稀。後房窈窕二三五，雕梁畫棟何崔巍。老翁健飯如少年，百尺孤生不自憐。繃褓新來誰氏子？買兒不值洗兒錢。一朝長已矣，家室如雲煙。止有老妻抱兒泣，宗人聚訟年復年。吁嗟老翁守錢虜，何能一個到黄土。君不見纍纍無人主，廣宅良田自華膴。」

歙鮑退餘先生倚雲，著有壽藤齋詩集。先生以名諸生提唱經學，教授鄉里。金蘂中殿撰爲其入室弟子。孫桂星以開坊翰林督學河南，振興實學，弢光蓄德，足以守祖訓而顯揚其名。所爲詩三十五集，皆用行書手自寫定，讀其詩，覺風人之比興，儒者之問學，才子之聲采，纏綿蘊蓄，藻耀而復深穩，令人肅然起敬。儀徵阮文達相國稱其詩「清微雅健，獨抒性情，卓然灑然」，非溢語也。望梅亭云：「山迴擁崇岡，孤亭標望梅。梅花杳何許，彌望空蒿萊。曹瞞信姦黠，機捷如風雷。區區指顧間，將士輸雄猜。千里火雲屯，至今餘酸哀。何圖憑弔處，而有清風來。林壑足幽憩，古寺雙扉開。纍纍枳棘叢，結實青成堆。疑煞去來客，夕照光徘徊。」暮投平塘云：「日落牛羊荒草原，歸雅樹邊爭樹喧。千峯暝色入柴門，紅影一條拖水村。水村風起涼滿篷，農叟行歌歸荷鍤。前山山店望轉遥，處處林塘叫鵝鴨。」水香園詩並小引云：「阮溪水香園，載歙縣志，名人題咏甚富，前輩梅瞿山有記，並存主人研邨先生集中。先生蚤逝，俯仰五十年，嗣君輩奔走南北，稍荒廢矣。今年冬，其仲氏桐皋，小加葺治，邀余吟眺，即目寫心，略誌今昔，草成十律，以當紀事，引中未及詳者，各夾注於篇下，乾隆戊午臘月十八日。」原十二首，删二首。「水香梅作主，吟賞費工夫。待到千花發，來應一字無。山寒啼鳥寂，歲晚亂雲俱。拉我先春屐，斯遊興最孤。」「遠得澗松影，徐來風竹聲。繚垣圍樹密，隱几面山平。終歲景都好，無花眼亦明。園丁知趣未，一榻占餘清。」「絶妙三楹屋，低檐恰配山，松篁碧水次，臺殿紫霞間。飛鳥不避眼，夕陽時照顔。全收園外景，縹緲離塵寰。」「只因梅愛水，開出兩靈湫。坐覺山堂曠，旁添草閣幽。良辰拚客醉，逐步與花謀。鑿破閒田地，橋通乞泛舟。」「徑取闌干曲，當年尚有亭。中流真宛在，轉瞬已忘形。地割半塘影，牆遮六扇欞。動余風木感，遥指墓門扃。軒左一亭峙水中，查梅壑題曰『宛在』，面紫霞山麓，汪氏先人丙舍在焉。後用形家言，廢亭爲廊，廊外池復爲田。游者循廊行，蓋障其一面矣。」「風騷全盛日，如此好花開。屋裏詩仙卧，山中宰相來。淮南天下客，北海夜深杯。可惜余生晚，多慙幾樹梅。康熙辛巳遊黄山過此，低徊久之。」「軒横題索笑，見説樹當軒。跨水青虯舞，開簾紅袖捫。霞光千片接，鐵幹一園尊。只就梅花看，無多老輩存。園中梅大致俱古，簷前硃砂一株，尤奇絶，采老杜句顔其軒曰『索笑』，今稍不副此名矣。」「側望紆幽嘆，閒情笑舊因。水寬堂改向，牆短背看人。蓮謫迷仙子，桃華認阮津。尋芳拋二月，休趨曲江春。軒初面溪南向，復因簷前古梅花改臨方塘。迴望紫霞山，遊人可數，山上丹碧照耀，供觀音大士，歲二月十九日，士女雲擁，道不可行。」「慈母松駢節，兒孫竹解苞。舊傳花縣史，新葺草堂茅。真景多於屋，名山久可交。須知清絶地，四世轂烏巢。研村先生少孤，未三十而卒，冢子、冢孫相繼早世，桐皋輩承兩世節母之教，啓其後嗣，近始析屋，而冢孫嗣子年方總角，當爲水香主人。」「萍漾春風緑，魚欣水滿池。愛蓮人沁暑，攀桂月低枝。霜雪傲千古，丹青讀四時。預酬探勝句，寧欠看花詩。」

定遠方鴻甫先生玉逵，諸孫中如子箴方伯濬頤、子祥學博濬履、子健大令濬泰、子應明經濬孚、子嚴觀察濬師、子敦郡丞濬復、子久茂才濬恒，並工吟詠，一門之内，互相師友，而子聽大令濬益年少不羈，才尤可愛，與余在郭筠仙中丞署中聚首匝月，聯床夜話，促膝談詩，極爲契合。録其峽山寺用昌黎山石詩韻云：「夕陽在山雨氣微，晚風石燕當門飛。老禪招客笑入座，滿庭雪落松花肥。我來已是薄暮候，齋堂客散僧徒稀。旁穿仄徑尋路入，足疲力弱渾忘饑。攀藤捫葛山半坐，小亭虚敞無窗扉。摩挲古壁辨字畫，半蝕苔蘚藏陰霏。隔山下望雲樹合，萬杉一碧周四圍。懸崖飛瀑斷歸路，風吹作雨濺人衣。兩經此地豈有意，安問初若離纆㡙。何似入山尋舊侶，玉環脱去猿來歸。」又十八灘云：「前年初下十八灘，但見灘頭碎石如星羅。去年水涸復過此，森森露立高嵯峨。兩山横截卧馬象，中流突起堆蛤螺。舟行但向石罅走，後者𩖮鷺前駒鵞。萬篙撑拄不得上，船窗滚滚飛濤波。偶然失勢作倒退，千鈞一擲機中梭。天公故好爲設險，使人對此愁經過。得非媧皇補天之所棄，未曾收拾還巖阿。今朝喜及春水漲，江平如鏡青銅磨。懸知已入水底伏，因風猶自生微渦。往來三度各殊狀，浮雲變化言非訛。昌樂之瀧昔曾歷，轟雷歕雪尤偏頗。雖然直下有千丈，横波廉利兹爲多。不知瞿塘灩澦堆下石，較此險惡當如何。何時乘興一放眼，叩舷更作巴人歌。」又題嶺南唱和集和子箴兄韻并柬江容方云：「桂嶺蓮峯外，官居獨詠詩。虚堂消障翳，佳客共襟期。得助燕公筆，憂時杜老悲。一編花萼集，慙媿學吹箎。」「羡子致身早，飛騰雞樹邊。入山探玉笈，泛海得珠船。交結平生厚，風流到處傳。更尋樂毅論，經字妙毫巔。」「連宵風竹敲，白戰任喧呶。袁淑曾非秀，徐凝久見嘲。弓刀千騎逐，經史十年抛。率爾論詩律，終憐草樹淆。」

詩本性情，蓋以感發人之意志，凡好用僻字僻典，及押全韻者，余所不喜。無錫鄒蓉垞導源古桐書屋詩鈔所爲十朋九串詩，用九佳全韻，不顛倒一人，騁奇鬭險，可備一格。黄忠端道周十朋九串同鍾泉五叔秦研樵賦約不許顛倒一人，押九佳全韻。詩云：「太守河防足垛稽，歲除無事寄吟懷。繞枝客正臨蘭署，分研吾從考石齋。年按文明留譜在，年譜：唐王隆武元年以武英殿大學士封文明伯。謚殊忠烈易名皆。曹街就節怡吞刃，公六十二歲死金陵，順治三年三月五日也。唐王謚之曰『忠烈』。聖廟崇儒快簸簁。道光三年事。時高忠憲、李二曲皆請而未許。錫諺：在上者爲簁面。一代完人純廟上諭。全白璧，半生宦海警紅牌。思陵語。奪情較鄤真梟獍，時以杖母事斥爲梟獍。倚勢嗤曦並虎豺。許曦劾鄭鄤者。古道獨追圖壁象，聖賢像始文翁石壁。時宜不合結廬蝸。年五十七，搆石養山中，左十朋軒，右九串閣。東林接席奚嫌黨，西庫成書尚俟痎。後此一年，九江西林寺病瘧，初起，乃取西庫所作易象更定。左拓山軒光洞照，右臨水閣枕流湝。思賢我亦尊圭臬，見趙慎畛請祀疏。耐辱原文引司空圖壙中羣賢自比，耐辱居士，圖號也。公仍峻岸崖。秀挺英英切高景，鄴山書舍堂名，嘗祀晦菴、勉齋諸賢。直陳侃侃鬱崴裏。爲楊嗣昌排抑退歸作此。綸言休問題標故，『朋』『串』即批旨中語。栗位應依次第排。九合信孚侵地劌，潁上管敬仲。春秋傳桓公之信自柯之盟始。三分力竭補天媧。沂州諸葛忠武侯。政參水火言當鑒，鄭州國成子。學究天人遇未諧。廣州董寬夫。從祀聖廟。贈劍死交風挂樹，吳季子。折巾生慕雨行街。介休郭林宗泰。數上聲因償馬詠全圍，濰人晏平仲。喘爲逢牛問駐輂。魯邴少孫吉。黃石受書三卷彀，禹州張子房良。白衣食芋十年挨。長安李鄴侯長源。手編外史疑劉校，汝南黃叔度憲。心醉遺經學孔楷。龍門王仲淹通。祀聖廟。錢散魯民歡盡抃，井陘田魯相叔。碑存峴嶺淚猶揩。新泰羊叔子祜。宮僚供具誠知足，嶧人疏仲翁廣。宅相成名也乞骸。任城魏陽元舒。海外繩床龍竟隱，臨人管幼安寧。山中桃洞犬誰啀。潯陽陶元亮潛。席輸管割情牽友，齊邴根矩源。耕帶倪經學勵娃。朝那皇甫士安謐。以叔母始學。借樹棲身原屋窄，陳留申屠子龍蟠。鑿垣逃客任門闖。尉氏阮士宗孝緒。封加鯉裔忠違莽，壽春梅子真福。今衍聖公實始此。興託鱸鄉智效柴。吳人張季鷹翰。寫竹殉渠珍帝典，汝南周堅伯磬。織簾樂我卻官綸。武康沈雲禎麟士。以上廿六人十朋。騷詞枉自吟荃蕙，郢屈靈均原。瑰政何曾列棘槐。洛陽賈太傅誼。斥魏尊秦行脱屣，臨海魯仲連。爲唐捄郭譬儲膎。彰明李青蓮。借元澹傳藥籠中物意。駭忻市得先讐雪，樂昌國毅，靈壽人。蝨憾捫餘大木懷。北海王景略猛。大木指晉。書感星精然杖火，彭城劉子政向。表燒佛骨掃風霾。南陽韓退之愈。冠乎未也姑藏帳，濮陽汲長孺黯。鑑乃忘諸欲拔轂。晉州魏元成徵。一書涉諛鸞奏草，陽夏黃次公霸。三呼靖叛馬安藉。濮州張益之詠。醫工勳業輝鐘鼎，長陵第五仲魚倫。餅媪媚緣豔皴叙。茌平馬賓王周。史獄危機休翟負，蓚人高伯恭允。邊功覆轍戒韶華。晉江蘇子容頌。圍棋一局爭秦晉，太康謝安石安。太嶽千鈞障汴淮。邵武李伯紀綱。誓墓未堪羣若輩，臨沂王逸少羲之。展裘不及庇吾儕。渭南白樂天居易。神鍼寶鑑資忠議，嘉興陸敬輿贄。鐵板銅琶破俗哇。眉山蘇子瞻軾。金箸翻疑梅賦媚，南和宋廣平璟。石棺合助麥舟埋。吳范希文仲淹。安居緑野情偏適，聞喜裴中立度。晚節黄花景倍佳。安陽韓稚圭琦。賜扇誰憐遭放逐，曲江張子韶九齡。焚香自信絶徘偕。西安趙閲道抃。朝推魚骾幾心格，贊皇李深之絳。法改蘿行爲性乖。夏人司馬君實光，以上三十人九串。隔代雙雙聯合璧，原文異代同風。牟尼一一貫歸緇。十朋虞相周臣備，九串軒孫啓子偕。凡屬駢肩行次雁，總求踐跡力追騧。北堂禋薦香搴藻，五十九歲北山草堂祀四賢：管敬仲，諸葛公、吳季子、李鄴侯。南斗奎明寶毓巃。公生萬曆十三年乙酉二月己卯初九日庚戌丁丑，時直南斗次於奎初。文榜科名夢鴻寶，二十五歲渡釣龍江，舟覆，恍夢一殿榜曰『倪黄』。天啓二年壬戌登文震孟榜，館選前一夕，倪文貞亦夢之，比揭，倪第一，公次之。武陵楊嗣昌。風雨唱雞喈。榕壇薪授還餘火，請祀疏引公榕壇問業一書。梅里無錫。萍飄那得階。不可升階。此地登亭談木鐸，請見亭在儀封鄉。何年泛海學星簰。譜載：憑空説知貫猶望海，云與天通，泛槎十年，終不到女牛之下。愚客黄河邊，自號『儂槎』，故借引此。豈須繪壙陪爲主，原文引趙岐事比。幾類傕租興敗差。時以歲除，詩幾不成。懿畜重編先軌範，五十歲於歷代史自漢迄宋取十二人，人自爲傳，三傳爲卷，首諸葛公，終李鄴侯，又次取明楊文貞等二十四人及附見者，爲懿畜前後編。

清安終戀舊生涯。清安，蘭儀署堂名。黍吹寒谷温回律，山抹微雲調擅俳。爪點鈎勾抒妙錦，叔先點出管、葛、張、李、管、陶、謝、李、陸、蘇、張、趙，研樵又摘去吴、郭、黄、王、疏、魏、梅、張、屈、賈、欒、王、汲、魏、王、白、宋、范、裴、韓，餘分某詠。筆飛墨走捲狂飆。集名精騎行天馬，才續駢枝哂井蛙。精騎，淮海集名。駢枝，公集名。攜本敢云園近兔，研樵詩多取材於氏族類編，又蘭儀，地屬開封，即梁王地。憂煎頗似釜遊鮭。時歲底，私念家中積逋。豹陵適誚窺斑管，蘭陽一名豹陵。龍嶺來尋辟穀匡。蘭陽白雲山，傳是張良辟穀處。金鑑敢思緋奪彩，時擲金鑑圖，即東林黨人，公亦在内，以得緋爲勝。窖花難鬪臘抽荄。叔作唐花詩，與研樵同和。月雙朋字。中疊串字。吾交古，不向人間覓鐵鞋。」

方子嚴觀察蕉軒隨録曰：「全椒程枕山章，精繪花卉，名與江寧張白眉迺耆相伯仲。道光癸卯，吾師黄琴士先生曾以枕山所繪饋歲圖見賜。枕山題詩於上云：『纔經饋歲又迎年，籃果瓶花各様鮮。料得山中春最早，南枝開在雪霜前。』詩既清新，畫尤鮮豔。南船北馬，恒以自隨。戊午、己未遭兵燹，敝廬悉成灰燼，此幅垂亡，思之憫然。甲寅冬，予曾題七言古云：『一瓶紙上光陸離，非銅非石非花磁。旁寫一籃復不俗，編就筤簹數竿緑。籃中三五花枝横，牡丹色豔玉蘭清。膽瓶旁列大如斗，松竹繽紛歲寒友。老梅一枝吐奇香，蛟脊凍破含冰霜。果蔬羅列得兼味，渲染丹青亦名貴。連朝臘鼓鼕鼕催，屠蘇酒泛流霞杯。閉門對畫且枯坐，壁間已覺韶華來。韶華瞥眼太匆遽，尺幅猶存畫工去。枕山久歸道山。曾記吾師手賜時，懸向書齋最深處。讀書無用徒迍邅，名場歎息十三年。床頭金盡食客散，惟與斯幅相周旋。昨日祭詩殊潦草，今日題詩轉懊惱。豺狼逐隊荆榛多，孰把烽煙盡揮掃。春風吹暖寒氣除，催耕隴畔聞提壺。但願桑麻遍野干戈息，歲歲年年視此圖。』」

歙縣程春海侍郎恩澤贈程問源督部祖洛聯云：「六秩翁侍九旬親，更夫婦偕老子孫賢，問内外貴僚，誰同大福；八閩歌兼兩浙舞，又秦越去思吳楚頌，看東南吉曜，直麗中台。」督部嘉慶己未進士，官刑部有聲。一日平反某案，宣宗方在潛邸，問宗人府司官曰：「此案係程老問所辦耶？」督部在京有老問之稱，故天語及之。道光、咸豐間，刑部秋審處提調繼督部得名者，天下呼爲「二竹」，乃謂山陰譚竹巖尚書廷襄、霍山吳竹如侍郎廷棟也。

掩骼埋骼，功德實無有涯。江文通爲蕭驃騎築壘埋枯骨，朱文公以爲善舉。山尊先生掩骼招同志詩云：「野燐無駐暉，薤露無凝汁。千金誰自保，零落春雨溼。我欲問髑髏，傷心對不得。名没鬼易餒，陵谷變又急。秋墳尚苦吟，滿地走鳴鴨。犬馬非同羣，帷蓋費掩冪。且恐多國殤，血爲死事赤。東風原野青，賸此枯骸白。石槨藏不固，附身空衣幘。我讀醴陵文，欲代逝者泣。埋胔著月令，此事胡可缺？新霽山氣和，白楊不愁客。攜鑱我請先，相期衆志集。」

蔓菁與蘆菔根葉花子皆別，非一物也。嘉話録載諸葛武侯所止，令兵士獨種蔓菁，蜀人呼爲「諸葛菜」。方蓮舫先生嘗宴客，以「諸葛菜」命題，先生先成一律，座客見先生起句云「小草居然享大名」，皆歎服擱筆。

詩有性情、風格二者，施於七言律句最爲易見，若寓風格於性情中，求之唐賢，亦所罕覯。讀子嚴觀察遣懷二律，兩者具備，可泣可歌：「獨坐空衙感索居，眼前塵俗未芟除。輿臺得氣皆龍虎，名士登場半鯽魚。何處好尋三畝宅，懷人頻寄數行書。蒼生疾苦知多少？説到治安策總疏。」「纔別鴛鸞出禁門，偶隨鷗鷺望江村。斗量車載徒爲爾，鉤憚金殨豈寓言。繞榻名花思孺子，薌溪徵君擬遊端州，尚未至。盈階香草喻王孫。何時一醉黃皮酒，檢點當年舊瓦盆。」

全椒黃仲訪學博紹芬，琴士先生仲子也。陶情詩酒，雅有父風，録其端陽即事和方調臣師原韻云：「記折榴花入醉鄉，去年今日客池陽。驪駒曾唱歌三疊，鴻爪重來水一方。懷古情深尋菊徑，讀書聲喜度筠廊。慚余問字春風座，泮水新分芹藻香。」「野鳥山禽隔岸呼，風光真是輞川圖。黃梅暖送千家雨，赤字靈誇六癸符。夢到小山懷桂樹，冶溪叢桂山房，舊讀書處。拜來修竹學菖蒲。謂小坡、子嚴。琳宮高處凝眸望，雲繞層巒水繞湖。」江都蔣叔起廉訪超伯，乙巳第一人進士，官刑部。以鍊都研京之才不入詞館，人咸惜之。讀其垂金蔭緑軒詩集，典雅似義山，雄健似玉局。廉訪嘗以其集寄方子箴方伯，示讀，余題四絶句云：「耆舊東吳大雅才，金風亭長句。垂金蔭緑冠騷臺。恬吟萬遍壬申集，未睹申徽一面來。」「綈槧雕龍黯伯驚，手持丹漆夢西行。詩情麗似金鸝子，又見人間赤鳳毘。」「珠玉爲心手抉雲，彭城神口拔儕羣。秣陵亂後詩才少，誰識青溪蔣子文。三國時青溪蔣子文有詩集。」「千卷書鈔寫北堂，緗囊記字影光芒。披圖儼聽傳音響，雪點紅鑪句亦香。廉訪題余海天琴思圖有『剖之中有黄鵠飛』；題余一燈課讀圖有『披圖宛挹鰲峯翠，更寫寒泉入畫中』諸名句，均似紅爐點雪，余採入續録。」廉訪步余韻云：「茶叟同年於拙稾極爲獎飾，愧未克當，子箴方伯又和其韻，不揣鄙效，既以奉酬方伯，並謝茶翁云。自笑韓昭轢線才，謬權霜準住西臺。罰丁赦丙曾何補，又見珠江競渡來。暫綰柏符，忽已兩逢競渡矣。」「鐵面臺官舉世驚，方伯在諫垣日，直聲四聞。淋漓灝氣見歌行。愛公寄託皆深意，絶妙幽蘭小玉毘。方伯有蘭花小玉毘詩，用雕字韻。」「五虎山人今子雲，早年經學已空羣。硯桂緒録雖餘事，勝讀金壇段説文。五虎山人，茶叟號也，硯桂緒録，即其所著書。」「壇坫當推九牧堂，左旗右鼓助光芒。薔薇灌手猶難稱，要試刀圭第一香。」

平陽孔時可茂才昭鏞，遊幕皖江，爲人作書記，賦性灑脱，屢困場屋，不以得失累其心，工詩，有中晚唐風味。録其小酌云：「人生行樂耳，最好杯在手。一醉勝衆醒，何妨日飲酒。虚心玉版師，摩頂蒼髯叟。石丈拜非顛，梅兄情耐久。足迹天下交，莫若此四友。相對流俗觴，大家酌五斗。醉時夢魂善，醒時詩句有。幾年菊江游，不飲春光負。巡檐問諸君，臨風開笑口。」紅葉四律云：「打窗聲送絳紗櫳，江畔晴雲著意烘。斜日深藏孤寺塔，落霞亂翦一林風。闘心春又來天上，老眼花真看霧中。莫道湖山秋色好，有人白首尚飄蓬。」「小橋流水夕陽邊，點綴秋光别有天。鍊藥香燒丹竈裏，寒山人倚白雲前。梳妝時世濃兼淡，花草文章老更鮮。省識西風無限恨，回黄轉緑自年年。」「月落烏啼客夢還，鐘聲敲碎水雲間。新詩只合題宫怨，老態端宜带酒顔。風雨遥明孤店火，燕支濃染隔溪山。鱸魚已賣秋容嫩，畫到江干筆自閒。」「故園煙醉一天秋，有色無香蝶亦愁。歷盡冰霜偏絢爛，老來花樣更風流。難邀隄柳陪青眼，卻笑江蘆易白頭。學得神仙丹九轉，童顔長駐幾生修。」

天籟之詩，非人力所可及。四子慶銓少時學詩，即有口吻，其詩多獨出心裁，近作送方子箴方伯移節兩淮五古一篇，一氣呵成，絶無倚傍，以篇長不録。又送方子嚴觀察七律四首，音調鏗鏘，氣體宏遠，其第一首起句云「棨戟東來别帝鄉，繡衣猶帶御爐香」，語有遠勢。第二首起筆「羚羊峽並七星高，萬縷春雲擁綺旄」，二語從對面入題，寫得如許闊大；其次聯「夾道羣黎爭負弩，隨車一雨便成膏」二句，接筆極緊，又極雄闊。第三首起四句：「伯仲齊名記二難，一家詞賦冠騷壇。今之軾轍人爭仰，世有崔何士不寒。」一氣呵成，有行乎不得不行，止乎不得不止之勢。第四首起四句云：「乳燕雛鶯學語新，尋春幸遇好風頻。賞音夔下心相感，知己天涯氣亦伸。」去路悠然，結束莊麗。四首用意不同，各有遠勢，其調高，其律亦細，觀其前半，其後半自無不佳。余嘗論酬應之作，近代以吳蘭雪爲最。時人能學其鋪叙，不能學其渾成，非有美才，便成落套，所以感興、遊覽諸詩猶易，而酬答、贈送之作獨難也。又論七律，古人謂作七律詩如開强弓勁弩，力不及處，方寸不可强。余謂起筆尤難，起勢無力，則全首壞矣，必須一氣貫下，次聯接頭聯來，第三聯又開下四聯來，此詩家不傳之秘。兒子能悟其旨，可與言詩矣。

近與子嚴同年日夕煑茗談詩，因及古文詞，余出舊著論文一篇示之，觀察喜曰：「此文排奡奇肆，是一篇國策得意之文，唐宋諸家，惟東坡能之，他人皆不及也。」知音賞音，不能重違其意，爰坿入續録中，以爲作文者之一助。云：「文必師古，非摹古也。異乎古者，則必偭規裂矩，其失也放；循乎古者，則必逐影尋聲，其失也局。去乎放與局之失，則於爲文之道思過半矣。夫師古之文，與學問互相爲用者也，不學則文無本，不文則學不宣。不明天文曆算，不能作李淳風、僧一行論；不明地理水道，不能作尸佼、酈道元傳。且序經學書，必明于經；序史學書，必明于史。凡夫天地、陰陽、樂律、醫卜、農桑，不少窺其疆域而稍知其奥窔，其何以各遂其本末耶？文之有傳贊、墓表、碑志也，必形容一人之面目而彰顯之。爲經學之人立傳，必述其得經之力者何在；爲文藝之人立傳，必述其成家之派者何在。其人功在治平，必有以暴其立政之心；其人學專理道，必有以核其傳業之確。此非博通四部，編摩百家，未易言師古也。摹古者惟講求乎關鍵之法，侈口於起伏鉤勒字句之間，以公家泛應之言，自詡以爲循古。而其爲人作爲傳志也，九九未嫻，便稱善算；人僅學究，許以通經；但調平仄，目爲杜韓；稍工時文，許以班馬：真贗不辨，是非混淆，如是以爲文，何取乎其爲文耶？更有立異矯同，横生議論，輕薄古昔，變亂先民，凡發明經史、天地、曆算、樂律、陰陽、農桑、醫卜之文，咸目爲考據，一己好惡，横生毁譽，兩漢六朝，未别源委，坐井觀天，抒其謬論，此又異乎古者之所爲也！今夫山肴野蔌，羹葵飯藜，非不足以娱野人，然進之大官之廚，御豢豹而腼熊蹯，則慚矣；折楊皇荂，吹蘆擊缶，非不足以悦里耳，然置之鈞天子側，覩萬舞而聆九成，則駭矣。惟文亦然。摹柳倣歐，離神取貌，爭奇字句，非不自詡爲能，然試觀諸古人著作之林，高文鉅製，千彙萬狀，拔鯨牙，酌天漿，不覺自形其陋也！」

科名以人重，人不以科名重。凡道德、勳業、學問、文章可傳於世者，乃功名，非科名也。閩縣薩檀河先生題唐承恩寺塔詩末二句云：「承恩塔上題名姓，李杜何曾在上頭？」此爲快論。近見無錫鄒蓉垞先生古桐書屋文鈔跋宋紹興十八年王佐榜題名録云：「趙宋三百年科目，其録流傳人間僅有二本，高宗紹興十八年戊辰榜，以徽國傳；理宗寶祐四年丙辰榜，以信國傳。信國則是榜第一甲第一人也。歲在昭陽協洽，余授經秦遂庵侍郎家，晨至塾中，見案置明熹宗朝甲榜題名一本，蓋學徒得之收廢紙擔人籠中者，蘭垞白余，尚有狀元王佐一本塗抹無完頁，且殘闕矣，因置之。余曰：『是不可置也，得毋宋榜某年者乎？若然，則是科五甲第九十名即朱子也。』速追取之，已過橋北一二百武，復搜之歸，僅失尾頁一十三人姓名。余曰：『殿是榜者記是瑞安徐公名履，餘十二人可檢馬氏通考補之。』按：徐本省元，時申王秦會之當國，將於榜下爲孫女選婿，屬意徐，擬魁其榜。徐不願婚權貴，廷試日佯狂不成一字，潑墨爲箖箊，署其後曰『畫竹一竿，送與試官』，遂置五甲末。時語『殿榜若將顛倒看，徐履依然作狀元』者也，事見張端義貴耳録中。又四明人物載狀元王佐在中書時，駁正申國王夫人『沖正先生』之號，是亦不愧科名者，猶附驥徽公，得傳至今。人重科名耳，科名重人乎哉？爲想當年氣節如此，徐不狀元，視得狀元愈貴矣。竹垞謂堯峯嘗言：先殿撰海岳公大考第一，座主溧陽相國傳語：來一面，當虛少宗伯位以待君。公素不善相國所爲，即夕告病歸毘陵，乃躐而上，尚有古人遺風而世少知之者。此豈近今貴人所能歟？又按：是編尚失同年小録，録中徽公小名沈郎，小字季延；吾錫尤文簡小字季長，其小名盤郎，則東田碎珠載先懿公爲尤戚尊屬，呼之求郎，與録少異。尤年二十二，生高宗建炎元年二月十四，朱子則小三年，以庚戌生建溪。尤氏其地前有文山、公山，林木翳蔽，公降之辰，忽然同時火焚，兩峯豁露，名賢誕生，豈偶然哉！」

泰州王子勤太守廣業，嘗注吳穀人先生駢體文，引證該博。注駢體難，而注穀人駢體尤難，何者？穀人所用書多稗官小説野史，書多不經見，故難注也。其一條「巧媳婦不能爲無米之炊」注云：「俟孜。」余案：此語見前漢書，特忘其在某傳志，世有博雅君子，檢示在某傳志，俾之補入可也。高安朱芷汀孝廉舲，文端公之孫也，藏書四萬卷，嘗注其師袁梅簃廣文翼駢體文，亦極該博，其書所用典均在唐以前，唐以後一字不用，此較穀人書爲易注。惟中二語：「天子不言有無，諸侯不言多寡。」不知出典，有湖南老名士謂出禮記，殊不知二語乃出後漢書，若在何篇，並請博雅君子示之。

子嚴觀察題長樂初將軍喜峯閱武圖有「甲帳霜華寒幾許」之句，「幾許」二字，或疑其無來歷，不知「幾許」二字見吳白苻鳩曲「石頭龍尾彎，新亭送客者，酤酒不取錢，郎能飲幾許？」案：「幾許」，不多也。吳下稱「幾多」爲「幾許」，見胡氏方言。兒子慶銓舟行詩：「崛崛野鴨鳴，江心春水緑。」或疑「崛」字今詩韻未收入，又疑讀作屈音，不知此字音界，割愛切，張籍春江曲云：「春江無雲水平滿，江心崛崛凫雁鳴。」胡氏方言注云：「崛，音界，鴨鳴聲。」二事非杜撰，均有來歷。

婺源江蓉舫侍讀人鏡，工吟詠，其大父白圭堂詩集流布海内，侍讀詩亦自不凡。其卓錫泉歌寄諸同人云：「大庾嶺，卓錫泉，此泉受名自何年？檻泉正出，氿泉側出，胡爲繞澗來汩汩？名山大半有泉窟，泉爲精髓山爲骨。可笑炎洲人好奇，衆口推美大鑒師。謂師得法南還日，卓錫於此始有之。老僧聒聒向人説，兹泉煑茶味殊絶。孰知靈液經熬煎，煙火氣深真性滅。路旁掬飲不用錢，轉以無錢解煩熱。江子遊嶺南，再飲心懷慙。出山泉濁無足取，在山不出泉乃甘。山神亦曉此意否？濟人何必議升斗。一勺勝於千頃波，飛瀑悦目不悦口。作歌寄君君且聽，嶺頭石壁如圍屏，吾將以之銘泉銘。」送子聽之皖江云：「一領青衫誤老坡，輸君不敢學横戈。況當大帥勤延攬，未必書生獨坎軻。瓌頭文章傳舊業，郊祁聲價重詞科。謂子箴、子嚴。秋風好夢何須記，子聽每以未得一第爲恨。頭白英雄爲墨磨。」「荆榛滿地迴含愁，饑走天南豈好遊。近事又如丹治水，杭嘉收復後，粵匪竄入歙縣、休寧、績溪、婺源、德興等處。『治』字，昌黎曾作去聲讀。將行先送白乘舟。

皖江風景渾無恙，歙浦妖氛散不收。此去莫將詩酒戀，男兒及早博封侯。」「一門老弱足關心，髩髮俄驚霜雪侵。走險此時皆困獸，聞聲到處有哀禽。先人墳墓春蕭瑟，海國程途雨滯霪。余於二月中旬由廣州旋婺，途中屢爲風雨所滯。翻羨君家住湞水，安危全不在山深。婺邑萬山環繞，有險可扼，乙卯以後，疊遭粵匪蹂躪。」

長白長蘭舫廉訪秀，詩清華婉秀，筆能濯錦，氣若舒霞。戲馬臺七言律尤覺雄健，詩云：「夕陽斜挂楚山隈，小步城南百念灰。當日英雄曾戲馬，今朝客子獨登臺。漢碑有字人難讀，范塚爲鄰事可哀。千載黄河情不斷，奔濤猶作怒聲來。」五言句，如郊行云：「寂寞深秋裏，遨遊見落暉。樹殘疏鳥舞，日暮野僧歸。古寺聞寒磬，魚家掩破扉。傷心腸斷處，鴻雁又南飛。」秦郵水災有感云：「薄暮過秦郵，傷心意不休。殘城斜日照，破屋老人留。一帶長隄斷，千條大水流。淒涼真景象，何況又深秋。」放鶴亭云：「鶴去亭空在，人疏境久荒。草深埋短碣，山缺露斜陽。樹疊千層碧，河明一線黄。老僧初睡起，相與話滄桑。」

方兼山先生文，與望溪侍郎同宗，兄弟行也，曾受業於侍郎，聞侍郎嘗語人曰：「某昔在京，以詩就正海寧查初白先生，初白曰：『君文已冠時輩，不必爲詩，奪文章力也。』故侍郎一生未嘗作詩。」戴孝廉鈞衡搜輯侍郎全集，從其裔孫處得侍郎詩十五首，俾學者見所未見，亦一美談，特録之。擬子卿寄李都尉云：「汜泭委驚湍，隈隈任所觸。大治自鎔金，焉能順其欲。羈鴻隱朔漠，飛翔翼常縮。獨鶴棲瑶林，長鳴念谿谷。不聞鸞鳳音，時恐鷹鸇伏。百年會有盡，沈憂日夜續。寸心遥相望，萬里見幽獨。」裴晉公云：「不去爲無恥，不言爲不忠。正告中興主，漠然如瞽聾。以兹至晚節，心迹有異同。出入任羣小，將相如萍蹤。宫庭匿夭氛，邊疆多伏戎。宗臣在東洛，夕命朝可通。緑野餘清興，精神已折衝。安敢謀一身，高舉思明農。」明妃云：「漢帝惜豔色，明妃出後宫。曲中留哀怨，横塞詩人胸。蔦蘿隨蔓引，性本異貞松。衆口不瑕疵，多憐所遇窮。若使太孫見，安知非女戎。昭陽爲禍水，豈讓傾城容。」嚴子陵云：「君臣本朋友，隨世分污隆。先生三季後，獨慕巢由蹤。真主出儒素，千秋難再逢。故人同卧榻，匪直風雲從。孤高一身遠，大猷千古空。豈伊交尚淺，將毋道未充。卧龍如際此，焉敢伏隆中。」將之燕别弟攢室云：「詰旦將戒徒，獨步登山岡。淚枯不能落，四顧魂飛揚。往時重暫别，而今輕遠行。豈忘岵屺詩，言此裂中腸。死者不可留，何況客異鄉。家貧無儲蓄，老母甘糟糠。翁性嗜醇醪，客至羞壺觴。所恨爾長逝，出門增恫惶。爾能奉晨昏，細大無遺亡。長兄雖篤謹，不若爾精詳。日夕下山去，身世兩茫茫。」赴熱河晚憇谿梁云：「羣山作秋容，蕭然如静士。月出煙光融，山空疑遠徙。解鞍步河梁，高天淨無滓。儻值身心閒，景物覩尤美。因羡耦耕人，銷聲向雲水。」薄暮自樅陽渡江赴九華云：「名山如勝友，未見意難忘。即事得餘隙，扁舟下夕陽。閒情戀雲水，浪迹暫家鄉。身世何終極？空嗟去日長。」送楊黄在北歸云：「吾衰駒隙短，君去塞雲高。嘉會生難再，離心別後勞。風霜隨客路，藥餌仗兒曹。何日還三徑？音書附羽毛。」展斷事公墓二首云：「不拜稱元詔，甘爰十族書。壯心同嶽柱，寒骨委江魚。天壤精英在，衣冠想像餘。拜瞻常怵惕，忠孝檢身疎。」「高皇肅人紀，義氣懍環瀛。作廟褒余闕，開關送子英。微臣知國恥，大節重科名。嗚咽窮泉路，應隨正學行。」川姑墓云：「欲踐曹娥迹，孤嫠誰保持。門纓中有變，節孝兩無虧。七十不環瑱，千秋作表儀。忠魂應少慰，有女是男兒。」輓李餘三方伯三首云：「盛夏軒車至，精强倍往時。誰知交手別，永與故人辭。六郡遲膏雨，三吳滿涕洟。衰殘失素友，愁病更難支。」「金門同載筆，玉壘數遺詩。萬里面如覿，千秋事所期。官移臨震澤，天與豁離思。再會無私語，劬躬答主知。」「公既爲邦伯，翻稱門下生。自慙無道術，焉敢正師名。抱病仍求益，憂民實至誠。斯人若弦翦，終古志難平。」別葉爾翔云：「四海故人盡，爲君一繫舟。衰殘良會少，謦咳宿心酬。八十苦無食，千秋豈暇謀？自慙籌莫助，別後重離憂。」

湘潭郭筠仙中丞嵩燾，著有養知書屋詩集。予曾爲之序，特録於此，序云：「筠仙中丞，清名重望，在人耳目。識者知爲邦家柱石，公侯干城，而詩句留傳，名流稱誦，則知爲風雅之宗，是政事能兼文學者也。蓋嘗推劉班區别五家之義，以校其詩，此中有卓然不可及、迥然其不同於人者，斯可入五家之推矣。或謂詩家者流，方謂微妙不可思議；又謂詩有别長，妙悟不關學識。吾不謂諸説盡非也，然必有立於是詩之先者，且必無連篇累什，皆無可指之實，而盡爲微妙難言者也。而江湖遊客與夫纖詭輕薄之人，方藉别長、妙悟之説，以爲城社之憑，則經詩三百，聖人未嘗有是訓也。今觀筠仙中丞詩，未嘗無微妙，未嘗無會意難言，至於聲調音律，與夫篇章字句，一切工藝之精，不能禁人不激賞也。譬之華衮所以章身，而華衮非身，則所謂邦家柱石，公侯干城，又豈可以盡其爲人也哉！今讀文宗顯皇帝挽辭詩，而知忠誠惻怛，至性充周，丹忱如見矣；讀漁具詩，言外之音，會心之遠，則寓物量才之心如見矣；讀展江中丞故居感賦詩，則師友淵源，交情氣誼非漫然也；讀歲暮寄唐君詩，則寄託遥深，纏綿婉摯之情如見矣；讀感事詩，則奮勵蓋衷，弭安反側之才可見矣；讀禱風石頭關武廟詩，則浩氣充塞，下筆蒼茫可想也；讀山行雜詩，則襟懷媕雅可想也；讀萍鄉書感詩，則父母師保，稱殫心也。他若體撰幽險，刻畫微至，雖千載而下，如目見之。昔王全斌平蜀功成，而未能述作；杜子美入蜀詩高，而未著事功，中丞兼之矣。倘推劉班五家之例，必曰：此儒者言孝友施於有政者耳。」

某孝廉工繪事，同日納雙姬人，王賦棠孝廉賀以詩云：「贏得丹青雙管筆，替他姊妹畫春山。」可謂雅趣。孝廉名嘉樹，安徽定遠縣人。食餼三十餘年，得恩貢久，無進取意。皖江兵燹，依戚屬吴仲宣督部棠清江節署，年逾六十，課徒爲業。同治甲子，其門人輩赴江南鄉試，有慫恿入場者，賦棠欣然攜考具應試，榜發，竟擢巍科。方子嚴觀察在京贈詩云：「不是六旬腰脚健，那能容易聚萍踪。」聞其尚欲與辛未計偕，矍鑠哉是翁也！

昔讀全椒吴山尊先生鼒八家駢文序八篇，銜華佩實，蘊藴葆真，以任彦昇之古樸，運庾子山之鮮新，足以籠罩衆美，敻乎尚已。詩如仙露明珠，清華朗潤，儵忽往來，無非靈氣。其題方晴巖同年玉基陟岵圖云：「温嶠絶裾千古訾，毛義捧檄非自喜。春暉容易如春長，親在如何去鄉里？君昔奉命遊京師，才名一日公卿知。疾歸不爲蒓鱸美，嚴徐揮手全烏私。大風無端伐宰木，丹青善寫皋魚哭。傷心行役弔詩人，夕葵花下顔如玉。嗟我歲歲從征塵，征衣鍼線依勞薪。百事無成能傲人，堂上我有雙老親。」生日雜感云：「積陰荒榻卧秋煙，檢點身心一惘然。報國甘居戎士後，還山亦讓古人先。米鹽瑣事憂慈母，戈印佳徵誤壯年。別久素交知我淺，書來前路勸加鞭。」「僦屋初成硯席新，長安老輩肯爲鄰？人誇名海蓬蒿徑，我本浮家水月身。小影隔籬花弄色，高談驚坐酒生鱗。諸生莫問涼蟾落，坊口華車正碾塵。」「長樂依微夢裏鐘，安心良法是疎慵。官卑自喜人無責，巷陋翻看客易從。僮約儘寬荒灌樹，閨情自慧感鳴蛬。山林城市休分別，得飽居然識字農。」題錢舜舉畫樂志論云：「半殘金粉筆猶酣，田社風情畫裏諳。新漲數灣周舍北，好山一角認江南。同心況有求桑婦，學語尤憐索棗男。孤負太平新稻熟，應官未釀一罌甘。」送陳恭甫同年典試中州云：「三載重乘八月楂，白華衣絜照黄華。文星夜出占分野，嶽色秋晴上使車。傳鉢經神仍發策，論詩試院好煎茶。門牆多少新桃李，定有前年手種花。」「九人先後同持節，跂足西川各惘然。今年己未，同年典試者九人，甲子凡七人，文正師有詩誌之。文字自來通一脈，皇恩應許住三年。借香山句。雨餘驛路清無暑，人別蓬山氣自仙。却憶邯鄲題壁處，紗籠讓爾和詩傳。」京邸雜詩云：「屋山一角草青青，小雨槐花落滿庭。婦理繡奩兒伏案，獨攜嬌女捉蜻蜓。」「西山一痕虹未成，薄霖初歇有雷聲。小妻無事偏多事，翦箇紅衣人掃晴。」「門外如龍萬馬馳，藤陰清夢正酣時。關東軸子山西轂，説與通材總不知。」「文債相連書債忙，涪翁伸紙盼天涼。本無善筆似王溥，自折菜錢人換羊。」

定遠劉南溪學博崧秀，乾隆癸卯鄉榜，官江蘇嘉定縣教諭，錢竹汀宫詹與論經學，目爲今之胡安定；喜讀朱子詩，所作輒似朱子。録其題方悟齋先生玉堅書室云：「充堂列珠玉，不如書一束。雕峻徒壯觀，不如容膝安。讀書羅今古，室小心地寬。所以古賢哲，創遺慎其端。悟齋紹前謀，爲子造書室。壁間列箴規，架上陳卷帙。經史養性情，成達隨時日。我本老書蟲，一見知臧吉。徘徊棟宇中，疑有風雲出。」寥寥數言，殊有理趣。

歷城毛寄雲尚書鴻賓，甲子任兩廣總督，嘗出一千八百金爲余刊三禮通釋二百八十卷，又出五百金刷印本書一百部，弘奬風流，世所罕覯。嗣君蔚文、猶子炳文從余受業。尚書詩學陶、謝，氣味淵永，已刊前録。而徵典之作，偶亦爲之。嘗題牛目牧童影圖有「鵠嗉帶劍游，貓睛對花守」之句，人多不解出典。案：博物志：「齊桓公獵得一鵠，宰之，嗉中得一人，長三寸三分，著白圭之袍，帶劍持刀，罵詈瞋目，陳章曰：『此李子敖也。』」又墨客揮麈：「歐陽公嘗得一古畫牡丹叢，其下有一貓，永叔未知其精妙，丞相正肅吴公與歐公家相近，一見曰：『此正午牡丹花也。何以明之？其花哆而色燥，此日中時花也。貓眼黑睛如線，此正午貓眼也。』」尚書詩借喻妙切如此。

馮勺園大令登府，得朱竹垞先生手訂自删遺詩八百餘首，旁行斜上，塗改殆遍，無篇不佳，多少年之作。恭甫師鈔有副本，今已佚矣，中有贈河南周櫟園先生亮工長排二十韻，句有：「萬牛杜陵鑱，五鴿曲端軍。」上句易曉，下句檢宋史曲端本傳及各傳志，不詳所謂，後見齊東野語，方知出典。齊東野語云：「張浚按視曲端軍，闃無一人，張異之，謂欲點視，端以所部五軍籍進，公命點其一部。乃於廷間開籠縱一鴿往，而所點之軍隨至，張愕然。既而欲盡觀，於是悉縱五鴿，則五軍頃刻而集，戈甲煥爛，旗幟鮮明。」竹垞先生讀書多，造句雅，詩之隸事神妙如此。

顧玉山先生逸藁刊於鮑以文讀畫齋叢書，搜輯頗稱詳備。子嚴同年舊藏先生題畫四絶句，爲逸藁所無，詩亦清新俊逸，瀏脱無塵：「茆山道士陳宗儉，高卧仙家十二窩。莫放新聲驚夢覺，白雲不似向時多。」「誰家蝴蝶迷春曉，飛入梨花雲裏來。只在眼前無撲處，一竿紅日滿窗開。」「山中蕉葉看無塵，窗外梨花寫作雲。冷入衣裳渾不覺，從教醉墨爛書裙。」「白雲爲被山爲床，傳得傳家熟睡方。莫跨白驢出門去，雲中龍是火中王。」

錢起賦湘靈鼓瑟，以爲神助。定遠方芰塘比部汝紹，久困名場，丁卯順天鄉試，入闈後伏案假寐，夢得句云：「石向泉源矗，泉從石罅流。有聲兼有色，宜雨更宜秋。」醒而異之，無何題紙下，詩題則石上泉聲帶雨秋也。不禁狂喜，即以夢中句録入，遂領薦，次年聯捷成進士，信乎科名分定，非偶然矣。

婺源齊梅麓太守彦槐雪中題黄葯亭明府重入潼關圖别後却寄云：「西風吹帽鬢蕭蕭，萬里重攜舊酒瓢。天上黄河仍北折，眼前青嶂又中條。樓當鸛起秋逾迥，隴有牛耕戰已消。此日燕臺雪如席，想君吟過灞陵橋。」沈雄雅健，足以嗣響盛唐。

嘉定錢竹汀宫詹大昕詠秋柳云：「渭城舊恨歌三疊，白下新愁送六朝。」較漁洋山人作更見超逸。

桐城張文端相國英題畫絶句云：「小樓忽覺雲生牖，高樹頻分雨入簾。藥罷偶思開舊帙，抽來一卷是陶潛。」「曉天涼雨入簾櫳，卧近修廊竹一叢。繞徑數聲清唳苦，瓶中知是鶴糧空。」無一點塵俗繞其筆端，足徵元老雍容氣度。

江西吳蘭雪嵩梁送方蓮舫先生出守湖州云：「紫薇郎擅舊風流，黄鶴仙人正倚樓。先生由中書授德安郡丞，洊升太守。五馬曉辭燕市月，萬泉香泛太湖秋。官如柳惲詩名重，亭記東坡墨妙收。我識碧瀾堂下路，願爲六客紀清遊。」五十六字，一氣貫注，得之酬應體最難。

「不補破窗延皓月，愛留老樹聽秋聲。」定遠凌東園太守泰封句也，饒有淡遠之音。詩有純任自然，非人力所可及。鴻城陳畏三先生本直詩，如泠風吹空，孤月在水，字字從心坎中流出。讀其覆瓿、粤遊二草，詩境上追彭澤，下瞰渭南。其曠逸澹遠，如空山無人，水流花開；其幽秀又如秋雪戛竹，春風摇波，全集美不勝收。嘗記其江行風駛醉中口號云：「長江浩浩波悠悠，獨駕兩槳之飛舟。陽侯鼓浪日星動，豚魚吹風天地秋。浦口雨歇老漁喜，海門潮生客子愁。酒酣自哂飄萍迹，乾坤潦倒真蚍蜉。」黄天蕩弔古詩，悲班其音，空同亦當退避：「渺渺江天接遠陂，韓王戰蹟尚堪思。水流半雜英雄淚，潮響如傳鼓角悲。雪浪暗磨殘劍戟，風雲濃護舊旌旗。舳艫樓櫓今何處？一片蒼葭鎖綠湄。」醉時歌亦激昂慷慨，詩云：「我不知金烏玉兔何所營？茫茫日夜東西征。又不知烏兔於人何所惱？一來一往催人老。可憐人生塵世中，百年幾度醉顔紅。天邊日月出復没，少壯忽見成衰翁。憑弔古今胸作惡，醒時不若醉時樂。酒酣待策夸父杖，欲指雙丸使東却。」春暮送友遊秦絶句，視太白「桃花潭水」無多讓也。「片片飛花襯馬蹄，津亭把酒夕陽低。交情輸與東風厚，一路隨君直到西。」

方蓮舫年丈守湖州時，曾得前守沔陽李公堂「五湖長」玉印一方，青田端木鶴田舍人國瑚爲作歌云：「會稽太守章露綬，邸吏驚呼下堂走。還鄉衣繡東西吴，當日何嘗無五湖。只今問取朱翁子，會稽太守章何如？吴興半是會稽守，文物聲名無不有。昔時太守李沔陽，今日方侯在人口。方侯作郡愛清遊，管領雲峯未白頭。有『管領道場山』印，雲峰即道場。太湖三萬六千頃，願澤人間何日周。沔陽太守早入想，州官署作五湖長。八十年來一片心，沔陽於湖州有善政。付與方侯善休養。玄玉摩挲發印光，靈威丈人笑在旁。硜硜押尾閒文字，何若鴟夷酒甕香。五湖長，九州伯，典午紛紛誰主客？長沙江潭柳樹枯，安識洞庭好仙宅？九州伯，五湖長，黄金斗大誰想像。是處煙波有釣徒，此心日逐滄洲上。君不見餘不溪頭人放龜，鑄印左顧龜如之，奈何乎此印封侯人不思。」

甲子神名弓隆，呼之入水不溺。太湖趙介山殿撰文楷和慶晴村送行詩韻次首結句云：「已信布帆歸路穩，波恬不擬問弓隆。」即謂甲子之神也。

「已無聯臂羣猿飲，時見銜魚野鳥還。」此鐵孫夕陽句也，亦見有神。

古詩「珊瑚間木難」，注蕭選者均不能解，皆略而不注。不知木難乃金翅鳥沫碧色成珠者，世誤爲碧珊瑚，非也，見南越志。

凡人見怪人、怪事、怪物，俗諺皆曰「古怪」，乃知非「古怪」乃「蠱怪」也。吳中方言引古詩云：「偶見東家子，行爲甚蠱怪。」案：作「蠱怪」甚是，焦氏易林云：「萃之既濟，老狐多態，行爲蠱怪。」據此古詩本諸易林，「蠱怪」者，謂蠱惑而怪誕也。

方勺泊宅編云：「聯句或起於柏梁，非也。式微詩曰『胡爲乎泥中』『胡爲乎中露』，泥中、中露，衛之二邑也。劉向謂此詩二人所作，則一在泥中，一在中露，其理或然，此聯句之所起也。」

「路從平處險，人向靜中忙。」此方勺泊宅編記仙人觀弈詩也，的是仙筆。

「四鎮蟲沙成底事，五王龍種竟無歸。」此王漁洋詩也。趙秋谷、袁簡齋、韓叔起皆短漁洋詩，此二句似未嘗寓目也。

唐、宋、金、元、明及近代人文集，存壽文最多者，莫過於歸震川；唐、宋、金、元、明及近代人詩集，存壽詩最多者，莫過於毛西河。

余少讀九經，多手自鈔寫，時適鈔爾雅讀之，吳蓬山茂才文海，余嫂氏之兄也，見之，出對云：「草傳爾雅布似布。」余對「獸記周官牛戴牛」，茂才爲之擊節深賞。「挂巾蘿薜看雲起，沐髮滄浪待日稀。」此顧玉山曉起句，景色如繪。

余少受詩法於侯官黄則仙師，名其棻，嘉慶丙子舉人。師教以耑讀杜詩，兼看盛唐人詩，雅有心得。師詩極多，多散佚，射鷹樓詩話僅存數首。嘗記其過元相耶律楚材墓詩中二句云：「死士連千騎，生軍帶萬斤。」上句易解，下句人多不知出典。及考燕山集，載耶律相遺事云：「元兵四出，擄掠婦女財帛，即帶兵將帥亦所不免，獨耶律楚材取大黄數萬斤。未幾，瘟疫大行，耶律相以大黄救人數十萬。」案：生軍即大黄也，師詩用事，可稱典切矣。

全椒馮五雲孝廉觀光，學問淵博，題文昌閣有「高閣地臨天尺五，好春人拜月初三」句，爲時傳誦。詩多散佚，僅存其即事云：「坐圍秋樹端宜月，心似平原不愛山。」遊棲霞云：「重陽細雨遲黄菊，六代精藍冷翠微。」清新俊逸，略見一斑。

定遠方碧岑先生煒，乾隆壬辰翰林，歷官坊局，典試山右，出爲江南河庫道，忤和相，告歸，優遊林下，以著述自娱，詩文均有專集，惜亂後板刻燬失。嘗有句云：「灘聲穿鶴境，罾影下魚梁。」其清操可想。

「邑有流亡愧俸錢」，韋左司句也。仁者之人，其言藹如。子嚴同年端州勸農詞八首之一云：「關心晴雨正三春，使者憂民愧俸緡。莫道今年薪米賤，沿村猶有斷炊人。」存心如此，視左司作，又加一等矣。

黄琴士茂才五言古詩有道氣，讀雜咏詩，知其深通玄學。詩云：「老氏苦有身，其心多憂患。莊叟樂忘我，逍遥絶羈戀。所志各異趨，古之狂與狷。二賢皆吾師，服膺常不倦。齒折舌柔存，守默勿自炫。齊物休天均，能御六氣變。殊塗而同歸，真宰契無間。以此養天年，何勞黄白鍊。」「陶侃運百甓，光陰分寸珍。下士質駑鈍，歲月空因循。少年難再得，轉瞬髩如銀。一日不讀書，語言無可親。十日不讀書，面目殊堪憎。但尋伊川樂，莫辭原憲貧。杜門謝賓客，欣然對古人。」「蘇公仇池石，峯巒何崚嶒。王子韓幹馬，妙筆誠通神。兩賢苦相競，割愛俱未能。豈知天地間，過眼皆煙雲。萬物皆吾有，無我亦無人。萬物非吾有，何愛亦何憎。吾羨蔣穎叔，超然悟上乘。」「方士鶩採戰，愚夫燒汞鉛。所涉皆旁門，徒自夭天年。豈知金丹訣，精炁神爲權。鼎鼎原無鼎，歸爐關鎖全。巽風鼓橐籥，坤火馴蒸煎。抱此真種子，其法依周天。紫府達崐崙，罡斗互斡旋。

天入地中歛，月包日内圓。丹成歷億刼，永絶邪魔纏。」「酒中有妙用，世人獨不知。腐脅並濡首，沈湎無止期。豈知明哲士，保身即在兹。曹參畏秦苛，所嗜惟鴟夷。陳平飲醇釀，劉吕未判時。嵇阮與劉伶，終日壺觴持。韜精滅聞見，閉關絶嶮巇。豈真好飲者，寄意深且微。」又二首云：「淵明蓄無絃，志和以空鉤。全以神明運，豈在形迹求。讀書觀大意，窮理尋源頭。俗學騖章句，記誦皆麄浮。異學競穿鑿，議論終矯揉。不知聖賢心，深爲吾道憂。」「天機本自然，風雷誰所使？鳥鳴高樹間，蟬噪深林裏。凡物皆無心，作詩亦如此。或有時而樂，雲煙落滿紙。或有時而憤，悲歌過燕市。或有時而醉，狂吟笑不已。或有時而激，如泉觸石起。來不知其來，止亦聽其止。篇幅無短長，語不計工鄙。一氣相鼓盪，雕鏤大真宰。如何李長吉，乃爲嘔心死。賈島苦祭詩，亦屬多事耳。」

「未能事人，焉能事鬼？」此二語可以唤醒千古長夜矣。而世之佞佛者，猶日在長夜中，昌黎木居士之詠有味哉！近見林子隅太守施食謡，殆將以我法闢彼法者。詩云：「華堂銀燭光芒溢，幾處人家夜施食。横陳蔬果焚冥錢，僧道登壇鬼入室。鈴聲上訴天帝聞，新鬼故鬼來紛紛。佛法慈悲鬼更哭，似向佛前啼不足。嗚呼世道何不均，惟知度鬼不度貧。貧者受飢終餓死，鬼即生前餓死人。鬼乎鬼乎且休泣，世人一飯猶難得。」

登太白酒樓詩，作者難於空曠，吾鄉檀河先生作後，幾尠其匹。今見琴士茂才登太白樓詩，視檀河作，未知鹿死誰手？詩云：「自從黄鶴詩人去，千載江頭此一樓。狂到先生原不死，邀來明月總常留。青山如畫迎朝暮，紅葉初霜落晚秋。試望長庚星炯炯，知君常在碧霄遊。」

德清吴震一明經卜雄食采玉山藥詩，隸事嫺雅，句如「土藷二尺强，愛惜煩點對」「方經炎帝收，藥録桐君對」。吴氏本草：「山藥，一名土藷。」春明夢餘録：「采育，古安次縣采魏里也，明初改名蕃育，署采育者，合新舊而呼之也。」析津日記：「山藥産采玉者甘美，異他處。」陶隱居本草序有桐君採藥録，記藥對四卷，論君臣佐使。

秀水朱檢討彝尊，乾清宫賜宴詩有「詔許宫門入，人隨陛戟移」之句，上書房在乾清宫之左，皇子六歲即出就外傅，上親擇翰林詹事各員中品學兼優授之讀，日與討論經義，旁及詩文，以故諸皇子無不學習精邃。雍正間怡賢王，嘉慶間成哲王，文章經濟，其尤著者也。今恭親王爲成皇帝六子，學問博雅，詩亦沈厚高華。昨有友人自京寄王樂道堂全集，讀之，佳章名句，美不勝收。兹摘其最工者録之，溫經云：「深院茶香午夢醒，捲簾恰對遠山青。風泉古韻流三逕，松竹清陰共一亭。汲水自澆栽藥圃，呼童爲繫護花鈴。晴窗晝永閒無事，把卷重温舊讀經。」此詩一氣呵成，逼真陸渭南、楊誠齋，不可多得。盧溝橋云：「芳郊涼意自颼　，不覺重臨古渡頭。漠漠平沙三十里，曉風殘月渡盧溝。」此詩詩品極似李庶子。題殷譜經讀書修史圖云：「譜經先生南董儔，漆書蝌簡胸中收。灑然落筆輕千秋，有時論事張兩眸。滿堂滿谷聲無休，敝車逐日東華遊。一贏一僕行夷猶，步登琳館懷鉛油。八書十表同時修，渾渾噩噩追商周。齮訛直如尋寇仇，金銀杖杜窮殫搜。援據典確折輩流，如鑑照物射貫侯。退食一編時吟謳，整襟危坐常科頭。三毫添頰圖畫留，猶看雙袖鑪香浮。」古豔絶倫，唐音未墜。又名句可入主客圖如刈麥云「腰鐮晨日映，肩擔午風輕」；對松云「一株偏向日，獨立欲擎天」；玉蘭云「瓊葩誰與伍，明月是前身」；春郊即目云「解凍緑波皺水面，浮嵐青靄束山腰」；冬日田家云「獻羔堂上方稱壽，饗蜡村中正勞農」；南苑小獵云「羽林騎合星摇勒，翊仗弓開月滿輪」；晴窗臨帖云「揮毫影漸三竿上，拭硯塵無半點侵」；秋聲云「隔院冷風生萬籟，空階疎雨滴三更」：皆入風出雅，可歌可咏。

桐城鍾文貞女史適吴氏，世族也，琴書詩畫無一不精，生二子莘章、棻章，皆自課之，年八十餘卒。詩集甚富，五七古均雄健高渾，不似閨閣中筆墨；方鏤板而燬於賊亂，桐山名媛詩鈔中所載數十首而已。詠芍藥云：「開遍羣芳春已闌，留春欲住且憑欄。當堦正喜濃舒豔，作殿何妨淺護寒。雨過濯香情脈脈，月明低影韻珊珊。玉盂金帶同時茂，好是東君一樣看。」即事云：「緑暗紅稀晝漏遲，清齋息靜兩相宜。那能消得琴書樂，不是愁時即病時。」示家寶閨珍兩孫婦云：「家寶閨珍萃一門，八旬王母善經營。雖無隔宿充飢米，幸喜雙孫體志行。」

故城賈運生方伯臻權皖撫時，適粵寇圍城，搘拄經年，危城幸保；其爲詩感慨蒼涼，取法工部。如京集中都門漫興十首云：「玉漏迢迢夜嚮晨，鬱葱佳氣鳳城闉。何期鷗鷺忘機客，又作鵷鸞逐隊人。明鏡乍添新白髮，青衫未浣舊緇塵。旁人莫訝趨朝熟，曾忝先皇侍從臣。」其二：「河朔誰教釀禍胎，無邊戰壘翳蒿萊。咽喉地失雄關險，鴻雁聲聞大澤哀。自古空羣須逸足，即今屠狗亦多才。漢廷定有治安策，不用長沙痛哭來。」其三：「天運端資人力乘，堂廉咨儆日聞聲。從知旋轉乾坤事，都自憂勤學問成。聖道見知周望散，親賢禮絶漢間平。盈朝衆正消朋黨，何待歐陽著論明。」其四：「列朝恩澤萬方覃，豈有民心作賊甘。叢雀淵魚競驅迫，城狐社鼠恣奸貪。龔黄吏治成專美，韓范戎機亦未諳。止沸揚湯非上策，顧從政本一深探。」其五：「閭左頻年血髓枯，饟軍無策敢踟躕。莫教常賦歸中飽，底用多方勸樂輸。官好豈聞皆匱乏，民窮何事不憂虞。撫綏亟待循良吏，桑孔裴楊術總疏。」其六：「秦隴烽煙向夕昏，江淮虎旅尚雲屯。居民心黯從軍樂，上相勳高開府尊。功罪分明留信史，蟲沙慘淡泣忠魂。將兵將將均非易，萬事難從局外論。」其七：「養士恩深邁漢唐，盡搜巖穴貢明光。彤廷上第天人策，烏府登聞草澤章。不少良材輸匠作，未妨餘技擅詞場。洛閩豈有空疏學，多事斷斷辯陸王。」其八：「駿骨千金價太高，雄心作意攬英髦。似聞魯鼎成虛索，未必齊竽盡濫叨。從古賢才無閥閲，得時奴隸亦旌旄。葉公龍與羊公鶴，操鑑由來也大勞。」其九：「半生遭歷極屯邅，恰似鮎魚上竹竿。未免有情爲俗累，但求無過即心安。身經戰伐思良將，政拙催科媿長官。翻喜窮愁因病減，一鐙兒女話團圞。」指養疴大梁事。其十：「鐘鼎林泉各有期，閒雲出岫欲何之。癡騃貫作移山叟，衰朽真如退院師。不爲家人計生産，直將身病付良醫。蒼涼一掬酬恩淚，灑向西風落照時。」

黄琴士茂才題鍾馗嫁妹圖詩，極有風趣，讀之勝披兩峰山人鬼趣圖也。詩云：「虬髯掀罷豬龍死，門前忽見香塵起。昔游杏苑掇高科，今賦桃夭别之子。烏鞾槐笏笑顔開，菱蕚光生玉鏡臺。一路笙歌聲若沸，終南山下美人來。美人綽約應無偶，葛葉榴花簪滿首。也是人間新婦妝，紅顔那似阿兄醜。阿妹辭阿兄，身騎雙鹿踏雲行。阿兄送阿妹，亂髮鬅鬙終日醉。不知阿壻竟如何，祇恐世間藍面多。」

「美意延年室」，見荀子；「清曠樂志樓」，見後漢書仲長統樂志論。余嘗輯二語以爲齋頭楹帖。

靜志居詩話：華亭朱吉士大韶，性好藏書，訪得吳門有宋槧袁宏後漢紀，係陸放翁、劉須溪、謝疊山手評，飾以古錦玉籤，遂以一美婢易之。婢臨行題詩於壁云：「無端割愛出深閨，猶勝前人換馬時。他日相逢莫惆悵，春風吹盡道旁枝。」吉士見詩惋惜，未幾捐館。汪小米遠孫詠其事云：「書帶草，當階生，化作將離贈妾行。郎君愛書入骨髓，坐令賤妾悲流水。君之視妾一何重，黄金白璧同其用。君之視妾又何輕，殘編斷簡隨飄零。妾去書來君莫悔，書册長存妾顔改。讀書一卷酒一卮，記取添香夜半時。」

予嘗誦吴縣金小匏明府振玉詩「忠孝無餘地，艱難欲問天」一聯，爲能參透世情。小匏旋以近詩見示，茲録其佳句，如登峽山飛來寺云「三面奇峯如落雁，一亭飛瀑走鳴鼉」；歸舟偶成云「吟情似水江流急，歸夢如雲客思新」；歲暮感懷云「虞翻南海無知己，賈誼西京少宦情」，皆清新可喜。

閩小紀：「燕窩，海燕所築，銜之飛渡海，翮力倦則擲置海中，浮之若杯，身坐其中，久之復銜以飛。」漢軍徐鐵孫觀察榮，丙申進士。送燕云：「送爾差池燕燕歸，秋空雲冷且低飛。風波無定防杯渡，霜露何嘗慎舞衣。曾汚琴書休芥蔕，再來門巷有光輝。紅桃緑柳渾如夢，明日鈎簾百事非。」語有寄託，不同泛泛賦燕也。

丹徒韓叔起部郎，以詩集郵寄嶺南，與余訂交。叔起之識余也，始聞諸朱伯韓、王子壽，繼聞諸强彦吉、戴友梅。叔起負經世才，欲大有用於世，然生喪亂之鄉，流連轉徙，家室飄摇，生平豪放之氣，消磨殆盡。性剛毅，屢經挫折而信道不惑，亦古之狂狷者流歟！所爲詩得國風之遺，雖有變雅之音，而不失興觀羣怨之旨。秋感云：「黄河不可塞，太華誰能平？悲哉傷心士，憂慮日以盈。前瞻盛虎狼，後顧多棘荆。荆棘尚可拔，虎狼斷人行。坐令錦繡地，血肉堆空城。彎弧三五公，環視不敢爭。悽風動地來，中有萬哭聲。冷雨暮續朝，點滴皆淚傾。淚盡聲亦竭，無由徹天庭。上天非夢夢，雲霧方晦冥。」「昊天日養民，民愚一無報。陰陽偶愆期，婦子反怨譟。嗟哉民無良，我心用憂悼。皇朝勤撫字，政削漢唐暴。稍遇水旱災，必下蠲租詔。軍興不累民，野罔知徵調。抽丁亦不及，比户安耕釣。秋成稼如雲，鳥雀助歡噪。念兹顆粒收，孰非雨露膏。謂宜常賦外，倍輸助軍犒。奈何乘寇警，狡焉更加傲。誰將君父恩，涕泣往告教。」「逼仄復逼仄，籠中有鷙翮。視息暮復晨，飲食滴與粒。縱能沖天飛，困悴人豈識。秋來西風勁，蒼鷹矯其翼。毛血驟風雨，狐兔皆掃迹。嗟爾雖微禽，快意一朝得。賫志有不如，仰望淚沾臆。」「兹辰復何辰，凝霜肅天宇。薄寒一中人，萬象皆悽楚。登高望故丘，兵刃方蓬午。哀哀親與友，流離野中處。乞食或糠粃，蔽身皆藍縷。雖生不能存，不如入黄土。溫飽吾何心，念之淚如雨。」「秋葵吐黄花，鬱鬱盈中園。暮傾向夕陽，晨側迎朝暾。豈故衛其足，良由識所尊。倡亂爾何心，自外血氣倫。妖言惑黔首，毒餤彌乾坤。稽誅忽三載，肉食多因循。借問介胄士，分憂果何人？彼狂蹈大逆，此懦負國恩。小臣痛切膚，感物興長歎。流涕陳大義，以激壯士肝。」避地云：「田園第宅忍輕抛，避地攜家適彼郊。客子情懷叢萬棘，故鄉烽火迫三茅。賊踞句容、溧水，游騎常至三茅峰下。飄風發發朝飛霰，羈鳥哀哀晚覓巢。愁極欲從莊老學，聊將身世等浮泡。」「豪氣元龍百尺樓，年來始慕舌爲柔。深藏幸免豺狼噬，遠遯思從鹿豕遊。悵望煙塵空雪涕，側身天地獨悲謳。茫茫何處桃源路？爲語漁人子細求。」秋懷二首柬賡廷云：「月白霜清獨倚樓，干戈未息又逢秋。蕭蕭木落不復故，冉冉花開秪益愁。憂患經年人易老，瘡痍滿目痛難瘳。南來不解隨陽雁，粱稻何心尚自謀。」「昔日論交得數公，於今分散各西東。裹尸馬革魂何在？臥雲殉難舒城。避地桃源訊莫通。子壽、逸齋、杰庵各避寇他所。死訣生離均夢夢，登高臨水更忡忡。空留爾我愁相對，潦倒支離兩鬢蓬。」

一粟齋詩鈔，爲高要何星查先生宏京著。星查天資夷曠，靈府沖澹，雅善談謔，生平棄浮榮如土梗，米鹽筐篋，置之不問，無所累於物，故終其身不知有憂傷拂亂之境。其友彭子大稱其詩「脱口而出，茁發穎樹，生氣滿紙，自成爲星查之詩」，非溢語也。余最愛其齒落一詩，妙趣横生，隸事典韻，可謂「善戲謔兮，不爲虐兮」。詩云：「余年未五十，老境已先到。鬢色看盡白，目力亦漸眊。尚賴齒牙存，大嚼恣貪冒。乾肉決如腐，骿骨碎若爆。當筵主人愁，八簋頓消耗。睢陽齦不穿，幼輿口屢齾。何期數年來，摇動少堅操。每飯費工課，輕重難以較。有時噬嗑忙，根株幾欲拗。貽害象焚身，負痛魚上釣。只愁聚處欲敗羣，應誅不待教。今年五十四，有一退位告。二惠弱一個，餘者失依靠。只愁日見少，次第類減竈。非效子胥擊，竟失丹朱傲。齒神名丹朱。晉有習鑿齒，顧我亦維肖。唐有程咬金，恨我非同調。攫取囫圇吞，誤疑老饕暴。欺弱而畏强，世情殊可笑。竊歎口福薄，私向齒致禱。汝能更生兒，盛饌以相勞。齒也忽齾然，君言實輕躁。附君數十年，未見嘉惠報。人多紅綾啖，爾獨碧芹芼。人誇五侯鯖，爾乏三品料。香纔菜根齧，佳止蔗尾倒。縱邀鼎烹隆，都自他有耀。於爾何恩施，於我真毷氉。今日即長辭，淡泊非吾好。行將舉族逃，且莫復嗟悼。寒儒家食吉，自有朶頤妙。爛煮瓜瓠茄，果腹以至耄。」

「阮籍口無臧否語」，宋人句也。「陳登胸有敬恭人」，亦宋人句，余輯爲楹帖矣。

往余所見落葉詩，多賦物體，尠能抒寫身分，寓題比興。射鷹樓詩話所登落葉各詩亦未能妙參斯旨。今讀定遠方調臣先生士鼐詩，字字寫入自己身分，繪神繪影，詩外有詩，四疊韻凡十六首，無首不妙，無語不超，直參詩家三昧。詩云：「一片秋聲破碧空，送將霜信到芳叢。翻鴉雨點遮天黑，抱蝶花枝墮地紅。畫色蒼涼辭北苑，吟肩消瘦立西風。山間多少菁葱態，付與飄零望眼中。」「連朝風雨冪江村，老翠疏黄絆蝶魂。花記放時誇滿樹，葉雖落盡總歸根。思秋蕩婦愁開鏡，投筆高人合閉門。卻少繁柯歸遠眺，他山從此露青痕。」「删卻濃陰見月明，尚餘幾幹挺縱横。亂堆路失盤蛇勢，雜沓山傳過鹿聲。名士臨書斑管秃，將軍入座寶刀輕。驚心最是三更後，吟罷相思對短檠。」「扶疏繞屋誦陶詩，此日凋零感别離。堆到牀頭防雪凍，掃餘牆角煑茶時。江城舟泊驚飄梗，煙市樵歸數敗枝。待得來年春雨後，滿園錦繡又紛披。」「極目蕭森萬樹空，丹楓烏桕脱叢叢。竹陰忽露千竿翠，花色猶憐二月紅。古木寒雅翻落照，荒村老馬瘦吟風。閉門不必題詩句，任爾浮沈白水中。」「曾記攀條過遠村，凋殘忽爾暗銷魂。誰將春意生枯管，自聽書聲到樹根。買酒僧歸風啓户，爇香人坐月當門。槎枒老幹仍留勢，紫翠斑斑剩蘚痕。」「高柯結頂認分明，雲氣星光次第横。蛇挂藤梢森怪影，鶴依巢畔動寒聲。憑空霜壓千山重，送别舟浮一水輕。鄉夢幾回傷往事，雙籠吟袖傍孤檠。」「一瓢飲罷又催詩，望隔淮南悵遠離。四野霜圍雕薦日，半天風緊雁來時。長年莫笑衰殘態，往日都成錦繡枝。獨羨青松撐秀嶺，滿身鱗甲帶雲披。」「散花妙手頓空空，敗梗枯條聚幾叢。回憶紗窗分老翠，可憐庭院剩殘紅。煎茶有客生微火，策杖何人趁晚風。相伴樵夫前路去，一肩低過半山中。」「江南黄葉指前村，冷雨淒風斷客魂。魚動落英來水面，鳥穿荒果下山根。芒鞵帶濕抄歸路，竹帚牽愁獨掩門。三徑倩誰頻掃淨，幾條露出舊苔痕。」「參天大樹帶霜明，席地吟秋劍氣橫。老屋三間篩月影，荒城一片動砧聲。文章絢爛無心問，世事繁華過眼輕。搖落寒窗眠不定，夜深徒伴讀書檠。」「叢桂曾留招隱詩，小山空自望離離。驚心游子思歸日，落魄才人覓句時。古嶺堆殘高下路，章臺記取短長枝。寒梅有約資吟興，好把花箋手自披。」「枝蔓删除眼界空，壯年豪興付荒叢。璇池對面猶凝碧，珊網無緣愧落紅。飛到半天疑作雨，卷殘平地故生風。狂書珍重零星紙，何必摹臨敗葉中。」「卻憐城市似山村，夜雨蒼涼欲斷魂。倚聽流泉頻露頂，繫歸小艇仗雲根。榆無錢勢撑寒屋，樹剩珠光粲矮門。歎惜蕭條秋已暮，況驚野燒起煙痕。」「鄉愁攪亂盼天明，星斗參差影正横。楊柳有情生别怨，琵琶無力動新聲。凋零樹木猶如此，衰老功名一例輕。願保歲寒留晚節，敢忘書味負長檠。」「淨掃回闌坐賦詩，幾株瘦幹太支離。縱忘高柳垂青日，還憶長槐舞翠時。水墨烘傳誇宿稾，綺羅著迹歎辭枝。鈔經如借書生手，貝葉應從腕下披。」

方蓮舫先生五律詩，直逼杜陵，録其吳蘇橋楓招遊懷遠西山别後却寄五首云：「好景宜三月，遊踪已廿年。花開紅帶雨，溪漲碧於煙。爲怯波濤險，頻登紫翠巔。笑他年少侶，帆影欲浮天。」「識字徵憂患，用蘇詩。多才儘累身。每經風雨後，不覺感吁頻。白日繩難繫，長堤柳乍新。輸君吟興發，三十六宮春。蘇橋有緑春詩。」「白嶽春多雨，當年竟未攀。好斟新釀酒，重語故鄉山。近市真堪隱，求仙果駐顔。鉛刀嗤我拙，時露雪霜斑。」「瓣香猶未遠，每祝鮑參軍。覺生先生。立雪今餘我，求詩尚有君。蘇橋近與予搜輯覺生先生未刻詩抄。風流軼湖海，兄弟羨機雲。鮑子堅昆仲，與蘇橋皆至好。昨歲西州慟，飄零悵夕曛。予曾至覺生先生故里，蘇橋居與先生甚近。」「歸路竟成潦，江淮漲若何。重尋卞和洞，誰借魯陽戈？逝水誠如許，晨星感易多。宫庶侯刺史。磨人偏有墨，賴爾共研摩。」

李義山詩「天意憐幽草，人間重晚晴」，喻人之晚遇者。鄒蓉垞送顧蘭厓詩「舊雨相逢話晚晴」，即本義山詩。

湯雨生都督藏有洪武船符，徵同人題詠。黄士珣詩考核詳明，並有短序，云：「黄麻織成，高九寸，長尺八寸，雲龍爲闌。前織皇帝聖旨：公差人員經過驛，分持此符驗，方許應付船隻，如無此符，擅便給驛，各驛官吏不行執法，循私應付者，俱各治以重罪，宜令準此。中織一船張帆而行。後織洪武二十六年月日，上蓋制誥之寶，其旁墨書信字貳伯叁拾玖號。按大明會典，洪武二十六年定：凡在内公差，係軍情重務及奉旨差遣給驛者，赴内府關領符驗，其給發各王府及各省都司布政司有十道、六道、五道不等，如有軍務，以多槳快船飛報。自嘉靖三十七年改設内外勘合符驗，遂不復用。明史輿服志言其制上織船馬之狀，起馬者用馬字號，起船者用水字號，起雙馬達字號，起單馬通字號，起站船信字號，則此起站船符驗也。」詩曰：「古符用竹後用繻，事從省代絶詐諝。有明初置水馬驛，給驛特頒内府符。起船織船馬織馬，站船乃準信字者。煌煌聖旨織其上，御寶蓋之誰敢假。多槳刷飾紅油船，檣柁篙櫓牌書懸。洪武制船用紅油刷飾，置牌一面，開寫檣柁、篙櫓、篷索、鐵貓、篾纜等項。二十六年洪武定，至今符織定制年。想當飛報軍情大，何止監州驚火爥。奉敕爭看白虎幡，隨身合置金魚袋。此符何自落人間，嘉靖中經勘合頒。更無英簜輔龍節，别有駕帖持閣官。舊製傳觀嗟物換，四角雲龍空燦爛。入關無復買少卿，過所誰爲注臣瓚。湯君什襲同琳璆，火速催詩尺一投。銀菟銅虎君何有？鼓角看君建節樓。」

家子隅太守壯懷堂集十卷，近又有續集若干卷。近體之可採者，燕臺雜詠云：「仙吏勳名慚馬監，故家世業本龍驤。」「關河放浪三春酒，湖海飄零萬里書。」順德懷古云：「菰蒲徧長侯芭宅，荆棘全荒石勒城。」衛輝云：「西向雲山趍上黨，南來天地倒黄河。」撫州云：「傳書客去思羊角，登第人來夢虎頭。」感事云：「未見鯨鯢歸遠窟，空勞貔虎衛重營。」寒食云：「連社催殘分肉鼓，六街吹徹賣餳簫。」莫春遊長慶寺云：「十里江聲喧閣近，兩行山影壓窗低。」送陳頌南給諫入都云：「四海同聲推趙抃，三公拭汗對朱雲。」宿白雪堂云：「半榻寒雲僧定後，萬山殘月鶴歸來。」飲酒有感云：「望裏樓臺虛皓月，愁邊絲竹感中年。」贈薛慰農云：「亂後湖山雙眼闊，閒中風月一肩擔。」五律漢上云：「流水迢迢去，扁舟緩緩行。人煙分楚色，風雨壯江聲。夜黑魚龍出，天寒雁鶩鳴。漢陽何處是？芳草不勝情。」雙橋云：「睡起日將晌，雙橋落眼前。山痕天外見，帆影鏡中懸。楓柏明頹岸，茭菱趁晚船。人家在圖畫，指點破秋煙。」

己巳秋，余遊端州七星巖，兼訪子嚴觀察，爲平原十日之留，煮茗論詩，甚足樂也。尋見其案上有滿洲長樂初將軍長善粵遊草，余取而讀之，覺吐欲沉鬱，濬瀹瀝液，湛鬱山川，感弔今昔，玉泣金啼，風月騷屑。時而怨壯激越，時而恬逸歡愉，爲宵笳，爲曉角，爲馬嘶長城，爲雕盤絶嶠，嶢嶢焉其凌厲也，復飄飄焉其超舉也，泱乎漭乎，而莫涉其津涘也。其涿州留别彝庭季弟云：「吾生苦風塵，足跡千萬里。舟車互馳逐，懷抱託山水。桑乾河畔胡梁月，曾照征人五度矣。雙旌匹馬又蕭蕭，今日别離復於此。憶昔遠爲六詔行，叔子送我涿鹿城。炎風暑雨坐荒館，一燈對話雙淚傾。俯仰前游逾一紀，聚散中間雜憂喜。春暉頓失寸草枯，迴望白雲悲岵屺。叔子天涯忽長逝，子規啼徹青山裏。嗟我憔悴兼公私，擾擾塵勞猶未已。平沙百里織南路，旅寓聯牀復與子。離愁重軫溯當時，風景依稀固相似。咸豐丙辰五月，予赴滇南，慎甫弟送於涿州而别，倏忽十四年，中間罹銜恤之哀，弟亦没於西川，而予今往羊城，復與季弟話别於此，不禁感慨係之。吁嗟乎！宦海浮沉二十年，朱顔忽忽成華顛。人生離合何足異，世事蒼涼殊可憐。一官獨出承恩偏，遼西移節赴南天。致身報國大臣職，未合内顧增留連。慈親已九原，叔子復棄捐。伯兄亦爲窮宦牽，持家惟賴季子賢。勉承先澤守清白，勿荒於嬉求安便。功成林下歸來會有日，莫爲此别相視各涕漣。」夏日吉水舟中書懷云：「長江浩千里，波浪窮無涯。乘風渡重湖，乃泊章水湄。江南江北間，青山如列眉。匡廬特雄出，夙昔勞夢思。咫尺詎多阻，洪流太奔馳。豫章勾留時值江、湖並漲，彌望無際。開先與棲賢，二聖無由窺。聊尋東湖游，復詠南浦詞。四日，小集百花洲，略舒游興，即易舟南上。挽舟溯流上，我行何逶遲。峽江千萬峯，開闔無定姿。樟林擁叢薄，夾岸香風隨。吉安一帶樟樹最多。推篷挹山色，閉户撚吟髭。静意忽有得，枯坐忘炎曦。況稱吉水秀，間氣鍾英奇。大賢遺跡多，私淑堪取資。攬古擴吾抱，入世從所宜。摇摇百丈牽，一葉相遷移。得行固足嘉，小住亦自怡。天意順通塞，且勿嗟路歧。」贛江晚泊云：「贛江之水多曲折，石骨槎枒怒湍咽。贛江之山千萬重，層層飛出青芙蓉。置身日在圖畫中。八境渺然亦何處？但見市樓城樹相溟濛。我行匝月舟逆水，打頭風迴行且止。積漲拍天減石鱗，履險如夷差可喜。吁嗟天意杳無識，苦樂相償任吾適。乾坤進退本寬閑，何用雞蟲爭得失。昨宵雷雨傾灘頭，崆峒日出草木秋。一枕新涼夢初醒，斜陽絢爛開病眸。時病暑初愈。玉虹翠浪圍虔州，鬱然孤秀臺空留。遷客騷情自終古，坡仙妙句行相求。眼前佳境足真賞，達觀萬事皆浮漚。」

欒初將軍近體詩，如春禽曜采，秋鳧浴波；又如夫餘之珠，錯落酸棗，奄擅衆美，而繩墨不跌。其雄縣任丘道中云：「聞道淀分九十九，茫茫一水繞平林。此間九十九淀，會易、滹沲、濡、滱諸水，所謂燕趙巨浸也。語載王漁洋南來志。涼雲摇影上衣袂，亂木横橋警客心。故道河流改今古，去歲大清河浸溢決口，雄縣等邑悉成巨浸，今勘明河身淤高，非雍、乾時情形，奏擬挑濬河身，並挖引河，修隄防，清河觀察費幼亭集兵夫在此督工。鄚州城鎮異遼金。鄚州趙北口一帶，本遼金時扼要處，今改爲巨鎮，非州縣治，商賈具集，頗稱富庶。停驂更問蓮花泊，不見漁舟唱柳陰。蓮花泊在任丘南，爲邑勝境，今不復然矣。」雨泊維揚方子箴都轉濬頤枉過舟次並約小飲於署中奉贈一首云：「想味風儀切，何期邂逅同。邗江今小泊，微雨話孤篷。舊夢羅浮外，君移節自廣州。新詩感慨中。君以大著見貽。殷勤一尊酒，相見惜匆匆。」入贛江過十八灘用蘇詩惶恐灘韻二首云：「竟作乘槎海上人，南來萬里客吟身。天成險阻雙江水，地挺賢材數古臣。雲裏亂峯幻奇境，漲餘高浪蹴浮鱗。眼前都是遊仙路，儻許麤官一問津。」「灘頭一葉迴愁人，塵海驚濤念此身。連日火雲烘白晝，昨宵秋思入孤臣。時立秋後數日。波迴九曲如文字，風過千山動甲鱗。覺岸回頭隨處是，但憑澹定指迷津。」

河津薛文清瑄，字德溫。謂詩經中有三要：「秉心塞淵」，可以爲積德之要；「思無疆」「思無斁」，可以爲進學之要；「思無邪」，乃誠身之要。詩之益人，不於茲可見哉！

五月二十日爲太倉吳梅村先生生日，江都蔣叔起廉訪超伯酹酒賦詩，用梅村送曹秋岳之廣東左轄韻索和。廉訪原唱步韻詩云：「平生才調漢鄒陽，出使人爭説望郎。早歲幸逃鈎黨籍，暮年聊拜剖公床。茶煙竹粉評殘畫，佛火雷峯禮上方。二百年來風韻在，笑他澆墨費金裝。」「亦曾畫舫到菰城，煙雨南湖好避兵。知己兩陳空薦達，傷心四鎮各專征。烏衣門巷春如舊，緑綺嬋娟恨未平。今日吾曹譚尚友，幾人得似鹿樵生。」「師旋浪泊靜鳴笳，海澨全無瘴霧遮。適曹沖凱旋。白髮詞臣懷庾信，先生當時以庾信方之。青驄往事説盧家。琴河感舊詩：『青驄容易別盧家。』重重榕蔭礬頭畫，一一榴紅箭鏃砂。未卜賁園今在否，欲將水木鬬清華。」「同時諸老盡名流，共賞西田九月秋。棒喝悟從蒼雪座，歌行悽過絳雲樓。翁乘鸞鶴歸三島，我愧鴛駘共一輈。想見黄龍持偈問，招魂來作嶠南游。」余即步原韻四首云：「故國河山付夕陽，哀歌斫劍又王郎。興亡過眼悲叢棘，出處傷心痛剥牀。蒿柱難支空太息，金甌欲挽奈無方。髡鉗詩老留遺墨，名世文章七寶裝。」「詩軍陸立築長城，江左龔錢帳下兵。擲地奇文誰並響？通天降表惜遄征。詩編甲子傳胡皓，揆覽庚寅降屈平。曠世才華今已渺，心香遠爇比丘生。」「鼎湖板蕩愴哀笳，廢苑銅駝草木遮。一代滄桑餘故老，四朝壇坫幾名家。狐狸江北驚城火，雞犬淮南戀鼎砂。樵鹿紀聞傳佚事，腹書手蔗亦高華。」「淮水從龍竟北流，誰將皮裏話陽秋？風騷領袖扶羣雅，歌舞光陰擲綺樓。祭酒成文徵蛀葉，徐山香小腆紀聞：『吳駿公被命，路寓僧舍，僧廊有柿葉，蟲蛀成「清祭酒」三字。』垂鈎應瑞感揉輈。蘧蘧栩栩周非蝶，好跨婁東大蝶游。梅村生時，人見大蝶入其室。」

作長聯如懸繩千尺崖，墜而不斷；又如騎五花快馬奔山絶澗，一勒便轉。本朝善此者均推彭文勤公，然文勤楹帖極多不過三十餘字，至六七十字一氣相生者則未見。今見方子嚴觀察所爲楹帖，無語不佳；余於長句楹帖，自謂頗有得處，不意觀察竟奪吾席，視若己有可也。輓李滋園尚書云：「帝眷卌二載耆臣，宣勞冬部，久羡盛名垂，況愛士歐陽，澤流皖水，焚香清獻，譽徧巴江，報國效馳驅，最堪欽醇謹老成，寵賁絲綸邀定論；我是十三齡弟子，記領春風，頗慙虛坐了，念飄零王粲，兵燹無家，牢落杜陵，文章憎命，撫棺餘涕淚，只贏得感恩懷舊，願傳衣鉢到來生。」滋園尚書曾典試四川，督學安徽，遺摺上時，奉有「醇謹老成」之旨，濬師髫年受公知，入泮，期許之厚，迥殊恒泛也。輓孫小楚太守云：「以秀才官二千石，遇誠榮哉，曾記得風簷共草，水榭看花，何等豪情逸興，驀地裏，鄉闕聞戰伐，羡書生投筆，入參幕府，元戎賞鑑，爭列剡章，撫字正勞心，詎夢中旗鶴先迎，可憐嵇阮深交，長笛一聲添舊恨；隨名王獲數萬俘，功亦偉矣，怎禁他蜣蛣轉丸，蚍蜉撼樹，竟教換羽移宮，荷天恩，甘隴再馳驅，奈賀蘭山險，藏徧幺麽，靈武城空，荒連沙漠，彌留難瞑目，況堂上金萱垂暮，頓使崔盧增慟，素琴三疊發新吟。」太守由諸生從大帥戎幕，歷保知府，授山東兗州府。隨僧忠王破賊寨十餘；忌之者言於王，謂其性躭安逸，得旨送部引見，復簡甘肅寧夏府，卒於軍，其母夫人尚在堂也。輓張軍門樹珊號海柯，在湖北陣亡。云：「識面我無緣，名在江淮，百戰功勳萬人敵；出師公未捷，氣吞雲夢，一生忠勇九重知。」代毛升甫鴻圖祝楊石舫封翁夫婦雙壽云：「福相荷絲綸，憶龍門校士，虎帳談兵，廿年聽齊魯謳歌，至海至河稱父母；壽星躔軫翼，羡鴻盌相莊，鳳毛繼起，一曲和瀟湘雲水，鼓琴鼓瑟慶神仙。」楊官山東牧令最久，係湖南人，其子孝廉官部曹，楊曾分校山東鄉闈，又從軍幕府。題端州道署大堂云：「曾踏軟紅塵，祇不忘藥砌薇堦，十載文章綸閣靜；勉爲清白吏，好記取韶山端水，兩番兄弟繡衣來。」又題道署花廳云：「勝地近七星，看雲影嵐光，公暇却宜邀客賞；好春當二月，喜風和日暖，我來剛值課農時。」

道州何子貞師，癸亥遊嶺南，匝月歸，余繪海天琴思圖行看子以志墨緣聚首。乙丑遊滬上，並遊秣陵，秣陵當粵匪擾亂之後，文獻無徵，園林減色，師感今撫昔，成詩四十首，余摘其尤關掌故者二十四首以覘梗概。師詩筆縱横排奡，風格似盛唐，詞旨似北宋，而氣韻渾樸，又成爲吾師之詩也。詩云：「薄遊訪古到江南，聞説天留妙相庵。秋海棠空僧去盡，池亭非復舊精藍。妙相庵秋海棠壁最勝，今壁已毁，餘景亦非，昔賊改爲御花園也。」「當年兩叟重儒林，講藝鍾山與夕陰。横舍荒餘無寸甓，迴思緒論愴人琴。壬寅居此，與潘少白、胡竹邨兩先生譚藝最密。」「夫子宫牆無處攀，秦淮仍作泮池環。何年禮殿重修復，兩廡頽垣夕照殷？文廟僅餘兩廡，紅牆各半壁。」「先除兩害力能殲，竟肯低心事畢佔。想見讀書據危石，摩挲時上虎頭巖。周孝侯讀書臺在虎頭巖左。」「沿河不見柳絲摇，步上青谿長板橋。丁字簾前猶彷彿，更誰閒話到南朝。秦淮河惟長板橋尚在。」「屹立鍾山閲廢興，雞鳴古埭尚峻嶒。全荒十大功臣廟，未敢摧夷到孝陵。孝陵寶城及石人馬無恙。」「乾嘉風雅萃隨園，詩畫淋漓紫雪軒。遺冢荒涼無可覓，倉山何處託吟魂？昔至紫雪軒，詩畫尚滿壁，今並遺冢無人識。」「夜雨談詩邢醴泉，後交令子得姻連。慘聞父女全忠孝，舊地重經一泫然。余初識邢醴翁，後交子尹，以女妻吾姪慶治。杭州再陷，父女皆自盡。『舊地怕重經』，簡齋題邢園聯語。」「名園無處問隨邢，十里煙蕪草不青。步上清涼山上去，巋然留得翠微亭。清涼山上翠微亭如昔。」「貞白燒丹有舊丘，張郎觴詠劇風流。三間柏木廳猶在，可惜藏書轉角樓。陶谷主人張澂齋藏書甚富，今餘柏木廳址。」「勝賞難忘琴隱園，水光竹色照庭軒。高門奕世傳忠烈，可有遺孤一脈存。湯雨生全家殉難。」「密竹林中叩五松，淵如祠宇渺無蹤。平章碑帖區真贋，名論猶思陳雪峯。孫氏祠園已燬，雪峯品淵如收藏各種甚辨。」「縱觀金石墨緣堂，大隱歸來雨夢涼。曾爲牡丹花一醉，更無人識晚香莊。蔡友石丈晚香莊，昔年牡丹最盛，有墨緣堂石刻。」「閒居好事鄰園汪，蕙草春深處處香。纖腕好題餘駐鶴，於今亂石不成行。鄰園石峯上刻顧橫波『駐鶴』兩大字，不可復見。」「萬竹園中萬鷺鷥，翩然飛向海天涯。它年城郭如重到，剩有泠泠水一池。鄧家萬竹園盡鷺窠也，昔子久中丞在家，余間日必至。」「釣魚臺畔舊行窩，膝下怡怡共笑歌。二十三年揮手隔，且沿池水盼庭柯。壬寅春夏，與子敬、子愚兩弟奉母寓釣魚臺行館，大孫鍾曾始生，今屋宇一新，園池尚未更易。」「瓦礫叢中仄徑攢，芒鞋半日已摧殘。心憐廢井頹垣裏，多少陳人骨未寒。西園鳳凰臺一帶瓦礫堆積最甚。」「薄有園亭徑草蕪，石安好古不嫌麤。孏尋夢六堂何處，金石詩編稿在無？甘石安嘗集金石詩兩巨函，余曾爲作叙。」「六代流風到有明，欲憑佛力聳皇京。報恩寺塔成焦土，畢竟堅牢是石城。報恩寺、塔同毀失。」「風雪爭將健筆降，潭潭鎖院絶紛哤。武功初奏文場啓，士氣歡騰上下江。江南鄉試以十一月舉行，金陵克復才四閱月。蘇撫李少泉宮保克復蘇、常郡，勳名與兩曾埒，此次入闈監臨，士論欣愜。」「南樓高矗入雲霞，四面江山壯觀誇。俯瞰一城真壯闊，炊煙濃處幾人家。南門城樓新葺，極雄闊。」「四十年前歷下談，江南薊北酒懷酣。分襟灤社才如昨，雪夜江南話濟南。趙雪湄邀住朱履巷屋。」「廢壘臺城迹未磨，登臨北望止煙波。太平門外行人斷，玄武湖中鬼火多。」「煙水荒寒不可收，昔年曾作冶春游。湖山自有佳時節，兒女寬心且莫愁。」

夏松如之盛題漢趙倢伃飛燕印並序云：「印于闐玉，圍徑寸，血沁斑如，文曰『倢伃妾趙』，『趙』字鳥篆，端木子彝曰：『是寓「飛燕」意也。』今藏龔氏璱人處。稽史，飛燕與女弟俱爲倢伃，飛燕既晉皇后位，弟爲昭儀。漢制，宮階凡十四等，昭儀位第一，倢伃位第二。伃或從女，此作伃，豈以繆篆施諸符璽歟？外傳所載，誕不足信。史固無他譏，但言姊弟顓寵，後宮無匹，成帝晏駕，民間歸咎昭儀，是時王莽寖熾，奉太后詔與御史丞相廷尉雜治，昭儀自殺。哀帝立，尊趙皇后爲皇太后，莽又以司隸解光奏，貶其稱曰孝成皇后，光奏多媟嫚意，莽實陰使之，然祗誣以娼殺嬰嗣，果有穢行，莽肯爲之諱哉？則后與弟之貞也斷矣。善夫議郎耿育之疏曰：『探追不及之事，訐揚幽昧之過，誣汙先帝，甚傷孝思，願不竟其事。』君子以爲知體。」詩義蓋亦取諸，詩云：「昆吾銛切羊肪活，黶署宮銜倢伃妾。鳥篆攲斜落掌輕，朱文細簇珊瑚沫。姊妹花翹漢苑春，椒房晉位鳳符新。留仙裾珮當風押，白玉階前奏記頻。木門早別張公子，阿燕無聊甘啄矢。肯教白璧玷讒蠅，瑩然恨血猶埋紫。噫吁嘻！火炎穿中燕飛起，斲棺忍取丁姬璽。哀帝母丁姬已葬，莽謂踰制，開椁取其璽綬，火炎四五丈，時有羣燕數千，銜冢土投丁姬穿中。」

太白上雲樂樂府爲千古奇筆，人尠能之，高青丘所爲樂府多本之，然均不能及。

家范亭觀察廷禧訓弟讀書詩起四語云：「績學如種梨，根幹及盈把。循序自漸進，無息無虛假。」范亭詩語有所本，江寧王穆如亦臨虎鼠齋集與張宗緒書云：「梨由核而根，而幹，而盈把，而徑圍，凡數十年，始殺青而任刀筆，觀此知爲學之道，須循序漸進，不可躐等。」觀察訓弟之詩即本此意。

南宋人詩五言古極似魏晉人者，朱文公是也。南宋人詩各體極似唐之李長吉者，謝臯羽是也。他人雖自成家，却是宋人派。

爲駢體文可稱美才者，六朝之庾子山，唐朝之王子安，本朝之孔𩇕軒也。爲駢體文可稱奇才者，唐朝之六詔官鄭回，明朝之黄石齋，本朝之胡穉威也。

河南董常、太山姚義、京兆杜淹、趙郡李靖、南陽程允、扶風竇威、河東薛收、中山賈瓊、清河房玄齡、鉅鹿魏徵、太原温大雅、潁川陳叔達，咸北面受王佐之道於王通，時王通設教河汾，故世有「河汾門下多將相」之稱。然諸君至將相，竟與其師不寓一書，於大廷廣衆中，亦不贊一語，豈非杜工部所謂「厚禄故人書斷絶」者耶？

秀水朱竹垞辨孔子未嘗删詩，是也。或曰：孔子既不删詩，詩何以有逸也？曰：此國史之所不録，老聃、萇弘之所未採，非孔子之所删也。大抵詩逸之故有三：一則九夏六笙，管籥諸作掌於樂人，本不入三百篇中，樂崩，詩從而亡，而遂逸之也；一則「唐棣之華」四句，「巧笑倩兮」三句，「畜君何尤」一句，「昔吾有先正，其言明且清」八句，「翹翹車乘」四句之類，或亂離之後失其全篇，單章碎句，國史不能載入詩中，而遂逸之也；又如羣書所引，或孔子以後儒者之篇章流傳人口，實非三百篇以前之詩也，必以爲古詩三千，孔子删之爲三百，或又以爲篇删其章，章删其句，句删其字，竊以爲皆非也。今考逸詩之見於經傳子史者：論語：「巧笑倩兮，美目盼兮，素以爲絢兮。」或謂衛風碩人所云，夫子删末一句，朱子曰：「碩人每章皆七句，不應此章獨多一句，必别自一詩而今逸矣。」「唐棣之華，偏其反而，豈不爾思，室是遠而。」子罕。中庸：「衣錦尚絅。」三十章。孟子：「畜君何尤。」梁惠王下。禮記：「貍首之班然，執女手之卷然。」檀弓。按此二句乃原壤自作，孔子所不取，或曰係古詩。他如「相彼盍旦，尚猶患之」，見坊記；「昔吾有先正，其言明且清。國家以寧，都邑以成，庶民以生，誰能秉國成？不自爲政，卒勞百姓」，見緇衣；「曾孫侯氏，四正具舉。大夫君子，凡以庶士。小大莫處，御于君所。以燕以射，則燕則譽」，見射義。大戴禮「魚在在藻，厥志在餌」，見用兵篇；「驪駒在路，僕夫具存。驪駒在路，僕夫整駕」，見大戴禮及漢書王式傳注；左傳「翹翹車乘，招我以弓。豈不欲往，畏我友朋」，見莊二十二年；「公子賦河水」，見僖二十三年，韋昭曰：「河當作沔字。」似誤。「雖有絲麻，無棄菅蒯。雖有姬姜，無棄蕉萃。凡百君子，莫不代匱」，見成九年；「周道挺挺，我心扃扃。講事不令，集人來定」，見襄五年；「俟河之清，人壽幾何？兆云詢多，職競作羅」，見襄八年；「國子賦轡之柔矣」，見襄二十六年，注：「見周書。」「工誦茅鴟。」見襄二十八年；「淑慎爾止，毋載爾僞。」見襄三十年；「禮義不愆，何恤乎人言」，見昭四年；「宋以桑林享晉侯」，見昭十年；「祈招之愔愔，式昭德音。思我王度，式如玉，式如金。形民之力，而無醉飽之心」，見昭十二年；「我無所監，夏后及商。用亂之故，民卒流亡」，見昭二十六年。「天之所支，不可壞也。其所壞，亦不可支也」，見國語周語；「公子重耳賦河水」，見晉語，韋昭注：「河當作沔。」「秦伯賦鳩飛」，亦見晉語；「行百里者，半於九十」，見國策秦武王篇；「樹德莫如滋，除惡莫如盡」，見秦昭王篇；「大武遠宅不涉」，見秦武王篇；「木實繁者披其枝，披其枝者傷其心。大其都者危其國，尊其臣者卑其主」，見秦武王篇；「服亂以勇，治亂以知，事之計也。立傅以行，教子以學，義之經也」，見趙武靈王篇。逸周書「國誠寧矣，遠人來觀。修義經矣，好樂無荒」，見太子晉解師曠歌無射；「何自北極，至於南極，絕境越國，弗愁道遠」，見逸周書王子嶠歌；「馬之剛矣，轡之柔矣，馬亦不剛，轡亦不柔，志氣麃麃，取與不疑」，見王子爲師曠歌御詩。左傳：「國子賦轡之柔矣。」注：「見周書。」家語：「皇皇上帝，其命不忒，天之以善，必報其德。」見六本篇，又見説苑，下二句作「天之與人，必報有德」。管子：「浩浩者水，育育者魚，未有室家，而安召我居。」見小問篇，又説苑作「浩浩白水，儵儵之魚，君來召我，我將安居。國家未定，從我焉如」。墨子：「必擇所堪，必謹所堪。」見所染篇；「魚水不務，陸將何及？」見非攻中篇。列子：「良弓之子，必先爲箕。良冶之子，必先爲裘。」見湯問篇。莊子：「青青之麥，生於陵陂。生不布施，死何含珠爲？」見外物篇。荀子：「如霜雪之將將，如日月之光明。爲之則存，不爲之則亡。」見王霸篇；「國有大命，不可以告人，妨其躬身。」見臣道篇；「何恤人之言兮。」見天論篇；「鳳凰秋秋，其翼若干，其聲若簫。有鳳有皇，樂帝之心。」見解蔽篇；「墨以爲明，狸狐之蒼。」亦見解蔽篇；「長夜漫兮，永思騫兮，太古之不漫兮，禮義之不愆兮，何恤人之言兮。」見正名篇；「涓涓源水，不雝不塞，轂已破碎，乃大其輻。事已敗矣，乃重大息。」見法行篇。呂覽：「君子則正，以行其德。賤人則寬，以盡其力。」見愛士篇；「周公爲三象之詩」，見大樂篇；「惟則定國。」見權勳篇；「燕燕往飛。」見音初篇；「將欲毀之，必重累之。將欲踣之，必高舉之。」見行論篇；「無日過亂門。」見原辭篇。説苑：「緜緜之葛，在於曠野。良工得之，以爲絺紵。良工不得，枯死於野。」見尊賢篇。史記：「得人者興，失人者崩。」見商君列傳。漢書：「九變復貫，知言之選。」見武帝紀元朔元年詔：「四牡翼翼，以征不服。」親省邊陲，用事所極。」見元鼎元年詔。後漢書：「皎皎練絲，在所染之。」見楊終傳。晉書：「羽觴隨波。」見束晳傳。又周禮疏引春秋緯：「月離於箕風揚沙。」王伯厚以爲非詩。韓詩「雨無其極，傷我稼穡」兩句，或以爲雨無正之逸文，朱子疑其今詩增此二句，長短不齊，非詩之例，則仍是三家異本，非逸詩也，見王伯厚詩考中所載。自殷以前諸逸詩，非周代三百篇中所應有者不録。總之曰歌、曰賦之詩，無一不存，曰奏、曰樂、曰歈、曰管之詩，無一不亡，而三百之詩，孔子實未嘗芟也。

東坡赤壁賦吹洞簫者，李委也，非楊嗣昌。見蒿菴閒話。

亡友邵陽魏默深太守源，生平最喜遊山，每作遊山詩，多得山之幽與山之骨，而非山之皮相也。其遊閩中武夷諸詩，以九曲五首爲最佳，視竹垞、初白遊武夷詩又別開生面，是能雕繪山川，刻劃雲水矣。引云：「武夷爲仙霞嶺旁出之水口也。關鎖萬山之水，而舟出其間。峯壁曲折，爭奇競秀。雖不過數里，然有巫桂之奇，而無其瀧險；有瀟湘之清幽，而加以麗峭。引勝怡情，故宜爲棲遯所醉心矣。」其一云：「至奇萬骨峯，至清百折水。天地此中合，溪貫萬峯邐。舟行出其間，有似穿珠蚳。五步一笏變，十步一障徙。

空明寒碧内，萬古黛螺洗。漁樵半是仙，掩映孤光裏。灘從房闥行，篙向畫屏駛。水中矗影倒，舟腹礪聲齒。已窮水雲勝，尚嫌山骨峙。壁立無寸膚，何從寄遊趾。晚陟仙遊嵓，萬峭羅户几。夜月醉仙骨，蒼煙媚山髓。譬貯雪浪石，浸之雪盆底。此間空明界，更勝波中視。雲霄欻嘯聲，山下疑仙鬼。尚訝棹歌聞，那有市聲起。」其二云：「上山月在前，下山月隨屧。艤舟月在水，舟行月隨楫。但任山轉移，不知水曲折。人行水月中，彼我皆冰雪。直疑南北峯，皆我蒼蒼骨。憑檻坐深宵，太虚同一窟。暮雲作山形，欲與暮巒接。若無青白痕，幾忘高下躡。鴻濛本一氣，宇宙誰超忽。真人馭神氣，凡俗戀塵堀。請乘雲中君，徧覽瓊瑶闕。」其三云：「曲曲奥不曠，曠即嫌市闠。第九曲内村市。精舍第五曲，亦復少勝概。誰知六曲中，奥曠洞天最。俗名小桃源，亦名陷石堂。洞口丸泥塞，垣郭周遭大。奇峯四蒼蒼，平原千薉薉。秦漢落花中，羲皇流水外。直縮大乾坤，於此仇池内。如何太古來，至今仍草昧。疑有鬼神呵，不許遊人再。始知萬嶙峋，皆作此關塞。我今破天荒，披尋失人代。何時洞中身，復出白雲蔽。何時溪外人，得入紅霞界。雲隔萬千重，霞深咫尺在。」其四云：「泝灘舟行遲，遲得領衆妙。下灘舟行駛，駛易失瞻眺。難進苦易退，仕隱各殊操。我歸武夷舟，瞬息萬山剽。方驚左右奇，已失前後奥。詎不擬夷猶，瀨急湍奔陗。最末玉女峯，一柱矻門隩。苦將歸棹留，遠作來帆導。多愧山水清，祇益煙雲悼。塵寰萬刼謫，仙境何時到？」其五云：「我昨廬阜遊，鹿洞濂溪訪。旋辭象山泉，即買武夷槳。詎徒泉石癖，興發高山仰。哲人逝千載，溪山寄餘響。當年雲水氣，尚入遊仙杖。塵容愧濯纓，詠歸聞扣榜。陵谷自今昔，神化無來往。森然方寸間，覿面高深象。朝入萬雲重，夢宿九霄上。」

顧阿英字仲瑛，别名德輝，號金粟道人，崑山人。生於元季，少輕財結客，豪宕自好，年三十始折節讀書。蓄書數萬卷，日寢饋其中，凡名畫、彝鼎、吉金、篆隸、器物、寶玩聚於一室，築别業於茜涇，曰「玉山佳處」，日夜與客置酒賦詩。四方名流自倪雲林、楊鐵崖、柯九思以下，俱聯袂入社。河東張翥、永嘉李光孝，方外之士，若張伯雨、于彦成、琦元璞以及一時才士，咸主其家。園池亭榭之勝，甲於天下；而才華妙麗，詩歌敏捷，與諸公亦互相旗鼓。風流文雅，名著東南。張士誠入吴，欲强以官，乃隱於嘉興合谿，既而以子貴，恩封武略將軍、水軍千户飛騎尉、錢塘縣男。及母喪，廬墓三年，閲釋氏書，有遯世之志，遂祝髮稱金粟道人。自題行看子詩云：「儒衣僧帽道人鞵，天下青山骨可埋。若說向時豪俠處，五陵裘馬洛陽街。」洪武初，攜其子元臣遷臨濠，未幾仙去。閩縣薩檀河咏玉山云：「一自春風到茜涇，玉山簫管集羣英。儒衣僧帽行天下，金粟道人顧仲瑛。」

昔薛文清公瑄由京師至楚南，有摯友誦唐人句送之云：「此鄉多寶玉，慎莫厭清貧。」文清公書之於紳，永爲規戒，古大賢虚心受益如此。

偶閱楚南詩選，有幽居限韻六詩，各自熨貼。歲丁卯，索居羊城，時方酷熱，戲筆六疊元韻，以銷長夏。門士林德輝以爲各首真切絶倫，而非張冠李戴者所能道。山居云：「卜築層巔遠水谿，柴門斜傍夕陽西。高人自放林間鶴，稚子羣嬉樹上雞。紅葉幾叢遮屋遍，白雲無數與檐齊。山鐘動處鄰居寂，月出遥岑杜宇啼。」茅居云：「茅屋三間近小谿，重重翠掩野塘西。巢梁絶少南溟燕，破曉頻聞北舍雞。矮棟霜飛形莫辨，懸簷雨過滴難齊。此中花影知多少？一宿山亭聽鳥啼。」村居云：「幾處人家鎖碧谿，垂楊畫裏隱村西。千層煙樹圍漁舍，一帶斜陽唱晚雞。稻蟹盈鄉鄰户密，桑麻覆徑夕陰齊。老翁相倚柴門話，三五嬰孩雜笑啼。」崖居云：「絶磴摸苔俯一谿，磵泉飛處削崖西。居人半雜懸巢鳥，野老常安宿壁雞。倚石柴扉斜欲倒，穿巖小棟架難齊。藤蘿無數垂檐亂，山鷓聲聲繞樹啼。」涯居云：「萬頃寒波漲晝谿，誰家結屋石涯西。半江紅樹時棲鷺，幾處煙籬報宿雞。雲水蒼茫人夢遠，蒹葭蕭瑟笠簷齊。月明極浦無邊闊，倚檻頻聞吠蛤啼。」

舟居云：「青簾白舫若耶谿，泛宅浮家東復西。水漲三篙摇白鷺，潮平兩岸聽天雞。掛帆野渡羣舟亂，解纜長江衆力齊。宛在溯洄煙水客，前山不斷聽猿啼。」

「高據襄陽播盛名，問人人道是詩星。」盧延讓贈孟山人句，「詩星」二字甚創，見海録碎事。

國家設科選士，士之出於膠庠者，其賢不肖皆校官之責也。定遠方調臣先生士鼐，負經世之略，而屈於教士之官，因有慨於近日學校之衰，効古樂府以爲戒。曰升講堂，勵學官也；曰宣木鐸，戒包漕也；曰晨鐘鳴，戒訟師也。升講堂云：「升講堂，廣文先生何昂藏。一飯不足充饑腸，口角流沫談文章。文章喜新多厭舊，筆歌墨舞烏衫袖。門前桃李靜無言，寡聞又復兼孤陋。停車問字有幾人？青氊坐破誰相親。郊寒島瘦失詩鬼，紆朱拖紫尊錢神。有錢便作折腰舞，苜蓿闌干胡自苦。自苦爲官毫無補，幸不臨民如猛虎。」宣木鐸云：「宣木鐸，清音琅琅天所託。天子命汝作儒臣，教育士子成端人。端人立品讀詩禮，不端往往包漕米。石米一折錢十千，淨米收倉不見底。貧窮見利無不趨，訛吏訛官相觸抵。我歎諸生何其愚，敢借國課分錙銖。縣令浮收罪能免，平時善拂長官鬚。汝曹包糧即褫革，青衿脱去非吾徒。吁嗟乎！貧乃士之常，守愚聖所臧。勿與縣令爭毫芒，昏夜乞憐靠此糧。」晨鐘鳴云：「晨鐘鳴，諸生聞之心怦怦。峩冠博帶負文學，胡爲健訟隳聲名。以非爲是黑爲白，上交酷吏下差役。聳觀動聽歷公堂，鄉民含冤賣田宅。有司不明受爾愚，鬼神亦定褫爾魄。褫爾魄，僇爾形，洗心願爾聞雷霆，古之君子懷王刑。」

蔡夫人石潤，黃石齋先生配也。精於花卉，錢塘屠修伯秉題其畫册云：「心經百卷書貝葉，舊與孝經同筆法。先生寫孝經百部，夫人亦寫心經百卷，字體絶相似。寫生妙手更流傳，三絶瓊閨幾人合。每頁皆有題語。石齋先生松柏材，地維力欲扶傾頽。茄花委鬼太滋蔓，可憐明社成蒿萊。壬申一疏真剴切，葛藤株連反遭詰。崇禎五年，先生遘疾求去，頻行，上疏請斥小人，有『一切磨勘，則葛藤終年；一意不調，則株連四起』之語，上不懌，摘此數語責令自陳。不妨遠志又還山，好寄當歸正移疾。内有蔓菁當歸一頁，題云：『蜀相軍容，小草見之。』歸來松菊徑猶存，講學閒居且杜門。門户薰蕕慨朝局，美人香草怨騷魂。册中紀年書丙子，此是崇禎九年矣。腸斷將離黯贈行，内題芍藥一頁云：『折花贈行，黯然銷魂。』又題秋海棠淡竹葉云：『君子于役，閨中腸斷。』中允一官知再起。是年復以中允起用。研朱滴露春風活，花是精神鐵爲骨。『小草鐵骨，亭亭自立。』題鐵線蓮語。一家韻事鎮堪思，況乃忠貞兩無匹。前楊嗣昌後馬士英。國已傾，瘴鄉歸戍空募兵。婺源一潰臣力竭，殘局何由種蔓菁。君不見，異時詔獄家書寄，慷慨曾聞勵忠義。先生在詔獄，夫人寄書勉以必死。東林幾輩晚披猖，風流對此慙何地。畫中題語重低徊，莫比尋常詠絮才。試把鬚眉例巾幗，賦成應似廣平梅。」

佩蘅尚書試帖詩，精思異采，湧現毫端，又如天馬行空，不可覊紲，其在哲林歸程作蘇子卿在匈奴取婦生子子名通國。云：「嘉耦話當年，生兒竟象賢。羊裘寒況味，貂錦小嬋娟。夜月鴛鴦牒，春風羖羅天。同甘低毳幕，回暖想冰氊。鴻雁三秋早，熊羆一夢圓。忠貞原照灼，情致自纏綿。豈遂聲光累，能教似續延。緬懷通國事，憑弔幾流連。」其二云：「花老蠮螉塞，風香蛺蝶雌。喜將飛鳳卜，爭説牧羊時。掃雪眠雲地，懷珠韞玉思。冰霜高雁磧，酥酪健麟兒。柳下殊貞抱，瓜綿續本支。年華燕姞共，心緒李陵知。旄節千秋豔，刀環兩念癡。臙脂山下過，芳草自離離。」

曲阜桂冬卉進士馥，號未谷。精許氏説文，著有説文義證三十鉅册，博而且精，幾於駕段茂堂説文注而上之，日照許印林孝廉爲之精校，刊行未幾，燬於兵燹，誠可惜也。其微言大義，偶存於其所著晚學集中。冬卉精隸書、八分書、繆篆，當代一人而已。詩集四卷，真樸有味。冬卉雖不以詩名，然興來時，往往如初寫蘭亭，到恰好地步。讀其答蔡松若明府見贈絶句六首略見梗　：「濟南遊跡少人傳，抛却湖山二十年。萬里逢君談舊事，鵲華秋色落樽前。」「君家儒雅號三明，日飯一升吏更清。不似狂奴無檢束，官田種秫學長生。」「一枝沈醉羊毫筆，寫遍人間兩漢碑。不遇中郎識焦尾，白頭心力有誰知？君爲拙書賦長歌。」「許氏偏傍六代荒，眼昏猶作校書郎。憑誰寫定歸東觀，重付揚雲細審量。余校説文數十年，未敢自信，來詩見推，故云。」「同作蠻荒汗漫遊，眼前奇事費推求。坤維震後生羊子，鬼録新編十萬囚。比年地震，疫氣流行，民病羊子死者十萬餘矣。君留心滇事，應入載記。」「江總還家尚黑頭，人生七十又何求？可憐不放歸猿檻，啼殺哀牢徼外秋。」冬卉詩第二首用「三明」及「日飯一升」，人多不知出典。案：王隱晉書：「蔡謨、荀闓、諸葛恢並字道明，時人歌之曰：『京師三明皆有名，蔡氏儒雅荀葛清。』」又南齊書：「劉元明令山陰，有名，語人曰：『作縣惟日食一升飯而莫飲酒。』」冬卉讀書多，於此見吐屬風雅而復典博。

子嚴觀察前供職京師，當庚申之歲，家鄉喪亂，遍地黄巾，閉户春明，窮愁無告，幽憂怫鬱，感嘆百結，蕭寥含辛，摽擗茹苦。不逢叔向，孰識鬷蔑之心；未遇鄭僑，誰贈季札之帶？作書感詩，見者鼻酸，此杜老之變體，非盧仝、馬異之怪詩也。詩云：「殘書數卷青可殺，長安十年白了頭。眼界茫茫古今感，胸懷浩浩境地幽。不妨飲酒嚼復嚼，聊爾杜門愁自愁。傳燈偈語尚能記，有我這般人也不？」按：「嚼復嚼」乃强飲酒之辭，見後漢書五行志。「昂頭天外望，無我這般人」，傳燈録偈語也。隨手拈來，皆成妙諦。

前讀高要譚子晉農部遊通真巖一序，仿佛柳柳州、曾南豐記事文；及觀皖江楊小坡先生組榮齊雲紀游一篇，恍置身於清虚塾巾之樓，躡步於窈窕紺寒之室，筆力汪洋，浩瀚如江海迴流，此山此文，可謂「別有天地非人間」也。山在休寧西三十里。其文曰：「絶壁千尺插雲中，危樓倚壁，環以茂樹，憑窗而坐，把卷長吟，此真米襄陽畫圖中得意之筆也。今登齊雲，坐滴翠樓，披斯山之全圖，紀斯遊之勝境，此情此景，彷佛似之。戊辰年，余侍家君黟縣司諭，二月中澣，偕三弟聘卿往遊白嶽，兼登齊雲。時宿雨初歇，溼雲未收，夾道松篁，濃緑如潑，紅樓白塔，出没煙雲縹緲中。二十里抵桃源洞，洞側樵逕一線，依微草際，頽牆老屋，欹仄其間，屋後數峯，雖瘦削玲瓏，大有憔悴無聊，冷面向人之態。十里至漁亭鎮，倚裝小飲，見隔岸一峯，氣象雄偉，詢爲佛巖，乃齊雲之外障。噫！此賢主人遣伻迓我於二十里路之外也。遊興勃勃，神爲先往。午後繞山行，雲勢逾重，間以微雨，空際翠螺千百，於繁煙密霧中忽隱忽現，若送若迎。三弟深以雲氣迷漫，未得先覩真面以爲憾，且雨聲漸緊，恐阻遊程。余告之曰：『古人謂遊佳山水，如讀奇書，如觀名畫，若一覽便盡，豈不意味索然。山靈有知，當於雲光雨氣中裝點濃淡，刻劃神奇，使畫意詩聲，描摹不盡，將欲發越精神，不可無此醖釀耳。』晚住山脚査姓樓，晨起盥漱畢，豁然開朗，遠近峯巒，鮮翠欲滴。扶笻戴笠，款步登山，忽一峯迎面，破空飛來，虬松古柏，似髯鬌亂髮，披覆峯頂。繞峯西轉至中和亭，仰視山腰，白雲横束如帶，雲中隱隱聞笙簫雅奏，金石齊鳴，恨不能長嘯一聲，凌空飛去。又三里，至『洞天福地』，度桃花澗石橋，憑欄北望，深黑無底，惟聞水聲潺潺出草樹間。過一天門，探羅漢洞，危崖俯壓，水簾掛焉。崖下爲碧蓮池，池水清漣，沁人心骨。跨崖直上，入二天門，則齊雲主峯，巍然在望矣。鞏輅旁列，鞏峯、輅峯。鐘鼓高懸，鐘峯、鼓峯。天柱摩空，天柱峯。香爐端拱。香爐峯。遂登太素宫。瞻禮畢，暮色蒼茫，山容如睡。夜宿道士丁復先房，入夜雨聲轉急，四山瀑布撼山欲動，枯藤古木，亦拉雜有聲，此身摇摇，恍乘艨艟巨艦泛大海中，並忘其爲萬峯頂上也。辰刻雨止，越紫玉屏，坐石上觀紫霄崖之飛瀑，左峯爲劍，右峯爲旗，崖下一峯俯身似跪，昂首欲鳴者，所謂橐駝峯也。齊雲之勝，意爲觀止。乃三弟隔崖大呼，尋聲而往，約三百級，則三姑婀娜而如笑，五老傴僂以相迎。西北諸峯如槊，如杵，如兜鍪，如浮圖，如樓而欹者，如筍而束者，或一峯獨聳、瀑界而破者，或兩峯並峙、雲截而斷者，他若獸而蹲，鳥而跂，若坐，若立，若鬬，若舞者，殆以千萬計。乃嘆齊雲一山不及黄山十之一，竟能與之並駕齊驅，擅名江左者，蓋兹山之千巖萬壑，宛轉相通，道院僧樓，應接不暇，不似黄山之深箐陡磵，荒渺無人，使遊者談而色變，聞而心驚，古人投時之利，豈虚語哉。且黄山之奇，奇在深，深則愈進而愈妙；齊雲之妙，妙在曲，曲則愈轉而愈奇。

質之山靈，必不以余言爲河漢也。歸樓小憩，取齊雲志臥讀之，以補斯遊所不逮。因憶少時學畫，無所師承，曾見先母舅方蓮舫先生雨中望白嶽圖，深愛其雲峯渾厚，沙水幽深，朝夕揣摩，大有裨益。孰知二十年後，竟能身到此山，領略神奥，前因後果，契合良深。忽天風蓬蓬從東南來，宿霧懶雲，向空捲盡，而樓外諸峯，低鬟欲笑，俯首如聽，遂將斯記抗聲朗誦以贈之，飄然拂袖，下山而去。」

定風螺即右旋白螺，凡二。螺爲西僧班禪所進，奉旨存福建藩庫，以爲渡海隨行之寶。後被某制軍取其一，今存其一，凡渡海遇大風浪，以此螺吹之，風自定。太湖趙介山殿撰文楷奉命冊封琉球，蒙恩命以白螺安奉舟中，感恩恭紀詩云：「八孔玲瓏脈右旋，螺身有八孔。靈淵胎孕是何年？來充西旅神僧篚，曾護東征上將船。前福建大將軍征台匪，曾奉命安奉隨行。白玉一拳隨絳節，素蟾雙照破蒼煙。九重南顧真無已，卻捧琅函淚泫然。」

「棋逢狹處精神出，酒到酣時宇宙寬。」此定遠陳雲門先生楹句也，胸襟可想。

米老與伯時書，自辨非顛，世謂之辨顛帖，見戚輔之佩楚軒客談。

杜工部處天寶之時，流離轉徙，家室分崩，滿地干戈，曾無樂土。子嚴觀察冬夜雜作詩，當牛虎兔龍之歲，呻吟有爲，痛哭無妨，風格似步兵，而憂愁則似工部，當一則詩史讀可也。詩云：「閉戶方夜讀，燈炧更將闌。紛然百慮積，掩卷空長歎。行年未三十，兩鬢先如潘。文壇氣不雄，咄咄輕儒冠。立身恥諧俗，動輒遭譏彈。況復苦兵戈，出處何艱難。譬彼鳥在笯，局促失所安。倦極思奮飛，偏恨無羽翰。入耳朔風淒，照影窗月寒。感慨託吟詠，拉雜來毫端。」其二云：「彭澤昔乞食，冥報還相圖。昌黎上宰相，大聲而疾呼。兩君垂令名，史傳稱醇儒。我獨發謬論，人競嗤迂拘。丈夫本堂堂，挺兹七尺軀。饑餓那足累，干謁非吾徒。峩峩朱門中，若輩皆華膴。富者足穀翁，貴者青紫紆。性命一錢繫，賄賂千金輸。隣里絶來往，安望通有無。仕途尤嶮巇，推轂誰爲乎。君子務求己，求人毋乃愚。巖穴自葆真，屏除塵世汙。」其三云：「芎藭與藁本，相類不相似。君子與小人，結交固如是。奈何簪纓族，竟甘市儈比。豈獨市儈比，盜賊亦知己。分庭抗禮數，錯坐蛇共豕。腰刃白晝露，腹劍暗地起。虎威原狐假，黐受狐指使。堅冰雖稜稜，上能著屨履。一朝太陽出，依舊化成水。即水以爲鑑，世態可知矣。」其四云：「六年九年粟，禮經示國用。自從軍事興，頗虞太倉空。司農數告匱，謀畫愈鄭重。昨者閲邸報，改錢算官俸。斟酌雖云善，至當要折衷。熟聞管孝廉同，文字世爭誦。曾擬積貯書，議論實切中。先皇酬勳庸，世爵記九封。歷今二百載，生齒日益衆。首言減恩米，藉以足正供。匠米兼旗糧，一一籌通共。草野講經濟，盈絀鑒若洞。蒙也蟣蝨臣，三復形諸夢。朝廷厪宵旰，忠讜孰與貢！」其五云：「丁度著兵録，民兵居其四。健而有材者，分別加收實。所以襏襫夫，并作腹心寄。爾來廣招募，州郡疊宣示。旄倪混充額，稂莠遂濫廁。雕青半惡少，眈眈動陰覬。貪財恣殺戮，遇盜轉引避。妄竊鄉勇名，反壯土寇志。噫嘻干戈場，果爾等兒戲。英雄少際會，憐才欲灑淚。」其六云：「飛石機可發，范蠡嘗造之。或云兵法中，砲實胎於斯。火功豈下策，捲地風雷馳。桓桓孟賁勇，當此身亦危。怪煞孫百計，力堵淮南師。張綱拒大砲，强敵鮮所施。其理恐難信，未試心生疑。方今重武備，制勝恒賴兹。將軍炮名。速努力，滅寇靡孑遺。」其七云：「和衷始有濟，古語應勿諼。將帥寄專閫，私念安敢存。不見唐李郭，每食同盤飧。終竟意寡合，默默無一言。名臣且不免，餘子焉足論。萑苻肆嘯聚，蒿目幾成習。勦捕乏奇策，坐擁牙纛尊。旌旗遠追逐，金鼓聲紛煩。所逸盡豺虎，所獲惟雞豚。羽書巧粉飾，滿紙波瀾翻。徒思冒功賞，誰復酬君恩。魏人譏王肅，俘賊三家村。靦然奏大捷，露布馳軍門。」其八云：「我家在江北，却居江南久。江頭買舟楫，八年五次走。危磯羅刹深，巨嶂天門陡。登樓謁太白，松濤半空吼。壁上名山圖，煙雲揮妙手。謂尺木先生畫壁。石城路迢迢，秀色接鍾阜。秋風吹遥裔，短棹青溪口。平生愛遊覽，景物奚肯負。揭來幾鶗鴂，胡爲成盜藪。六朝好繁華，一旦付羣醜。勝蹟盡蹂躪，再到能見否？莫由逞才藻，哀賦繼庾後。」其九云：「老樹徑百圍，濃陰適當户。上有烏鴉棲，飛鳴喚儔侶。一枝幸可託，飲啄任容與。

歲晚謀稻粱，各自惜毛羽。野鵲弗解事，唶唶相對語。豪門朝夕至，學媚亦太苦。拙哉南山鳩，已向空巢處。拮据爲人忙，不若鴉得所。矯首眄庭柯，啞啞吾羨汝。」其十云：「閒階掃落葉，煮酒澆愁腸。薄醉愁更結，熱淚雙盈眶。手足僅五人，有妹新云亡。墳土猶未乾，觸目心盡傷。聊爲泐貞石，作誌幽宮藏。嗟予學譾陋，下筆無文章。死別長已矣，生者何時忘。早冬寒氣萌，屋角凝嚴霜。明月鑒薄幃，皎潔含清光。重起傾濁醪，憂思偏傍徨。」

美人香草，皆寓言也。李稚和觀察少負文譽，久滯翰林，曾有袁江録別詩四章，借題寫意；實則自抒牢愁，閲者以香匳目之，謬矣。詩曰：「玉清偷走下衙城，要與長庚證舊盟。千朵白蓮薰小像，一枝丹桂悟前生。神光離合珠無定，骨節玲瓏玉有聲。記得下簾鸚鵡唤，迴廊曲折路分明。」「菊筵下拜響明璫，私把長生祝未央。二色酒斟崔道旅，見雲仙雜記。九天鈞奏段安香。隔牆釵釧依稀聽，貼地腰圍子細量。録事不妨推阿姊，桃花分占兩仙郎。」「淚滴芳筵爲久要，酒香燈灺夜迢迢。分曹隔座頻偷眼，送別臨門慢轉腰。虚幌幾曾窺月落，錦茵誰更惜風飄。乘鸞秦女空煙霧，一寸靈心未易描。」「爲雨爲雲自遠岑，江頭迎接待春深。蘭徵敢卜他年夢，絮語休忘此夜心。山上蘼蕪勞悵望，空中書札怕浮沈。徐公城北分明見，謂菊人學博。一月相思已不禁。」觀察今體詩美不勝收，五言如「雲山重攬轡，關隴正連營」「身長難自飽，髮短不禁梳」「屋依山作壁，人籍樹爲糧」「崖開斜照合，風緩去帆遲」；七言如「晉祠煙樹人南去，汾水秋風雁北來」「傳家僅剩羅含宅，愛弟慚無許武田」「計車屢附三年吏，鼓篋曾來四姓侯」；「垂老更愁年似水，長貧各負債如山」；「百年未醒盧生枕，萬里仍攜趙壹囊」「客途尚阻分龍雨，仕路偏逢退鷁風」「太史周南流滯久，拾遺歷下唱酬多」，皆稱名雋。

子嚴觀察各體詩均具性情，兼講風格，而五言古緣情體物，紆徐詳盡，睠懷明發，繫念弟姪，尤見纏綿愷惻；同祖弟子艾及猶子爾民秉質醇厚，觀察相其爲可造之器，延名師儲鷺洲先生課之。余見爾民器宇純粹，他日必當克紹前人之業者，讀觀察示弟子艾及猶子爾民詩用昌黎符讀書城南韻，即使昌黎秉筆爲之，亦復如是。詩云：「劉家好兄弟，並世琨與輿。奕奕雋朗才，列在西晉書。美玉生藍田，斯語洵不虛。爲學務精一，築堂題童初。汝當少小日，避亂辭鄉閭。一作入贅壻，東望常愴如。忽忽四五載，問訊憑雙魚。田園日以荒，骨肉日以疏。叔母依嶺表，思兒少軒渠。忝官我尤恧，擾擾等鴨豬。幸與筆墨親，研池含玉蜍。去年喜弟來，開尊傾浮蛆。深恐學久廢，離羣而索居。但得文史足，豈徒衣食歟。宜興老鷺洲，家世誇六儲。經師兼人師，詞章皆緒餘。咿唔值靜夜，聽之樂只且。本根貴培植，枝葉胥芟鉏。莫貽博士譏，持券空買驢。祖訓更勿墜，寶田勤耕畬。阿兄負狂癖，豪氣難蠲除。甘處顔巷陋，羞曳侯門裾。笑煞公孫弘，詭服沽清譽。海水自浩瀚，井蛙胡拘墟。兩眼鏡澄澈，一心雲卷舒。所願既如此，所業敢忽諸。始勤忌終怠，半途慎踟躇。」示爾民云：「吾家盛甲第，河庫爲權輿。厥後二十科，榜上姓名書。祖德培植遠，歲月幾盈虚。記汝赴京國，歲在丁巳初。淮北紛干戈，烽火遍里閭。田園盡荒蕪，爾我蟣蝨如。我抱風木痛，銜恤哀皋魚。長途爾爲伴，謀生緊我疎。説餅雜豆麥，充腸多芋渠。馬氏蓬門中，嚄嚄聲無豬。室罄如懸磬，鏡暗空藏蜍。何以驅憂患，櫭酒浮春蛆。南北苦流離，六載三移居。賦性賴堅忍，詎謂豁達歟。艱難奉慈母，家無儋石儲。勞勞虀鹽間，可憐灰燼餘。天恩亦云厚，槃帶匪思且。期汝嘉禾植，惡彼莠草鉏。望汝奮騏驥，駑材嗤蹇驢。善米與性禾，豐稔驗經畬。篝燈照縹緗，明月來庭除。而翁詠子衿，風塵羈客裾。五十尚勤學，鄉曲流名譽。豐城躍劍氣，光射牛斗墟。行見甲拆萌，春雷驚發舒。高曾留矩矱，箕裘宜勉諸。鵬鶚出秋塵，直上毋躊躇。」

四兒慶銓，前爲楊偉人大令題鬭牛圖云：「此牛之尾夾髀間，知畫不來莊客笑。」見者不知所謂，案：圖畫見聞志：「馬正惠嘗得鬭水牛一軸，以爲真畫，甚愛之，一日展曝於書室雙扉之外。有輸租莊客適立於砌下，凝玩久之，既而竊哂，公於青瑣間見之，呼問曰：『吾藏畫，農夫安得而笑之？有説則可，無説則罪之。』莊客曰：『某非知畫者，但識真牛，其鬬也，尾夾於髀間，雖壯夫旅力，不可少開，此畫牛尾舉起，所以笑其失真。』」

王漁洋先生題定武蘭亭詩云：「乞兒一物雖癡絶，猶勝分香望墓田。」語意蘊藉。案：何延之記貞觀二十三年帝不豫，幸玉華宮含風殿，謂高宗曰：「吾欲從汝求一物，汝誠孝也，豈能違吾心也，汝意如何？」高宗哽咽流涕，引耳聽受。制命曰：「吾欲所得蘭亭將去。」及弓劍不遺，同軌畢至，隨仙駕入玄宮矣。

南海倪秋槎秋柳詩六首，已採前録，其第五首「祇餘鍛石高人宅」句，閱者不知出典。案：文士傳：「嵇家有一柳樹，激水環之，夏天甚涼，常居其下遨遊及鍛竈。」「鍛竈」，一作「鍛石」。

宋高宗紹興間，宮中養鴿，每日羣飛於外，太學士人作詩諷之云：「何如且養雲中雁，沙漠能傳二帝書。」高宗見之惻然，自是宮中不復養鴿，見古杭雜記。

無錫鄒蓉垞導源詩，包孕萬有，而能戛戛獨造，身外詩七言長句，雅有別趣，詩云：「身外須教一例删，我行我法不知頑。世尋同調誰相合？天幸多情獨與閒。攤卷如逢無數友，閉門即住最深山。娱人況有佳風月，天趣悠然得此間。」旅居第二首云：「萬頃寒雲滾滾流，具區波浪隘三洲。夕陽寺外看紅葉，秋水隄邊狎白鷗。牧笛無情吹短調，閨砧有恨倚空樓。稻粱自是江南物，何事征人向北謀？」第三首云：「破硯生涯歲計虛，卻羞彈鋏歎無魚。偶飛短棹爲游客，自伴閒燈住草廬。流水難言前日事，名山莫問古人書。屐聲隔巷誰沽酒？綽有餘歡我不如。」鄂王墓詩十三首和厚堂師疊原韻，包括南宋事實，可稱詩史：「泥馬南來創國新，左司封事澹庵陳。藁街不早清豺轍，棘寺終憐泣虎臣。獄竟殺身冤莫洗，功能唾手召胡頻？補天斵出荒苔石，消受金蕉一滴禋。」「威聲百戰背嵬新，氣壓張劉露布陳。畫地肯爲偷活計，擁師誓作中興臣。敢同光弼趨朝懶，漫比成湯入穴頻。告廟奇功云就退，也應二卣勝周禋。」「五郎涅背刺痕新，葬母誰將地理陳。縛虎無端誣御札，發豻奚忍鞫孤臣。翦頭仙已掛冠去，拐子馬還窺國頻。感得宮慈長道服，叢祠九曲盛修禋。」「援父空遺半臂新，錢唐自晝憒誰陳？北軍扣馬誠天意，南國符鳩有怨臣。萬里城摧投幘歎，三呼軍聽渡河頻。灑餘留守英雄淚，明聖湖頭拜薦禋。」「壓日秦頭拆字新，陷宮奴僕力疇陳。刀藏膝褲難爲主，劍賜鴟夷柱有臣。五國邊城冤莫洩，千秋覲右祀還頻。北山不盡鉛箭恨，隗順應教一祔禋。」「南枝蔥鬱望來新，往事風波跡盡陳。養子無慚真骨肉，忘讎豈料此君臣。夢中自索山河舊，窗下偏勞計議頻。十二金牌一盃酒，行人沈痛罷巫禋。」「軍勢如山破敵新，紅羅旂幟儼森陳。壺漿竟負中原士，禾絹誰爲大理臣？長脚蠟書通款款，次膺酒盞屬頻頻。最憐妖夢殘年踐，好當屠蘇晉勺禋。」「牛嶺龍灣血戰新，建康形勝御前陳。蒙塵竟忘徽欽帝，異議先除趙李臣。腸斷劍門埋骨久，心驚檜樹劈奸頻。牧牛庵裏碑無字，兩寺何曾一奉禋。」「賈宜人竄痛猶新，佃客寃憑侂胄陳。卻怪弓藏翻保鳥，不思棟折更無臣。清凉居士題亭憶，沖正先生畫字頻。鐵臉鐵山工附和，如何華藏也承禋。」「勒功金石語如新，誰洗桃溪墨迹陳？不分小朝甘棄地，獨支大厦仗斯臣。凌煙閣上功誰許？偃月堂中算已頻。爭獄蘄王驢背老，靈巖抔土可同禋。」「舊知果院豆籩新，躍馬横戈恨莫陳。青史功名讒讕婦，翠微詩句慟良臣。飛濤肯學靈胥怨，叫月愁聽杜宇頻。隱隱摇旗雷電裏，皋亭不受伯顔禋。」「僧來雁宕格天新，鐘室酬功敢指陳？髯吏部書仇國購，飛將軍落武皇臣。銀瓶墜井悲終殉，金簡傳家賜尚頻。八字供詞三字獄，曲端寃死有誰禋？」「和成萬衆活方新，忍垢含汚可曲陳。冥路平原紛起責，先朝孤注獨何臣。踏邊鐵騎星霜老，司命金繒歲幣頻。閩榜開林陰報厚，表動我欲酹盃禋。」眼痛七首，亦見新穎：「短視無須哂仲賓，扣槃捫籥又何人？丙丁自悔焚符晚，卯酉從知剋命真。枉向吳門分馬練，却同齊市肖輿薪。眼紗不似休官去，靉靆新懸鏡兩輪。」「緑筋璃簡姓名珍，磨眼還宜鏡具陳。作劄縱煩韓愈手，納珠應羨華旉神。偶然點綴雲微翳，轉覺朦朧燭未真。倘得九華攜石贈，定光常放氣如銀。」「雲水光中洗眼新，如何病眼轉經旬。坐忘未得心齋力，入定翻同面壁人。膜刮金篦空有待，花摇銀海究何因？羞明近日還逾雪，那更餘明乞向鄰。」「儒生無事與書親，料得天公妬有因。頓覺一層花障霧，翻疑五色日迷人。蔡邕儘可捫碑讀，石勒何妨論史真。手眼尚堪誇獨出，心還通竅耳通輪。」「青丘悶絶欲生嗔，多謝眉菴勸飲醇。笑我鼻尖挑未試，學他腦後照還親。觀書法眼仍如月，翦水秋瞳別讓人。卷鐵倘能窮八萬，也甘老去號經神。」「何來法水上池濱，換一方看秦越人。目許借蝦明是鏡，心難窺虱大於輪。撥雲有約須卬友，承露無囊采及辰。待士不煩三日刮，吴蒙久莫振因循。」「無見應憐匍匐陳，井邊覓李尚逡巡。鏡遮牛磨重輪似，珠滴鮫綃一串勻。爛爛誰矜巖下電，昏昏孰掃陌頭塵。夢中險被雙睛換，却笑時衰鬼弄人。」七首用事，各見巧切。

文宗顯皇帝御極之二年，歲在壬子，春，行臨雍典禮，詔海内治經之士，以所著書進呈。癸丑四月，昌彝繕所著三禮通釋二百八十卷上之，禮部某郎中時爲掌印，阻之；粤東吴公世驤繼掌司印，始力言於禮部諸堂上官，派司官八人校對有無違礙字句，四閲月始竣事，某尚書又阻之；吴縣潘郎中曾瑋，文恭季子也，爲遊揚於諸堂官前，書之得蒙御覽，潘公之力也。呈進後，上命南齋翰林閲看，某公簽黏譌字三十餘處，有某太史爭之曰：「書凡三百餘萬言，著述至三十年之久，錯鈔譌字，豈可駁乎？」某公無以應，旋奉旨自行改正再進，上賞收，特賜教授，我朝教授爲進士本班，昌彝幸得之，誠異數也。先是吕公倌孫、袁公甲三皆稱贊是書，至是獲邀宸鑒，兩公深喜之，徐梅橋宗伯澤醇贈句云：「絶學千秋追許鄭，奇文兩漢并匡劉。」陶鳧薌少宗伯樑贈句云：「三代典章歸九庫，六經疏義昡千門。」吳德修儀曹世驥贈句云：「六經筐篚摛金版，五典琴箏奏玉絃。」又禮曹諸公聯句五十韻相贈，篇長未録。

方子嚴觀察蕉軒隨録曰：「咸豐丙辰夏，余在圓明園直班。是日爲萬壽節，禮成，王子懷侍郎邀周芝臺相國、車意園侍郎來余直廬小憩。余問公未飯否？甫呼庖人，公曰：『勿庸，我代君作主人可乎？』遂出酒肴相款。公健飯，每食必三盌，相國戲之曰：『今日尚能三盌耶？』相與大笑。余賦詩有句云：『白頭依壽母，青眼到狂生。』公頗稱賞。引疾後不復出矣。今上登極，命恭親王及軍機大臣傳公至，詢病狀，並奉『志慮忠純，直言敢諫』之褒。公感激兩朝恩遇，再起爲吏部侍郎，讞獄山西，丁太夫人艱歸皖江。一日余午睡，夢公入，手一紙示余，閲之乃七律一章，醒僅記其一句云『報來霜信故遲遲』。未幾訃至，公已捐館舍，奇哉！余輓公詩記其事，載集中。」

吳韶笙灝，本山陰人，入番禺籍，補博士弟子員，中道殂謝，士林傷之。工詩，刊有求是軒遺稿。詠帆貳尹楨，其族人也，持以示余，録其秋夜遣懷云：「澹澹雲羅月色微，晚涼天氣怯單衣。桐階葉落兼螢度，蓼浦花明有雁飛。飄泊尚餘詩骨在，蹉跎不覺壯心非。甲兵未洗關山暮，欲挽銀河願力違。」「熱酒沈酣豈願醒，登樓極遠渺滄溟。側聞鐵騎伸軍氣，又報金壇落將星。驛路煙飛郵信杳，越臺雲黯海氛腥。入山惟恐深猶淺，敢恨長途半月經。」其他佳句如作客云「去日煙雲都過眼，憂時悲憤總填胸」；送熊孟愚水部赴都云「曲江家學多賢胄，南國詞宗有後人」；哭阮文達公云「六經意義搜還出，百粵人材養盡成」；輓徐鐵孫先生云「亂地立名天亦妒，才人全節古無多」；蘿江洞云「村春敲月流清影，樵斧穿雲碎冷香」，皆饒有風韻。

巢縣楊體之大令欲仁，嘉慶乙丑科進士，官江蘇豐縣知縣，工書，善畫梅，詩亦樸雅，古體尤渾厚。記其和方蓮舫先生花朝對雨七賢雅集詩云：「讀君詩，酌君酒，知君胸中羅萬有。遊遍蓬萊海上山，歸來暫作煙霞叟。春葩麗藻燦齒牙，縱横聯句頻叉手。顔筋柳骨書興豪，刷字筆類襄陽帚。座間吏隱謫仙才，許抑齋。詩酒無人出其右。興來潑墨寫長松，濤聲疑聽蒼龍吼。冶溪比户聞弦歌，鋤奸猶懼苗生莠。叔度汪洋萬頃波，黄琴士。江淮草木知名久。下筆頃刻千萬言，歌呼嗚嗚陋秦缶。飲我醇醪鄙吝消，黄公之壚首屈拇。竹林雅集追七賢，古香、調臣、芝山。元季宏博如淵藪。宴客新開北海樽，盤餐味助春初韭。如雲勝友偶追陪，忝附盧前與王後。邯鄲學步聳吟肩，効顰忘却東施醜。陽春白雪和原難，畫虎或嫌終類狗。感君盛餞何殷勤，一曲驪歌當折柳。寫梅聊贈一枝春，墨瀋淋漓潑一斗。滄洲滿壁顧虎頭，霜毫敢詡龍蛇走。祇緣知己屬梅花，歲寒許共竹松友。蘭亭觴詠古來稀，此會也應垂不朽。」

字音之始，莫外於説文之諧聲，諧聲奥妙，人所難知，故後世以反切代之，其實反切不能精的。玉篇所載旁紐，即四聲「見溪羣疑」之例也。四聲即反切之派，邵康節先生皇極經世所載僧了義三十六母，來自西域，世所傳西域三十六母，即僧了義所傳之翻切也。翻、反同。震而驚者以爲奪造化之巧，故司馬温公指掌圖濫觴於此，其實四聲韻雖出三十六字母，總不若哩嘛蒙古四合音爲絶妙天籟。本朝同文志一書，實爲音學之祖，無與比倫，知其音者，凡古今音韻之學一以貫之矣。且本朝滿洲翻譯音義極爲精細，奈方言淆亂，知此者稀。昔忠國師謂太白山人問字不識字，蓋謂音學之難也。方子嚴觀察究心音學，嘗直史館，其論滿洲翻譯字音，考之甚精，其所著蕉軒隨録云：「余直史館時，校讐之暇，與鮑子年丈康語及本朝滿漢翻譯字義，并考清語官職，有今廢者，有換漢字者，如五大臣、今無如官。八大臣、與今之議政大臣同。十六大臣、八大臣後所增。左翼總理、今無此官。一等昂邦章京、今無此官。一等總兵官世職、今廢。一等副將世職、今廢。固倫額駙、固倫，國也。額駙，即駙馬。多羅、作内字解。固山貝子、貝子，爵名。固山額真、又名昂邦，凡固山，讀姑色。昂邦，讀如按班，下同。此即今之都統。梅勒額真、又名梅勒章京。凡章京，讀如瞻依，即今副都統。墨勒根蝦、即蒙古侍衛。駐防昂邦章京、今之駐防副都統同。八門總管、即盛京步營司協領。纛章京，纛，讀如推。即護軍統領。札爾色齊、即游牧主事。牛录章京、即佐領。噶喇昂邦、即左右翼前鋒統領。戈什昂邦、又名郭齊哈昂邦，即御前大臣。包衣昂邦、即總管内務府大臣。一等精奇尼哈番、即子爵。一等阿思哈尼哈番。即男爵。又達海者，造國書之人。額爾德尼者，喇嘛。墨爾根代青及額爾克楚虎者，皆蒙古也。

顧横波，金陵名妓也，色技冠絶一時。黄石齋先生余氏園與横波夫人同寢不亂一事，爲儒林佳話。余嘗題顧横波小影云：「當年媱席攪摩登，幾使楞嚴注不成。絶妙枕邊黄石老，禪心難破日東明。」石齋先生此節逸事詳於方望谿先生文集紀事卷記石齋黄公逸事云：「黄岡杜蒼略先生客金陵，習明季諸前輩遺事，嘗言：崇禎某年，余中丞集生與譚友夏結社金陵，適石齋黄公來遊，與訂交，意頗洽。黄公造次必於禮法，諸公心嚮之而苦其拘也，思試之。妓顧氏，國色也，聰慧通書史，撫節安歌，見者莫不心醉。一日大雨雪，觴黄公於余氏園，使顧佐酒，公意色無忤，諸公更勸酬，劇飲大醉。送公卧特室，榻上枕衾茵各一，使顧盡弛褻衣，隨鍵户，諸公伺焉。公驚起，索衣不得，因引衾自覆薦，而命顧以茵卧，茵厚且狹，不可轉，乃使就寢。顧遂暱近公，公徐曰：『無用爾。』側身内向，息數十轉即酣寢，漏下四鼓覺，轉面向外，顧佯寐無覺，而以體傍公，俄頃，公酣寢如初。詰旦顧出，具言其狀，且曰：『公等爲名士，賦詩飲酒，是樂而已矣。爲聖爲佛，成忠成孝,終歸黄公。』及明亡,公縶於金陵,在獄日誦尚書、周易,數月貌加豐。正命之前夕,有老僕持鍼線向公而泣,曰:『是我侍主之終事也。』公曰:『吾正而斃,是爲考終,汝何哀?』故人持酒肉與訣,飲啖如平時,酣寢達旦,起盥漱更衣,謂僕某曰:『曩某以卷索書,吾既許之,言不可曠也。』和墨伸紙,作小楷,次行書,幅甚長,乃以大字竟之,加印章,始出就刑。其卷藏金陵某家。顧氏自接公,時自懟。無何,歸某官。李自成破京師,謂其夫:『能死,我先就縊。』夫不能用。語在搢紳間,一時以爲美談焉。」

常熟女史吴宛之蘭畹,任筱園太守之配也。著有灌香草堂詩藁。結響春葩,弄色秋魄,水流采采,骨秀珊珊,格調好學少陵,而俯仰身世,情見乎詞,悱惻深摯,言盡而意有餘,與浪作嘔啞者有霄壤之别。其擬杜工部秋興八首原韻,直入工部之壘,雖以杜家長鑱,不能攻其一字,亦閨中佳話也。詩云:「殘日蒼煙鎖遠林,關山極目氣蕭森。魚龍夜偃三江晚,虵鳥雲寒八陣陰。絶塞天高盤鶻影,空山木落老秋心。哀時漫擬登樓賦,欹枕遥聽萬户碪。」「蔓草萋萋曲徑斜,雙輪如駛感年華。青燐冷聚諸陵火,碧海難尋博望槎。風隱危樓怨羌笛,月明古戍拍胡笳。數行新雁南飛去,應向湘江宿葦花。」「洞庭木葉冷斜暉,漠漠平蕪接翠微。屈指三秋悲水逝,歸心千里看雲飛。人間枯菀原難定,客裏風塵願總違。飄絮無家春已去,蓴鱸猶戀故鄉肥。」「國手誰分黑白棋,蒼茫人事亦堪悲。蒿萊滿地終須闢，蘭蕙當門未及時。都督屯軍風不競，中書伴食日如馳。江湖應有騎驢者，悵望天涯繫我思。」「慘淡塵沙失故山，千林橘柚夕陽間。九天鵬鳥初舒翼，百尺龍媒未入關。長夜琴樽空舊夢，寒窗風雨黯離顔。不堪更問淵明宅，身世飄飄鷺一班。」「驚心楚尾復吳頭，蘆荻蕭蕭風雨秋。火沸千村人影絶，糧無三日突煙愁。浪懸江漢沈雙鯉，夢隔瀟湘對隻鷗。剩有黄花酬晚節，鄉心夜夜到南州。」「聞説朝廷賚戰功，天書屢降五雲中。石頭迸裂驚飛雹，鐵甕騰空拔大風。十載烽煙枯骨白，六朝金粉劫灰紅。范韓勳業當誰屬？只有江南矍鑠翁。」「世路崎嶇自轉迤，問渠何處是平陂？星辰北拱明殘夜，烏鵲南飛戀故枝。閤外霜飈秋幾許，簾前花影月空移。暮年藼草餘春色，只見蒼蒼白髮垂。」

朱竹垞先生朱碧山銀槎歌有「刳中鄉衡入其腹，未解刀削何由彎。」案：考工記：「梓人爲飲器，向衡而實不盡，梓師罪之。」鄭康成注：「衡，平也。平爵向口，酒不盡。」引鄭衆舊説云：「衡謂麋衡也。」案：鄭衆説是也。王志長周禮注云：「麋眉通，眉壽亦作麋壽。眉間曰衡，向衡而酒不盡，是飲器太深也。先鄭之説爲長。」

「摹體以定習，因性以練才」，本劉彦和文心雕龍，而某氏避暑録以爲郭璞句，誤矣。

女史薛藥樵青，貴筑人，爲吾宗子隅太守箎室。性明慧，能詩善畫，嘗背誦唐人詩千

首　著有碧桃花館吟鈔。詩情清脆，若倩女臨池，疏花獨笑。五言名句如「檐低妨燕入，池靜任鷗眠」、「鴉歸紅葉渡，人語夕陽舟」、「腰肢秋並瘦，心跡月同圓」、「苔古蝸留篆，花晴蝶曬衣」、「涼風醒鶴夢，驟雨亂蟬聲」；七言名句如「新添小集修花史，近署清銜號藥樵」、「日暮最宜修竹倚，春寒又報小桃開」、「病起屢煩鄰媪問，詩成閒倩侍兒鈔」、「溪橋水漲無邊緑，山寺雲歸不斷青」、「花雨一簾春繡佛，茶煙半榻晝眠琴」、「隃麋乍試初磨墨，赤雅新繙未見書」。

竹垞銀槎歌有「細看款識刻至正，問誰爲此朱碧山」。案：漢郊祀志注：「款，刻也。識，記也。」尚未分曉，考游宦紀聞云：「古器有款識，款謂陰字，是凹入者；識謂陽字，是挺出者。」視郊祀志注較明晰。

曲阜桂未谷先生以名進士官滇南，載書數萬卷，行萬餘里，滇南詩云：「柳暖無煩絮，松聾不聽濤。背閒憑項負，首下見尻高。人命輕於草，銅錢利似刀。蠻夷漸騷動，切莫仗酋豪。滇南柳無緜，松無聲。」太和縣感通寺寫韻樓題楊升庵像云：「猶見東華痛哭時，竟無萬里召還期。逐臣祇合投荒死，大禮何曾有定辭。」「西羽曾爲結伴遊，班山蕭寺共聽秋。誰通轉注搜奇字，箇箇登高寫韻樓。」「傷心形影寄邊垂，閒教蠻婆唱鼓詞。我亦戴花騎象客，披圖相對淚如絲。余將赴永平，羅兩峯爲作戴花騎象圖。」三詩婉約深穩，典雅清新，惟「西羽」句不知何人，亦是憾事。考升庵集，董難字西羽，太和人，同寓寺樓，輯轉注古音，因署「寫韻樓」，集中所稱搜奇字於董難，即其人也。

朱明三百年，詩人間出，而詞學不振。我朝自朱竹垞倡之於前，厲樊榭和之於後，兩浙樂章之盛，幾欲抗手兩宋，希踪五代。閩中丁雁水以後至乾、嘉間，林崑石、陳東郇均以小令擅場，他無聞焉。建安許克孳茂才賡皞，少好倚聲，激賞於吴淞沈夢塘學淵，至是而詞格一變，易其柔曼纖靡而爲悲壯蒼涼。有時出格高渾，非詞家所能束縛，如「水聲高在天，月出樹蒼然」「四山都是雲，明河高不落」等語，在五言中直入右丞之室矣。性好山水，遊輒經月忘返。壬寅三月，偕二客遊武彝，渡虹橋板，失足墜崖死。所著蘿月詞二卷，清思麗藻，鏤月雕雲，即景妍情，體物盡態，品高詣粹，瓣香在邦卿、白石間。其集中「人在子規聲裏瘦，落花幾點春寒驟」之什，當付小紅低唱矣。齊天樂水仙云：「漢江露洗湘雲夢，珊珊珮環來矣。豔粉塗腮，輕黄暈額，羅襪盈盈新製。芳塵淨洗。正料峭東風，袖羅飄翠。一縷春魂，人在蘂珠宫闕裏。　黄昏燈畔獨立，映晶簾月影，微灑清淚。日暮波遥，天空雪冷，遺恨十三絃底。窗前瘦倚。恰酒醒香濃，夢痕如水。默默無言，晚來寒似此。」望湘人云：「悵烏絲寫恨，紅豆贈歌，那番離思無賴。噩夢嫌真，墜歡苦短，錦瑟年華難再。中酒情懷，瘦人天氣，許多愁債。問緑窗、燕子歸遲，記否憑闌人待。無那吟邊酒外，怕蕭蕭鬢影，更先春改。料胡蝶飛時，尚有幾分寒在。烟長雨短，夜深如海，冷落殘紅都快。甚寂寞、一夢梨雲，儘被東風吹壞。」高陽臺春草云：「東風一夜，燒痕吹轉，愁碧繡出南浦。驕驄嘶過垂楊岸，回首野橋西畔，玉鞭歸路。一夢池塘春欲晚，歎冷落江南遊侶。問底事惹起離情，黯黯送人去。猶記弓彎踏遍，芳郊拾翠，正是清明時序。畫裾遮斷，短亭荒堠，因甚芊綿如許。念青袍似我，只有芳心共千古。王孫恨，不堪惆悵，滿地斜陽，天涯還日暮。」蝶戀花撥悶云：「悶掩蘭窗消永晝，小小蛾彎，緑得愁痕皺。人在子規聲裏瘦，落花幾點春寒驟。坐擁博山薰翠袖，燕姹鶯嬌，不管儂僝僽。拍斷闌干吟未就，鸚哥驚醒將人咒。」一萼紅柳影云：「隔湖灣，一奩空翠，瘦影不禁攀。淺碧風梳，輕黄霧蘸，迷濛千里關山。悵古道、短長亭堠，款斜陽、一半在闌干。淡裊鞭絲，濃遮酒旆，遠露江帆。才見依依浦溆，又垂垂院落，勒住春寒。亂掃殘紅，輭兜晴絮，樓頭隱約烟鬟。正搖斷、黄昏簾箔，共花魂、明月有無間。愁煞夜烏啼罷，曉色征鞍。」江城梅花引夜雨云：「酒闌燈炧夢初遥，聽瀟瀟，恨瀟瀟。敲碎春心，無賴是芭蕉。花正怯寒人更冷，漏聲緊，夢相逢，到畫橈。畫橈，畫橈，隔紅橋。魂自銷，首自搔。去也去也，去不見、江水迢迢。怕是落花，驚醒轉無聊。簷畔風鈴猶自語，和雨點，一聲低，一陣高。」買陂塘登黄華山半晚眺云：「浸銀塘、一壺寒緑，倒含嵐翠明靚。風漪細蹙鞾紋膩，只少柴門漁艇。秋色冷。驀萬樹、丹黄换却繁華境。斜陽送暝。愛畫楯横空，朱闌卧水，紅翠變俄頃。　尋游跡，重認蒼苔門逕。溪山過眼誰省？十年金粉江南夢，松吹無端驚醒。回悟猛。聽一磬、空山定住風旛影。天高地迥。又萬葉爭飛，流泉忽咽，鶴語翠微頂。」滿江紅題郵亭壁云：「秋冷郊原，看一帶、平林如畫。歎閲盡、嶔崎世路，夢中猶怕。萬里關河長緬緲，千年塵土空悲咤。只垂楊、不管别離愁，斜陽掛。　誰苦勸，勞人駕？料不似，青山暇。奈感生髀肉，壯懷難罷。滚滚黄塵隨馬起，悠悠白鳥和煙下。聽笳聲，寒月戍樓西，驚心乍。」高陽臺小黄華山亭懷伯兄云：「逕折蒼煙，階盤亂石，憑高醉眼愁孤。不盡離情，深山何處啼烏？斜陽正在煙深處，更傷心、一帶平蕪。記當年，匹馬衝寒，雪滿征途。　雁飛不向樓邊墜，只銜蘆遠浦，書也都無。舊侣飄零，西風近亦行疎。相思不恨煙波杳，恨故鄉、更少蒓鱸。悵短亭，敗柳垂垂，都易新株。」聲聲慢感舊云：「雪岸飛梅，風漪韻竹，酒邊三載勾留。夢到横枝，枝枝都有離愁。重來舊時庭户，只苔痕、青上簾鈎。人更遠，正烏啼日落，休去憑樓。　奈是溪山暮也，況登高望遠，重賦悲秋。一笛關河，又吹霜入征裘。風波五湖正惡，怪天涯、猶有行舟。待後約，記參横、月漾淺流。」清平樂寄伯兄云：「戍樓吹角，積雪埋林壑。萬里羈愁煙漠漠，飛起月中孤鶴。　知君歸夢天涯，夢中歸到誰家？不記舊時窗户，可還認得梅花。」買陂塘秋笳云：「蕎平沙、四無人語，一聲天地孤迴。畢逋飛遶城頭樹，拍拍亂栖不定。楓葉逕。悵大地、山河吹老斜陽影。羈愁暗省。又遥帶寒鐘，亂催急柝，客夢夜驚醒。　胡天遠，一片荒涼野景。角弓鳴處風勁。天涯慣入征人耳，怕向酒邊重聽。鼙鼓競。奈清角、聲聲更逼黄昏近。穹廬夜静。忽萬馬悲嘶，楚歌四起，月照鐵衣冷。」

丹徒楊羨門棨，詩兀傲清曠，余讀其金陵懷古及江上雜咏，包孕史事，澤於大雅，非嘲咏風月者所能爲也。金陵懷古云：「龍蟠虎踞勢猶雄，悵望千秋思不窮。一帶長江下西蜀，三分故壘又東風。濡須有鴟征帆集，薄落無城返照空。欲拾殘槍問遺烈，淒涼花草滿吴宫。」「過江五馬一龍飛，建業猶堪作帝畿。可歎朝廷餘白版，但聞門巷重烏衣。諸公南渡清談尚，名士中原自此稀。誰上新亭覽風景？尊前惟有淚空揮。」「十丈長星亘碧霄，剛聞受禪議羣僚。勤王方討諸桓逆，立主偏從二帝謡。漫道雄兵收北府，徒令劫運啓南朝。丹徒宫在汝陰去，轉眼堪悲王氣銷。」「莫問當年閱武堂，楊花飛入壞宫牆。珍奇動罄千家産，樵米惟儲十日糧。錦雉至今翔廢埭，秃鶖依舊下横塘。白門一決成虚語，剩有邨巫賽蔣王。」「饑烏啼散古牆邊，如聽荷荷語不全。魏晉以來無此主，詩書之外忽談禪。竟招大盜容移國，非是生兒少象賢。稚子不知興廢感，臺城猶自放風鳶。」「嬪御皆鳴學士珂，臨春閣畔占春多。黄塵阜莢相料理，玉樹金釵迭唱歌。莫怪生前乞官職，尚聞地下舞嫦娥。惟餘幾曲青谿水，猶向胭脂井畔過。」「玉軸牙籤插架新，澄心堂上淨無塵。若居翰苑無其匹，翻是宫廷誤此身。卧榻原難容睡客，小樓何事忌詞人？可堪唱罷家山破，花落江南又送春。」「手提三尺削羣英，一統先聞告太平。忌煞功勳侔漢祖，禍興文字比秦坑。預防閹黨非無識，徑立文孫實啓爭。尚有人傳作疑冢，野花萬歲殿前生。相傳明太祖實葬萬歲殿下。」「飛燕乘風下九皋，半邊月墜暮雲高。儒臣只解師三古，釋子偏能講六韜。漫道雄藩迎代邸，早留粉本到宸濠。金川門外霜笳動，牧馬依然齕野蒿。」「一曲春燈半壁休，南朝天子總無愁。梅花空灑孤臣淚，桃葉猶呼五夜舟。天塹兵來緑樽冷，孝陵鬼哭白楊秋。舊時淮水東邊月，更照降幡出石頭。」江上雜詩十首云：「莫聽海客説瀛洲，巨浪茫茫不可求。此地三山即三島，扁舟一葉任來遊。」「劉谿墓上水都平，一派汪洋接甕城。濤起北江江入海，海門東去雪山傾。水經注：『丹徒縣城北有劉谿墓，淪於江，江即北江也。』」「春水稱時識夏潮，沙田萬頃長新苗。俗以元日稱水，卜江潮之小大。楝花風起麥都熟，屋角啼來婆餅焦。」「俊味江鄉益食單，梅蝦稻蟹當常餐。秋來别有班魚美，合作河豚贋本看。『贋本河豚』，楊次公戲米元章語。」「十里新洲接遠汀，射蛇舊跡已飄零。惟餘一種寄奴草，猶入丹徒宫裏青。」「寒食春光已十分，土山游屐集如雲。曉風殘月江村路，誰上當年柳七墳？避暑録話：『柳永死潤州，王和甫爲守，葬之土山，俗以清明上冢云「弔柳七」。』」「使船如馬逐金師，紅袖臨江執鼓鼙。京口漫言兵可用，何如娘子一軍奇。」「信國祠堂越國屯，攜尊隨處酹忠魂。更因石壁題詩句，新闢雙峰仰止軒。『楊子懷人渡揚子，椒山無意合焦山。』忠愍公句，焦山因構仰止軒祀公。」「一身存没義熙年，靖節詩文手自編。五柳猶傳高士宅，江泠閣外水如天。泠秋江士嵋著有江泠閣集。『一身江上老，存没義熙年。』其八十生辰句。」「荒祠一角隱斜陽，翠筱蒼藤出斷牆。衣片韈幫久零落，題詩猶説衛琴娘。琴娘，天台人，順治初自經於北固山楊公祠，題壁有『衣片韈幫半委泥』句。」

山陰吴泰交先生制行清高，以不附和黨故，前由侍講轉侍讀，復由侍讀遷侍講，昔人所云「官不必高，品不可卑」者，於先生見之矣。詩有唐音，已録他卷。又讀其經光武廟詩，情韻雙絶。詩云：「曾傳冰合渡滹沱，感召靈泉此又過。佳氣舂陵鄉土近，真人白水讖文多。風雲四壁丹青面，壁繪雲臺諸將。鸞鶴三霄碧樹柯。階柏甚古，旁爲道院。下馬行人勞再拜，門前指點舊山河。」都江竹枝詞十二首，專述土風，多作蠻語，殊異懊儂之唱，差同「郎罷」之稱：「三角屯邊江水連，三角灘上下灘便。近呰蒙人蒙，讀上聲，苗人稱苗。諳灘性，艫讀羅，上聲，苗船稱。頭向後尾向前。」「詔苗婦稱男。聲雄大耐苗男稱婦。

聲雌，獨木艑中苗船多獨木。雙槳施。耐愛呵煙詔愛槁，苗稱酒。烏衫一色趕場時。」「頭難二難兼三難，俱灘名。雷吼閻羅一節灘。近日蒙家學丟苗人稱漢人，亦以稱客。語，艑頭叉手報平安。」「未到孖江苗稱水之分流爲孖。碧緑渟，彎彎小月火星星。客宮宵宿戍傳磤，驚走辦嬈苗小兒稱。低耳聽。」「齊聲失笑鼓胡嚨，誰得如繇讀作摇音，苗人自稱。駕艑工。不見前灘虎牙側，老虎灘甚險。曝衣風帽夕陽中。」「柳疊山前柳綻金，斜將柳葉髻椎簪。無情風雨有情日，阿婢苗女稱。來牛寨名。歲歲心。」「石骨如龍淺處横，一溪頭角太猙獰。紙般薄艑不堪觸，付與繇來屈曲行。」「經過平宇水平沙，才撥艑頭前向划。趁浪趁風六十里，八開泊處演多加。苗唱歌名。」「畢竟雷音灘名。過最艱，中流巨石屹當關。阿繇憑仗禱祈力，撒手波濤一瞥間。」「椶纜長踰十丈强，半因放溜半聯檣。蒙家此物底須用，拖入平沙艑自藏。」「更番梭疾説當差，不使餘閒住此涯。摸得細鱗好飯秫，費繇山洞半肩柴。」「木葉吹殘棄不收，野猿今喜逐江鷗。婢完小女稱。婢攏大女制。銀環大，同艑看花下古州。」

忠臣義士，遺書剩札，留落人間，人得之寶貴若金玉。倪文正公有尺牘十數通存魯蕘仙光禄家，一日出示徐鐵孫屬題，鐵孫詩云：「菑害初興尚可爲，手徵履歷是生機。卜年算定犂眉叟，卻遺文孫亂是非。書云：『履歷付上。』案：明史本傳：『八年遷國子祭酒，帝意嚮之，爲温體仁所忌。一日，帝手書其名下閣，令以履歷進，體仁益恐。會誠意伯劉孔昭謀掌戎政，體仁餌孔昭攻之，言其妻陳尚存，而妾王冒繼配復封，體仁票旨，落職閒居。』」「直道當時未盡亡，翻緣無刺賞清狂。掌科鑼鼓方盈耳，金闕排雲忽換場。與三蘭兄書云：『題試之日，弟已打作掌科鑼鼓，順手揮去，而閣師交口共贊』云云，謂散館也。案：年譜：公文多指斥，及集議，葉文忠曰：『倪某無論文字，只三年來無片刺及吾門，已加人一等矣。』乃留公翰苑。」「偷活沈吟向草根，元家早歎一燈昏。孤忠試看忠誠府，詩一房中五日元。家書云：『入闈得士二十四人，首卷楊廷麟，文三篇，并會元文寄去，元文實不佳，從此元燈絶矣，長安士論甚譁。楊卷已定元，五日臨時時忽然換下，緣當事爲李太虚所惑，其實兩主司在闈中大唾吳卷，謂當糾參而竟用壓榜，始信鬼神之事不虚。』案：年譜：崇禎四年會試，公分詩一房，是科會元爲吳偉業云云。梅村絶命詞：『恨當時沈吟不斷，草根偷活。』明史楊廷麟傳：至贛謀大舉，『加兵部尚書兼東閣大學士，賜劍，便宜從事。』萬元吉傳：『唐王聞贛圍久，賜名「忠誠府」。』」「特達新知荷九重，外廷疑信尚洶洶。烈皇所欠惟冰鑒，五十樞臣共一庸。顧湄梅村行狀：『時有攻座主宜興相者，借先生爲射的，莊烈帝御批其卷，有「正大博雅，足式詭靡」之語，言者乃止。或謂梅村之元，乃帝手自拔置，故古意詩有「手把定情金合子，九原相見尚低頭」之語。』」「寧薊連年兵變多，吳橋又見倒前戈。書生只辦搥牀歎，神助韓陵待若何？書云：『叛卒破七城如破竹，今且據登，脅撫臣孫元化移揭到部求撫，高歡之所生心，蓋不在今日也。』案：通鑑輯覽：『崇禎元年，寧遠兵變；二年，薊州兵變；

四年閏十一月，孔有德等兵叛於吳橋。』書中即指此事。北史：『高歡與尒朱兆戰於韓陵，爲圓陣以待，若有神助。』」「叩頭枕上苦求歸，漳浦黃石齋。長洲徐九一。早見幾。畢竟陔蘭難久戀，催來南拜殉朝衣。家書云：『凡同衙及門生之來候者，吾俱延見榻前，慟哭叩頭，令感動，爲吾合力懇求政府，且石齋、九一諸君已去，而吾獨留享寵榮，「有靦面目，視人罔極」，詩其謂我乎？吾思親既甚，而進退之道頗嚴，而決以此自存顔面耳。』案：年譜：乞歸省在崇禎五年，既復入都，爲劉孔昭所攻，落職。十五年詔起兵部右侍郎，明年抵都，超拜户部尚書，編通鑑輯覽，聞變，北向拜帝，南向拜母，自縊而死。」「卯君燈火渭陽官，操語殷勤又府單。曾向蓬軒觀類稿，白余門户耐清寒。家書：『府考的在何日？府單何日進？有祝孟鴻可開上，此非貨取，相見但應承，不可責以常例也。』又書：『前府單弟似太拘執，可惜付之一擲，以吾名帖進，可得十三名，即不如前書「資弟燈火」云云，但擇親宗密友申資才可進者，仗義爲之，亦一快心事也。』又書：『二舅事，時下操臺正在議換，如得其人，面託爲穩，若寄信求官，此萬年不得者也。』案：黃比部暻蓬軒類稿：『本朝大臣不以軍功官子弟者，白恭敏公、余肅敏公二人耳。』」「煌煌要典付焚如，哭倒孫郎信有諸？門下諸君偏好事，官書纔燬刻私書。本傳：『請燬三朝要典，命會議，遂焚其板。侍講孫之獬，忠賢黨也，聞之，詣閣大哭，天下笑之。』與王堉書云：『承教災木，拙疏恐徒憎人唾耳。都中先因將歸，門人爲刻數種，特附請正，奏牘以此爲定本，賢堉所刻者恐向時鈔本，或有訛誤，乞逐字校對，發行爲便也。』」「惡欲沈淵愛鑄金，廿年射的注東林。中行狂狷誰分別？賴有高言止衆心。本傳：『上疏曰：「東林，天下才藪也，而或樹高明之幟，繩人過刻，持論太深，謂之非中行，則可；謂之非狂狷，則不可。」』」「倪祁荒政助諸侯，雨點蒼茫憶滿頭。二百五年文字複，人傳後起繼前修。崇禎十四五年，兩浙大饑，公與祁忠惠公皆在籍，郡縣荒政，多籍兩公之力，故有『天漏没補法，爲莩爲魚，不知所底』，及『歲饑抛荒筆硯，文債如山，滿頭雨點』，及『貧生周官業開送須賑』諸書。道光己酉，紹興各屬水饑，宗滌甫侍御、王蓉坡太守適在籍，助余賑務，計去崇禎辛巳二百五年矣。」「七斗三時切救災，浮圖會上即蓮臺。至今良法留鄉里，始信仁言利溥哉。書云：『貴族諱光銑者，其季郎求入浮圖之會。』案：年譜：又創爲一命浮圖會，序略曰：『不暇多施，但占一命，計自春暮，以及秋中，爲期百有四旬，量米日纔五合，不過七斗，已閲三時，爲此功德，勝於浮圖』云云。道光庚戌，紹屬仍水災，余併舉公此法，推廣勸行，自十二月至於四月，每一大口，日定給錢八文，除至親服屬外，能保若干人，即將所保之姓名開列張帖門首，官籍記之，所保之人，仍當出力助此家粗重之事。」「誰見中臺感一瓢？不辭宋賈悦人嘲。罰金齕指心良苦，待掖鵬程上九霄。家書云：『無聊之中，詳核星衡。弟從前未經佳境。明年丙子，如不高捷，即齕吾指，并罰銀五百兩。此吾十年前相定此科，今覆視之，益堅定。且賤造中應得雁行接翼，六弟已矣，自應萃華於弟，萬不失一，惟願鼓鋭致功，以人事副之耳』云云。此與四弟獻汝書也。獻汝名元瓚，考府志，崇禎九年丙子南闈上虞只曹應登、徐景辰二人中式，文正之言不驗，蓋亦借術數之説，以誘掖之耳。劉書（原稿作『劉勰』）新論：『微子感牽牛星，顔淵感中台星。』史記日者傳：『二君曰：夫卜者多言誇嚴以得人情，虚高人禄命以悦人志。』」

王居士塼塔銘，上官靈芝撰，敬客正書，顯慶三年勒石，出終南山楩梓谷土中，以説磬本爲最。孫退谷消夏録中所未收也。惟序中「肝食一麻」句，迄無解者。方蓮舫先生曾於吳門以百金購得原搨本，今爲子嚴觀察所藏，出以示余，後有高已生學博跋語云：「道光甲申秋九月，僑寓魏塘，於丁帶泉茂才座間獲觀塼塔銘一帙，昔人所稱説磬本者。張叔未解元有跋，審定爲原搨。越歲乙酉，蓮舫郡伯復出此本，波磔之妍媚，于瘦挺中得之；機趣之横逸，于藏鋒内寓之，較丁氏本尤徵精妙，殊可寶也。爰記兩年所見于其尾，自矜眼福，兼賀郡伯之得奇珍，而系之以詩曰：『鷹隼歐虞總不如，吳興太守況工書。我慚肝食一麻者，浪被人呼作墨豬。』烏程高錫蕃識。」按：蓮舫先生與其弟調臣贈公，皆精八法，金石書畫收藏極富，兵燹後遺失幾盡，閱此爲之憮然。

溧陽强彦吉孝廉汝諶遊幕河内，以感懷詩寄余，有「饑驅二載滯周南」之句，案：周南，洛陽也。史記：「太史公留滯周南，不得與從事。」如淳注曰：「周南，洛陽也。」張晏注曰：「洛陽而謂周南者，自陝以東皆周南地也。」孝廉詩妙切如此。

方芝山先生士銜，子箴方伯、子嚴觀察之叔父也，少負神童譽，十餘歲時，十三經皆成誦，背讀如瓶瀉水，鮮有訛誤。久困場屋，不得一第，中年絶意進取，築望園居之，饒有花竹之勝。工吟詠，兼精音律，每酒酣月上，擊腰鼓，命家僮吹笛，倚闌唱「大江東」數闋，聲遏行雲。六安沈春湖觀察巢生，嘗目之曰：「此不得志於時者之所爲也。」年未五十，遽殁，惜哉！記其落第一絶云：「秋風何處説文章？爨下焦桐祇暗傷。自指頭顱半成雪，揮戈無力返殘陽。」蓋詩讖云。

陶南邨輟耕録：「陳剛中策蹇遇吕徽之，因互論驢故事，剛中至四十餘事而止，徽之多記三十餘事。」曲阜桂未谷進士題騎驢圖云：「風雪灞橋來，詩成大快意。莫遇吕徽之，窮哉説驢事。」隸典極見媕雅。

燕京郊西有芙蓉殿，爲金章宗行宫故址。長安客話：「玉泉山頂有金行宫芙蓉殿故址，相傳章宗嘗避暑於此。」劉友光玉泉山詩注云：「金章宗搆芙蓉殿於此山。」竹垞老人芙蓉殿詩：「雕宫委礓礫，暗粉剥莓苔。想見明昌日，芙蓉殿脚開。」考癸辛雜志：「章宗母乃徽宗某公主之女，故章宗嗜好書劄，悉效宣和，宣和畫譜極博。字畫尤爲逼真。金之典章文物，惟明昌爲盛。」案：元遺山仕金即當明昌時。余詩有論遺山，後二句云：「遺山詩老頭空白，腸斷明昌玉筍班。」即指當時文物之盛也。

七星巖在高要縣北六里，七區連屬，列峙如北斗，其巖有石室、屏風、閬風、天柱、蟾蜍、仙掌、阿坡之目，延袤幾十里，瀝湖環其下，宋康衛、明陳白沙、近代朱竹垞、王漁洋、杭大宗、馮魚山諸名輩游其地者，均有詩，竹垞詩尤高曠。定遠方子嚴觀察濬師蒞端州，其游巖詩古氣磅礴，音節遒勁，視竹垞、漁洋作無多讓也。詩云：「自從官京師，趨車畏塵坌。今兹簿領閒，偶發遊山願。良朋約三五，各詡腰脚健。甫出城北門，田疇緑草蔓。分秧勞農夫，荷蓑立水面。南方節候早，於此乃益見。雲重頭似壓，逕仄踵欲穿。七朵奇峯懸，相看目驚眩。高者天可倚，低者地可旋。猛如獅象卧，雄如兵甲頓。排如玉筍班，煥如霞錦緣。崢嶸紛起伏，崱屴爭後先。左得右已失，此捨彼復戀。巍巍天門開，露出摩尼殿。了無斧鑿痕，五丁力恐遜。放膽步石室，披襟豁煩悶。長橋中央駕，綿亘拖匹練。初愁陰冷甚，繼覺情景變。半空一滴水，聲若碎玉片。涓涓不停住，遂爾成回漩。可是驪龍醒，含珠時噴潠。再進境愈佳，曉天明一線。持梃擊石鼓，噌吰音自遠。惜哉鐘久啞，常抱不鳴恨。我行足漸軟，頗悔游未徧。禪房且棲息，蔬筍具晨膳。老僧前致詞：使君得毋倦。汲泉瀹新茗，清腴勝陽羨。歸來整匡牀，酣睡拋書卷。好山復入夢，嵐翠增妍蒨。忽然大雨至，滿身珍珠濺。阿香持北斗，霹靂閃紫電。斯時兩腋輕，凌風任推轉。飛上最高峯，寒氣逼衫袨。衆星落我手，抱之金光纏。一笑開雙眸，摩挲端石硯。」

「天空地僻林巒靜，疏樹高低帯夕曛。寫出江南秋思冷，墨煙飛亂一山雲。」此許雪鴻綸題姚羽京畫册詩，令人動塵外之想。

定遠方玉屏明經永博學工書，家素豐，晚乃貧乏不能自存，僑寓金陵鍾山下，寄情煙水，抑鬱無聊之概，悉寓於詩，秋樹園感興云：「飛盡濃霜白盡頭，餘生無主任飄浮。孤燈寂寞三人共，六代菁華一網收。清濁聖賢分酒味，荒涼風雨入詩囚。可堪已葬愁城了，又爲吟秋起百憂。」又：「雨團柳絮成乾雪，香繞簷牙墮溼雲。」巧不傷雅。其重陽絶糧末聯云：「今日才知非客氣，更逢佳節不題糕。」讀之失笑。

子嚴觀察有幼女名介榕，七齡；猶子名臻樌，八齡，兩人天姿聰慧，觀察愛若珠玉。余游端州，介榕、臻樌日在余側，滌毫磨墨，視余如父，余尤愛憐之。曾作二絶句以賜，亦一段佳趣。賜介榕云：「慧性生成掌上珍，西王母雀本前身。他年才德傳鄉里，父是人間向子譚。」賜臻櫝云：「英物鸞辰師保驚，櫝識字三千，能解音義，目爲神童。旗鈴墜地似雷鳴。阿咸異日齊名姓。喜煞清狂阮步兵。」

拜岳鄂王墓詩，古今作者佳篇歷歷，以題易於發揮也。余所見諸家詩，惟儀徵阮文達公一詩，包掃一切，可稱空前絶後，不可有二也。詩云：「不戰即當死，君忘臣敢存？猶憐驢背者，未逐馬蹄魂。獨洗兩宮恥，莫言三字寃。投戈相殉耳，餘事總休論。」此詩凡高宗之不孝，秦相之奸險，諸將之庸懦，都於言外見之，絶作也。

昔人論咏物詩，如繪聲繪影、繪水繪月，蓋能曲曲繪出題之神也。弔鐘花詩，古今詩人少咏及之，方子箴方伯二律，妙趣渾成，傳誦萬口，唱遍旗亭，一時紙貴矣。蓋其詩之妙，句句是弔鐘，句句是弔鐘花，足令汗走籍湜，爲無上之品。詩云：「珊朵垂垂萬樹頭，靈根蟠結兩龍湫。頂湖山有上龍湫、下龍湫。頂湖上界仙葩發，粲谷嘉名福地留。花作鼓拳鼓子花如拳不放。形畢肖，梅開磬口韻同幽。鋤雲精舍宵來雨，遮莫聲添百八不。」「陶鑄洪爐或偶然，化機暎盎不霜天。依稀碧玉浮金狀，錯落明窗大几前。九耳若摹鳧氏製，六時思扣雁王禪。鯨鏗忽動雄豪想，待泛羚羊峽裏船。」

余年六十一時，長兒慶炳自建寧郡署寓書乞余回閩，謂有推蠢子數者，以余紀算盡於六十二歲之秋。余答書云：「俟六十三歲再理行裝。」余六十三歲寄詩與兒子云：「欺人蠢數休輕聽，我已今年六十三。」聞者皆以達人目之。

阮太傅七言詩寫景如畫，嘗爲余言，老年喜學中晚詩。記其傳句：月夜過趙北口云「三更蟹舍明簾火，十里虹橋壓鏡波」；澹凝精舍云「鳥壓藤梢低著水，魚跳池影上搖牆」；太平漁鄉云「風定煙波秋罩網，月明野水夜鳴榔」。賈長江見之，定把臂入林矣。

道光戊申、己酉，江南兩遭水患，居人廬舍悉成澤國，方調臣先生時官東流學博，奉檄勘災，無有浮漏，士民德之，所至焚香，跪輿前者輒滿。先生有紀事詩，可當流民圖觀也，詩曰：「三月沈陰雨太多，卻憐城市又成河。櫓聲搖曳街心去，帆影分明屋角過。已歎斷薪兼斷米，那堪無麥復無禾。小民何故頻遭厄，愁對汪洋發浩歌。」「豈是泥沙阻下流，終朝淫雨落無休。可憐破屋隨風浪，恨不全家上釣舟。去歲水痕猶未退，今年潮勢怕過頭。天公何日開晴朗？苦霧愁雲總滿樓。」「借債修廬始畢工，誰知依舊付東風。米因增價饑權忍，衣爲無錢典欲空。萬水難教狂筆挽，一城豈止學官窮。啼號滿耳真悽慘，況在傾盆夜雨中。」「長波浩淼繞官衙，我亦居同瑟縮鴉。積潦已荒三徑菊，溼泥難護半園瓜。山雲有意頻翻墨，江水無情只作花。雨勢不休潮不退，救荒何策免咨嗟。」

「今夕乃何夕，歲律已云暮。」秦淮海飲玉山座句。「聿」作「律」，本三家詩。

字音有據方音，不論許書諧音者，如綷縩，世皆作「翠蔡」音，不知此二字音「淒叙」，乃平聲也。潘岳藉田賦：「綃紈綷縩。」注：「綷縩，衣聲。」案：吳中謂新衣作聲曰綷縩。武進胡繩崖文英方言補音云：「音淒叙。」又襬襶二字，近世皆讀「能戴」，是以偏旁作音也，不知此二字乃音「累堆」，上字是仄，下字是平也。晉程曉詩云：「今世襬襶子，觸熱到人家。」案：襬襶，不解事而笨也。吳諺呼笨人爲襬襶。胡補方言：「音累堆。」

海鹽朱朵山殿撰昌頤，虹舫閣學猶子也，由拔貢生考取七品京官，籤分户部，升主事。虹舫閣學有婢名多多，國色也，且能詩，朵山向其叔父乞多多爲妾，叔已許，多多不可，曰：「彼能中狀元，吾嫁焉。」朵山成七言律詩懷之，中有句云：「一心得念波羅蜜，三祝難忘福壽男。」上句隱波羅蜜多，下句隱多福多壽多男子也。妙語天成，不可思議。丙戌朵山登進士第，傳臚第一，授修撰，多多聞之，作詩賀之，有「豸服簪花榮釋褐，蓬池賜宴冠同班」之句，遂嫁之，一時傳爲美談。

方子嚴觀察蕉軒隨録曰：「吕東萊有『驚起何波理殘夢』之句，波字多不知何解。按：范石湖吳船録載：王波渡，波者尊老之稱，祖及外祖皆曰波，又有所謂天波、日波、月波、雷波者。此王波蓋王老，或王翁也。宋景文嘗辯之，謂當作『皤』，魯直貶涪州別駕，自號『涪皤』，或從其俗也。」

邵陽魏默深太守古微堂詩，各體均佳，五七言古尤勝，五律亦有妙趣，奇警異常。湘江舟行云：「亦欲愚溪去，其如山水重！鳥魚驕九曲，竹樹醉千峰。人入琅玕國，天圍翡翠墉。估帆貪利涉，不入壑丘胸。」有雄闊絶倫者，虎牢古城臨黄河，今移山頂。詩云：「山盡黄河抱，前横斗大城。鼉防千浪嚙，虎扼一夫爭。百戰寒雲陣，中宵萬馬聲。休同廣武歎，久偃北邙兵。」天台雜詩，高妙大有禪理，第三首云：「一轉一菴出，無時無水聲。是菴皆樹色，何樹不蟬鳴。習定猿無影，聞鐘月乍生。此間寒拾地，凡聖浩縱横。」第四首云：「寂寂二三影，行行高下巓。不辭衣盡溼，只覺杖居先。白是林間露，青來水上煙。到頭山盡處，黄葉浩無邊。」烏龍潭夜坐第五首，語妙天下，未經人道，爲吾宗子隅太守所擊賞，詩云：「晨興尋古寺，徑轉翠成圍。客病花偏好，家貧草更肥。鹿蹊羣壑靜，魚國萬泉歸。着我真圖畫，不嫌無釣磯。」「客病」二語，天上人語，從何處得來？

秀水朱竹垞老人論畫和宋中丞十二首之十云：「先子韶年寫雲壑，當時心折董尚書。後來舍弟亦能畫，可惜都無片紙儲。」或疑「舍弟」及「片紙」入詩不典，不知均有來歷。能改齋漫録：「兄稱弟曰舍弟，亦有所本，魏文帝與鍾繇書曰：『是以令舍弟子建，因荀仲茂時從容喻鄙旨。』」此「舍弟」二字之有來歷也。蘇詩：「隻字片紙皆藏收。」此「片紙」二字之有來歷也。

楊筱坡組榮，懷遠諸生，幼穎悟，於學無所不窺。工詩善畫，山水宗董思白，没骨花卉得南田神韻，自謂生平佩服者惟苦瓜和尚、新羅山人。精篆刻，摹鐘鼎文，極古豔。妙解音律，所著傳奇數種，膾炙人口，可與孔東塘、蔣心餘方駕。性疎放不羈，而風骨稜稜，不知者每以狂目之。嘗爲人畫山水墨幅，題短古一章，中云：「十年作畫頗自矜，胭脂媚人吾不能。」其胸襟可想也。稿多散佚，録其秋日感懷云：「君不見山阿潦倒梁棟材，公輸不遇湮蒿萊。又不見鹽車埋没騏驥才，未逢伯樂終駑駘。士恨無知己，何怪拔劍砍地歌聲哀。我有黄山苦竹笛，我有崑岡白玉杯，請君且行樂，底事鬱鬱對影愁形骸！自古貴者不足恃，烏紗紫綬轉眼成灰埃。自古富者不足恃，金谷緑珠安在哉？惟有天邊月，明明去復來。惟有尊中物，陶然開我懷。一聲長嘯起四顧，滿地落葉鋪蒼苔。」題碧梧對月圖云：「明月照簾櫳，好風吹短竹。傾耳聽鳴泉，雲截山腰緑。無酒復無詩，轉歎高人俗。有客攜琴來，一奏松風曲。」二詩雅擅唐音，宛合名品。又詠老少年即雁來紅草。四律云：「深紅淺緑任斜欹，半倚闌干半短籬。自具仙姿爭麗景，錯疑衰態惜芳時。世人但識春風面，小草能留晚境奇。漫説若翁戀青紫，婆娑如爾總相宜。」「也隨菊圃共蘭唐，只襯清幽不借香。種就丹砂仙子術，披來錦繡内家妝。園林得主栽偏滿，竿木逢場念益狂。却恨道心修未穩，每因顔色憶徐娘。」「斜陽影裏可憐紅，朔雁聲淒欲避弓。面目何曾慙父老，心情依舊學兒童。畫圖寫我三生願，世態由他萬變中。安得攜將才子筆，幾篇詞賦擬揚雄！」「認取疎籬色相真，畫眉貧女莫憂貧。月香天上將開桂，秋補人間未了春。暮景料應還絢爛，名花端的讓精神。詩成同學休相笑，珍重當前清淨身。」借題寄興，感慨遥深。又家春圃少尉屬繪蘭桂圖時將返里賦以誌別云：「老桂崇蘭品格同，安排秋色傲秋風。歸心已逐南飛雁，付與離騷一卷中。」亦清超絶俗。此才不永其年，吾爲天下惜之。

明崇禎庚辰科春榜，最爲淆亂，是科進士臣闖賊者，不下二十餘人，宋企郊其一也。余友林菊潭山人詠之云：「科第何須詡拔茅，庚辰春榜亦多淆。誰教闖賊長驅入，君看詞臣宋企郊。」

陳衍中槎上老舌云：「北人置菜於樹，以風受日，蓋欲乾之而不與其遽乾，其名爲棲苴，詩云『如彼棲苴』是也。法良，名亦巧妙，朱子注爲『水上浮草』，則索然矣。」

明皇甫庸近峰聞略云：「東坡詩『人老簪花不自羞，花應羞上老人頭』；邵康節詩『花見白頭人莫笑，白頭人見好花多』：康節壯而東坡怯。」

同治丙寅，丹徒戴友梅肇辰守廉，延余掌教海門書院。余課士謹嚴，教先言行，不半載，士習文風寖變。是歲八月初七日申刻，余所住屋脊鼇頭放火數尺，五色斕斑，聲如雷鼓，火光接天數萬丈，萬目驚駭；是夜亥刻，火復吐，縱横數十丈，江海内外照耀如晝，次日門生數十人來告，方知其實，即以海門書院鼇頭放火題試士，作者凡百餘人，而林茂才德輝百韻詩爲壓卷，詩引云：「玉篇曰：火者化也，隨也。萬物變而相隨也。丙寅戴郡伯延閩海薌谿國博師主講熊席，士習烝烝丕變，而文氣隨亦煥然，此人文之變化也。本年八月初七日申刻，文昌樓頂鼇頭吐火數尺，光芒燭日，至亥刻火復發光如毬，縱横數十丈，遠近皆見之，天文之符瑞，與人文相感召矣。敬賦一百韻詩以紀之。」「火德主於隨，化物潛轉移。五行居其二，蒼龍星耀奇。或則爲鶉火，咮宿天漢司。或則爲大火，心宿長主持。鑽燧疊改火，日月頻盈虧。季春則出火，宣氣成陽曦。季秋則納火，伏藏義取斯。田祖界炎火，螟螣害不罹。聖火可療疾，痼癖賴以醫。火烈焚大澤，乃以驅熊羆。火山易耕種，餘燄誅茅茨。火井窈而深，雷聲隆隆施。辭辭與火火，隊伍捷奔馳。譆譆又出出，呼怪奇伊誰？燧人出御世，火食法乃垂。司爟掌其令，救疫靡所遺。明火取於日，祭祀禱集禧。赤烏流王屋，成周肇西岐。火用大矣哉，枚舉非支離。矧兹感符瑞，人事先應之。海壖居離位，文教難中衰。非得大振興，終難善調劑。緬懷戴郡伯，七閩聘經師。一自絳帳懸，多士喜揚眉。墳典集其腋，論古吸膏脂。上下千萬年，義藴詳編披。講易天心見，説詩能解頤。學業貫天人，禮經尤精治。綱羅百家書，九庫已全窺。秦漢暨六朝，急起而直追。唐宋及近代，品騭無參差。國朝諸鉅公，並駕以肩隨。奇筆摇五岳，囊泣鬼神詩。詩仙與詩聖，參立位不卑。書法出遒勁，臨池薄摹羲。循循善誘人，不問妍與媸。良楛方並收，棟梁先許期。春花忽秋月，指示將及朞。士習變端方，文章化嶔崎。詩學尚深醇，吟壇高豎旗。經義蔚然起，不比空唔咿。口講兼手畫，善教誠有禆。焚膏以繼晷，斧斤運不疲。在山判玉石，在水判澠淄。朝夕費苦心，虛懷以詢咨。光風霽月中，坐照而潛吹。殷勤爲鼓勵，説士甘於飴。正氣鍾磅礴，文光透天墀。適逢丹桂香，鼇火騰熙熙。秋日芒返射，玲瓏耀水湄。詎真跨鼇客，挺生天之涯。胡乃如珠彩，陸離以纍纍。瑞色燦遠近，傳頌驚童兒。不解蒼穹意，頫首相潛思。爾時廉守去，郡人爭摛詞。我師弁首文，如製去思碑。精氣轟雷起，照爛雲之逵。鼇頭感靈異，騰驤不可羈。吾師之弁語即是日撰。吐啖爥星漢，直射無傾欹。蜚語何處來？狂喙如張鴟。詛楚詎有文，叫嚎聞魅魑。天公發震怒，人心爾自危。道高則謗興，默鑒其在兹。禎祥大顯示，豈猶涉於私。況值磨蝎宮，弧誕值良時。八月初七日爲吾師本命誕辰，申刻即坐宮。崧嶽降神秀，焕乎擁皋比。李杜光萬丈，虛擬猶狐疑。此爲萬目睹，金閶輝斗箕。戴筐剛激射，上天不可欺。憶昔三禮書，鉅册行縢貽。粤海跨鯨濤，河南停車騎。回禄中夜起，旅舍皆爛[illegible]。緗帙保無恙，巍峨存一簣。秦燼詎遭刼，道脈無中隳。憶昔畫壁歌，墨瀋揮淋漓。

皮之繡闥中，紫榭環朱楣。師配工女紅，燈影照罘罳。詩篋火一綖，銀缸接逶迤。兩火相繚繞，盈丈如鏁絲。壬戌正月一日，師偕嗣君蘅甫茂才初至羊城，寓河南。師著録大函均帶省垣，遺三禮數册，存嗣君行篋中，暫寄館人樓上，不數日，館人賃屋失火。前三日，館人見火光熊熊從樓頂透出，不知何異，失火時見火光中有五彩色斕斑護經篋，竟不燬。又前題范忠貞公畫壁歌藏篋中，時師母篝燈刺繡，篋中吐火如線，與師母燈光相接，長逕丈有餘，左右縈拂，皆火之瑞也。二事師嘗言之。火德呈奇瑞，隨在司神祇。鼇頭放寒芒，尤足彰師資。元精應列宿，炯炯垂丰規。錘鑪具化工，煅鍊彌孜孜。茅塞隨以開，灼見人心脾。化作換骨丹，陶鑄變瑕疵。狐鼠竄宫牆，然犀隨指麾。大烹養聖賢，鼎鼐調和宜。舉燭若舉賢，觀火理可推。變化隨師範，鬼祟何嗟嘻。祝融明則哲，佳兆常先知。鼇火層層噴，登科兆非遲。從此奮春浪，雷電助揚鬐。破壁高飛去，鼓舞翔龍池。長風十萬里，詎徒駕輕飈。煌煌盼庭燎，不問夜何其。藉此火薰蒸，以變化羽儀。我師薪火傳，神明不可爲。但願長負笈，四海從切劘。天下多英才，齊聲衣詠緇。再見真紫陽，樂洵不可支。」此詩沈雄遒鬱，見者皆以奇才目之。

方太夫人姓吳氏，名之秀，香亭少司馬玉綸女，恬菴農部玉璞之配，鐵君太史鍇之母也。著有藝藕齋詩文集，兵燹後稿多遺失，聞其季公子和圃提舉鍇處尚有藏本，惜未之見。太史年十九，舉於鄉，旋成進士，屢分校春秋闈，督學楚北，蓋秉母教云。

余集中詠閨房僧鞋菊云：「買來秋色醉千觚，遲汝清高伴少夫。」周少夫女史也，以餌菊得仙，見類纂。沙枕夢回馨隻履，畫簾人澹捻雙趺。闌干拂影如梯月，元人咏露詩：『踏梯看月僧鞵濕。』閣閬圍香恐化鳧。陶後南邨知己少，瘦生偶藉美人扶。」又詠禪堂美人蕉云：「釦卻蓉裳結碧繒，禪房深處亦何憎？休施螺黛頻參佛，獨抱丹心可伴僧。扇緑無言閑面壁，含朱獨立此傳燈。翠旗偶墜維摩室，雨打風翻總不能。」方子嚴觀察亦賦二律，其閨房僧鞋菊云：「剗襪階前折一枝，秋來羅綺最嬌時。『羅綺嬌秋日』，何大復咏菊句。香生楚地迎霜早，採倩吳娃踏月遲。白足禪參花欲語，緑窗人靜步初移。心經倘喚鸚哥誦，分付瓊閨好護持。僧鞋菊，一名鸚哥緑。」禪堂美人蕉云：「美人名字白公吟，『紅蕉當美人』，白香山詩。且展僧寮數尺陰。斜倚朱欄參戒律，生憐碧玉抱禪心。散花定共如來笑，聽雨還兼淨梵音。鏡裏秋容消瘦否？西風一枕夜鐘沈。」同人見之，僉謂工力悉敵。

余壬戌遊粵，越二年甲子，湘陰郭筠仙中丞秉節粵東，招余課其嗣君。時定遠方子箴方伯同年觀察南韶，見余衣讔山房詩集，寄詩二章，索余詩集並詩話，余報以長古一章，遂定交焉。乙丑，學使興化劉融齋中允同年招校文卷。次歲丙寅，余將回閩，箴翁挽留唱和，共得詩百餘首，名曰東瀛唱答。丙寅正月，余歸里門，未匝月，丹徒戴友梅太守，聘招主講廉州海門書院。丁卯，從廉州歸，臨桂文宿海明府招課嗣君。戊辰，將挾銓兒回閩，箴翁又挽留唱和，共得詩二百餘首，名曰鴻雪聯吟。兩集均付梓，尋箴翁調督淮鹾，行有日矣，余餞之於海天琴舫，依依話别，箴翁召畫工繪二人像，各藏一紙，箴翁所藏者名曰珠江送别圖，余所藏者名曰鴻雪聯吟圖。余成古詩五章送之，箴翁依余韻和答五章，纏綿婉摯，情見乎詞，讀之使我心痗。詩曰：「揮淚讀君詩，使我衫袖溼。欲行不忍行，珠江岸傍立。感君意纏綿，短歌韻幽咽。金石之交安可忘，出處每與良朋商。九年嶺嶠等匏繫，自媿碌碌無短長。忽隨征雁向北翔，離愁一片煙蒼茫。」其二曰：「閩中此碩儒，藏修蕴沖襟。所學務根氐，蔚然著作林。貌癯骨則堅，出岫雲同心。陽春乃不棄巴里，解后天涯殊密邇。翻悔挑燈賦鴻雪，無端别恨秋風起。碧玲瓏館自徘徊，抑鬱滿腔雜悲喜。」其三曰：「紛紜冠蓋塲，貢諛皆虚文。唯我二三子，真率古義敦。師資仗攻錯，倏爾嗟離羣。天邊涼月停琴佇，餞予於海天琴舫。故人難得今宵聚。楊掌生在座。聞説平山堂已頹，紅橋蕭瑟斷歌舞。羨它歸田作經師，楚庭來賃神仙廡。顏夏庭前輩主講豐湖，來游廣州，寓鄭仙祠。」其四曰：「連朝阻詩興，匆匆有行色。騷壇旗鼓張，倒戈竟思匿。把杯拼一醉，請君觀酒德。宦遊依然無定蹤，半園瓦礫埋蒿蓬。還鄉時節在殘臘，明歲去踏金焦峰。攜君玉照坐相對，畫手且復招洪濛。杜洪濛，唐末人，工畫。擬招君同鄉李翠巖爲我兩人作珠江話别圖。」其五曰：「亦知裴安祖，高尚憚棲屑。我行君便歸，莫傷垂老别。苔岑臭味親，有緣仍合轍。迢遥兩地通寸心，契闊那憂關塞深。射鷹樓上著書暇，抽筆還答雷塘吟。同譜如君信不朽，舉世誰能嘲陸沈？」

定遠方鴻甫先生玉逵，六歲而孤，其伯父餘齋河庫煒、耐齋贈公熙撫以成立。河庫官翰林時，有寄逵姪冬衣詩云：「歲暮懷鄉切，孤兒憐影單。三年不見汝，流光一指彈。肩背諒已長，要腹諒已寬。可喜露頭角，英光射丸丸。我老不自逸，經籍供盤桓。家人傍燈火，縫裳稱冷官。臘月寄汝衣，爲汝禦嚴寒。愛汝兼勗汝，紛然百慮攢。汝衣而勤學，竟體吹芳蘭。汝衣而嬉遊，縞武恥玄冠。絲粟來不易，不猒胡取貆。念之服無斁，重慈應喜歡。」至性至情，一字一淚，讀之使人增友于之感，而見恩勤之篤。

昔人遊山詩均推謝靈運，以其能摹寫山骨，雕繪山形也。今見歙鮑覺生先生登華山十詩，可與謝君比肩接踵，忭躍山靈矣。其一云：「華山真妙蓮，一瓣一圓相。千瓣成一花，湧出青冥上。其高五千尋，傑特空倚傍，其廣纔十里，戍削絶名狀。河山兩戒會，精氣所鬱釀。化此碧玉苓，亭亭插罍盎。雨來鮮翠滴，風過危青颺。姱容不獨姣，笑靨必相向。咄哉西嶽奇，秀竦甲羣望。」其二云：「曩聞兹山勝，夢想匪朝夕。爲君棄官來，霍若舊疴釋。家弟填簿領，遵麓遽回策。滄碧三弟時宰大荔，僅一至山麓而返。衆賓憚嶔嶔，裹足屏雙屐。老夫出怒馬，觸暑踏晴碧。徑齎十日糧，去作三峰客。習聞儲夙恐，遐慕奮今迹。拌此羸鈍軀，一向猨鳥擲。那知青柯坪，上有回心石。」其三云：「見石心不回，竟攀鐵絙去。問君何所恃？一笻兩芒屨。仰窺千尺幢，寸隙天光露。前踵笑後肩，螘行復蛇附。稍前試回首，笑者還媿悟。逡巡至一峽，奇險尤可怖。片石撐兩崖，其間僅一罅。叶。假非塞入身急，石合不容度。吁嗟幢與峽，多少遊蹤錮。」其四云：「遂躡二仙橋，懸度危棧西。深入車箱中，歸路絶徑蹊。杜詩『車箱入谷無歸路』，即此。峩峩北極閣，倬漢瞻天題。聖祖御書額並詩。對面蓮花峰，窺牖不肯低。是時夕陽下，紫翠雙目迷。須臾上纖月，漸洗青玻瓈。大星挂玉李，三五勢不齊。仰視乾宇窄，一笑成甕雞。山蔬試飽餐，倦與孤雲栖。」其五云：「淩晨啓松關，傴僂陟崖谷。置身已天半，尚苦無立足。何年李老君，犂此成溝瀆。深如發耜剡，真若引繩促。脚脚踏墜魂，東野句堪續。再前及高嶺，夭矯蒼龍伏。脊突旁殺之，傴仄駴心目。吾已舍上。身來，縱步恥蜷局。不信韓先生，投書噭然哭。」其六云：「三險行已過，千尺幢、老君犂溝、蒼龍嶺，登華三險。便欲淩三峰。巖關敂金鎖，箭括穿玲瓏。舉頭不見日，高緑重復重。微聞笙竽音，縹緲和天風。乃知林間樹，盡是太古松。一步一折旋，層累摩蒼穹。中峰屹然出，翼以西與東。仰觀固鼎峙，平睨差肩從。三峯自下望之，平峙如鼎足，登其巔，則東西峯稍下，中峯獨高。

洶乎落雁高，呼吸帝座通。」其七云：「靈宫謁金天，寳翰仰仁廟。瞻禮既云畢，前後恣凝眺。峰頂太上泉，見水經注。深欲然犀照。峰背朝元洞，怪偉匪意料。出門試趺坐，一覽羅衆妙。諸山盡兒孫，萬景皆熠燿。黄河挂樹杪，中有蛟魚跳。白雲蔽山足，但聞猨狖叫。青天爲我高，砉爾發長嘯。」其八云：「中峰勝覽周，奇絶世無有。東西載登陟，佳妙不容口。茫茫巨靈迹，狡獪雜蹄丒。歷歷星宿潭，潭潭釃如酒。玉女盆洗頭，仙人掌伸手。古今所誇説，一一列左右。徑欲酌玉泉，飣以如船藕。醉登衞叔臺，俯瞰韓姑牖。汰哉斯壯遊，所得良已厚。」其九云：「得厚失乘之，卻曲嗟迷陽。一脛被噆螫，半旬成疻痏。在玉泉院左足噆於蝨，爪之成瘡，繼以登頓，遂腫且潰。恐遭奴僮笑，忍痛勉自將。勇竭尚思鼓，從者告絶糧。糧絶猶可爲，酒盡氣不揚。決然裹瘡下，轉石萬仞强。脱屨扶杖藜，翩若飛鳥翔。下山遇陡絶處輒疾行，否則目眩股栗矣，足痛乃不屨而馳。不須兩時許，已達柯坪岡。解韈血其趾，自哂還自傷。」其十云：「重登小肩輿，徑下希夷峽。行行抵玉泉，院名。趨就竹間榻。彌甥載酒至，小阮屐同蠟。吕甥承恩，三姪廉、庠、康俱至。舉杯相勞苦，不覺驚喜雜。獨留七晨夕，漸已蘇困乏。驅車返官衙，復此塤篪合。回憶嶽頂鐘，穆與松風答。爾時真天人，雲霄恣騰踏。雙脚何不才，又向塵中插。」

曹阿瞞兵下江南，東吴羣儒及諸將均出降，其可記者曰張昭也，虞翻也，步騭也，薛琮也，陸朗也，嚴峻也，程德樞也，張温也，駱統也，黄蓋也，其不降曹者，惟魯肅一人而已。吾謂他人不足怪異，特爲虞仲翔惜之。仲翔經師也，治易經，精消息，豈知消而不知息，知息而不知消乎？不知消，焉能息？仲翔知息而不知消中之息，知消而不知息中之消。吾謂仲翔知易中之消息，實不知天地中之消息也。霍丘竇霽堂國華東吴羣儒詩云：「曹下江南將已行，紛紛羣議出降迎。文臣有意亡家國，武士甘心矢死生。背德空翻三寸舌，忘仇常懼萬千兵。東吴惟恃軍師帥，一木能支大厦傾。」霽堂詩亦謂不降曹者，惟魯子敬一人而已。

錢虞山、趙秋谷、沈歸愚均喜論詩，其所論與作詩者如隔屋談心，隔鞾搔癢，無當於人心之公意也。余極喜桐城姚姬傳先生所選今體詩鈔，其序目論各朝人詩，實能當於人心之公意也。善學者本其論而究心之，於此道思過半矣。其五七言今體詩鈔序目云：「天下之是非有不可得而淆也，而人以己意決之，則不能不淆，其不淆者，必其當於人心之公意者也。人心之公意雖具於人人，而當其始，無一人發之，則人人之公意不見，苟發之而同者會矣。論詩如漁洋之古詩鈔，可謂當人心之公者也。吾惜其論止古體，而不及今體，至今日而爲今體者紛紜歧出，多趨謬謬，風雅之道日衰。從吾遊者或請爲補漁洋之闕編，因取唐以來詩人之作，采録論之，分爲二集十八卷，以盡漁洋之遺志。雖然，漁洋有漁洋之意，吾有吾之意，吾觀漁洋所取舍，亦時有不盡當吾心者，要其大體雅正，足以維持詩學，導啓後進，則亦足矣，其小小異同，嗜好之情，雖公者不能無偏也。今吾亦自奮室中之説，前未必盡合於漁洋，後未必盡當於學者，然而存古人之正軌，以振雅祛邪，則吾説有必不可易者，世之君子，其亦以攬其大者求之。聲病之學，肇于齊、梁，以是相沿，遂成律體。南北朝迄隋，諸詩人警句，率以儷偶調諧，正可謂之律耳。阮亭五言古詩中既已録之，今不更載，所載斷自唐人。陳拾遺、杜修文、沈、宋、曲江，此爲開元以前之傑。盛唐人詩固無體不妙，而尤以五言律爲最，此體中又當以王、孟爲最，以禪家妙悟論詩者，正在此耳。盛唐人禪也，太白則仙也。於律體中以飛動票姚之勢，運曠遠奇逸之思，此獨成一境者。杜公今體四十字中包涵萬象，不可謂少；數十韻、百韻中，運掉變化，如龍蛇穿貫，往復如一綫，不覺其多。讀五言至此，始無餘憾。余往昔見蒙叟箋，於其長律，轉折意緒都不能了，頗多謬説，故詳爲詮釋之。中唐大曆諸賢，尤刻意於律，其體實宗王、孟，氣則弱矣，而韻猶存。貞元以下，又失其韻，其有警拔，蓋亦希矣。晚唐之才固愈衰，然五律有望見前人妙境者，轉賢於長慶諸公，此不可以時代限也。元微之首推子美長律，然與香山皆以多爲貴，精警缺焉，余盡不取。惟玉谿生乃略有杜公遺響耳。夫文以氣爲主，七言今體，句引字赊，尤貴氣健，如齊、梁人古色古韻，夫豈不貴，然氣則躓矣，楊升菴專取爲極則，此其所以病也。初唐諸君，正以能變六朝爲佳，至『盧家少婦』一章，高振唐音，遠包古韻，此是神到之作，當取冠一朝矣。右丞七律，能備三十二相，而意興超遠，有雖對榮觀，燕處超然之意，宜獨冠盛唐諸公，于鱗以東川配之，此一人私好，非公論也。杜公七律，含天地之元氣，包古今之正變，不可以律縛，亦不可以盛唐限者。大曆十子，以隨州爲最，其餘諸賢，亦各有風調。至於長慶，香山以流易之體，極富贍之思，非獨俗士奪魄，亦使勝流傾心，然滑俗之病，遂至濫惡，後皆以太傅藉口矣，非慎取之，何以維雅正哉？玉谿生雖晚出，而才力實爲卓絶，七律佳者，幾欲遠追拾遺；其次者，猶足近掩劉、白，第以矯敝滑易，用思太過，而僻晦之敝又生，要不可不謂之詩中豪傑士矣！唐末詩人，才力既異於前，而習俗所移，又難振拔，故傑出益少，然亦未嘗無也。西崑諸公之儗玉谿，但學其隸事耳，殊滯於句下，都成死語。其餘宋初諸賢，亦皆域於許渾、韋莊輩境内。歐公詩學昌黎，故於七律不甚留意。荆公則頗留意矣，然亦未造殊妙。東坡天才有不可思議處，其七律只用夢得、香山格調，其妙處豈劉、白所能望哉！山谷刻意少陵，雖不能到，然其兀傲磊落之氣，足與古今作俗詩者澡濯胸胃，導啓性靈。放翁激發忠憤，横極才力，上法子美，下攬子瞻，裁制既富，變境亦多，其七律固爲南渡後一人。其餘如簡齋、茶山、誠齋諸賢，雖有盛名，實無超詣，今爲略采一二，逮於宋末，併附放翁之後。」

「緑朝雲」爲王琛所蓄鸚鵡名，見採蘭雜志。

上杭丘實亭大令嘉穗，著有東山草堂文集。文質相宣，多精語可採，余尤嘉其跋楊椒山詩題畫一篇，其文云：「往余過武林，曾於裱工家得見椒山楊公手蹟數紙，忽忽十餘年，恨都無記憶，獨其中有『鵲報喜，近於諛。鴉報凶，近於忠』韻語四句，常往來於心不能去，嘗謂公蓋以鴉之忠自況，而深鄙嚴氏之徒爲諛鵲也。卓哉言乎！及寓靜海署中，閲公全集，復載答劉平山喜鵲詩二首，頗與所見相發明，而所謂韻語四句，則集所無有，於是又歎公之忠節植於平日者，良不偶然，而其詩文之流落人間者，爲可惜也。己卯中夏，捷三兄偶得古木寒鴉一幅，屬余題其上，余媿不敏，因誦舊所見聞之一二，漫書以識之，庶幾吾兩人者寓目感心，相與師公之流風於百餘年之後，處則勉爲諍友，出則勉爲直臣，或者其可免於人不如鳥之誚也夫！」

唐李郢張郎中宅戲贈詩云：「薄雪燕翁紫燕釵，釵垂簏簌抱香懷。一聲歌罷劉郎醉，脱取明金壓繡鞋。」翁薹也，韻會：「草華之莖，細葉叢出者，爲翁薹。」

張南山詩人徵略載鮑覺生落葉詩一聯云：「梧桐南内唐天寶，枯樹西風庾子山。」檢覺生詩集及近日方子嚴同年所輯續稿，皆無此句，據子嚴云：「詢之覺翁猶子子年侍讀，亦以爲非覺翁作也。」

吾閩福州李鹿山先生馥，人但知其藏書之富，而不知其人品之高、宦跡之著。家子隅太守直，家藏鹿山讀書秋樹根圖行看子，同時名輩，題咏甚衆，有傳，有記，有詩，有賦，有讚，有叙贊，有駢文。爲傳者陳君汝楫也，爲記者汪君鈞也，爲賦者吴君啓昆也，爲讚者宋君衡也，爲叙贊者周君棟也，爲駢文者徐君陶璋也，爲詩者顧君嗣立也，沈君德潛也，施君何牧也，彭君始摶也，許君志進也，黄君夢麟也，張君晼也，金君國棟也，先君著也，佳章林立，各抒佳妙。汪君小傳云：「友人陳子季方以鹿山李公小傳及其像贊相質，鈞愛其文詞高潔，既又示以公讀書秋樹根圖，因語鈞云：『昔蘇眉山嘗本蜀人意，爲張益州畫像記，子盍倣之？以明吾吴人愛公之情。』鈞乃舉其事之最大而尤爲吴人所深德者具言之：吾公初爲按察使時，奸民有雕鏤符篆，誘集民之貧無聊藉者，而民亦以迫於饑寒，得升粟尺布輒皆竄入其黨。事將發，吏籍其姓名，欲以按罪，連及他郡，當逮者不啻千餘家，良民皆惴惴懼，不免相語曰：『曩日海案之禍復作矣。』公廉得其狀，曰：『此特饑民之無知者，爲奸民所誘耳。且弭亂者當弭於未形，激之恐生變。』力請諸督撫，具摺密奏。上深是之，合部晏然，其黨亦遂解散。向者海案之發也，株連蔓延，不可勝數，怨家仇人，或乘間相誣陷，有能如公者深察其情，所坐不過渠首數人，其民亦當如常民之獲賴以全，而常州之獄，苟非公之消患於未形，勢將窮竟其黨，考一連十，考十連百，未必不浸淫延及於無辜，此吾吴之所以愛公、頌公，至於相感泣下也。先是，公爲刑部郎官時，有權要負其勢力，稍有未遂，輒陷以死，類皆任意周内成獄，部堂司官，望風承旨，莫能自持。公獨秉正不回，在曹二年，始終皆與其人相抗。每遇疑獄，必力爲之辨，辨而得其實，必力與之爭，爭而不得，必兩上其議，或獄已具，將奏而察其寃者，必請復鞫以釋其罪。其人終無如公何，始則歆之以利，繼則怵之以威，公皆不爲稍動，其人遂造爲蜚語以中公，賴皇上神聖，幸而獲以保全。其人後以得罪誅，而公之知遇從此始，士大夫亦益以交相重公。公由郎官出知重慶府，特簡爲河東鹽運使，又轉爲蘇松糧儲道，皆有實惠明效，他人倘得如公之一二，已能傳述於不朽，然猶未足以見公之高風峻節，故特録其刑官時大略，因在吴按獄事連類及之，而其他治行，皆不書。而重公者或有爲公惜，以爲向使公由郎官而爲臺諫，以至卿尹，論列國計民生之大要，其利濟未知更當何如，顧乃至今猶職在外臺，止使一方之民沾被其德。昔富文忠公爲宋名相，而其先以給事中知青州，活饑民五十萬人，論者亦爲富公惜，謂天之獨厚於一方，不知天心仁愛斯民，一方將有大災大患，天必陰使鉅公偉人爲之保護拯救。今吾公之在吴，誠由皇上知公者深，寄以一方民命，然亦未必非天之默佑吾吴民也。宋王晉公以百口保符彦卿之無罪，世多稱其陰德，晉公亦手植三槐，以期其子。鈞讀其傳，竊疑其意之微自滿假。吾公德愈厚而彌自謙下，語及治獄往事，色輒愀然。簿書稍暇，必以稽古窮理爲務，至繪之於圖以見志，以爲古名臣類能以經術致治，吾將藉此以輔治之未逮，公之欿然不自足如此。敬觀斯圖，益歎公之度量，更有超越於古人之上者。鈞新任句容教職，方備録公之行事，以爲士子師法，今先爲此記，附季方小傳後，且將爲吴人摹其圖，以明吴人愛戴之情。文筆鄙陋，未能與季方作相頡頏，其又何敢望眉山之萬一耶？公名馥，字汝嘉，别號鹿山，學者稱爲鹿山先生云。」

未谷先生萊州五言律詩云：「作牧餘荒苑，傳經出絳紗。海浮萊子國，草没鄭玄家。斥鹵隨人賣，魚蝦入市誇。尚饒王仲富，何處問公沙？」案魏略：公沙穆隱居東萊，山中有富人王仲者，謂穆曰：「今多以資仕，吾奉子百萬，惟所用。」穆恥以賄求爵，不受。凡此皆見先生讀書多，隸事警切掌故。

番人呼馬脚魚爲馬，此可與駉詩名馬爲魚作對。西江人亦呼魚爲馬。

李鹿山先生讀書秋樹根圖，諸家題咏，皆非泛爲揄揚。山右顧俠君長古一篇，尤見情文並摯。詩云：「使君冰心堅於石，獨立崔巍映寒玉。使君清節勁於竹，瀟灑風姿絶塵俗。蕭然筆墨意象間，如對空山抱幽獨。七閩間氣鍾地靈，鯤鵬變化開滄溟。翻階芍藥初遇主，郎官列宿光青熒。蠶叢鳥道騰五馬，東川名震驚雷霆。天子召見賜顔色，僉曰清廉而正直。鹽鹺未幾辟糧儲，東南輸輓甦民力。九遷一月到監司，棘林胏石無奸慝。每嗟密網繁秋荼，炎炎夏日嚴威多。春曦長養潤枯朽，驟令寒谷回陽和。哀矜保全活萬萬，風吹枷杻民歡歌。是皆至誠能動物，心事光明揭日月。掀髯一笑天地春，君身定有神仙骨。科頭趺坐石牀平，幽篁成韻涼飈生。書當快意信口讀，庭除瀌瀌流泉鳴。乃知動靜無不可，知仁互用天機精。方今賢俊實國寶，卓犖高名世尤少。黄童白叟遮道迎，欲望旌麾顔色好。倏傳車騎到蓬門，座接清芬豁懷抱。笑譚方罷復披圖，竟日茀堂在瑶島。」沈歸愚詩亦佳妙，時歸愚方爲諸生而在部民也。

楊萬里答姜夔詩：「尤蕭范陸四詩翁。」案：尤者，梁谿也，詩平淡。蕭者，千巖也，詩工緻。范者，石湖也，詩清新。陸者，放翁也，詩敷腴。皆爲誠齋所畏，見誠齋文集。

主客圖，唐末江南人張爲所集，凡八十四人，每人各采其集中警句，見唐詩紀事。今之詩人徵略，實濫觴之。

默深太室行、少室行、二室行三詩，縱横排奡，磊落嶔崎，真驚人之作，太白見之，定攜登最高峯，搔首長吟也。太室行云：「上山下山雲砌足，入山出山泉作目。萬疊雲山通一谷，我來獨駕千年鹿。深林一雲幾百里，蒼鼠導人行未已。不辭蛇虎陣中過，來聽廬溝石厓水。水轉山回石益頑，行行深入天彌慳。老黃大碧天地色，風雨萬年剥不殘。山脚仰視峯影小，數點白者出林杪。須臾移過雜樹間，乃知是人非飛鳥。仰視石磴三百摺，一半堆墨半堆雪。不逢雨後瀑未雄，雖非奇絶已幽絶。逾嶺更作兩溪行，逍遥谷底聞丁丁。乃知天上亦人事，疎籬小舍有天民。造物豪縱爲谿壑，約束天海中權繩。三轉遂及石淙寺，諸山泉會一門墜。山靈不許泉逋逃，亂堆奇石妨奔奰。石奇水怒壁千丈，一嶽之氣於斯萃。回首嵩高已雲際，桃源雞犬非人世。下山上山異草木，入山出山異天地。」少室行云：「諸山西自太華來，山山思學太華勢。學山不成屢奮躋，一怒芙蓉矗天地。洛人多從側背看，誰從汝潁道上瞻孱顔？天際真人出雲霧，凛然冠冕雲霄寒。山靈撲我萬重翠，少室磊磊真與少華參。無奈三面可望不可攀，安得羽翼飛上青雲端。山漸近，形漸改，忽屏忽笏忽劍戟，左霞右霧朝幻而夕采。劃然斷，呀然剖，二室中分如豁口。盡吞車馬入谷中，吭咽肺腸無不走。轘轅嶺，少林寺，怪君奇峯一時蔽。山陽已轉山陰脊，狎險凌危萬夫辟。衣上白雲如堊帚，直上天門生四翼。大小御砦次第嵬，漸見石石豎立澗澗豗，漸聞雲中遠瀑如崩雷。俄焉突壓大山影，此身已在仙樓臺，六六蓮花面面開。地氣盡，天氣來，險窮怪極還胚胎，此外何處安三才。雲生忽灑洛陽雨，風撼更動金源哀。帝遣白雲生足底，聳身一湧歸蓬萊。請乘白雲去，莫乘白雲回。大小御砦，一夫當闕，萬夫莫前，金宣宗曾屯兵其上，以拒蒙古，故有御砦之名。」二室行云：「胸蟠二室五千丈，夢與仙客爭雄長。太室之聖山内藏，少室之奇山外仰。難弟難兄孰相讓？吾不知孰龍眠於海隅，孰鳳翥於天上。河爭海辯無窮年，忽忽夢造瓊玉巔。峰迴路轉不可以數計，忽仇穴兮忽桃源。犬吠雲中兮雞鳴天上，冰雪璁鎗鳴石間。問此太室之閫奥，豈似少室巉厲可望不可攀！俄延首兮改形勢，笏千霄兮蓮湧砌，石墮雲中兮瀑鳴天際。絶類離羣，多天少地。人迹所不到兮，惟來往仙靈之氣。回視太室之平偃，又爽然其辟易。孰主輔？孰長少？入主出奴賞未了。雲中忽逢嵩嶽君，引我峯頭萬仞行。手指河山兩戒爲余説：首秦隴兮尾渤碣，三龍並出中龍短，衆長尊短拱辰闕；五行河洛中央土，一體分拆坤形兀。帝遣我昆鎮四維，如手兩肱車兩轍。箕熊几案轘轅峽，手足何堪聽割裂。瞰咫尺兮畝千封，睇蟻垤兮城百重。蝸兩角兮周西東，蜉朝夕兮漢始終，蛾術壘兮唐禪封，蜂成陣兮金元攻。邙纍纍，洛漼漼，雲蒼狗，月五采。啓母石前鬼夜號，漢柏堆前芽蓓藟。幾見黄河徙北南，幾見兩龍鬭溱洧。九州環繞若棋枰，誰是萬歲峰頭看弈人？青牛西去緱鶴杳，獨立蒼茫萬古春。語罷猿啼山月曉，倒瀉流泉喧樹杪。下方人海黑沈沈，金烏飛出扶桑老。」

方調臣先生紫沙洲二絶云：「霜葉紛紛下晚秋，櫓聲送出紫沙洲。一生不借風帆力，自啓篷窗立上游。」「繞檣客燕尚喃喃，對面青山倒影涵。行盡蘆洲將斷處，又從江北望江南。」前首見立品之高，次首留有餘之地，直可作後學箴規。

比體詩貴有蘊藉，有含蓄，方調臣先生紅葉歌可謂得比體之正矣。詩云：「東流城東古樹多，濃陰密榦圍巖阿。怒龍拏空狂風走，孤根拔地鳴蛟鼉。飛霜一夜染秋碧，頓令萬木齊改柯。深青變黄黄變紫，紛紛五色裁綾羅。或如紅霞蒸玉闕，或如赬雲騰金梭。或如野火燒平原，或如蜀錦翻江波。丹砂點就名士畫，胭脂潑盡啼嬌娥。豈無枯枝染不到，纏身老翠森女蘿。笑我兩鬢漸成雪，對此不覺朱顏酡。少年文章爭絢爛，未必老境終坎坷。蒼松修竹供題詠，口呵凍筆懸長河。君不見上林花開紅似火，胡爲撫樹空蹉跎？」

西江文樹臣觀察星瑞，出其桂遊草見示，中多傑作。陽朔看山歌云：「我聞陽朔山水天下奇，夙昔夢想如遇之。舟行匝月今始見，篷窗一一羅列而參差。高者倚天劍，低者飌風旂。平者覆地釜，鋭者脱穎錐。整如元戎隊，散如仙人棊。巨如金蓮炬，纖如玉筍枝。如鐘如鏞如鼎彝，如圭如璧如盤匜。如垣墉峙堂廡敧，如屏帳列几榻施。醜如鬼子母，袒胸露臂江頭嬉。娟如散花女，雲鬟髮髻瓔珞垂。黿鼉蛟龍螺蛤龜，貙虎犀象熊羆獅。於物各相肖，揣稱無不宜。洞壑岭岈互穿穴，草樹蒙密紛離披。雨晴煙月態百變，丹黄黝碧紛陸離。秦皇之所不能鞭，夸娥之所不能移，荆關之所不能畫，鮑謝之所不能詩。我疑女媧補天所餘石，從空散落化作千厜㕒。又疑武侯征蠻曾到此，陣圖遺棄南荒陲。天台雁蕩翠千仞，瞿塘灩澦青數堆。若與此地羣山相比擬，不知勝負當屬誰？嗟我西行何時已，亂石驚瀧憚行李。浮家姑作信天翁，觸熱竟同襬襶子。舊遊回首羊城高，珠海花田隔千里。山靈似慰勞人勞，故向舟前獻奇詭。平生眼福茲最豐，應掃窮愁變歡喜。飲君酒，聽我歌，人生由命非由他。用韓句。伏波功勳被讒謗，柳州文采遭揮訶，至今崇祠遍蠻徼，豐碑大樹爭摩挲。千秋自有不朽在，世途坎壈傷如何！且對青山發狂嘯，百壺倒盡西江波。一歌始闋宵鐘動，月色繞船堪手弄。江風颯颯吹人衣，冷抱萬山同入夢。」舟中苦熱云：「火雲麗重霄，色若紫金爛。天地爲洪鑪，萬物燒作炭。田間旱苗死，空中飛鳥斷。舟居苦偪仄，欲避無可竄。有如九環丹，日夜竈中煆。長歌行路難，篷窗坐愁歎。嚮夕踈雨來，炎風忽吹散。點滴落波心，熱極天亦汗。」近體佳句如昭平道中云「舟盤雲際路，人住石中村」；登獨秀峯云「高擎惟日月，孤立信乾坤」；隱山云「老桂秋風動，殘碑刼火燒」；留别方子嚴觀察云「華黍羨君將有母，蓼莪痛我養無親」；梧州云「冰井緑沈蕭寺古，火山紅照暮雲空」；寄粤東親友云「布帆輕便觴枝柔，岸柳江楓送客舟。一路西風吹不斷，桂花香裏過昭州」，亦見神韻。

明季蜀宮許若瓊以銀瓶擊張獻忠不中，被害，他書不詳，惟闡幽録言之頗悉。近讀婺源江修甫先生之紀蜀宮辭，跌宕雄奇，不可一世。詩云：「請纓不用秦良玉，百萬虎狼入西蜀。妖星燄照錦城紅，君王醉卧龍船中。宮門曉開飄血雨，龍種淒涼化杜宇。專房窈窕四株花，可憐明艷欺朝霞。蘭摧鸞死休歎息，諫書孤負李麗華。麗華嘗勸蜀王散財募士，爲堵禦計，不聽，獻賊入宮，與蘭珍、飛鸞同死。羣奴讙呼宮瓦震，長鯨倒吸蜀江盡。酒酣喚出許若瓊，再拜盈盈奉觴進。清歌妙舞久徘徊，燭光閃閃絲管哀。賊頭不碎賊膽碎，霹靂一聲天外來。交胸萬戟臂千斧，玉顔膾作銀絲縷。若瓊佯進酒，擲銀缾擊賊不中，被害尤慘，然賊自是不敢居宮中。草間乞活幾男兒，嬋媛乃有高漸離。貞心不共河山毁，飛逐賢王手中矢。吹簫無竹下岷峨，一箭當心斃封豕。」

江修甫先生詩，多雄傑之氣，吴穀人先生又謂其詩淡而且遠，清而且深。然其詩英鋭之色幾於凌杜轢韓，一空凡響。秋興第三首云：「清朝隨步上高臺，萬里襟懷浩蕩開。滄海霧翻紅日出，大江風挾怒潮來。天涯回首家何在？雲際驚心雁正哀。彈鋏悲涼歌一曲，長虹耿耿徹三台。」反遊仙辭云：「紫霧深沈隔絳河，玉霄宮闕聳巍峨。海風若不吹船返，天上神仙應更多。」「九轉爐開火未青，枕中鴻寶讀難明。昇天本是尋常事，爭奈黄金造不成。」「誰遣黄姑負聘錢？鵲橋歲歲淚痕添。索逋不爲天孫緩，紫府由來法更嚴。」「飛舃朔望集臺朝，衙鼓撾時徹九霄。若使神仙都不死，玉棺何得葬王喬。」「玉杖金箱出茂陵，無言銅狄涕縱横。九光母去無消息，第一仙家最薄情。」

鄧完白山人石如，住懷寧縣東鄉集賢關，有放鶴亭，是先生寄鶴處。先生有鶴二，壽不知其紀，有樊太守强奪之去，山人上書數千言，卒攜鶴回。詳蕉軒隨録。子嚴觀察過集賢關詩云：「指點寒林落照餘，雄關復此駐征車。幾株柳色摇殘影，一杵鐘聲滿太虛。亂石嵯峨紛作壘，女牆高下巧如梳。山人已去仙禽杳，空賸當年寄鶴書。」虛字韻可謂大澈大悟。

秦政時姜女事，後世皆以左氏傳華周杞梁妻事混之，相隔三百餘年，張冠李戴，甚可笑也。朱明王君崇古有弔姜女祠詩一序，最爲詳悉，序云：「姜女夫范郎，楚澧州人，昔秦發徒築長城，郎婚三日以役行，姜製寒衣，引針刺院竹，葉盡生絲。嘗登江邊臺望夫。今遺刺竹種、望夫臺址尚存。後赴塞覓郎，出道晉曲沃，適澮河漲，不克濟，姜怨哭，以手拍河崖，印入土中，世遠土剥，手迹仍存。時秦法惰工者死，瘞屍城中，范郎罹焉。姜至塞，覓夫已死，繞城大哭，城傾骸見，乃刺血試，獲郎骨，負以歸。次宜君山麓，渴甚，一哭泉湧，飲水復行三十里，秦兵追之不及。自度力竭，不能歸，遲回潦水山谷間，乃囑石工甃石爲洞，瘞郎骨，尋坐而斃，留金釵石隙中，時復隱見。吁！亦奇矣！土人即洞立祠，祀其夫婦，今制有司歲時致祭如鄉賢儀。嗚呼！秦築長城，七國遺黎懷貞抱藝、駢首受戮者，蓋億萬計。姜一女子，獨間關千里，百死不回，卒能死夫難，獲同瘞室，秦兵莫害焉。遺跡遍南北，古今不磨，豈天故庇之以顯烈婦耶？抑爲後世君天下者戒耶？稽之扶蘇、蒙恬，負忠孝節，咸死塞上。説者爲天道好還，足報萬夫之寃，信哉！亡秦已矣，爲人臣子而不知忠孝大義者，視姜女何如耶？事詳祠記，可以觀矣。敬賦一首，以慰幽貞：『姜女來千里，荒祠隔萬山。哭泉如楚淚，刺竹擬湘斑。遺骨悲難返，貞魂苦未還。漆川與江水，流恨日潺潺。』

説文五百四十部，九千三百五十三文，重一千一百六十三，解説凡十三萬三千四百四十一字。今依大徐本所載字數覈之，正文九千四百三十一，增多者七十八文，重文千二百七十九，增多者百一十六文。此由列代有添注者，今難盡爲識別。解説字數依大徐所載，凡十二萬二千六百九十九，較少萬七百四十二字。此可證説文解字中歷代妄删字數及奪去字數至於如此之多。篆文多於本始，説解少於厥初，其增損皆由後人，今未可强説耳。余所互校，惟舉二徐本有同異者録之，而以宋本初印本及宋後之本並諸家著録有引及者，亦列以爲參互考證焉。許書中所存大篆無多，今書中小篆均出於李斯。近代儒生精許篆且兼通隸書、八分書及繆篆，惟曲阜桂未谷大令馥一人，近聞甘泉董醞卿尚書恂亦精許篆，惜乎其未見也。昔人詩：「人間豈少龍章篆，眼福頻增始見之。」

英山王仲恒茂才修月，艾亭比部葆修之兄，才高遇蹇，屢躓秋闈，居香爐峰下，仿香山詩意，名其居曰鑪峰草堂，著有延清閣詩集。咸豐己未，江南鄉試，借浙江貢院舉行，茂才年垂六旬，跋涉應考，倩畫師繪西湖返棹圖，自題四絶句云：「滿城風雨秣陵秋，曾記秦淮舊壯遊。一笑西湖搖畫舫，可堪今日雪盈頭。」「彈指浮生六十霜，秀才酸味逐年嘗。建康水與平湖月，都是撩人夢一場。」「遺稿從頭讀茂陵，亭邊放鶴迹猶新。故園尚有梅花在，肯向孤山作替人。」「六橋煙柳影毵毵，春夢醒來興未酣。若問老夫歸隱處，一村黄葉是江南。」淒清宛轉，不減義山。

癸亥歲，余課讀無量寺，詩僧夢湖日供麥飯一盂，豆芽菜一豆，余記二絶句已見別卷。夢湖能詩，詳琴思前録。善畫山水，得文衡山筆法，記贈余詩有「知君前身原是佛，我願後身修作君」，語有妙悟，可謂入非非天無等等咒，可與勝國太倉僧戒顯登黄鶴樓起句「誰知地老天荒後，猶得重登黄鶴樓」並傳，而吳縣僧實訒江樓望月詩「山山皆在水」，寫夜景之妙，似亦在沙彌利之列矣。

垂拱朝民間契苾兒詞，曲多媟黷，蓋樂之妖也。契苾兒爲張易之小字。朱明詩人石珤有契苾兒曲，人多未見，亦李唐一掌故也。詩云：「君歌契苾兒，妾按龜兹舞。酒盡燈欲滅，堂前鸚鵡語。光順門宣供奉郎，蓮花水暖雙鴛鴦。象牀犀簟伏熊枕，春風夜簸花枝狂。誰家少年眼如虎，犂斷并州杏花雨。」此詩雖媟，此事可爲鑒戒，亦楊白花詩之流亞也。

無錫丁采之玉藻，隨侍嶺南，因寄寓焉，夙好吟咏，與仲文觀察爲詩友，其爲詩曠如軼俗，翩其絶羣，以視盛袿袨服十眉競鬭者，蓋判然矣。子箴同年嘗以其詩示余，名篇迴句，美不勝收。望廬山云：「廬山五千仞，飛翠渡江來。一氣包盆浦，中峯近斗魁。瀑泉流歲月，巖竇孕風雷。白也無由見，長謡獨舉杯。」遣興云：「遊俠黄金彈，承明紫玉珂。風花愁遠客，天地許高歌。海上仍烽燧，山中自薜蘿。已捻書籍賣，泥飲日亡何。」促織云：「亦似知秋苦，潛身夜獨吟。餘哀沉四壁，遞響入孤砧。素練空閨意，琱戈壯士心。栖栖虞苑客，申旦一毛侵。」讀言行録云：「珠翠陶芳夜，終當棄短檠。冥搜徒自苦，孤憤幾時平。借問劉安世，何如吕惠卿？名臣猶可作，愁絶汝南評。」七律應元宫云：「天南不見伏波營，舞榭歌臺氣肅清。使相杯中浮五管，將軍花外出雙旌。探奇亦慰蒼生望，懷古真傷獨客情。惆悵秋風破茅屋，杜陵廣厦幾時成？」五言名句如「梅花千樹雪，石浪一門山」「磴盡滄波湧，雲消碧嶂來」「家貧爲客久，身賤得名遲」；七言名句如「卧石青莎疑虎豹，空廊白日走鼪鼯」「遥看獨鳥下煙靄，時有數人耕翠微」「山木迴含江閣雨，天風晴捲海潮音」「山交五縣分龍穴，水合三江下虎門」；「偶馴野鳥插新竹，閒剔小蟲醫病花」。

吾閩閨秀能詩者若許素心、何玉瑛、洪蘭士諸人，其詩以之入玉臺之編，實無多讓。己巳秋，遊端溪，應定遠方子嚴觀察之招也。時吾閩長樂丘拱庭孝廉鴻星以參軍奉檄端溪，出其母周太宜人吟雪軒詩草見示。太宜人中年守節，逮事舅姑，嘗兩次割股食祖姑及君舅，三黨稱曰賢孝，詩亦雅有風格。歸家云：「天涯幸得卜歸期，朔雪長途瘦馬遲。八口全家千里道，半肩行李兩靈輀。就荒三徑陶彭澤，一繫孤舟杜拾遺。今昔徒爲宦海客，贏餘惟有舊書詩。」靖遠冬至夜云：「去歲思歸夜，今宵尚未回。鄉心徑莫遣，日至又重來。畫角吹明月，孤燈照客杯。故園風景好，時節正開梅。」青衫云：「三年血淚洒青衫，衫上猩紅尚未乾。疊誦蓼莪腸欲斷，新痕舊迹兩斑斑。」

亡友金華王蘭汀鹺尹家齊，題吳道子變相圖有「周易占睽孤，明見豕負塗。一車方載鬼，張説先後弧」之句。廣州邪鬼有「緑郎紅娘」之號，女犯緑郎，男犯紅娘，雖以龍虎山法治之亦不救。前見廣東新語借周易睽卦説鬼，想入非非，大旨謂嫁娶各失其時，情欲所積，致爲鬼神侵侮。睽之象，兑女澤動而下，則見有豕負塗；離火動而上，則見有鬼一車，此其徵也。紅娘者，車中之鬼也，未得夫而張之弧，已得夫而説之弧，夫者雨也，遇雨則吉矣。翁山此節，可謂能近取譬。

道州何子貞師癸亥夏游粤，相見於長壽寺，臨别繪海天琴思圖，以志平昔知音之感，題咏甚多，各抒妙詣。家子隅太守題七言長律一首，耑寫「思」字。詩云：「茫茫天地滿沙蟲，誰挽狂瀾大海東？焦尾千年孤調絶，傷心幾輩古人同。亦知身世蒼涼感，都在風濤浩渺中。師弟相逢無一語，但指雙目送飛鴻。」

「憂民如有病，見客若無官。」此二語，今樞密博川太宰文祥庶幾近之。太宰督師奉天，董醖卿司農寄懷詩云：「雞蹠新方憐我病，鴻飛舊句盼公歸。」可以受之而無愧矣。

本朝吴野人詩多辣，屈翁山多超，顧亭林多鬱，朱竹垞多雅。和韻詩最見本領，以難于摹倣依傍也。余見方蓮舫先生李忠定公印歌用昌黎石鼓歌原韻，筆力遒勁，忘其爲韻所縛。詩云：「忠定李公有遺印，歙生孫家醇。示我屬我歌。南渡業已棄淮汴，拈韻誰克希陰何。印方四面一寸許，字體柳脚兼虞戈。靖康元年紀勅賜，玉石光澤疇琢磨。親征行營名號狀，紅泥摹勒宜輕羅。公之聲望儷趙鼎，立朝丰采咸峩峩。奈何大廷失其政，權奸盜竊持太阿。此印直可擬鐵券，寶器定有鬼神呵。花石朘民民力竭，撫字安得循南訛。公之籍貫隸邵武，釋褐原登進士科。麟鳳在郊應時瑞，鈞天廣樂鼓靈鼉。提舉安置屢顛蹶，龜山悵望手無柯。作相七十又五日，斜陽返照如織梭。駿絶魏公出蜚語，此老行事豈委佗。況復金牌召良將，之水而外僅曹娥。回首中原半淪喪，傷哉漢廣江之沱。却溯我公筮仕初，早在政和與宣和。陳東撾鼓訴公屈，罹辟誰實司其科。歐陽澈僇倍慘酷，善類澌滅何其多！和議已成甘忍辱，會見荆棘埋銅駝。此印無乃竟虚設，三湘八閩勞經過。人生精骨自有限，奚堪既切仍復磋。尤恨伯彦與潛善，更工讒譖興風波。公竄南荒不許赦，刑章國典真偏頗。宵小鬼蜮緣底事，全軀保室匪有佗。建炎當宁靦人面，用人行政誠媕娿。遐想我公當此境，抑塞無語空摩挲。君從何處得此印，助我酒興長吟哦。好將榻本慎藏弆，譬如名帖珍羣鵞。稽之史傳數百載，流光瞥去洵刹那。彼蒼夢夢信難測，獨使賢哲遭坎軻。公之精爽寄斯印，應懸霄漢凌山河。題詩願和石鼓韻，敢云學步翻蹉跎。」用杜詩「蹉跎翻學步」。又蕪湖謝筱雲偕兄小駿有汴京之行，施墨癡凝香爲作問梅圖小照，先生用東坡松風亭下梅花盛開原韻代墨癡題云：「孤山處士梅花村，翩翩舞鶴清人魂。長江遠隔不易到，老眼作畫時加昏。詩才綺發推謝朓，偶然相遇同西園。生綃促我爲寫照，天寒欲雪衣裘溫。近聞大河溢瓠子，萬民荷鍤迎朝暾。安得獻策來賈讓，尾閭宣洩通海門？布颿明月送君去，霏霏玉屑聽清言。願君更作驚人句，長吟細嚼傾芳樽。」前和韓似韓，此和蘇似蘇，此等本領，非絶大者不能。

三音諾彦在瀚海北，瀚海界爲蘇武牧羊地，寳佩蘅尚書鋆前奉使過此，所爲奉使三音諾彦記程草，如讀異書，尤妙以蒙古語聯綴成句，更覺新奇。徐蔭軒贈詩：「豈惟古調彈幽絃，新詞直欲追唐賢。」崇樸山將軍贈詩：「出塞非尋前代蹟，登高真見大夫才。」均謂其不愧皇華之選也。茲擇録尚書各臺站詩於後，以當卧遊：

由陀羅廟之察汗陀羅蓋第一臺，譯言白頭，八十里。

陀羅廟西石徑粗，平沙莽蒼路盤紆。塞民縱轡馳羣馬，山犬吠門迴野狐。五十家子迤西見一野狐，幾與驢埒，背純黑，前肩紅色，山犬吠之。豈有功名施衛霍，衹緣藩翰重劉盧。三音諾彦汗策淩，尚純慤公主，今所致祭者，或謂即其後裔。初程所見已奇崛，擬畫氈裘出塞圖。

過大壩之布爾噶蘇臺十六日第二臺，譯言有樹，六十里。

大巴漢嶺高入雲，我今策馬入雲裏。四圍天地青旋螺，數點牛羊黑聚蟻。自笑拘文牽義人，心鏡開朗頓如此。前程萬里定何如，目空一切自茲始。

宿海流臺第三臺，五十里。

海流曾詠辟雍詩，肇錫嘉名問幾時？芳草滿庭黄土壁，教人凝望有遐思。

詠駕杆車自布爾噶蘇臺乘之。

閃電走平岡，雙輪轉軸長。共誇車迅急，全賴馬調良。杆直疑虹亘，驂齊等雁行。馳驅真有力，欹側亦無妨。雲樹看流水，風煙接大荒。但教嚴轡策，所向總康莊。虎脊來西極，龍沙碾朔方。綏藩欣駕馭，致遠効匡勷。

曉赴鄂羅胡篤克十七日第四臺，譯言多井，七十里。

匝地黄沙遠，連天白草肥。一車平若砥，兩馬駛如飛。山坦渾無險，風寒漸有威。鄂羅胡篤克，入望忽依稀。

奎蘇土閒眺第五臺，譯言多木，六十里。

義取多林木，於今不可稽。四邊平野闊，一覽衆山低。潑雪分牛乳，臨風聽馬嘶。曠觀真別趣，何敢説栖栖。

宿鳴愛第七臺，譯言千里，六十里。

底事轟傳千里名？想因決勝有威聲。木華黎輩知何處？荒草西風大野平。

曉赴齊齊爾土十九日第八臺，譯言齊整，八十里。

眼前道路皆平坦，塞外風雲自偉奇。近鄙已畫察哈爾，察哈爾，内八旗止此。遺民欲問青吉思。蒙古多元太祖裔。常懷捧日令狐楚，忽學戴星巫馬期。斯土信美説齊整，亂頭粗服總相宜。人多鳩形鵠面，不知齊整者安在。

青岱第九臺，九十里。

大山環抱小山重，草色狐黄石氣濃。九十里中無一物，問宜幾許子男封？子男五十里耳，呵呵。

早赴烏蘭哈達二十日第十臺。譯言紅石，一百二十里。

荒煙四市冷雲屯，略辨晨光賦載奔。風雨聲中車似水，坡陀路上草成墩。紅升滄海那蘭日也，蒙古語。大，碧聳遥山鄂博尊。百廿里行疑傾刻，馳驅聊以答君恩。

奔巴圖第十一臺，譯言十墳，八十里。

古人不封樹，龍沙乃近之。兹獨標厥名，罕有以爲奇。我來見荒原，此説恐支離。或類黑白墳，禹貢同傳疑。穹廬斂神坐，曠莽空遐思。

由奔巴圖至沙拉哈達過布魯圖晚宿鄂嵐胡篤克二十一日，第十二臺，譯言黄石，七十里。第十三臺，譯言青山，五十里。第十四臺，譯言多井，五十里。站小車急，到宿處日甫西斜，快甚。

昨望山重翠，今朝踏翠行。意想所未到，超越實堪驚。得地蒼鷹健，沙拉哈達山坡立一角鷹，甚雄。連雲白草平。喜逢多井處，好與聽瓶笙。

烏拉契有以喇嘛充者察汗胡篤克道上戲成絶句二十二日，第十五臺，譯言白井，九十里。

早悟禪家大小乘，星軺迅急等飛鵬。前身想是阿羅漢，奔走黄衣笑衆僧。

早尖後赴沙拉木楞第十六臺，譯言黄河，六十里。

白井接黄河，匆匆走馬過。羽蟲佳渾勁，鷹曰佳渾。將種尉遲多。遠派崑崙水，雄風敕勒歌。笑余孱弱甚，飽飯遜廉頗。連日頗思蔬品，「管城子無食肉相」也，能不靦然？

四馬駕杆其行益速赴鄂拉胡篤克作二十三日第十七臺，譯言上井，一百二十里。

天下快事那有此，一轉瞬間百餘里。兩驂如舞兩服襄，三代兵車或近是。眼望翠嶺高入天，倏忽已超鷹隼前。霜蹄蹴踏沙石響，風生耳後霏雲煙。紅白草墩大於盎，纍纍徧野列星象。迴旋避之妙用柔，豈止吳兒工蕩槳。從來峻利多粗豪，脱杆偶亦差分毫。寄言左右烏拉契，銜勒端宜把握牢。

到吉斯洪果爾作第十八臺，譯言紅黄土堆，八十里。

鄂博高堆石，云何土亦堆。紅心豐草擁，草色嫣紅，塞人呼爲賀勒蘇。黄暈亂沙培。勁氣生氈幄，豪情託酒杯。單于臺是否？指點嶺雲隈。

西拉木霍哩即事二十四日，第十九臺，譯言生鐵，一百里。

昨宿吉斯洪果爾，驚聞石磴鬱崔嵬。彥將軍日記謂「山陡石亂」。今朝清曉征軺發，萬仞奇峯大路開。鄂博疑人籠月立，昆都騾馬拂雲來。安臺昆都名拉什彭楚克。胸中頓益雄豪氣，難易從茲莫預猜。

早尖赴布籠路摘金桃數枝第二十臺，一百三十里。

黃拂嶺雲高，誰云地不毛？蟠根依鐵礦，西拉木霍哩迤西山嶺上下極多。辨類識金桃。彩煥弓衣貴，金桃、皮弓，例有明禁。圍誇箭鏃牢。僕夫渾不解，絮語樂陶陶。

赴蘇吉布拉克二十五日，第二十一臺，譯言跨泉，一百二十里。

桃色金黃草色紅，四山煙靄翠濛濛。無邊爽氣生眉宇，點綴征軺入畫中。

風掀沙石欲飛鳴，馬騾車馳數驛程。喜見遥山叢薄裏，兩株老樹拂雲生。自過大壩，始見此樹，一孤生，一雙椏，相隔數十里，不識何樹，或曰榆也。

陀黎布拉克茶尖二十六日，第二十二臺，譯言鏡泉，七十里。此地向多蛇，蒙古呼爲木詭，有慈蔭寺，乾隆年間奉敕建。

木詭説蜿蜒，停車暫息肩。穹廬牛糞火，活水馬跑泉。内大臣馬思哈率兵征噶拉丹，出張家口，噶拉丹謂我兵所至，泉湧芻生，或即此泉耶？問之該臺章蓋等，茫無所知。古寺瞻金相，遥峯挹翠煙。湛恩思聖祖，慈蔭普窮邊。仁皇帝親征準夷，靖喀爾喀三汗之難，爲古今所未有。大略推超勇，奇功許獨賢。大創準夷，三音諾彥汗超勇親王策淩功爲最。至今安牧蓄，隨處聽旬宣。蒼莽尋遺跡，低徊溯往年。更期人作鏡，懷古意茫然。

圖古里克途中第二十三臺，譯言路遠，二百二十里。

路遠原從譯語聞，勞人應笑意如焚。白凝低巘羊疑石，黃捲平沙馬籥雲。故里情懷閒處覺，涼秋景色望中分。郵書欲達何由速，指點遥天有雁羣。

穆哈里喀順途中口占第二十四台，一百里，瀚海界。

涼月隨車曙色催，我今喜到古龍堆。碧沉塞草煙痕凝，紅透雲花日影來。貔虎無聲依劍珮，驊騮有力挾風雷。策淩已遠空沙漠，屈指誰爲上將才。

早尖赴谿泥契二十五臺，譯言牧羊，傳爲蘇武牧羝處，一百二十里。

雲白低垂野，沙黃遠入天。水難尋淖爾，山已近燕然。杭靄爲古燕然山支麓。壯節懷蘇武，餘風問左賢。停車暫留宿，雅興付吟箋。

詠蒙古包到畢勒格庫作二十八日，第二十六臺，又名那朗，一百里。

瓜牛廬式結團欒，不畏龍沙風雪寒。託足每欣行路易，昂頭應笑得門難。圓光頂上神明鑒，頂上天井。超想環中夢寐安。宿皆套包，如連環狀。擬仿穹蒼成廣廈，斛律金歌意。

華夷覆幬總臚歡。

哈薩布齊偶成第二十七臺，譯言門帶，一百二十里。

道存不下帶，政出防多門。古人有成憲，誦法窺淵源。驅車過瀚海，聞名思細論。此意向誰説，斜日明荒原。

曉晴赴扎拉蘇二十九日，第二十八臺，八十里。

朔風怒吼驅滕六，添出今朝奇景多。雲脚日烘金錯綵，山腰雪點翠成窩。川源歷歷心彌壯，歲月匆匆鬢欲皤。昨日覽鏡，鬢已添白。太息子卿畫麟閣，此間旄節幾消磨。

赴哲博勒天寒嶺複感而有作第二十九臺，八十里。

西風吹雪上貂裘，星使何如古益州。山勢寬平全作地，冬心謹肅已忘秋。詩情擬續洗兵馬，劍氣應教射斗牛。放眼龍堆最高處，材官走卒笑嗚騶。

博勒鄂博早尖三十日，第三十臺，譯言石堆，八十里。

高名傳鄂博，岳峙秀亭亭。風古天難問，山空石有靈。我來暫栖息，雅詠誌曾經。仍叱王尊御，馳驅莫暫停。

過庫特勒多倫第三十一臺，譯言拉滿，九十里。

矢在絃上，不得不發。斟酌飽滿，勿失毫髮。先民有言，名循實核。臨事亦然，預戒浮滑。願告斯邦，書丹石碣。

塞爾烏蘇第三十二臺，譯言好水，六十里。

好是鄉中水，行行此異鄉。風煙俱浩瀚，民物近洪荒。旅館氊幃白，官衙土壁黄。謂驛道衙門。烹茶應得趣，北斗挹天漿。

黑端即事塞爾烏蘇，坐馬忽失銜勒，怒欲嚴究，至黑端而該章蓋呈出，可恨可歎。九月初一日，第三十三臺，譯言木頭，七十里。

五月披裘客，塞外冬夏皆裘。何能拾路金。誰知愛銜勒，竟至費搜尋。雅有還珠幸，彌存執玉心。澆風期振刷，扼捥幾沈吟。

哈必爾噶第三十四臺，譯言脇條，一百二十里，是日作瀚海賦。

古人駢脇稱大勇，地靈人傑真將種。豈知烏江敗重瞳，手難縛雞成大功。吁嗟乎！手難縛雞者誰子？樽俎折衝竟萬里。沙陀莫問韓侯蹤，於今可有李横衝？

詩保泰早尖作初二日，第三十五臺，譯言飛鳥，六十五里。

想是和林地，祥鍾鐵木真。誰爲緒登善？飛鳥解依人。保泰持盈意，端宜入雅詩。君臣貴同德，仰止有餘思。

宿栳薩作第三十六臺，譯言騾，九十五里，作風吹草低見牛羊賦。

俊馬如龍越峻坡，聲靈全賴主恩多。笑他北宋姚平仲，蜀道倉皇走白騾。

早赴吉呼木初三日，第三十七臺，譯言肚帶根，八十五里。

未曉策征鞍，何虞行路難？近天星斗大，浮地雪霜寒。鬢冷新添白，心孤永勵丹。遥知京國侶，待漏肅朝端。

孟格圖因馬僕鬩誅之以詩第三十八臺，六十五里。

無端芥蒂起戈矛，道路栖栖敢衆咻。未必眼前知牝牡，何能皮裏寓陽秋？自矜色相同遼豕，各自居功，非止二人。不耐衣冠笑楚猴。此輩悍奴宜盡殺，那須刑律費詳求。

宿察布齊爾第三十九臺，一百里。

一路車馳騄，天涯又海涯。數日皆瀚海地。人緣宵起倦，山共夕陽斜。得句時因夢，安身即是家。明晨仍歷碌，貫月笑浮槎。

哈沙圖譯言院也必有稱其爲院者因用玉茗堂賞心樂事誰家院句爲韻作哈沙圖歌初四日，第四十臺，九十里。

哈沙圖地勢蒼莽，因院得名費遐想。拓拔代遠契丹湮，完顏豈能此游賞。元家天子興和林，元太祖起於和林，在杭靄南山數百里境。王侯甲第羅深沉。鳳樓雲暖親藩夢，燕寢風香貴主心。穹廬倚天奇制作，爭及亭臺恣行樂。兩行紅玉豐貂裘，幾曲粉垣新虎落。

桃花叱撥繡旗幟，縱獵歸來稱快事。胡撥四鳴邊月高，長十八燦山雲翠。天魔舞後皇綱虧，往蹟荒涼更問誰？無人爲作南園記，有石都成没字碑。茫茫雁磧開風砂，愛曼何處伯顔家？我思著述徵文獻，停驂顧望徒咨嗟。咨嗟興廢多遷變，漢寢唐陵皆露電。野狐人立鵂鶹號，古今多少笙歌院。

到哲林作第四十一臺，一百三十里。

何日到杭靄？年華告肅霜。那堪臨朔漠，況復近重陽。酒自天山碧，花應帝里黄。家書寫安善，鴻雁喜南翔。遇科布多領例差官諾敏，寄梅谷二兄及友梅三弟、玉堂五弟家信。

翁金初五日，第四十二臺，即翁金大河，一百三十里。

捲地西風吹白雲，沙雞飛竄馬羊羣。翁金灘上驅車過，銷得輪蹄鐵幾分？

縈紅繚白鬱長途，賀勒蘇兼德勒蘇。借問山靈誰管領？不知斬伐太糊塗。

烏訥克特第四十三臺，譯言狐，一百里。

古有飛狐塞，傳疑在此間。曾無熊館路，漸接馬鞍山。即杭靄山。野曠目常豁，身勞心自閒。生平多戇直，阿紫莫開顔。

赴哈達圖初六日，第四十四臺，譯言石頭，一百二十里，喀爾沁地止此，察哈爾所管臺站亦止此。

昨日翁金莽叢薄，野雞亂飛狐兔樂。今行烏訥克特西，雲物沉沉轉丘壑。芨芨草白紛葳蕤，忽看曠朗忽厜㕒。俯仰曲折總意愜，車聲霹靂飈輪馳。嘗以山河稽塞外，杭靄遥接阿爾泰。色楞格河克魯倫，推臺有水相縈帶。表表均自傳名稱，況此遠勢盤崚嶒。脉衍馬鞍體宏博，落落漠漠蒼煙凝。惜無志書相萃彙，土人諒必知稱謂。笑呼章蓋一問之，哈達山也。訥勒名也。默特貴。不知也。均蒙古語。

哈拉尼敦第四十五臺，譯言黑眼，一百里。烏里雅蘇臺所轄臺站始此。

聞説匈奴眼睛緑，李陵子孫黑其目。瀚海東西滋游牧，至今猶應傳部族。吁嗟猿臂飛將軍，中華以外延礽雲。燒荒夜獵射猛虎，可有英風肖乃祖。

他楚途中第四十七臺，一百里。

他楚路漫漫，罡風刺骨寒。穿雲爭鶴步，壘石認龍蟠。但覺乾坤肅，真當太華看。好尋神禹迹，山木久隨刊。

烏爾圖額勒胡篤克初八日，第四十八臺，譯言長井，百五十里。

無待銀床護，光生修綆寒。共欣沾厚澤，終不起狂瀾。地許同河潤，人方作鏡看。宜長且久，高住好峯巒。

由沙拉噶勒卓特赴推臺第四十九臺，六十里。第五十臺，一百五十里。

駐馬匆匆茗一杯，嶺雲隨我到推臺。祗因性癖同顛米，好向河干覓硯材。推河石可硯。

前驅報説緑盈坡，浩浩平沙渺渺波。馬藺秋紅魚藻碧，半山斜日過推河。

方子嚴觀察蕉軒隨録曰：「道光甲辰，余年十五，初應江南鄉舉，試畢，戴君豫庭拉遊四松園。即陶文毅所建印心石室。適會稽潘少白先生諮寓此，延余入詢里居姓字，復詢鐵君太史是何輩行，余曰：『叔父也。』先生問余讀何經，從何師，余俱詳答，因與余縱談辛丑壬寅間海氛不靖事，如林少穆、牛鏡堂、伊莘農、裕魯山諸公，皆有褒貶語，余童子無知，唯唯而已。瀕行，先生持新刊詩文全集見贈，余隨手翻閲一卷，見五律詩有『坦坦平平地，青青白白天』一聯，請曰：『先生此詩，得毋非大家數耶？』先生驚喜曰：『足下知詩乎？』余曰：『初學耳。』時夕陽西墜，月光初上，門前一池水，秋荷尚有殘花，四山雲起，峯巒在若隱若見間，先生指以示余曰：『何不即景一吟。』余即口占云：『波靜月疑動，雲多山轉孤。』先生點頭者再，摩余頂謂戴君曰：『後生可畏也。』是年冬，先生在揚州晤鐵君叔父，曰：『阿買才可愛惜，未能從吾遊，但宜做實在工夫，勿務浮華，他日未可量矣。』叔父歸爲余述之，余感先生意，自是用力於學，一知半解，未始非先生有以啓之也。」

桐城言經學者首推徐樗亭先生璈，其所著詩經廣詁一書，條晰分明，採擇亦富，爲馬元伯先生瑞辰詩經箋義之嚆矢。桐城經學，姚姬傳先生後不落空談者，以徐、馬二人爲最。今讀其樗亭詩草，渾厚樸質，而有其文，如璞玉渾金，莫名寶貴；又如瑟琴鏗其古音，敦彝賁爾柔色，是能旌性制佩，璚枝縞華，近代英俊，接軌哲彦，步武者曾無幾人。其詩如題李夢隼海上釣鼇圖云：「培風之翼不爲枋榆搶，暴碣之鬐不爲升斗揚。丈夫志意凌八荒，高駟玉軑摛天章。俯視一氣憑蒼茫，倒瀉海水傾榑桑。在昔君家謫仙人，驅濤立水清氛塵。夢向九姥碎九約，醉回蓬島排三神。釣廣三千六百軸，屈月輪虹篪析木。巨贔仰首親提攜，百怪惶惑無能役。笑傲滄洲五十年，祇今萬丈光如煜。泱漭渤澥丹青裏，咫尺納盡百川水。巖崁崎嶇勢欲撼，蛟龍上逐驚濤起。披襟獨快海風秋，百尺長竿天外倚。漫向蓬瀛問謫仙，此中釣者毋乃是。誰與坐此紓煩憂，同作徜徉汗漫遊。衛卿之駕天吳舟，屼峴高望海西頭。」城西門行云：「高高城門上白日，朱輪爭入槽爭出。紛紛徒御擁塵埃，道旁行人撥不開。人生榮枯自有時，此間哀樂無窮期。君不見西山落日黄，曠野蕭蕭多白楊。」遊雁蕩山云：「憶昨華頂上，觀海雲濛濛。南望極雁蕩，千里渺難窮。探幽不厭遠，將笴堪揞筇。僧巖立山口，指點山路通。入山屢駭愕，吁嗟造化功。峯峯誰刻削？巖巖立矛鏦。峻立象城郭，鐵鑄小崇墉。矗立起障蔽，太虚横屏風。火立談炎上，奇熾光庸庸。水立雄掛瀑，百丈射日紅。玉雨及珠雪，夭矯飛羣龍。咄咄奇欲吐，立筆書摩空。詩叟倚壁立，推敲韻語工。展旗立大陣，劍笴難攖鋒。剪刀立峇岈，裁雲天衣縫。天砫勢中立，嬀留揩蒼穹。石梁立倚梯，攀援接天容。窈窈邃洞外，青鸞立雌雄。悠悠淨宇内，佛立萬古幢。五老拱立送，木末森芙蓉。名山三百六，非不勢寵嵸。亟亟走東海，紛紛趨僕傭。要惟特立者，雄峙西南東。我家灊山下，九華對長江。昔觀岱頂日，黄海雲溶溶。衡廬舟屢過，西山結友同。兹遊盡巉峭，益豁平生胸。何當攝屐笠，更陟太華嵩。」

番禺蔡樹百蕙清明武宗訪緝劉美人告示歌序云：「饒州府正堂祝爲曉諭事，本月初一日奉按察使司牌，轉奉巡撫都察院王，案准禮部清吏司抄出：本部奉旨内事理，傳諭圖形千幅，訪緝劉美人，上獻者，封侯萬户，給賞千金，藏匿百家連坐，欽此，欽遵。抄部送司，相應通行各直省撫部院，轉行文武大小衙門，一體欽遵等因，到院備案，仰司照案備准部文奉旨内事理，即通行各府，一體欽遵等因到府，奉此，擬合就行，爲此出諭各屬地方薦紳鄉約軍民人等知悉，奉旨照圖挨家訪緝，毋得藏匿，以致干連，取究未便，須至告示者！右諭通知。正德拾肆年六月初三日諭。府押實貼照牆。」此儀孝廉墨農克中得於羊城市中，今歸黄霽青安壽太守，公文格式，與今略同。惟年月上用花押，綴以私印，不晝押耳。詩云：「從來荒淫主，難得荒淫福。武宗於有明，天縱使之獨。君不見留傳告示十五行，大書饒州府正堂，爲奉憲牌轉奉部，奉旨頒發窮遐方。訪緝美人曰劉姓，百家連坐休匿藏。獻者封侯食萬户，欽此欽遵誠焜煌。末書正德之年年十四，六月三日時歲詳。世間怪事那有此，此紙千古真淫荒。翳昔女戎書史册，大都一例無心腸。微行縱有亦幾甸，狎媟雖濫仍嬪嬙。已干天怒不肯恕，聲色頃刻生欃槍。未聞朝發居庸暮宣府，西遊三晉南淮揚。宦家民舍紛闖進，山花野草皆馨香。美人何事致淪落，竟使天子爲奔忙。寶釵既已下詔索，美人又復告示張。億兆盱睢罔畏忌，忠臣義士徒封章。胡爲白龍魚服竟免禍，不繼江都馬嵬之變同傾亡。我思有明盛士氣，正德獨夫雖顛狂，其時朝廷法度尚整肅，諸賢合力扶乾綱。南衙不與北門涉，聲妓未見孤忠戕。國有人焉民志定，肯使濁水淪三光。嗚呼，不至濁水淪三光，樂哉老我溫柔鄉。要知徼幸胡由致？仰維崇儒重道明高皇。」

方子聽在京時爲其令兄子嚴繪水仙花紈扇，并和山谷水仙花詩韻題云：「洛川神人不渡襪，朝來鬖髿雲蔽月。相逢乃在畫圖間，翠羽明璫殊幻絶。我從滄海朝帝城，折取琪花持奉兄。對此冰雪滿懷抱，了無熱念胸中横。」一時和者數十人，兹録其尤佳者，子嚴和云：「香堦女兒手羅襪，玉面盈盈十五月。肥環瘦燕誇容顔，有美居然詫雙絶。幾年別夢思江城，且對名花拜石兄。生綃渲染爲寫照，翠帶飄舞瑶簪横。」陳汝霖通守瀾和云：「仙娥曾繡兜羅襪，還裁寶扇團圞月。君家有弟畫中詩，點綴齊紈真妙絶。玲瓏瘦石歙花城，元章下拜願呼兄。磨盾淋漓有餘瀋，千軍一埽筆陣横。」子聽新以軍功入覲。孫介臣比部家懌和云：「江妃珠佩洛神襪，相逢疑是瑶臺月。仙乎仙乎花非花，寫入丹青何奇絶。季方于役石頭城，陟岡頻賦瞻望兄。今日詩情兼畫意，憶否戎馬相縱横。」端木子疇舍人埰和云：「湘皋素波浸羅襪，玉貌瓊姿瑩寒月。靈妃倩影三生留，化作幽華倍清絶。緇塵泱漭愁春城，唱酬乃有難弟兄。願分一握冰紈影，晛我如對江煙横。」陳珊士比部壽祺和云：「若耶溪水雲門襪，山礬勾雲梅挂月。凌波昨夜仙人過，翠佩娟娟作三絶。自從出山遊帝城，不見礬弟與梅兄。畫中水仙亦大好，何當攜卷溪頭横。」孫稼生儀曹家穀和云：「天風吹下素娥襪，飛入手中團團月。以花作畫畫作詩，花若能言亦叫絶。笑我食肉空管城，慚對岑參弟與兄。予亦有弟遠行役，請君更寫隴梅横。謂筱楚。」方右民比部汝翼和云：「香塵緩步生羅襪，料得前身是明月。冰肌玉骨孰描摹，雲煙落紙皆稱絶。名花無數滿都城，棣蕚芳聯弟與兄。一幅畫圖工寫照，願攜尺素案頭横。」夏伯音奉常家鎬和云：「洛波步冷神仙襪，剩有寒香伴霜月。朅來繪影入冰紈，筆墨與花俱韻絶。先生聲譽擅詩城，子聽有嶺南唱和集。況復元方有阿兄。願矢伯牙求學意，花前相對一琴横。」周筱塘儀曹家楣和云：「纖塵羞上淩波襪，歸來環珮黄昏月。花耶仙耶是耶非？摩挲生綃爲愁絶。季方之畫珍連城，何以報之難爲兄。我所思兮不可見，秋雲一片横空横。」江蓉舫侍讀人鏡和云：「還家已辦遊山襪，無端又踏燕臺月。故人冒暑江上來，保此歲寒交不絶。六月槐花黄滿城，百壺倒藉逢難兄。卻憶天南老都轉，簿書堆裏短牀横。謂子箴。」李筱良侍御汝弼和云：「瓊琚爲佩雲爲襪，纖纖瘦影彎彎月。珊珊微步淩波來，不見相思見愁絶。靈根種自芙蓉城，芝蘭吾弟梅吾兄。以此芬芳比君子，詩壇酒坫今縱横。」

山陰吴泰交侍讀壽昌詩，直抒胸臆，不假雕飾，詠物詩能狀奇境妙態，有繪影繪聲手段。漵谿值驟風雨云：「水程積寒陰，黯黯失朝暮。欲雨忽捲風，過雪尚濛霧。浦傍沈鐵鹿，孤艇斷來去。辰陽屈前指，沅口枉迴顧。我生狎波濤，所難非行路。且讓花圃人，入山種桃樹。」元人薩天錫雁門集有咏雁詩中用飛鳴宿食分句今演作四首云：「書成行陣列成圍，驚見紛紛應候歸。霜雪一宵沙起塞，關河千里月侵幃。翔徂南朔能忘倦，趨避炎涼早識機。好共淩霄誇羽翮，人間矰繳近應稀。」飛。「嘹喨空中響更清，乍分旋合不勝情。每於漏盡鐘殘夜，催作繁絃急竹聲。澤畔縈迴吟始就，樓頭棖觸夢頻驚。年前我亦南征客，聽過瀟湘數驛程。」鳴。「不逐波濤不避風，圓沙洲渚荻蘆叢。一支總乏安巢戀，尺土猶傳擇地功。晚去空江鷗浴散，秋深寒雨鷺拳同。尋常奴輩終難恃，只合騰身碧落中。」宿。「水田香粒綻千塍，一飽相期亦自應。爭食未知關汝否，謀生聊復記吾曾。滯遺隨處年豐有，飲啄多時物性能。羣鳥養羞覘此日，莫教三咽學於陵。」食。廣州雜吟八首云：「嶺南風景似江南，荒徼今同樂土耽。八桂郡高山瘴隔，五羊城近海波涵。魚鹽沃業民藏富，貨貝珍羅吏戒貪。跋扈雄藩有遺宅，百年父老竟誰諳？」「五嶺迢迢接二禺，墟多翡翠邏芙蓉。潮田應信溝塍滿，村樹交陰橘柚濃。蜑户生涯珠有市，鮫人邑里織無蹤。蓬萊島遠如堪望，望海樓登第一重。」「踏青分道上呼鸞，葵箑綿裘略帶寒。垂老居人驚雪下，未春時節有花看。催篸茉莉宵盈閣，遞噉檳榔曉上盤。我恨欠嘗珍果味，到來不及荔枝丹。」「魚藻門邊萬萬家，祗將蜃市閱繁華。功曹故苑新迎佛，顯德空園舊種花，牡蠣雨垣圍短短，貝多風葉散斜斜。參軍不久能蠻語，合採風謡待使車。」「此鄉多玉舊曾聞，番舶年來到益紛。絶島猶知求互市，慳囊誰與辨同文。尋常寶樹珊瑚價，次第名香篤耨薰。華綺朱衣居列肆，底須消息越裳君。」「負固休誇霸業多，昔年割據盡幺麽。降王位次先劉鋹，老吏稱名屈趙佗。臢有文禽喚都護，誰將逝水問波羅。六榕寺外蘇公蹟，如斗高懸字不磨。」「宋家一綫盡厓門，碧海難招二烈魂。謂張、陸二公。正氣總如文信國，才名深媿趙王孫。讖歸白雁終移祚，變起黄袍本負恩。太息六陵同此地，冬青不見遍荒原。」「燕去鴻回感客心，三千里外蹔登臨。異鄉常覺海山改，長道劇憐寒暑侵。王範著書兼問俗，陸生歸橐但裝金。誰知樂叙天倫意，風雨聯牀話夜深。時余以晤諸兄入粵。」覺生寺大鐘鐘大如屋，内外鑄法華經全部。云：「六州聚鐵鑄何如，慘甚當年莽革除。飛燕孤城斜照外，鏗鯨猛簴刼灰餘。枉憑千佛銷兵氣，祇恐三車演謗書。謂致身録等書。聞説轉遷更不易，日勞過客一欷歔。」

當塗孫寄鶴學博登年，道光戊子科舉人，官安徽東流縣訓導，品學兼優，豪於酒，每三爵後，詩興勃發，數百言頃刻立就。録其登菊江亭和方調臣先生韻云：「予家面山水，爽挹西山西。危亭峙懷謝，謂家塾臨流構亭，顔曰『懷謝』。煙柳垂盈隄。一自逐浮名，南北奔棲棲。燕薊賦壯遊，歷遍魯與齊。春風虚五度，毷氉歸姑溪。徒然博冷宦，心降首爲低。伏櫪悲老驥，風雨愀廬淒。菜根饒滋味，差免哀鴻啼。赴和城時適值水災。三生亦何幸，交呂復攀嵇。縱談每徹夜，臭味通蘭荑。吾輩重肝膽，不爲世俗迷。官閒供懶散，息影卸輪蹄。菊江恣遊覽，擔荷酒人奚。殘碑搜勝蹟，心與古爲稽。劈窠肆大書，養到如木雞。謂調臣書歸去来辭懸之於壁。楹帖驚創闢，爽利如靈犀。謂琴士菊江亭楹聯。持螯恣大嚼，痛飲醉如泥。片帆下天際，斜陽衰草萋。憑闌俯眺望，高閣何墆霓。忘機契沙鳥，白雲滿袖攜。何日賦歸來，招隱南山蹊。」又題小青春怨圖云：「淡妝瘦影寫生綃，眉黛低顰悵寂寥。一卷相思千點淚，泥人不語倍魂銷。」「深鎖長門夢不成，蕭蕭夜雨逼孤檠。古來多少如花女，都被癡情誤此生。」二絶情韻不匱。

桐城董嘯菴澂鏡道光丁酉舉於鄉，官懷遠訓導，殉賊難；著作等身，尤長吟咏，有比竹集。權東流教諭時，馬元伯水部瑞辰贈以詩云：「大江百折此東流，五十年前憶舊遊。請客不須驚建德，驚人詩句董王侔。王悔生先生亦曾司鐸於此。」「白頭深感眼猶青，詩酒盤桓聚似星。小別身離心欲合，送君直到菊江亭。」其推許如此。與方子嚴觀察爲文字交，觀察曾録其詩數十首，一鱗一爪，亦足珍惜。舟過黄石磯下作歌云：「盛唐山下晨流駛，皖伯臺前暮雲紫。雪花飛盡放新晴，獵獵蒲帆翦江水。柳條未緑蒲生微，天邊列岫横依稀。乍看詰曲舟行處，云是江濱黄石磯。在昔明中葉，九重好遊戲。至尊但欲作將軍，庸奴遂想干天位。南昌南下起干戈，皖城固守將奈何？回軍擁舶泊於此，殺氣江光相盪摩。黄石磯爲王失機，敗亡先兆未應非。心驚柏人禍立脱，師駐彭亡血染衣。却憶驕王兵未熸，鼓角帆檣三百里。江心一炬天地紅，赤壁之後猶有此。承平已久不知兵，整棹磯頭自在行。覆亡自取何足惜，一曲樵歌無限情。」四憶詩云：「我所憶兮西湖西，清波畫舫環平隄。煙中臺榭若爭出，鏡裏峯巒相向低。風塵奔走徒碌碌，欲往從之動遐矚。吁嗟乎！宇宙之景無此清，曷不裹糧呼棹行。」「我所憶兮東海東，鯨濤變象成珠宫。波心陡起若平地，潮頭高架撐虚空。我到濟南曾託足，欲往從之忽旋軸。吁嗟乎！宇宙之景無此幻，曷不掉臂丹崖畔。」「我所憶兮東嶽山，秦臺越觀雲霞間。五更雞鳴見海日，四時松翠交天關。我行山左數相望，欲往從之轉惆悵。吁嗟乎！宇宙之山無此雄，曷不躡足淩蒼穹。」「我所憶兮天台峯，括蒼雁蕩皆附庸。帶雪寒巖寫霽色，倚雲玉女傳真容。我讀山經久馳想，欲往從之愜心賞。吁嗟乎！宇宙之山無此幽，曷不委羽空明遊。」寄邵映垣員外孫芝房編修葉潤臣舍人楊性農孫琴西兩庶常京師云：「雨氣陰漠漠，江流日滔滔。寂坐孤城中，鍊心聽風濤。陽春已將暮，未見韶光韶。可憐花墮泥，狼藉梨與桃。簿書案無擾，剥啄門誰敲。靜若老僧居，冷稱閒宦曹。故人履清要，天際看翔翶。頡頏文酒會，繾綣金石交。江濱士憔悴，私祝心遥遥。上溥皇心仁，下挽民風澆。拔跡世庸碌，希蹤古賢豪。簡策濡汗青，史筆人方操。」偕方子嚴中翰過吳幹臣上舍書齋云：「夙從藝苑覓陰何，澤畔欣逢共浩歌。酒事未疎投分密，行囊雖少得詩多。柴桑句待吟千復，江岸亭賒日再過。斗大荒城難久駐，暫羈行跡寄藤蘿。」月夜云：「幾日愁多雨，江天忽放晴。宿雲依遠水，新月照孤城。塔送磯頭影，泉流屋角聲。荒庭蚯蚓語，似有悦春情。」

昔鍾嶸論謝客詩：「興多才博，寓目輒書，内無乏思，外無遺物，名章迥句，處處閒起，麗典新聲，絡繹奔會。」嘗以是移品漢軍徐鐵孫觀察榮。觀察弱冠詩名雄嶺表，其詩熊熊魂魂，渾浩流轉，昔人論東坡詩若男子聞客到門，大踏步便出，不若女子梳頭纏足、抹脂敷粉也。觀察各體詩得力東坡，凡竹頭木屑之語入於其詩，盡化朽腐而爲神奇。七言律詩月下看梅作云：「一笑相逢雲水鄉，羅浮郙外酒家旁。身原明月何須問，世有梅花不敢狂。獨鶴驚回千里夢，共誰消受五更香。醉來推倒珍珠樹，萬斛平教北斗量。」桐城道中云：「喚起征鞍趁夜晴，荒原盼斷曉雞聲。藏花廟矮齊簷過，漾雪河寬解馱行。馬上新銜三鹿郡，鷗邊舊夢五羊城。如今羨殺西郙老，踏藕耕魚過一生。」秋懷第四首云：「大乘三合本相因，聞道魚羊又食人。責賄已通官縱寇，僉名不應盜誣民。訛言盡説蒼天死，掠野真愁赤地貧。稍喜灌陽卿侍御祖培，肯披白簡達楓宸。」玉山樓春望云：「樓南樓北緑周遭，春雨春風笠屐豪。萬井人煙憑檻出，一城山色捲簾高。野桃紅認昌華苑，官柳青連玉帶濠。莫問呼鸞歌舞地，英雄局散致風騷。樓祀高固、楊孚等九賢。」登三十六江樓云：「海上雄風借半帆，天涯秋色照躋攀。一枝塔鎖三江水，九曲欄朝四面山。人影動搖寒浪靜，詩心來往夕陽閒。愛才誰似顏都督，迴首華屏自汗顏。」吳城道中云：「江河東下日滔滔，大艑長帆且自豪。風裏始知彭蠡大，雲中先見皖公高。艱難共慰惟劉墮，左右相依有孟勞。不信古來增意氣，男兒惟是重錢刀。」游金山云：「閒却秋城得月臺，吟聲移向海西來。十分風色催帆葉，一片秋陰到酒杯。碧落置身關福命，緑林聞客枉疑猜。笛江憂道梗不来。人生一醉酬佳節，如此江山更幾回。」將之藁城述懷留别第四首云：「斫地王郎歌莫哀，壯遊隨處足詩材。漢南柳拂帆陰緑，嶽麓雲迎馬首開。夜雪一氈肥子國，秋風八口越王臺。異時寄語龍川令，爲訪先人舊冢來。」題治河店壁云：「故鄉回首渺天涯，望近燕雲似到家。萬里一裘嘗雨雪，百年三月負鶯花。功名豈有乘軒鶴，辛苦仍逢攫肉鴉。欲笑晚來清供得，滹沱麥飯趙州茶。」水仙花云：「瀟湘簾子漾疎煙，雲母窗明欲雪天。盡日相思臨水際，一寒如此自風前。難忘河畔支機石，豈有人間種玉田。乳鉢拳峯春盎盎，浮生何處不翛然？」次江覺生同年韓莊店壁韻云：「平湖西去夕陽開，客路遥懸戲馬臺。波湧滄浪扶月出，雲經芒碭帶秋來。放燈正憶珠江節，避暑難尋河朔杯。行矣違時歸忍餓，一鞭歧路且徘徊。」槐云：「喝道征人望眼昏，路旁堠子緑雲屯。定知指樹懷吳湊，何必稱公媚長孫。眼底黄花驚昔謔，鄭谷詩：『昔年相謔十秋風。』夢中紫綬感前恩。祇應常醉南柯下，甲子雌雄莫更論。」岣嶺云：「碧山黄葉卷繽紛，開出屏風錦繡紋。野竹漾青成積靄，炊煙浮白與高雲。百盤健步爭寒鳥，一路勞歌送夕曛。行入濛濛空翠裏，路人遥望杳難分。」五木橋云：「九芝山上曉霞分，五木橋南草色薰。嵐氣釀成三縣雨，松陽、遂昌、龍泉。灘聲驚碎一溪雲。石中泥不逢王烈，天半松曾識右軍。望松嶺，相傳右軍望松於此。昨夜上方神虎出，筍輿閒駐聽傳聞。」大柘云：「鳴鳩笑我勸耕遲，水滑泥融已滿陂。農事正忙分火日，春寒猶戀落花時。奇青塞路山千疊，短緑沿門柳萬枝。何處有人遥叱犢，雨聲雲彩正迷離。」石練云：「昌山十步九逢山，不放吟眸一里寬。萬壑千峰來石練，五雷雙瀑展晴巒。山前牧笛吹雲過，樹裏人家當畫看。欲向西巖尋鶴迹，苔花如雪怯高寒。」題趙小孟長綆汲滄浪圖云：「垂虹亭外風景新，滄浪之水清無塵。柴門没曉花竹野，笠子吟秋魚鳥親。青山終古憶蘇子，白髮幾時辭渭濱。廣張三千六百釣，借問東西南北人。」玉環道中食黄甘云：「雲髻峩峩金縷裙，詩喉一匊浸香雲。肯修陸吉通家禮，不是劉基妬世文。故國風霜仍結實，天涯草木也含芬。瀼西若許閒人往，更築山園手自耘。」發嶺店入雁宕山作云：「天上芙蓉五髻鬟，高青擁出大荆關。披雲迎客僧千尺，老僧巖千尺兀立。占水嗔人雁一灣。眼底即應無世事，詩中從此有名山。謝公屐齒真堪惜，咫尺溪行卻自還。謝靈運有斤竹嶺越澗溪行詩，斤竹嶺即入山西路。」睡醒過拖泥溝作云：「車摇殘夢響班班，一笑伸腰破旅顔。波底朱霞翻翠荇，林梢山霧界青山。看成是色非空界，坐過拖泥帶水關。敢信沙河是歸宿，沙河前路正漫漫。今日當宿南沙河。」固安道中云：「紛紛落葉打車篷，吹破秋陰西北風。拒馬河渾遼水急，試鷹天迥塞雲空。回頭山色居庸遠，到眼輿圖督亢雄。固安有督亢亭。訪古自憐都未暇，打包來往只怱怱。」汶上道中云：「路入齊南物色新，寒原經雨少征塵。鬼廷老柏髡留頂，官道垂楊卧長鱗。天氣漸高雲減色，農功已畢野無人。勞勞只有長征客，飽看秋光暮復晨。」霩霩云：「信國遺蹤遍百蠻，天涯猶有霩霩關。潮聲截斷桃花嶼，霞陣橫連箬蕾山。南對定海、桃花、六横等隩，城西高山名箬蕾，舊有墩臺。七萬里帆城下過，英吉利去中國七萬餘里。一雙鷗鳥日邊還。誰教小豐撓全局，回首翁洲戰血殷。」

漢西域圖考五卷，爲番禺李恢垣銓部著。外國地域瞭若指掌，酈注桑經無此精鑿。其最妙者，以哈密並於天山南路，以巴里坤、烏魯木齊並於天山北路，而以葱嶺諸國屬都護者爲一路，葱嶺西諸國不屬都護者爲一路，繪圖最爲明晰。陳恭甫師詩云「欲繪地圖問尸佼」，銓部有焉。

歙王子槐侍郎茂蔭，忠藎慎勤，抗節礪行，不愧古之遺直。南海桂皓庭孝廉文燦搜其遺藁奏疏數十篇，釐爲二卷，名曰子槐先生奏藁，藏諸家。昔人題張養浩三事忠告詩云：「懷抱在蒼赤，忠孝事君親。」侍郎有焉。

竹垞老人玉帶生歌結語云：「俾汝長留天地間，墨花恣灑鵞毛素。」極爲渾成，而沈歸愚別裁集登此首，末句改爲「忠魂墨氣常凝聚」，以爲硯與信國雙收，則點金成鐵矣。

毛西河奇齡朔方詩：「三秋白草緣關斷，萬里黄河入塞長。」「緣」字湊，「長」字拙。李子德因篤邊上詩：「野霽卷蘆吹白日，霜清驅馬下黄雲。」下句穩，上句滯。尤展成侗登天寧浮屠望海詩：「俯聽蒼蠅喧萬瓦，遥看白馬走中流。」下句健，上句劣。

鄞縣沈栗仲道寬寓湘草五言古有古致，近體亦見清健。耒陽杜少陵祠云：「萬里孤忠拜杜鵑，誰令踪跡老湘壖。中原縱復墳三尺，廣厦無成屋一椽。詩人自愛陳芳國，此地權當小有天。高柳叢篁何處所，古祠喬木卷蒼煙。」

高要蘇賡堂河帥廷魁詩，攄寫胸臆，激盪性靈，不侈浮華，吐歙翰藻，此詩家之有道氣者也。讀其雜感第四首云：「釣魚不設餌，取適非爲魚。讀書不求解，得意非在書。物理今古同，事變前後殊。一撥眼前翳，照以胸中珠。賈生與諸葛，何必爲醇儒。」此詩有慨而言，非薄賈生、諸葛也。葉提舉以詩叙别次韻贈行云：「城南波緑柳絲生，欲繫春帆緩客行。作宦與詩同灑落，持躬如射絶矜爭。風塵將試天駒步，林木先知谷鳥情。清白數傳年正壯，家聲自振不須盟。」春遊云：「園枕清江接翠微，降王此地剩芳菲。乘潮喚渡匆匆過，冒雨尋春緩緩歸。一簇桃花攔路出，誰家燕子趁人飛？歌樓舞榭無相識，掃地焚香又下帷。」

番禺丁仲文廉訪杰，己酉鄉榜，爲道州何子貞師典試嶺南所取士。家寒素，遊幕江湖，具賈長沙濟世之才，爲王仲宣依人之計。尋以福建通判權松谿縣，松谿當粤匪擾亂之後，辦理爲難，未幾而粤匪復圍城，以守城功得擢道員。廉訪深諳兵略，性智慧，有巧思，明三角八線之學，嘗製嗹砲，用勾股法，百發皆中，人驚以爲神。考嗹砲即磞砲，人見其落地迸裂，名之曰「開花砲」，泰西英、法各國視爲制勝之器。其制造之訣，秘而不傳，湯若望則克録所記砲規及演砲圖説，皆秘母言子；泉州丁拱辰著演砲圖説及望遠鏡，自負得泰西之秘，挾其制作之才，遊説諸侯，奴視同列，甚可笑也。演砲圖説襲則克録，偶一及之，不詳不備，且依樣摹倣，鮮能變通，盡利用其法，拘泥難行，故三試三敗，宜爲泰西及英、法人所竊笑也。考嗹砲之制，本於内地之起砲，即閩、廣人所製之雙響砲也。英、法各國仿而用之於戰陣，殆如越人買不龜手藥故智歟？今上改元之歲，曾揆帥檄購砲式制度及演放法。廉訪自閩航海至厦門、香港、澳門、上海等處購求，并博訪酋目，皆秘而不傳。廉訪歸而求之，閉户深思，再三研究，竭五晝夜，盡得其法，管子所謂「思之思之，思之不得，又重思之，將有鬼神來告之矣」。於是召匠人試鑄，凡三易模而成焉。其制如砲口五寸，砲膛七寸半，不用藥膛，蓋藥膛小，出彈子遲，且易震動。砲口鐵厚一寸，遞厚至砲引，門一寸五分，底倍之，自砲口至砲外底實長一尺零五分，口尾各鑄一表，須極正。簡便之法用堅厚木承之，則砲尾鑄一鐵圈，不用耳，若從活法則加耳，必黑麻鐵煉極淨鑄之，今有用熟鐵打成者，然可施之於小砲，若大砲則非鑄不可，若改爲用銅尤佳。其彈子則視砲口之大小而鑄焉，如砲口徑五寸，彈子則中徑四寸九分，皮厚三分，須極匀，不可偏於厚薄，偏重不能及遠，且厚薄即有輕重，亦難命中也。彈子引口徑四分，照鑄常砲製模，彈子模須加内模，臨鑄以鐵線四面撑定，令匀而已。惟演放不得法，有中有不中之分，有炸有不炸之别，且炸有緩急之異爲最要，大抵必先知砲力之遠近，鑄成演放，須測彈子所去之遠近爲率，乃能準，準者即我所欲擊之處也，此時用一線二表以勾股法測之，無不準矣。此不敢泄露，君子得之安邦，小人得之反側。此法發盡泰西人之秘，自繳曾撲帥後而粤東匠人皆能造之，自是開花砲遍天下矣，而用勾股法精於演放者則無其人。廉訪得奏加按察使銜，賞戴花翎者，制造吽砲之力也。客歲孟秋，從閩中歸，與余對宅而居，數數過從，意氣宛合，爲余題課讀、琴思二圖，且喜余詩，爲撰後序，又爲余校刊詩玉尺。詩藁約千首，在行篋中，嗣君遊閩未寄歸，惟記舊作二章示余，云將赴上海留别鄧雙坡方伯廷枬云：「旗亭日落柳陰疏，回首三山舊夢虚。倏忽波濤平地起，時因拾獲竹枝詞，誤示同寅被議，方伯亦被糾解任。寂寥風雨對門居。同寄寓吉庇巷。薇垣喜返雄藩駕，草澤誰尋覆轍車？况值極天烽火惡，自攜書劍赴征途。」「周道何由賦砥平，中原北望客心驚。思迴天地頻搔首，話到瘡痍欲放聲。萬里滄瀛期利涉，一逢歧路悵離情。深知鄧禹匡時略，乞借前籌爲請纓。」

李太白集中詩有與謝玄暉同者，太白喜謝詩而録之也。李義山集詩有與杜樊川同者，同時之互相賞也。

漫齋學咏，蓬萊慕東鶴二尹榮楷著。二尹抱不世才，久困場屋，詩筆清灑，與其弟次鶴太史並工吟詠，嘗作除夕祭詩，激昂慷慨，以篇長未録。宦遊遣悶有「虚懷接物猶疑傲」之句，能寫出宦場勢利之態。咏物詩善於傳神，新柳句如「解意新歌金縷曲，含情初月玉鈎斜」，又如「月宜灞岸初三夜，春到揚州第二橋」；菊影句「三分秋色三分畫，一瓣花香一瓣痕」；又「半燈花氣添新繪，一幅秋痕照素屏」，均妙。

南海李葆初廣文愷疇家藏一膽瓶，色純白，中有微點，色藍。道光癸巳、甲午間，鄉村大水，瓶之藍點忽散漫作龍狀，爪牙鱗甲悉備；水退，龍亦漸隱，嗣後遇大風雨，歷驗不爽，亦一寶也。廣文猶子昂士上舍保恬，能詩，名其詩曰守瓶齋稿。録其濛峽舟中阻雨云「海曲怒回千頃浪，山高先占一帆風」；贈涉川上人云「推敲兩字月在地，梵唄千聲雲滿山」；中秋夜鄉闈題壁云「落紙雲煙筆陣收，捲簾喜見月當頭。嫦娥此夕應含笑，合占人間第一秋」：皆婉麗可誦。

楊筱坡金陵懷古詩：「月既多情水亦香，一條紅板隱垂楊。江山輕薄塗金粉，子弟風流作帝王。畢竟興亡關氣數，難將成敗論文章。烏衣巷口尋巢燕，可有當年舊畫梁？」此正高仲武所謂「苂齊、宋之浮游，削梁、陳之靡嫚」者，格高韻響，尚其餘事，五十六字中，直包羅多少史册，可稱絶唱。

近代作楹貼善爲長句者，莫過於彭大司農元瑞，楹聯叢話多採之，然叢話所採，最佳妙者莫過於彭公與紀文達合作一聯，所謂：「八十君王，處處十八公，道旁獻壽；九重天子，年年重九日，塞上迴鑾。」此外則阮文達浙江貢院楹聯「下筆千言，出門一笑」一聯，傳誦萬口。勝國天啓四旬萬壽，楹聯多至八十餘字，朱竹垞靜志居詩話採之，絶似制藝八比，成爲笑柄。余門士順德吴雁儕茂才，名翔，於赤水花洲之地，修立宗祠，請余撰三十二字楹貼，並述其祖墳在紫山，將成芝蓋形，堪輿家謂百年後可出四尚書。余撰句云：「敬宗收族續箕裘，世世栽培，葉葉栽培，願孫子履薄臨深，厚德留貽，可卜紫山芝蓋；矩祖規曾綿溥澤，時時積累，事事積累，看雲礽萌芽結實，崇祠照耀，長光赤水花洲。」見者皆目爲渾成。

朱谷先生八分隸書，爲近代第一，兒子慶銓喜學之。兒子前得翁覃谿先生雙鈎文衡山分書，中有朱谷先生題二絶句：「朱竹垞。陳元孝。傅青主。鄭汝器。顧云美。張卯君。王覺斯。氣勢居然遠擅場。若溯漢唐求隸古，蔡中郎後李三郎。」「曹全新出派初分，姿媚寧慚白練裙。賴有衡方蕩陰在，停雲猶勝棘門軍。」

全椒黄琴士典五茂才，以名諸生困於場屋，爲吳山尊學士入室弟子，粤匪寇全椒，殉難。生平窮愁潦倒之遇，均寄之於詩，各體均得唐音，而七言古詩尤縱横排奡。把臂髯翁登菊江亭懷古亭爲陶靖節種菊處，後有李太白讀書樓。云：「長鯨跋浪轟雷霆，孤亭突兀江之濱。我來亭上一憑眺，遥天漠漠煙冥冥。淵明已去謫仙死，滿目淒涼殘照裏。菊荒松萎書樓空，時有驚鷗拍浪起。剜苔剔蘚搜殘碑，穆然懷古心依依。此腰不向督郵折，此才惟許荆州知。羲皇人，釣鰲叟，大羅天上同攜手。我今徘徊千載後，清風滿懷杯在口，安得長江化爲酒。」登白沙嶺望諸峯云：「羣山勢如天馬奔，又爲虎踞爲獅蹲。陡起陡落鷹翅側，倏俯倏仰龍身翻。譎者怪者競雄長，谽者谺者羅兒孫。巉崖凸露一劍削，攢峯峭立千笏尊。萬松干霄翠欲滴，固知靈秀鍾乾坤。吉壤盡入宰相府，鳳皇抱穴牛眠墩。桐城張氏塋墓在焉。肩輿入山行十里，梯巖躡壑扳雲根。乍驚岩崿路若衖，旋遊寥廓天爲門。尋幽抉奥歷嶮峻，滌襟洗耳來潺湲。是時霜氣逼肌骨，東方杲杲騰羲暾。老楓密竹間丹碧，炊煙遥起三家村。我行紀程已四日，到此一掃心憂煩。揮豪伸紙發狂詠，時有嵐翠胸中捫。」

楊小坡有金縷曲寄中表弟方子嚴代柬云：「記傍蘆花宿。丁巳冬，君將北上，舟泊塗山，與予抵足月餘。恁倉皇、篷窗握手，嗚嗚痛哭。重向西州扶醉過，莫問東山絲竹。賸一片、荒涼華屋。那更八公烽火急，歎孤墳、衰草離離緑。先母舅靈櫬權厝壽春。人去遠，悲風木。我當歲九君年六。恨無端、老何來早，少何去速。我更比君顛沛甚，母亦他鄉病歿。料而今、空望斷、燕雲不出。記得彌留呼乳字，先慈彌留之際，猶呼君乳名，命組榮往京依之。難瞑泉臺目。墨和淚，忍卒讀。」哀音動人，聽者酸鼻。小坡九歲即依外家，子嚴尊人調臣先生愛之如子，與子嚴同筆硯最久，嗣以名場蹭蹬，兵燹流離，曾作風詞一册，仿板橋道情而略變聲調，子嚴已採入蕉軒隨筆。余閲之，愛莫能釋，因復登於續録中，世之憐才如余者，亦豈少哉！

附録風詞：按：風詞本名西山鼓詞，後有花鼓小曲，合肥王謙齋尚辰爲之删減數處，今依王本刊入，説白雙行寫，詞單行寫，俾讀者一目了然。

江湖散曲，市井盲詞，是日也酒冷茶溫，啞喉嚨高歌三疊；風雨悶愁，關河舊恨，此地有豆棚瓜架，破琵琶悶撥一場。列位請了。在下江南鳳陽府人氏，踪跡無常，姓名可隱，自從離亂以來，尋了各種的苦趣，受了無限的樂罪。列位敢説你這談策先生尋的甚麼苦趣？受的甚麼樂罪？何妨十字街頭，表白一番，我　聽的人聽到熱鬧處，喝一聲彩，把銅錢向八仙桌上叮叮噹噹一齊撒來，好像仙女散花的一樣。在下彎腰唱個大喏，將鼓板一併收拾回寓，豈非「酒醉肱爲枕，詩狂肚作箋」也乎哉！列位聽我道來：昔年假裝斯文的樣，蛛絲綑住了金箍棒。今年竟做無家的人，風雨漂摇唱道情。祇恐一時唱到傷心處，多少王孫拭淚聽。是便是了，你道尋的是甚麼苦趣，受的是甚麼樂罪？内中倒有一篇絶奇怪的文字，暫且慢説，留作下場唱煞尾戲。在下先有一副極燥脾的對聯，請教請教：黑慘慘罡風，有時地動天驚，立定脚根，方算忠孝完全真漢子；緑茫茫春草，到處山明水秀，拓開眼界，誰識煙霞嘯傲舊詞人？列位你道在下是生來的這副怪臉，長就的這張快嘴麽？然而不然。自從粤匪竄擾江南，捻匪肆掠淮北，弄得家業一乾二淨，親朋五離四散，幸虧七嘴八舌，會説九流三教，雖算不得十全大補湯，也抵得上六味地黄丸也。哎喲喲！江南、淮北鬧得甚麽樣兒？你且聽者：洞庭湖樓船火砲未曾開，不提防竄過紅巾十萬來。黄鶴樓火辣辣的刀兵預備著拚命打，誰知道仙去樓空鶴不來。一霎時赤條條彭郎馱著小姑跑，那大姑哭哭啼啼跌在塵埃。報恩寺寶塔做不得擎天柱，呀的聲兩扇天門向江上開。寒鴉衰柳休問秦淮水，歎多少名士美人没處埋。燕子磯孤舟砍斷了當年鎖，石頭城天不雨花空有臺。眼睜睜六朝金粉銷亡盡，又誰知三月煙花鬧到揚州來。廿四橋吹簫玉人投水死，再提起十里珠簾淚滿腮。緑楊城郭盡變做紅泥地，金山寺誰把如來佛淚揩。江中丞忠源死守廬州真好漢，那擁兵不救的是活狗才。可憐他逍遥津上花和柳，親看著戰血紅飛教弩臺。撲簌簌止不住心頭跳，爲甚麽遍地尸骸没草萊。列位不知眼前情形，粤匪衹鬧沿江城池，有賊的地方民受其害，忽來忽往算一場最重瘧疾病。捻匪專打四鄉村落，無兵的去處盡遭其殃，愈殺愈多，撲滅不盡，是一個絶大的附骨疽。怎見得？合肥北鄉壽春西，懷遠定遠不必提。霍丘六安交界處，蒙亳鳳潁各處强徒都是有的。十年前白晝殺人稱好漢，到如今焚搶營生太蹺蹊。擄人勒贖還是小買賣，花轎抬來那問誰人妻。最可恨良家男子纔病死，聽説是去拉寡婦就笑嘻嘻。輪奸婦女就在田邊上，過路行人拾了花鬏髻。有許多樓臺不及茅檐草，燒的他畫棟雕梁漚爛泥。有許多紅裙擄去誰家女，淚汪汪不敢高聲馬上啼。有許多莊農野漢穿貂錦，有許多富貴兒郎著破衣。打聽著官兵一到齊投順，護法神一面通紅團練旗。這兩節驚心動魄亂子，便是在下尋苦趣的原由，受樂罪的張本。那夥驕奢淫佚潑賊，奸險陰毒的囚徒，太平時一味忌賢妒能，幸災樂禍，偷巧獻媚，搬是弄非，釀出這一場大刼來，反倒害了安分守己的人，豈非城門失火，殃及魚池乎！俺牀頭布被比不得銷金帳，俺茆屋三間抵不上白玉堂。俺竈下老婢跛而醜，那如他紅袖添香窈窕娘。俺騎驢去訪山中友，那如他駿馬遊春帶紫韁。他喜孜孜挺腰大肚搖著絲鞭去，俺滿面寒酸避在道旁。他三朋四友喫得肥而白，俺愛子嬌妻餓的瘦而黄。惡狠狠他從前作孽當遇兵戈刼，誰知他不但安閒又壽而康。俺飄零不講當年事，也則怕提起當年哭斷腸。在下不是誇自己的高才，説旁人的短處，當此世界，總要存心忠厚，便打破殺運關頭。你看厚道人，眼前雖然落魄，子孫必定勝人；才幹人改過自新，鬼神必定將他開除刼數。倘若眼中認定一箇亂世，心中横著一片殺機，事事害人，處處利己，聰明人逞才逞能，老實人學刁學詐，雖陽世鋼刀未斷惡人之首，而泉臺陰火定燒奸鬼之魂。歎世人今生作孽來生受，那時節用不著一口砒霜一口糖。會喫虧的人兒總有善結果，占便宜的漢子難討好下場。聞説官兵連打勝仗，粤匪將就殄滅，捻匪亦漸蕩平，在下不日束裝歸去，重訪家園，把我年來尋的多少苦趣，受的多少樂罪，今日一齊吐出，留贈諸公，方知我這談策的先生，不是那尋常鬧蓮花的呢。月兒彎彎照九州，可憐見一片淒涼萬古愁。説不盡金戈鐵馬山中盜，成就他屠狗賣漿萬户侯。俺滚熱饑腸餓得轆轤轉，又有箇枕畔寃家訴不休。他説俺氣昂昂往常自許奇男子，看起來你薄命書生不自由。你詩文雖好換不出金和粟，你門第雖清爲甚麽披破裘。俺不想鳳冠霞帔博得夫人做，實指望飽食煖衣到白頭。你從軍縱然怕拂了高堂意，你也該富貴場中求一求。你求人先要平才氣，却怎生聽説求人便害羞。他淒淒楚楚說到五更轉，猛可的一杵鐘聲到草樓。在下被內人絮聒了一夜，清晨起來，拜別老親，大踏步向西南奔來，忽然遇着一夥捻匪，大喝道：「兀那漢子，丢下買路錢，放你過去。」在下陪着笑臉，哀告了一回，旁有一個老者笑道：「這漢子渾身硬骨頭，一張冷面皮，必定是個秀才出身，短他做甚。」喝一聲快走。在下得了命，一溜煙跑出虎口。奔到通都大邑，盡力干謁，誰知道現在不談文，不談武，伴着喝南酒，央着吸鼻煙，過了幾日，風色不順，挾着鼓板，方來到你們河南地方，再圖箇機遇。輕敲歌板走天涯，兩腿黃泥滿面沙。看不盡黃河九曲天來大，最可笑遊遍河陽不見花。没奈何掇條凳子當街坐，葛布褲兒橫抹到腿丫。指手畫脚摇著芭蕉扇，不講唐朝與漢家。這壁廂蹲幾個喘吁吁的龍鍾老叟頭如雪，那壁廂跕幾個嬌滴滴的村姑兒似花。說得俺無名業火高起三千丈，那裏有解事人兒送盞茶。殺猪宰牛倒有英雄氣，聽說到兒女情長笑哈哈。那愚夫愚婦也是善男女，聽着俺唱到傷心把淚拭。俺彈詞恥作朱門客，也祇爲公子王孫兩眼瞎。反不如弄蛇乞丐窮朋友，到晚來破廟荒涼鬧磕牙。俺儒巾不扎蓬鬆鬢，那管他虱子成窩上把抓。俺窮筋鍊得鋼條樣，也不怕歸去黃昏風雨斜。俺鼓琴靠着黃柏樹，問誰人流水高山識伯牙？俺寶刀不敢臨風看，負義的人兒那能盡殺。俺飛揚跋扈按住了心頭氣，作塌的邋遢骯髒好像癩蝦蟆。俺閨中少婦尚作封侯夢，誰知道你没本事兒夫不會巴結。有一日太平無事干戈息，免不得一路山歌唱到家。

俺這裏嬉笑怒駡開著旁人胃，誰知俺白髮雙親望眼賒。對諸公即忙彎腰施一禮，弱書生兩袖清風淚似麻。列位聽者，在下唱了半日，衣冠中朋友過來過往的到也不少，竟無一人給一文錢。喝一聲彩，不但江南無解人，你們河南也未必有識者，即天下恐怕没個知己，哈哈哈，怪哉！怪哉！一回哭，一回笑，謅成勸世文，譜出傷心調。披著俺這件破襟袍，戴著俺那頂没稜帽，推一輪拱頭車兒回家去了。

胡書農學士敬，有朱碧山銀槎歌，前列小序云：「槎重十兩，款『至正乙酉朱碧山造』八字，正書，今藏魏孝廉彭年家。按：竹垞老人孫少宰席上所賦與此同，乙酉製，而款識多寡不同，詳見楊注曝書亭集。楊據苑西集謂：『元時虞、揭二公各令碧山製槎爲壽，是同時槎有二也。』又據居易録謂：『孫侍郎北海、宋按察荔裳皆藏銀槎一，荔裳詩云：「背鏤至正壬寅字。」』考乙酉爲至正五年，壬寅爲至正二十二年，虞伯生卒於至正八年，揭曼碩於至正初爲宋、遼、金三史總裁官，尋卒。壬寅所製，虞、揭無由及見。竹垞詩不詳製時年分，玩篇中虞、揭獻酢語，其非壬寅所製可知。荔裳詩以北海亦藏有槎，故特記年以示區别，在孫爲乙酉，在宋爲壬寅，是近時收藏槎又有二也。此槎證以漁洋、江村所記均不合，然形製奇詭，酒入則罅隙皆到，若沈湎人闢竅毛孔拂拂都有酒氣，非近代俗工可能規仿。意當日虞、揭首創此，好事者踵而爲之，故流傳至今，所見互異爾。」詩云：「百花生辰集羣友，小雨朝晴日穿牖。汪君風雅早見過，一櫝奚奴擎在手。開看語我是銀槎，朱碧山名滿人口。當元至正之五載，造此歲剛逢乙酉。至今四百八十年，歲歲春風吹不朽。旃蒙作噩屈指計，花甲八周又開九。歲躔今適同干支，把玩真宜設漿酒。銘文多寡質輕重，所見知殊竹垞叟。竹垞詩：『勸我鑿落重三鍰。』是較今槎幾倍之。太鴻篇中述詩句，槎腹摩挲此無有。樊榭詩：『槎腹鏤時句瀟灑。』蓋即居易録所稱『槎有篆二十八字』。良工製器無定形，鉅細都關匠心剖。田瓜有魫雖異製，竹垞集有朱碧山鼠齧田瓜魫銘。攜伴此槎亦佳偶。枝枝節節盡通透，鑿空人來千載後。鬚眉飄忽態褊褼，仰卧披襟露雙肘。手無支機一片石，樊榭詩：『手持支機石一片。』未到明河故昂首。明河之水倘可釀，挹取還應勞北斗。漉糟便借雲錦裳，想像蒲桃味輸厚。此中灌注過千斛，漫哂如觚但升受。銀光分得自明河，草芥人間古尊卣。是時虞揭已老去，文燕爲誰陳左右？若非迂倪定老鐵，笑問鞵杯得如否？無何鋒鏑滿江南，盜括嘉禾財賦藪。宮中刻漏方自製，那計萑苻集羣醜。嗚呼淫巧由上心，區區一槎安足咎。沈埋爾日定何處，免與固姑同北走。可憐飲器賸頭顱，詔葬深仁荷名后。儒生即物動感慨，多言嘵嘵供覆瓿。風光如此不盡觴，孤負春城好桃柳。鯨吞箭吸互傳送，餘汁淋漓溼袍綬。價高欲買苦無資，醉客明朝仍瓦缶。但願如槎花歲開，持爵風前爲花壽。」

甲寅歲暮，余自廉州之廣州，取道粵西鬱林、梧州一帶，至德慶州界，舟子告余曰：「此去悅城有龍母廟，旁有龍母墓，大旱禱雨，靈應異常，廟中香火極盛。」時余舟與廟尚隔三十里，即有異香繞舟，及拜龍母墓，見其兩山環抱如拱，堪輿家名其地曰「玉帶金雞」，水勢瀠洄，分流墓道，地靈之説信有之。登舟後，異香又送十里。余撰楹帖云：「二千年間氣遥鍾，降萃神靈，玉帶金雞圍墓冢；四十里霏香應感，馨聞母德，雲旗風馬庇牂牁。」

銓兒前爲白少潭山人題畫牛圖，有「傳神直到秋毫巔，牛目中有牧童影」之句。此本清波雜志，雜志記米元章尤工臨寫，在漣水時，客鬻戴嵩牛圖，元章借留數日，以模本易之，而不能辨；後客持圖乞還真本，元章怪問之曰：「爾何以別之？」客曰：「牛目中有牧童影，此則無也。」又見仇池筆記。

昔人論詩人之用才也，謂才與境接，出靜入動，曈曨萌拆，惟變所適，變而成方，是有本焉。得其本，則以不變馭至變，其變可自持也；失其本，則以至變汩不變，其變不自知也。窮本知變，詩人之詩也；窮本而不知變，爲才用而不能用才，成爲學人之詩耳。

定遠方濂舫太守士淦官薇省時，與家文忠公及莆田郭蘭石先生爲文字至交。道光乙巳九月，文忠奉旨以四五品京堂來京候補，太守用王阮亭步徐健菴喜吳漢槎入關原韻作二律寄文忠云：「屈指明春柳絮斑，我公應入玉門關。將軍側席容籌筆，謂布子謙將軍。天子臨軒許賜環。知有和風融雪海，定留好句鎮冰山。多情每憶輪臺月，曾照征車獨往還。」「歸途喜見綵衣斑，公子聞住長安。曉日新開四扇關。春到長安雲澹沱，河辭疏勒水灣環。金鼇重躡仙人頂，野鶴休尋處士山。從事少年今白首，閒吟鴻渚祝公還。」家文忠和作云：「輪蹄未息鬢毛斑，始願惟期入玉關。垂老重嗤鮎上竹，報恩祇學雀銜環。三邊到處都留月，萬里歸來飽看山。漫記泥痕鴻爪在，倦飛早似鳥知還。」「林園蒼鬱竹枝斑，小隱知君晝掩關。顧渚茶香澆塊壘，虞墩麥飯弔珠環。定遠有虞姬墩。家傳燕許新簪筆，喆嗣子箴，甲辰館選。心薄巢由舊買山。何日春明扶杖過，相看兒輩早朝還。」四詩皆工力悉敵，太守亦曾効力伊江，故第一首末句及之。

方子嚴觀察蕉軒隨録云：「隔山消形似何首烏，又類天花粉，秋冬收買，貫以線，陰於檐下，磨燒酒，塗一切癰疽發背，隨塗隨消，不可封頂，治疔尤良。」觀察詩：「詞憐小海唱，藥覓隔山消。」蓋本草所未載。

山左鄒縣董梓亭郎中，名作模，字梓亭，道光癸未進士，官吏部郎中。雄於詩，家多藏書，性仗義，以救友故被議，戍伊犂，未幾賜環。其入關四詩，詞鏗金石，氣迫雲天，如曉角哀笳，淒清入聽，可稱高壯。庚子小除夕入嘉峪關登城樓西望有感云：「嚴關百尺勇攀躋，白草黄沙入夢迷。地扼雄邊中土盡，天連絶漠凍雲低。樓頭有客吹羌笛，城下何年罷戍鼙。最是五更悲角起，不堪回首大荒西。」「賜環今幸荷殊恩，萬里乘風度玉門。天馬驍騰來異域，鄉人遠至自家園。贈馬極多，惟烏都護贈菊花青馬，日行千里，選八騎入關，適遇鄉人自里門來迓。秋笳每入征夫夢，臘鼓頻驚旅夕魂。極目祁連山上雪，飛鴻到處爪泥痕。」新疆以天山爲界，南北兩道，遊踪幾徧。「流沙莽莽路漫漫，棖觸予懷感百端。西域鑿空前代少，玉關生入古來難。八條手奏邊屯定，時有棄西七城之議，以喀喇沙爾爲界，予代參贊條便宜八事，手疏密陳，上悉報可，議遂寢。一檄星馳賊膽寒。丁酉之秋，浩罕犯塞，將軍奉命討之，予爲草檄，曉以大義，夷情讋服，遂班師。自笑歸裝無長物，寶刀曾用斬樓蘭。錫謹堂總戎贈俄羅斯刀，適擒浩罕頭目阿達那，腹大垂膝，即以刀戮之。」「便宜邊事幾經籌，敢望遭逢似馬周。絶塞屯田開草昧，督辦巴爾楚克屯田，闢地數萬畝，越三載告成。凌山險磴騁驊騮。自伊犁至葉爾羌，取道冰嶺，奇險萬狀，策馬徑過，竟無恙。漫誇回紇金全却，喀什噶爾阿奇木伯克作霍爾敦，修回城告竣，參贊檄予往驗其工，以千金來獻，悉却之。曾過于闐玉尚投。和闐阿奇木伯克郡王邁瑪特愛孜斯獻玉一枚，其形如拳，外露金黄皮，剖之色極白。六載西陲如一瞬，光陰老我感浮漚。」郎中嘗繪凌山策騎圖以見志，題咏甚衆，均著於篇。

定遠方調臣先生七言絶句，有北宋人風味，其和東坡濠州七絶句原韻，即似東坡。

塗山云：「塗山鎮水水猶渾，千古黃熊廟尚存。空憶冠裳來萬國，獨留風雨暗孤村。」彭祖廟云：「歲紀千年老不衰，只推玄鶴與靈龜。參來古廟頻惆悵，想見當年煑石時。」逍遥臺云：「一片荒臺亂草埋，先生放浪此形骸。登臨亦有逍遥意，明月團團照滿懷。」觀魚臺云：「泥沙參透盡錙銖，化化生生性自如。試向濠梁憑眺望，子原非我我非魚。」虞姬墓云：「寶劍何年化血痕，孤墳一片擁愁雲。八千子弟全吹散，只有虞兮不負君。」四望亭云：「不須畫筆倩關荆，四野風光聚此亭。識得雲山真面目，何妨陋室亦書銘。」浮山洞云：「卻疑古洞逼蛟宫，山自浮淮水自通。第一尖峯能許到，看潮如馬萬羣空。」

漢軍福禹門閣學申，嘗督學江右，著有同文録六十卷，共三十鉅册，搜採精博，所引書自史鑑、文集、説部，約三千家，視宫撫軍夢仁讀書記數略勝之遠矣。記數略錯誤極多，所採書亦多譌記，余嘗辨其誤者凡八十餘條，然不勝枚舉矣。

蕉軒隨録云：「『欲伐而不得生斧柯，欲鳥而不得生羅網。』汲冢周書語也。『手無斧柯』，蓋本此。」

漢之王充，明之郎瑛，二人皆其父晚年所生者也。王充著論衡，郎瑛著七修類藁，均言其父行惡，無子，晚年改過，生子，吁，可怪也！其欲效直躬證父耶？其欲要譽天下後世耶？不可得而知也。論衡爲子派之家，立言有妙悟者；七修類藁特説部之流，而偶涉攷訂，不得以子家例之矣。所引古錢式，如博古圖一派。

同治乙丑，揚州興化劉融齋中允熙載督學廣東，招余襄校文卷，舟中問六書源委，説文聲音詁訓，余作舟中對一篇，約三千餘言，均用駢偶，貫串説文全部，中允驚歎。中允問：「淳于髡、東方朔，滑稽之流耶？抑非耶？」余曰：「凡人臣納諫於君，須對症用藥，斯不至折肱。若非對症，徒沽直之名，而無補於事。對症者，善譎語也；譎語者，借他事以譬此事也。淳于髡之於齊宣王，東方朔之於漢武，皆善譎也，非滑稽也。司馬遷、班固以二人爲滑稽，蓋不識古人之學也。」

「匣中縱有菱花鏡，羞見單于照舊顔。」唐女史姚月華詠昭君怨詩，可稱絶唱。全唐詩話又作楊凌詩。

蒲圻萬年菴爲星軺來往經過之地，董文敏其昌題曰「歇心處」。本朝吴文恪尚書士玉，雍正癸卯春住此，曾題一律云：「橋外雙溪合，奔流觸石喧。荒菴喜夜寂，高枕聽濤翻。洗鉢持清課，看碑識舊恩。思翁題額在，長與鎮山門。」嗣後名公鉅卿屬和者踵相接，定遠方竹村通守焯和句最佳，詩云：「古寺蒼崖裏，那聞車馬喧。泉聲穿石響，鳥語雜花翻。殘楮留新句，野僧述舊恩。我來聊小憩，屬爾守山門。」「勞人心漸歇，無復問塵喧。山靜松陰合，溪清竹影翻。有時參佛法，何日報君恩。此地如重過，還敲不二門。」

鴻城陳訥人先生光照遊幕嶺南，好讀書，博稽載籍，能得書味，性古淡，如晉人，而典雅婞洽，則又如漢人，所爲詩不輕示人。兒子慶銓偶記其名句，五言如「羊歸寒食雨，雁下晚晴風」「一塔露孤影，雙雅歸夕陽」「歸燕烏衣巷，騎牛黄葉村」「嵐氣迫詩袖，暮煙生釣舟」；七言如「梨花千樹城西路，朔雁雙羣塞北天」「滿天花絮散春晚，一片煙帆歸夕陽」「寒士豈真思夏屋，詩人多半近秋花」「煙中舟去不知處，天外鳥飛無數來」，皆名句可誦。

李宣古詩「屬玉夜啼獨鶩悲」，屬玉，水鳥似鴨而大，説文、文選均作鸀鳿，形似鴛鴦，能食含沙水蜮。韓昌黎詩：「唤起窗前曙，催歸日未西。」唤起、催歸，亦鳥名，唤起聲如絡緯，鳴於春曉，江南謂之春唤。催歸，子規也。

作五言古詩不難於淡，而難於逸，曰古逸，曰超逸，曰沖逸，曰曠逸，皆逸中之真趣也。定遠方鴻甫先生玉逵詩多曠逸，晚年自號豫圃老人，有取曠逸之旨，繪松石曠逸圖以見志，自題一詩，不愧曠逸之品。詩云：「猗猗嶺上松，磷磷巖下石。抱質負堅貞，干霄含蒼碧。分置在我園，翫賞永朝夕。鮫綃重繪真，四壁風生隙。謖謖翠凝霜，疊疊峯攢戟。俯仰聽雲濤，陟降尋蠟屐。契闊愜素心，二仲遊蔣宅。伊昔鉛松貢，怪石輸海驛。

大夫紀秦封，岣嶁立嶧嶧。豈非山川靈，奚翅閱古昔。松兮爲我友，石兮是我壁。我松長子孫，我石蘊圭璧。松兮與石兮，同根復同脈。安得如汝壽，染翰圖真跡。」讀者可覘其高尚之志矣。

南宋四潛邸，詳郎寶仁七修類稿。胡書農學士又考唐宫制，得三宫一觀，各賦七律四章，其唐四潛邸詩：通義宫高祖。云：「朱雀街西第二街，寺標興聖面城開。即看星佩如仙集，已兆金輪作帝來。宫於貞觀元年改爲興聖尼寺。武德置隋丞相府，隋代王侑詔加高祖大丞相，以武德殿爲丞相府。大明徵漢柏梁材。貞觀八年置永安宫，明年改大明宫，以備太上皇清暑，百官皆獻貲助役。尋常柹樹枯重發，還費雞竿赦詔栽。宫有柹樹，天授中枯死，景雲二年重生，大赦天下。」太安宫太宗。云：「弘義新宫即太安，渭川雙派繞清瀾。本名弘義宫，以太上皇徙居，改名太安，在禁苑中，東西引渭水環之。問誰戎馬功能匹？詔許山林景獨看。高祖以秦王有大功，别建此宫居之，有山林勝景。受禪一時人擁戴，易儲千古事艱難。神堯歸老還居此，玄武門高禁苑寒。建成、元吉之謀在此宫外。」咸宜觀睿宗。云：「後來公主此焚修，觀爲睿宗在藩之第，寶應元年，咸宜公主於此入道。當日朝儀奉大周。甘與諸王還代邸，勝他稱帝在房州。臨淄兵起神圖復，安國藩開御服留。長樂坊大安國寺，亦睿宗在藩舊宅，咸通中，以帝舊服御及金帛重建之。香刹百年靈爽寄，行人瞻禮指紅樓。大安國寺紅樓，爲睿宗在藩時所造。」興慶宮玄宗。云：「洛下宮先積善成，還都隆慶改坊名。玄宗生於東都，聖曆元年賜第於東都積善坊。大足元年從幸西京，賜宅於興慶坊，坊本名隆慶。玉環妃自來封宅，唐十六王宅，壽王在焉。花萼樓空俯夾城。亭起沈香春賞賦，宮中有沈香亭。殿移甘露死愁兵。紫簫聲斷霓裳歇，賸有龍池水尚清。宮中有龍池，在躍龍門南。」又南宋四潛邸詩：佑聖觀阜陵。云：「抱劍營西宋建坊，壁題奎藻勢迴翔。壁間有孝宗御題杜詩十四字。使先示夢神何赫，淳佑間以宮奉北極佑聖真君，吏侍趙粹中爲奉聖像使，先期，趙夢真君來謁。書爲加人觀不荒。紹定間賜額『佑聖觀』，命學士書之，篆書『佑』旁無人字，道流言：『宮無人，何以立？』理宗特許加焉。德壽趨庭傳笑語，景靈留像奉烝嘗。觀舊有孝宗塑像。子衿此日遊鄉校，知否前朝舊講堂？觀甚宏敞，今錢塘學舍皆其地，淳熙間車駕御講堂，皇太子從，即潛邸講讀之所。」開元宮茂陵。云：「輦路重華近易陪，清湖橋水抱瀠洄。宮在清湖橋西。平陽舊邸占龍躍，孝宗朝寧宗在平陽邸。延祐新亭誌鶴來。宮有來鶴亭，乃趙子昂遊宮中，適鶴來，因爲書匾。粉澤恃恩侯第拓，宮後爲理宗周、漢國公主第。羽流選聖道場開。元時張伯雨、閒閒真人嘗寓居此宮。秘書省側峨眉麓，宮舊在秘書省之東。遺址東西莫浪猜。」龍翔宮穆陵。云：「爭傳防禦位青宮，藝祖支開第四宗。因襲父勳先列爵，嘉定十四年立宗室貴誠爲沂王後。未稱皇嗣遽飛龍。理宗紀：寧宗疾甚，史彌遠稱詔以貴誠爲皇子。核以寧宗及楊后傳，理宗立爲皇子，俱在寧宗崩後。即今旗纛閒千帳，宮舊在旗纛廟東。何處蓬萊峙一峯？舊宮有小蓬萊山。賸有山僧圖畫在，角巾烏帽想遺容。」宗陽宮紹陵。云：「龍潛孫借祖菟裘，宮本德壽宮後圃，咸淳四年以後圃築道宮曰宗陽。戎馬中難別第修。慈福署宮仍圃在，慈福即德壽宮，寧宗以奉太皇太后改名。感生禋帝幾宸遊。宮祀感生帝，每值孟享，車駕嘗臨幸焉。十年鐘鼓聲還寂，自築宮迄宋亡纔十年耳。半壁江山局已收。太息偏安終始地，以宮言之，高宗爲終，度宗爲始，以偏安言之，高宗爲始，度宗爲終。塵埋蘂簡怕登樓。宮有玉籁、蘂簡等樓。」

方芸圃茂才爵鼒作宿遷臧君牧庵名紆青，以孝廉從軍桐城，陣亡，事聞，特贈三品卿銜。墓誌銘曰：「張柔奇兵，季布大俠，衆志成城，九天動色。迺裹三日糧，迺披七重甲。驅子弟軍，探鯨鯢穴，免胄呼聲，衝冠怒髮。吁嗟乎！疾風凌兮勁草摧，絶陣壞兮愁雲壓。先軫元，杲卿舌，虎年鼠月，蒼天碧血。」茂才詩不多作，此銘古香襲人，不徒賞其悲壯也。

子嚴同年早慧，好嬉玩，當歲時伏臘，放學歸，與羣兒戲，偶傷小婢頭顱。太翁怒，罰跪泥中，家人以方祀竈，求免夏楚，太翁罰作詩一首，即以祀竈命題，能作恕之，即應聲成詩，起二句云：「下拜原非媚，家家奉瓣香。」太翁笑而釋曰：「此子尚有氣骨。」時方十齡耳。

李洞目賈浪仙爲詩祖，「詩祖」二字，始見於此。

歙鮑雙五侍郎桂星詩，耑言格律，多規行矩步之作。子嚴觀察近刊侍郎續集，不盡拘於格，其風雪入關二圖，則雄偉高騫，風骨不在李空同下。黄賁生風雪入關圖云：「紫塞長風萬里寒，金城飛雪擁巑岏。天涯馬角驚春早，枕上雞聲聽夜闌。點鬢秋霜臣節苦，霑衣湛露主恩寬。燕臺一片如霜月，猶似龍沙夢裏看。」又吳石華孝廉蘭修風雪入關圖云：「龍沙西望拂雲堆，匹馬長歌出塞回。葱嶺日寒飛雪下，黄河冰合大風來。棄繻慷慨思前日，磨盾淋漓惜上才。莫道入關遊興倦，薊門春色又金臺。」

漢軍斌友松郎中斌椿，同治丙寅乘槎遊歷歐羅巴，徧十五國之疆域，往返九萬餘里。諸國土俗民情，悉寄之於詩，著有海國勝遊、天外歸帆兩集，楊簡侯方伯能格題云：「九萬里餘傳使節，廿三史外建勛名。」方子嚴觀察題云：「一卷新詩當水經，雕搜風月徧蒼溟。」皆紀實也，集中諸作，有足助談柄而擴聞見者，分録於後：

越南國雜詠

青衫短短髮垂絲，跣足科頭一樣姿。郎已及笄儂未冠，誰能辨我是雄雌。男蓄髮，多無髭，女赤足，不施簪珥，戴笠，真莫辨雌雄也。

泊舟錫蘭島客又增至三百餘人內不同國者二十有八不同言語者一十七國形狀怪異洵屬大觀因與鳳夔九德在初俱繙譯官**諸人及三子廣英論山海經所載各國傳訛已**

久非身歷不能考證也率成長古

生平惷拙安田疇，讀書閉户無他求。惟有奇編貪不足，石渠天禄勤旁搜。撑腸那得五千卷，借觀時苦同荆州。瑯嬛福地有日到，百城坐擁輕王侯。牙籤翠軸徒飽蠹，一編在手真忘憂。讀萬卷書行萬里，有志未識何年酬？壯歲饑驅不自主，西瞻華岳東羅浮。南登會稽臨禹穴，北至媧皇鍊石補不周。山西霍州有女媧所鍊補天餘石。精氣時欲騖八極，舟車所至隘十洲。偶觀山經抱長歎，掉頭思作乘桴遊。爪哇天竺儻可到，縱横四表開雙眸。今兹同來大荒外，地球正在西南陬。天教大擴胞與量，二十八國人同舟。歧舌每每煩九譯，一十七種言啁啾。形狀詭異服色怪，雕題長股如觀優。列邦咸知重中夏，免冠執手禮節修。晨昏相見情誼洽，頗同談笑雜歌謳。凡人稟賦同此理，所藏不恕終相尤。豈必殊方始隔膜，同室往往操戈矛。情聯義合消畛域，海外亦皆昆弟儔。若云夏鼎鑄異物，窮奇罔兩情難投。貫胸羽民三面國，傳訛已久今在不？吾人讀書弗泥古，矜奇炫異亦可休。武成祇取二三册，亞聖斯言良有由。

至埃及國都即麥西國，地名改羅。**初乘火輪車**

輪車之制，首車載火輪器具，火然水沸，氣由管出，激輪行。次車載石炭及御者四五人，後可帶車三五十輛，車廣八尺，長二丈有奇，分三間，每間兩旁，皆有門窗，嵌以玻璃，木炕二，鋪設厚軟華美，爲貴客坐也。次則載行李貨物。又次則空其中，載木石牛馬駱駝各物。皆用鐵輪六，前車啓行，後車銜尾隨之，一日夜可行三千里，然非鐵路不能。

宛然築室在中途，行止隨心妙轉樞。列子御風形有似，長房縮地事非誣。六輪自具千牛力，百乘何勞八駿驅。若使穆王知此法，定教車轍遍寰區。

雲馳電掣疾於梭，十日郵程一刹那。回望遠峯如退鷁，近看村舍似流波。千重山嶺穿腰去，百里川原瞥眼過。共説使星天上至，乘查真欲泛銀河。

西洋女多美麗惟髮有黑與黄赤之不同近又以白色爲貴昨見公會中命婦白髮者十居二三詢係染成者多蘇格蘭人。

姑射仙人下廣寒，雪花如掌壓雲鬟。素添兩鬢霜千縷，白到纖眉月一灣。誤認令妻爲壽母，怪他鶴髮被童顔。不須海外尋螺黛，寶髻低垂照玉山。

伐毛洗髓記仙經，分得姮娥貯藥瓶。不曰白乎真皜皜，黝然黑者化星星。從兹毫髮應無憾，始信刀圭别有靈。白首如新嘉偶配，駐顔預卜享遐齡。

行館水法共三十一處每處有水管百餘激水直上高十五六丈如玉柱然水飛灑於池内濺玉跳珠旋自消滅不溢也太西各都罕有其匹孔君名氣，駐中國八年。**奉相國命導**

予遊各宫院皆極華麗而水法甲天下矣

水法奇觀天下罕，園中掘地埋銅管。機括激成十丈高，冷氣颼飀院庭滿。千尋瀑布懸寒濤，百道飛泉珠亂跳。别苑離宫三十六，晚涼處處不須招。

自雲居平至俄都兩旬之中夜半天色尚明聞仲夏終夜見日光信乎半年爲晝不虚也

十二時中日色明，五千里内照行程。晨星落落尋難見，晝漏迢迢聽最清。駒影已升樓百尺，雞人正報夜三更。朝陽竟夕留鴉背，何必焚膏對短檠。

纔看夕照挂樓尖，倏見晨霞映畫檐。繡幄不須燒絳蠟，長空何處覓銀蟾。夏間月行南極，北地不見也。抱衾誰咏宵征肅，擊柝無勞夜禁嚴。惟有冬來愁晝晦，可能天日總曦炎。冬至前後，半年爲夜，不見日光矣。

過伯爾靈比利時各國都晤美理駕使臣言其國地形與中土相對此正午彼正子也與聯邦志略諸書相符

美國與中華，上下同大地。地形如循環，轉旋等腹背。我立首戴天，彼云我欲墜。我見日初升，而彼方嚮晦。高下踵相接，我興彼正寐。大塊如轆轤，一息無停滯。衛公來京師，贈我聯邦志。美國使臣衛廉士駐北京六年，前歲贈予聯邦志略，所言疆域政事甚詳。才士丁瑋良，著書講文藝。美國文士丁瑋良，學問甚優，以所著地球説略等書見惠。初如井底蛙，開編猶憒憒。書云地形方，主静明其義。豈知圓如毬，晝夜如斯逝。算法推太西，精巧運神智。遠近窺天文，行星推度細。火輪創舟車，制器洵奇異。窺象辨高卑，蠡測得其意。我今四海遊，三分曾歷二。行蹤已過半，即可悟全例。所惜居地中，星躔徒仰企。會當凌虚空，目擊人間世。摶扶九萬里，乾坤胥定位。

紅海苦熱

芬蘭國在瑞典東北，北臨冰洋，地極寒，今屬俄羅斯。三伏日，瑟縮加衣襦。今時秋氣涼，酷暑與前殊。早聞紅海熱，兹言良不誣。秋陽一何烈，藏身無菰蒲。夜月一何皎，不作招涼珠。輪船日夜行，旋轉水火須。石炭十萬斤，一日燒無餘。巨艦五十丈，無處容微軀。如被炮烙形，炙手嗟無膚。觸處熱水管，染指倏成枯。黎明煩暑減，焦渴冀稍蘇。朝暾甫欲上，流金爍石俱。徹夜苦不寐，如披雲漢圖。牛羊喘不息，船畜牛羊各數十頭。願早鼓刀屠。海鳥無力翔，落舷甘就拘。冰水不覺寒，船有冰窖。救渴傾盤盂。心憂竟如焚，汗出衣沾濡。如魚在沸釜，如金在洪鑪。寢食咸於斯，無術能逃逋。何時驟風雨，將此炎瘴驅？驚濤雖險惡，聊復活須臾。

南面有山爲阿非利加洲界産獅子、駝馬，中多黑人。

輶軒遠到見風光，屈指郵程歷異方。代馬北臨窮髪地，星軺南指裸人鄉。鮫宫蜃闕曾留詠，蠻女蕃姬解進觴。愧乏眉山麟鳳表，敢云蠻貊動文章。

黑人謡阿非利加洲内多黑人，輪船火艙雇用數十人以司火。

山蒼蒼，海茫茫，阿非利加洲境長。黑人肌肉黝如墨，啾啾跳躍嬉炎荒。冰蠶不知寒，火鼠不畏熱，黑人受直傭舟中，敢嚮洪鑪當火烈。洪鑪烈火金鐵鎔，赤身豈怯光燄紅。臨陣衝鋒稱敢死，食人之禄能輸忠。吁嗟乎！蹈湯赴火亦不怨，其形雖惡心可讚。願以此爲臣子勸。

火山在亞丁山側。

火山當日真流火，爍石鎔金尚有痕。莫道童然無草木，登臨數武已如焚。山坳隱隱有人家，四面窗虚不用遮。聞説從無霜雪降，三冬猶自卷輕紗。李義山詩「梔子交加香蓼蘩，停辛佇苦留待君」。此用古韻，文元通韻也。

西域哈什河經石，色微黝，高六尺，廣一尺。厚寸五分，形略如梭，一面刻番字佛經。哈什河屬漢烏孫地，以爲漢刻，無顯證。按：唐古忒所書綽霍勒贊旦經，彼中累石爲主，以祀神，謂之「鄂博」，因刻經石上，此石又似元刻矣。元代西域悉隸版圖，所設官，領以國師，號令至與詔敕並重，皇慶中命國師繙譯諸梵經典，凡諸番朝貢表牋文字無能識者，皆令譯進，石上番字或出當時國師所譯耶？擇録胡書農學士詩註。吳仲雲督部振棫詩不矜考據，句極古樸，一時作者皆勿能及。詩曰：「陳子有一石，萬里出裹緘。碧胎崑雲小，黑清鹻磧鹹。獯質外磊砢，詭製中雕鑱。將毋戒殺羶，鍥石女手摻。于闐王女刻石約毋殺羶。抑爲祀鄂博，番人壘石祀神曰『鄂博』，或刻經其上。刀劚神所監。昔者梵佉盧，造作光藏去聲函。此其苗裔歟？字母求華嚴。今者黃衣僧，野性馴麐麙。們罕番僧通經典者。與典唪，司法事者。唄誦聲詀諵。而我不識字，甚愧庸與凡。欲讀舌苦欅，若馬重兩銜。子胡被褐懷，此豈琮與瑊。自緣癖歐趙，食古濡飢饞。歧枝蔓字苑，不忍從夷芟。吾聞西出師，妖雲掃槍欃。槍雲如牛，欃雲如馬。簫鐃入關門，厥聲和英咸。請佩玉櫑具，請裁兩當衫。陷河帆仄聲漩澴，鳴沙梯空嵌。勒銘燀鴻伐，光芒吐秋毚。大書深刻之，葱嶺青巉巉。新疆兩度出師，時已凱撤。」

錢昆「但得有蟹無通判處，則可」。語有癡趣，見歸田録。

予擬山谷二十八宿歌，並步元韻，爲方子箴同年壽，復分題八疊前韻，子箴則多至九疊，亦詩壇佳話也。茲擇録閨閣、罵鬼二首，予閨閣詩云：「畫閣春聲起簾角，手數昏亢弓屐作。玄霜玉杵氏根掘，月上房櫳詩興渴。好夢難徵心未死，耶婆曲續色雞尾。樓前拜月祝春箕，蠡斯也。飛烏背斗雲中噫。牽牛搯向竈觚燠，少女風來人未宿。虛堂參佛懺罪禍，危立觀音相無我。兜鞻投去暗室坐，蟋蟀聲聲鳴壁下。腰奎綽約雲鬟澤，釵鈿離婁何須擇。靈犀寸胃生聰知，命宫坐昴慧何疑。閒拈畢管上瑶臺，風吹裙帶搖觜觿。鵶婢參伍行無違，雲鬟照井簪花落。線穿鬼肚編鍼録，門前櫸柳泥策策。婺星掛户占閨德，六扇屏風張有力。腋下生翼能淩波，軫念藐姑奈汝何？」子箴和云：「惜春人倚闌干角，斜睨亢郎歌調作。氐羌多事戰壘掘，獨守空房愁肺渴。儂心直爲稾砧死，停機怕刺雙鸞尾。殘英滿院抛帚箕，紅羅斗帳中宵噫。猶記牛衣凍難燠，淒涼又伴女嬃宿。好夢虛成遭鼠禍，危梯强步誰憐我。伊威在室含情坐，銀燈閃壁蟢子下。瘦損髀奎屏膏澤，庫婁徐抽醉鄉擇。苦蓼傷胃非不知，陰精過昴增狐疑。曉妝甫畢憑鏡臺，曰歸須逢旦觜觿。而今昏參笑語違，井畔轆轤互牽落。官鬼王時動伐録，低折柳腰問龜策。婳星麗天表娥德，黄婆欲張竟無力。比翼鴛鴦眠緑波，調軫曲奏伊那何。」予駡鬼詩云：「鬐刺人露雙角，蠕蠕亢頭暮夜作。氐溏之骨何處掘，僧房甘露救汝渴。汝身已死心未死，踐蜊夔魖互逐尾。一口在腹眼如箕，斗柄落天聞汝噫。柩聲如牛棺自燠，有時男女同棺宿。白虎鬣驂兆虛禍，枵腹危人食求我。黄熊入室白犬坐，祁孔賓歌呼壁下。渠奎魍兩生大澤，梁黨獝婁配自擇。胇胃食汝知不知？向昴喫汝復何疑。畢方魃蜮啼夜臺，紅娘翠母鳴觜鷫。遊光参伍殲無違，靈符畫井汝頭落。汝鬼都歸漸耳録，柳車送汝真妙策。燐星最怕逢日德，真形滅汝張果力。比翼墓下唱回波，玉軫奈付煙霞何？」子箴和云：「雄巫登壇夜吹角，怒爾絶亢妖異作。手握氐符髑髏掘，陰房火熾刀勞渴。癡心郎爲野叉死，變相儼同狐露尾。兩牙出吻口若箕，北斗鬼官按簿噫。殯宫不盡牛眠燠，愛琴女子郵亭宿。鍾馗立除虚耗禍，危哉刳目上命我。温涼之室秉燭坐，朱門粉壁現地下。安得明奎照幽澤，婁爲天嶽主者擇。穴胃短蟯蠢莫知，積尸昴陵望氣疑。畢院眼山隔泉臺，奮觜逐魅桃代鷫。横参倏與塵寰違，井瓊亦向溟涬落。輸它俊鬼蓬萊録，蜂合柳首避鮮策。釣星潛飛婦無德，主張黑城閻浮力。尺郭生翼銜狂波，大軫而外吞幾何？」

王仲宣詩：「山岡有餘映。」按：日在午曰亭，在未曰映，詩中用映字者少見，此覺新穎。

方子嚴觀察近體詩，遒勁整潔，奄擅衆長，録其七律之可入摘句圖者，如雪中送蔡小岑返里云：「覓句騎驢同鄭五，下山迴馬憶張三。」寄黄仲訪張瑾山云：「思對澄波消鄙吝，每看垂柳慕風流。」齋中即事云：「月映書窗和影讀，風穿花逕送香來。」戲答楊小坡云：「加餐且啖牛心炙，賣酒休嗤犢鼻褌。」偶作示内云：「偶思美酒先謀婦，但得奇書勝拜官。」讀十六國春秋云：「龍自西南浮海至，羊從東北負魚來。」即目云：「檐前梅鶴皆妻子，案上琴樽即友朋。」陳半樵書室落成詩以代柬云：「賀厦有時來燕雀，註經無日不蠹魚。半樵精於考據。」書梅村詩集後云：「江上魚龍思故國，人間雞犬怨名王。」詠拂水山莊云：「兩朝青史千秋恨，一箇紅粧萬事空。」遊小輞川贈王謙齋云：「最賞心唯花月雪，易傳名是畫詩書。」伍員廟云：「覆楚何嘗甘乞食，如秦又見賦無衣。」七月十三日抵金陵寓適别院爲吴幹臣所賃喜而有作云：「買鄰有願輸千萬，此夜關心正十三。」贈孫趾庵並寄金橘云：「遊山曾著幾兩屐，奉橘直須三百枚。」柬戴豫亭云：「四愁誰遣張平子，十賚難邀陶隱居。」讀漢武内傳云：「小兒射覆東方朔，侍女傳書郭密香。」讀莊子云：「崑崙竟許堪坏襲，俎豆能令畏壘供。」自南陵乘小舟夜行抵蕪湖云：「五夜漏長燒燭短，一帆風重送舟輕。」病愈仲訪以詩見餉并約飲新釀米酒云：「愈風枕上陳琳檄，邀月花間李白杯。」清洛澗云：「一局楸枰還賭墅，八公草木盡疑兵。」靈璧云：「每從垓下悲騅逝，好向山頭憶磬聲。」食蟹云：「左右手中螯共酒，尖團臍裏玉兼金。」贈何子永云：「好參魚躍鳶飛境，來訪蜆居虎入人。」詠始皇云：「難求徐市神山藥，大索張良博浪椎。」柬孫稼生云：「才非閲歷休談史，胸有經權勿泥書。」偶成云：「豢龍無術嗤劉累，説彘何心問祝宗。」送恩同年出塞云：「似聞殺獮來邊塞，可有麒麟下大荒。」示猶子臻蔭云：「薺荼嘗後知甘苦，涇渭分時見濁清。」遣興云：「花間課婢收新種，燈下呼兒理熟書。」京邸漫興云：「爐火難消雙鬢雪，燭花如抱四時春。」寄家書云：「腹中文字饑難煑，夢裏兵戈醒尚驚。」與陳子敬前輩欽坐話云：「局外是非談似易，箇中籌畫解原難。」輓王子懷侍郎云：「夢裏詩章攜手誦，舊時諫稿避人焚。」余夢侍郎示以詩，有『報來霜信故遲遲』，未幾訃至。」論詩云：「德水盧公世榷。性靈同白傅，倉山風韻接青丘。」京察記名口占自嘲云：「鮑老何嘗工舞袖，班生原不羨登仙。」詠白菜云：「莫嫌老圃蔬爲玉，曾憶長安米似珠。」得李少荃尚書書兼柬何子永前輩云：「滕前八秩高年母，肘後千金濟世方。」贈某軍門云：「蕭何國士推韓信，楊素家兒有鮑亨。」軍門爲先公小史。」春郊云：「堤柳緑搖臨水渡，鄰花紅滿過牆枝。」揚州云：「難尋妙墨摹皇象，且賦蕪城續鮑昭。」過十八灘戲賦云：「目極巉巖披鶴氅，心疑躶國號狼𦢊。」舟人皆躶立水中。」喜晤林綬卿同年云：「愧無珠玉吟南國，各有金萱茂北堂。」

任丘李稚和觀察羲鈞，道光庚戌翰林，文采風流，照耀詞苑，詩境沖淡，不落凡響，文樹臣觀察評其詩「得杜之骨，蘇之趣，昌黎之險奥，昌谷之奇恣，兼收衆長，以成獨詣」，殆非虛譽。有無近名齋集，録其望岳云：「有虞祡望領秩宗，五嶽四可車轍通。衡山獨置荒服外，火維統攝尤專雄。朱陵寶洞杳莫測，極徼已絶南飛鴻。自從昌黎卜盃珓，有幾詩客趁靈宮。我來湘南再留宿，今衡山縣，即漢湘南地也。適掃積晦開晴空。問程一舍近非遠，衡山縣治去山趾三十里，趾去祝融峯頂又三十里。高標想像凌蒼穹。層嵐隱現近山外，自天擲下青芙蓉。衆峯綿延互拱揖，洗盡豪健留雍容。放翁望峽口山詩：『空有豪健無雍容。』傳聞四時蓄雲雨，霧靄不隔猶朦朧。篷窗倚望艱跬步，山神怪我頑難攻。我思兩間足谿壑，隨處便可支遊笻。爾雅已歧衡與霍，吳山灊岳紛異同。醫無閭復虔祀典，五丘詎必應三公。常山泰岱昔驅過，但軋犖确車隆隆。龍門二室刻期上，廚傳已敕秋雨濛。辛亥九月在河南府署，賈運翁慫爲山遊，已遣人往備食宿，適以陰雨不果行。比來關中見太華，未攜九節淩天風。此行列嶽備收納，苔磴竟少芒鞋蹤。攀躋縱無濟勝具，詎爲疲曳甘衰慵。行吟三日鮮儔侶，舂糧隔宿煩奚僮。雲山敝裘分孤往，杖頭其奈慳青銅。半生所歷多抑塞，五嶽久已填心胸。奚事真形入箱篋，始以覽眺誇盲聾。況困蠅蚊點黑白，每遭人阨知天窮。近年倘逢南海怒，又被鼇相嗔祝融。何如蠖伏暫省事，遥拜自足明吾衷。却笑煙霞夙成癖，名山得入甘長終。迫促嚴程赴期會，顧瞻周道迷西東。靈區咫赤失交臂，面上三斗塵埃蒙。迴謝山神非得已，歸來躡屐終相從。强詞解嘲真戲耳，客途未暇緣怱怱。」下昌樂瀧向韶州韓詩：「始下昌樂瀧。」朱子考異據歐云：「縣名樂昌，瀧名昌樂。」云：「瀧濤送我來，萬里經轉瞬。連山夾清波，霧樹引之進。一坐韶樂石，望古弔虞舜。鳳儀無復見，輝采隔千仞。歎息客何爲，蹙蹙走塵坌。探懷少大藥，老至若潮信。蘭蕙西風將嚴霜，吹散入旅鬢。雲車渺征路，日御去何迅。欲招蓬壺侶，復恐道流擯。蘭蕙凋故叢，歲晚闕芳訊。人生不適意，升降付橋運。蒼梧亦愁雲，誰爲大鈞問？」劉夢得有問大鈞賦。郴州弔秦淮海云：「一家兄弟總能文，學士蘇門劇重君。誰見幽魂吟夜月？猶堪女壻詫微雲。情含芍藥詩原好，臥向藤陰酒正醺。千古郴州繞郴水，玉杯何處弔秋墳？」『有情芍藥』二語，遺山用以推尊昌黎，余謂少游之詩，在蘇、黄之間，原難獨樹一幟，然隨筆一聯以相比較，則猶是文人筆頭議論，未必即爲定評。且感隨遇生，言各有當，老杜亦有『林花著雨』『水荇牽風』等句，何不盡云『黛色參天』『萬牛回首』？在一人，吐屬且有不同，將亦以女郎目之乎？故五句反其意而仍爲辨之。」薄暮云：「暝色連空界，霞光散晚晴。帆迎鴉返路，櫓學雁來聲。冬嫩風微峭，林遥火乍明。徘徊萬里客，待月獨含情。」

近讀羅田陳九香瑞琳詩，歎其能以雄健頓鬱之才，運清矯離奇之筆，可謂羣卉爭妍，一花獨秀。天門熊子莪取其集中「洞庭山遠，瀟湘水生」八字狀其詩品，吴蘭雪贈詩有「仙心似水閒逾妙，麗句如花夢亦貪」，亦真切語。集中五言名句如「天邊古時月，湖上楚人詩」「羣鴉起江樹，人語集沙灘」「櫓聲摇客夢，雨意釀秋陰」「漁唱入寒浦，山城生夕煙」「節剛挑菜是，人爲咏花忙」「樹高疑作雨，亭古只眠雲」「村春當晚急，山月入秋圓」「霧雨遥帆失，煙波一笠輕」「春風燕市酒，斜日漢江雲」；七言如「九秋佳節九江酒，五柳先生五老峯」「家憶江水岸千尺，我生天地鴻一毛」「三楚雲山歸指掌，幾人身世感眉頭」「寒士賴公庇夏屋，詩人從古近秋花」「飛鳥影没暮鐘起，遠山日落春霞明」「未知有酒先留客，剛説無錢又買花」「三徑黄花雙酒客，半山紅樹一詩僧」「大都勝跡皆如此，已覺兹遊不負吾」「千日醉原宜我輩，百花生恰是今朝」「塞翁失馬何關馬，莊子觀魚不是魚」「哀絲豪竹中年感，流水空山太古心」，諸句均可咏。張南山比之赤水之珠，藍田之玉；自比爲老農識圃，老馬識途，則九香虚己之心，於詩學故能日進也。

「欲教乞食歌姬院，故與雲山舊衲衣」，此東坡留玉帶鎮山門句也。言下有禪悟。

東流爲古彭澤地，淵明種菊於此，故又稱菊所，城西門外建有菊江亭，祀靖節其中，對面西江大洲，蘆荻四圍，風景絶勝。方調臣先生士鼐秉鐸兹土，曾書歸去來辭刻於亭之屏風，又題楹帖懸靖節祠堂云：「君爲五斗米辭官，喜東籬寄傲，北牖迎涼，令天下折腰人頓生愧悔；我乘半帆風到此，看南嶺過雲，西江隱月，願同儕遊宦者早賦歸來。」先生引疾後五年，歸道山。又十二年，哲嗣子嚴觀察之官粤東，泊舟舊地，亭遭兵火，一堆瓦礫矣。子嚴賦詩四章志感，其第二首云：「菊江亭畔大江横，三逕遊踪記得清。烽火劇憐逢浩刼，雲山何處拜先生。霜侵絲鬢人空老，潮冷沙洲雁有聲。惆悵屏風書字滅，歸來不見草堂成。」緬懷明發，追念亂離，蓋有慨乎言之。

余自少及壯，嘗徹夜讀書，先母吳太安人在日，每戒之，及先母棄養，讀又徹夜，恭甫師手書箑子惠余云：「精心究墳典，方夜研詩書，若逢比丘子，定贈知更魚。」昔薛若社好讀書，往往徹夜，一日遇比丘，就水中捉一魚赤色，與薛曰：「此謂知更魚，夜中每至一更則一躍。」薛蓄盆中，置書几，至三更魚果三躍，更名曰「代漏龍」。見採蘭雜志。師詩典切如此。

漢、魏、晉人詩，氣息淵永，風骨醇茂，唐人詩似之惟韋蘇州，宋人詩似之惟朱晦翁，他人成爲唐、宋人之詩而已。今讀滿洲長樂初將軍別榆關八旗官紳餞行詩，純是漢、魏、晉人法律，其一云：「榆關古雄鎮，重寄稱長城。顧予孱弱者，居此逾五春。樹立亦何有？時事多艱辛。忽捧丹詔出，馬首飄南旌。受代念離別，供帳紛縱横。是邦豈吾土？小住良夙因。憶昔邊上軍，頻年呼癸庚。饋糧不宿飽，挾纊誰與溫？霜天畫角寒，九塞常分巡。抗疏爲請命，痌瘝推皇仁。籌邊練戎馬，足食培本根。稍稍復元氣，壁壘聊一新。所嗟宓子琴，掣肘多苦聲。設施猶未竟，詎足誇政成。教養有專責，安攘須詳論。爾輩重職業，小大各有營。圖治豈多言，要視實力行。畏難而苟安，其病惟因循。百年如寄耳，及時勤令名。

勉旃誌吾語，毋忘此日情。」其二云：「山川扼形勝，筦鑰司衝要。地廣民俗强，遊手萃奸盜。蚩蚩亦趍利，頑梗愍無教。事權媿非屬，坐視心孔悼。軍民亦何爲？酗酒舉相勞。聯翩來馬前，揮涕爲予告。比年值鄰警，桴鼓不絶報。重門擊刁斗，終歲待强暴。篝火多狐鳴，藪澤羣聚嘯。探丸集黨徒，伺隙劇攻剽。豈無賢令尹，莫克解紛擾。幸我都護來，籌策定邊徼。挺然大體持，不爲浮議撓。便宜假行事，復荷聖明詔。治績倣龔黄，口碑媲周召。相與頌千秋，功德寵題表。再拜謝贈言，恐懼增戰掉。邀譽或過情，越分實貽誚。居安不忘危，訓誡著典誥。軍民念在兹，守望願相保。苦心捍吾圉，耿耿志空抱。長此企昇平，海天唯默禱。」其三云：「東風吹海隅，密雨灑林麓。關山莽無際，三日峭寒蓄。胡爲一樽酒，宛轉歌别曲。飛蓋出郭門，祖道張華幄。驛亭好楊柳，攀折惜新緑。十里挂長紅，裊裊花枝簇。壺漿各有攜，老弱走相屬。羅拜爇瓣香，填擁礙車轂。溯我持節來，彈指景光速。憂勞歷四載，萬事若轉燭。坐謀夜論兵，馳檄朝判牘。軍書急星火，旁午頻敦促。而今樂安堵，嘯詠及休沐。底事挽不留，風塵催馬足。遺愛我何有？去思意良篤。割鐙並留鞾，好事踵前躅。俯仰四十年，舊澤遼東續。盛名實難副，不朽那可卜。道光癸巳，先君官盛京侍郎兼尹，瀕行，商民公餞脱鞾，並製長生禄位供於西關。顧言守先德，終始矢弗辱。慎持踐履功，寶此身如玉。迢迢八千路，歲晚嶺梅馥。惟應寄相思，夢魂往來熟。」

漳浦蔡文勤公世遠，文章道義，推重一時；文集沈蒸醲郁，渾穆深醇，幾於突出李文貞之上。詩不多見，五世孫西樵明經漸磐爲余門下士，嘗出遺詩一首，乃送其門徒楊葆森之官陝西七言律，中聯有「蓮花嶽色通函谷，楊柳秋風到灞陵」之句，極見高壯。文恭公葛山先生新，其猶子也。其直上書房時，高廟時以文勤公不曾入閣爲念，文恭公早歲入閣，上意蓋所以補文勤也。葛山先生予告回閩，高廟賜詩云：「今日葛山歸故里，天家五代送先生。」天下榮之。葛山先生詩多散失，惟記恭和御製送行詩韻云：「憶從釋褐五旬年，水到還鄉境屢遷。歲月尚邀皆錫帝，江湖雖遠總依天。向榮小草恩垂露，加寵新詩思湧泉。留弗忍言臣忍去，祝鼇重至更欣然。」

鐵綱珊瑚宋虞忠肅誅蚊賦序曰：「平江水鄉，蚊蚋坌集，余以爲苦，因裒腹笥，得蚊事二十有七，古聖賢無一言之褒，是可誅也。」余誅蚊詩云：「二十有七惡，誅之不盡誅。」本虞序。

「郭椒丁櫟輩，飲降各自由。」此金風亭長題韓滉五牛圖句也，牛稱「郭椒丁櫟」，見桓譚新論。

朱竹垞先生於順治辛丑夏遊杭州西湖，同遊者曰曹潔躬，曰周元亮，曰施尚白，時杭人有持元人西湖竹枝詞請曹先生甲乙者，竹垞先生曰：「和者雖多，要不若老鐵。」越翼日，羣公泛舟於湖，曹先生引杯曰：「鐵崖原倡之外，誰爲擅場，各舉一詩，不當者罰。」周先生舉陸仁良貴作云：「山下有湖湖有灣，山上有山郎未還。記得解儂金絡索，繫郎腰下玉連環。」施先生舉張簡仲簡作云：「鴛鴦蝴蝶盡雙飛，楊柳青青郎未歸。第六橋邊寒食雨，催郎白苧作春衣。」南昌王猷定于一舉嚴恭景安作云：「湖中女兒不解愁，三五蕩槳百花洲。貪看花間雙蛺蝶，不知飛上玉搔頭。」吳袁于令令昭舉强珇彥栗作云：「湖上女兒學琵琶，滿頭都插鬬妝花。自從彈得陽關曲，只在湖船不在家。」鄒祗謨訏士舉申屠衡仲權作云：「白苧衫兒雙髻丫，望湖樓子是儂家。紅船撑入柳陰去。買得雙頭茉莉花。」錢唐胡介彥遠舉徐夢吉德符作云：「雷峯巷口晚涼天，相喚相呼出采蓮。莫爲采蓮忘却藕，月明風定好迴船。」蕭山張杉南士舉繆侃叔正作云：「初三月子似彎弓，照見花開月月紅。月裏蟾蜍花上蝶，憐渠不到斷橋東。」山陰祁班孫奕喜舉釋文信道元作云：「湖西日脚欲没山，湖東月出牙梳彎。南北兩峯船上看，恰似阿儂雙髻鬟。」錢唐諸九鼎駿男舉馬琬文璧作云：「湖頭女兒二十多，春山兩點明秋波。自從湖上送郎去，至今不唱江南歌。」先生曰：「諸公所舉皆當，未若吳興沈性自成之作也，其詞曰：『儂住西湖日日愁，郎船只在東江頭。憑誰移得湖山去，湖水江波一處流。』不獨寄託悠遠，且合竹枝縹緲之音。」曹先生曰：「然。」於是諸公皆飲，先生亦浮一大白。

金元裕之、本朝王漁洋、袁簡齋、蔣苕生諸公，均有論詩，有盡當人意，亦有不盡當人意者。余有論本朝人詩一百五首，自順治至咸豐，凡一百八人，其人存者不與，目所未及見者不與，一隅之見，亦不能盡當後人之意也。謬爲諸君子許可，因録之以俟世之知音者。「胸羅列宿貫三千，一首詩歌一字金。當代風騷誰領袖？開山獨讓顧亭林。崐山顧亭林炎武。」「萍梗飄零亂世身，悲歌散髮又靈均。心香欲下翁山拜，端合黄金鑄此人。番禺屈翁山大均。」「風雅能追正始還，詩壇拔戟獨當關。長歌短句皆沈摯，律中黄鍾無射間。番禺陳元孝恭尹。」「閣老清樽寫妙詞，『清樽宛轉歌三疊』，文定公句也。名章雋句誦無遺。文定公在位，篤於人物，薦士不少單門寒畯，有名章雋句，輒歌詠不置。朱明宰相嗤楊溥，不許人看李杜詩。永城李湘北天馥，合肥籍。明宰相楊溥拙於詩，嘗禁人讀李杜詩，謂李杜二家詩不知古韻。」「月旦評詩拂水狂，兩朝裙屐話滄桑。頹齡才似春花謝，一緒淵生實可傷。常熟錢牧齋謙益。」「杜老香山又義山，森嚴壁壘闢雄關。三家江左非同調，近代刊江左三家詩，以錢牧齋、龔芝麓配梅村。只在衙官屈宋間。太倉吴梅村偉業。」「白下才華重合肥，散花天女著銖衣。横波捧硯鈔詩豔，一卷琅璈五字稀。合肥龔芝麓鼎孳。集中以五言律詩爲最，餘不逮，樂府亦少遜。」「中唐妙境冠詩軍，蓴客清詞迥不羣。賈島孟郊今未死，横吹鐵笛叫秋雲。漳浦趙雙白潛。」「一集秋笳變徵聲，紅顔白髮可憐生。蒼涼驛壁題詩去，腸斷黄沙萬里行。吴江吴漢槎兆騫。漢槎西曹雜詩自序云：『望慈幃於天際，白髮雙悲；憶少婦於樓頭，紅顔獨倚。』徐虹亭云：『漢槎驚才絶豔，數奇淪落，萬里投荒，驅車北上，時嘗託名金陵女子王倩孃，題詩驛壁，以自寫哀怨。』」「大雅扶輪萬卷儲，風流弘奬老尚書。君看入蜀詩中境，詎獨羚羊挂角餘。新城王阮亭士禛。阮亭詩雖有含脂傅粉之弊，入蜀後詩骨愈蒼，詩境愈熟，直同香象渡河，豈獨羚羊挂角。」「劇奏長生出涕潸，宫商樂府重金鐶。大樗集工樂府，宫商不差脣吻，其七古金鐶曲最佳。四嬋娟與天涯淚，播遍旗亭唱小鬟。武康洪昉思昇。」「風雹冰霜入筆尖，陶潛王粲阮籍杜甫一人兼。紅爐點雪論詩品，我愛鍾嶸法律嚴。泰州吴野人嘉紀。」「短句長言盡入情，獨吟花發妙天成。『獨吟花發』，澹汝句。梅花春色詩中境，别有幽香入夢清。晉江丁雁水煒。家香海謂：『澹汝詩有一種幽香之氣襲人夢寐。』」「施宋朱王壁壘開，中原旗鼓孰相摧？考工長鑱堪横海，筆底鯨魚跋浪來。曲阜顏修來光敏。」「敦厚温柔正雅師，江東五字重南施。鮫綃買得紅千尺，獨繡萊陽七古詩。宣城施愚山閏章。萊陽宋荔裳琬。」「足跡燕齊更楚吳，名山嘯傲又江湖。詩篇伉爽商聲近，易水歌來起夜烏。南海梁藥亭佩蘭。藥亭易水歌爲集中之冠。」「青銅石骨玃髯姿，阮亭謂：『鐵堂爲天下奇人，其雙松歌詩長篇贈許天玉有「玃髯石骨青銅姿」之句。』家學韓嬰善説詩。七字强弓誰敵手？後來知己虎頭癡。侯官許鐵堂珌。顧南雅從書肆中得鐵堂詩，手録而序之，七律有『强弓勁弩』之稱。」「嶽色河聲伴著書，『嶽色河聲』，天章所得小印也。天章詩筆畫難如。愛才獨有漁洋叟，佳句爭傳萬口餘。蒲州吳天章雯。天章至京師，未知名，阮亭誦其句於葉訒庵，葉下直即命駕訪之。天章集中名句如『千點桃花半尺魚』及『空林黄葉已無多』，爲時傳誦，全集不逮也。」「大海迴流入筆端，長蘆婷雅冠詞壇。羅胸十萬緗囊記，竹垞藏書十萬卷，皆能記誦。落落歸田七品官。秀水朱竹垞彝尊。」「屋傍撈蝦下釣絲，王漁洋懷崔不雕句有：『屋傍撈蝦渚，潮荒種蛤田。』漁煙水氣雜新詩。不雕句有：『水氣雜漁煙，微茫入晴暉。』一崔名句傳人口，池北偶談：『吳梅村目爲直塘一崔。』黄葉聲多酒不辭。太倉崔不雕華。不雕以『丹楓江冷人初去，黄葉聲多酒不辭』得名者。」「悲歌湖澥獨堪哀，餐菊題詩託酒杯。飛瀑青溪青溪寺。成往夢，殘縑零落付蒼苔。侯官許歐香友。歐香能詩，精書畫，有三絶之稱，其黄庭飛瀑青溪寺畫卷，最爲人間所寶，詩亦娟秀。」「蒼僕疲驢使節香，青山紅葉壓行裝。門生餽歲傳佳話，殷子敲門十五章。德州田山薑雯。山左詩鈔謂：『公學使江南，從兩驢，蒼頭奴兩人，戒有司勿給供張，自市蔬菜十把、脱粟三斗。殷彦來於除夕餽詩，先生報以詩云：何如殷子新詩美，餽歲敲門十五章。』」「怕拾楊劉但抒情，初白句：『怕拾楊劉號作家。』略抛健氣出真清。後來袁趙沿詩派，可是前賢誤後生。海寧查初白慎行。」「録著談龍頗自誇，詩章風味小名家。矜才到底傷輕薄，科第如開頃刻花。益都趙秋谷執信。秋谷著談龍録，多譏刺阮亭，又以國服未除觀演長生殿劇落職。」「天馬行空翰墨馳，神龍變幻入新詩。黄山雲海同胸次，三十六峯挺立奇。吴江潘次耕耒。松陵詩徵謂：『次耕七古諸作，如黄山三十六峯挺立雲海中，雲雖變幻，山終不動也。』」「抵掌談兵鬢有絲，鄴中訪古弔殘碑。千秋金鑑懸冰案，甫草論詩：『學詩必從古體入，若先學近體，骨必單薄，氣必寒弱，材必儉陋，調必卑微，必不能成家。』袁質中謂爲『論詩金鑑』。不讀盧仝馬異詩。吴江計甫草東。甫草雅不喜閲盧仝、馬異詩。」「私淑元和力未深，談經負氣少平心。河汾自有王通説，誰撰中經錯古今？蕭山毛西河奇齡。西河好撰僞典，譬之中經、中説作僞者，非真文中子之書也。」「浪捲前朝落筆新，王考功謂：『迦陵詩「浪捲前朝去」，英雄語也。』江湖風月誓爲鄰。迦陵生平以徜徉湖山爲志。臨終驚座留佳句，山鳥山花是故人。宜興陳迦陵維崧。迦陵疾革詩『山鳥山花是故人』。相傳迦陵爲善卷山中誦經猿再世。」「氣骨才華兩擅長，秦淮懷古最蒼涼。樊榭五言以氣韻勝，七言以才情勝，秦淮懷古四首，不愧名作。羣書淹洽三江冠，更有詩篇接宋唐。錢唐厲太鴻鶚。太鴻最精宋、元、金、遼遺事，著有宋史紀事詩及遼史拾遺。」「馬槊弓刀遍八荒，子遜長於弓刀馬槊。論文談史劇疎狂。水雲千頃成詩料，子遜官閩，歸居陳墓河，水雲千頃，花藥數椽，猶作詩自遣。薊北江南弔夕陽。長洲許子遜廷鑅。『薊北江南共不眠』，子遜寄内句也。」「狂才跋扈復飛揚，樹幟西甌鄭荔鄉。詩趣通禪原陋説，力攻嚴叟闢滄浪。建安鄭荔鄉方坤。荔鄉辨滄浪詩話詩趣通禪之説爲非是者，論甚確；而其爲詩，多不入格。」「詩史森嚴見海珊，崧瞻有明史雜詩。又傳奇句寫危灘。崧瞻上灘詩有『跳珠溼滿身，手與霹靂鬬』之句。湘娥獨抱江間瑟，不爲游魚出聽彈。烏程嚴崧瞻遂成。」「鬢影簪花弔美人，彈絲擫竹妙通神。流傳不在多詩句，長慶歌行有後身。會稽商寶意盤。寶意有『明知愛惜終須改，但得流傳不在多』之句。」「萱草詩篇溫李蹟，裁紅翦翠露靈犀。秋江婉約春花豔，一瓣心香許月谿。永福黃莘田任。十硯翁詩，私淑侯官許不棄先生，秋江詩集中七絶句，全學不棄。不棄名遇，詩學北宋人。」「嶺南一集久推袁，上接黃全鼎足尊。黃梨洲有南雷集，全謝山有鮚埼集，與大宗爲鼎足。詩律更增深厚力，居然文采照中原。仁和杭堇浦世駿。大宗嶺南集爲生平傑作，然尚少蕭疎之氣，深厚之力，非其至也。」「落筆縱橫風雨驚，文名重處掩詩名。淡煙涼月皆吟思，短句錚錚接步兵。桐城劉海峯大櫆。海峯古文喜學莊子，尤力追昌黎，五言詩益多可味。」「文種銘同靈濟碑，摩空健筆染淋漓。龍堂碧海高文重，不獨詩歌絶代奇。山陰胡稚威天游。稚威雄於駢偶文，比之李文饒、權載之，無多讓焉。」「由來骨格貴崚嶒，未詣蕭臺第一層。風雅別裁傳鉢在，宛如禪定一孤僧。長洲沈歸愚德潛。」「詩藪金陵築小倉，少年綺麗晚頹唐。如何愁殺瓊枝句，竟許門生到後堂。錢塘袁簡齋枚。簡齋贈其門人劉霞裳有『似汝瓊枝來立雪，一時愁殺後堂花』之句。」「解佩悲歌接漢皋，冰壺濯魄滌雄豪。傷心楚客多憂患，詩境江天萬鷺高。湘潭張陶園九鉞。」「七言激楚復悲涼，五字蕭寥又老蒼。朔氣關雲奇句在，敲殘鐵板唱斜陽。蒙古夢午塘麟。」「蘭幽茶苦語通神，南園詩：『茶苦有餘味，蘭幽無驟香。』清婉吟篇逈出塵。得句都工趨世拙，果然詩富補家貧。江寧何南園士容。南園與上元陳古漁毅爲金陵兩詩人，『詩富補家貧』，南園句也。」「又見詩人賈浪仙，江東歌席抗時賢。揮毫盡化雲煙去，一一鶴聲飛上天。歙方子雲正澍。子雲工於體物，一聯一語，唐人得之皆可名世，不止『一一鶴聲飛上天』之句。」「鱅辰夢早醒黃粱，『故人誰少年？』二亭句也。杜宇啼殘鬢有霜。『啼殘杜宇客無歸』，片石句也。朱二亭同江片石，愁吟花月黯維揚。江都朱二亭篔。如皋江片石干。二人揚州詩人極貧者。」「荃蘭哀怨譜孤絃，牛耳齊盟孰比肩？莫聽淒涼江醴曲，千秋魂斷柳屯田。臨桂朱小岑依真。小岑工填詞，有人間世傳奇，分緑窗劇，其弔柳一劇，最爲悽愴。」「奇筆天風捲海潮，生平字畫亦孤標。嶺南我定三家集，祧去藥亭配二樵。順德黎二樵簡。王蒲衣定嶺南三大家詩，屈翁山、陳元孝、梁藥亭，余輯射鷹樓詩話，擬祧去藥亭，配以二樵。」「淺處言情感物深，纏綿愷惻盡哀音。精神上溯天應泣，萬轉千回只此心。閩縣龔海峯景瀚。楊蓉裳題海峯雙驂亭集云：『先生至性重倫彝，篇章感人皆涕洟。』」「眩目何爲繡色絲？西江宗派竟多師。覃溪北人，詩效西江。詞章經術難兼擅，徒博徐凝笑惡詩。大興翁覃谿方綱。覃谿詩患填實，蓋長於考據者，非不能詩，特不可以填實爲詩耳。以填實爲詩，考據之詩也。故詩有別才，必兼學、識三者，方爲大家。顧亭林、朱竹垞皆長於考據，而詩之雄厚淵雅，非餘子所能追步。覃谿經學非其所長，至考訂金石，頗有可取。」「干戈戎馬老詩才，玉笥聯班入座來。愛士萬間開廣厦，黄金市駿到燕臺。青浦王蘭泉昶。蘭泉壯歲身歷戎行，歸掌書院，所造多樸學之士。」「説孝談忠筆有神，每於精處見天真。雌黄莫信隨園口，誰定三家第二人？鉛山蔣苕生士銓。三家，蔣、袁、趙也。簡齋論詩以第一人自居，以苕生爲第二人，殊非確論。」「全無含蓄但矜張，不按宫商枉上場。又見談詩趙仁奬，王戎墓下唱黄麞。陽湖趙甌北翼。趙仁奬，唐人。」「仲則羣推一謫仙，爭傳豪竹入詩篇。揚州煙月留風雅，仲則未弱冠，所爲詩即有『煙月揚州』之譽。試聽湘靈絃外絃。武進黄仲則景仁。仲則詩有味外之味，音中之音，然仲則以五言古爲佳，餘少幽、燕老將之氣，其友洪稚存爲之作傳，嘗論之。」「絶豔驚才接玉谿，王楊盧駱亦家雞。千言紀事追工部，蓉裳伏羌紀事詩一百韻，力追浣花。鐵馬金戈字字悽。金匱楊蓉裳芳燦。蓉裳令伏羌，值回民搆亂，烽火連天，蓉裳嚴守孤城，授孑傳餐，獨當豕突，詩有『誓死孤城在』之句。」「説鬼談詩妙境開，兩峯工畫鬼，詩非其至，生有異稟，目見鬼物，成鬼趣圖，其説鬼詩，尚有別趣。窮形畫理寫纖埃。五王樓炭經奇幻，併入羅生筆底來。歙羅兩峯聘。釋家有五王樓炭經，言地獄變相，最爲奇幻。」「漢魏齊梁儼一家，佳人臨鏡笑拈花。千秋如定詩中譜，不是琴音是琵琶。錢塘吳穀人錫麒。琵讀入聲，白樂天詩『四絃不是琵琶聲』，朱竹垞詩『龍香小柄琵琶彎』，皆不讀平聲。」「鑿山詩筆挾飛霜，三省軍書草檄忙。天下奇才誰比似？傅修期與馬賓王。大興舒立人位。立人從威勤侯勒保征南籠、种苗，又攻白蓮賊，治三省軍書，百函并發，勒侯以傅修期、馬賓王目之。所至皆有詩，超越變化，無意不奇。」「石棧天梯萬象空，總持河朔壓羣公。詩家妙旨無人悟，盡在朱霞白鶴中。高密單芥舟可惠。」「手擘華峯五岳摇，魚山壁壘獨峥嶸。琳宫貝闕開詩境，仙樂雲中奏九韶。欽州馮魚山敏昌。」「湖山潎屣視雲鱗，吳郡詩名趙味辛。『但有詩名尚千古』，味辛句也。舉世幾曾春夢醒，『舉世人誰醒春夢』，味辛句也。一壺一碟十詩人。武進趙味辛懷玉。味辛與都下士人十人各攜一壺一碟醵飲，謔其聲曰『胡蝶會』。見亦有生齋集。」「吟懷澄淡似蘇州，三昧都從五字求。時帆用漁洋三昧之説言詩。氣義雲霞詩性命，梅花樽酒話清愁。蒙古法式善時帆。羣雅集『學士以詩文爲雲霞，以氣義爲性命』。時帆詩『但有梅花看，何妨長閉門』及『貧餘酒在樽』，又名句『淡花開不濃』，爲王鐵夫所賞。又『黄葉打門響，青山生暮寒』一聯，見香石詩話。」「護短由來慮見攻，宋唐詩派本難同。夏蟲莫向春冰語，升降高卑辨至公。陽湖楊西禾倫。西禾論詩云：『高卑辨詩派，升降繫世風。唐宋界不分，此論殊未公。得毋所習偏，護短慮見攻。』『護短』一語，古今才人學人多不免此病。『夏蟲難語冰』，亦西禾句也。」「戍鼓關山燧火涼，愁雲慘月入詩囊。仙才不愧青蓮步，樂府堂堂壓魏梁。臨桂朱蘊山鳳森。」「狂及生前寄語深，季逑詩：『千杯酬我上北邙，不如容我生前狂。』奇語也！文章經術冠儒林。瑯嬛洞室論詩趣，嘉耦簫鸞共賞音。陽湖孫季逑星衍。夫人王採薇工詩畫。」「獨闢洞天忽一鳴，山雲流水半詩情。錢樹堂酥醪觀詩有：『山雲積復化，大抵爲流水。無懷葛天民，宛在流水底。』奇筆也。鼝鼝八面傳腰鼓，盡破蒼蟲蟋蟀聲。嘉應李秋田光昭。溫伊初謂：『秋田詩如腰鼓八面，能破蒼蟲蟋蟀之聲。』」「福慧雙修阮相公，朱文正贈阮文達有『福慧雙修誰不羨』之句。文章當代望衡嵩。論詩不俟張旗鼓，風格微雲細雨中。儀徵阮芸臺元。相國詩力除客氣，其論詩有取於『微雲細雨』之品。」「雄詞馳驟接東京，瘦硬詩篇末座驚。老向楞伽閒築室，琴歌載酒集羣英。長洲王鐵夫芑孫。」「泣鬼驚神發浩歌，布帆無恙歷滄波。茗孫有布帆無恙小草。南河歌與揚州曲，國體天心隱繫多。臨川湯茗孫儲璠。茗孫與客談南河事詩及揚州曲有關國體，余已録入射鷹樓詩話。」「筆底雲烟寫渺溟，無形直可役羣形。康侯論詩云：『超超萬象旁，無形亦羣形。』詩家帳秘何人識？被髮騎麟下紫清。陽春譚康侯敬昭。『被髮騎麒麟，赤手縛長鯨。所以古真人，飄然凌紫清。』康侯句也。」「科斗金壺落筆驚，高歌六代走江聲。白華樓集風雨渡揚子江及舟中望金陵懷古多寄慨。燕山家世傳詩派，謂薩照磨。墨浪飛騰萬丈鯨。閩縣薩檀河玉衡。」「芷灣倜儻不凡才，摇筆千花陣隊開。袖裏詩篇湖上棹，月明又照大蘇來。嘉應宋芷灣湘。『月照大蘇來』，芷灣句也。」「洗盡鉛華妙論深，前身白傅寄清吟。中郎老去焦桐泣，緑綺孤停石上琴。侯官許畫山作屏。」「書畫溪山載一舟，升沈得失付東流。瀟湘蘭氣洞庭月，都向留春卷裏收。寧化伊墨卿秉綬。『月華洞庭水，蘭氣瀟湘煙。』留春詩草句也。」「甸男才筆挾崑崙，斫劍悲歌盡淚痕。孤憤生前連死後，空山誰拜杜鵑魂？侯官謝甸男震。甸男遭家不造，憂愁怫鬱，發於詩歌，櫻桃軒集字字血淚。」「魚山才大二樵奇，嶺南羣雅：『葯房工書畫，魚山以絶大之筆，二樵以絶奇之才，聯鑣並驅。』聽松廬詩話：『葯房詩味餘於言。』風味逃虚獨耐思。集名逃虚閣。湘水詩篇傳畫意，帆檣秋色畫中詩。順德張葯房錦芳。葯房湘水詩『天地餘秋色，帆檣入暮陰』，名句也。」「下筆蒼然生面開，冰天萬里壯詩才。文章氣節堅金石，身世丘山首重回。武進洪稚存亮吉。稚存以史官越職言事，戍回疆，未幾賜環。」「身宮磨蝎困孤寒，屯戹歌來乞食難。百感煎成幽峭句，音高秋竹色春蘭。瑞金羅臺山有高。」「學海經神接石渠，絳跗博綜似長蘆。閒來餘事攤詩卷，煙月臨樽弔鷓鴣。閩縣陳葦仁師壽祺。」「汩汩詞源汝漢來，五言真足冠吟臺。船山以五言古、五言律爲最。歌行窺見三唐未？壇坫難稱大將才。遂寧張船山問陶。」「江湖淚滿窮途後，雨雪魂銷欲别時。覺生句。聞説凌顔留健筆，秋墳聽唱鮑家詩。歙鮑覺生桂星。鍾記室評明遠云：『驅邁疾於顔延。』陳葦仁先生贈覺生詩有『參軍健筆獨凌顔』之句。」「青袍落魄走幽燕，人海浮沈過眼煙。『浮沈人海，且住爲佳』，芙初自題月從集語。少作風華老排奡，一山一水寄吟篇。陽湖劉芙初嗣綰。詩分四十三集，自爲小序。」「琴劍蕭蕭萬里遊，布衣威望儼公侯。詩情淨似澄江練，愧倒胡釘張打油。會稽潘少白諮。少白自謂生平作詩，不學胡釘鉸、張打油之淺率。」「學貫天人鏡九淵，叶煙。抱琴常傍緑陰眠。竭來詩共秋俱瘦，心上秋多月亦憐。德清許周生宗彦。『心上秋多月亦憐』，周生句也。周生博通墳典，精三禮之學，自經史詩詞而外，如小學、算術、天文、醫方、梵夾，靡不涉獵，尤深於詩古文。」「一録蘭鯨刻萬牛，巢松少作蘭鯨録，才藻可觀。碧雞金馬麗無儔。中年詩境傳空谷，翠袖天寒倚竹愁。吳縣吳巢松慈鶴。巢松中年以後，詩境沈鬱幽練，所詣益精。」「厭談風格分唐宋，亦薄空疎語性靈。甘亭論詩句。恰似鸝聲千鼓吹，任憑花外有人聽。鎮洋彭甘亭兆蓀。甘亭論詩嘗有『我似流鶯隨意囀，花前不管有人聽』。」「鬼亦求文詫異才，孟塗遊浙，有人候門，述夢其父求劉先生作傳。遊山碑碣愴劉開。孟塗遊山，見一古墓碑，曰『宋處士劉開之墓』，爲之愴然。襟懷曠似江湖曠，載母龍眠杯渡來。桐城劉孟塗開。龍眠山有杯渡可供遊覽。」「手披雲漢抉天章，灝瀚詞源歎望洋。自識詩中甘苦味，不能黯淡但飛揚。歙程春海恩澤。春海自謂其詩『險而未夷，能飛揚而不能黯淡，思力所及者，腕每苦其不隨』。」「百千囀鳥聽來頻，『鳥聽百千囀』，集中五字無心得句也。五字無心早入神。妙手鍊詩如鍊石，前身可是補天人？福山鹿木公林松。木公集以五言爲最，其五字無心得及五字有心得爲詩家妙悟，見余射鷹樓詩話。」「珠光劍氣各專家，蘭雪謂洪稚存詩『劍氣七分，珠光三分』；己詩『珠光五分，劍氣三分』。一集香蘇豔綺霞。我愛君詩清到骨，滿身風雪拜梅花。東鄉吳蘭雪嵩梁。『滿身風雪拜梅花』，蘭雪句也。」「曲奏陽春獨鼓琴，澹中風格靜中心。霜鴻過盡長天碧，肯把絃徽覓賞音。山陽潘四農德輿。四農養一齋詩話論詩頗有見地。『霜鴻過盡海天青』，四農題唐人萬首絶句詩也。」「范陸歐梅伯仲看，老來詩筆又旌韓。詩情華曜歸盤薄，誰辨珊瑚與木難？鎮洋盛子履大士。」「詞場跋跐孰爭驅？閲盡名山白盡鬚。命世才華困箕口，數升涕淚哭唐衢。婁縣姚春木椿。」「生來明月是前身，詩思梅花不染塵。妙趣停琴應不鼓，蕭蕭萬籟古無人。蘄水陳秋舫沆。秋舫簡學齋集五古、五律，泓崢蕭瑟，爲五字勝境。」「入閩五古最堅蒼，振筆飛騰紙上昂。近體偏多塗抹句，凝妝何事學鴉黄？寶山毛生甫嶽生。」「酒酣脱帽起高歌，體物緣情寄慨多。不聽落霞天上曲，誰知詩裏有春波。侯官李蘭屏彥彬。」「文章真派接紅休，伊初古文詞入秦、漢人之室，源出呂覽，尤與紅休侯爲近。往事論詩共一舟。伊初庚戌試禮部，報罷，歸與余同舟，有異聞録，記余與論經史詩文者。拈出和韓瘦峭語，苦吟東野亦低頭。長樂温伊初訓。」「璞礫兼收入網羅，萬言倚馬患才多。君家自有横汾曲，也學邯鄲倚瑟歌。益陽湯海秋鵬。」「上迫風騷瞰李何，陳左海師評松寥詩『上迫風、騷，下瞰李、何』。筆翻鸚鵡瀉黄河。不知誰樹中原幟？亨甫謂余詩當樹幟中原。煙月銷沈可奈何！邵武建寧張亨甫際亮。」「横空硬語壯嶢闕，海上歸來髮已斑。詠荃從臺灣歸，詩筆愈蒼，然人已老態龍鍾矣。風誼生平師友重，微之遺稿付香山。侯官家詠荃彥芬。詠荃卒之前數月，以詩稿屬予商訂，並屬付手民。」「五寸湘絃發郢騷，鵑啼猿嘯助揮毫。白華樓外聽商徵，夜雨愔愔白二毛。鎮平黄香鐵釗。」「足踏星辰手策鰲，倒山奇語入吟毫。天吳不識相思筆，獨向滄溟洗眼高。南海倪秋槎濟遠。『天吳』云云，秋槎詩句也。」「河山感喟寫幽憂，利病蒼生問九州。掃盡人間脂粉氣，亂頭麤服也風流。邵陽魏默深源。」「撫今懷古筆雄奇，才似船山骨勝之。杯酒青天搔首問，長歌當哭不勝悲。吳縣張研孫儀祖。」「論詩誤墜野狐禪，爲勸移商盡解絃。鍊就丹砂乘鹿去，盧敖踪跡渺如煙。閩縣家子萊仰東。子萊初學詩未有家數，余勸其浸淫大家，詩成竟歸道山。遺集七言古詩，追步盛唐。」「薔薇盥露誦清芬，嶺表騷壇張一軍。老去詩篇風化係，莫將真髓換巫雲。番禺張子樹維屏。子樹詩頗關風化，『巫雲』句可當夢婆喚醒。」「擊筑狂歌碎唾壺，奇才廉悍辟千夫。震旦論石甫詩有『險巇爭一字，廉悍辟千夫』之句。離愁獨向靈修拜，山鬼秋蘭寫畫圖。閩縣家石甫夢郊。石甫好讀離騷，嘗繪山鬼佩蘭圖以自解。」

詠物詩貴有寄託，又須語語著題，不落沾滯，方爲妙品。定遠方鴻甫先生詠白杜鵑花云：「爭遣名花化杜鵑，花開剛趁曉風前。三春血染紅含雨，一夜霜飛白帶煙。素影有誰憐躑躅？躑躅花即杜鵑花。淡妝無意鬬鮮妍。憑欄且對枝頭月，恍聽啼聲到耳邊。」又諸葛菜云：「一畦煙雨正濛濛，風景當年憶武功。惆悵姜維沓中麥，緣何不種九英菘？」

三國趙範嫂樊氏少寡，有姿色，見趙子龍，欲嫁之，先主命子龍娶之，子龍不可，曰：「人生患名譽不立，何患無妻子乎？」先主曰：「子龍真丈夫也。」余謂子龍此節，不愧爲聖人之徒。近讀霍丘竇霽堂先生咏樊氏詩云：「風流少好愛雄才，思配常山範作媒。環珮珊珊來素女，腰肢嬝嬝遞金杯。艾年琴瑟驚初斷，同姓婚姻笑欠裁。羞煞紅顔情似火，英雄冷落早心灰。」此詩可當詩史。

丹徒韓叔起部曹名弼元，壬子進士。著翠巖室詩集中張將軍國樑歌，寫將軍戰功，語皆精實。小引云：「軍興已來，倏逾五載，江南北諸大帥能爲賊所憚者，唯張軍門國樑一人而已。因歌以紀之。」詩云：「張將軍，高要人，始名家祥勇絶倫。少年剽悍性難馴，翻然反正誓殺賊，願爲天子清煙塵。裹瘡不言苦，薄賞不敢嗔。改稱國樑字殿臣，隱然大義中心存。將軍初隸向軍門，英名一旦達天閽。受詔遏賊江寧屯，身經百戰懾賊膽，常以偏師往來江上爲聲援。月當建午歲在辰，賊徒勢欲東南吞。首撓京口營，吉撫軍營在京口九華山。次犯孝陵軍。向軍門營在江寧孝陵衛。巡撫自戕軍門走，句容溧水相繼淪。將軍此時不顧身，移兵徑趨練湖濆。倡言丹陽乃常州門户、蘇杭之本根，此若不守他何論？老熊當道叱貉子，以少擊衆如有神。賊志不逞走間道，金壇百里烽煙昏。將軍捲甲若電赴，一戰敗賊全其闉。從兹賊始遁歸穴，吾民乃得少息瘡痍痕。張將軍，和以温，軀幹絶短小，有功不伐何恂恂。部下諸軍聽約束，一一皆不貪金銀。前導黑旗二，大書字嶙峋。進前有功退必戮，將軍前導二黑旗，金書『進前有功，退後必戮』八字。偉哉此語天亦聞。即今建節作亞帥，年纔三十誰與羣？詔書褒美加愛惜，再拜深感吾君恩。將軍勗哉無逡巡，爲我淨掃窟穴除妖氛。手致太平覲天子，遠追郭令公，近比楊遇春。雲臺麟閣自古有茂賞，我願將軍封侯圖像長此億載傳子孫。」又張將軍後歌：「四月，江寧大營潰，張將軍走至丹陽，溺於河，賊遂連陷常州及蘇州，爰復作此以紀其事。」詩云：「昔我初歌將軍功，若歲大歉逢年豐。今我復誄將軍死，悲憤蟠屈盈心胸。惜哉張將軍，長圍深塹枉合百萬工。哀哉張將軍，計欲困賊反爲賊所攻。軍潰江寧身復溺，戚由自召非蒼穹。蘇常財賦雄南東，男耕女織商貨通，度支歲歲資租庸。八年保障恨不終，坐令一旦罹凶鋒。渾然千里無術可收拾，又況援兵道阻來無從。或謂將軍兵力薄，豈知義師尚擁六萬如羆熊。又謂餉缺致離畔，不見行營糗糒金帛委棄如山崇。若疑主帥動掣肘，軍中但聞將軍令，主帥雖在猶瞶聾。倉皇迸散果誰致，我尋厥咎難從同。師老將驕法所忌，疎防速寇殃遂叢。潰由蟻穴豈在大，得無將軍晚節謀慮稍未忠？哀哉張將軍，百戰往績今成空。惜哉張將軍，何人復繼將軍蹤？將軍功罪自天壤，嗟我吳民億兆何時自拔於賊中！隔江遥望烽夜紅，援毫颯颯生悲風。」

粵匪之盤據金陵也，張將軍圍攻金陵，身經百戰，屢被矢礮，未嘗一退避，古之名將不過是也。而韓叔起部曹翠巖集張將軍後歌短其將略，不無微詞。番禺丁仲文觀察杰跋其詩云：「韓叔起張將軍後歌，未免傳聞失實。夫張將軍之圍金陵也，較之後人，其難百倍，蓋前有堅城，其後則安慶、徽、寧、池、太各府皆淪於賊。且內有楊秀清滑賊爲謀主，外有石達開各驍賊以撓之，張將軍百戰挫其鋒，始能合圍金陵，破在旦夕；有忌其功者，建議謂與得殘破之金陵，不若保完全之浙省，他路之兵不遣，而專請調圍金陵之師。張將軍迫於議，始而抽兵，遣周天培援浙，繼又抽兵，遣張玉良援浙，卒之浙不可援，而大營後路空矣。維時先皇帝幸熱河，何督部、和大帥思進奏議減軍糧，以一月作四十五日，軍心遂散，釋甲以嬉，張將軍束手無策。逆賊陳玉成糾江北捻匪，李秀成糾江南各匪各十餘萬，乘間相襲，遂不支耳。假使當日援兵不能前而遣使援浙，張將軍之兵將不調，後路有備，可不潰；無減糧之議，士馬飽騰，亦可不潰。今既抽其精鋭，不得謂非掣肘也；減其口糧，不得謂糧餉充足也夫以九節度之師，一魚朝恩臨之，尚且致敗，況臨之者有兩魚朝恩，更有從旁翦其羽翼者，欲無潰得乎？夫張將軍反正後無援於上，無助於下，矢其孤忠，志吞逆賊，不幸而隕，亦足悲矣！必使委身致命孤臣蒙大不韙於百世，安可默爾而息也？故覼縷言之。」

總理各國事務衙門，設於咸豐十年冬。其時諸務倥偬，佐理數人，日不暇給。恭邸暨燕山相國、博川尚書行議奏咨内閣户、禮、兵三部人員，於十一年二月給筆札考試，留滿、漢各八人，又酌留先隨辦事者四人，共二十人，作爲額缺章京在署行走，更豫選數人存記候咨。嗣因取才宜博，復推廣吏、刑、工三部、理藩院、步軍統領衙門人員均准與試，并於額缺二十人外增設額外行走四人，共二十四人，分兩班任事。見長樂初將軍同官録序。後又添傳十二人分修清檔，計額内額外三十六員矣。衙署在崇文門内東單牌樓東堂子胡同，即故相賽公籍没之宅。方子嚴觀察爲章京時，題大堂楹帖云：「帝澤如春，正寰海波湉，瀛洲日麗；太平有象，喜靈臺伯偃，王會圖成。」典麗喬皇，立言得體。又集東坡句懸直廬云：「試草尺書招贊普；誰能斗酒博西涼。」用古入化，如出己手，傳作也。

肇羅道署狹隘不甚寬廣，中庭廳事，旁寢貯書之外，無餘地可爲憩息優悠之所。子嚴同年爲讓地數弓，以種花卉，羅列琴書，頗覺雅澹。余遊端州，留連兩月，子嚴屬題廳事楹聯，余作云：「不惜簿領賢勞，十步以内，必有香草；且得琴書嘯傲，數弓之地，兼種名花。」

陳小坪廉訪古體詩，自成音節，胎息魏、晉間人，非肉眼所識。録其爲官好一首云：「爲官好，爲官好，百里雷封當大道。出乘肩輿入排衙，侍從如雲爭圍繞。堂上一呼階下聞，甚囂塵上氣焰熏。但知七品頭銜貴，那識三台大吏尊。大吏尊，公令嚴，紛馳羽檄加書函。大者錢糧細攤捐，前官虧缺後官填。十紙文書九要錢，錢法馬政税務鹽，其餘瑣瑣亦專員。催科終日忙不了，忽聞大府南來早。橋梁道路急經營，更有郵亭營汛須完好。驅馬驅馬出城闉，道旁迎謁心怦怦。雪深三尺泥没踝，大府不言毋乃嗔。有酒如澠，有肉如林。從官執手道殷勤，謂是明府真廉明。前驅百里送境上，欣然重負如釋身。釋身道左且暫息，擁轡呼號繼以泣。東村廿里井有人，西村三十梁懸縊。南村有賊夜劈門，北村有女宵踰閾。爭挽長官袖，爭持長官韡。我寃更比彼寃多，擇其要者先奔波。

此時輿中求一飽，荒村買得雙饜饜。西人俗呼饅首爲饜饜。歸來歸來日已暮，燈火滿城照入署。正欣入室洗灰塵，庭前有客笑相迎。抖擻精神作禮貌，盤飧置璧量重輕。又聞回王活佛計程到，西域都護半是舊交親。簿書堆，高一尺。如治亂絲絲益棼，如掃落葉葉愈密。慮囚鞫賊已三更，階下鋃鐺聲未寂。倉皇誤事不如緩，又恐遲延時惕惕。和衣一覺太陽紅，大呼突入寢門中。傷痕滿面血淋漓，道是嬌兒嚇乃翁。」又題老牛舐犢圖五首，其一云：「莫舐犢，莫舐犢，服軛終朝忙碌碌。不如歸去南山南，一飽斜陽臥空谷。」其二云：「山有芻兮田有糧，爾牛來兮犢子狂。松陰漠漠兮水草長，扣角歌兮意徜徉。」其三云：「既不能逐駟而追風，又不能捕鼠於深宮，胡爲乎牢筴之中？」其四云：「鞭之如土，剥之爲鼓，泥犂泥犂，人復望之如虎。將絶紖而長征，問穿鼻兮何苦。」其五云：「犢子生兮漸成羣，劣者騰踔兮優者能鳴。明堂清廟兮吾烏知其所云，曷不曳尾兮犂雨而耕雲。」又自述一首云：「我生年十一，始學爲文章。書理不甚解，下筆輙汪洋。十二讀史漢，文選雜三唐。乍應童子試，出門苦離娘。郡城茅屋裏，一几一繩牀。夜讀至三鼓，思家淚盈眶。十三至十四，負笈便自强。農家水落湖，鄉名。殷浩率韓康。時霽園母舅攜予至彼讀書。有時學上樹，剥棗得盈筐。有時學刈稻，赤足下池塘。嬉戲不自覺，學問因之荒。己年始入泮，庚歲赴科場。江南金粉地，道路旌旆颺。却怪爲官者，何爲終日忙。壬申與拔萃，兩度赴京闈。趨庭問詩禮，出門見冠裳。遂覺紛華悦，功名動熱腸。三年居胄監，乙榜姓名香。未與紅杏宴，謬廁紫薇郎。春色龍池柳，秋風御苑霜。悠悠十二載，詞館許翶翔。人指瀛洲路，羣看駿馬驤。風塵忽墮落，甘苦始親嘗。險阻艱難備，憂心莫敢遑。中宵起盤辟，爾室若神藏。忽悟平生命，子平早細詳。典型懷先正，八字特相方。耿介由天性，清高學古狂。監司稱名宦，戚里有輝光。我今同甲子，科第後先望。同邑方碧岑先生，大父行也，癸酉拔貢，己卯北榜，壬辰由中書館選官至河庫道，予科分與公悉合，惟散館後官職殊矣。改官作民爹，上考註循良。兩次卓異。干謁不能事，奔走不能當。有時亦遷調，寵辱無驚惶。忽忽又廿載，大刼至江鄉。一身居汴水，三戰駐淮陽。陳州累次打仗獲勝。糧絶軍心固，辦歸德糧臺兩載。城危衆志防。五次守城。悲懷在家難，己未定遠失守。官職更如忘。意外逢知己，謂嚴渭春中丞。糧儲帝命將。時爲軍餉計，安坐亦徜徉。折漕充餉。寥廓官衙地，松槐自列行。蟬鳴得美翳，黄雀笑螳螂。一笑予今日，能無信彼蒼。」

南陵何子永京卿慎修，抱經世之學，著述宏富，後進請益者循循善誘，遇事則侃侃直陳，口若懸河，計是非，不計利害。某太史竊理學緒餘，傾陷重臣，頗有爲其所惑者，子永力加駁斥，人以此愈重之。少受業於程春海侍郎，鄉舉時，主試趙蓉舫尚書閲其「江南江北青山多」試帖，歎爲五言長城。拔登賢書，官内閣最久，公卿袞袞，皆後輩也。詩集余未之見，精相法，嘗謂吕堯仙中丞佺孫某年得巡撫，某年必死，歷歷不爽。又相于中翰光甲必官極品，後果充册封琉球副使，賜正一品麟蟒服，亦奇。子永與余爲甲午科同年。

羅鄴牡丹詩：「買栽池館恐無地，看到子孫能幾家？」時謂之「詩虎」。

番禺李恢垣銓部，壬子識於京師，是科登進士第，改部曹。籤分吏部，尋遷員外。余時寓上斜街，門士沈幼丹中丞宅與銓部寓館對宅，數相見，知其工駢四麗六文，而詩則未見也。甲子，遇於方子箴都轉座間，知其通輿地學，而詩則仍未見也。己巳，子嚴觀察招遊端州，數數相見，因索其詩讀之，覺沈思獨往，雄鬱遒鍊，駸駸乎入少陵之室矣。集中佳章歷歷，美不勝採，讀其耒陽懷杜工部四十韻，即似少陵。詩云：「日月垂光焰，乾坤有腐儒。境窮騷雅變，詩立古今模。稷契身先許，風雲志尚紆。萬言虛策對，三賦始朝趨。雞報依青瑣，凰棲幾碧梧。驚天動鼙鼓，滿地認江湖。秦嶺元通蜀，夔州復下巫。蓬萊三殿遠，湖海片帆孤。悱惻騷情激，淋漓大筆濡。摩天雙巨刃，鑄物一洪爐。宗社維城畫，邊陲曲突圖。別離懷弟妹，夢寐對妻孥。悽感梁間月，悲生屋上烏。商聲全變徵，辰告盡訏謨。風雅推唐盛，文章與李俱。經綸才未竟，老大計成迂。北極中朝夢，南天桂水桴。全家同旅泊，遠道重飢軀。一醉悲牛炙，千秋揖鳳雛。雲孫終返櫬，騷客此停艫。

我亦朝班列，時當國步虞。虛懷行在謁，終學奉先徂。魏闕今辭禄，高堂念報劬。崎嶇豫寇警，辛苦楚江逾。回首瞻京邑，長安感帝都。崔楊仍擾蜀，張許莫防吳。東道稱兵亟，西戎搆禍殊。棧鈴岷蜀駕，渭火吐蕃弧。官盡榮貂珥，兵猶縱兔狐。江頭哀有曲，青坂死何辜？聖主廑宵旰，司農急轉輸。天教誅阿犖，將豈乏司徒。劍燭寒攙彗，弓鳴猛射胡。歌公洗兵馬，頌我整寰區。憂國心千古，維舟縣一隅。窮途嗟白眼，羈魄痛黄壚。詩卷留天地，心香久拜膜。公如大國楚，竊附小邦邾。身世悲蓬梗，年華感鬢鬚。蒼茫憑弔意，遺淚灑平蕪。」

鉛山程稻村孝廉雲俶，遊端州，以詩呈方子嚴觀察，佳句如武林阻兵夜感云「五月家書烽火斷，一身萍梗海天遥」；潯陽舟中留别周沁源云「擊楫中流懷祖逖，論文客裏識王通」；書齋偶題云「三分春色憑花笑，一片孤情向酒埋」；詠梅云「自具丰神臨晚歲，不隨時世鬭新妝」；始興云「雨勢趁從大庾嶺，雷聲飛過始興江」，皆清新俊逸，得西江宗派。

「貌出風姿勝太真，無勞粉翠費千緡。如何南内淋鈴雨，不憶當軒下馬人？」此朱竹垞檢討題禹鴻臚號國夫人下馬圖也。而近人梁某輯名畫叢録，竟改竹翁詩「當軒下馬」爲「蛾眉淡掃」，一複粉翠句，一不切下馬，前人妙斲，竟遭傖父之手，可歎也！

蕉軒隨録曰：「李洞詩：『禁院閉生臺，尋師別綠槐。』生臺乃浮屠施食之處，袁清容桷所謂『哀猿依講席，飢鳥下生臺』也。」

方調臣先生近體詩，專倣白傅，幾於入化。擇其句之尤工者録之。五言如懷蓮舫兄伊犂云「金戈鳴戰壘，刁斗卧天山」；河干晚眺云「岸花迷霧縠，隄草疊雲羅」；和蓮舫兄用工部對雨書懷走邀許主簿原韻柬許抑齋云「覓句花生管，評書柳貫魚」；浦口云「旅夢驚黄葉，虚名誤白頭」；菊江雜詠云「浴波翻水鳥，歸市剩河豚」；和黄琴川仰陶軒看竹云「思量龍破籜，休問鳥題凡」；述懷云「古帖宗顔柳，閒曹亦董狐」；三山懷黄仲訪云「山水詩情合，煙雲畫稿留」。七言如題顧受笙海天風雪圖云「萬里浪從瓊島結，九霄玉映紫瀾生」；嗟虞墩云「慚對敵兵誇子弟，賴將死節報君王」；白秋海棠云「花得淡容皆晚節，人除素位盡虚名」；寄楊蘭坡妹丈時佐家弟鐵君楚北學幕云「氣吞雲夢須八九，心賞文章應萬千」；宫庶侯梯雲冒雪圖云「冰横萬嶺旗初捲，雲凍千山將亦飛」；蕪湖道中云「迎秋塞雁催歸棹，向晚江豚拜下風」；登太白樓云「畫壁尚傳蕭尺木，高樓直並謝宣城」；阻風云「自知不是趨風客，無奈乘來上水船」；寄楊小坡外甥云「枕上江聲翻白雨，門前山色擁青螺」；和仇太守巡江韻云「十年作郡面如佛，一片愛民心是婆」；齋中即事云「饑鷹掠地還留勢，瘦馬嘶風不受調」；獨坐云

「趨時恐笑頭如葆，臨帖還欣眼未花」。

「合六州四十三縣鐵，不能鑄此錯。」本羅紹威語，見資治通鑑。

高要何壽愚文學榕年，弱冠補博士弟子員，尋考舉優行，屢困場屋。博學於文，工於詩，其父執蘇朴仙先生贈句云「羨爾窮經如杜撫，何人生子似玄成」，書實也。著有詩鈔二卷，何氏雜言一卷，菜根録一卷。余尤愛其菜根録一書，婷雅同於王氏農書，詳晰又同於高氏蠶桑説。余倣龍門貨殖傳之例，纂緝成篇，名曰菜根説，小長蘆釣師見之，定收入帳秘中矣。其説曰：豆神祀靈殖，菜神祀紫相公，究不如祀漢陰之丈人。種樹曰園，種菜曰圃，有菜曰羹，無菜曰臛，細切曰虀，耕地曰疇。圃之利捷於農，圃之工逸於農，農之豐歉聽於天，圃之豐歉視乎人，農之餘可爲圃，圃之利可濟農之窮。廣州有綽菜，葉類茨菰，根如藕，采根爲鹽葅，食之使人好睡，又名「睡菜」。又合浦有菜名「優殿」，以醬汁茹食之，甚香美。番禺有菜夜合晝開，名「合歡菜」。又有西瓜，傳自薛將軍，絶佳，呼「薛瓜」。文文山食西瓜詩：「拔出金佩刀，切破蒼玉缾。千點紅櫻桃，一團黄水晶。」吾邑男女於正月十六夜入人菜園擷蔬，聞惡聲則吉，名曰「偷青」。黄山谷題畫菜云：「不可使士大夫不知此味，不可使天下之民有此色。」甲寅，洪匪作亂，濟濟儒生，皆埋首種菜，效玄德之閉門，步邵平之故業；及夫乙卯春，大飢，斗米千錢，米不足，足以菜，菜不足，足以野菜，嗷嗷遍野，皆菜色矣。通雅：古謂菜爲葵，晉以來曰菘，今謂之菜。按：菘，隆冬不彫，有松之操，故其字會意。晉人以魚爲「鮭菜」，佛家以雞爲「鑽籬菜」，俗則統肴饌而名菜。瓜豆盛於春夏，承暖氣也；菜盛於秋冬，承寒氣也。編籬劚畦，勤其始也；拾草灌漑，善厥終也。風旛草人，所以驅雀鳥，然草人慘類作俑，又奚必用耶？借杯種瓜以供客，繞屋擲豆而奪婢，小術借瓜豆以爲戲也，煮豆摘瓜而諷詩，瓜豆之裨人匪淺也。咬菜根而忘肉食誰，則淡泊以明志也。番葛枝蔓甚富，價極賤，年豐以之飼豬，歲荒以之食人，然性寒能傷人，食之者以之煮油糍糖環等物，藉火氣以辟寒氣。齊書：江泌菜不食心，以有生意，惟食老葉，痛老母之見亡也。昔有人常食蔬，忽食羊，夢五臟神曰：「羊踏破菜園矣。」貧者無食肉相，焉得不爲臟神竊笑矣。買菜求益，俗子所爲也；摘瓜繫錢，廉士之行也。杜詩：「園收芋栗未全貧。」杜子美居山林，食芋栗，芋亦栗類也。有平仄二音。靈樞經：「五菜：葵甘，韭酸，藿鹹，薤苦，葱辛。」又修行之人不食五辛，蓋謂葱、薤、韭、蒜、興渠也，予性惡葷，殆亦釋道之流歟？一粲。菜圃整齊，可擬花圃，當菜花盛時，菜甲香時，直作花圃遊可也。古以薺爲甘菜，廣州呼爲「葛菜」，吾邑喚爲「雞肉菜」。清異録：「俗號薺爲百歲羹，言至貧亦可具，雖百歲可長享也。」昔人云：種園荽，口誦褻則滋茂。故人以穢談爲「撒園荽」。蕢，赤莧，類馬齒莧。熊膰菘，名見洪舜俞賦，可對馬齒莧。旨蓄，醃菜也，猶虀也，范文正公少時作虀賦，句云：「陶家甕内，淹成碧緑青黄；措大口中，嚼出宫商角徵。」菜性皆寒，惟芥菜略温；瓜味皆甜，惟苦瓜獨苦，苦瓜以要岡郚所産爲最。荷蘭豆來自西域，甘脆可口，本土不能儲種，其芽蕣尤甘滑，然採蕣則傷豆，能毋摘絲抱蔓之慨耶？菠菜一名「雨花菜」，出西域頗陵園，語訛爲「菠薐」。葱一名「和事草」。蒜一名「麝香草」。生薑一名「百辣雲」。茄一名「蘇落」，又名「酪酥」，以其味似也，王褒僮約「别茄披葱」，茄俗名「矮瓜」。枸杞菜除眼患，又六月廿七日取枸杞菜作湯沐浴，令人光澤，不病，不老，見雲笈七籤。齊民要術：「二月辰日宜種瓜。」四民月令：「大暑後六日可藏瓜。」荆楚歲時記：「七月采瓜犀，以爲面脂。」犀，瓣也。但未知所采何瓜。南史：蔡樽治吳興，齋前自種白莧紫茄；張忠定令鄂州，勸民置圃種瓜，皆可謂知所本矣。黄瓜一名「胡瓜」，與古之王瓜殊，奕制軍山督吾粤，癖嗜此瓜，多啖致病，不輟。又諺云：「黄瓜進，人多病。」紫蘇可以佐菜，可以佐藥，爾雅謂之「桂荏」。蕹，生水中，以葦筏承之，隨波上下。亦奇蔬也，可解冶葛毒，魏武能啖冶葛一尺，云：「先食此菜。」然癩疾防食蕹。「鋤金無殊瓦礫，彼擲金者有意矣；拔菜遍遺鄉里，彼竊菜者生愧矣。」見後漢書。合浦有簡子藤，緣樹而生，實熟如梨，可對諸葛菜，菜乃武侯軍前所種蔓菁者。芹有水旱之分，古稱雲夢之芹最佳，予性惡芹，不解羊鼻公專嗜此物也。黄芽白菜，購種於天津，郡城東麥仔園者，可擬北産，他所則變。又吾邑有鷓鴣菜。秦大飢，襄王謂應侯曰：「今發五苑之蓏蔬棗栗，足以活民。」肇郡當梧廣阻兵，穀米不通，飢民摘蔬菜以代米，枵腹暫幸其彭亨，餓莩將盈乎行路，古今飢民，同一可歎也。草之害菜，猶賊之害民，故芟草必絶其根，殺賊必窮其黨。春夏之工逸，水足故也，秋冬之工苦，水不足故也。晨早灌菜，當日未出時，令承涼氣；晚間灌菜，當日既入時，令避暑氣。菜有園灘之别，園地少而沃，故菜味甘；灘地多而瘠，故菜味淡。灘俗作𡉏音。豬婆菜一名「莙薘菜」，又名「菾菜」，本飼豬物，歲飢，人僭豬食，啖而甘之，轉呼菾菜爲「甜菜」。棄蔬餓死，鮑焦之行也，與灌園之仲。坡公與子過種菜半畝，終年飽菜，應勝閔仲叔待客之無菜也。予友袁琴知，貧同原憲，廉類於陵，當喪亂時，奇窮尤甚，日惟摘野菜供餐，因語予云：「前明鮑山撰野菜博録，内載數百種，多得於親試，未知今日所啖，鮑公昔曾試過否也？」或誚予曰：「子甘爲圃，學問無乃廢乎？」予曰：「種節瓜吾知操其節，種介菜吾知守其介，種薑足以去穢惡，種葱足以啓聰明，焉往而非學問也？况瓜名金，吾不貧；蔬稱玉，吾不賤；世情顛倒，曷從同？然不可比西山之義士。」后江墟專賣菜，每日以辰刻爲期。黄江人多種菜，土人面多黄色，云是灌園糞氣所致。青洪君胡不爲斯民脱此色也？瓜豆盡而取其蔓，佐薪以供爨也；

蔬菜盡而取其核，傳種於來年也。羅浮山有鬼芋，初生不藉根苗，葉上朝露着地，即成種子，採製不令婦人雞狗見，見則化水；磨煮熬膏，匕箸須順旋，逆則化水。一芋之成，由一而四，四而十六，十六而六十四，如卦象之數，見東樵志。若抱甕者自適其適耶。

客有僞託余詩，緘寄張亨甫者，亨甫曰：「昔讀林薌谿詩，如入桃源勝地，是別有天，此詩如瞽者授杖，泥土索埴耳。」客驚服。黄蓮卿孝廉瑞麟題某氏僞詩後云：「燕石隨珠各有真，莫將名寶溷灰塵。張公眼力天能覷，贗本河豚笑殺人。」此詩用事，極見趣切。竹坡詩話：「楊次公守潤，米元章過丹徒，留數日去。元章好易他人書畫，次公作河豚羹飲之，其實他魚，元章不食，次公笑曰：『此贗本河豚耳。』」

遂溪陳一山孝廉桂林，奇士也，前充馬兵，殺賊如草，會升把總矣，忽而思讀書，學時文，應童子試，遊庠。平日好柳子厚文，而時文實未嘗寓目也。殷學使按試雷州，考經古場以擬柳子厚乞巧文命題，場屋中多向隅者，一山用子厚乞巧文原韻，振筆直書一千餘言，學使驚異，拔第一，垂領鄉薦。今歲從曾帥幕歸，見余曰：「曾公英賢簿上，先生名下凡十三圈，先生何不出耶？」蓋謂聞一人説項，名下加一圈。一山詩遒勁靜穆，亦學柳柳州，前寄王蘭汀五言古詩四首，視柳州作幾欲亂真，以篇長未録。嘗記其「西施可網江難入，北海能超翼未生」之句，亦奇語也。

少陵詩「獨留青冢向黄昏」，「青冢」二字，註杜者略之。歸州圖經：「胡中多白草，王昭君冢獨青，號曰『青冢』。」

高要何蔭南文學榕年，體瘦若休文，而清狂則同叔夜，日夕苦吟，手不釋卷。伍石琴孝廉贈詩有「高歌青眼更何人，氣挾風雲筆有神」之句，其品概可想。詩有唐音，五言龍華山館云「山水有閒趣，禽魚多樂機」；書感云「波浪沈人海，干戈變世情」；客中作云「身世車中轆，人情飯後鐘」；七言送春云「香國自來飄泊慣，美人爭奈别離多」；客廣州云「花氣薰天爭喚渡，月光如水好徵歌」：皆佳句也。

方子嚴觀察幼聰慧，九歲能詩，年十四遊庠，十五應本省鄉試，浙中老布衣潘少白先生見之，索其詩，出口成章，先生驚歎，引爲忘年之交。性孝友，於家庭間恂恂懇摯，好讀書，博覽皇墳，雅有心得，欲搜羅海内典籍，彙成叢書刻之。知識遍海内，而獨愛予，予之説文二徐本互校刊譌及六朝經説萃編、熅經日記、龍鴻閣文鈔、讀易寡過、今文尚書二十九篇定本、左傳杜注刊譌、南詔德化碑注釋、禮記簡明經注、西河全集刊譌，及長兒慶炳李鼎祚周易集解補箋、許氏説文辨字諸書，垂將陸續付梓；又欲選刻歷朝詩集、本朝八家文集。出其所注隨園詩集示余曰：「注十年矣。」余見其旁搜博采，攟摭羣書，不下萬卷，辨隨園誤用典故數十事，余有評騭隨園詩文，亦兼採以覘得失。余口占云：「江湖墳典刊皆遍，宇内須生百子嚴。」蓋近今所罕覯者也。

蓉垞詩一抒性靈，空無倚傍，偶作隸事詩，又似義山之好爲獺祭也。如東河遺興詩「桐君手語且遲遲」，見古樂府「手語出朱絃，心聲寄丹府」。「來説新聞有涉兒」，涉兒，出夢異録，「一團嬌豈似黄綿」，一團嬌，錦名，段成式詩「未有長錢求鄴鏡，且令裁取一團嬌」是也。「漸愁汎月行行至，且飽懷風穩穩眠」，「汎月」，出丹鉛録引騈雅；「懷風」，出西京雜記，與連枝草皆苜蓿名。「冷看幾遍方亭鬪，劫打鴛鴦局肯茆音仙。」，唐明皇呼棋枰爲「方亭侯」；通玄集：「棋無勝敗曰『茆』。」「送年難得紫駝尼，空措仍須覓裹蹄」，番褐名「紫駝尼」，出庶物異名録；「空措」見日本寄語，金曰「空措尼」，銀曰「失禄楷尼」；裹蹄，見漢書武帝紀。「馬尾麞牙天每靳，龍鬚羊角地休迷」。王炎詩：「稻如馬尾覆溝塍。」白香山詩：「禄米麞牙稻。」龍鬚，即今苔菜；羊角，白花菜也：均見老圃閒談。「莫恃紙鳶雲路疾，試看平步上唐梯」。山堂肆考引桓寬鹽鐵論：「漢百戲曰『唐梯』。」即今之上高竿也，通典有透三伎。「人情冷暖奔頻北，世事升沈景忽西」，續歸田録：「奔頻北」，一作「綱官北」，石揚休屨拔鄉舉，常屈春官，蜀人比之綱官，只空歸也；「景忽西」，續録一作「轡景西」；「紫脱還聞號壽潛，翹軒寶帚試鋒銛」，紫脱，芝也，出齊民要術；壽潛，一名希夷，出續古今注；翹軒寶帚，唐宜春王從謙筆，見清異録。「地軸久連山作帶，天紳忽立水爲簾」，輿地紀勝：「黃甫墩號天闕，水仙墩號地軸。」天紳，出韓詩。「紫方館應科名草，千佛經宜燕尾簽」。漢武紀「金泥玉檢」注：「檢一名燕尾，今世書帖簽。」歐陽通硯室紫方館，界尺曰「準氏」，金笵盛滴曰「金小相」，鎮紙曰「套子」，龜曰「小連城」，曰「千金史」；杜荀鶴：芝曰「科名草」。「署銜我久作猴王，衲被通靈有美莊」。山堂肆考：秦檜爲童子師，詩云：「若得水田三百畝，這番不作猴孫王。」楊億令檢書處小片子粘綴作録，曰「衲被」。「交絶縱無和氣子」，紅銅名「和氣子」，出格古論。「仰天皮本生來拗，忽地笑甘剗去荒」，苔曰「緑拗兒」，王彥章恨苔不生，曰：「叵耐這緑拗兒。」金燈草名「忽地笑」，見太倉志。「剗去荒名無義草」，無義草，一名「獨搖草」，一名「離母」，一名「九形」，人家惡種，見事物異名考。「懊惱此生薰陸幻，梳餘百齒尚多霜」，薰陸，乳香也；頭垢名「百齒霜」。「几淨煙珠掃不除」，倒挂塵名「煙珠」。「桂谿野客治書奴，尺二寃家合汝呼」，事物紺珠：刀書吏名剛，字克之，號桂谿野客；治書奴，裁刀名，出清異録；楊憑式倦於應酬字債，故呼紙爲「尺二寃家」。「醒骨真人香乍遞，齊眉大士食無餘」，醒骨真人，風也，見太素銘；筯名「齊眉大士」，見清異録。「辟邪凫藻原輕暖，不及筵前玉手爐」，百合名「瞿倒仙」，又名「玉手爐」，見八閩志。凡此皆蓉坨詩之偶一爲之，以資談柄，非故爲矜奇炫博也。

古今詩話：「楊大年、錢文僖、晏元獻、劉子儀爲詩皆宗義山，號『西崑體』，後進效之，多竊取義山詩句。嘗内宴，優人有爲義山者，衣服敗裂，告人曰：『吾爲諸館職撏撦至此。』聞者大噱。」

「函關日落聽雞度，華嶽雲開立馬看。」此高青丘送人之陝右句也。明詩綜所登詩，摹倣相似此句者約數十家，竹垞何以不芟之耶？至今歷五百餘歲之久，尚襲之不已，青丘衣被人撏撦成爲齏粉，不徒如義山之敗裂也。

桐城胡小東太守方朔，詩筆清越，五古似小謝，七古似小杜，與張阮林、馬元伯、光律原、姚子卿爲詩友。嘗記其途中書感第一首云：「有林皆棲鳥，有鳥皆擇林。物性各有適，征鴻獨何心。南來江水寒，北去塞雲深。春秋忽變易，蹤跡渺難尋。豈不憚艱阻，哀哀空遠音。」富春舟中偶成云：「東風習習吹簾開，吹送無數青山來。舟輕帆側載不起，散落青光滿江水。江水無情逐遠程，後山相送前山迎。山山都惜遊人去，故遣流雲伴客行。」舟夜云：「長淮九月水冥冥，落木蕭疎接遠汀。夢入江鄉千嶺秀，覺來心事一燈青。村舂斷續隨宵柝，漁火微茫雜曙星。解纜欲乘風信去，忽驚鳴雁不堪聽。」與馬元伯同客海上賦贈云：「炎方瘴癘海雲蒸，愁倚高樓思不勝。鴻影望殘天北極，鯨波宵見日東升。君行萬里來相伴，我訪三山病未能。且向樽前商去住，雙懸别恨一青燈。」

「欲渡銀河隔上闌，時人浪説貫河灣。如何不覓天孫錦，只帶支機片石還。」此居易録所記朱玉華槎杯篆文之二十八字。朱爲秀水人，杯爲孫侍郎北海承澤家所藏。苑西集：杯首有「岳壽無疆」四字，左「朱玉華造」，右「至正乙酉年」，杯底「槎杯」二字，杯尾即二十八字之詩也。圖書「碧山」二字，皆小篆也。嘉善孫竹尹云：朱竹垞銀槎歌在孫少宰家與李秋錦同作，此至正乙酉之銀槎也。施愚山詩有「猶存至正壬寅字」句，曹顧庵詩有「宋公招我遊園林」句，至正壬寅之銀槎也。北海銀槎歸高江村，歷嘉善蔣氏、周氏、查氏，查氏以餽孫竹尹，竹尹以餽其座主裘文達公，文達於乾隆丙戌五月進御。淮安馬秋玉之子元一家存一銀槎，爲運使漢軍朱孝純索去，疑即宋氏之銀槎也。案：乙酉爲元順帝至正之五年，壬寅爲至正之二十二年，近編續録，采胡書農學士詩，並引其所考者，惟據楊謙竹垞詩注，未能詳悉，因補考一條，以俟博雅採擇焉。

何遜弱冠時，范雲見其對策，大相稱賞，因結忘年之交。丁仲文觀察姪女婿劉萬年，字子壽，年甫二十，所爲詩數百首，頗有可采。五言如江上云「不知舟去速，但覺岸頻移」；次昭平關云「風雲通夜氣，歌吹入邊聲」；七言如南朝云「烏衣未醒王孫夢，烏語猶呼帝子名」；成都云「卧龍事業三分局，司馬文章百代宗」；感事云「緑草南園朝走馬，紅棉北郭夜啼烏」，一往清新，毫無俗韻。

「霧影埋魚市，寒威縮馬毛。」秀水盛丹山學正楓句也，却能寫出白洋河阻風之景。宜興儲鷺洲大令濟，乙未鄉榜。品端而遇蹇，善屬文，傳其先世六儲先生家法，兼通韻語，嘗爲其及門方爾民題雞雛待飼篦子二十八字，亦復不俗。詩云：「椏杈古木山前繞，伶仃架屋檐無草。三年不飛亦不鳴，一聲叫徹諸天曉。」

董梓亭銓部前招余遊海山仙館，適有某太守挾其貴客至，鳴鑼喝道，見者爲之軒渠。兒子慶銓詩云：「花間喝道山靈笑，對客焚琴孺子譏。」此本義山雜纂記殺風景者，謂「花間喝道，背山起樓，煑鶴焚琴，清泉濯足」也。

光州吴香亭先生玉綸，能古文章，已巳遊端州，於子嚴同年處見之，覺簡潔似龍門，樸茂似淮南，雄厚似昌黎，平和似永叔，子嚴以其文選入本朝八家古文鈔。今録其集中蟬説柬楊古愚二則之一云：「亭樹蕭蕭，風生暑退，聽蟬曳林梢，斷續過牆而去，胸有鬱結，豁然盡釋。白香山詩：『微月初三夜，新蟬第一聲。』最好吟之。去年寄跡歷下，得句云：『蕭蕭幾樹雨，嘒嘒數聲蟬。』又云：『仙蟲依舊林中噪，驚起秋風欲報寒。』蓋蟬者，禪也，心與達人爲伍，余愛其德，抑竊有所托焉。入關以來，夏云盡矣，散髮赤足，徘徊於緑槐高柳間，寂無所聞，悶甚，寫數行奉君一粲，亦見吴、楚、秦、晉風景迥殊，非獨古人有恨而已。」

竹垞先生題惠紅豆書莊圖第五首「來尋北郭十詩人」，實十一人，均在明初，徐賁也，高啓也，王彝也，王行也，宋克也，張羽也，楊基也，陳則也，余堯臣也，呂敏也，釋道衍也。案：釋道衍即姚少師，嘉定錢辛楣少詹詠少師有「空登北郭詩人社，難上西山老佛墳」之句，極爲高妙。

余遊端州三閱月，將束裝晉省，忽得子箴同年從邗上郵函，詩用東坡和蔣夔寄茶韻，情文懇摯，所謂「乾坤有清氣，散入詩人脾」也。詩云：「端州又結山水緣，不扶笻杖安且便。瀝湖石室恣吟嘯，墨花濃濺冰紋鮮。君家太守我詩友，謂子隅。酒酣興發如湧泉。愛蓮亭上謫仙裔，謂恢垣。唾落萬顆珠璣圓。合并三子踞壇坫，主人才調追樊川。謂子嚴舍弟。懸知把盞望我至，嘉魚味好方登筵。老夫衰頽怕跋涉，每思南食空垂涎。近招開士補圖畫，感君道義相磨研。江干艤舟不忍別，忽忽判袂俄經年。誓將還山友麋鹿，駑駘甘讓驊騮先。問君胡爲戀炎嶠？抱琴自笑囊無錢。虹橋月冷蜀岡圮，看人騎鶴誇腰纏。幸來狂徒肥上王謙齋。破岑寂，勇扛石鼎勞烹煎。近日聯句詩甚富。三杯醺然出芒角，奚論清聖和濁賢。寒窗寄訊嶺南客，弔鐘未若長春妍。揚州月季甲於天下。詩筒遠遞四千里，直舒胸臆何雕鐫。」又寄子嚴五弟疊東坡虞韻結語云：「近聞折柬招林逋，謂薌谿同年。清癯拔俗吾心摹。」不忘舊好，情見乎詞。

戴少梅農部燮元著聽鸝軒詩集十二卷，引商刻羽，均叶中聲。古今體各擅其長，録其田家詩云：「故人邀我至田家，子婦歡迎笑語譁。四五里村連柳蔭，兩三間屋隔桃花。朝煙壓擔挑新菜，斜日攜筐摘晚茶。地僻渾疑塵世隔，此中佳趣樂煙霞。」促織吟云：「肅肅秋風聲，淡淡秋月色。乍聞促織鳴，秋心已先得。緊我幽居情，爲爾增悽惻。何況遠行人，斷腸安有極。」又佳句如「雲陰藏樹影，潮退落沙痕」「浪衝迴溜疾，村隔遠峯低」「岸犬迎人吠，溪花笑我忙」「亂離還喜交遊廣，險阻須從閱歷知」「夢醒慣支牀上枕，功荒嬾讀案頭書」。

「世變無定衡，人性以爲政。事變無定衡，人道以爲正。物變無定衡，人心以爲鏡。我生兩大間，窮達歸之命。窮達不足言，功名安足競。敬告併世人，我言可希聖。」輯海天琴思續録既成，寫近作雜詩十二首之一以爲全録之殿。